**HARRY POTTER & THE DEATHLY HALLOWS**

First published in Great Britain in 2007 by Bloomsbury Publishing Plc
Text © J.K. Rowling 2007
Publishing and Theatrical Rights © J.K. Rowling
Cover illustrations by Jonny Duddle © Bloomsbury Publishing Plc 2014
Map illustration by Tomislav Tomic © J.K. Rowling 2014
All characters and elements © and TM Warner Bros. Entertainment Inc. All rights reserved.
Korean translation copyright © 2020 by Moonhak Soochup Publishing Co., Ltd.

저자의 저작인격권이 보장되어 있습니다.

이 책에서 등장하는 모든 인물과 사건은 허구이며 실존 인물과 사건을 연상시키는 부분이 있더라도
이는 저자의 의도와 무관합니다.

이 책은 저작권사와의 독점계약으로 ㈜문학수첩에서 출간되었습니다.
저작권법에 의해 한국 내에서 보호를 받는 저작물이므로 무단 전재와 무단 복제를 금합니다.

죽음의 성물

1

J.K. 롤링 지음 | 강동혁 옮김

문학수첩

"이 책을
일곱 갈래로
나누어 바칩니다.
닐에게,
제시카에게,
데이비드에게,
켄지에게,
디에게,
앤에게,
그리고 당신에게.
만약 당신이
마지막 순간까지
해리와
함께했다면."

아, 인간이라는 족속이 타고난 고통,
　　끝없이 계속되는 죽음의 비명
　　　　핏줄에 파고드는 그 손길
　　누구도 멈출 수 없는 출혈, 그 슬픔,
어떤 인간도 견디지 못할 저주여.

하지만 치유책은 집 안에 있으니
　　집 바깥에는 존재하지 않는다.
　　　　다른 사람들이 아니라 그들 자신만이
　　그 피비린내 나는 싸움으로 치유할 수 있을 따름이다.
우리가 지하의 어두운 신들인 그대들에게 노래하나니.

이제 들으소서, 지하의 축복받은 힘들이여.
　　부름에 답하여 도움을 보내 주소서.
아이들을 축복해 주시고, 이제 그들이 승리하게 하소서.

　　　　　　　　　　　　— 아이스킬로스, 〈제주를 바치는 여인들〉

죽음이란 친구들이 바다를 건너 어디론가 가듯이 한 세상을 건너는 것이다. 그렇게 건너간 뒤에도 사람들은 서로의 안에서 계속 살아간다. 왜냐하면 누군가가 보편적으로 존재하는 어떤 것 안에서 사랑하고 살아간다면 그 사람은 분명 존재하는 것이나 마찬가지기 때문이다. 그들은 이처럼 신성한 거울을 통해 서로의 얼굴을 마주 본다. 그들의 대화는 순수할 뿐만 아니라 자유롭다. 이것이 바로 친구가 받는 위안이니, 비록 사람은 죽는다 해도 그들의 우정과 교류만은 가장 선한 의미에서 늘 존재한다. 그것은 불멸하는 것이므로.

　　　　　　　　　　　　— 윌리엄 펜, 〈고독의 과실들〉

# HARRY POTTER
## 죽음의 성물 1

| | | |
|---|---|---|
| 1장 | 어둠의 왕, 비상하다 | 15 |
| 2장 | 추도문 | 33 |
| 3장 | 떠나는 더즐리 가족 | 54 |
| 4장 | 일곱 명의 포터 | 74 |
| 5장 | 추락한 전사 | 104 |
| 6장 | 잠옷을 입은 굴 | 139 |
| 7장 | 알버스 덤블도어의 유언 | 176 |
| 8장 | 결혼식 | 214 |
| 9장 | 은신처 | 250 |
| 10장 | 크리처의 이야기 | 273 |

# HARRY POTTER
## 죽음의 성물 1

| | | |
|---|---|---|
| 11장 | 뇌물 | 310 |
| 12장 | 마법은 힘이다 | 341 |
| 13장 | 머글 태생 등록 위원회 | 375 |
| 14장 | 도둑 | 408 |
| 15장 | 고블린의 복수 | 431 |
| 16장 | 고드릭 골짜기 | 470 |
| 17장 | 바틸다의 비밀 | 497 |
| 18장 | 알버스 덤블도어의 삶과 사기들 | 527 |
| 19장 | 은빛 암사슴 | 546 |

# HARRY POTTER
## 죽음의 성물 2

| | | |
|---|---|---|
| 20장 | 제노필리우스 러브굿 | 15 |
| 21장 | 삼 형제 이야기 | 40 |
| 22장 | 죽음의 성물 | 68 |
| 23장 | 말포이 저택 | 101 |
| 24장 | 지팡이 제작자 | 147 |
| 25장 | 셸 코티지 | 185 |
| 26장 | 그린고츠 | 210 |
| 27장 | 최후의 은닉처 | 246 |
| 28장 | 잃어버린 거울 | 261 |

# HARRY POTTER
## 죽음의 성물 2

| | | |
|---|---|---|
| 29장 | 사라진 보관 | 286 |
| 30장 | 세베루스 스네이프의 도주 | 312 |
| 31장 | 호그와트 전투 | 340 |
| 32장 | 딱총나무 지팡이 | 385 |
| 33장 | 왕자의 이야기 | 416 |
| 34장 | 다시, 숲으로 | 465 |
| 35장 | 킹스크로스 | 487 |
| 36장 | 틀어진 계획 | 516 |
| 19년 후 | | 556 |

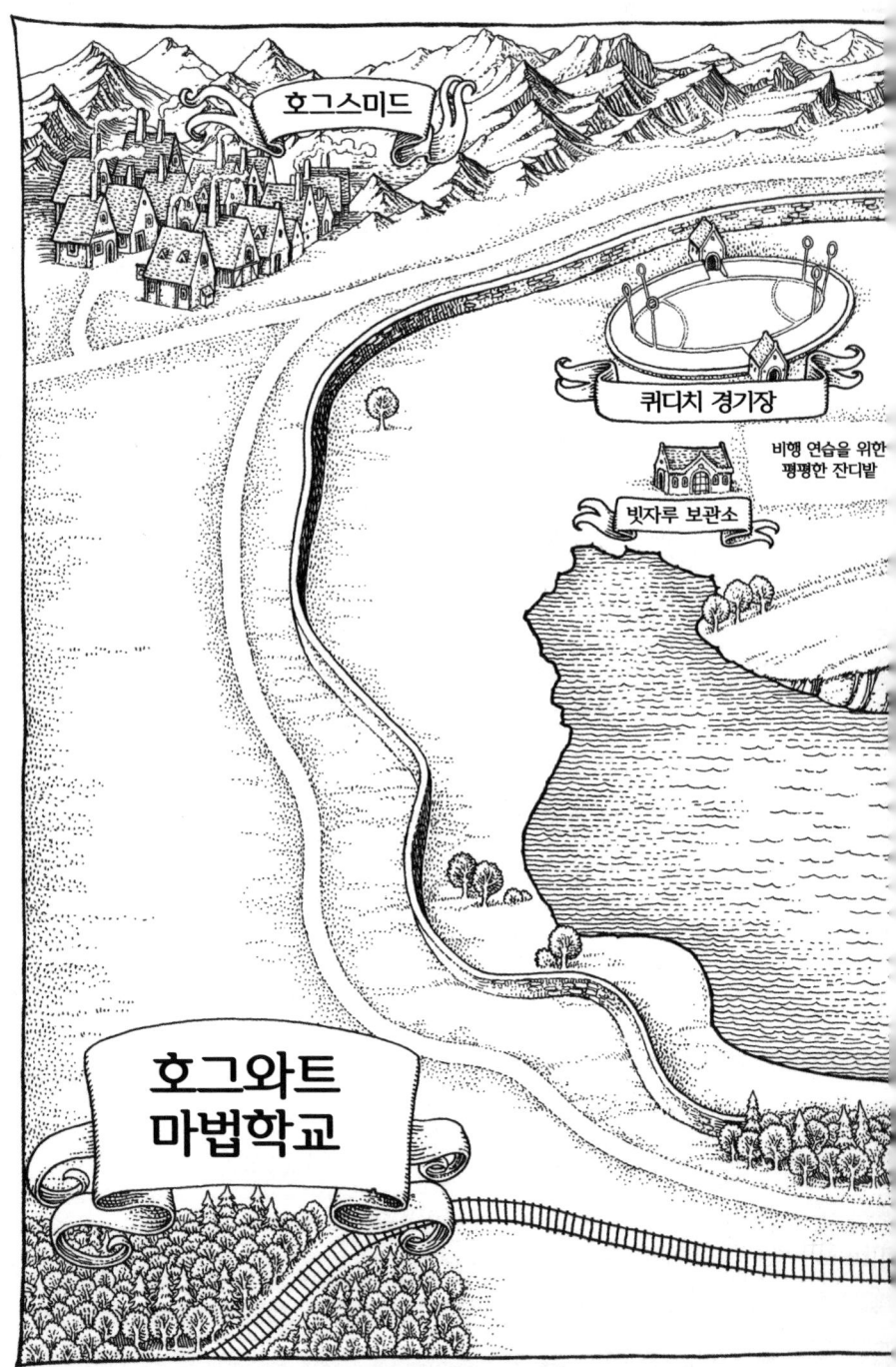

**일러두기**

- 이 책은 2007년에 한국에서 처음 출간된 '해리 포터' 시리즈의 《해리 포터와 죽음의 성물》을 새로 번역한 것으로, 2014년 Bloomsbury Publishing Plc.에서 출간된 J.K. Rowling의 *Harry Potter and the Deathly Hallows*를 저본으로 삼았다.
- 인명 등 고유명사의 표기는 국립국어원 외래어표기법과 오디오북의 발음을 따랐으나, 이미 널리 굳어진 몇몇 명칭('호그와트', '헤르미온느', '래번클로', '후플푸프' 등등)은 기존 한국어판 번역을 그대로 따랐다.
- 역주는 본문 중에 '―옮긴이'로 표시했다.

# 1장
# 어둠의 왕, 비상하다

달빛이 드는 좁은 길에서 두 남자가 몇 미터 간격을 두고 갑작스레 나타났다. 그들은 잠깐 동안 가만히 서서 서로의 가슴에 마법 지팡이를 겨눴다. 하지만 곧 서로를 알아보고 마법 지팡이를 망토 속에 집어넣은 다음 같은 방향으로 바쁘게 걷기 시작했다.

"새로운 소식 있나?" 둘 중 키 큰 사람이 물었다.

"최고의 소식이 있지." 세베루스 스네이프가 대답했다.

좁은 길 왼쪽에는 나지막한 야생 찔레꽃 덤불이 줄지어 있고, 오른쪽에는 깔끔하게 손질된 산울타리가 높이 솟아 있었다. 성큼성큼 걷는 남자들의 발목 근처에서 긴 망토 자락이 펄럭였다.

"늦었을 수도 있다고 생각했는데." 약슬리가 말했다. 늘어진 나뭇가지들이 달빛을 가릴 때마다 그의 우락부락한 얼굴이 나타났다 사라졌다 했다. "생각했던 것보다 까다로웠지만 그분께서 만족하셨으면 좋겠군. 자네는 환영받을 자신이 있나 보지?"

스네이프는 고개만 까닥일 뿐 설명을 덧붙이지는 않았다. 그들은 오른쪽에 있는 넓은 진입로로 방향을 틀었다. 길을 따라 구부러지는 높다란 산울타리는 남자들의 길을 막아선 위압적인 철문을 지나 멀리까지 이어졌다. 둘은 걸음을 멈추지 않고 경례하듯 조용히 왼팔을 들더니 어두운 철문이 연기로 만들어진 것이라도 되는 양 곧장 통과했다.

주목나무 산울타리가 남자들의 발소리를 잠재웠다. 오른쪽에서 부스럭거리는 소리가 들렸다. 약슬리가 마법 지팡이를 다시 꺼내 들고 동료의 머리 위를 겨눴지만, 소리를 낸 것은 산울타리 위를 당당하게 걸어가는 순백색 공작새 한 마리뿐이었다.

"루시우스 저 인간, 늘 제멋에 겨워 산다니까. 공작이라니……." 약슬리가 코웃음을 치면서 마법 지팡이를 망토 속에 도로 집어넣었다.

곧게 뻗은 진입로 저 끝 어둠 속에서 웅장한 대저택이 나타났다. 아래층의 마름모꼴 유리창에서 불빛이 반짝였다. 산울타리 너머 어두운 정원 어딘가에서 분수가 물을 뿜고 있었다. 현관문을 향해 빠르게 발걸음을 내딛는 스네이프와 약슬리의 발밑에서 자갈이 으적거렸다. 그들이 다가가자, 문을 열어 주는 사람 같은 건 보이지 않는데도 현관문이 안쪽으로 휙 열렸다.

어스레하게 불이 밝혀진 복도는 널찍했고 호화로운 장식으로 꾸며져 있었다. 돌로 된 바닥에는 온통 아름다운 카펫이 깔려 있었다. 벽에 걸린 초상화 속 창백한 얼굴들이 성큼성큼 지나가는 스네이프와 약슬리를 눈으로 뒤쫓았다. 두 사람은 다음 방으로 이어지는 육중한 나무 문 앞에 서서 잠시 호흡을 가다듬었다. 뒤이어 스네이프가 청동 문고리를 돌렸다.

응접실은 사람들로 가득했다. 그들은 정교하게 장식된 탁자 앞에 조용히 앉아 있었다. 원래 있던 가구들은 벽 쪽으로 아무렇게나 밀어 놓았다. 선반에 금박을 입힌 거울이 놓여 있는 멋들어진 대리석 벽난로에서 불길이 타오르며 방을 밝혔다. 스네이프와 약슬리는 문 앞에서 잠시 멈칫거렸다. 어두운 조명에 익숙해진 그들의 눈이 이곳에서 가장 기묘한 광경이 펼쳐진 위쪽으로 쏠렸다. 의식을 잃은 듯 보이는 어떤 사람의 형체가 마치 투명한 밧줄에 묶인 것처럼 탁자 위에 거꾸로 매달려서 천천히 돌아가고 있었다. 그 모습이 거울은 물론, 그 아래 아무것도 놓여 있지 않은 탁자의 반들반들한 표면에도 비쳤다. 사람들은 이 독특한 광경 아래 앉아 있으면서도 그쪽으로는 눈길을 주지 않았다. 하지만 그 사람 바로 아래 앉아 있는 허여멀건 젊은이만은 예외였다. 그는 몇 분에 한 번씩 위를 힐끔 쳐다보지 않고는 견딜 수 없는 듯했다.

"약슬리. 스네이프." 상석에서 높고 선명한 목소리가 들려왔다. "아슬아슬하게 늦지 않았군."

그 말을 한 사람이 벽난로 바로 앞에 앉아 있었기에, 방금 도착한 이들은 그의 윤곽밖에 볼 수 없었다. 하지만 가까이 다가갈수록 그자의 얼굴이 어둠 속에서 희미하게 드러났다. 머리카락이 없는 뱀 같은 얼굴에는 콧구멍이 있어야 할 자리에 실금만이 그어져 있었고 동공이 세로로 쭉 찢어진 눈은 빨갛게 번뜩였다. 얼굴빛이 어찌나 창백한지 꼭 진주처럼 부연 빛을 내뿜는 것 같았다.

"세베루스, 이쪽이다." 볼드모트가 자신의 오른쪽을 가리키며 말했다. "약슬리는…… 돌로호프 옆에 앉아라."

두 남자는 배정받은 자리에 앉았다. 탁자에 둘러앉은 사람들 대부분의 눈길이 스네이프를 좇았다. 볼드모트가 가장 먼저 말을 붙인 사람도 그였다.

"어떻게 됐나?"

"주인님, 불사조 기사단은 다음 주 토요일 해 질 녘에 해리 포터를 지금의 안전한 장소에서 이동시킬 계획입니다."

탁자에 둘러앉은 사람들의 관심이 손으로 만져질 듯 날카로워졌다. 어떤 사람은 몸이 굳었고 또 어떤 사람은 안절부절못했다. 모두가 스네이프와 볼드모트를 뚫어지게 바라보았다.

"토요일…… 해 질 녘이라." 볼드모트가 되풀이했다. 그의 붉은 두 눈이 스네이프의 검은 눈을 응시했다. 지켜보던 몇몇 사람이 그 사나운 눈빛에 그을릴세라 눈을 돌릴 정도로 강렬한 시선이었다. 하지만 스네이프는 그저 침착하게 볼드모트의 얼굴을 마주 보았다. 잠시 후 볼드모트가 입술 없는 입을 비틀며 미소 비슷한 것을 지었다.

"좋다. 아주 좋아. 이 정보의 출처는……."

"앞서 말씀드린 정보원입니다." 스네이프가 말했다.

"주인님."

약슬리가 긴 탁자 저편에서 몸을 기울여 볼드모트와 스네이프를 바라보았다. 모두의 얼굴이 그에게로 향했다.

"주인님, 제가 들은 얘기는 다릅니다."

약슬리는 말을 멈추고 기다렸지만 볼드모트가 아무 말도 하지 않자 다시 입을 열었다. "오러 돌리시가 흘린 정보에 따르면 포터는 30일, 그러니까 열일곱 살이 되기 전날 밤까지는 아무 곳으로도 이동하지 않을 거라고 합니다."

스네이프가 슬며시 웃음 지었다.

"제 정보원이 가짜 정보를 흘릴 수도 있다고 했는데 바로 이건가 보군요. 돌리시는 혼돈 마법에 걸린 게 틀림없습니다. 처음 있는 일도 아닙니다. 그자는 혼돈 마법에 취약한 것으로 잘 알려져 있으니까요."

"주인님, 분명히 말씀드리건대 돌리시는 확신에 차 있는 것 같았습니다." 약슬리가 말했다.

"혼돈 마법에 걸렸다면 당연히 확신에 차 있었겠지." 스네이프가 말했다. "약슬리, 나도 분명히 말하는데, 오러 본부는 더 이상 해리 포터 보호 작전에 참여하지 못해. 기사단은 우리가 정부 내부에까지 침입했다고 생각하니까."

"그놈들이 그거 하나는 제대로 알고 있네." 약슬리에게서 그리 멀지 않은 곳에 앉아 있던 한 땅딸막한 남자가 말했다. 그자가 킬킬거리며 웃자 탁자 이곳저곳에서 사람들이 따라 웃었다.

볼드모트는 웃지 않았다. 그는 생각에 잠긴 얼굴로, 머리 위에서 천천히 돌아가고 있는 사람에게 시선을 돌렸다.

"주인님." 약슬리가 말을 이었다. "돌리시는 포터를 이동시키는 데 오러 전원이 동원될 거라고 생각……."

볼드모트가 하얗고 커다란 손을 들자 약슬리는 곧바로 말을 멈췄다. 약슬리는 스네이프 쪽으로 다시 고개를 돌리는 볼드모트를 분한 듯 바라보았다.

"이번엔 그 아이를 어디에 숨길 계획이라더냐?"

"기사단원 중 한 명의 집입니다." 스네이프가 말했다. "정보원에 따르면, 기사단과 정부가 힘을 합쳐 그곳을 지키는 데 온 힘을 기울였다고 합니다. 일단 포터가 그곳에 도착하면 붙잡을 가능성은 거의 없을 겁니다, 주인님. 물론 다음 주 토요일이 될 때까지 마법 정부가 무너지지 않는다면 말입니다만. 정부가 무너진다면 많은 수의 방어 마법을 찾아내서 해제하고 남은 마법들을 그냥 돌파할 수 있을 겁니다."

"어떨 것 같나, 약슬리?" 볼드모트가 탁자 건너편을 향해 소리쳤다. 그의 새빨간 눈이 기괴하게 번뜩였다. "과연 마법 정부가 다음 주 토요일이 되기 전에 무너질까?"

이번에도 모두의 고개가 돌아갔다. 약슬리가 어깨를 쭉 폈다.

"주인님, 그 문제와 관련해서 좋은 소식이 있습니다. 엄청난 노력을 기울인 끝에 드디어 파이어스 시크니스에게 임페리우스 저주를 거는 데 성공했습니다."

약슬리 주위에 앉아 있던 많은 사람이 감탄하는 표정을 지었다. 약슬리 옆자리에 앉아 있던 길고 일그러진 얼굴의 돌로호프가 그의 등을 탁탁 두드렸다.

"이제 시작이다." 볼드모트가 말했다. "하지만 겨우 시크니스 한 명뿐이다. 내가 움직이기 전에 스크림저 주변을 완전히 장악해야 한다. 괜히 어설프게 시도했다가 총리를 한 번에 죽이지 못하면 먼 길을 되돌아가야 할 테니."

"네, 주인님. 맞는 말씀입니다. 하지만 아시다시피 마법 사법부 장관인 시크니스는 총리뿐 아니라 다른 모든 정부 부처의 수장들과도 정기적으로 접촉하고 있습니다. 그런 고위 관료가 우리 손에 들어왔으니 다른 관료들을 더욱 쉽게 정복할 수 있게 될 테고, 그러면 그들 모두 힘을 모아 스크림저를 무너뜨릴 수 있을 겁니다."

"우리의 친구 시크니스가 다른 관료들을 끌어들이기도 전에 발각되지 않는다면 말이지." 볼드모트가 말했다. "어쨌거나 다음 주 토요일이 되기 전에 마법 정부가 내 손아귀에 들어올 가능성은 여전히 낮다. 포터가 일단 목적지에 도착한 이후엔 손을 댈 수 없다면 이동 중에 손을 써야겠지."

"그 점에서는 우리가 유리합니다, 주인님." 야슬리가 말했다. 조금이라도 인정을 받고 싶어 안달이 난 모양이었다. "마법 교통부에 사람을 몇 명 심어 두었습니다. 포터가 순간이동을 하거나 플루 네트워크를 사용하면 우리가 즉시 알게 될 겁니다."

"포터는 둘 중 어느 것도 하지 않을 겁니다." 스네이프가 말했다. "기사단은 정부에서 통제하거나 관리하는 모든 형태의 이동 수단을 피하고 있습니다. 정부와 관련된 것이라면 뭐든 불신하는 거지요."

"그러면 더 좋지." 볼드모트가 말했다. "포터는 공개적으로 이동할 수밖에 없을 테니까. 그편이 붙잡기도 훨씬 쉽다."

볼드모트는 다시 눈을 들어 거꾸로 매달린 채 천천히 돌고 있는 사람을 바라보며 말을 이었다. "그 녀석은 내가 직접 처리할 것이다. 그동안 해리 포터와 관련해서 너무 많은 실수가 있었다. 그중 몇 가지는 나 자신이 저지른 것이지. 포터가 살아 있는 건 그 아이가 승리했기 때문이 아니라 내가 실수를 저질렀기 때문이다."

탁자에 둘러앉은 사람들이 불안한 얼굴로 볼드모트를 바라보았다. 하나같이 해리 포터가 계속 살아 있는 것에 대해 문책을 당할까 봐 두려운 표정을 짓고 있었다. 하지만 볼드모트는 그들 중 누군가에게 말한다기보다는 혼잣말을 하듯, 의식을 잃고 머리 위에 매달려 있는 사람에게 계속 시선을 고정한 채 이야기했다.

"나는 부주의했다. 그래서 최선을 다해 세운 계획이 아니면 모든 것을 파괴하는 운과 우연에 의해 좌절당했지. 하지만 나는 이제 더 이상 어리석지 않다. 예전에는 미처 몰랐던 것들을 알고 있으니까. 나는 해리 포터를 죽이는 자가 되어야 하고 반드시 그렇게 되고 말 것이다."

그 말에 대답이라도 하듯 돌연 울부짖는 소리가 터져 나왔다. 비참하고 고통스럽게 부르짖는 끔찍한 비명이 이어졌다. 탁자에 둘러앉아 있던 많은 사람들이 깜짝 놀라 밑을 내려다보았다. 소리가 발밑에서 들려오는 것 같았기 때문이다.

"웜테일." 볼드모트는 머리 위에서 빙빙 도는 몸뚱이에서 눈을 떼지 않은 채 생각에 잠긴 듯 여전히 나지막한 목소리로 말했다.

"포로를 조용히 시키라고 하지 않았느냐?"

"네, 주, 주인님." 탁자 중간쯤에 앉아 있던 조그만 남자가 헉하고 숨을 들이켰다. 그는 얼핏 보면 의자가 비어 있다는 착각이 들 만큼 의자 깊숙이 몸을 파묻고 있었다. 웜테일은 허둥지둥 의자에서 내려오더니 기이하고 은은한 은빛 잔상을 남기며 종종걸음으로 방을 나갔다.

"말했다시피" 하고, 볼드모트는 다시 추종자들의 긴장한 얼굴을 보며 말을 이었다. "이제 나는 더 많은 것을 알고 있다. 이를테면, 나는 포터를 죽이러 가기 전에 너희 중 한 사람에게서 마법 지팡이를 빌려야 한다."

주위에 앉아 있는 사람들이 몹시 놀란 표정을 지었다. 볼드모트가 그들 중 한 사람의 팔을 빌려 가겠다고 선포라도 한 듯했다.

"자원할 자는 없느냐?" 볼드모트가 말했다. "어디 보자…… 루시우스, 너는 더 이상 마법 지팡이를 갖고 다닐 필요가 없을 텐데."

루시우스 말포이가 눈을 들었다. 불빛 속에 드러난 그의 얼굴은 누르스름하니 밀랍처럼 보였고, 푹 꺼진 눈가에는 그늘이 드리워져 있었다. 그가 잔뜩 쉰 목소리로 입을 열었다.

"예, 주인님?"

"네 지팡이 말이다, 루시우스. 나는 네 마법 지팡이가 필요하다."

"저는……."

루시우스는 곁눈으로 아내를 힐끔거렸다. 그녀는 긴 금발 머리카락을 뒤로 늘어뜨린 채 루시우스만큼 창백한 얼굴로 정면을 응시하고 있었다. 그러면서 탁자 밑에서 가느다란 손가락으로 한순간 남편의 손목을 꽉 잡았다 놓았다. 그러자 루시우스는 로브 안으로 손을 집어넣어 마법 지팡이를 꺼내서 볼드모트에게 전했다. 볼드모트는 그 마법 지팡이를 바짝 들어 올리고 새빨간 눈으로 자세히 살펴보았다.

"무엇으로 만들었느냐?"

"느릅나무입니다, 주인님." 루시우스가 목소리를 낮추고 말했다.

"심지는?"

"용…… 용의 심장 근육입니다."

"좋다." 볼드모트가 말했다. 그는 자신의 마법 지팡이를 꺼내서 길이를 대 보았다.

루시우스 말포이가 무심결에 몸을 살짝 일으켰다. 찰나의 순간 그는 자기 것 대신 볼드모트의 마법 지팡이를 받게 될 거라 기대하는 것처럼 보였다. 볼드모트는 그 움직임을 놓치지 않았다. 그가 악의를 담은 눈을 부릅떴다.

"내 지팡이를 달라는 것이냐, 루시우스? 내 지팡이를?"

패거리 중 몇몇이 킬킬거렸다.

"난 네게 자유를 선사했다, 루시우스. 그걸로는 충분하지 않으냐? 하긴, 너와 네 가족들은 요즘 별로 즐거워 보이지 않더군……. 내가 네 집에 머무는 게 어째서 불편하지, 루시우스?"

"그렇…… 그렇지 않습니다, 주인님!"

"그런 뻔한 *거짓말*을 하다니, 루시우스……."

볼드모트의 잔인한 입은 움직임을 멈췄지만 나직한 목소리는 계속 식식대는 듯했다. 그 소리가 점점 커지자 한두 명의 마법사가 참을 수 없는 듯 몸을 부르르 떨었다. 탁자 아래에서 뭔가 묵직한 것이 바닥을 미끄러져 오는 소리가 들렸다.

이윽고 거대한 뱀이 모습을 드러내더니 볼드모트의 의자를 천천히 기어올랐다. 그 뱀은 끝나지 않을 것처럼 계속 올라와 볼드모트의 양어깨에 몸을 걸쳤다. 뱀의 몸통은 성인 남자의 허벅지만큼 굵었고 동공이 세로로 쭉 찢어진 두 눈은 깜빡거리지도 않았다. 볼드모트는 여전히 루시우스 말포이를 바라보면서, 길고 야윈 손가락으로 무심히 그 짐승을 쓰다듬었다.

"왜 말포이 가문 사람들은 자기들의 운명에 이토록 불만스러워 보이는 거지? 난 너희가 나의 귀환, 나의 집권을 오랫동안 열망해 왔다고 선언한 걸로 아는데?"

"당연히 그렇습니다, 주인님." 루시우스 말포이가 말했다. 그는 부들부들 떨리는 손으로 윗입술의 땀을 훔쳤다. "저희는 진심으로 그러길 바랐습니다. 지금도 그렇습니다."

루시우스 말포이의 왼쪽에서 그의 아내가 뻣뻣하고 어색한 움직임으로 고개를 끄덕였다. 그녀의 두 눈은 볼드모트와 뱀을 외면하고 있었다. 루시우스의 오른쪽에 앉아 미동도 않는 머리 위의 몸뚱이를 올려다보던 아들 드레이코는 눈을 마주치기가 두려운 듯 볼드모트를 빠르게 살폈다가 곧바로 시선을 돌렸다.

"주인님." 탁자 중간쯤에 앉아 있던 검은 머리카락의 여자가 감정이 가득 실린 탓에 긴장된 목소리로 입을 열었다. "주인님을 이곳, 저희 가족의 집에 모시게 되어 영광입니다. 이보다 큰 기쁨은 있을 수 없습니다."

검은색 머리카락에 검은 눈동자, 두꺼운 눈꺼풀을 가진 그녀는 외모뿐만 아니라 태도 역시 옆에 앉은 그녀의 동생과 확연히 달랐다. 나르시사가 무표정한 얼굴로 뻣뻣하게 앉아 있는 반면 벨라트릭스는 볼드모트 쪽으로 몸을 기울이고 있었다. 말만으로는 그에게 가까이 가고 싶은 마음을 다 표현할 수 없는 듯했다.

"이보다 큰 기쁨은 없다?" 볼드모트가 되풀이했다. 그는 머리를 한쪽으로 살며시 기울이고 벨라트릭스를 바라보았다. "벨라트릭스, 너에게서 그런 말을 들으니 굉장한 의미로 다가오는군."

벨라트릭스의 얼굴이 확 달아올랐다. 두 눈에는 기쁨의 눈물이 괴었다.

"주인님께서는 제가 오직 진실만을 말한다는 걸 아시는군요!"

"이보다 큰 기쁨은 없다……. 듣자니 이번 주에 너희 집안에 경사가 있었다던데, 그 일과 비교하면 어떠냐?"

그녀는 입술을 벌린 채 혼란스러운 얼굴로 그를 멍하니 쳐다보았다.

"무슨 말씀이신지 모르겠습니다, 주인님."

"네 조카 얘기다, 벨라트릭스. 너희, 루시우스와 나르시사의 조카이기도 하고. 그 조카딸이 얼마 전 늑대인간 리머스 루핀과 결혼했다던데, 대단히 자랑스럽겠구나."

탁자에 둘러앉은 사람들이 조롱 섞인 웃음을 터뜨렸다. 많은 사람들이 앞으로 몸을 내밀며 고소하다는 눈길을 주고받았다. 몇몇은 주먹으로 탁자를 두드리기도 했다. 그런 소란이 마음에 들지 않는지 거대한 뱀이 입을 쫙 벌리고 화가 난 듯 식식댔지만, 죽음을 먹는 자들은 벨라트릭스와 말포이 가족이 모욕당하는 꼴을 보고 너무나 신이 난 나머지 그 소리를 듣지 못했다. 방금 전까지만 해도 행복으로 달아올랐던 벨라트릭스의 얼굴은 보기 흉할 정도로 붉으락푸르락해졌다.

"그 계집애는 저희 조카가 아닙니다, 주인님." 쏟아지는 웃음소리를 누르며 그녀가 소리쳤다. "저희는…… 나르시사와 저는…… 그 계집의 어미가 머드블러드와 결혼한 이후로 눈길 한 번 준 적이 없습니다. 그 버릇없는 계집애는 저희와 아무런 관련이 없습니다. 그 애가 결혼했다는 그 짐승도 마찬가지고요."

"네 생각은 어떻냐, 드레이코?" 볼드모트가 물었다. 나직했지만 야유와 조롱 속에서도 또렷이 들리는 목소리였다. "새끼가 태어나면 네가 돌봐줄 거냐?"

웃음소리가 더 커졌다. 드레이코 말포이는 겁에 질린 눈으로 아버지를 바라보았다. 루시우스가 자기 무릎만 뚫어져라 내려다보고 있자 드레이코는 어머니에게로 시선을 돌렸다. 아들과 눈이 마주친 그녀는 눈에 띄지 않게 고개를 젓더니 다시 무표정한 얼굴로 맞은편 벽을 바라보았다.

"그만하면 됐다." 볼드모트가 화가 난 뱀을 쓰다듬으며 말했다. "그만."

웃음이 즉시 멈췄다.

"시간이 지날수록 우리의 가장 유서 깊은 가문들 중 여럿이 조금씩 병들어 가고 있다." 그가 말했다. 벨라트릭스는 숨도 쉬지 못하고 애원하듯 그를 바라보았다. "너희 가문을 건강하게 유지하려면 가지치기를 해야 하지 않을까? 남은 가족의 건강을 위협하는 부분을 잘라내란 말이다."

"네, 주인님." 벨라트릭스가 숨죽여 말했다. 그녀의 눈에 또다시 감사함의 눈물이 글썽거렸다. "기회만 주어진다면 그렇게 하겠습니다!"

"기회는 있을 것이다." 볼드모트가 말했다. "너희 가문에서, 그리고 이 세상에서…… 우리를 병들게 하는 것들을 모두 잘라내야 한다. 오직 순수 혈통만 남을 때까지……."

볼드모트는 탁자 위에 매달려 천천히 돌고 있던 사람에게 루시우스 말포이의 마법 지팡이를 똑바로 겨누고 까닥였다. 그 사람은 신음하며 깨어나더니 보이지 않는 결박을 풀려고 몸부림치기 시작했다.

"우리의 손님을 알아보겠느냐, 세베루스?" 볼드모트가 물었다.

스네이프는 눈을 들어 거꾸로 뒤집힌 얼굴을 바라보았다. 죽음을 먹는 자들 모두가 이제 호기심을 드러내도 좋다고 허락이라도 받은 것처럼 포로를 올려다보았다. 빙글빙글 돌다가 난롯불 쪽을 향하게 된 그녀가 겁에 질려 갈라진 목소리로 외쳤다. "세베루스! 도와줘요!"

"네." 스네이프가 말했다. 포로는 다시 반대쪽으로 천천히 돌아갔다.

"너는 어떻냐, 드레이코?" 볼드모트가 지팡이를 들지 않은 손으로 뱀의 주둥이를 쓰다듬으며 물었다. 드레이코는 경련하듯 고개를 저었다. 여자가 의식을 찾자 더는 그녀를 쳐다볼 수 없는 듯했다.

"하긴 네가 저 여자의 수업을 들었을 리 없지." 볼드모트가 말했다. "너희 중에 모르는 사람이 있을까 봐 하는 말인데, 최근까지 호그와트 마법학교에서 학생들을 가르쳤던 채러티 버비지가 오늘 밤 우리와 함께하고 있다."

탁자에 둘러앉은 사람들이 이해했다는 뜻으로 조용히 웅성거렸다. 이가 뾰족하고 등이 굽은 한 덩치 큰 여자가 낄낄거렸다.

"그래…… 버비지 교수는 마법사들의 자녀에게 머글에 관한 모든 것을 가르쳤다……. 머글들은 우리와 별반 다르지 않다고……."

죽음을 먹는 자 한 명이 바닥에 침을 뱉었다. 채러티 버비지의 몸이 다시 돌아가 스네이프를 향했다.

"세베루스…… 제발…… 부탁이에요……."

"조용." 볼드모트가 루시우스의 마법 지팡이를 다시 한 번 까닥이자 채러티는 재갈이라도 물린 듯 조용해졌다. "마법사 자녀들의 정신을 부패시키고 오염시키는 것만으로는 만족하지 못했는지 지난주에는 《예언자일보》에 머드블러드들을 옹호하는 열정적인 글을 실었더군. 버비지 교수님이 말씀하시길, 마법사들은 그들의 지식과 마법을 훔치려 드는 이 도둑들을 받아들여야 하며, 순수 혈통이 점점 줄어드는 것은 매우 바람직한 현상이라는 것이다……. 우리 모두를 머글들과 짝짓기하게 만들려는 거지…… 아니면 늑대인간이라든가……."

이번에는 아무도 웃지 않았다. 볼드모트의 목소리에는 명백한 분노와 경멸이 깃들어 있었다. 천천히 돌던 채러티 버비지가 세 번째로 스네이프를 향했다. 그녀의 눈에서 쏟아진 눈물이 머리카락 속으로 흘러내렸다. 스네이프는 아주 태연한 눈으로 다시 천천히 반대편으로 돌아가는 그녀를 바라보았다.

"아바다 케다브라."

초록색 빛이 번뜩이면서 방 안 구석구석을 환하게 밝혔다. 채러티는 쿵 소리와 함께 탁자로 떨어졌다. 탁자가 삐걱거리면서 흔들렸다. 몇몇 죽음을 먹는 자가 앉은 자리에서 벌떡 일어났다. 드레이코는 의자에서 굴러떨어졌다.

"저녁 식사다, 내기니." 볼드모트가 나직이 말하자 거대한 뱀은 몸을 흔들며 그의 어깨에서 반들반들한 나무 바닥으로 미끄러져 내려갔다.

## 2장
## 추도문

해리는 피를 흘리고 있었다. 그는 왼손으로 오른손을 움켜쥐고 나직이 욕설을 내뱉으면서 침실 문을 어깨로 밀어젖혔다. 도자기가 와작 깨지는 소리가 났다. 침실 문 앞 바닥에 놓여 있던 다 식은 차가 담긴 찻잔을 밟은 것이다.

"이게 무슨……?"

그는 주위를 둘러보았다. 프리빗가 4번지의 층계참에는 아무도 없었다. 아마 찻잔은 더들리가 나름 머리를 굴려 생각해 낸 부비트랩일 것이다. 해리는 피가 흐르는 손을 높이 들고 다른 쪽 손으로 찻잔 파편들을 쓸어 모아 침실 문 안쪽에 바로 보이는, 이미 쓰레기로 꽉 찬 휴지통에 던져 넣었다. 그런 다음 화장실까지 터벅 터벅 걸어가 수도꼭지 아래 손가락을 갖다 댔다.

마법을 쓸 수 있게 되는 날까지 아직도 나흘이나 남았다니, 믿기지 않을 만큼 한심하고 이유 없이 짜증이 치솟았지만…… 설령 마법을 쓸 수 있다 해도 손가락의 이 날카롭게 베인 상처를 어떻게 해 볼 방법이 없다는 사실은 인정해야 했다. 그는 상처를 치료하는 법을 배운 적이 없었다. 생각해 보니, 특히 당장 실행에 옮기려는 계획에 비춰 볼 때 이는 그가 받은 마법 교육의 심각한 결함과도 같았다. 그는 헤르미온느에게 상처 치료하는 방법을 물어봐야겠다고 생각하며 휴지를 커다랗게 똘똘 뭉쳐 쏟아진 차를 닦은 뒤 침실로 돌아가 문을 쾅 닫았다.

해리는 아침 내내 학교 짐 가방을 완전히 비웠다. 6년 전 짐을 싼 이래 처음 있는 일이었다. 학기가 시작될 때마다 가방 속 물건 중 4분의 3만 덜어내고 새것으로 채워 넣었을 뿐 온갖 잡동사니는 밑바닥에 그대로 놔두었다. 낡은 깃펜, 딱딱하게 마른 딱정벌레 눈알, 더 이상 맞지 않는 양말 한 짝 등등. 조금 전 이 잡동사니 속에 손을 넣었다가 오른손 네 번째 손가락에 찌르는 듯한 아픔을 느끼고 얼른 손을 빼 보니 피가 제법 흐르고 있었다.

그는 이제 좀 더 조심스럽게 정리를 계속했다. 다시 짐 가방 옆에 무릎을 꿇고 앉은 그는 가방 바닥을 더듬었다. 그리고 희미하게 깜빡거리면서 '**세드릭 디고리를 응원합니다**'와 '**포터는 구려**'

라는 문구를 번갈아 보여 주는 낡은 배지와 여기저기 깨지고 닳은 스니코스코프, R.A.B.라는 서명이 들어간 편지가 숨겨져 있던 황금 로켓을 끄집어낸 다음에야 손가락에 상처를 입힌 날카로운 조각을 발견했다. 그는 즉시 그 물건을 알아보았다. 세상을 떠난 대부, 시리우스가 준 마법 거울이 깨지면서 남은 파편이었다. 해리는 그 5센티미터 정도 길이의 파편을 치우고 나머지 조각을 찾아 가방을 조심스럽게 뒤져 봤지만, 바닥에 깔린 잡동사니에 반짝이는 모래알처럼 달라붙어 있는 유리 가루를 제외하면 대부의 마지막 선물은 더 이상 흔적조차 없었다.

해리는 몸을 일으키고 앉아서 손을 벤 삐죽빼죽한 거울 조각을 자세히 들여다보았다. 그 자신의 밝은 초록색 눈동자만 그를 마주볼 뿐 다른 것은 아무것도 보이지 않았다. 그는 읽지 않고 침대에 올려놓았던 그날 아침 《예언자일보》 위에 거울 조각을 놓아두었다. 그리고 짐 가방에 남아 있는 잡동사니들을 처리하면서, 갑자기 솟구치는 쓰라린 기억들과 찌르는 듯한 후회, 깨진 거울을 발견하고 가슴속에서 막 일어나기 시작한 그리움을 막으려고 애썼다.

짐 가방을 완전히 비운 뒤 쓸모없는 물건들을 버리고 앞으로 필요한 물건들과 그렇지 않은 물건들을 나누는 일에 한 시간이 더 걸렸다. 교복 로브와 퀴디치 로브, 솥단지, 양피지, 깃펜과 교과서 대부분은 놓고 갈 물건으로 분류해서 한구석에 쌓아 두었다.

이모와 이모부가 과연 그 물건들을 어떻게 처리할지 궁금했다. 아마 끔찍한 범죄의 증거라도 되는 양 한밤중에 몰래 태워 버리겠지. 머글 옷, 투명 망토, 마법약 제조 도구 세트, 책 몇 권, 예전에 해그리드에게서 받은 사진 앨범, 편지 뭉치와 마법 지팡이는 낡은 배낭에 챙겨 놓았다. 배낭 앞주머니에는 도둑 지도와 R.A.B. 서명이 들어간 편지가 담긴 로켓이 들어 있었다. 로켓이 이 명예로운 자리에 배정된 건 소중해서가 아니라(일반적인 의미에서 이 로켓은 아무런 가치가 없었다) 그걸 얻으려고 치러야 했던 대가가 엄청났기 때문이었다.

그러고 나자 남은 것은 책상 위 흰올빼미 헤드위그 옆에 쌓여 있는 신문 더미뿐이었다. 해리가 올여름 프리빗가에서 지내는 동안 매일매일 배달된 신문들이었다.

그는 바닥에서 일어나 기지개를 켜고 방을 가로질러 책상으로 다가갔다. 해리가 신문을 휙휙 넘겨 보고 하나씩 쓰레기 더미에 던지는 동안 헤드위그는 꿈쩍도 하지 않았다. 잠들어 있거나 자는 척을 하고 있는 것이었다. 헤드위그는 지금 새장 밖으로 나갈 수 있는 시간이 너무 적은 탓에 해리에게 화가 나 있었다.

신문 더미가 줄어들어 바닥을 드러내기 시작하자 해리는 속도를 늦추고, 이번 여름을 보내기 위해 프리빗가에 돌아온 지 얼마 안 됐을 때 배달된 어떤 신문을 찾아보았다. 그가 기억하기로, 1면에 호그와트 머글학 교수인 채러티 버비지가 사임했다는 내용의 짤막한 기사가 실려 있던 신문이었다. 해리는 마침내 그 신문을 찾아냈다. 그는 책상 의자에 털썩 주저앉아 10면을 펼쳐서 찾고 있던 기사를 다시 읽어 보았다.

## 알버스 덤블도어를 기억하며

### 엘파이어스 도지

나는 열한 살 때 알버스 덤블도어를 처음 만났다. 그와 함께 호그와트에 입학한 첫날이었다. 우리가 서로에게 끌린 이유는 틀림없이 우리 둘 다 스스로를 외부인이라고 느꼈기 때문일 것이다. 나는 학교에 가기 직전에 용 천연두에 걸렸었는데, 더 이상 전염되는 상태가 아니었는데도 얽은 자국과 초록빛을 띤 얼굴 때문에 아이들은 내게 다가오려 하지 않았다. 알버스는 원치 않는 악명을 짊어지고 호그와트에 도착했다. 불과 1년 전, 그의 아버지 퍼시벌이 어린 머글 세 명을 잔혹하게 공격한 유명한 사건으로 유죄판결을 받았기 때문이었다.

알버스는 아버지가 그런 범죄를 저질렀다는 사실을 부인하려 든 적이 한 번도 없었다(퍼시벌은 아즈카반에서 종신형을 받았다). 오히려 내가 간신히 용기를 끌어 올려 물었을 때 그는 아버지가 유죄라는 것을 확실히 알고 있다고 말했다. 하지만 그뿐, 덤블도어는 사람들이 어떻게든 그 이야기를 들으려고 아무리 꾀어도 그 비극에 대해 더 이상 말하려 들지 않았다. 사실 어떤 사람들은 알버스의 아버지가 한 행동을 옹호하면서 알버스 역시 머글 혐오주의자라고 생각했다. 당치도 않은 생각이었다. 알버스를 아는 사람이라면 누구라도 증언하겠지만, 그는 반머글적 성향을 눈곱만큼도 드러낸 적이 없었다. 오히려 그 뒤로 오랫동안 머글의 권리를 결연하게 지지한 결과 수많은 적이 생기고 말았다.

하지만 불과 몇 달 만에 알버스 자신의 명성이 그 아버지의 악명을 가리기 시작했다. 1학년을 마칠 무렵부터 그는 머글 혐오주의자의 아들이 아니라 오직 호그와트 역사상 가장 훌륭한 학생으로만 알려지게 되었다. 그와 친구가 되는 특권을 누린 우리들은 그가 항상 넉넉히 베풀어 주었던 도움과 응원은 물론 그의 모범적 태도로 인해서 큰 덕을 보았다. 훗날 그는 나에게 그 시절부터 다른 사람을 가르치는 일에서 가장 큰 기쁨을 느꼈다고 고백했다.

그는 학교에서 주는 중요한 상들을 휩쓸었을 뿐만 아니라 머잖아 저명한 연금술사인 니콜라 플라멜과 유명 역사가 바틸다 백숏, 마법 이론가 애덜버트 워플링 등 당대의 가장 유명한 사람들과 꾸준히 편지를 주고받는 사이가 되었다. 그가 쓴 몇 편의 논문은 《오늘날의 변환 마법》, 《마법의 문제들》, 《마법약 제조의 명장》 등의 학술지에 실리기도 했다. 덤블도어는 빛나는 미래를 향해 혜성처럼 날아갈 것으로 보였다. 남아 있는 의문은 그가 마법 정부 총리가 되는 시점이 언제냐는 것뿐이었다. 세월이 흐르면서 그가 총리직을 맡기 일보 직전이라는 예측이 자주 나왔지만 그는 단 한 번도 정부에서 일할 야심을 품은 적이 없었다.

우리가 호그와트에 입학하고 3년이 지났을 때 알버스의 남동생인 애버포스가 학교에 입학했다. 형제는 닮은 구석이 전혀 없었다. 애버포스는 책벌레와는 거리가 멀었고, 알버스와는 달리 이성적 토론보다는 결투를 통해 갈등을 해결하는 편을 선호했다. 하지만 몇몇 사람의 얘기처럼 형제가 친하게 지내지 못했다는 것은 사실이 아니다. 서로 다른 소년들이 으레 그러듯, 둘은 거리낌 없이 부대끼며 지냈다. 애버포스의 입장을 헤아려 보자면, 알버스의 그림자 속에서 살아간다는 것이 그저 편안할 수만은 없는 게 사실이다. 어떤 일에서도 알버스보다 뛰어날 수 없다는 것은 그의 친구로 지내는 모두에게도 피할 수 없는 부담이었으니 남동생 입장에서는 더더욱 유쾌할 리 없는 일이었다.

호그와트를 졸업하게 됐을 때 알버스와 나는 당시의 전통에 따라 함께 세계를 여행하면서 외국의 마법사들을 만나 본 뒤 각자 진로를 결정할 생각이었다. 하지만 비극적인 사건이 이 계획을 방해했다. 여행을 떠나기 바로 전날 알버스의 어머니 켄드라가 돌아가셨고 그 바람에 알버스는 집안의 가장이자 생계를 이끌어 갈 책임자가 되었던 것이다. 나는 출발 날짜를 미루고 켄드라의 장례식에 참석해 조의를 표한 뒤 혼자서 여행을 떠났다. 알버스에게는 돌봐야 할 남동생과 여동생이 있었고 물려받은 돈은 별로 없었으므로 그가 나와 함께 여행을 떠날 처지가 못 된다는 건 뻔한 일이었다.

그 시기는 우리가 가장 뜸하게 소식을 주고받았던 때다. 나는 알버스에게 편지를 보내 그리스에서 키메라들을 피해 아슬아슬하게 탈출했던 사건부터 이집트 연금술사들의 실험에 이르기까지 여행에서 겪은 놀라운 일들을 이야기해 주었다. 아마도 눈치 없는 짓이었을 것이다. 알버스는 편지에 그의 일상에 관한 얘기를 거의 적지 않았다. 그토록 뛰어난 마법사에게는 답답할 만큼 단조로운 시간이었을 것이다. 혼자만의 경험에 파묻혀 있던 내가 1년 동안의 여행을 끝마칠 때쯤 끔찍한 비극이 벌어졌다는 소식이 전해졌다. 알버스의 여동생, 아리아나가 죽은 것이다.

아리아나의 건강이 오랫동안 좋지 못했던 것은 사실이었지만 어머니를 잃은 지 얼마 되지 않아 이러한 충격을 겪게 된 두 형제가 엄청난 영향을 받은 것은 당연한 일이다. 알버스와 가장 가까웠던 사람들(나는 내가 그 운 좋은 사람들 중 한 명이라고 생각한다)은 아리아나의 죽음과 그에 대한 알버스의 개인적 죄책감(물론 그는 아무 잘못이 없었지만)이 그에게 영원히 지워지지 않을 상처를 남겼다는

데 의견을 같이한다.

돌아와 보니 알버스는 나이 지긋한 사람이 겪었을 법한 고통을 이미 경험한 젊은이가 되어 있었다. 그는 예전보다 더 말이 없어졌고 유쾌한 모습도 많이 사라졌다. 설상가상으로 아리아나의 죽음은 알버스와 애버포스를 친밀하게 만들기는커녕 둘 사이를 더욱 멀어지게 했다. (이 문제는 시간이 지나면서 해결되었다. 이후에 그들은 친밀하다고까지는 할 수 없어도 확실히 우애 있는 관계를 맺었다.) 하지만 알버스는 그 이후 부모님이나 아리아나 이야기를 거의 하지 않았고, 알버스의 친구들도 그 일을 입에 올리지 않게 되었다.

이후의 업적에 대해서는 다른 필자들이 설명할 것이다. 용의 피를 사용하는 열두 가지 방법을 발견하는 등 마법 지식의 창고를 가득 채우는 일에도 셀 수 없이 기여했으며, 위즌가모트 최고위원장으로서 하나하나 열거할 수도 없을 만큼 지혜로운 판결을 내린 그의 업적은 우리의 후손들에게 큰 도움이 될 것이다. 지금까지도 사람들은 1945년 덤블도어와 그린델왈드 사이에 벌어진 마법 결투에 필적할 만한 대결은 없다고 말한다. 그 결투를 목격한 사람들은 그 비범한 마법사들의 싸움을 지켜보면서 느꼈던 공포와 경외감을 글로 남겼다. 덤블도어의 승리와 그 승리가 마법사 세계에 미친 영향은 국제 비밀 유지 법령의 도입이나 이름을 말해서는 안 되는 그 사람의 몰락에 버금가는 마법 역사의 전환점으로 여겨진다.

알버스 덤블도어는 결코 자만하거나 허영심을 품지 않았다. 그는 아무리 하찮고 초라해 보이는 사람에게서도 소중한 무언가를 발견할 줄 알았다. 나는 그가 젊은 시절에 겪은 상실 덕분에 훌륭한 인간성과 공감 능력을 얻었다고 믿는다. 그와 우정을 나누던 일이 말할 수 없을 만큼 그리워지겠지만 이런 나의 상실감도 마법사 세계가 느낄 상실감에 비하면 아무것도 아니다. 그는 분명 역대 호그와트의 교장들 중 가장 많은 감동을 주고 가장 많은 사랑을 받은 인물이었다. 그는 살아온 것과 같은 방식으로 죽음을 맞이했다. 내가 그를 처음 만난 날 용 천연두에 걸린 작은 소년에게 기꺼이 손을 내밀었던 것처럼, 마지막 순간까지 대의를 위해 일하다가 말이다.

 해리는 글을 다 읽은 뒤에도 추도문에 첨부된 사진을 멍하니 바라보았다. 덤블도어는 그 특유의 친숙하고 상냥한 미소를 머금고 있었다. 신문에 인쇄된 모습인데도 반달 안경 너머의 그의 눈길은 슬픔과 굴욕감이 뒤섞인 해리의 마음을 마치 엑스레이처럼 꿰뚫어 보는 듯했다.

 덤블도어를 꽤 잘 안다고 생각했는데, 이 추도문을 읽고 나자 그에 대해 별로 아는 게 없었다는 사실을 인정할 수밖에 없었다. 해리는 덤블도어의 어린 시절이나 청년기를 상상해 본 적이 한 번도 없었다. 덤블도어가 마치 해리가 아는 기품 있는 은발 노인의 모습으로 세상에 짠 나타나기라도 한 것처럼. 청소년 시절의 덤블도어라니 마치 멍청한 헤르미온느나 얌전한 폭발 꼬리 스크루트를 상상하는 것만큼이나, 생각만으로도 이상했다.

해리는 단 한 번도 덤블도어에게 그의 과거에 대해 물어볼 생각을 한 적이 없었다. 그랬다면 분명 이상하고 건방지기까지 한 질문으로 느껴졌겠지만, 어쨌거나 덤블도어와 그린델왈드가 그 전설적인 결투를 벌인 건 널리 알려진 사실이었다. 그런데도 해리는 덤블도어에게 그 대결이 어땠는지 물어본 적이 없었고, 덤블도어의 다른 유명한 업적들에 대해 물어볼 생각도 하지 않았다. 그랬다. 그들은 항상 해리에 대해서, 해리의 과거와 해리의 미래와 해리의 계획에 대해서 이야기했다……. 해리 자신의 미래가 무척 위험하고 불확실했던 것은 사실이지만, 덤블도어에 대해 질문을 하지 못했던 것이 그 무엇과도 바꿀 수 없는 기회를 놓친 것처럼 느껴져 아쉬웠다. 해리가 언젠가 유일하게 던졌던 개인적인 질문은 또한 덤블도어가 솔직하게 대답하지 않은 유일한 질문이기도 했다.

"교수님은 거울을 보면 뭐가 보이세요?"

"나? 나는 두꺼운 모직 양말을 들고 있는 내 모습이 보인단다."

잠시 생각에 잠겨 있던 해리는 《예언자일보》에서 추도문을 찢어 내 조심스럽게 접은 뒤 《실용적 방어 마법과 어둠의 마법에 대항

한 그 활용법》 1권에 집어넣었다. 그런 다음 그는 나머지 신문을 쓰레기 더미에 던지고 방을 향해 돌아섰다. 방은 훨씬 깔끔해져 있었다. 제자리를 찾지 못한 물건은 아직까지 침대에 놓여 있는 오늘 자《예언자일보》와 그 위에 놓인 깨진 거울 조각뿐이었다.

해리는 침대로 걸어가《예언자일보》에서 거울 파편을 치우고 신문을 펼쳤다. 그날 아침 배달 올빼미에게서 돌돌 말린 신문을 받았을 때는 헤드라인만 훑어보고 볼드모트에 관한 소식이 없는 걸 확인한 뒤 한쪽에 치워 놓았다. 그는 정부가《예언자일보》에 압력을 가해 볼드모트 관련 보도를 막고 있을 거라고 확신했다. 신문을 다시 펴자, 놓쳤던 소식이 이제야 눈에 들어왔다.

1면 하단 전체를 가로지르는 비교적 작은 헤드라인 아래 사진이 실려 있고, 그 안에서 덤블도어가 어쩔 줄 몰라 하며 성큼성큼 걸어 다니고 있었다.

### 덤블도어의 진실, 결국 밝혀지나?

많은 사람들이 당대의 가장 위대한 마법사라고 생각하는 허점투성이 천재의 충격적인 사연이 다음 주에 전격 공개된다. 리타 스키터는 은빛 수염을 기른 온화한 현자로만 알려진 덤블도어의 대중적 이미지를 벗겨 내고 그의 불우했던 어린 시절과 제멋대로 굴었던 청년 시절, 평생을 이어 온 반목, 그리고 덤블도어가 무덤까지 가져간 죄책감 깃든 비밀 등을 밝혀낸다. 마법 정부 총리가 되리라 여겨지던 사람이 **왜** 겨우 마법학교 교장에 만족했을까? 불사조 기사단이라 알려진 비밀 조직의 진짜 목적은 **무엇**일까? 덤블도어는 실제로 **어떤** 최후를 맞았을까?

리타 스키터의 충격적인 새 전기, 《알버스 덤블도어의 삶과 사기들》에서는 이를 비롯한 수많은 질문들에 대한 답을 찾고자 했다. 베티 브레이드웨이트의 리타 스키터 독점 인터뷰가 13면에 실려 있다.

해리는 신문을 확 펼쳐 13면을 찾았다. 기사 꼭대기를 장식한 사진에 또 하나의 익숙한 얼굴이 실려 있었다. 보석 박힌 안경을 쓰고 금발 머리카락을 공들여 곱슬곱슬하게 만 여자가 승리감에 젖어 치아를 다 드러낸 미소를 머금고 그를 향해 손가락을 흔들며 인사하고 있었다. 해리는 그 역겨운 모습을 무시하려고 온 힘을 끌어모으며 기사를 읽어 나갔다.

기자가 직접 만나 본 리타 스키터는 그녀의 글이 주는 사나운 인상보다 훨씬 따뜻하고 여린 사람이었다. 아늑한 집 복도에서 기자를 맞이한 그녀는 곧장 부엌으로 안내해 차와 파운드케이크 한 조각을 대접했다. 여기에는 물론 따끈따끈한 최신 소문도 곁들여졌다.

"네, 물론 덤블도어는 전기 작가들의 꿈이라고 할 만한 인물이에요." 스키터가 말한다. "길고도 파란만장한 인생을 살았으니까요. 제 책을 시작으로 앞으로 전기가 쏟아져 나올 거예요."

스키터는 확실히 남들보다 한 발 빨랐다. 900페이지에 달하는 그녀의 책은 지난 6월에 덤블도어가 수수께끼 같은 죽음을 맞은 이후 불과 4주 만에 완성됐다. 기자는 그녀에게 어떻게 그렇게 초스피드로 글을 쓸 수 있었는지 물었다.

"아, 저만큼 기자 생활을 오래 하다 보면 마감 맞추는 일이 아주 몸에 배거든요. 저는 마법사 세계가 이 사건의 전모를 알고 싶어 아우성이라는 사실을 알고 있었고, 그 요구에 처음으로 응하는 사람이 되고 싶었어요."

기자는 위즌가모트 특별 자문 위원이자 알버스 덤블도어의 오랜 친구인 엘파이어스 도지의 널리 알려진 최근 발언에 대해 물어보았다. 도지는 "스키터의 책에는 개구리 초콜릿 카드에 써 있는 것만큼도 안 되는 진실이 담겨 있습니다"라고 말한 바 있다.

스키터는 고개를 뒤로 젖히며 웃음을 터뜨렸다.

"사랑스러운 사기꾼 도지! 몇 년 전 인어들의 권리와 관련해서 그분을 인터뷰했던 일이 기억나네요. 어이가 없었죠. 아주 노망이 났는지 우리가 윈더미어 호수 밑바닥에 있다고 생각하는 것 같더라고요. 계속해서 저한테 송어를 조심하라고 하지 뭐예요(요즘엔 잘 쓰지 않는 표현이지만, '송어'의 영단어 'trout'에는 '성질 못된 노파'라는 뜻도 있다—옮긴이)."

하지만 책에 실린 내용이 왜곡된 것이라는 엘파이어스 도지의 비난에 공감하는 사람들도 많다. 스키터는 정말 4주라는 짧은 시간만으로 덤블도어의 길고 비범한 인생을 완전히 그려 내기에 충분하다고 생각하는 걸까?

"아, 기자님." 스키터는 기자의 손마디를 애정 어리게 톡톡 두드리며 활짝 웃었다. "기자님도 잘 아시겠지만 두둑한 갈레온 자루에다 '거절은 거절하겠다'는 결심, 날카롭고 멋진 속기 깃펜 하나만 있으면 아주 많은 정보를 얻을 수 있답니다! 어쨌든, 덤블도어 욕을 하고 싶은 사람들이 줄을 서 있을 정도였으니까요. 모두가 그를 그렇게 멋진 사람이라고 생각하는 건 아니거든요. 덤블도어는 수많은 거물들의 심기를 건드렸잖아요. 하지만 늙은 사기꾼 도지는 이제 그만 히포그리프에서 내려올 때도 됐어요('high Hippogriff'는 '거만함', '오만함'을 뜻하는 영어 숙어 'high horse'를 빗댄 표현이다—옮긴이). 저한테는 대부분의 기자들이 마법 지팡이와 맞바꿔서라도 만나고 싶어 할 정보원이 있거든요. 여태껏 한 번도 공개적인 발언을 한 적이 없는 사람인데, 덤블도어의 젊은 시절 가장 험하고 심란했던 시기에 가까이 지낸 사이였답니다."

사전 배포된 스키터의 전기에는 덤블도어가 한 점 부끄러움 없는 삶을 살았다고 믿는 사람들이 충격을 받을 만한 이야기가 많이 나온다. 기자는 스키터에게 그녀가 찾아낸 가장 충격적인 사실은 무엇이었는지 물어보았다.

"이런, 그건 안 되죠, 베티. 아직 책을 산 사람도 없는데 가장 흥미로운 내용을 알려 드릴 순 없어요!" 스키터는 그렇게 말하고 웃었다. "하지만 이것만은 확실하게 말씀드릴 수 있어요. 지금까지 덤블도어의 마음도 그 수염만큼 하얄 거라고 생각했던 사람은 정신이 번쩍 들 거라는 사실을요! 그냥 이렇게만 말해 두죠. 덤블도어가 '그 사람'에게 분노를 터뜨리는 모습을 본 사람이라면, 젊은 시절의 덤블도어 본인이 어둠의 마법이라는 진창에서 허우적댔을 줄은 꿈에도 몰랐을 거예요! 또, 관용을 호소하며 노년기를 보낸 마법사치고 젊은 시절의 그는 딱히 마음이 넓은 사람이 아니었답니다! 네, 알버스 덤블도어에게는 엄청나게 어두운 과거가 있어요. 물론 덤블도어가 그토록 쉬쉬하면서 감추려고 애썼던 수상한 가족이 있었던 건 말할 것도 없고요."

기자는 스키터가 말하는 그 가족이 마법 부당 사용으로 15년 전 소소한 사건들을 일으켰던 덤블도어의 남동생 애버포스인지 물어보았다.

"아, 애버포스는 똥 더미의 일부에 불과해요." 스키터는 웃음을 터뜨렸다. "아니, 아녜요. 제가 하려는 얘기는 염소들이랑 노는 걸 좋아하던 남동생이나 심지어 머글에게 상해를 입힌 그 아버지에 관한 것보다도 훨씬 심한 거랍니다. 어쨌든 두 사람에 관한 소문은 덤블도어도 막지 못했잖아요. 둘 다 위즌가모트에서 유죄판결을 받았고요. 제 흥미를 끈 건 어머니와 여동생이었어요. 조금 파 보니까 엄청난 죄악의 온상이 드러나더군요. 하지만 말씀드렸다시피, 자세한 내용을 알고 싶다면 9장에서 12장을 읽어 보세요. 지금 드릴 수 있는 말씀은, 덤블도어가 코가 부러진 이유를 단 한 번도 밝힌 적 없는 것도 그다지 놀랄 일은 아니라는 것뿐이에요."

가족에 얽힌 비밀은 그렇다 치더라도, 스키터는 수많은 마법적 발견으로 이어진 덤블도어의 천재성까지 부정하는 걸까?

"머리는 좋았죠." 그녀는 한 발 물러섰다. "덤블도어가 이뤘다고 알려진 그 모든 업적이 정말로 그가 해낸 일인지 의심하는 사람은 많지만요. 제가 16장에도 썼지만, 아이버 딜런스비는 덤블도어가 그의 논문을 '빌려' 갔을 때 본인이 이미 용의 피를 사용하는 방법 여덟 가지를 발견한 상태였다고 주장하고 있어요."

하지만 기자가 과감히 묻건대, 덤블도어가 이뤄 낸 몇몇 업적은 그 중요성을 부정할 수 없지 않을까? 그린델왈드를 물리친 유명한 사건은 어떠한가?

"아, 그래요, 그린델왈드 얘기를 꺼내시니 기쁘네요." 스키터가 감질나게 하는 미소를 지으며 말했다. "유감이지만, 덤블도어의 극적인 승리를 생각하며 눈시울을 붉히는 분들은 폭탄선언에 대비하셔야 할 거예요. 아니, 똥폭탄 선언이라고 해야 하나? 정말이지 아주 더러운 내막이 있었더라고요. 제가 드리고 싶은 말씀은, 전설처럼 전해지는 그 극적인 대결이 실제로 벌어졌다고 확신하지는 말라는 것뿐이에요. 제 책을 읽고 나면 그린델왈드는 그냥 마법 지팡이 끝에 백기를 내걸고 얌전히 항복했을 뿐이라고 결론 내리실지도 모른답니다."

스키터는 이 흥미로운 주제에 관해 더 이상 말해 주지 않았다. 대신 우리는 그 무엇보다 독자들을 매료시킬 게 분명한 덤블도어의 인간관계로 화제를 돌렸다.

"아, 그래요." 스키터가 활기차게 고개를 끄덕이며 말했다. "포터와 덤블도어의 관계에 대해 쓰는 데 한 장(章)을 통째로 할애했어요. 사람들은 둘의 관계가 건전하지 않으며, 심지어 찜찜하다고 여겨 왔거든요. 자초지종을 모두 알고 싶다면 책을 사 보셔야겠지만, 덤블도어가 처음부터 포터에게 비정상적인 관심을 가졌던 것은 분명해요. 그게 정말 포터에게 최선의 이익이 되는 일이었는지는…… 글쎄요, 두고 봐야죠. 포터가 굉장히 고통스러운 청소년기를 보냈다는 건 공공연한 비밀이잖아요."

기자는 스키터에게 지금도 해리 포터와 가깝게 지내는지 물었다. 스키터가 작년에 해리 포터와 진행했던 인터뷰는 '그 사람'이 돌아왔다는 포터의 주장을 독점적으로 전한 획기적인 기사로 매우 유명하다.

"아, 네. 우린 꽤 친밀한 관계를 이어 왔어요." 스키터가 말한다. "가엾게도 포터한테는 진정한 친구가 몇 명 없거든요. 우리가 처음 만났을 때가 포터의 인생에서 가장 힘들었던 시기인 트라이위저드 대회 기간이기도 했고요. 아마 저는 살아 있는 사람 중에서 해리 포터를 잘 안다고 말할 수 있는 사람일 거예요."

그리고 덤블도어의 최후를 둘러싼 수많은 소문들에 관한 이야기가 자연스럽게 이어졌다. 스키터는 덤블도어가 사망할 당시 포터가 현장에 있었다고 생각할까?

"음, 전부 책에 담겨 있는 내용이라 많은 얘기를 하고 싶지는 않지만, 호그와트 성 안에 있던 목격자들은 덤블도어가 추락했든, 스스로 뛰어내렸든, 아니면 누군가에게 떠밀렸든, 그 직후에 포터가 그곳에서 도망치는 걸 봤다고 해요. 포터는 나중에 세베루스 스네이프에게 불리한 증언을 했는데, 스네이프는 포터와 사이가 안 좋기로 유명한 사람이죠. 모든 것이 눈에 보이는 그대로일까요? 그건 마법사 사회가 판단할 문제랍니다. 일단 제 책을 읽은 뒤에 말이죠."

이 흥미로운 답변을 끝으로 기자는 자리에서 일어섰다. 스키터가 출간되자마자 베스트셀러가 될 책을 썼다는 사실은 분명하다. 한편 덤블도어의 수많은 팬들은 곧 자신들의 영웅에 대해 어떤 진실이 드러날지 두려움에 떨고 있을 것이다.

 해리는 기사를 다 읽고 나서도 멍하니 그 페이지를 노려보았다. 역겨움과 분노가 솟구쳐 토할 것 같은 기분이었다. 그는 신문을 마구 구겨서 있는 힘껏 벽에다 던졌다. 신문은 흘러넘친 휴지통 주위에 널브러진 쓰레기들 사이로 떨어졌다.

 리타 스키터의 기사에 적힌 문장들이 마구잡이로 머릿속을 울리는 가운데, 해리는 자신이 뭘 하는지도 거의 의식 못 한 채 앞이 안 보이는 것처럼 방 안을 돌아다니기 시작했다. 그는 빈 서랍을 열어 보거나 책을 집었다가 제자리에 놓기도 했다. 포터와 덤블도어의 관계에 대해 쓰는 데 한 장(章)을 통째로 할애했어요……. 사람들은 둘의 관계가 건전하지 않으며, 심지어 찜찜하다고 여겨 왔거든요……. 젊은 시절의 덤블도어 본인이 어둠의 마법이라는 진창에서 허우적댔을 줄은……. 저한테는 대부분의 기자들이 마법 지팡이와 맞바꿔서라도 만나고 싶어 할 정보원이 있거든요…….

 "거짓말이야!" 해리는 힘껏 소리 질렀다. 잔디 깎는 기계에 시동을 걸려고 서 있던 옆집 이웃이 깜짝 놀라서 올려다보는 모습이 창밖으로 보였다.

 해리는 침대에 털썩 주저앉았다. 그 바람에 깨진 거울 조각이 침대 위에서 튕겨 나갔다. 그는 바닥에 떨어진 조각을 집어 들고 이리저리 뒤집으면서 생각에 잠겼다. 덤블도어에 대해서, 리타 스키터의 중상모략에 대해서…….

한순간 환한 파란빛이 번뜩였다. 해리는 이미 베인 손가락으로 거울 조각의 뾰족뾰족한 모서리를 다시 쓸어 보다가 얼어붙었다. 상상일 것이다. 헛것을 본 게 틀림없다. 그는 어깨 너머를 힐끗 돌아봤지만 벽은 피튜니아 이모가 고른 끔찍한 복숭아색 그대로였다. 거울에 파란색을 비출 만한 것은 아무것도 없었다. 그는 다시 거울 조각을 들여다봤지만 그 자신의 초록색 눈이 마주 보일 뿐이었다.

상상한 것이라고밖에는 달리 설명할 길이 없었다. 죽은 교장 선생을 생각하고 있었기에 그런 상상을 한 것이다. 이 세상에 단 한 가지 확실한 게 있다면, 다시는 알버스 덤블도어의 밝은 파란색 눈이 그를 꿰뚫듯 바라보지 못하리라는 사실이었다.

## 3장
## 떠나는 더즐리 가족

현관문이 쾅 닫히는 소리가 계단 위까지 울려 퍼지더니 곧이어 누군가가 고함을 질렀다. "야! 너!"

16년 동안 그렇게 불려 왔기에 해리는 이모부가 누구를 부르는지 뻔히 알고 있었다. 하지만 곧바로 대답하지는 않았다. 그는 여전히 거울 조각을 응시하고 있었다. 짧은 순간, 거기에서 덤블도어의 눈이 보인 것 같았다. 이모부가 "**이 자식!**"이라고 소리친 다음에야 해리는 천천히 자리에서 일어나 침실 문으로 향했다. 그는 잠깐 발걸음을 멈추고, 가져갈 물건들이 가득 들어 있는 배낭에 거울 조각을 집어넣었다.

"뭘 꾸물거리고 있어!" 해리가 계단 꼭대기에서 모습을 드러내자 버넌 더즐리가 소리 질렀다. "이리 내려와. 할 얘기가 있다!"

해리는 양손을 청바지 주머니 깊숙이 찔러 넣고 어슬렁어슬렁 아래층으로 내려갔다. 거실에 도착해 보니 더즐리 가족 셋이 모여 있었다. 여행을 떠나는 옷차림이었다. 버넌 이모부는 지퍼가 달린 황갈색 재킷을, 피튜니아 이모는 연어 빛깔 깔끔한 코트를, 금발에 덩치가 크고 근육질인 사촌 더들리는 가죽 재킷을 입고 있었다.

"네?" 해리가 대꾸했다.

"앉아!" 버넌 이모부가 말했다. 해리는 눈썹을 치켜올렸다. "명령하는 건 아니다!" 버넌 이모부는 그 말을 덧붙이면서 목구멍이 따갑기라도 한 듯 살짝 움찔했다.

해리는 의자에 앉았다. 곧 무슨 말이 나올지 알 것 같았다. 이모부가 왔다 갔다 서성이기 시작하자 피튜니아 이모와 더들리는 불안한 눈길로 그의 움직임을 좇았다. 마침내 버넌 이모부가 생각에 몰두한 나머지 그 푸르죽죽하고 커다란 얼굴을 잔뜩 일그러뜨리며 해리 앞에 멈춰 서서 입을 열었다.

"마음이 바뀌었다." 그가 말했다.

"그것 참 놀랍네요." 해리가 말했다.

"그딴 식으로 말하지 말……." 피튜니아 이모가 입 밖으로 날카로운 소리를 쏟아 내려는 순간 버넌 더즐리가 손짓으로 그녀를 가로막았다.

"그건 다 헛소리야." 버넌 이모부는 돼지같이 조그만 눈으로 해리를 노려보며 말했다. "나는 그 말을 한 마디도 믿지 않기로 결심했다. 우린 여기 그대로 있을 거다. 아무 데도 안 가."

해리는 이모부를 올려다보며 짜증과 즐거움이 뒤섞인 감정을 느꼈다. 버넌 더즐리는 지난 4주 동안 하루에 한 번씩 결심을 뒤집었고, 마음이 바뀔 적마다 차에다 짐을 꾸렸다가 풀었다가 다시 꾸리곤 했다. 해리가 가장 기분 좋았던 순간은, 지난번 짐을 푼 이후 더즐리가 가방에 아령을 추가로 집어넣은 사실을 모르고 버넌 이모부가 트렁크에 실으려다가 고통스러운 비명과 더불어 수많은 욕설을 내뱉으며 주저앉았을 때였다.

"네 말대로라면……." 버넌 더즐리가 다시 거실을 이리저리 서성거리기 시작하며 말했다. "우리가…… 피튜니아와 더들리와 내가…… 위험에 처했다는 건데, 그…… 그……."

"'제 족속' 중 몇 사람 때문에요. 맞아요." 해리가 말했다.

"어쨌든 난 그 말을 믿지 않아." 버넌 이모부가 다시 해리 앞에 멈춰 서면서 되풀이했다. "밤을 반쯤 새우다시피 하면서 곰곰이 생각해 봤는데, 내 생각에 그건 집을 차지하려는 음모다."

"집요?" 해리가 다시 물었다. "무슨 집요?"

"이 집!" 버넌 이모부가 소리 질렀다. 그의 이마에 핏대가 섰다.

"우리 집! 이 동네 집값이 치솟고 있으니까! 넌 우리를 치워 버리고 싶은 거야. 그다음에 네가 수리수리 마하수리 하고 수작을 좀 부리면, 우리가 모르는 사이에 집문서를 네 앞으로 해 놓을 테고……."

"제정신이세요?" 해리가 물었다. "이 집을 차지하려는 음모라고요? 정말 생긴 것만큼 멍청하신 거예요?"

"감히 그런……!" 피튜니아 이모가 꽥 소리 질렀지만 이번에도 버넌이 손짓으로 그녀를 가로막았다. 그의 외모에 대한 모욕 같은 건 그가 발견한 위험에 비하면 아무것도 아닌 모양이었다.

"혹시라도 잊으셨을까 봐 하는 말인데요." 해리가 말했다. "전 이미 집이 있어요. 대부님이 남겨 주신 집요. 그런데 왜 제가 이 집에 눈독을 들이겠어요? 좋은 기억이 너무 많아서?"

잠깐 침묵이 흘렀다. 해리는 이 주장이 이모부에게 먹힌 것 같다고 생각했다.

"그러니까 네 주장은" 하고, 버넌 이모부가 다시 왔다 갔다 하기 시작하면서 말했다. "이 왕인지 뭔지가……."

"볼드모트요." 해리가 짜증이 묻어나는 목소리로 말했다. "이미 백번 정도 한 얘기잖아요. 이건 주장이 아니라 사실이에요. 덤블도어 교수님이 작년에 이모부한테도 말씀하셨듯이 말이에요. 그리고 킹슬리랑 위즐리 아저씨도……."

버넌 더즐리는 화가 난 듯 어깨를 움츠렸다. 해리의 여름방학이 시작되고 며칠 뒤 성인 마법사 두 사람이 예고도 없이 방문했던 기억을 떨쳐 내려는 듯했다. 킹슬리 샤클볼트와 아서 위즐리가 현관 계단에 도착한 일은 더즐리 가족에게 무척 불쾌하고도 충격적인 사건이었다. 하긴, 위즐리 씨는 거실 절반을 부순 전적이 있으니 버넌 이모부가 그의 방문을 반길 리 없다는 사실은 당연히 받아들여야겠지만.

"……킹슬리랑 위즐리 아저씨도 설명하셨고요." 해리는 개의치 않고 밀어붙였다. "제가 열일곱 살이 되는 순간, 저를 안전하게 지켜 주는 보호 마법이 깨질 거예요. 그러면 저뿐만 아니라 이모부네 가족도 위험에 노출돼요. 기사단은 볼드모트가 이모부를 표적으로 삼을 거라고 확신해요. 이모부를 고문해서 제가 있는 곳을 알아내거나, 혹은 이모부를 인질로 잡으면 제가 구하러 나타날 거라고 생각해서 말이죠."

버넌 이모부와 해리의 눈이 마주쳤다. 해리는 그 순간 두 사람 모두 똑같은 궁금증을 품고 있다고 확신했다. 그때, 버넌 이모부가 다시 서성이기 시작했고 해리도 다시 말을 이었다. "은신처로 가야 해요. 기사단도 도와주려 하고요. 이모부 가족한테 지금 해 줄 수 있는 최고의 보호책을 제안하는 거라고요."

버넌 이모부는 아무 말도 하지 않고 계속 서성거렸다. 밖에는 쥐똥나무 산울타리 위로 해가 낮게 걸려 있었다. 옆집의 잔디 깎는 기계가 작동을 멈췄다.

"마법 정부가 있는 줄 아는데?" 버넌 더즐리가 불쑥 물었다.

"있어요." 해리가 깜짝 놀라며 대답했다.

"그렇다면, 대체 왜 그자들이 우리를 지켜 주지 못하는 거냐? 내가 보기에 우리는 요주의 인물을 품어 준 것 말고는 아무 죄도 없는 무고한 피해자인데, 이보다 더 정부의 보호를 받을 자격이 있는 사람들이 어디 있냐!"

해리는 웃음을 터뜨렸다. 그는 도저히 참을 수가 없었다. 그토록 경멸하고 불신하는 세계에서조차 권력 기구에 매달리다니 너무도 이모부다웠다.

"위즐리 아저씨랑 킹슬리가 한 말을 이모부도 들으셨잖아요." 해리가 대답했다. "저희는 마법 정부 내에 적의 스파이가 침투해 있다고 생각해요."

버넌 이모부는 벽난로까지 성큼성큼 걸어갔다가 돌아오면서 커다란 검은색 콧수염이 휘날릴 정도로 거세게 숨을 쉬었다. 생각에 잠긴 얼굴은 아직도 벌겋게 달아올라 있었다.

"좋다." 그가 다시 해리 앞에 멈춰 서며 말했다. "좋아, 일단 논의를 위해서 우리가 이 보호조치를 받아들인다고 치자. 난 그래도 우리가 왜 그 킹슬리라는 자의 보호를 받을 수 없다는 건지 도저히 모르겠는데."

 해리는 간신히 눈알을 굴리지 않고 참아 냈지만, 쉬운 일은 결코 아니었다. 이 질문에도 이미 대여섯 번은 대꾸했던 것이다.

 "제가 여러 번 말씀드렸다시피……." 그가 이를 악물고 말했다. "킹슬리가 보호하고 있는 건 머글…… 그러니까 제 말은, 이모부네 총리예요."

 "내 말이 그 말이야. 그자가 최고란 얘기잖아!" 버넌 이모부가 텅 빈 텔레비전 화면을 가리키며 말했다. 더즐리 가족은 뉴스를 보다가, 총리가 병원을 방문했을 때 조심스럽게 그의 뒤를 따라 걸어가던 킹슬리를 발견했다. 킹슬리의 느린 저음이 왠지 믿음을 주는 것은 물론 그가 머글처럼 차려입는 요령을 완전히 터득한 덕분에 더즐리네 부부는 그를 마음에 들어 했는데, 그들이 마법사를 그런 식으로 생각하게 된 건 처음 있는 일이었다. 물론, 그들은 킹슬리가 귀고리를 하고 있는 모습은 한 번도 본 적이 없었.

 "어쨌든 킹슬리는 이미 보호해야 할 사람이 있어요." 해리가 말했다. "하지만 헤스티아 존스와 디덜러스 디글이라면 기꺼이 이 일을……."

 "우리가 이력서라도 봤다면 모를까……." 버넌 이모부가 그렇게 말하자 해리는 마침내 인내심을 잃고 말았다. 해리는 자리에서 일어나, 이번에는 그 자신이 텔레비전을 가리키며 이모부에게 다가갔다.

"이 사고들은 단순한 사고가 아니에요. 충돌, 폭발, 열차 탈선, 지난번 뉴스를 본 이후로 벌어진 모든 일들 말이에요. 사람들이 실종되고 죽어 가고 있어요. 그 배후에 그자, 볼드모트가 있다고요. 여기에 대해서는 벌써 여러 번 설명했잖아요. 그자는 그저 재미 삼아서 머글을 죽인다고요. 이 안개도…… 이 안개도 디멘터들이 일으킨 거예요. 디멘터가 뭔지 생각나지 않으신다면 저기 이모부 아들한테 물어보세요!"

더들리가 두 손을 홱 들어 입을 가렸다. 부모와 해리의 눈길이 자기에게 향해 있는 것을 알아차린 그가 천천히 손을 내리고 물었다. "그놈들이…… 그놈들이 더 있단 말이야?"

"더 있냐고?" 해리가 웃었다. "우릴 공격했던 둘 말고 또 있느냐는 거야? 당연히 있지. 수백 명은 돼. 아마 지금쯤이면 몇 천 명이 됐을지도 몰라. 그놈들이 공포와 절망을 먹고산다는 걸 생각해 보면……."

"알았다, 알았어." 버넌 더즐리가 고함쳤다. "네 말은 잘 알겠는데……."

"정말 잘 아시는 거면 좋겠네요." 해리가 말했다. "제가 열일곱 살이 되는 순간 죽음을 먹는 자들이나 디멘터들, 어쩌면 인페리우스, 그러니까 어둠의 마법사가 마법을 걸어서 움직이게 만든 시체

들까지 온갖 놈들이 이모부네 가족을 찾을 수 있게 될 테고, 분명 공격해 올 거예요. 예전에 마법사들한테서 도망쳤다가 무슨 일을 당했는지 기억하신다면 이모부도 도움이 필요하다는 점에는 동의하실 거예요."

짧은 침묵이 이어졌다. 해그리드가 나무 현관문을 박살 내던 소리가 그간의 세월을 뚫고 메아리치는 듯했다. 피튜니아 이모는 버넌 이모부를 바라보고, 더들리는 해리에게 시선을 고정하고 있었다. 마침내 버넌 이모부가 불쑥 내뱉었다. "그러면 내 직장은? 더들리 학교는? 게으름뱅이 마법사 나부랭이들한테야 그런 일이 중요할 거라고는 생각 안 한다만……."

"이해가 안 되세요?" 해리가 소리쳤다. "그놈들은 이모부를 고문하고 죽일 거라고요. 우리 부모님한테 그랬던 것처럼!"

"아빠." 더들리가 큰 소리로 말했다. "아빠…… 난 이 기사단이라는 사람들하고 같이 갈래."

"더들리." 해리가 말했다. "네 인생에서 처음으로 말이 되는 소리를 하는구나."

그는 이 싸움에서 이겼다는 사실을 알아챘다. 더들리가 기사단의 도움을 받아들일 만큼 겁을 먹었다면 더들리의 부모도 그를 따라갈 것이다. 그들이 사랑하는 디디킨과 떨어진다는 건 결코 있을 수 없는 일이었다. 해리는 벽난로 위에 있는 휴대용 탁상시계를 힐끗 쳐다보았다.

"5분만 있으면 기사단이 도착할 거예요." 해리는 그렇게 말한 뒤, 더즐리 가족 누구도 대꾸하지 않자 거실을 나섰다. 이모, 이모부, 사촌과 (아마도 영원히) 헤어지는 건 무척이나 기분 좋게 받아들일 수 있는 일이었건만, 왠지 어색한 분위기가 감돌았다. 16년 동안 굳건히 이어져 온 증오가 끝날 때는 서로 무슨 말을 해야 하는 걸까?

자기 방으로 돌아간 해리는 별생각 없이 배낭을 만지작거리다가 헤드위그의 새장 철창 사이로 올빼미 먹이용 견과류 두어 개를 넣어 주었다. 나무 열매가 둔탁한 소리를 내며 바닥에 떨어졌지만 헤드위그는 본 척도 하지 않았다.

"우린 곧 떠날 거야. 조금만 있으면." 해리가 말했다. "그럼 너도 다시 날 수 있을 거야."

초인종이 울렸다. 해리는 머뭇거리다가 다시 방을 나와 아래층으로 내려갔다. 헤스티아와 디덜러스가 알아서 적절히 더즐리 가족을 상대할 수 있을 거라 기대하는 건 무리였다.

"해리 포터!" 해리가 문을 열자마자 잔뜩 흥분한 목소리가 꽥 소리를 질렀다. 연보라색 실크해트를 쓴 조그만 남자가 허리를 깊숙이 숙이며 인사했다. "언제나 그렇듯, 영광이다!"

"고맙습니다, 디덜러스." 해리는 당황스러워하면서 검은 머리카락의 헤스티아에게 눈을 돌리고 살짝 미소 지었다. "이렇게까지 해 주시다니 정말 고마워요······. 얘기는 다 끝났어요. 여기, 이모랑 이모부랑 사촌이······."

"안녕하십니까, 해리 포터의 친척 여러분!" 디덜러스가 성큼성큼 거실로 들어서면서 즐겁게 소리쳤다. 더즐리 가족은 누가 그들을 그런 식으로 부르는 게 전혀 즐겁지 않은 눈치였다. 해리는 이모부가 또 한 번 마음을 바꿀 것만 같아 걱정스러웠다. 더들리는 마법사들을 보자마자 어머니에게 바짝 붙어서 몸을 움츠렸다.

"보아하니 짐도 다 싸고 준비를 마치셨군요. 훌륭합니다! 해리가 말씀드렸겠지만 계획은 간단합니다." 디덜러스가 조끼에서 큼직한 회중시계를 꺼내 보며 말했다. "우리가 해리보다 먼저 떠나야 해요. 여러분 집에서 마법을 사용하면 위험하니······ 해리가 아직 미성년이라 정부가 그걸 해리를 체포할 구실로 삼을 수 있거든요. 일단 차를 타고 16킬로미터쯤 가다가 우리가 여러분을 위해 마련해 놓은 안전한 장소로 순간이동 할 겁니다. 운전하는 법은 아시겠지요?" 그가 버넌 이모부에게 정중하게 물었다.

"뭘 아느냐고······? 젠장, 운전하는 방법이야 당연히 잘 알고 있소!" 버넌 이모부가 식식거렸다.

"아주 똑똑하시네요, 선생님. 정말 똑똑하십니다. 저라면 개인적으로 그 많은 버튼과 손잡이가 매우 헷갈렸을 것 같은데요." 디

디덜러스가 말했다. 나름 버넌 더즐리의 비위를 맞추고 있다고 생각하는 게 분명했다. 하지만 버넌 더즐리는 디덜러스가 한 마디 한 마디 내뱉을수록 오히려 그의 계획에 대한 믿음을 눈에 띄게 잃어 가고 있었다.

"운전도 할 줄 모르다니." 그가 화가 나서 콧수염을 부르르 떨며 나직이 투덜거렸지만 다행히 디덜러스도 헤스티아도 듣지 못한 듯했다.

"해리, 너는……." 디덜러스가 말을 이었다. "호위대가 올 때까지 여기서 기다릴 거다. 계획이 약간 변경돼서 말이지……."

"무슨 말씀이세요?" 해리가 곧바로 물었다. "저는 매드아이가 와서 동반 순간이동으로 저를 데려가는 줄 알았는데요?"

"그건 안 돼." 헤스티아가 딱 잘라 말했다. "매드아이가 설명해 줄 거야."

도무지 이해할 수 없다는 표정을 짓고 이 모든 말에 귀를 기울이던 더즐리 가족은 웬 시끄러운 목소리가 꽥 소리 지르자 깜짝 놀라 펄쩍 뛰었다. "*서둘러!*" 해리는 방을 둘러보다가 디덜러스의 회중시계에서 그 소리가 들렸다는 것을 깨달았다.

"그래그래, 우린 아주 **빡빡한** 일정에 따라 움직이고 있거든." 디덜러스가 시계를 향해 고개를 끄덕이더니 다시 조끼에 집어넣으며 말했다. "우린 네가 집에서 나가는 때와 네 친척들이 순간이동 하는 때를 맞추려는 중이야, 해리. 그러니까 너와 친척들 모두가 안전한 곳으로 이동하는 그 순간에 마법이 깨지도록 말이지." 그는 더즐리 가족을 돌아보았다. "자, 다들 짐 싸셨고 갈 준비 되셨지요?"

아무도 대답하지 않았다. 버넌 이모부는 불룩 튀어나온 디딜러스의 조끼 주머니를 아직도 혐오스럽게 바라보고 있었다.

"우린 복도에서 기다리는 게 좋겠어, 디딜러스." 헤스티아가 속삭이듯 말했다. 그녀는 해리와 더즐리 가족이 애정 어린, 어쩌면 눈물 어린 작별 인사를 나누는 동안 그 자리에 남아 있는 것이 눈치 없는 행동이라고 느낀 게 틀림없었다.

"그러실 필요 없어요." 해리가 웅얼거렸지만 버넌 이모부가 다음과 같이 큰 소리로 말하며 설명이 더 필요 없게 만들었다. "자, 그럼 작별이로구나, 이놈."

그는 오른팔을 획 들어 해리와 악수하려 했지만, 최후의 순간 그런 일은 도저히 할 수 없다는 듯 그저 주먹을 꽉 움켜쥐고 메트로놈처럼 앞뒤로 흔들어 대기 시작했다.

"준비됐니, 디디?" 피튜니아 이모가 아예 해리와 눈을 마주치는 일을 피하려는 듯 유난스럽게 핸드백 걸쇠를 확인하며 물었다.

더즐리는 대답하지 않고 약간 입을 벌린 채 서 있었다. 그 모습을 보자 해리는 거인 그룹이 떠올랐다.

"그럼 가자." 버넌 이모부가 말했다.

이모부가 어느새 거실 문에 다다랐을 때, 더들리가 중얼거렸다. "이해가 안 가."

"뭐가 이해가 안 가니, 아가?" 피튜니아 이모가 아들을 바라보며 물었다.

더들리는 커다란 햄 덩어리 같은 손을 들어 해리를 가리켰다.

"왜 쟤는 우리랑 같이 안 가?"

버넌 이모부와 피튜니아 이모는 마치 더들리가 방금 발레리나가 되고 싶다는 말이라도 한 듯 제자리에 얼어붙은 채 그를 뚫어지게 바라보았다.

"뭐?" 버넌 이모부가 큰 소리로 되물었다.

"쟤는 왜 같이 안 가냐고." 더들리가 다시 물었다.

"뭐, 저 녀석은…… 저 녀석은 같이 가기 싫은가 보지." 버넌 이모부가 뒤돌아서서 해리를 노려보며 덧붙였다. "같이 가고 싶은 거 아니지?"

"네, 전혀요." 해리가 말했다.

"거 봐라." 버넌 이모부가 더들리에게 말했다. "자 어서, 가자."

그가 거실을 나갔다. 현관문이 열리는 소리가 들렸지만 더들리는 그 자리에서 꼼짝도 하지 않았다. 피튜니아 이모도 머뭇거리며 몇 걸음을 내디뎠다가 이내 걸음을 멈췄다.

"또 뭐야?" 버넌 이모부가 다시 문간에 모습을 드러내며 호통쳤다.

더들리는 말로 표현하기에 너무 어려운 개념과 씨름하는 것처럼 보였다. 잠시 고통스러운 내면의 갈등을 겪고 있는 게 분명해 보이던 그가 말했다. "그럼 쟤는 어디로 가는데?"

피튜니아 이모와 버넌 이모부가 서로 시선을 주고받았다. 더들리 때문에 깜짝 놀란 것이 분명했다. 헤스티아 존스가 그 침묵을 깨고 말했다.

"그런데…… 여러분 조카가 어디로 가는지는 당연히 알고 계시는 거죠?" 그녀가 당황한 표정을 지으며 물었다.

"당연히 알지." 버넌 더즐리가 말했다. "당신네 패거리 중 누군가랑 떠나는 거 아뇨? 됐다, 더들리. 차에 타자. 아까 저 사람이 하는 말 들었잖아. 서둘러야 돼."

이번에도 버넌 더즐리는 현관까지 걸어갔지만 더들리는 따라가지 않았다.

"우리 패거리 중 누군가랑 떠난다고요?"

헤스티아는 매우 화가 난 것처럼 보였다. 해리는 예전에도 이런 모습을 본 적이 있었다. 마법사들은 그 유명한 해리 포터와 가장 가까운 친척들이 그에게 이토록 무관심하다는 사실에 충격을 받는 것 같았다.

"괜찮아요." 해리가 헤스티아를 달랬다. "상관없어요, 정말로요."

"상관이 없다고?" 헤스티아가 되풀이했다. 그녀의 목소리가 불길하게 높아지고 있었다. "이 사람들은 네가 무슨 일을 겪었는지 모르니? 네가 어떤 위험에 처해 있는지, 네가 반(反)볼드모트 운동의 중심에서 얼마나 중대한 역할을 하고 있는지 모른단 말이야?"

"어…… 네, 몰라요." 해리가 말했다. "사실 저 사람들은 제가 자리만 차지하는 쓸모없는 인간이라고 생각해요. 하지만 저한텐 익숙한 일이라서……."

"난 네가 쓸모없는 사람이라고 생각하지 않아."

더들리의 입술이 움직이는 것을 못 봤다면 해리는 그가 그런 말을 했다는 사실을 믿지 못했을 것이다. 하지만 더들리의 입술은 실제로 움직였고, 해리는 잠시 그를 바라본 뒤에야 그 말을 한 사람이 틀림없이 자기 사촌이라는 사실을 받아들였다. 무엇보다 더들리의 얼굴이 벌겋게 달아올라 있었던 것이다. 해리도 당황스럽고 놀라웠다.

"그…… 어…… 고마워, 더들리."

이번에도 더들리는 말로 표현하기엔 너무 불편한 생각들과 씨름하는 듯하더니 웅얼거렸다. "넌 내 목숨을 지켜 줬어."

"딱히 그런 건 아냐." 해리가 말했다. "디멘터들이 노린 건 네 목숨이 아니라 영혼이었으니까…….”

그는 신기하다는 듯 사촌을 바라보았다. 그들은 이번 여름에도, 지난번 여름에도 사실상 거의 만나지 못했다. 해리가 프리빗가에 머무른 기간이 너무 짧았던 데다, 그동안에도 항상 방에만 틀어박혀 있었기 때문이었다. 이제야 아침에 밟았던 다 식은 차가 담긴 찻잔이 부비트랩이 아니었을지도 모른다는 생각이 들었다. 상당히 감동을 받기는 했지만, 어쨌든 해리는 더들리가 감정을 표현하는 능력을 다 써 버린 것 같아서 안심했다. 더들리는 한두 번 우물거리더니 얼굴을 붉힌 채 입을 다물었다.

피튜니아 이모가 울음을 터뜨렸다. 헤스티아 존스는 만족스러운 표정을 짓고 그녀를 바라봤다. 하지만 피튜니아 이모가 앞으로 달려가 해리가 아닌 더들리를 끌어안자 그 표정은 분노로 바뀌었다.

“차, 착하기도 하지, 우리 더더스…….” 그녀는 더들리의 거대한 가슴에 얼굴을 파묻고 흐느꼈다. “이, 이렇게 사, 사랑스러울 수가…… 고, 고맙다는 말도 할 줄 알고…….”

“고맙다는 말은 전혀 안 했는데요!” 헤스티아가 성난 목소리로 외쳤다. “그저 해리가 자리만 차지하는 쓸모없는 인간이라고는 생각하지 않는다고 말했을 뿐이죠!”

“네, 하지만 더들리 입에서 그런 말이 나온 건 ‘사랑해’라고 말한

거나 마찬가지예요." 해리가 말했다. 방금 더들리가 불타는 건물에서 해리를 구출하기라도 한 듯 자기 아들을 붙잡고 있는 피튜니아 이모를 보고 있자니 짜증도 나고 웃음도 났다.

"갈 거요, 말 거요?" 버넌 이모부가 다시 거실 문 앞에 모습을 드러내며 소리쳤다. "일정이 빡빡한 줄 알았는데!"

"네, 네. 갑니다." 디덜러스 디글이 말했다. 그는 지금까지 눈앞에서 벌어지는 광경을 어리벙벙하게 지켜보고 있다가 그제야 정신을 차린 듯했다. "진짜 가야 해. 자, 해리……."

그는 앞으로 걸어 나와 두 손으로 해리의 손을 꼭 쥐었다.

"행운을 빈다. 또 만났으면 좋겠구나. 마법사 세계의 희망이 네 어깨에 달려 있어."

"아." 해리가 말했다. "네. 고맙습니다."

"잘 지내, 해리." 헤스티아도 그의 손을 꼭 잡으며 말했다. "항상 네 생각을 할게."

"다 잘됐으면 좋겠네요." 해리가 피튜니아 이모와 더들리를 힐끗 쳐다보며 말했다.

"아, 우린 분명히 둘도 없는 친구가 될 거야." 디덜러스가 밝은 목소리로 말하고 거실을 나서면서 모자를 흔들었다. 헤스티아가 그의 뒤를 따랐다.

더들리가 엄마의 손아귀에서 슬쩍 빠져나와 해리에게 다가왔다.

해리는 마법으로 그를 위협하고 싶은 마음을 간신히 억눌렀다. 다음 순간 더들리가 그에게 분홍빛을 띤 큼직한 손을 내밀었다.

"젠장, 더들리." 해리가 다시 시작된 피튜니아 이모의 흐느낌을 누르며 말했다. "디멘터들이 너한테 다른 인격이라도 불어넣어 준 거야?"

"몰라." 더들리가 웅얼거렸다. "또 보자, 해리."

"그래……." 해리는 더들리의 손을 맞잡고 악수하며 말했다. "혹시 모르지. 몸조심해, 빅 D."

더들리는 미소를 지을락 말락 하더니 느릿느릿 방에서 나갔다. 그의 묵직한 발이 자갈이 깔린 진입로를 걸어가는 소리에 이어 차 문이 쾅 닫히는 소리가 들렸다.

손수건에 얼굴을 묻고 있던 피튜니아 이모가 그 소리에 주위를 돌아봤다. 해리와 단둘이 있게 될 거라고는 생각조차 못 한 듯했다. 그녀는 축축해진 손수건을 서둘러 주머니에 쑤셔 넣으며 말했다. "그럼…… 잘 가라." 그러더니 그녀는 그를 쳐다보지도 않고 문을 향해 걸어갔다.

"안녕히 가세요." 해리가 말했다.

그녀는 걸음을 멈추고 뒤를 돌아봤다. 잠깐 동안 해리는 그녀가 뭔가 말하고 싶어 하는 것 같다는 아주 이상한 느낌을 받았다. 그녀는 묘하게 흔들리는 눈길로 해리를 바라보며 뭔가 말하려는 듯

하더니 이내 고개를 살짝 젓고, 남편과 아들을 뒤따라 부산스러운 발걸음으로 거실을 나갔다.

## 4장
## 일곱 명의 포터

해리는 침실로 다시 달려 올라갔다. 창가로 다가가자마자 더즐리 가족의 차가 진입로를 빠져나가 도로에 들어서는 모습이 보였다. 뒷좌석에 앉은 피튜니아 이모와 더들리 사이로 디덜러스의 실크해트가 보였다. 자동차는 프리빗가 끝에서 오른쪽으로 돌았다. 저물어 가는 태양에 창문이 잠시 빨갛게 불타오르는 듯하더니 자동차는 이내 사라져 버렸다.

해리는 헤드위그의 새장과 파이어볼트, 배낭을 집어 들고 어색하게 느껴질 만큼 깔끔하게 정돈된 방을 마지막으로 쓱 둘러보았다. 그리고 아래층 복도로 비틀비틀 내려가 계단 밑에 새장과 빗자루와 가방을 놓아두었다. 어느새 빛이 빠르게 사라지고 있었다.

저녁노을이 드리워진 복도는 그림자들로 가득했다. 곧 있으면 이 집을 영원히 떠난다고 생각하면서 이곳에 가만히 서 있으려니 기분이 아주 이상했다. 오래전에는 더즐리 가족이 자기들끼리 외출을 하고 집 안에 혼자 남겨졌을 때의 그 고독한 시간이 특별하고 귀한 선물처럼 느껴졌었다. 그는 냉장고에서 뭔가 맛있는 것을 꺼낼 때만 빼면 쏜살같이 2층으로 올라가 더들리의 컴퓨터를 하고 놀거나 마음에 드는 프로그램을 찾아 텔레비전 채널을 이리저리 돌렸다. 그 시간을 떠올리자니 이상하게 공허한 기분이 들었다. 마치 잃어버린 남동생을 떠올리는 기분이었다.

"마지막으로 한번 둘러보지 않을래?" 그는 아직도 시무룩하게 날개 아래 머리를 파묻고 있는 헤드위그에게 물었다. "여기엔 다시 오지 않을 거야. 즐거웠던 기억을 전부 떠올려 보고 싶지 않아? 내 말은, 이 현관 매트를 봐. 어떤 기억이 있더라……. 내가 디멘터들한테서 구해 준 다음 더들리가 여기다 토를 했지……. 근데 알고 보니 더들리가 그 일을 고마워하고 있었다니. 믿어져? ……그리고 지난여름에는 덤블도어 교수님이 저 현관문으로 들어왔었는데……."

해리는 잠시 생각의 끈을 놓쳤다. 헤드위그는 그가 기억 속으로 되돌아올 수 있도록 도와줄 생각이 전혀 없는 듯 여전히 날개 아래 고개를 파묻고 있었다. 해리는 현관을 등지고 돌아섰다.

"그리고 헤드위그, 이 아래는……." 해리는 계단 밑 벽장문을 열었다. "……내가 잠을 자던 곳이야! 그땐 우리가 만나기 전이었지. 와, 이렇게 좁았구나. 까맣게 잊고 있었네……."

해리는 쌓여 있는 신발과 우산 들을 둘러보며, 매일 아침 눈을 뜨면 거미 한두 마리로 장식되어 있던 계단 밑부분을 올려다보던 일을 떠올렸다. 해리가 자신의 진짜 정체에 대해 아무것도 모르던 시절이었다. 부모님이 어떻게 돌아가셨는지, 그의 주위에서 왜 그렇게 이상한 일이 자주 일어났는지 알지 못하던 때의 일들. 해리는 그 시절에도 그를 끈질기게 괴롭히던 꿈들을 여전히 기억할 수 있었다. 번쩍이는 초록색 불빛이 등장하거나, 날아다니는 오토바이가 나오기도 했던(해리가 이 얘기를 하자 버넌 이모부는 앞의 차를 들이받을 뻔했다) 혼란스러운 꿈들…….

갑자기 어딘가에서 귀가 떨어질 듯 우르릉하는 큰 소리가 들렸다. 해리는 움찔하며 벌떡 몸을 일으켰다가 낮은 문틀에 머리를 박았다. 그는 버넌 이모부가 썼을 법한 욕설을 내뱉으면서 머리를 감싸 쥐고 비틀비틀 부엌으로 들어갔다. 부엌 창문 너머로 뒤뜰이 보였다.

어둠이 물결치고 공기가 떨리는 것처럼 보이더니 보호색 마법이 해제되면서 사람의 형체가 하나씩 불쑥불쑥 나타나기 시작했다. 그중에서 가장 눈에 띄는 사람은 헬멧과 고글을 쓰고, 검은색 사이드카가 달린 어마어마하게 큰 오토바이를 타고 있는 해그리드였다. 그의 주위 곳곳에 모습을 드러낸 사람들이 빗자루에서 내리고 있었다. 개중에는 해골 같은 외양에 날개 달린 검은 말에서 내리는 사람들도 두 명 있었다.

해리는 뒷문을 열고 사람들 사이로 달려갔다. 다들 큰 소리로 인사를 건네는 동안 헤르미온느는 그를 끌어안았고 론은 등을 탁 쳤다. 해그리드가 인사했다. "잘 지냈냐, 해리? 갈 준비 됐지?"

"그럼요." 해리가 모두를 향해 활짝 웃으며 말했다. "이렇게 많이 올 줄은 몰랐어요!"

"계획이 바뀌었다." 매드아이가 걸걸한 목소리로 말했다. 그는 커다랗고 불룩한 자루 두 개를 들고 있었다. 그의 마법 눈이 어두워져 가는 하늘에서 집으로, 다시 정원으로 현기증 날 만큼 빠르게 돌아갔다. "자세한 얘기를 나누기 전에 위장부터 하자."

해리는 모두를 부엌으로 데리고 들어갔다. 그들은 웃고 떠들며 의자에 자리를 잡거나, 피튜니아 이모가 번쩍번쩍 빛이 나게 닦아 놓은 곳에 앉기도 하고, 얼룩 한 점 없는 그녀의 주방 기구에 기대기도 했다. 론은 키가 크고 호리호리했으며, 헤르미온느는 부스스한 머리를 길게 땋아 뒤로 묶었고, 프레드와 조지는 똑같은 얼굴로 씩 웃고 있었다. 빌은 심한 흉터가 남은 얼굴에 머리를 길게 기르고 있었으며, 친절한 얼굴에 머리가 벗어져 가는 위즐리 씨는 안경을 살짝 비뚤게 쓰고 있었다. 오랜 전투를 치러 온 외다리 매드아이의 밝은 파란색 마법 눈이 눈구멍 속에서 빙글빙글 돌아갔다. 통스는 짧은 머리카락을 가장 좋아하는 밝은 분홍색으로 바꿨고, 루핀은 머리가 더 희끗희끗해지고 주름이 깊어진 모습이었다. 은빛이 도는 긴 금발에 늘씬하고 아름다운 플뢰르의 모습도 보였고, 머리카락이 없고 어깨가 떡 벌어진 킹슬리도 있었다. 거친 머리카락과 턱수염의 해그리드는 머리를 천장에 부딪치지 않으려고 구부정하게 서 있었으며, 눈이 바셋하운드처럼 축 처지고 머리카락은 잔뜩 엉켜 있는 작은 몸집의 먼덩거스 플레처는 여전히 지저분하고 꾀죄죄했다. 그들의 모습을 보자 해리는 마음이 환하게 부풀어 오르는 듯했다. 그들 모두가 믿을 수 없을 만큼 반가웠다. 심지어 지난번에 만났을 때 해리가 목을 졸라 버리려고 했던 먼덩거스까지도.

"킹슬리, 아저씨는 머글 총리를 보호해 주시는 줄 알았는데요?" 해리가 방 저편에서 큰 소리로 물었다.

"하루 정도는 나 없이도 지낼 수 있을 거야." 킹슬리가 말했다. "네가 더 중요하니까."

"해리, 무슨 일이 있었게?" 통스가 식기세척기 위에 걸터앉아 왼손을 흔들어 보이며 말했다. 그녀의 손에서 반지가 반짝거렸다.

"결혼했어요?" 해리가 그녀에게서 루핀에게로 눈을 돌리며 소리쳤다.

"부르지 못해서 미안하다, 해리. 아주 조용하게 치렀거든."

"정말 잘됐네요. 축하······."

"됐다, 됐어. 살갑게 안부 주고받을 시간은 나중에도 있을 거다!" 무디가 왁자지껄한 소리를 누르며 고함을 지르자 부엌 안이 조용해졌다. 무디는 자루를 발밑에 내려놓고 해리를 돌아보았다. "아마 디덜러스가 말해 줬겠지만 플랜A는 버릴 수밖에 없었다. 파이어스 시크니스가 저쪽으로 넘어간 바람에 큰 문제가 생겼어. 그자가 이 집에 플루 네트워크를 연결하거나 포트키를 배치하는 일, 순간이동으로 이곳을 드나드는 일을 구금까지 할 수 있는 범법 행위로 만들어 버렸어. 이 모든 게 너를 보호한다는 명목으로 취해진 조치다. '그 사람'이 너에게 접근하는 것을 미연에 방지하겠다는 거지. 다 쓸데없는 짓이다. 그런 일은 네 어머니의 마법이 이미 하고 있으니까. 그 작자가 실제로 한 짓거리는 네가 이곳에서 안전하게 빠져나가지 못하도록 막은 거야. 또 다른 문제는 네가 미성년자라는 거다. 그 말은 너에게 아직 추적이 걸려 있다는 거지."

"추적이 무슨······."

"추적 말이다, 추적 마법!" 매드아이가 짜증스럽게 말했다. "17세가 안 된 미성년자들 주위에서 일어나는 마법 활동을 감지하는 마법 말이다. 정부에서는 그런 방법으로 미성년 마법사들의 마법 행위를 알아챈단 말이야! 너나 네 주위에 있는 누군가가 너를 여기서 빼내기 위해 마법을 걸면 시크니스가 알게 된다. 죽음을 먹는 자들도 마찬가지고. 추적 마법이 깨질 때까지 기다릴 수는 없어. 네가 열일곱 살이 되는 순간 네 어머니가 걸어 준 그 온갖 보호 마법이 풀릴 테니까. 간단히 말해서, 파이어스 시크니스는 너를 제대로 구석으로 몰았다고 생각할 거다."

해리는 시크니스라는 알지도 못하는 사람의 의견에 동의하지 않을 수 없었다.

"그럼 어쩌죠?"

"우리에게 남아 있는 유일한 이동 수단을 이용해야지. 마법을 걸 필요가 없어서 추적 마법으로도 탐지할 수 없는 유일한 방법 말이다. 빗자루, 세스트럴, 그리고 해그리드의 오토바이다."

해리는 이 계획의 문제점을 알아차렸지만 매드아이에게 그것을 직접 설명할 기회를 주고자 입을 다물었다.

"자, 네 어머니의 마법은 오직 두 가지 조건에서만 깨진다. 네가 성인이 되거나……." 무디는 티끌 하나 없는 부엌을 가리켰다. "……이곳을 더 이상 집이라고 부르지 않게 될 경우다. 너와 네 이모, 이모부는 오늘 밤 서로 다른 길을 간다. 다시는 함께 살 일이 없다는 것을 완전히 인지한 상태로 말이지. 그렇지?"

해리는 고개를 끄덕였다.

"그러니까 이번에 네가 이 집을 떠나면, 그 순간 돌아올 수 없는 다리를 건너는 셈이다. 마법은 네가 집을 벗어나는 순간 깨지니까. 그래서 우리는 그 마법을 좀 일찍 깨뜨리기로 했다. 안 그러면 네가 열일곱 살이 되는 순간 '그 사람'이 와서 너를 잡아갈 때까지 기다리는 꼴이 될 테니. 우리에게 한 가지 유리한 점은 '그 사람'은 우리가 오늘 밤 너를 이동시킨다는 사실을 모른다는 것이다. 우리가 마법 정부에 가짜 정보를 흘려서, 놈들은 네가 30일에야 떠난다고 생각하거든. 하지만 우리가 상대하는 건 '그 사람'이야. 그자가 날짜를 잘못 알고 있을 것만 믿고 있을 수는 없다. 그자는 틀림없이 만일의 경우를 대비해 죽음을 먹는 자 한두 명을 시켜 이 지역 하늘을 전반적으로 순찰하게 했을 거다. 그래서 우리는 서로 다른 열두 집에다 우리가 걸 수 있는 보호 마법을 죄다 걸어 두었다. 그 집들이 모두 우리가 너를 숨길 만한 장소로 보이도록 말이지. 전부 기사단과 어느 정도 관련 있는 집들이다. 내 집, 킹슬리의 집, 몰리의 고모인 뮤리엘의 집…… 무슨 뜻인지 알겠지?"

"네." 해리는 그렇게 대답했지만 완전히 납득한 것은 아니었다. 여전히 이 계획의 큰 허점이 보였던 것이다.

"너는 우선 통스의 부모님 댁으로 갈 거다. 우리가 그 집에 걸어 둔 보호 마법의 경계 안으로 들어가는 순간 포트키를 사용해 버로로 갈 수 있게 될 거고. 질문 있나?"

"어…… 있어요." 해리가 말했다. "처음에는 제가 보호 마법을 건 열두 집 중 어느 곳으로 가는지 놈들이 모를 수도 있겠지만, 뭐랄까, 좀 뻔하지 않을까요? 일단……." 그는 재빨리 머릿수를 헤아렸다. "……우리 열네 명이 통스의 부모님 댁으로 날아가기 시작하면요."

"아." 무디가 말했다. "가장 중요한 설명을 잊었군. 우리 열네 명이 통스의 부모님 댁으로 날아가는 게 아니다. 오늘 밤 하늘을 날아서 이동하는 해리 포터는 일곱 명이야. 각자 동료 한 명과 함께 서로 다른 은신처로 향한다."

곧이어 무디가 망토 안에서 진흙 같은 것이 담겨 있는 플라스크를 하나 꺼냈다. 해리는 그의 말을 더 들을 필요도 없이 무슨 계획인지 곧바로 알아차렸다.

"안 돼요!" 그가 큰 소리로 외쳤다. 그의 목소리가 부엌을 쩌렁쩌렁 울렸다. "절대 안 돼요!"

"네가 이런 식으로 나올 거라고 말씀드렸어." 헤르미온느가 그것 보라는 듯 말했다.

"여섯 사람이 저 때문에 목숨을 거는 걸 제가 마냥 보고 있을 거라고 생각하셨다면……!"

"뭐, 처음 있는 일도 아니고." 론이 말했다.

"이건 다르잖아. 나로 위장한다니……."

"뭐, 우리도 솔직히 이 생각이 마음에 들지는 않아, 해리." 프레드가 진심을 담아 말했다. "일이 잘못돼서 우리가 영원히 비쩍 마른 안경잡이 꼬마 신세가 된다고 상상해 봐."

해리는 웃지 않았다.

"제가 협조하지 않으면 절대 그 계획대로 못 할걸요. 제 머리카락이 필요할 테니까요."

"뭐, 그럼 그 계획은 실패네." 조지가 말했다. "네가 협조하지 않으면 우리 모두가 달려들어도 네 머리털 한 가닥 뽑을 수 없을 테니까."

"그래, 우리 열세 명이서 마법을 쓰지도 못하는 사람 한 명을 상대해야 하는데. 전혀 가망이 없네." 프레드가 말했다.

"퍽도 재미있네." 해리가 말했다. "진짜 웃긴다."

"힘으로 밀어붙여야 한다면, 그렇게 해야지." 무디가 성난 듯 말했다. 해리를 노려보고 있는 그의 마법 눈이 눈구멍 안에서 파르르 떨리고 있었다. "여기 있는 사람들 모두 성인이다, 포터. 그리고 모두 위험을 감수할 준비가 돼 있지."

먼덩거스는 어깨를 으쓱하며 얼굴을 찌푸렸다. 무디의 마법 눈이 옆으로 쓱 돌아가더니 그를 쏘아보았다.

"말다툼은 더 이상 하지 말자. 아까운 시간만 가고 있어. 네 머리카락 몇 가닥만 내놓으란 말이다, 이 녀석아. 당장."

"하지만 이건 말도 안 되는 짓이에요. 이럴 필요가……."

"이럴 필요가 없다니!" 무디가 큰 소리로 꾸짖었다. "저 바깥엔 '그 사람'이 있고 정부 절반이 그자의 편이다, 포터! 운이 따른다면 그자는 가짜 미끼를 물고 30일에 너를 덮칠 계획을 세우겠지. 하지만 그자가 미치지 않았다면 죽음을 먹는 자 한두 명에게 경계를 서도록 했을 게 뻔해. 나라도 그렇게 했을 테니까. 네 어머니의 마법이 버텨 주는 동안에는 놈들이 너나 이 집에 접근할 수 없겠지. 하지만 이제 그 마법은 깨지기 직전이고 놈들은 이 집이 대충 어디 있는지는 알고 있어. 그나마 성공할 가능성이 있는 건 미끼를 써서 그놈들을 유인하는 것뿐이야. 아무리 '그 사람'이라도 자기 자신을 일곱으로 쪼갤 수는 없으니까."

해리는 헤르미온느와 눈이 마주치자마자 고개를 돌렸다.

"그러니, 포터. 제발 머리카락을 내놔라."

해리는 론을 힐끗 쳐다보았다. 론은 그냥 해 버려, 하고 말하는 듯한 눈빛을 보내며 얼굴을 찌푸렸다.

"당장!" 무디가 호통쳤다.

해리는 모두의 시선을 받으며 머리로 손을 뻗어 머리카락을 한 줌 뽑았다.

"좋아." 무디가 절뚝절뚝 앞으로 다가오며 마법약이 담긴 플라스크의 마개를 열었다. "여기에 넣어 다오."

해리는 진흙 같은 액체 속에다 머리카락을 떨어뜨렸다. 머리카락이 표면에 닿자마자 마법약이 부글부글 끓으며 연기를 내기 시작하더니 순식간에 투명하고 밝은 황금색으로 변했다.

"와, 네 약이 크래브랑 고일 것보다 훨씬 맛있어 보인다, 해리." 헤르미온느는 그렇게 말했다가 론이 눈썹을 치켜올리는 모습을 보고 얼굴을 살짝 붉히며 덧붙였다. "아, 무슨 뜻인지 알잖아. 고일의 머리카락을 넣은 마법약은 코딱지 색깔이었단 말이야."

"좋다, 그럼. 가짜 포터들은 이쪽으로 줄을 서도록." 무디가 말했다.

론과 헤르미온느, 프레드와 조지, 플뢰르가 피튜니아 이모의 광이 나는 싱크대 앞에 줄지어 섰다.

"한 명이 모자란데요." 루핀이 말했다.

"여기." 해그리드가 걸걸하게 말하더니 먼덩거스의 목덜미를 잡고 번쩍 들어서 플뢰르 옆에 내려놓았다. 플뢰르는 불쾌한 듯 콧등을 찡그리며 프레드와 조지 사이로 자리를 옮겼다.

"말했잖아요, 난 보호자가 되는 편이 좋다고." 먼덩거스가 말했다.

"그 입 닥쳐라." 무디가 으르렁거렸다. "내가 이미 말하지 않았냐, 이 비실비실한 벌레 같은 놈아. 우리를 쫓아올 죽음을 먹는 자들은 죄다 포터를 잡으려고 하지 죽이려 들지는 않을 거다. 덤블도어는 항상 '그 사람'이 제 손으로 직접 포터를 끝장내고 싶어 할 거라고 했다. 걱정해야 할 건 오히려 보호자들이다. 보호자들이라면 죽음을 먹는 자들이 기꺼이 죽이고 싶어 할 테니까."

먼덩거스는 그래도 딱히 안심한 표정이 아니었지만 무디는 이미 망토 안쪽에서 에그 컵만 한 유리잔 여섯 개를 꺼내고 있었다. 그는 잔을 나눠 준 뒤 폴리주스 마법약을 조금씩 따랐다.

"그럼 다 같이……."

론, 헤르미온느, 프레드, 조지, 플뢰르, 먼덩거스가 약을 마셨다. 마법약이 목구멍으로 넘어가자 모두 숨을 헐떡이며 얼굴을 찌푸렸다. 곧이어 그들의 이목구비가 부글부글 거품을 일으키며 밀랍처럼 녹아내리기 시작했다. 헤르미온느와 먼덩거스의 키는 위로 솟아올랐고, 론과 프레드와 조지는 줄어들고 있었다. 그들의 머리카락 색깔이 검게 변했다. 헤르미온느와 플뢰르의 머리카락이 머리로 빠르게 파고드는 듯 보이더니 짧아졌다.

무디는 그 광경에는 아랑곳없이 가져왔던 커다란 자루의 끈을 풀었다. 그가 다시 허리를 폈을 때는 여섯 명의 해리 포터가 무디 앞에서 숨을 헐떡이고 있었다.

프레드와 조지가 서로를 바라보며 동시에 외쳤다. "와…… 우리 쌍둥이가 됐네!"

"근데 난 잘 모르겠는걸. 이 모습이 됐어도 내가 더 잘생긴 것 같아." 프레드가 주전자에 비친 자기 모습을 살펴보며 말했다.

"흥." 플뢰르가 전자레인지 문에 비친 자기 모습을 보며 말했다. "빌, 나 보지 마. 끔찍해."

"옷이 헐렁한 사람들은 내가 가져온 작은 옷으로 갈아입어라." 무디가 첫 번째 자루를 가리키며 말했다. "옷이 너무 꽉 끼는 사람도 마찬가지고. 안경 잊지 말도록. 옆 주머니에 각각 하나씩 들어 있으니까. 옷을 갈아입은 다음에는 다른 자루에 들어 있는 가방도 챙겨야 한다."

진짜 해리는 지금까지 별의별 이상한 일들을 봐 왔지만 지금 이것이야말로 가장 괴상한 광경일 거라고 생각했다. 그는 그의 도플갱어 여섯 명이 자루를 뒤져 옷을 꺼내고, 안경을 쓰고, 각자의 물건들을 자루에 쑤셔 넣는 모습을 지켜보았다. 자신들의 몸이 아니라 해리의 몸이라서 그런지 다들 아무 거리낌 없이 훌렁훌렁 옷을 벗어 던졌다. 해리는 그의 사생활을 좀 더 존중해 달라고 부탁하고 싶은 마음이었다.

"지니가 한 문신 얘기 말이야. 그럼 그렇지, 거짓말이었네." 론이 해리의 맨가슴을 내려다보며 말했다.

"해리, 너 눈 정말 나쁘다." 헤르미온느가 안경을 쓰면서 말했.

일단 옷을 입고 나자 가짜 해리들은 두 번째 자루에서 흰올빼미가 들어 있는 새장과 배낭을 하나씩 꺼내 들었다.

"좋아." 마침내 옷을 갖춰 입고 안경을 쓰고 짐을 든 일곱 명의 해리가 그를 마주 보자 무디가 말했다. "이렇게 둘씩 이동한다. 먼덩거스는 나랑 같이 빗자루로 이동하고……."

"내가 왜 그쪽이랑 가요?" 뒷문 가장 가까운 곳에 있던 해리가 툴툴댔다.

"네놈이야말로 감시가 필요하니까." 무디가 으르렁거리듯 말했다. 아니나다를까, 그는 말을 이으면서도 마법 눈을 먼덩거스에게서 떼지 않았다. "아서와 프레드……."

"전 조지인데요." 무디가 가리킨 쌍둥이가 말했다. "해리가 됐는데도 저흴 구분 못 하신단 말이에요?"

"미안하다, 조지……."

"농담이에요, 저 프레드 맞아요."

"장난은 집어치워!" 무디가 버럭 화를 냈다. "다른 녀석…… 조지인지 프레드인지, 너는 리머스와 같이 간다. 플라쿠르 양은……."

"제가 세스트럴을 타고 플뢰르와 함께 가겠습니다." 빌이 말했다. "플뢰르가 빗자루를 별로 좋아하지 않아서요."

플뢰르가 감동받은 듯 잔망스러운 표정을 지으며 그의 곁에 바짝 다가섰다. 해리는 자신의 얼굴에 다시는 그런 표정이 떠오르지 않기를 진심으로 바랐다.

"그레인저 양은 킹슬리와 같이 간다. 역시 세스트럴을 타고."

헤르미온느는 안도하는 표정을 지으며 킹슬리의 미소에 답했다. 해리는 헤르미온느도 빗자루 타는 일을 별로 자신 없어 한다는 사실을 알고 있었다.

"그럼 론 너랑 내가 남네!" 통스는 밝은 목소리로 말하며 론에게 손을 흔들다가 그만 머그컵 걸이를 툭 쳐서 넘어뜨리고 말았다.

론은 헤르미온느만큼 반가운 기색이 아니었다.

"그리고 넌 나랑 갈 거야, 해리. 괜찮겠냐?" 해그리드가 약간 불안한 표정을 지으며 말했다. "우리는 오토바이를 타고 갈 거야. 빗자루나 세스트럴은 내 몸무게를 버티지 못하거든. 그런데 내가 타면 자리가 별로 없을 테니 넌 사이드카에 타야 해."

"좋은데요." 해리는 그렇게 말했지만 완전한 진심은 아니었다.

"죽음을 먹는 자들은 아마 네가 빗자루를 타고 갈 거라고 예상할 거다." 해리의 기분을 짐작한 듯 무디가 그렇게 말했다. "그동안 스네이프가 죽음을 먹는 자들에게 지금껏 너에 대해 말하지 못했던 것들을 시시콜콜 떠들어 댔을 테니까. 장담하는데, 죽음을 먹는 자들을 마주치게 되면 놈들은 분명 빗자루를 능숙하게 타는 포터 중 한 명을 노릴 거다. 자, 그럼……." 그는 가짜 포터들의 옷이 들어 있는 자루를 졸라매고 앞장서서 뒷문으로 향하며 말을 이었다. "떠나기로 한 시간까지 3분 남았다. 굳이 문을 잠글 필요는 없어. 죽음을 먹는 자들이 오면 어차피 막지도 못할 테니까……. 가자…….”

해리는 다급히 복도로 나가 배낭과 파이어볼트, 헤드위그의 새장을 챙겨 들고 어둠이 내린 뒤뜰에 있는 다른 사람들과 합류했다. 여기저기서 빗자루들이 사람들의 손안으로 날아들고 있었다. 헤르미온느는 이미 킹슬리의 도움을 받아 거대한 검은색 세스트럴 위에 올라앉아 있었고, 또 다른 세스트럴에는 플뢰르가 빌의 도움을 받으며 올라타고 있었다. 해그리드는 고글을 쓰고 오토바이 옆에 서서 기다리고 있었다.

"이게 그거예요? 시리우스의 오토바이?"

"그래, 그 오토바이야." 해그리드가 해리를 내려다보고 활짝 웃으며 말했다. "네가 지난번에 탔을 때는 널 한 손으로 들 수 있었는데!"

해리는 사이드카에 올라타면서 어쩔 수 없이 약간 굴욕감을 느꼈다. 사이드카에 앉아 다른 사람들보다 1미터쯤 푹 낮아졌기 때문이다. 론은 범퍼카를 탄 어린애처럼 앉아 있는 해리를 보고 싱글거렸다. 해리는 배낭과 빗자루를 발밑에 두고 헤드위그의 새장을 양 무릎 사이에 끼웠다. 너무나 불편했다.

"아서가 손을 좀 봐 줬어." 해그리드는 해리의 불편함을 전혀 눈치채지 못한 듯했다. 그가 올라타자 오토바이는 살짝 삐걱거리면서 땅바닥으로 몇 센티미터 주저앉았다. "이제는 핸들에 몇 가지 장치가 달려 있지. 이건 내가 생각해 낸 거야."

그는 굵직한 손가락으로 속도계 옆에 있는 자주색 버튼을 가리켰다.

"조심하세요, 해그리드." 옆에서 빗자루를 들고 있던 위즐리 씨가 말했다. "그 기능을 추가한 게 현명한 일이었는지 아직 잘 모르겠어요. 비상시에만 써야 하는 건 확실하고요."

"그럼 좋다." 무디가 말했다. "다들 준비하도록. 우리 모두 정확히 같은 시간에 출발해야 한다. 그렇지 않으면 유인 작전도 아무 소용이 없으니까."

모두가 빗자루에 올랐다.

"꽉 잡아, 론." 통스가 말했다. 해리는 론이 죄책감 어린 눈길로 은근슬쩍 루핀을 바라보고 나서야 두 손으로 그녀의 허리를 붙잡는 것을 보았다. 해그리드는 오토바이에 시동을 걸었다. 오토바이가 용처럼 포효했고 사이드카는 덜덜 떨리기 시작했다.

"다들 행운을 빈다." 무디가 소리쳤다. "다들 대략 한 시간 뒤에 버로에서 보자. 셋을 센다. 하나…… 둘…… **셋.**"

오토바이가 우르릉하고 엄청난 굉음을 냈다. 해리는 사이드카가 끔찍스러울 만큼 덜컹거리는 것을 느꼈다. 다음 순간 그는 하늘을 가르고 빠르게 솟아올랐다. 눈에 눈물이 고이고 얼굴로 흘러내린 머리카락은 뒤로 홱 넘어갔다. 주위의 빗자루들도 쏜살같이 날아오르고 있었다. 세스트럴의 길고 검은 꼬리가 빠르게 지나쳐 갔다. 사이드카에 욱여넣은 두 다리가 헤드위그의 새장과 배낭에 짓눌려 벌써부터 쑤시고 감각이 없어져 갔다. 해리는 너무나 불편한 나머지 하마터면 프리빗가 4번지를 마지막으로 힐끗 돌아보는 것도 잊을 뻔했다. 사이드카 너머로 내다봤을 때는 어느 집이 프리빗가 4번지인지도 더 이상 알아볼 수 없었다. 그들은 하늘로 점점 더 높이 날아올랐다.

그리고 다음 순간, 그들은 난데없이 포위당했다. 복면을 쓴 자들이 적어도 서른 명 정도 공중에 떠서 거대한 원을 이루고 있었는데, 기사단 단원들이 전혀 예상 못 하고 그 한가운데로 떠오른 것이다.

사방에서 날카로운 외침이 터져 나오고 녹색 불빛이 번뜩였다. 해그리드가 고함을 질렀고 오토바이가 뒤집어졌다. 해리는 방향 감각을 완전히 잃어버렸다. 머리 위에 있는 가로등 불빛이 보였고, 사방에서 고함 소리가 들렸다. 그는 죽을힘을 다해 사이드카에 매달렸다. 헤드위그의 새장과 파이어볼트, 배낭이 무릎 밑에서 미끄러지고……

"안 돼, **헤드위그!**"

빗자루는 빙글빙글 돌며 땅으로 떨어졌지만, 오토바이가 다시 휙 돌아 똑바로 서는 틈을 타 간신히 배낭끈과 새장 윗부분을 붙잡을 수 있었다. 아주 잠깐 숨을 돌리나 싶었는데 또다시 녹색 빛이 터져 나왔다. 올빼미가 날카로운 소리를 지르며 새장 바닥에 쓰러졌다.

"안 돼…… **안 돼!**"

오토바이가 앞으로 붕 날아갔다. 해그리드가 포위망을 돌파하자 죽음을 먹는 자들이 뿔뿔이 흩어지는 광경이 해리의 눈에 언뜻 보였다.

"헤드위그…… 헤드위그……."

하지만 올빼미는 마치 장난감처럼 꼼짝도 하지 않고 새장 바닥에 애처롭게 누워 있을 뿐이었다. 해리는 이 상황을 받아들일 수 없었다. 다른 사람들이 몹시 걱정됐다. 그는 어깨 너머를 돌아보았다. 움직이는 사람들의 형체와 번쩍이는 녹색 빛, 빗자루를 탄 두 쌍이 멀리 날아가는 모습이 보였지만 누가 누군지는 알 수 없었다.

"해그리드, 돌아가야 해요. 돌아가야 한다고요!" 그는 천둥처럼 우르릉대는 엔진 소리를 뚫고 고함을 질렀다. 그러면서도 헤드위그가 죽었다는 사실을 믿지 못하겠다는 듯 마법 지팡이를 꺼내 바닥에 놓인 새장을 쿡쿡 찔렀다. "해그리드, **돌아가요!**"

"내 임무는 널 안전하게 데려다주는 거야, 해리!" 해그리드는 그렇게 외치고 더욱 속도를 높였다.

"멈춰요…… **멈추라고요!**" 해리가 소리쳤다. 하지만 다시 뒤돌아보는 순간 녹색 광선 두 줄기가 그의 왼쪽 귀를 스치고 날아갔다. 죽음을 먹는 자 넷이 대열에서 벗어나 해그리드의 널찍한 등을 겨냥한 채 그들을 쫓아오고 있었다. 해그리드가 방향을 틀었지만 죽음을 먹는 자들은 계속 오토바이를 따라왔다. 더 많은 저주가 발사되자 해리는 사이드카 깊숙이 몸을 낮춰 피해야 했다. 그가 돌아보며 "스튜페파이!"라고 소리치자 그의 마법 지팡이에서 붉은 빛줄기가 튀어나갔다. 추격해 오던 죽음을 먹는 자 네 명이 주문을 피하면서 그들 사이에 틈이 벌어졌다.

"꽉 잡아, 해리. 놈들한텐 이거면 될 거다!" 해그리드가 외쳤다. 해리가 고개를 들어 올린 순간, 해그리드가 굵직한 손가락으로 연료계 옆에 있는 초록색 버튼을 콱 눌렀다.

오토바이 배기구에서 단단한 벽돌 벽이 튀어나갔다. 해리는 목을 쭉 빼고, 공중에 떠오르면서 점점 커지는 벽을 바라보았다. 죽음을 먹는 자 셋은 방향을 틀어 피했지만 나머지 한 명에게는 운이 따라 주지 않았다. 그자는 벽 뒤로 사라지는가 싶더니 이내 돌덩이처럼 아래로 떨어졌고 빗자루는 산산조각 났다. 동료 한 명이 그자를 구하려고 속도를 늦췄지만, 해그리드가 오토바이 핸들에 몸을 바짝 붙이고 속도를 올리자 캄캄한 어둠이 죽음을 먹는 자들과 공중의 벽을 삼켜 버렸다.

 나머지 두 죽음을 먹는 자의 마법 지팡이에서 더 많은 살해 저주가 발사되어 해리의 머리를 스치고 날아갔다. 그자들의 표적은 해그리드였다. 해리는 더 많은 기절 마법으로 대응했다. 빨간빛과 초록빛이 공중에서 부딪치며 다양한 색깔의 불꽃 소나기가 쏟아졌다. 해리는 저 아래에서 영문도 모르고 멍하니 그 불꽃놀이를 지켜보고 있을 머글들을 생각했다.

 "다시 간다, 해리. 꽉 잡아!" 해그리드가 소리치며 또 다른 버튼을 쿡 눌렀다. 이번에는 오토바이 배기구에서 커다란 그물이 튀어나왔다. 하지만 죽음을 먹는 자들도 대비하고 있었다. 그들은 방향을 틀어 그물을 피했다. 그뿐만 아니라 의식을 잃은 동료를 구하기 위해 속도를 늦췄던 자까지 합세했다. 어둠 속에서 빠르게 나타난 그자를 포함해 이제는 모두 세 사람이 저주를 날리면서 오토바이를 추격하고 있었다.

 "이렇게 하면 돼. 꽉 잡아!" 해그리드가 외쳤다. 해리는 그가 손바닥 전체로 속도계 옆에 있는 자주색 버튼을 쾅 내리치는 것을 보았다.

 쩌렁쩌렁한 포효와 함께 배기구에서 하얗고 파랗게 달아오른 용의 불길이 터져 나가더니, 오토바이가 금속이 찌그러지는 듯한 소리를 내면서 총알처럼 앞으로 튀어나갔다. 죽음을 먹는 자들은 그 치명적인 불꽃을 피해 멀찍이 방향을 틀었다. 바로 그때 해리는 사이드카가 불길하게 흔들리는 느낌을 받았다. 속력을 높일 때의 충격으로 오토바이와 사이드카를 연결한 금속 나사가 떨어져 나간 것이다.

"괜찮아, 해리!" 해그리드가 갑작스럽게 빨라진 속도를 이기지 못하고 몸이 벌렁 젖혀진 채 소리쳤다. 지금 핸들을 잡고 있는 사람은 아무도 없었다. 오토바이가 만들어 내는 기류 속에서 사이드카가 심하게 흔들렸다.

"내가 처리하마, 해리. 걱정하지 마!" 해그리드가 고함을 질렀다. 그는 재킷 주머니에서 분홍색 꽃무늬 우산을 꺼냈다.

"해그리드! 안 돼요! 제가 할게요!"

"*레파로!*"

귀가 먹먹해지는 굉음이 울리더니 사이드카가 오토바이에서 완전히 떨어져 나갔다. 해리는 날아가는 오토바이의 추진력에 의해 앞으로 빠르게 날아갔다. 그러더니 곧 사이드카가 밑으로 떨어지기 시작했다.

해리는 필사적으로 마법 지팡이를 들어 올려 사이드카를 겨누고 소리쳤다. "윙가르디움 레비오사!"

사이드카는 코르크 마개처럼 솟아올랐다. 조종할 수는 없었지만 적어도 아직 떠 있기는 했다. 하지만 해리가 한숨 돌릴 틈도 없이 더 많은 저주가 쏜살같이 그의 옆을 스치고 날아갔다. 세 명의 죽음을 먹는 자가 다가오고 있었다.

"내가 가고 있어, 해리!" 해그리드가 어둠 저편에서 소리쳤지만 해리는 사이드카가 다시 가라앉기 시작하는 것을 느꼈다. 그는 되도록 몸을 바짝 웅크리고, 다가오는 형체 중 가운데 사람을 겨냥하며 소리쳤다. "임페디멘타!"

가운데 있던 죽음을 먹는 자의 가슴에 저주가 명중했다. 한순간 그자는 보이지 않는 벽에 부딪친 것처럼 우스꽝스럽게 공중에 대자로 뻗어 버렸다. 뒤에서 날아오던 그자의 동료 중 하나가 하마터면 그와 충돌할 뻔했다.

그때 사이드카가 본격적으로 추락하기 시작했다. 남아 있던 죽음을 먹는 자가 너무나 가까운 곳에서 저주를 날리는 바람에 해리는 사이드카의 가장자리 아래로 몸을 숙이다가 그만 좌석 모서리에 부딪쳐 이가 빠지고 말았다.

"가고 있다, 해리. 내가 가고 있어!"

거대한 손이 해리의 로브 뒷자락을 잡아 곤두박질치는 사이드카에서 들어 올렸다. 해리는 오토바이 좌석으로 기어오르면서 배낭을 끌어당겼다. 해리는 남아 있는 두 명의 죽음을 먹는 자에게서 멀리 솟구쳐 올라가며 입에서 피를 뱉어 냈다. 그가 추락하는 사이드카에 마법 지팡이를 겨누고 소리쳤다. "컨프링고!"

사이드카가 폭발하는 순간, 해리는 헤드위그를 떠올리며 창자가 비틀리는 듯한 끔찍한 고통을 느꼈다. 사이드카에서 가장 가까운 곳에 있던 죽음을 먹는 자가 빗자루에서 떨어져 보이지 않는 곳으로 추락했다. 그자의 동료는 뒤로 물러나 모습을 감췄다.

"해리, 미안하다. 미안해." 해그리드가 신음했다. "내가 직접 고치려고 하지 말았어야 했는데…… 네가 앉을 공간이 없어져서……."

"괜찮아요, 그냥 계속 날아가세요!" 해리가 마주 소리쳤다. 어둠 속에서 죽음을 먹는 자 두 명이 더 나타나 점점 다가오고 있었다.

저 멀리서 또다시 저주들이 날아왔다. 해그리드는 방향을 틀어 지그재그로 날아갔다. 해리는 자신이 지금 매우 불안정한 자세로 앉아 있기 때문에 해그리드가 용의 불꽃 버튼을 무모하게 사용하지는 않을 거란 사실을 알고 있었다. 해리는 뒤에서 쫓아오는 자들에게 연달아 기절 마법을 날렸지만 그들을 저지하지 못했다. 그는 그들을 막으려고 저주를 날려 보냈다. 맨 앞에 있던 죽음을 먹는 자가 마법을 피하기 위해 방향을 틀자 그의 복면이 벗겨졌다. 해리가 잇달아 날린 기절 마법의 붉은빛에 스탠 션파이크의 이상할 정도로 멍한 얼굴이 드러났다. 스탠이…….

"엑스펠리아르무스!" 해리가 소리쳤다.

"저놈이다, 저놈이야, 저놈이 진짜야!"

복면을 쓴 죽음을 먹는 자의 고함 소리가 오토바이가 내는 천둥 같은 엔진 소리마저 뚫고 해리의 귀에 들려왔다. 다음 순간 두 명의 추격자 모두 뒤로 물러나더니 모습을 감췄다.

"해리, 무슨 일이야?" 해그리드가 소리쳤다. "놈들은 어디로 갔어?"

"모르겠어요!"

하지만 해리는 걱정스러웠다. 그 복면을 쓴 죽음을 먹는 자는 분명 "저놈이 진짜야"라고 소리쳤다. 어떻게 알았을까? 해리는 텅 빈 것처럼 보이는 주위의 어둠을 둘러보며 사악한 기운을 느꼈다. 그자들은 어디로 간 거지?

그는 앞을 보려고 좌석 위에서 돌아앉으며 해그리드의 재킷 뒷자락을 움켜잡았다.

"해그리드, 그 용의 불꽃 다시 해 봐요. 여기서 빠져나가요!"

"그럼 꽉 잡아라, 해리!"

귀청이 떨어질 듯한 포효가 다시 울리며 오토바이 배기구에서 청백색 불꽃이 뿜어져 나갔다. 해리는 좁디좁은 좌석에서 몸이 뒤로 쭉 밀리는 것을 느꼈다. 해그리드 또한 핸들을 제대로 잡지 못하고 해리가 앉아 있는 뒤쪽으로 몸이 홱 젖혀졌다.

"따돌린 것 같다, 해리. 해낸 것 같아!" 해그리드가 소리쳤다.

하지만 해리는 확신할 수 없었다. 추격자들이 틀림없이 다시 나타날 것 같아 주위를 둘러보는데 두려움이 그를 옥죄었다……. 그자들은 왜 물러났을까? 그들 중 한 명은 그때까지도 마법 지팡이를 갖고 있었는데……. *저놈이야, 저놈이 진짜야*……. 그들은 해리가 스탠을 무장해제시키려 들자마자 그렇게 말했다…….

"거의 다 왔어, 해리. 다 왔어!" 해그리드가 소리쳤다.

해리는 오토바이가 조금씩 밑으로 내려가는 것을 느꼈다. 물론 저 아래 지상의 불빛은 여전히 아득해 보였지만.

그때 이마의 흉터가 고통스럽게 타올랐다. 죽음을 먹는 자들이 오토바이 양옆에 나타나면서, 뒤에서 날아온 살해 저주 두 발이 해리를 아슬아슬하게 스치고 지나갔다.

그 순간 해리는 보았다. 볼드모트가 빗자루도 세스트럴도 없이, 바람에 실려 오는 연기처럼 날아오고 있었다. 그자의 뱀 같은 얼굴이 어둠 속에서 흐릿하게 빛났고 창백한 손가락은 다시 지팡이를 들어 올리고 있었다.

해그리드가 공포에 질려 비명을 내지르더니 오토바이를 틀어 수직으로 급강하했다. 해리는 온 힘을 다해 해그리드에게 매달린 채 빙빙 돌아가는 밤하늘을 향해 기절 마법을 마구 날렸다. 누군가의 몸뚱이가 날아가는 것을 보고 적어도 한 명은 명중시켰다는 사실을 알아챈 순간, 쾅 하는 소리와 함께 엔진에서 불꽃이 튀었다. 통제에서 완전히 벗어난 오토바이가 밤하늘을 빙글빙글 돌았다.

녹색 빛줄기가 또 한 번 그들을 스쳐 지나갔다. 해리는 어디가 위이고 어디가 아래인지 분간조차 할 수 없었다. 흉터는 아직도 타는 듯이 아팠다. 당장에라도 죽을 것만 같았다. 빗자루를 탄 복면 쓴 자가 바짝 다가와 있었다. 해리는 그자가 팔을 들어 올리는 모습을 보았고……

**"안 돼!"**

해그리드가 분노를 담은 고함을 지르며 오토바이 위에서 죽음을 먹는 자를 향해 몸을 날렸다. 해리는 공포에 질린 채, 해그리드와 죽음을 먹는 자가 까마득한 저 밑으로 추락하는 모습을 보았다. 빗자루가 둘의 무게를 버티지 못한 것이다.

곤두박질치는 오토바이를 간신히 양 무릎으로 붙잡은 와중, 해리의 귀에 볼드모트의 외침이 들렸다. "그 아이는 내 것이다!"

이제 끝났다. 해리는 볼드모트가 어디 있는지 볼 수도 없었고, 소리로도 가늠할 수 없었다. 또 다른 죽음을 먹는 자가 재빨리 비켜나는 것이 힐끗 보이더니 뒤이어 소리가 들렸다. "아바다……."

해리는 흉터의 통증에 못 이겨 눈을 질끈 감았다. 그 순간 해리의 마법 지팡이가 저절로 움직였다. 해리는 마법 지팡이가 무슨 거대한 자석이라도 된 것처럼 그의 손을 잡아끄는 것을 느꼈다. 반쯤 감긴 눈꺼풀 사이로 황금색 불길이 솟구치는 광경이 보였다.

'우지끈' 소리와 함께 분노 가득한 비명 소리가 들렸다. 남아 있던 죽음을 먹는 자가 소리쳤고, 볼드모트가 고함을 질렀다. "안 돼!" 어찌 된 일인지 해리의 눈앞에 용의 불꽃 버튼이 있었다. 해리는 지팡이를 들지 않은 손으로 그 버튼을 내리쳤고 오토바이는 공중으로 더 많은 불길을 뿜어내며 곧장 땅으로 돌진했다.

"해그리드!" 해리는 죽을힘을 다해 오토바이에 매달린 채 소리쳤다. "해그리드…… *아씨오 해그리드!*"

오토바이는 더욱 속도를 올려 빨려 들어가듯 땅을 향해 날아갔다. 얼굴을 오토바이 핸들에 바짝 붙이고 있었기 때문에 해리의 눈에는 저 멀리서 점점 가까워지는 불빛밖에 보이지 않았다. 곧 있으면 충돌할 것이다. 그가 할 수 있는 일은 아무것도 없었다. 등 뒤에서 또다시 날카로운 고함 소리가 들렸다.

"*지팡이를 다오, 셀윈. 네 지팡이를 내놔!*"

해리는 볼드모트를 보기도 전에 그의 존재를 느꼈다. 그는 고개를 옆으로 돌려 그 붉은 눈동자를 응시하면서, 그것이 바로 자신이 살아서 보는 마지막 장면이 될 거라고 확신했다. 볼드모트는 또다시 그에게 저주를 걸 준비를 하고 있었다.

그 순간 볼드모트가 사라졌다. 해리는 아래를 내려다보았다. 해그리드가 땅 위에 팔다리를 쭉 뻗고 쓰러져 있었다. 해리는 해그리드와 부딪치지 않으려고 핸들을 힘껏 잡아당기며 브레이크를 찾아 더듬거렸지만, 곧 귀가 찢어질 듯한 굉음과 함께 땅이 흔들리는 충격을 느끼며 진흙투성이 연못에 처박히고 말았다.

## 5장
# 추락한 전사

"해그리드?"

해리는 그를 둘러싸고 있는 쇠붙이와 가죽 잔해에서 몸을 일으키려고 안간힘을 썼다. 땅을 짚고 일어서려 하자 두 손이 진흙탕 속으로 조금씩 가라앉았다. 그는 볼드모트가 어디로 간 건지 통 이해할 수가 없었다. 언제라도 그자가 어둠 속에서 불쑥 나타날 것만 같았다. 뭔가 뜨겁고 축축한 것이 이마에서부터 턱을 따라 흘러내렸다. 연못에서 기어 나온 그는 땅 위에 드러누운 거대한 검은색 덩어리, 즉 해그리드를 향해 비틀비틀 나아갔다.

"해그리드? 해그리드, 말 좀 해 봐요……."

하지만 검은 덩어리는 꼼짝도 하지 않았다.

"누구야? 포터냐? 네가 해리 포터야?"

해리가 모르는 남자 목소리가 들렸다. 그러더니 어떤 여자가 소리쳤다. "추락했어, 테드! 정원에 추락했다고!"

해리는 머리가 어질어질했다.

"해그리드." 그가 얼이 빠진 채 되풀이했다. 그의 양 무릎이 푹 꺾였다.

의식이 돌아왔을 때 보니 해리는 쿠션 같은 것에 등을 기대고 누워 있었다. 갈비뼈와 오른팔에서 타들어 가는 듯한 감각이 느껴졌다. 빠진 이가 다시 자라 있었다. 이마의 흉터는 아직도 욱신거렸다.

"해그리드?"

눈을 떠 보니 그는 등불이 켜진 낯선 거실 소파에 누워 있었다. 몇 걸음 떨어진 바닥에, 푹 젖고 진흙투성이가 된 배낭이 놓여 있었다. 금발에 뱃살이 두둑한 남자가 걱정스럽게 해리를 지켜보고 있었다.

"해그리드는 괜찮다, 애야." 남자가 말했다. "지금 내 아내가 돌봐 주고 있어. 넌 좀 어떠니? 달리 부러진 덴 없고? 갈비뼈랑 팔은 내가 고쳐 났다. 그건 그렇고, 나는 테드란다. 테드 통스…… 도라의 아빠야."

해리는 재빨리 일어나 앉았다. 눈앞에서 불꽃이 번쩍이면서 속이 메스껍고 머리가 어질어질했다.

"볼드모트가……."

"자, 진정해라." 테드 통스가 해리의 어깨를 잡고 다시 쿠션 위에 눕히며 말했다. "방금 넌 아주 심각한 사고를 당했어. 대체 무슨 일이 있었던 거냐? 오토바이에 무슨 문제가 있었니? 아서 위즐리가 그놈의 머글 기계로 또 감당 못 할 짓을 벌였나 보구나."

"아뇨." 해리가 말했다. 이마의 흉터가 찢어진 상처처럼 욱신거렸다. "죽음을 먹는 자들이 엄청 몰려왔어요……. 그자들이 우리를 쫓아와서……."

"죽음을 먹는 자들?" 테드가 날카롭게 내뱉었다. "죽음을 먹는 자들이라니, 그게 무슨 소리냐? 네가 오늘 밤에 이동한다는 건 아무도 모를 텐데. 내가 알기론……."

"알고 있었어요." 해리가 말했다.

테드 통스는 천장을 뚫고 하늘을 볼 수 있기라도 한 것처럼 위를 올려다보았다.

"뭐, 그렇다면 우리 보호 마법이 확실히 버텨 주고 있는 모양이다. 놈들은 어느 방향에서든지 간에 이곳 약 100미터 이내로는 접근할 수 없어야 하거든."

해리는 볼드모트가 사라진 이유를 이제야 알 수 있었다. 바로 그 순간 오토바이가 기사단의 마법 장벽을 통과했던 것이다. 해리는 마법이 계속 유지되기만 바랄 뿐이었다. 그와 테드가 대화를 주고받는 지금 이 순간에도 머리 위로 100미터쯤 되는 상공을 날아다니면서, 해리가 상상하기에 커다란 투명 거품 같은 방어막을 뚫을 방법을 찾는 볼드모트의 모습이 그의 머릿속에 선명하게 그려졌다.

해리는 소파에서 얼른 다리를 내렸다. 두 눈으로 직접 해그리드를 봐야 그가 살아 있다는 사실을 믿을 수 있을 것 같았다. 해리가 간신히 일어섰을 때, 문이 열리더니 해그리드가 그 사이로 비집고 들어왔다. 그는 얼굴이 진흙과 피로 온통 뒤덮여 있고 다리를 약간 절고 있었지만 기적적으로 살아 있었다.

"해리!"

그가 가냘픈 탁자 두 개와 엽란 화분을 쓰러뜨리며 두 걸음 만에 다가와 해리를 덥석 끌어안았다. 그 바람에 해리는 막 치료한 갈비뼈가 으스러질 뻔했다. "제기랄, 해리, 어떻게 빠져나온 거야? 난 우리 둘 다 끝장난 줄 알았어."

"네, 저도요. 믿을 수가 없……."

해리는 말을 뚝 멈췄다. 방금 해그리드의 뒤로 방에 들어온 여자를 발견한 것이다.

"당신!" 그는 소리치며 주머니에 손을 집어넣었지만 주머니는 텅 비어 있었다.

"네 지팡이는 여기 있다, 얘야." 테드가 해리의 마법 지팡이로 그의 팔을 톡톡 치며 말했다. "네 바로 옆에 떨어져 있길래 내가 주워 왔어. 그리고 네가 고함치고 있는 사람은 내 아내란다."

"아, 죄…… 죄송해요."

통스 부인이 방 안으로 더 들어왔을 때 다시 보니 그녀와 언니 벨라트릭스의 다른 점이 많이 눈에 띄었다. 머리카락은 밝은 갈색이었으며, 눈은 더 크고 상냥해 보였다. 하지만 해리의 고함 소리를 듣고는 표정이 약간 딱딱해진 것 같았다.

"우리 딸은 어떻게 됐니?" 그녀가 물었다. "해그리드 말로는 기습을 당했다던데. 님파도라는 어디 있어?"

"모르겠어요." 해리가 대답했다. "다른 사람들은 어떻게 됐는지 몰라요."

그녀와 테드가 눈빛을 주고받았다. 그들의 표정을 보자 두려움과 죄책감이 해리의 마음을 무겁게 짓눌렀다. 다른 누군가가 죽었다면 그것은 해리 탓이었다. 전부 해리 때문이었다. 이 계획에 찬성하고 머리카락을 내주었으니…….

"포트키요." 그가 갑자기 생각나서 말했다. "버로로 가서 알아봐야겠어요. 그럼 소식을 전해 드릴 수 있을 거예요. 혹시 만약 통스가……."

"도라는 괜찮을 거야, 드로메다." 테드가 말했다. "자기 앞가림은 할 줄 아는 애니까. 오러로 일하면서 아슬아슬한 상황을 많이 겪었잖아. 포트키는 이쪽이다." 그가 해리에게 덧붙였다. "이 포트키를 쓰고 싶다면 3분 안에 떠나야 한단다."

"네, 그러고 싶어요." 해리가 말했다. 그는 배낭을 집어 들어 어깨에 멨다. "저는……."

그는 통스 부인을 이토록 불안하게 만들고 떠나게 된 상황에 대해 사과하고 싶어서 그녀를 바라보았다. 그는 말로 표현할 수 없을 만큼 큰 책임감을 느끼고 있었다. 하지만 머릿속에는 그저 무의미하고 진심이 담기지 않은 말밖에 떠오르지 않았다.

"제가 통스한테…… 도라한테 소식을 전하라고 할게요. 도라를 만나면……. 치료해 주셔서 고맙습니다. 전부 고맙습니다. 저는……."

그는 그 방을 나가게 되어 다행이란 생각을 하면서 테드 통스를 따라 방을 나와 짧은 복도를 지나서 침실로 들어갔다. 해그리드가 머리를 문틀에 부딪치지 않으려고 허리를 잔뜩 수그린 채 따라왔다.

"자, 여기 있다, 얘야. 저게 포트키다."

통스 씨는 화장대에 놓인, 뒷면이 은으로 된 작은 머리빗을 가리켰다.

"고맙습니다." 해리는 떠날 준비를 마치고 손을 뻗어 포트키에 손가락을 갖다 댔다.

"잠깐." 해그리드가 주위를 둘러보며 말했다. "해리, 헤드위그는 어디 있어?"

"헤드위그는…… 헤드위그는 저주에 맞았어요." 해리가 말했다.

그 사실이 갑작스럽게 현실로 다가왔다. 그는 눈물로 눈이 따끔거리면서 부끄러움을 느꼈다. 그 올빼미는 해리의 친구였다. 더즐리네로 어쩔 수 없이 돌아가야 했을 때마다 마법 세계와 그를 이어 준 단 하나뿐인 소중한 연결 고리기도 했다.

해그리드는 커다란 손을 뻗어 해리의 어깨를 아플 정도로 탁탁 두드렸다.

"괜찮아." 그가 걸걸하게 말했다. "너무 슬퍼하지 마. 헤드위그는 멋진 삶을 살았고……."

"해그리드!" 테드 통스가 경고하듯 외쳤다. 머리빗이 밝은 파란색으로 빛나고 있었다. 해그리드는 간신히 아슬아슬하게 검지를 포트키에 갖다 댔다.

마치 끈이 달린 투명한 갈고리가 배꼽 바로 안쪽을 확 잡아당기는 느낌이 들더니 해리는 허공 속으로 끌려들어 갔다. 그는 몸을 가눌 수 없을 정도로 빙글빙글 돌면서 포트키에 손가락이 딱 달라붙은 채 해그리드와 함께 통스 씨가 있던 곳에서 멀리 날아갔다. 잠시 뒤 그의 발이 단단한 땅에 강하게 닿는가 싶더니 그는 두 손과 무릎으로 땅을 짚은 채 버로의 마당에 넘어졌다. 누군가가 소리를 질렀다. 해리는 더 이상 빛나지 않는 머리빗을 던져 버리고 비틀거리며 일어났다. 마찬가지로 땅바닥에 쓰러졌던 해그리드가 힘겹게 몸을 일으키고 있는데 위즐리 부인과 지니가 뒷문 계단을 달려 내려왔다.

"해리? 너 진짜 해리니? 어떻게 된 거야? 다른 사람들은?" 위즐리 부인이 소리쳤다.

"그게 무슨 말씀이세요? 다른 사람들은 아무도 안 돌아온 거예요?" 해리가 숨을 헐떡였다.

하얗게 질린 위즐리 부인의 얼굴이 대답을 대신했다.

"죽음을 먹는 자들이 우리를 기다리고 있었어요." 해리가 그녀에게 말했다. "우리는 출발하자마자 포위당하고 말았어요. 놈들은 제가 오늘 밤 이동한다는 걸 알고 있었어요. 다른 사람들이 어떻게 됐는지는 모르겠어요. 죽음을 먹는 자 넷이 우리를 쫓아와서 도망칠 수밖에 없었거든요. 그러다가 볼드모트에게 따라잡혔고……."

해리가 듣기에도 그의 목소리에는 변명하는 기색이 역력했다. 그가 그녀의 아들들에게 무슨 일이 일어났는지 모르는 까닭을 이해해 달라고 애원하기라도 하듯이. 하지만……

"세상에, 무사해서 정말 다행이야." 그녀가 해리를 껴안으며 말했다. 해리는 그녀의 포옹을 받을 자격이 없다고 느꼈다.

"브랜디 좀 있나, 몰리?" 해그리드가 살짝 떨면서 물었다. "치료용으로."

그녀는 마법으로 브랜디를 소환할 수 있는데도 황급히 몸을 돌려 비뚜름하게 서 있는 집으로 다시 들어갔다. 해리는 그녀가 지금 짓고 있는 표정을 감추고 싶어 한다는 것을 알아차렸다. 그는 고개를 돌려 말없이 지니를 바라보았다. 지니는 무슨 일이 일어났는지 듣고 싶어 하는 그의 마음을 눈치채고 곧바로 대답했다.

"론이랑 통스가 가장 먼저 돌아왔어야 했는데 포트키를 놓쳐 버렸어. 포트키만 돌아왔어." 그녀는 근처 땅바닥에 놓여 있는 녹슨 기름통을 가리키며 말했다. "그리고 저건……." 그녀는 아주 오래된 신발을 가리켰다. "아빠랑 프레드의 포트키야. 두 사람이 그다음으로 도착할 예정이었거든. 너랑 해그리드가 세 번째였고." 그녀는 손목시계를 확인했다. "계획대로라면 1분 뒤에 조지랑 루핀이 도착해야 해."

위즐리 부인이 브랜디 한 병을 들고 다시 나타나 해그리드에게 건네주었다. 그는 코르크 마개를 열고 단번에 쭉 들이켰다.

"엄마!" 지니가 몇 걸음 떨어진 곳을 가리키며 소리쳤다.

어둠 속에서 파란빛이 나타났다. 빛이 점점 커지고 밝아지는가 싶더니 이윽고 루핀과 조지가 나타나 빙글빙글 돌다가 땅바닥에 넘어졌다. 해리는 뭔가 잘못됐다는 사실을 대번에 알아챘다. 루핀이 조지를 부축하고 있었는데, 조지는 얼굴이 피투성이가 된 채 의식이 없었다.

해리가 앞으로 달려가 조지의 다리 쪽을 잡았다. 그와 루핀 둘이서 조지를 집 안으로 데리고 들어갔다. 그들은 부엌을 지나 거실 소파에 조지를 내려놓았다. 등불 빛이 조지의 머리에 드리워지는 순간 지니는 헉하고 숨을 들이켰고 해리는 가슴이 철렁 내려앉는 것을 느꼈다. 조지의 한쪽 귀가 사라진 것이다. 귀가 떨어져 나간 쪽 머리와 목이 깜짝 놀랄 만큼 새빨간 피로 흠뻑 젖어 있었다.

위즐리 부인이 아들에게로 허리를 숙이자마자 루핀이 해리의 팔을 거칠게 붙잡더니 부엌으로 끌고 나갔다. 해그리드는 여전히 뒷문으로 그 큰 덩치를 욱여넣느라 애쓰고 있었다.

"이봐!" 해그리드가 화가 나서 소리쳤다. "놔줘! 해리를 놔주라고!"

루핀은 그의 말을 무시했다.

"해리 포터가 호그와트에서 내 연구실에 처음 들렀을 때 구석에 무슨 생명체가 있었지?" 그가 해리를 흔들며 채근했다. "대답해!"

"어…… 수조에 들어 있는 그린딜로 아니었나요?"

루핀은 해리를 놓아주고 쓰러지듯 등 뒤의 부엌 찬장에 기댔다.

"방금 뭐 한 거야?" 해그리드가 고함을 질렀다.

"미안하다, 해리. 하지만 확인해야 했어." 루핀이 딱 잘라 말했다. "누군가가 우리를 배신했어. 네가 오늘 밤 이동한다는 사실을 볼드모트가 알고 있었어. 그걸 아는 사람은 이 작전에 직접 참여하는 사람뿐이었는데. 네가 해리 포터로 위장한 가짜일 수도 있으니까……."

"그럼 왜 난 확인 안 하는데?" 해그리드가 여전히 문을 통과하려고 쩔쩔매면서 헐떡였다.

"해그리드는 반 거인이니까요." 루핀이 해그리드를 올려다보며 말했다. "폴리주스 마법약은 오직 인간만 사용할 수 있도록 만들어진 겁니다."

"기사단 사람이 우리가 오늘 밤 움직인다는 말을 볼드모트한테 했을 리 없어요." 해리가 말했다. 생각만으로도 끔찍했다. 그들 중 누군가가 그런 짓을 했다고는 도저히 믿을 수 없었다. "볼드모트는 여기에 거의 다 와서야 저를 쫓아왔어요. 처음에는 누가 저인지 몰랐다고요. 작전에 대해 알고 있었다면 처음부터 제가 해그리드랑 같이 있다는 걸 알았겠죠."

"볼드모트가 너를 쫓아왔다고?" 루핀이 날카롭게 물었다. "그래서? 어떻게 도망쳤니?"

해리는 그들을 추격하던 죽음을 먹는 자들이 그가 진짜 해리라는 것을 안 순간 추격을 멈추고 볼드모트에게 알렸기 때문에, 그와 해그리드가 통스의 부모님 댁에 무사히 도착하기 직전 볼드모트가 나타난 게 틀림없다고 간략하게 설명했다.

"놈들이 널 알아봤다고? 하지만 어떻게? 네가 뭘 어떻게 했기에?"

"제가······." 해리는 애써 기억을 더듬어 보았다. 두렵고 혼란스러운 마음에, 이동하는 과정에서 벌어졌던 일이 잘 기억나지 않았다. "제가 스탠 션파이크를 봤어요······. 아시죠? 나이트 버스의 차장이었던 사람요. 그래서 저는 스탠에게 그냥 무장해제 마법을 걸려고 했어요. 스탠은 분명 임페리우스 저주에 걸려서 자기가 무슨 짓을 하는지도 몰랐을 테니까요!"

루핀은 경악한 표정을 지었다.

"해리, 무장해제 마법 같은 것을 쓰는 시절은 지나갔다! 그자들은 너를 잡아서 죽이려는 거야! 차마 죽이지 못하겠다면 최소한 기절 마법이라도 걸어야지!"

"저흰 100미터도 넘는 곳을 날고 있었다고요! 스탠은 제정신이 아니었어요. 제가 기절 마법을 걸어서 스탠이 빗자루 아래로 떨어졌다면 살해 저주를 건 거나 마찬가지였을 거예요! 무장해제 마법은 2년 전에도 저를 볼드모트에게서 지켜 줬단 말이에요." 해리는 반항하듯 덧붙였다. 루핀의 반응을 보니, 후플푸프의 재커라이어스 스미스가 코웃음을 치던 모습이 떠오른 것이다. 그는 해리가 덤블도어의 군대에게 무장해제 마법을 가르치겠다고 하자 비웃었었다.

"그래, 해리." 루핀이 애써 인내심을 발휘하며 입을 열었다. "그리고 엄청난 수의 죽음을 먹는 자들이 그 장면을 목격했지! 이렇게 말해서 미안하지만, 당장 죽을지도 모르는 상황에서 네가 그런 행동을 한 건 굉장히 비상식적인 일이었어. 그 일을 직접 목격했거나 소문으로라도 들은 자들 앞에서 똑같은 짓을 반복하다니 그건 자살행위나 마찬가지다!"

"그럼 제가 스탠 션파이크를 죽였어야 한다는 거예요?" 해리가 언성을 높였다.

"물론 아니다." 루핀이 말했다. "하지만 죽음을 먹는 자들은…… 솔직히, 대부분의 사람들은 네가 반격할 거라고 예상했을 거다! 해리, 엑스펠리아르무스는 유용한 주문이지만 죽음을 먹는 자들은 그게 너의 특기라고 생각할 거야. 그러니까 그러지 말라고 충고하는 거다!"

루핀의 말을 듣고 보니 멍청이가 된 기분이 들었지만 해리의 마음속에는 아직도 반항심이 조금 남아 있었다.

"제 앞길을 막는다는 이유만으로 사람들을 날려 버리지는 않을 거예요." 해리가 말했다. "그건 볼드모트나 하는 짓이라고요."

루핀은 반박할 말을 잃었다. 마침내 간신히 문을 비집고 들어온 해그리드가 비틀거리며 의자로 걸어가서 앉았다. 의자는 그의 몸무게를 버티지 못하고 부서져 버렸다. 해리는 욕설을 내뱉으며 사과를 늘어놓는 해그리드를 못 본 척하고 루핀에게 다시 말했다.

"조지는 괜찮을까요?"

루핀이 해리에게 느끼던 답답함이 이 질문으로 싹 가시는 듯했다.

"괜찮을 거다. 저주를 맞아서 귀가 잘린 거라 회복할 수는 없겠지만……."

바깥에서 휙휙 하는 소리가 들렸다. 루핀이 쏜살같이 뒷문으로 달려갔다. 해리는 해그리드의 다리를 뛰어넘어 뒷마당으로 전력 질주했다.

두 사람의 모습이 마당에 나타났다. 달려가서 보니 그들은 이제 원래 모습으로 돌아오고 있는 헤르미온느와, 함께 구부러진 옷걸이를 움켜쥐고 있는 킹슬리였다. 헤르미온느는 해리의 품에 와락 뛰어들었지만 킹슬리는 그들 중 누구도 반갑지 않은 눈치였다. 해리는 헤르미온느의 어깨 너머로 그가 마법 지팡이를 들어 루핀의 가슴을 겨누는 모습을 보았다.

"알버스 덤블도어가 우리 두 사람에게 마지막으로 한 말은?"

"'우리가 가진 최고의 희망은 해리다. 그를 믿어라.'" 루핀이 침착하게 말했다.

킹슬리가 지팡이를 해리에게 돌리자 루핀이 말했다. "해리가 맞아. 내가 확인했어!"

"좋아, 알았어!" 킹슬리는 마법 지팡이를 다시 망토 안으로 집어넣으며 말했다. "하지만 배신자가 있어! 놈들이 알고 있었어. 오늘 밤이라는 걸 알고 있었다고!"

"그런 것 같군." 루핀이 대답했다. "하지만 해리가 일곱 명이나 될 거라는 건 몰랐던 것 같아."

"그것 참 위안이 되는군!" 킹슬리가 성난 듯 말했다. "또 누가 돌아왔지?"

"해리와 해그리드, 조지와 나뿐이야."

헤르미온느가 손을 들어 새어 나오는 신음을 틀어막았다.

"어떻게 된 거야?" 루핀이 킹슬리에게 물었다.

"다섯 놈이 따라붙었어. 두 놈에게 부상을 입혔고 한 놈은 아마 죽었을 거야." 킹슬리가 막힘없이 대답했다. "그리고 '그 사람'도 봤어. 그자가 추격에 가담했는데 갑자기 순식간에 사라지더군. 리머스, 그자는……."

"하늘을 날 수 있죠." 해리가 말했다. "저도 봤어요. 그자가 해그리드와 저를 쫓아왔거든요."

"그래서 사라진 거구나. 너를 쫓아가려고!" 킹슬리가 말했다. "그자가 왜 사라졌는지 영문을 알 수가 없었거든. 하지만 무슨 이유로 표적을 바꾼 거지?"

"해리가 스탠 션파이크에게 지나치게 친절하게 굴었기 때문이야." 루핀이 말했다.

"스탠이라고요?" 헤르미온느가 물었다. "하지만 스탠은 아즈카반에 있지 않나요?"

킹슬리가 즐거운 기색이라고는 찾아볼 수 없는 웃음을 터뜨렸다. "헤르미온느, 마법 정부에서는 쉬쉬하고 있지만 대규모 탈옥이 있었던 게 분명하다. 내가 저주를 걸었을 때 복면이 벗겨진 사람은 트래버스였어. 그자도 원래는 아즈카반에 있어야 하지. 그런데 넌 어떻게 된 거야, 리머스? 조지는 어디 있고?"

"조지가 한쪽 귀를 잃었어." 루핀이 말했다.

"뭘 잃었다고요……?" 헤르미온느가 놀란 목소리로 물었다.

"스네이프 짓이야." 루핀이 말했다.

"스네이프요?" 해리가 소리쳤다. "그럼 설마…….."

"스네이프는 우리를 쫓아오다가 복면을 잃어버렸어. 섹툼셈프라는 항상 스네이프의 주특기였지. 나도 똑같이 복수해 줬으면 좋았겠지만 조지가 부상을 당한 뒤로는 그 애가 빗자루에서 떨어지지 않도록 하는 게 고작이었다. 피를 너무 많이 흘리고 있었거든."

네 사람이 하늘을 올려다보는 동안 침묵이 내려앉았다. 어느 것 하나 움직이는 기색이라곤 없었다. 깜빡거리지도 않고 무심하게 그들을 마주 보는 별들이 떠 있을 뿐, 별을 가리며 하늘을 가로지르는 동료들의 모습은 전혀 보이지 않았다. 론은 어디에 있을까? 프레드와 위즐리 씨는? 빌과 플뢰르, 통스, 매드아이와 먼덩거스는?

"해리, 도와줘!" 다시 문간에 낀 해그리드가 쉰 목소리로 외쳤다. 해리는 뭔가 할 일이 생긴 것을 다행스러워하며 해그리드를 도와주려고 텅 빈 부엌을 지나 다시 거실로 들어갔다. 위즐리 부인과 지니가 계속 조지를 돌보고 있었다. 위즐리 부인이 지혈을 한 상태였다. 등불 빛에 비쳐 조지의 귀가 있었던 자리에 뻥 뚫린 구멍이 드러났다.

"조지는 어때요?"

위즐리 부인이 해리를 돌아보고 대답했다. "어둠의 마법에 당해서 그런지 귀가 다시 나게 할 수가 없구나. 하지만 이만하길 다행이야……. 살아 있잖니."

"네." 해리가 말했다. "다행이에요."

"밖에서 다른 사람 소리가 들린 것 같은데?" 지니가 물었다.

"헤르미온느랑 킹슬리가 도착했어." 해리가 말했다.

"아, 감사합니다." 지니가 속삭였다. 그들은 서로를 바라보았다. 해리는 그녀를 꽉 끌어안고 싶었다. 위즐리 부인이 옆에 있더라도 상관없었다. 하지만 그가 섣부른 행동을 할 겨를도 없이 부엌에서 엄청난 굉음이 들렸다.

"내가 누군지는 증명하겠네, 킹슬리. 하지만 내 아들을 먼저 봐야겠어! 험한 꼴 당하기 싫으면 당장 비켜!"

해리는 위즐리 씨가 저런 식으로 소리치는 모습은 한 번도 본 적이 없었다. 거실을 박차고 들어온 그의 벗어진 머리가 땀으로 번들거렸고 안경은 비뚤어져 있었다. 프레드가 그런 그를 바짝 뒤따랐다. 둘 다 얼굴이 하얗게 질려 있었지만 다친 곳은 없었다.

"아서!" 위즐리 부인이 흐느꼈다. "아, 감사합니다!"

"조지는 어때?"

위즐리 씨가 조지 옆에 털썩 무릎을 꿇었다. 프레드는 할 말을 잃은 듯했다. 해리가 그를 알게 된 이래로 저런 모습은 처음이었다. 그는 소파 등받이 뒤에서 자기 눈을 믿을 수 없다는 듯 입을 떡 벌린 채 쌍둥이 형제의 상처를 멍하니 바라보았다.

프레드와 아버지가 도착하는 소리에 깼는지 조지가 움찔거렸다.

"좀 어떠니, 조지?" 위즐리 부인이 속삭이듯 물었다.

조지는 손가락으로 자기 머리 옆을 더듬었다.

"귀공자가 된 기분이에요." 그가 웅얼거렸다.

"얘 어디 잘못된 거 아니에요?" 프레드가 겁에 질린 채 잔뜩 쉰 목소리로 물었다. "정신도 이상해졌나 봐요."

"귀공자가 된 기분이라니까." 조지가 눈을 뜨고 쌍둥이 형제를 올려다보며 되풀이했다. "봐…… 귀공자야. 귀에 구멍이 났다고, 프레드. 알아들어?"

위즐리 부인이 더욱 심하게 흐느꼈다. 프레드의 창백한 얼굴이 확 달아올랐다.

"한심하네." 그가 조지에게 말했다. "한심해! 하고많은 귀 관련

농담 중에 하필 귀공자라고?"

"아 뭐……." 조지가 눈물범벅이 된 어머니에게 씩 웃어 보이며 말했다. "어쨌든 이제 우리 둘을 구분할 수 있겠네요, 엄마."

그가 주위를 둘러보았다.

"안녕, 해리…… 너 해리 맞지?"

"응, 맞아." 해리가 소파로 가까이 다가서며 말했다.

"어쨌든, 적어도 너는 무사히 데려왔네." 조지가 말했다. "근데 어째서 론이랑 빌은 내 침대 곁에 모이지 않는 거지?"

"아직 돌아오지 않았단다." 위즐리 부인이 말했다. 조지의 미소가 싹 사라졌다. 해리는 지니를 힐끗 바라보면서 함께 밖으로 나가자고 손짓했다. 부엌을 지나갈 때 지니가 목소리를 낮추고 말했다. "지금쯤은 론이랑 통스가 돌아왔어야 해. 그렇게 먼 데로 가진 않았거든. 뮤리엘 할머니 댁은 여기서 별로 멀지 않단 말이야."

해리는 아무 말도 하지 않았다. 버로에 도착한 이후 불길한 느낌을 계속 억누르려 애를 썼건만, 이제는 그 느낌이 그를 옥죄고 살갗을 기어오르며 가슴을 두근거리게 하고 목구멍을 틀어막는 듯했다. 지니는 뒷문 계단을 내려가 어두운 마당으로 들어서면서 그의 손을 잡았다.

킹슬리가 큰 걸음으로 왔다 갔다 하면서, 방향을 틀 때마다 하늘을 힐끗 올려다보고 있었다. 해리는 꼭 백만 년 전처럼 느껴지는 예전 어느 날 거실을 어슬렁거리던 버넌 이모부의 모습을 떠올렸다. 해그리드와 헤르미온느, 루핀도 나란히 서서 조용히 하늘을 올려다보고 있었다. 해리와 지니가 그 침묵시위에 동참했을 때는 아무도 그들을 돌아보지 않았다.

몇 분이 꼭 몇 년 같은 긴 시간으로 이어졌다. 그들은 희미한 바람 소리에도 하나같이 화들짝 놀라면서, 아직 오지 않은 기사단 단원 중 누군가가 멀쩡한 모습으로 이파리 사이에서 뛰어나오기를 바라듯 살랑거리는 덤불숲이나 나무를 돌아보았다.

그때 빗자루 하나가 머리 바로 위에 나타나더니 땅으로 빠르게 내려왔다.

"왔어!" 헤르미온느가 비명 같은 소리를 내질렀다.

통스가 땅바닥에 쭉 미끄러지면서 흙과 자갈을 사방으로 튀겼다.

"리머스!" 통스가 비틀거리며 빗자루에서 내리더니 루핀의 품에 안겨 소리쳤다. 루핀의 얼굴은 하얗게 질린 채 딱딱하게 굳어 있었다. 그는 할 말을 잃은 듯 보였다. 론은 멍한 얼굴로 비틀거리며 해리와 헤르미온느를 향해 다가왔다.

"너 무사하구나." 론이 웅얼거렸다. 헤르미온느가 달려가 그를 꼭 끌어안았다.

"난 네가…… 난 네가…….."

"난 괜찮아." 론이 그녀의 등을 토닥이며 말했다. "괜찮아."

"론은 훌륭했어." 통스가 루핀에게서 몸을 떨어뜨리며 흥분한 목소리로 말했다. "정말 멋졌어. 죽음을 먹는 자도 한 명 기절시켰고. 그것도 머리를 명중시켜서 말이야. 날아다니는 빗자루를 타고 움직이는 표적을 조준하는 건……."

"정말?" 헤르미온느가 두 팔을 여전히 론의 목에 두른 채 그를 올려다보며 물었다.

"맨날 이렇게 의외라는 말투라니까." 그가 포옹을 풀면서 살짝 툴툴거렸다. "우리가 마지막이에요?"

"아니." 지니가 말했다. "아직 빌이랑 플뢰르랑 매드아이랑 먼덩거스를 기다리고 있어. 가서 엄마 아빠한테 오빠가 무사하다고 전할게……."

그녀는 다시 집 안으로 달려갔다.

"그래서, 왜 늦은 거야? 무슨 일이 있었어?" 루핀은 통스에게 화가 난 것 같은 목소리였다.

"벨라트릭스가 나타났어." 통스가 말했다. "벨라트릭스는 나를 해리만큼이나 잡고 싶어 하거든, 리머스. 나를 죽이고 싶어서 안달을 하더라. 내가 그 여자를 잡았으면 좋았을 텐데. 벨라트릭스한테는 빚이 있으니까 말이야. 하지만 로돌푸스한테는 확실히 부상을 입혔어……. 그리고 나서 론네 뮤리엘 고모할머니 집에 도착했는데 그만 포트키를 놓쳤고 할머니가 야단을 하시는 바람에……."

루핀의 턱이 움찔거렸다. 그는 고개만 끄덕일 뿐 말은 전혀 할 수 없는 듯했다.

 "다들 어떻게 된 거야?" 통스가 해리, 헤르미온느, 킹슬리를 둘러보며 물었다.

 그들은 각자가 이동하면서 겪은 일을 풀어놓았다. 하지만 빌과 플뢰르, 매드아이와 먼덩거스가 아직 돌아오지 않았다는 사실이 마치 서리처럼 그들에게 내려앉았고, 그 싸늘한 기분을 견뎌 내기가 점점 힘에 부쳤다.

 "난 다우닝가(영국 총리 관저가 있는 곳—옮긴이)로 돌아가 봐야겠어. 벌써 한 시간 전에 거기 도착했어야 했는데." 마침내 킹슬리가 마지막으로 하늘을 쓱 훑어보고 말했다. "모두 도착하면 알려 줘."

 루핀이 고개를 끄덕였다. 킹슬리는 다른 사람들에게 손을 흔들며 대문을 향해 어둠 속으로 걸어갔다. 킹슬리가 버로의 경계선을 넘어가자마자 '펑' 하고 순간이동 하는 소리가 희미하게 들린 것 같았다.

 위즐리 부부가 뒷문을 달려 내려왔다. 지니가 뒤따르고 있었다. 부부는 론을 와락 껴안은 뒤 루핀과 통스에게 고개를 돌렸다.

 "고마워요." 위즐리 부인이 말했다. "우리 애들을 돌봐 줘서."

 "그런 소리 마세요, 몰리." 통스가 곧바로 대꾸했다.

 "조지는 좀 어떻습니까?" 루핀이 물었다.

"형이 왜요?" 론이 입을 열었다.

"조지가 귀를……."

하지만 위즐리 부인의 뒷말은 주변의 소란에 묻히고 말았다. 세스트럴 한 마리가 막 그들의 눈앞으로 날아와 몇 미터 떨어진 곳에 내려앉았던 것이다. 빌과 플뢰르가 그 세스트럴의 등에서 미끄러져 내려왔다. 거친 바람을 맞은 듯한 모습이었지만 다친 곳은 없었다.

"빌! 감사합니다, 감사합니다……."

위즐리 부인이 앞으로 달려갔지만 빌은 건성으로 그녀를 안았다 놓을 뿐이었다. 그가 아버지를 똑바로 바라보며 말했다. "매드아이가 죽었어요."

아무도 입을 열지 않았고, 어느 누구도 움직이지 않았다. 해리의 내면에서 무언가가 떨어져 나가 발아래로, 땅속으로 꺼지더니 그를 영원히 떠나 버렸다.

"우리가 봤어요." 빌이 말하자 플뢰르가 고개를 끄덕였다. 그녀의 뺨에 어린 눈물 자국이 부엌 창문에서 흘러나온 빛에 비쳐 반짝거렸다. "우리가 포위망을 뚫고 나오자마자 벌어진 일이에요. 매드아이랑 덩은 우리랑 가까운 곳에 있었어요, 두 사람도 북쪽으로 가고 있었거든요. 그런데 볼드모트가 곧장 두 사람을 쫓아갔어요. 그자는 하늘을 날 수 있었어요. 덩은 겁에 질렸죠. 고함을 지르는 소리가 저한테까지 들리더라고요. 매드아이가 막으려고 했지만 덩은 순간이동을 해 버렸어요. 매드아이는 볼드모트의 저주를 얼굴에 정통으로 맞고 빗자루에서 떨어져서……. 우리가 할 수 있는 일은 아무것도 없었어요. 아무것도요. 우리도 여섯 명이나 되는 놈들한테 쫓기고 있어서…….."

빌의 목소리가 갈라졌다.

"아무것도 할 수 없었던 게 당연해." 루핀이 말했다.

그들은 모두 그 자리에 선 채 서로를 바라보았다. 해리는 이 상황을 도무지 받아들일 수가 없었다. 매드아이가 죽다니, 그럴 리가……. 매드아이가, 그렇게 강하고 용감한 사람이, 그런 생존의 달인인 매드아이가…….

누구도 입을 열지 않았지만 결국 여기에서 더 기다려 봐야 아무 소용 없다는 생각이 모두에게 떠오른 모양이었다. 그들은 위즐리 부부를 따라 조용히 집 안으로 들어가 다시 거실로 향했다. 프레드와 조지가 함께 키득키득 웃고 있었다.

"왜 그래요?" 프레드가 거실로 들어오는 사람들의 얼굴을 살피며 물었다. "무슨 일이에요? 누가……?"

"매드아이." 위즐리 씨가 말했다. "돌아가셨다."

쌍둥이의 웃는 얼굴이 충격으로 일그러졌다. 다들 어찌할 바를 모르는 것 같았다. 통스가 손수건에 얼굴을 묻고 조용히 울음을 터뜨렸다. 해리는 통스가 무디와 가까운 사이였고, 무디가 마법 정부에서 가장 아끼는 후배가 그녀였다는 사실을 알고 있었다. 거실 한쪽 구석을 거의 다 차지하고 앉아 있던 해그리드가 식탁보만 한 손수건으로 눈가를 꾹꾹 눌렀다.

빌이 찬장으로 걸어가 파이어위스키 병과 유리잔들을 꺼냈다.

"여기요." 그는 마법 지팡이를 휘둘러 술을 가득 채운 열두 개의 잔을 각자에게 보내고 남아 있던 열세 번째 잔을 높이 들어 올렸다. "매드아이를 위하여."

"위하여." 모두가 그렇게 말하고 잔을 비웠다.

"매드아이를 위하여." 해그리드가 딸꾹질을 하며 조금 뒤늦게 따라 했다.

파이어위스키를 마시자 해리는 목구멍이 화끈거리는 것을 느꼈다. 꺼져 가던 감정이 뜨겁게 불타오르는 듯하더니, 멍하고 비현실적인 느낌은 사라지고 용기 비슷한 무언가가 맹렬한 불길처럼 치솟아 올랐다.

"그럼 먼덩거스는 사라진 건가?" 단숨에 잔을 비운 루핀이 입을 열었다.

분위기가 확 바뀌었다. 모두 긴장한 표정으로 루핀을 지켜보았다. 해리가 보기에 그들은 그가 하는 말을 계속 듣고 싶으면서도 무슨 이야기를 듣게 될지 두려워하고 있는 것 같았다.

"무슨 생각 하시는지 알아요." 빌이 말했다. "저도 여기로 오면서 같은 생각을 했어요. 적들은 우리가 올 줄 알고 있었던 것 같았거든요. 안 그런가요? 하지만 먼덩거스가 우리를 배신했을 리는 없어요. 그자들은 해리가 일곱 명이나 있을 줄은 몰랐어요. 그래서 우리가 나타난 순간 혼란에 빠진 거예요. 혹시 잊으셨을까 봐 하는 말인데, 이 조그만 속임수를 제안한 건 먼덩거스였어요. 먼덩거스가 배신자였다면 왜 적들에게 이 중요한 사실을 말해 주지 않았겠어요? 전 덩이 그냥 겁에 질렸던 거라고 생각해요. 그게 다예요. 덩은 처음부터 오고 싶어 하지 않았는데 매드아이가 억지로 시킨 거잖아요. '그 사람'이 곧장 매드아이와 덩한테 달려들기도 했고요. 누구라도 겁에 질릴 만한 상황이었죠."

"'그 사람'은 매드아이가 예상한 그대로 행동했어요." 통스가 훌쩍였다. "매드아이는 그자가 진짜 해리는 가장 강하고 실력 있는 오러들과 함께 있을 거라고 생각할 거랬어요. 그자는 정말로 맨 먼저 매드아이를 쫓았고, 먼덩거스 때문에 둘의 정체가 드러나자마자 킹슬리로 표적을 바꿔서……."

"네, 그것 그렇다고 쳐요." 플뢰르가 쏘아붙였다. "하지망 그래도 그자들이 우리가 오늘 밤 애리를 이동시킹다능 걸 어떻게 알았는지능 설명이 앙 되잖아요? 누궁가 부주의했던 게 틀림없어요. 누궁가 외부인에게 날짜를 흘링 거예요. 그자들이 날짜능 알면서 작전의 자세한 내용까지는 몰랐덩 건 그렇게밖에 설명할 수 없어요."

 그녀는 여전히 눈물 자국이 또렷이 남은 아름다운 얼굴로, 반박해 보라는 듯 모두를 쏘아보았다. 반박하는 사람은 아무도 없었다. 해그리드가 손수건에 대고 딸꾹질하는 소리만이 침묵을 깨뜨릴 뿐이었다. 해리는 해그리드를 힐끗 쳐다보았다. 조금 전 해리를 구하기 위해 자신의 목숨을 걸었던 사람. 해리가 사랑하고 신뢰하는 사람. 언젠가 속임수에 걸려들어 용의 알과 맞바꿔 볼드모트에게 중요한 정보를 넘겨주기도 했던 사람…….

 "아뇨." 해리가 큰 소리로 내뱉자 모두가 놀라서 그를 바라보았다. 파이어위스키의 기운 탓에 목소리가 커진 것 같았다. "그러니까 제 말은…… 만약에 누군가가 실수를 했다면……." 해리가 말을 이었다. "그래서 정보가 새어 나갔다면, 그 사람이 일부러 한 행동은 아니었을 거란 얘기예요. 그건 그 사람 잘못이 아니에요." 그는 좀 더 큰 목소리로 또 한 번 되풀이했다. "우린 서로를 믿어야 해요. 저는 여러분 모두를 믿어요. 이 방 안에 있는 사람 중 누구도 절대 저를 볼드모트에게 팔아넘기지 않을 거라고 생각해요."

 그의 말이 끝나자 또다시 침묵이 이어졌다. 모두가 그를 바라보고 있었다. 해리는 얼굴이 살짝 달아오르는 것을 느끼고 뭐라도 하기 위해 파이어위스키를 좀 더 마시면서 매드아이를 생각했다. 매드아이는 늘 사람을 너무 쉽게 믿는 게 덤블도어의 흠이라며 투덜거리곤 했다.

"말 잘했어, 해리." 프레드가 갑자기 입을 열었다.

"그래, 맞아. 귀렇지, 귀렇지." 조지가 프레드 쪽을 힐끔거리며 동조하자 프레드의 입꼬리가 올라갔다.

루핀은 묘한 표정을 지으며 해리를 바라보고 있었다. 측은함에 가까운 표정이었다.

"제가 바보 같다고 생각하세요?" 해리가 물었다.

"아니, 네가 제임스 같다고 생각한다." 루핀이 말했다. "제임스라면 친구를 믿지 않는 것이야말로 가장 씻을 수 없는 불명예라고 생각했을 거야."

해리는 루핀이 무슨 말을 하는지 알아차렸다. 그는 아버지가 친구인 피터 페티그루에게 배신당한 일을 이야기하고 있었다. 해리는 갑자기 비이성적인 분노에 사로잡혔다. 해리는 뭐라 따지고 싶었지만 루핀은 그에게서 고개를 돌리더니 탁자 위에 유리잔을 내려놓고 빌에게 말을 걸었다. "할 일이 있다. 킹슬리한테……"

"아뇨." 빌이 곧바로 말했다. "제가 할게요. 제가 가겠습니다."

"어딜 가는데?" 통스와 플뢰르가 동시에 물었다.

"매드아이의 시신 말이야." 루핀이 말했다. "수습해야지."

"혹시 조금……." 위즐리 부인이 애원하는 듯한 눈으로 빌을 바라보며 말했다.

"기다렸다 가라고요?" 빌이 말했다. "설마 죽음을 먹는 자들이 시신을 가져가게 놔둬도 된다고 생각하시는 건 아니죠?"

아무도 입을 열지 않았다. 루핀과 빌은 작별 인사를 하고 떠났다.

남은 사람들은 의자에 털썩 주저앉았다. 오직 해리만이 그대로 서 있었다. 갑작스럽고도 완전한 죽음이 그들과 그 자리를 함께하고 있는 것 같았다.

"저도 가야겠어요." 해리가 말했다.

깜짝 놀란 열 사람의 눈동자가 그에게 쏠렸다.

"바보 같은 소리 말아라, 해리." 위즐리 부인이 말했다. "대체 무슨 소릴 하는 거니?"

"전 여기 있을 수 없어요."

그는 이마를 문질렀다. 이마가 또다시 욱신거렸다. 1년 넘도록 이런 통증은 느껴 본 적이 없었다.

"제가 여기 있으면 모두가 위험해요. 전 그런 걸 바라지 않……."

"아니, 바보 같은 소리 하지 마라!" 위즐리 부인이 말했다. "오늘 밤 우리가 했던 모든 일은 너를 여기에 안전하게 데려오기 위해서였어. 천만다행으로 그 일을 해냈고. 게다가 플뢰르도 프랑스가 아닌 여기서 결혼식을 하는 데 동의해 줬단다. 모두 함께 이곳에 머물면서 널 보호할 수 있도록 다 준비해 놨는데……."

그녀는 이해하지 못하고 있었다. 그녀가 해리를 위로한다고 하는 말이 오히려 그의 기분을 더 나빠지게 했다.

"제가 여기 있는 걸 볼드모트가 알면……."

"하지만 그걸 어떻게 알겠니?" 위즐리 부인이 물었다.

"지금 네가 있을 거라고 짐작할 만한 곳은 모두 열두 군데다, 해리." 위즐리 씨가 말했다. "네가 어느 은신처에 있는지 그자가 알아낼 방법은 전혀 없어."

"제가 걱정하는 건 저 자신이 아니에요!" 해리가 소리쳤다.

"우리도 알아." 위즐리 씨가 조용히 말했다. "하지만 네가 떠나면 오늘 밤 우리가 기울인 노력이 아주 무의미해질 거다."

"넌 아무 데도 못 가." 해그리드가 으르렁거리듯 말했다. "제기랄, 해리. 우리가 널 여기 데려오려고 그 고생을 했는데!"

"그래, 피투성이가 된 내 귀는 어쩌고?" 조지가 몸을 일으켜 쿠션에 기대며 말했다.

"그건 저도 알지만……."

"매드아이도 그런 건 원하지 않을……."

"**안다고요!**" 해리가 버럭 소리쳤다.

그는 사람들에게 둘러싸여 협박이라도 당하는 것 같은 기분이었다. 이 사람들은 자신들이 해리를 위해 무슨 일을 했는지 그가 모른다고 생각하는 걸까? 이 모든 사람이 자기 때문에 더 많은 고통을 당하기 전에 떠나려 하는 이유가 바로 그것이라는 사실을 모르는 걸까? 길고 어색한 침묵이 이어졌다. 그러는 동안에도 해리의 흉터는 여전히 쿡쿡 쑤시고 욱신거렸다. 마침내 위즐리 부인이 침묵을 깨뜨렸다.

"헤드위그는 어디 있니, 해리?" 그녀가 달래듯 말했다. "피그위전하고 새장에 같이 두고 먹을 걸 주면 좋을 텐데."

누군가가 심장을 꽉 움켜쥐는 기분이었다. 해리는 그녀에게 진실을 말할 수 없었다. 그는 대답을 피하기 위해 파이어위스키를 마저 들이켰다.

"두고 봐라, 해리. 네가 또 한 번 해냈다는 얘기가 퍼질 테니까." 해그리드가 말했다. "네가 바로 네 머리 위에 나타난 그자를 물리치고 탈출했다고 말이야!"

"제가 한 게 아니에요." 해리가 딱 잘라 말했다. "제 마법 지팡이가 한 일이에요. 제 마법 지팡이가 저절로 움직였어요."

잠시 후 헤르미온느가 조용히 말했다. "하지만 그건 불가능해, 해리. 너도 모르게 마법을 쓴 거겠지. 본능적으로 반응한 거야."

"아냐." 해리가 말했다. "오토바이가 추락하고 있었기 때문에 난 볼드모트가 어디 있는지도 몰랐어. 그런데 마법 지팡이가 내 손 안에서 빙글 돌더니 그자를 찾아서 주문을 날렸어. 내가 알지도 못하는 주문을 말이야. 난 지금까지 황금색 불꽃을 일으켜 본 적이 한 번도 없어."

"압박을 받는 상황에서는" 하고, 위즐리 씨가 입을 열었다. "꿈도 꾸지 못했던 마법을 해내게 되는 경우가 종종 있단다. 어린아이들은 훈련을 받기 전에 자주······."

"그런 게 아니었어요." 해리가 이를 악물고 말했다. 흉터가 타는 듯 쿡쿡 쑤셨고, 화가 나고 답답했다. 다들 그가 볼드모트에 필적할 만한 힘을 갖고 있을 거라 믿는다니 생각만 해도 미칠 노릇이었다.

아무도 입을 열지 않았다. 해리는 다들 그의 말을 믿지 않는다는 것을 알았다. 이제 와서 생각해 보니 해리 역시 마법 지팡이가 저절로 마법을 건다는 얘기는 들어 본 적이 없었다.

흉터가 불타오르는 것 같은 고통이 느껴졌다. 그가 할 수 있는 일이라고는 신음을 참는 것뿐이었다. 그는 바람을 좀 쐬어야겠다고 중얼거리며 유리잔을 내려놓고 거실을 나갔다.

어두운 마당을 가로지르자 해골 같은 거대한 세스트럴이 고개를 들고 어마어마하게 큰 박쥐 같은 날개를 부스럭대다가 다시 풀을 뜯기 시작했다. 해리는 정원으로 들어서는 문 앞에 멈춰 섰다. 그리고 욱신거리는 이마를 문지르면서 아무렇게나 자라 무성해진 온갖 식물을 바라다보며 덤블도어를 떠올렸다.

덤블도어라면 그의 말을 믿어 주었을 거라고, 그는 생각했다. 덤블도어라면 해리의 마법 지팡이가 무슨 이유로, 어떻게 저절로 움직였는지 알았을 것이다. 덤블도어는 언제나 답을 알고 있었으니까. 그는 마법 지팡이에 대해 잘 알았고, 해리의 지팡이와 볼드모트의 지팡이 사이에 존재하는 기묘한 연관성에 대해 설명해 주기도 했다……. 하지만 덤블도어는 매드아이처럼, 시리우스처럼, 그의 부모님처럼, 그의 가엾은 올빼미처럼, 그 모두와 마찬가지로 해리가 다시는 말을 걸 수 없는 곳으로 사라져 버렸다. 해리는 파이어위스키와는 상관없이 목구멍이 뜨겁게 불타오르는 듯한 기분을 느꼈다.

그때 별안간 흉터의 통증이 절정에 달했다. 이마를 감싸 쥐고 눈을 감자 머릿속에서 웬 목소리가 고함을 질렀다.

"다른 사람의 지팡이를 쓰면 문제가 해결될 거라고 하지 않았느냐!"

돌바닥에 깔린 넝마 위에 누워 있는 어떤 수척하고 나이 든 남자의 모습이 해리의 머릿속에 떠올랐다. 그 노인이 내지르는, 견디기 힘든 고통이 담긴 끔찍한 비명 소리가 길게 이어졌다…….

"안 돼요! 안 됩니다! 이렇게 빕니다, 이렇게 빌겠습니다……."

"너는 볼드모트 경에게 거짓말을 했다, 올리밴더!"

"아닙니다…… 맹세코 아닙니다……."

"너는 포터를 도우려고 했다. 놈이 내게서 도망치는 걸 도우려고 한 거야!"

"맹세컨대 그렇지 않습니다……. 저는 다른 지팡이라면 통할 거라고 생각했습니다……."

"그렇다면 왜 이런 사태가 벌어졌는지 설명해라. 루시우스의 마법 지팡이가 파괴되었단 말이다!"

"모르겠습니다……. 그런 연결은…… 오직…… 두 사람의 지팡이 사이에만 존재하는데……."

"거짓말!"

"제발…… 이렇게 빕니다……."

지팡이를 들어 올리는 하얀 손이 보였다. 볼드모트의 사악한 분노가 솟구치는 것이 느껴졌다. 바닥 위의 노인이 고통으로 몸부림쳤다.

"해리?"

그 장면은 떠올랐을 때처럼 빠르게 사라졌다. 해리는 어둠 속에서 몸을 부르르 떨며 정원 문을 꽉 붙들고 서 있었다. 심장이 두방망이질 쳤고 흉터는 아직도 화끈거렸다. 그는 시간이 조금 지난 뒤에야 론과 헤르미온느가 곁에 와 있다는 사실을 알아차렸다.

"해리, 집으로 들어가자." 헤르미온느가 속삭였다. "아직도 떠날 생각인 건 아니지?"

"그래, 넌 여기 있어야 돼." 론이 해리의 등을 탁 치며 말했다.

"괜찮아?" 해리의 얼굴이 보일 만큼 가까이 다가온 헤르미온느가 물었다. "너무 안 좋아 보여!"

"뭐……." 해리가 몸을 떨면서 말했다. "아마 올리밴더보다는 좋아 보일걸……."

해리가 방금 본 것을 말해 주자 론은 경악스러운 표정을 지었고 헤르미온느는 완전히 겁에 질렸다.

"하지만 그러면 안 되잖아! 네 흉터 말이야. 더는 그러면 안 돼! 다시 그렇게 연결되게 놔둬선 안 된다고. 덤블도어 교수님은 네가 정신을 닫기를 바라셨어!"

해리가 대답하지 않자 헤르미온느는 그의 팔을 꽉 움켜잡았다.

"해리, 그자는 이미 정부와 신문과 마법사 세계의 절반을 손에 넣었어! 네 머릿속까지 차지하도록 놔둬선 안 돼!"

## 6장
## 잠옷을 입은 굴

 매드아이를 잃은 충격은 그 뒤로 며칠 동안 집 안을 맴돌았다. 해리는 소식을 전하기 위해 이곳을 들락거리는 다른 기사단 단원들처럼 그가 쿵쿵거리며 뒷문으로 들어오는 모습을 보게 될 거라는 기대감을 떨칠 수가 없었다. 그리고 오직 행동하는 것만이 자신의 죄책감과 슬픔을 달래 줄 수 있다고, 최대한 빨리 호크룩스를 찾아서 파괴하는 임무를 시작해야겠다고 느꼈다.
 "뭐, 그……에 대해서는 네가 할 수 있는 일이 아무것도 없어." 론은 '호크룩스'라는 단어를 입 모양만으로 말했다. "열일곱 살이 될 때까지는 말이야. 아직 너한테 추적 마법이 걸려 있잖아. 그리고 계획이라면 여기서도 얼마든지 세울 수 있고. 안 그래? 아니면…….." 그는 목소리를 낮추고 속삭였다. "그것들이 어디 있는지 이미 알고 있는 거야?"

"아니." 해리가 대답했다.

"헤르미온느가 그동안 조사를 좀 해 본 것 같아." 론이 말했다. "네가 도착할 때까지는 말을 아끼겠다고 했거든."

그들은 아침을 먹기 위해 식탁에 앉아 있었다. 위즐리 씨와 빌은 막 출근했고, 위즐리 부인은 헤르미온느와 지니를 깨우러 위층으로 올라갔다. 플뢰르는 목욕을 하겠다고 나간 뒤였다.

"추적 마법은 31일에 깨져." 해리가 말했다. "그 말은 이곳에 나흘만 있으면 된다는 뜻이야. 그다음에는…….."

"닷새야." 론이 단호하게 그의 말을 정정해 주었다. "결혼식 때까지는 있어야 돼. 그 자리에 빠지면 우릴 죽이려 들걸."

해리는 그들을 죽이려 드는 사람이 플뢰르와 위즐리 부인이라는 것을 알았다.

"그래 봤자 딱 하루 더 있는 거잖아." 해리가 반란이라도 일으킬 듯한 표정을 짓자 론이 말했다.

"그분들은 이게 얼마나 중요한 일인지 모르는…….."

"당연히 모르지." 론이 말했다. "알 수 있을 만한 게 아무것도 없잖아. 그리고 네가 말을 꺼내서 말인데, 바로 그 일에 대해 얘기하고 싶은 게 있어."

론은 위즐리 부인이 아직 돌아오지 않은 걸 확인하려고 복도로 통하는 문을 힐끗 바라보더니 해리에게 더 가까이 몸을 기울였다.

"엄마가 헤르미온느랑 나한테서 우리가 뭘 하려는지 알아내려고 애를 쓰고 계셔. 다음에는 네 차례니까 각오하고 있으라고. 아빠랑 루핀도 물어봤는데 덤블도어가 너더러 우리한테만 말하라고 했다니까 더 이상 묻지 않았어. 근데 엄마는 아니야. 엄마는 단단히 작정했어."

론의 예언은 몇 시간 만에 실현됐다. 점심 식사를 앞두고 위즐리 부인이 해리의 배낭에서 나온 것이라고 생각되는 짝 없는 양말을 확인해 달라며 그를 다른 사람들에게서 떼어 낸 것이다. 그녀는 일단 부엌에서 조금 떨어진 좁디좁은 골방으로 그를 몰아넣더니 입을 열었다.

"론이랑 헤르미온느는 너까지 셋이서 호그와트를 그만두려는 생각인 것 같더구나." 그녀는 가볍고 일상적인 어투로 말문을 열었다.

"아." 해리가 말했다. "음, 네. 맞아요."

구석에서 탈수기가 저절로 켜지더니 위즐리 씨의 조끼처럼 보이는 것을 비틀어 짜기 시작했다.

"왜 공부를 그만두겠다는 건지 이유를 물어봐도 되겠니?" 위즐리 부인이 말했다.

"그게, 덤블도어 교수님이 저한테…… 할 일을 남기셨거든요."
해리가 우물거렸다. "론이랑 헤르미온느는 그게 무슨 일인지 알고 있고요. 그래서 저랑 같이 가고 싶어 해요."

"그 '할 일'이 뭔데?"

"죄송하지만 그건……."

"글쎄다, 솔직히 난 나랑 아서한테는 알 권리가 있다고 생각한다. 그리고 헤르미온느의 부모님도 분명 같은 생각이겠지!" 위즐리 부인이 말했다. 안 그래도 해리는 '걱정하는 부모님'을 이용한 공격이 있을 거라 두려워했었다. 해리는 애써 그녀의 눈을 똑바로 바라봤지만 그 눈이 지니의 눈과 똑같은 갈색이라는 것만 알아차렸을 뿐 별 도움이 되지는 않았다.

"덤블도어 교수님은 다른 사람들이 알게 되길 바라지 않으셨어요, 위즐리 아줌마. 죄송해요. 론이랑 헤르미온느는 굳이 같이 갈 필요 없어요. 걔들이 그런 선택을……."

"나는 *네가* 가야 할 이유도 모르겠구나!" 그녀는 이제 가식적인 태도를 모두 걷어 내고 쏘아붙이기 시작했다. "넌 이제 겨우 성인이 됐을 뿐이야. 너희 셋 다! 할 일이라니, 그게 무슨 말도 안 되는 소리야. 덤블도어 교수님에게는 그분의 지시를 따르는 기사단이 있잖니! 해리, 네가 그분 말씀을 잘못 알아들은 게 틀림없어. 아마 덤블도어 교수님은 너한테 그분이 직접 매듭짓고 싶은 일이 있다고 말씀하신 걸 거야. 그런데 넌 그 말을 네가 그 일을 해 줬으면 좋겠다는 걸로……."

"오해한 게 아니에요." 해리가 딱 잘라 말했다. "제가 해야만 해요."

그는 위즐리 부인이 확인해 달라고 했던 양말 한 짝을 그녀에게 돌려주었다. 황금빛 부들 무늬가 새겨져 있는 양말이었다.

"그리고 이건 제 양말이 아니에요. 전 퍼들미어 유나이티드를 응원하지 않거든요."

"아, 그렇지." 위즐리 부인은 갑자기 불안할 만큼 일상적인 말투로 돌아왔다. "진작 알았어야 했는데. 그래, 해리. 여기 있는 동안에는 빌과 플뢰르의 결혼식 준비를 도와줄 수 있겠지? 아직도 할 일이 너무 많아서 말이야."

"그럼요…… 저야…… 당연히 괜찮죠." 해리는 이토록 갑작스러운 화제 전환에 당황스러워하며 대답했다.

"착하기도 하지." 그녀는 그렇게 말하고 미소를 지으며 골방을 나갔다.

그 순간부터 위즐리 부인은 결혼식 준비를 핑계 삼아 해리, 론, 헤르미온느가 딴생각을 할 틈도 없을 만큼 일을 시켰다. 가장 긍정적인 관점에서 살펴보자면, 위즐리 부인의 그런 행동은 그들 모두를 매드아이에 대한 생각과 최근 여기까지 오는 과정에서 겪었던 공포에서 벗어나게 해 주려는 의도였다. 하지만 이틀 연속으로 쉴 새 없이 식기를 닦고, 답례품과 리본과 꽃 색깔을 맞추고, 정원의 땅요정들을 제거하고, 어마어마한 양의 카나페를 만드는 위즐리 부인을 돕고 나자 해리는 그녀에게 다른 이유가 있을 거라는 의심이 들기 시작했다. 그녀가 주는 그 모든 일거리가 그와 론과 헤르미온느를 서로 떨어뜨려 놓으려는 의도로 보였던 것이다. 볼드모트가 올리밴더를 고문하고 있다는 이야기를 들려 준 첫날 밤 이후로 해리는 두 사람과 이야기를 나눌 기회가 전혀 없었다.

"엄만 너희 셋이 모여서 계획을 못 짜게 하면 너희가 떠나는 걸 늦출 수 있다고 생각하는 것 같아." 해리가 버로에 머문 지 사흘째 되는 날, 그와 함께 저녁 식탁을 차리던 지니가 목소리를 낮추고 속삭였다.

"그다음엔 어떻게 될 거라고 생각하시는데?" 해리가 중얼거렸다. "너희 엄마가 여기서 볼로방(크림 소스에 고기, 생선 등을 넣어 조그맣게 만든 파이―옮긴이)이나 만들라고 우리를 잡아 놓고 있는 동안 다른 사람이 볼드모트를 죽이기라도 할까 봐?"

그는 아무 생각 없이 말했다가 지니의 얼굴이 하얗게 질리는 모습을 보았다.

"그럼 사실이구나?" 그녀가 말했다. "네가 하려는 일이 그거야?"

"난…… 아니…… 농담이었어." 해리가 말을 돌렸다.

둘은 서로를 바라보았다. 지니의 얼굴에는 충격 이상의 어떤 표정이 깃들어 있었다. 호그와트 교정의 외딴 구석에서 몇 시간씩 짬을 내서 함께하던 그때 이후로 그녀와 단둘이 있게 된 건 이번이 처음이란 사실이 문득 실감 났다. 해리는 그녀도 그 시간들을 기억하고 있을 거라 확신했다. 문이 열리고 위즐리 씨와 킹슬리, 빌이 들어오자 두 사람 모두 깜짝 놀랐다.

이제 그들은 종종 기사단 단원들과 함께 저녁을 먹었다. 그리몰드가 12번지 대신 버로가 기사단 본부가 되었기 때문이다. 위즐리 씨는 비밀 수호자였던 덤블도어가 사망한 이후로, 덤블도어에게서 그리몰드가의 위치를 전해 들은 모든 사람이 번갈아 가면서 비밀 수호자를 맡았다고 설명해 주었다.

"그리고 우리는 스무 명 정도 되니까 피델리우스 마법의 힘이 크게 약해질 수밖에 없단다. 죽음을 먹는 자들이 비밀을 빼낼 가능성이 스무 배는 커진 거니까. 그 마법이 오래 버텨 줄 거라고는 기대할 수 없어."

"하지만 지금쯤 당연히 스네이프가 죽음을 먹는 자들에게 그곳의 위치를 알려 줬을 텐데요?" 해리가 물었다.

"글쎄, 스네이프가 다시 그곳에 나타날 경우를 대비해 매드아이가 몇 가지 저주를 걸어 놓기는 했다. 스네이프가 그리몰드가에 들어가는 걸 막고 그곳에 대해 말하려 하면 혀가 묶일 만큼 저주가 강력했으면 좋겠지만 장담은 못 하겠구나. 보안이 이렇게 불안해졌는데 그곳을 계속 본부로 쓰는 건 미친 짓이야."

 그날 저녁에는 부엌이 얼마나 사람들로 넘쳐 났는지 나이프와 포크를 쥐고 움직이기도 어려울 지경이었다. 해리는 어쩌다 보니 지니 옆에 앉게 됐다. 방금 둘이서 무언의 대화를 주고받은 터라 해리는 둘 사이에 몇 명 더 끼어 앉았으면 좋겠다고 생각했다. 그녀의 팔에 스치지 않으려고 애쓰느라 닭고기를 자르는 일조차 힘들었다.

 "매드아이 소식은 없어?" 해리가 빌에게 물었다.

 "전혀." 빌이 대답했다.

 빌과 루핀이 시신을 수습하지 못했기에 무디의 장례식은 치를 수 없었다. 주위도 어두웠고 혼란스러운 전투가 벌어진 탓에 무디가 어디에 떨어졌는지 알아내기가 어려웠던 것이다.

 "《예언자일보》에 무디가 죽었다거나 무디의 시신이 발견됐다는 얘기는 한 마디도 실리지 않았어." 빌이 말을 이었다. "특별한 일은 아니지. 요즘엔 《예언자일보》가 꽤 잠잠하니까."

 "제가 죽음을 먹는 자들한테서 도망치면서 온갖 마법을 썼는데 아직 미성년 마법 법령을 어겼다면서 청문회도 소집하지 않았죠?" 해리가 식탁 저편 위즐리 씨에게 큰 소리로 물었다. 위즐리 씨는 고개를 끄덕였다. "저한테 선택의 여지가 없었다는 사실을 알아서 그런 건가요, 아니면 볼드모트가 절 공격했다는 얘기가 세상에 알려지는 게 싫어서 그런 건가요?"

"후자일 것 같구나. 스크림저는 '그 사람'이 그토록 강력해졌다는 사실을 인정하기 싫어해. 아즈카반에서 대규모 탈옥 사건이 벌어졌다는 사실도 그렇고."

"그렇죠, 사람들한테 뭐 하러 진실을 알리겠어요?" 해리가 나이프를 꽉 움켜쥐자 오른쪽 손등에 하얗게 새겨진 희미한 흉터가 도드라졌다. '거짓말을 하지 않겠습니다.'

"정부에서는 아무도 그자에게 맞설 준비가 되어 있지 않은 거예요?" 론이 성난 목소리로 물었다.

"그럴 리가 있겠니, 론. 하지만 사람들은 겁에 질려 있어." 위즐리 씨가 대답했다. "다음번에는 자신이 실종되지 않을까, 자기 자식이 공격당하지는 않을까 겁에 질려 있는 거야! 끔찍한 소문이 돌고 있어. 나부터도 호그와트 머글학 교수가 그냥 사임했다는 말은 못 믿겠다. 몇 주가 지났는데도 여전히 그분의 모습을 볼 수가 없어. 그 와중에 스크림저는 하루 종일 자기 집무실에 틀어박혀서 입을 다물고 있고. 무슨 계획이라도 세우고 있는 거면 좋겠다만."

잠시 대화가 끊긴 사이 위즐리 부인은 마법을 걸어 빈 접시들을 옆으로 치우고 사과 타르트를 내왔다.

"넌 어떻게 위장할 것잉지 정해야 해, 애리." 모두가 디저트를 먹고 난 뒤 플뢰르가 입을 열었다. "결혼쉭 때 말이야." 해리가 어리둥절한 표정을 짓자 그녀가 덧붙였다. "우리 손님들 중에능 당연히 죽음을 먹는 자가 없을 테지만, 샴페인이 들어가면 무승 말을 흘리고 다닐지 모르니까."

그 말을 듣고 해리는 그녀가 아직도 해그리드를 의심한다는 것을 알아차렸다.

"그래, 좋은 생각이구나." 상석에 앉아 있던 위즐리 부인이 거들었다. 그녀는 코끝에 안경을 걸친 채 긴 양피지에 휘갈겨 둔 엄청난 양의 할 일 목록을 훑어보고 있었다. "근데, 론. 아직 방 청소 안 했니?"

"*왜요?*" 론이 숟가락을 탁 내려놓고 어머니를 노려보며 소리쳤다. "왜 내 방을 청소해야 하는데요? 해리랑 저는 지금 그대로도 괜찮단 말이에요!"

"며칠 있으면 여기서 형의 결혼식을 치르게 되니까요, 도련님." 위즐리 부인이 말했다.

"제 방에서 결혼한대요?" 론이 화가 나서 따졌다. "아니잖아요! 그럼 멀린의 축 처진 왼쪽 불알을 걸고 말하는데, 대체 왜……."

"엄마한테 그게 무슨 말버릇이냐." 위즐리 씨가 단호하게 말했다. "엄마가 시키는 대로 해."

론은 부모님을 노려보더니 숟가락을 집어 들고 조금 남은 사과 타르트를 푹푹 찔렀다.

"내가 도와줄게. 내가 어지럽힌 것도 있으니까." 해리가 론에게 말했지만 위즐리 부인이 끼어들었다.

"아니다, 해리. 그보다는 아서가 닭장 치우는 일을 도와줬으면 좋겠구나. 그리고 헤르미온느, 들라쿠르 부부가 쓸 방의 침대보를 갈아 주면 정말 고맙겠다. 내일 아침 11시에 두 분이 도착하시는 거 너도 알지?"

하지만 막상 닭장에 가 보니 할 일은 별로 없었다.

"어, 굳이 몰리한테 얘기할 필요는 없다." 위즐리 씨가 닭장으로 들어가는 길을 막으며 해리에게 말했다. "그게, 어, 테드 통스가 시리우스의 오토바이 잔해 대부분을 모아 보내 줘서 내가, 음, 숨겨 놨거든. 정말 환상적인 물건이야. 배기구 '개스킨'(가스 같은 것이 새지 않도록 파이프의 접합부 따위를 메우는 데 쓰는 부속인 '개스킷'을 말한다—옮긴이)이었던가? 뭐 그런 것도 있어. 무지무지 근사한 배터리도 있더구나. 브레이크 작동 방식을 알아낼 좋은 기회가 될 거야. 내가 전부 다시 조립해 볼 생각이란다. 몰리가 없을…… 내 말은, 시간이 있을 때 말이야."

집 안으로 돌아와 보니 위즐리 부인의 모습은 어디에도 보이지 않았다. 해리는 슬쩍 론의 다락방 침실로 올라갔다.

"치울게요, 치운다고요……! 아, 너였구나." 해리가 방에 들어가자 론이 안심한 듯 말했다. 방금 전까지 누워 있다가 일어난 듯 론은 다시 침대에 벌렁 드러누웠다. 방은 1주일 내내 그랬던 것처럼 엉망진창이었다. 딱 하나 변한 게 있다면 지금은 헤르미온느가 방 한쪽 구석에 앉아 북슬북슬한 적갈색 고양이 크룩섕스를 발밑에 두고 책들을 분류하면서 두 개의 거대한 책 더미를 만들어 놓고 있다는 것뿐이었다. 그중에는 해리의 책도 몇 권 있었다.

"안녕, 해리." 해리가 자신이 쓰는 접이식 침대에 걸터앉자 그녀가 인사를 건넸다.

"넌 어떻게 빠져나온 거야?"

"아, 론네 엄마가 어제 이미 지니랑 나한테 침대보를 갈라고 하신 걸 깜빡하셨거든." 헤르미온느가 말했다. 그녀는 《수비학과 문법》을 한쪽 책 더미에 던지고 《어둠의 마법, 그 흥망성쇠》를 다른 쪽에 던졌다.

"우린 방금 매드아이 얘기를 하고 있었어." 론이 해리에게 말했다. "난 매드아이가 살아 있을지도 모른다고 생각해."

"하지만 매드아이가 살해 저주에 맞는 걸 빌이 봤다잖아." 해리가 말했다.

"그래, 하지만 빌도 공격을 당하고 있었잖아." 론이 말했다. "뭔가를 제대로 볼 여력이 있었겠어?"

"살해 저주가 빗나갔더라도 매드아이는 거의 300미터 높이에서 떨어졌을 거야." 헤르미온느가 이제는 《영국과 아일랜드의 퀴디치 팀들》을 따져 보듯 들고 말했다.

"방패 마법을 썼을 수도······."

"플뢰르 말로는 매드아이의 손에서 마법 지팡이가 날아갔대." 해리가 말했다.

"그래, 좋아. 매드아이가 죽었길 바란다면 뭐." 론이 베개를 탁탁 두드려 베기 편하게 만들며 시무룩하게 대꾸했다.

"매드아이가 죽었길 바라는 건 당연히 아니지!" 헤르미온느가 충격받은 얼굴로 소리쳤다. "매드아이가 죽은 건 끔찍한 일이야! 우린 현실적으로 구는 것뿐이라고!"

해리는 덤블도어처럼 온몸이 부서진 채 여전히 한쪽 눈만 눈구멍에서 빙글빙글 돌아가고 있는 매드아이의 모습을 처음으로 상상해 봤다. 이상하게도 웃음이 터질 것 같은 기분과 혐오스러운 감정이 뒤섞여 그를 찌르는 듯했다.

"아마 죽음을 먹는 자들이 처리했을 거야. 그래서 아무도 매드아이를 못 찾은 거겠지." 론이 그럴듯하게 추론했다.

"그래." 해리가 말했다. "뼈가 되어서 해그리드의 오두막 앞마당에 묻힌 바티 크라우치처럼. 아마 무디의 시신에 변환 마법을 걸어서 어딘가에 처박아······."

"그만해!" 헤르미온느가 소리를 질렀다. 놀란 해리가 고개를 돌리자, 《스펠먼의 룬문자 읽기》 위로 울음을 터뜨리는 헤르미온느의 모습이 보였다.

"아, 이런." 해리가 낡은 접이식 침대에서 허둥지둥 몸을 일으키며 말했다. "헤르미온느, 기분 상하게 하려던 건 아니……."

하지만 론이 먼저 녹슨 침대 스프링이 삐걱거리는 요란한 소리와 함께 침대에서 벌떡 일어나 헤르미온느에게로 다가갔다. 그가 한 팔로 헤르미온느를 감싸 안더니, 청바지를 뒤져서는 보기만 해도 속이 메슥거리는 손수건을 꺼냈다. 얼마 전 오븐을 닦을 때 썼던 손수건이었다. 그는 얼른 마법 지팡이를 꺼내 그 걸레 같은 손수건을 가리키며 "테르지오"라고 주문을 외웠다.

마법 지팡이가 기름때를 대부분 빨아들였다. 론은 어느 정도 만족스러운 표정을 지으며 살짝 연기가 나는 손수건을 헤르미온느에게 건넸다.

"아…… 고마워, 론……. 미안……." 그녀는 코를 풀고 딸꾹질을 했다. "그냥 너무…… 너무 끔찍하잖아. 바, 바로 얼마 전에 덤블도어 교수님이 그렇게 됐는데…… 나…… 난 그냥 매드아이가 죽을 거라고는 저, 전혀 상상도 못 해서……. 그렇게 강해 보였는데!"

"그래, 나도 알아." 론이 그녀를 꼭 안아 주며 말했다. "하지만 만약 매드아이가 여기 있었다면 무슨 말을 했을 것 같아?"

"지, 지속적 경계." 헤르미온느가 눈가를 훔치며 말했다.

"맞아." 론이 고개를 끄덕이며 말했다. "우리더러 자기한테 벌어진 일에서 뭔가 배우라고 했을 거야. 그리고 우리는 그 별 볼 일 없는 겁쟁이 먼덩거스를 믿어선 안 된다는 걸 배웠지."

헤르미온느는 초조함을 감추지 못한 웃음을 터뜨리더니 몸을 숙이고 책 두 권을 더 집어 들었다. 잠시 후 론이 그녀의 어깨에서 팔을 재빨리 내렸다. 그녀가 《괴물들에 관한 괴물 책》을 그의 발등에 떨어뜨린 것이다. 책을 동여매고 있던 허리띠가 풀리면서 책이 론의 발목을 사납게 덥석 물었다.

"미안, 미안해!" 헤르미온느가 소리치는 사이 해리가 책을 론의 발에서 억지로 떼어 내고 덮은 다음 다시 묶어 놓았다.

"그건 그렇고, 이 책들은 다 뭐 하려고?" 론이 절뚝절뚝 자기 침대로 돌아가면서 물었다.

"그냥 어떤 책을 가져갈지 정하는 중이야." 헤르미온느가 말했다. "호크룩스 찾으러 갈 때 말이야."

"아, 맞다." 론이 자기 이마를 탁 치며 비꼬듯 말했다. "우리가 이동도서관 버스를 타고 볼드모트를 잡으러 다닐 거라는 사실을 까맣게 잊고 있었네."

"하. 하." 헤르미온느가 《스펠먼의 룬문자 읽기》를 내려다보며 말했다. "잘 모르겠어……. 룬문자를 해석해야 할 일이 있을까? 그럴 수도 있겠지……. 가져가는 게 좋겠어. 혹시 모르니까."

그녀는 그 책을 둘 중 더 큰 책 더미 위에 떨어뜨리고 《호그와트의 역사》를 집어 들었다.

"내 말 들어 봐." 해리가 말했다.

그는 허리를 펴고 앉았다. 론과 헤르미온느가 똑같이 체념과 반발심이 뒤섞인 표정을 지으며 그를 바라보았다.

"덤블도어 교수님의 장례식이 끝난 뒤에 너희가 나랑 같이 가고 싶다고 말했던 건 알고 있어." 해리가 입을 열었다.

"시작됐네." 론이 눈알을 굴리며 헤르미온느에게 말했다.

"저럴 줄 알았잖아." 그녀가 다시 책들 쪽으로 시선을 돌리며 한숨을 쉬었다. "있잖아, 《호그와트의 역사》는 가져가야 할 것 같아. 학교로 돌아가지 않는다 해도 이 책이 없으면 뭔가 허전한 기분이……."

"들어 보라니까!" 해리가 다시 말했다.

"아니, 해리. 너나 잘 들어." 헤르미온느가 말했다. "우리는 너랑 같이 갈 거야. 몇 달 전에 이미 결정된 일이야. ……실은, 몇 년 전에 결정된 거지."

"하지만……."

"그만 좀 해라." 론이 충고하듯 말했다.

"……제대로 생각해 본 거 확실해?" 해리는 물러서지 않았다.

"글쎄." 헤르미온느가 사나운 표정으로 《트롤과 함께하는 여행》을 두고 가는 쪽 무더기에 탁 내려놓으며 말했다. "난 며칠 동안 짐을 꾸렸어. 그러니까 론이랑 나는 네가 알려 주기만 하면 언제든 떠날 준비가 돼 있다고. 혹시 모를까 봐 말해 주는 건데 아주 어려운 마법도 몇 가지 걸었어. 론의 엄마 코앞에서 매드아이가 갖고 있던 폴리주스 마법약을 통째로 몰래 빼내 온 건 말할 것도 없고, 난 우리 부모님 기억도 바꿔 놨어. 두 분은 이제 본인들 이름이 웬델 윌킨스와 모니카 윌킨스이고, 평생소원은 오스트레일리아로 이주해서 사는 거라고 확신하고 계셔. 지금은 실제로 그렇게 되셨고. 그럼 볼드모트가 두 분을 추적하더라도 나에 대해 취조하기가 더 어려워질 테니까. 아니면 너에 대해서라든가. 불행하게도 내가 두 분께 네 얘기를 조금 해 드렸거든. 호크룩스를 모두 추적한 뒤에도 살아남는다면 난 엄마 아빠를 찾아서 마법을 해제할 거야. 만약 살아남지 못하면…… 뭐, 두 분이 계속 안전하고 행복하게 사실 수 있도록 충분히 좋은 마법을 건 거라고 생각해. 그러니까, 웬델과 모니카 윌킨스 부부는 자신들에게 딸이 있는 걸 모르시거든."

헤르미온느의 눈이 다시 눈물로 어른거렸다. 론이 또다시 침대에서 일어나 이번에도 그녀에게 팔을 두르고, 눈치 없다고 나무라

듯 해리를 향해 얼굴을 찌푸렸다. 해리는 뭐라고 말해야 할지 전혀 떠오르지 않았다. 론이 다른 사람에게 눈치 어쩌고 하는 게 이상한 일이기 때문만은 아니었다.

"난…… 헤르미온느, 미안해……. 나는……."

"너랑 같이 가면 무슨 일이 일어날 수 있는지 론이랑 내가 확실히 알지도 못하고 이러는 줄 알았어? 글쎄, 우린 알고 있어. 론, 네가 뭘 했는지 해리한테 보여 줘."

"에이, 쟤 방금 식사했잖아." 론이 말했다.

"얼른, 쟤도 알아야지!"

"아, 알았어. 해리, 이리 와 봐."

론은 헤르미온느에게 둘렀던 팔을 풀고 문 쪽으로 쿵쿵 걸어갔다.

"빨리."

"왜?" 해리가 론을 따라 좁디좁은 층계참으로 나가면서 물었다.

"디센도." 론이 마법 지팡이로 나지막한 천장을 가리키며 중얼거렸다. 머리 바로 위에서 뚜껑문이 열리더니 사다리가 발아래까지 스르르 내려왔다. 뚜껑이 열린 하수구에서 나는 것 같은 불쾌한 냄새와 함께, 네모난 구멍에서 공기를 빨아들이는 것 같기도 하고 흐느끼는 것 같기도 한 끔찍한 소리가 새어 나왔다.

"저거 너희 집에 사는 굴 아냐?" 해리가 물었다. 가끔씩 한밤의 고요함을 방해하는 그 괴물을 실제로 만나 본 적은 한 번도 없었다.

"그래, 맞아." 론이 사다리를 올라가며 말했다. "너도 와서 한 번 봐."

해리는 론을 따라서 짧은 계단을 올라 비좁은 다락 공간으로 들어갔다. 머리와 어깨를 완전히 들이민 뒤에야 조금 떨어진 곳에서 몸을 웅크리고 있는 생명체가 보였다. 그것은 희미한 어둠 속에서 커다란 입을 활짝 벌린 채 깊이 잠들어 있었다.

"그런데…… 저건 꼭……. 굴들이 보통 잠옷을 입나?"

"아니." 론이 말했다. "보통은 빨간 머리카락이 나지도 않고, 물집이 저만큼 있지도 않지."

해리는 속이 살짝 메슥거리는 것을 느끼며 한참 동안 그것을 바라보았다. 굴은 모습이나 크기가 인간과 비슷했는데, 어둠에 눈이 익숙해지자 론의 낡은 잠옷을 걸치고 있는 그것의 모습이 확실히 보였다. 하긴 보통 굴이라면 저렇듯 분명하게 머리털이 잔뜩 나 있고 성난 자주색 물집으로 뒤덮여 있는 게 아니라, 머리가 벗어지고 온몸은 점액으로 뒤덮여 있을 것이었다.

"쟤가 나야. 알겠지?" 론이 말했다.

"아니." 해리가 말했다. "모르겠는데."

"방으로 돌아가서 설명할게. 냄새가 너무 지독해서 못 참겠다." 론이 말했다. 그들은 사다리를 내려왔다. 론은 사다리를 천장으로 되돌려 놓은 뒤 여전히 책을 분류하고 있는 헤르미온느 곁으로 돌

잠옷을 입은 굴

아갔다.

"우리가 떠나자마자 저 굴이 여기 내 방에 내려와서 살 거야." 론이 말했다. "정말 기대하고 있는 것 같아. 뭐, 사실 무슨 생각을 하고 있는지 잘은 모르겠지만. 저 녀석이 할 수 있는 건 신음 소리를 내면서 침 흘리는 것뿐이니까. 하지만 그 얘기를 하면 고개를 열심히 끄덕여. 아무튼, 저 녀석은 알알이 곰팡이에 걸린 내가 될 거야. 끝내주지?"

해리는 그저 혼란스러운 표정만 짓고 있었다.

"끝내준다니까!" 이 계획이 얼마나 기발한지 이해하지 못하는 해리가 답답하다는 듯 론이 말했다. "봐, 우리 셋이 호그와트에 나타나지 않으면 다들 헤르미온느랑 내가 틀림없이 너랑 같이 있다고 생각할 거야. 그렇지? 그 말은 죽음을 먹는 자들이 네 위치를 알아내려고 곧장 우리 가족들을 찾을 거란 얘기고."

"나야 엄마 아빠랑 같이 떠난 걸로 보이면 될 거야. 지금 이 순간에도 많은 수의 머글 태생들이 어딘가로 가서 숨겠다고 이야기하고 있으니까." 헤르미온느가 말했다.

"하지만 우리 가족 모두가 숨을 수는 없잖아. 그러면 너무 수상해 보일 테고, 다들 직장을 그만둘 수도 없는 노릇이니까." 론이 말했다. "그래서 내가 알알이 곰팡이를 심하게 앓고 있다고 둘러댈 생각이야. 그 때문에 학교에 가지 못한다고 하는 거지. 누가 조사하러 오면 엄마 아빠가 물집으로 뒤덮인 채 내 침대에 누워 있는 굴을 보여 줄 거야. 알알이 곰팡이는 실제로 전염성이 있으니까 그 사람들도 가까이 가고 싶어 하지 않을 테고. 저 굴이 말을 못 하는 것도 별문제 없어. 곰팡이가 목젖까지 퍼지면 확실히 말을 할 수가 없거든."

"너희 엄마 아빠도 이 계획에 동참하신 거야?" 해리가 물었다.

"아빠는 그랬어. 아빠는 프레드랑 조지를 도와서 굴을 변신시켰어. 엄마는…… 뭐, 엄마가 어떻게 나오는지 너도 봤잖아. 진짜로 떠날 때까지는 우리가 갈 거라는 사실을 받아들이시지 않을걸."

방 안에는 잠시 침묵이 흘렀다. 헤르미온느가 계속해서 책을 이쪽이나 저쪽 더미로 툭툭 던져 놓는 소리만 들릴 뿐이었다. 론은 앉아서 그런 그녀를 지켜보았고 해리는 할 말을 잃은 채 그 둘을 번갈아 보고만 있었다. 두 사람이 가족을 지키기 위해 어떤 조치들을 취해 놓았는지를 듣고 나자, 그들이 정말 그와 함께 갈 것이며 그 일이 얼마나 위험한지 정확히 알고 있다는 사실을 이보다 더 실감할 수가 없을 지경이었다. 해리는 이것이 그에게 얼마나 뜻깊은 일인지 두 사람에게 말해 주고 싶었지만 그런 마음을 표현할 수 있을 만한 단어를 찾지 못했다.

그 침묵을 뚫고 위즐리 부인이 맨 아래층에서 고함치는 소리가 아득히 들려왔다.

"아마 지니가 별것도 아닌 냅킨 고리 같은 데다 먼지 한 톨을 남겨 놨겠지." 론이 말했다. "들라쿠르 가족은 왜 결혼식 이틀 전에 온다는 거야?"

"플뢰르의 여동생이 들러리잖아. 예행연습을 하려면 와야지. 그 애 혼자 오기엔 너무 어리고." 헤르미온느가 판단이 잘 서지 않는다는 듯《밴시와의 휴식 시간》을 들여다보며 말했다.

"글쎄, 손님들이 엄마의 스트레스 수치를 낮추는 데 도움이 되지는 않는 것 같다." 론이 말했다.

"우리가 진짜로 결정해야 하는 건……." 헤르미온느가 잠깐의 망설임도 없이《마법 방어 이론》을 쓰레기통에 던져 넣고《유럽 마법 교육의 평가》를 집어 들면서 말했다. "여길 떠나서 어디로 갈 거냐는 거야. 네가 일단 고드릭 골짜기에 가고 싶다고 말했던 건 알아, 해리. 그 이유도 알겠고. 하지만…… 글쎄…… 호크룩스를 우선순위로 삼아야 하는 거 아닐까?"

"호크룩스가 있는 곳을 한 군데라도 알았다면 나도 너랑 똑같이 생각했을 거야." 해리가 말했다. 헤르미온느가 고드릭 골짜기에 가고 싶어 하는 그의 마음을 정말로 이해했다는 생각은 들지 않았다. 부모님의 무덤이 그곳에 있다는 사실은 해리가 고드릭 골짜기에 끌리는 여러 이유 중 하나일 뿐이었다. 그는 바로 그곳에 해답이 있을 것 같은 강력한 느낌을 받았지만 그 느낌을 설명할 수가 없었다. 어쩌면 그곳이 해리가 볼드모트의 살해 저주에서 살아남은 장소이기 때문일지도 몰랐다. 그런 대단한 일을 다시 해내야 하는 도전 과제를 앞두고 있는 지금 해리는 그 일을 이해하고 싶었고, 그럴수록 그 일이 벌어졌던 장소에 마음이 끌렸다.

"볼드모트가 고드릭 골짜기를 감시하고 있을지도 모른다는 생각은 안 드니?" 헤르미온느가 물었다. "볼드모트라면, 네가 어디든 자유롭게 갈 수 있게 되자마자 가장 먼저 고드릭 골짜기에 가서 부모님 무덤을 찾고 싶어 할 거라고 예상하지 않을까?"

해리는 미처 그런 생각을 해 보지 못했다. 반박할 말을 찾으려고 애쓰는데, 혼자만의 생각에 빠져 있던 론이 목소리를 높였다.

"그 R.A.B.라는 사람 있잖아." 그가 말했다. "그 왜, 진짜 로켓을 훔쳐 간 사람 말이야."

헤르미온느가 고개를 끄덕였다.

"그 사람이 편지에다 진짜를 파괴할 거라고 썼지?"

해리는 배낭을 가져다가 꼭꼭 접힌 R.A.B.의 편지가 들어 있는 가짜 호크룩스를 꺼냈다.

"'나는 진짜 호크룩스를 훔쳐 냈고 가능한 한 빨리 그것을 파괴할 생각이오.'" 해리가 소리 내서 읽었다.

"뭐, 그 남자가 정말로 그걸 부숴 버렸다면?" 론이 말했다.

"여자일 수도 있지." 헤르미온느가 끼어들었다.

"누구든 간에." 론이 말했다. "그럼 우리가 할 일이 하나 줄어드는 거야!"

"그래, 하지만 그래도 진짜 로켓을 추적해 봐야 할 거 아냐." 헤르미온느가 말했다. "파괴됐는지 아닌지 알아보려면."

"그래서 손에 넣었다고 쳐. 그럼 그 호크룩스를 어떻게 없애야 해?" 론이 물었다.

"음." 헤르미온느가 말했다. "그건 내가 조사해 봤어."

"어떻게?" 해리가 물었다. "도서관에 호크룩스와 관련된 책은 없는 줄 알았는데?"

"없었어." 헤르미온느가 얼굴을 붉히며 말했다. "덤블도어 교수님이 전부 치우시긴 했는데…… 아예 없애 버리진 않으셨더라."

론이 눈을 휘둥그렇게 뜨며 허리를 꼿꼿이 펴고 앉았다.

"멀린의 바지를 걸고, 대체 어떻게 호크룩스 관련 책을 손에 넣은 거야?"

"그게…… 훔친 건 아니야!" 헤르미온느가 절박한 눈길을 해리에게서 론에게로 돌리며 말했다. "덤블도어 교수님이 책꽂이에서 치우시긴 했지만 그래도 여전히 도서관 책인 건 맞잖아. 아무튼, 교수님이 정말로 그 책에 아무도 손대지 않길 바라셨다면 분명히 이것보단 훨씬 어렵게……."

"본론만 말해!" 론이 말했다.

"그러니까…… 아주 간단했어." 헤르미온느가 기어들어 가는 목소리로 말했다. "그냥 소환 마법을 썼어. 그러니까, 아씨오 하고. 그랬더니 그 책들이 덤블도어 교수님의 연구실 창문에서 곧장 여학생 기숙사로 날아오더라."

"언제 그런 걸 한 거야?" 해리가 감탄과 믿기지 않는다는 감정이 뒤섞인 표정을 짓고 헤르미온느를 바라보았다.

"덤블도어 교수님…… 장례식 직후에." 헤르미온느가 더한층 기어들어 가는 목소리로 말했다. "학교를 떠나서 호크룩스를 찾으러 가자고 우리끼리 입을 모은 다음에 말이야. 짐을 챙기러 위층으로 올라갔는데, 그게…… 그러니까, 아는 게 많으면 도움이 될 거라는 생각이 들었어……. 마침 나 혼자 있기도 했고……. 그래서 해 봤는데…… 통하더라. 책들이 열린 창문으로 곧장 날아들어 오길래 얼른…… 얼른 챙겼어."

헤르미온느는 침을 꿀꺽 삼키더니 간절한 어조로 말했다. "덤블도어 교수님이 화를 내실 것 같지는 않아. 우리가 그 정보를 이용해서 호크룩스를 만들 것도 아니잖아. 안 그래?"

"누가 뭐래?" 론이 말했다. "아무튼, 그 책들은 어디 있는데?"

헤르미온느가 잠시 책 더미를 뒤지더니 빛바랜 검은색 가죽 표지의 큼직한 책을 꺼냈다. 그녀는 약간 구역질 나는 표정을 지으며, 죽은 지 얼마 안 된 무언가라도 되는 양 그 책을 아주 조심스럽게 들었다.

"여기엔 호크룩스 만드는 방법이 명확하게 설명되어 있어. 《가장 어두운 마법의 비밀》. 끔찍한 책이야. 정말 끔찍해. 사악한 마법들에 대해 잔뜩 적혀 있어. 덤블도어 교수님이 언제 이 책을 도서관에서 없앴는지는 모르겠어……. 교장이 된 다음에 없애신 거라면 볼드모트는 틀림없이 이 책에서 필요한 정보를 모두 얻었을 거야."

"그럼 왜 슬러그혼한테 호크룩스 만드는 방법을 물어봤을까? 이미 그 책을 읽었다면 말이야." 론이 물었다.

"볼드모트가 슬러그혼 교수님한테 접근한 건 그저 영혼을 일곱 개로 쪼갰을 때 무슨 일이 일어나는지 알아보기 위해서였어." 해리가 말했다. "덤블도어 교수님은 리들이 슬러그혼 교수님한테 호크룩스에 대해 물었을 때는 이미 호크룩스 만드는 법을 알고 있었을 거라고 확신하셨어. 네 말이 맞는 것 같아, 헤르미온느. 볼드모트는 그 책에서 정보를 얻었을 가능성이 커."

"호크룩스는" 하고, 헤르미온느가 말했다. "읽으면 읽을수록 더 끔찍하게 느껴지더라. 볼드모트가 호크룩스를 실제로 여섯 개나 만들었다니 도저히 믿어지지가 않아. 이 책은 영혼을 쪼개면 남은 영혼이 굉장히 불안정해진다고 경고하고 있거든. 호크룩스를 겨우 하나 만들 때도 그렇다는데 말이야!"

해리는 볼드모트가 '평범한 악'의 수준을 넘어섰다던 덤블도어의 말을 떠올렸다.

"쪼개진 영혼을 다시 합치는 방법은 있어?" 론이 물었다.

"응." 헤르미온느가 기운 빠지는 미소를 지으며 말했다. "하지만 극심한 고통을 겪게 돼."

"왜? 어떻게 하는 건데?" 해리가 물었다.

"후회하는 것." 헤르미온느가 말했다. "자기가 한 짓을 진심으로 후회하는 거야. 주석도 달려 있어. 보니까 그 고통 때문에 파멸할 수도 있나 봐. 하지만 볼드모트가 어떤 식으로든 그런 노력을 할 리가 없잖아. 그렇지 않아?"

"그건 그래." 해리가 대답하기도 전에 론이 말했다. "그럼 그 책에 호크룩스를 파괴하는 방법도 나와 있어?"

"응." 헤르미온느가 이제는 썩어 가는 내장을 보듯, 바스라질 것 같은 페이지를 넘기며 말했다. "이 책은 어둠의 마법사들한테 호크룩스에 얼마나 강한 마법을 걸어야 하는지 경고하고 있어. 내가 읽은 내용을 통틀어 보면, 해리가 리들의 일기장에 한 일이 바로 호크룩스를 확실하게 파괴할 수 있는 몇 안 되는 방법 중 하나야."

"뭐, 바실리스크 송곳니로 찌르는 것 말이야?" 해리가 물었다.

"아, 그래. 바실리스크 송곳니가 엄청 많이 남아서 참 다행이다. 그치?" 론이 특유의 비꼬는 말투로 말했다. "그놈의 송곳니들을

잠옷을 입은 굴

어떻게 처리해야 할지 고민 중이었는데."

"꼭 바실리스크 송곳니일 필요는 없어." 헤르미온느가 인내심을 발휘하며 말했다. "호크룩스가 스스로 재생할 수 없을 만큼 파괴적인 것이면 돼. 바실리스크의 독에는 해독제가 딱 하나뿐인데, 그건 아주 희귀한……."

"……불사조의 눈물 말이지." 해리가 고개를 끄덕이며 말했다.

"바로 그거야." 헤르미온느가 말했다. "문제는 바실리스크의 독만큼 파괴적인 물질이 아주 드물다는 거야. 들고 다니기에는 전부 위험한 것들이기도 하고. 그게 바로 우리가 해결해야 할 문제야. 호크룩스를 찢어 버리거나 부수거나 박살 내는 건 아무 소용 없을 테니까. 마법으로 복구할 수 없을 정도로 만들어 놔야 해."

"우리가 영혼이 깃들어 있는 물건을 망가뜨린다 치자. 근데 왜 그 안에 있는 영혼 조각이 다른 물건 안에 들어가서 살 수 없는 거지?" 론이 말했다.

"왜냐하면 호크룩스는 인간이랑 정반대거든."

해리와 론의 어리둥절한 표정을 본 헤르미온느가 서둘러 말을 이었다. "봐, 론. 내가 지금 당장 칼을 집어 들고 널 찌른다고 해도 네 영혼에는 전혀 피해를 줄 수 없을 거야."

"그것 참 되게 안심되는 말이구나." 론이 말했다.

해리는 웃음을 터뜨렸다.

"진짜 안심할 만한 일이야! 아무튼 내 말은, 몸에 무슨 일이 일어나든 영혼은 영향을 받지 않고 살아남는다는 거야." 헤르미온느가 말했다. "하지만 호크룩스는 그와 정반대야. 호크룩스 안에 깃든 영혼 조각의 생사는 그것이 담겨진 용기, 즉 마법에 걸린 그 몸체에 달려 있어. 그 용기 없이는 존재할 수 없는 거지."

"그 일기장도 내가 찌르니까 죽어 버렸어." 해리는 꿰뚫린 종이에서 잉크가 피처럼 쏟아져 나오던 일이며 볼드모트의 영혼 조각이 사라지면서 비명을 질렀던 일을 떠올렸다.

"일기장이 제대로 파괴되자 그 안에 들어 있는 영혼이 더 이상 존재하지 못하게 된 거야. 너보다 앞서 지니가 그 일기장을 변기에 넣고 물을 내려서 없애 버리려고 했지만 다시 새것처럼 멀쩡해져서 돌아왔잖아."

"잠깐만." 론이 얼굴을 찡그리며 말했다. "그 일기장에 들어 있던 영혼 조각이 지니를 지배했었잖아. 안 그래? 그건 어떻게 된 거야?"

"영혼이 담긴 마법 용기가 온전할 때는 그 안에 있는 영혼 조각이 호크룩스에 지나치게 가까이 접근하는 사람한테 아주 잠깐씩 들어갔다 나갔다 할 수 있어. 손으로 너무 오래 잡고 있어서 그렇다는 게 아니야. 만지는 거랑은 아무 상관 없어." 론이 뭐라고 입을 열기도 전에 그녀가 덧붙였다. "내 말은 감정적으로 가까워졌을 때

잠옷을 입은 굴

를 얘기하는 거야. 지니는 자신의 진심을 그 일기장에 쏟아부어서 자기 자신을 믿을 수 없을 만큼 취약하게 만들었어. 호크룩스를 너무 좋아하거나 거기에 의지하게 되면 문제가 발생하는 거지."

"덤블도어 교수님은 그 반지를 어떻게 파괴했을까?" 해리가 말했다. "왜 여쭤보지 않았을까? 난 한 번도 진정으로……."

해리의 목소리가 사그라들었다. 그는 덤블도어에게 물어봤어야 할 모든 것에 대해 생각하고 있었다. 교장 선생이 죽은 지금 돌이켜보니, 그가 아직 살아 있을 때 너무나 많은 기회를 날려 버린 것 같다는 생각이 들었다. 더 많은 것을 알아낼 수 있는 기회를…… 그 모든 것을…….

벽이 흔들릴 정도의 굉음과 함께 침실 문이 벌컥 열리면서 침묵을 깨뜨렸다. 헤르미온느가 비명을 지르며 《가장 어두운 마법의 비밀》을 떨어뜨렸고 크룩섕스는 쏜살같이 침대 밑으로 들어가 화난 듯 식식댔다. 론은 침대에서 벌떡 일어나다가 바닥에 버린 개구리 초콜릿 포장지를 밟고 미끄러져 맞은편 벽에 이마를 찧고 말았다. 해리가 본능적으로 마법 지팡이를 향해 몸을 날린 후 고개를 들자 위즐리 부인의 모습이 보였다. 그녀는 머리가 잔뜩 헝클어진 채 분노로 얼굴을 일그러뜨리고 있었다.

"화기애애한 모임을 방해해서 정말 미안하구나." 그녀가 화가 나서 떨리는 목소리로 말했다. "물론 다들 좀 쉬어야 했겠지……. 근데 내 방에 결혼식 선물이 잔뜩 쌓여 있단다. 너희가 선물 분류하는 일을 도와주기로 한 줄 알았는데."

"아, 네." 헤르미온느가 벌떡 일어나다가 책들을 사방으로 날려 보내며 겁먹은 얼굴로 말했다. "도와드릴게요……. 죄송해요……."

헤르미온느는 해리와 론에게 괴로워하는 표정을 지어 보이며 위즐리 부인을 따라 서둘러 방을 나섰다.

"집요정이라도 된 것 같아." 해리와 함께 헤르미온느의 뒤를 따라가면서 론이 계속 머리를 문지르며 목소리를 죽이고 투덜거렸다. "일에 대한 만족감만 없을 뿐이지. 이 결혼식이 빨리 끝나야 내가 행복해질 텐데."

"그러게." 해리가 말했다. "그다음에는 호크룩스 찾는 것 말고는 할 일이 아무것도 없을 테니까……. 휴가 같을 거야, 그치?"

론은 웃음을 터뜨렸다가, 위즐리 부인의 방에서 그들을 기다리고 있는 어마어마한 결혼식 선물 더미를 본 순간 곧바로 입을 다물었다.

들라쿠르 가족은 다음 날 아침 11시에 도착했다. 해리, 론, 헤르미온느와 지니는 이때쯤 플뢰르의 가족에 대해 화가 날 대로 나 있었다. 론이 짝이 맞는 양말을 찾아 위층으로 쿵쿵거리며 올라간 것이나 해리가 머리를 납작하게 눌러 보려 애를 쓴 건 모두 마지못해서 한 일이었다. 그들은 그럭저럭 단정한 모습을 갖추고 다 같이 햇살이 내리쬐는 뒷마당으로 나가 손님들을 기다렸다. 이곳이 이렇게 깔끔했던 적은 여태껏 한 번도 없었다. 늘 뒷문 계단에 흩어져 있던 녹슨 솥단지들과 낡은 장화는 어디론가 사라지고 대신 처음 보는 파닥파닥 덤불 화분 두 개가 문 양옆에 하나씩 서 있었다. 바람이 불지 않는데도 잎사귀들이 한가로이 흔들리면서 매혹적인 물결을 일으켰다. 닭들은 우리에 들어가 있었고, 마당은 비질이 되어 있었으며, 옆에 있는 정원은 가지치기를 하고 잡초도 뽑아 말끔하게 정돈되어 있었다. 하지만 풀이 무성한 그 정원의 모습을 좋아하는 해리는 평소처럼 깡충거리는 땅요정 무리가 없어 정원이 조금 쓸쓸해 보인다는 생각이 들었다.

해리는 기사단과 정부가 버로에 얼마나 많은 보호 마법을 걸어 두었는지 잊고 있었다. 그가 아는 건 더 이상 누구도 마법을 사용해 곧장 이곳에 들어올 수 없다는 사실뿐이었다. 위즐리 씨가 들라쿠르 가족이 포트키를 써서 도착하기로 되어 있는 가까운 언덕 꼭대기로 그들을 마중 나간 건 그 때문이었다. 그들이 다가오면서 처음으로 들린 소리는 특이할 정도로 높은 웃음소리였다. 알고 보니 그 웃음소리는 잠시 후 대문에 나타난 위즐리 씨가 낸 것으로, 그는 짐 가방을 잔뜩 든 채, 나뭇잎 같은 초록색의 긴 로브를 입은 아름다운 금발 여성을 안내하고 있었다. 플뢰르의 어머니가 틀림없었다.

"마망!" 플뢰르가 달려 나가 그녀를 껴안으며 소리쳤다. "파파!"

들라쿠르 씨는 매력으로 따지면 아내의 발끝에도 미치지 못했다. 키가 그녀보다 머리 하나는 작았고 눈에 띄게 통통했으며 얼굴에는 뾰족한 검은색 턱수염이 조금 나 있었다. 하지만 성격은 꽤 좋아 보였다. 그는 굽이 높은 부츠를 신고 위즐리 부인에게 통통 튀어 와 그녀의 양 뺨에 한 번씩 입을 맞추며 그녀를 당황하게 만들었다.

"고생이 많으셨겠습니다." 그가 굵직한 목소리로 말했다. "플뢰르가 아주 열심히 준비하셨다고 말하더군요."

"아, 아무것도 아니에요. 별말씀을요!" 위즐리 부인이 떨리는 목소리로 말했다. "수고랄 것도 없었답니다!"

론은 새로 심어 놓은 파닥파닥 덤불 뒤에서 고개를 내민 땅요정에게 발길질을 하는 것으로 분풀이를 했다.

"사돈!" 그때까지도 통통한 두 손으로 위즐리 부인의 손을 잡고 활짝 웃고 있던 들라쿠르 씨가 말했다. "앞으로 있을 우리 두 집안의 결합을 굉장히 영광스럽게 생각합니다! 여기 제 아내, 아폴린입니다."

들라쿠르 부인이 앞으로 미끄러지듯 나오더니 마찬가지로 허리를 구부리고 위즐리 부인에게 입을 맞췄다.

"앙샹테('반갑습니다'라는 뜻의 프랑스어—옮긴이)." 그녀가 말했다. "남편분께서 우리에게 아주 재미있는 이야기들을 해 주셨답니다!"

위즐리 씨는 미친 사람처럼 웃어 대다가 위즐리 부인이 쏘아보자 즉각 입을 다물더니 가까운 친구의 병상 곁에서나 어울릴 법한 표정을 지었다.

"그리고 우리 작은딸 가브리엘을 물론 만나 보셨겠지요!" 들라쿠르 씨가 말했다. 가브리엘은 플뢰르의 축소판처럼 보였다. 맑은 은빛이 감도는 금발을 허리까지 늘어뜨린 열한 살 소녀가 눈부신 미소를 지으며 위즐리 부인을 껴안았다. 그러더니 반짝반짝 빛나는 눈으로 해리를 바라보며 속눈썹을 깜빡거렸다. 지니가 큰 소리로 목을 가다듬었다.

"자, 어서 들어오세요!" 위즐리 부인이 밝은 목소리로 외쳤다. 그러고는 "아뇨, 사양 마세요!"라든지 "먼저 들어가세요!", "별말씀을요!" 같은 얘기를 잔뜩 쏟아 내며 들라쿠르 가족을 집 안으로 안내했다.

들라쿠르 가족이 유익하고 유쾌한 손님이라는 사실은 곧바로 밝혀졌다. 그들은 무슨 일에든 기뻐했고 결혼식 준비를 돕는 데도 열심이었다. 들라쿠르 씨는 좌석 배치에서부터 신부 들러리의 신발에 이르기까지 모든 것을 보면서 "샤르망!('멋지다'라는 뜻의 프랑스어—옮긴이)"이라고 외쳤고, 들라쿠르 부인은 집안일 마법 솜

씨가 제법 뛰어나서 눈 깜짝할 사이에 오븐을 깔끔하게 청소했다. 가브리엘은 언니를 졸졸 따라다니며 할 수 있는 한 뭐든 도와주려고 애쓰면서 프랑스어로 빠르게 재잘거렸다.

단점은 버로가 그렇게 많은 사람들이 지낼 수 있도록 지어진 집이 아니라는 사실이었다. 위즐리 부부는 거실을 잠자리로 삼았는데, 그전에 들라쿠르 부부의 항의를 고함으로 묵살한 다음 그들이 침실을 써야 한다고 설득해야 했다. 가브리엘은 퍼시가 쓰던 방에서 플뢰르와 함께 잠을 갔고 빌은 신랑 들러리인 찰리가 루마니아에서 돌아오면 그와 같이 방을 쓰기로 했다. 함께 계획을 짜는 일이 사실상 불가능해지자 해리, 론, 헤르미온느는 절박한 심정으로 닭에게 모이 주는 일을 자청했다. 그렇게 해서라도 사람들로 북적거리는 집을 벗어나려는 마음에서였다.

"엄마는 여전히 우릴 가만 놔두지 않으려고 한다니까!" 마당에서 모이려던 두 번째 시도가 위즐리 부인이 커다란 빨래 바구니를 품에 안고 나타나면서 수포로 돌아가자 론이 씩씩거렸다.

"아, 잘했다. 닭 모이를 주고 있었구나." 그녀가 그들 쪽으로 다가오며 소리쳤다. "내일 사람들이 도착하기 전에 다시 닭들을 가둬 두는 게 좋겠다……. 결혼식 때 쓸 천막을 설치하러 오기로 했거든." 그녀는 발걸음을 멈추고 닭장에 기대 설명을 이었다. 몹시 피곤한 기색이었다. "밀라만트 마법 천막 전문 업체라고…… 솜

씨가 아주 좋아. 빌이 데려올 거야……. 그 사람들이 여기 있는 동안 너는 집 안에 있는 게 좋겠다, 해리. 곳곳에 보호 마법들이 걸려 있으니 확실히 결혼식 준비가 복잡해지긴 하는구나."

"죄송해요." 해리가 미안한 마음에 말했다.

"아, 바보같이 굴지 말거라, 애야!" 위즐리 부인이 대번에 말했다. "내 말은 그게 아니라…… 음, 네 안전이 훨씬 중요하잖니! 사실 네가 어떤 식으로 생일을 축하받고 싶은지 알고 싶었단다, 해리. 어쨌든 열일곱 살이 되는 중요한 날이니까……."

"요란스럽게 하고 싶진 않아요." 해리는 그 파티가 모두에게 얼마나 더 부담을 줄지 생각하며 재빨리 말했다. "정말이에요, 위즐리 아줌마. 그냥 평범한 저녁 식사면 좋을 것 같아요……. 결혼식 전날이기도 하고요……."

"아, 그래. 정 그렇다면 내가 리머스랑 통스를 초대하마. 괜찮니? 해그리드는 어떠니?"

"그럼 정말 좋겠네요." 해리가 말했다. "하지만 너무 신경 쓰지는 마세요."

"신경은 무슨, 전혀 아니야……. 그런 것쯤은 아무것도 아니란다……."

그녀는 오랫동안 탐색하는 눈길로 그를 바라보다가 약간 슬픈 미소를 지어 보이더니 허리를 펴고 그 자리를 떠났다. 해리는 위즐리 부인이 빨랫줄 근처에서 마법 지팡이를 흔드는 모습을 바라보았다. 축축하게 젖은 옷가지들이 저절로 날아올라 빨랫줄에 걸렸다. 문득 그녀에게 부담과 괴로움을 준 것에 대한 죄스러운 마음이 거대한 물결처럼 밀려들었다.

## 7장
# 알버스 덤블도어의 유언

 그는 새벽의 서늘한 푸른빛을 받으며 산길을 걷고 있었다. 저 아래 안개에 휩싸인 작은 마을의 모습이 얇은 띠처럼 보였다. 그가 찾던 사람이 저 밑에 있을까? 너무도 절실히 필요한 나머지 다른 생각은 거의 할 수 없게 하는 사람, 그가 가진 문제의 해답을 쥐고 있는 그 사람이…….
 "야, 일어나."
 해리는 눈을 떴다. 그는 다시 한 번 론의 우중충한 다락방 침실에 있는 접이식 침대에 누워 있었다. 태양은 아직 뜨지 않았고 방은 여전히 어둑어둑했다. 피그위전이 조그만 날개 밑에 머리를 묻고 잠들어 있었다. 해리는 이마의 흉터가 욱신거리는 것을 느꼈다.

"자면서 뭐라 중얼거리던데."

"내가?"

"응. '그레고로비치'라고. 계속 '그레고로비치'라고 말했어."

안경을 쓰지 않은 탓에 론의 얼굴이 약간 흐릿하게 보였다.

"그레고로비치가 누군데?"

"나야 모르지. 안 그래? 그 말을 한 건 너잖아."

해리는 생각에 잠긴 채 이마를 문질렀다. 예전에 그 이름을 들어 본 것 같다는 생각이 어렴풋이 났지만 어디서 들었는지는 떠오르지 않았다.

"볼드모트가 그 사람을 찾고 있는 것 같아."

"안됐네." 론이 진심을 담아 말했다.

해리는 여전히 흉터를 문지르면서 일어나 앉았다. 이제 잠은 다 깼다. 그는 꿈에서 본 장면을 정확히 떠올리려고 애썼지만 생각나는 것은 산들의 능선과 깊은 계곡으로 둘러싸인 작은 마을의 윤곽뿐이었다.

"다른 나라에 있는 것 같아."

"누구, 그레고로비치?"

"볼드모트. 외국 어딘가에서 그레고로비치를 찾고 있는 것 같아. 영국은 아닌 것 같았어."

"다시 그자의 머릿속이 보이는 거야?"

론이 걱정스러운 목소리로 물었다.

"부탁인데 헤르미온느한테는 얘기하지 말아 줘." 해리가 말했다. "아무리 헤르미온느라도 내가 자면서 뭘 보는 것까지 그만두라고 하진 못하겠지만……."

해리는 생각에 잠긴 채 자그마한 피그위전의 새장을 올려다보았다. ……어째서 '그레고로비치'라는 이름이 익숙한 걸까?

"내 생각에……." 그는 천천히 입을 열었다. "퀴디치랑 뭔가 관련이 있는 것 같아. 무슨 연관이 있는데, 그게 뭔지 생각이 안 나."

"퀴디치?" 론이 말했다. "고르고비치 생각하는 건 아니고?"

"누구?"

"드래고미르 고르고비치. 2년 전에 기록적인 몸값을 받고 처들리 캐넌스로 이적한 추격꾼. 한 시즌 쿼플을 가장 많이 놓친 선수로 기록된 사람 말이야."

"아냐." 해리가 말했다. "고르고비치를 생각한 건 확실히 아니었어."

"그래, 나도 그 생각은 하기 싫다." 론이 말했다. "뭐, 아무튼 생일 축하해."

"와우. 맞다, 잊고 있었네! 나 열일곱 살이구나!"

해리는 접이식 침대 옆에 놓여 있던 마법 지팡이를 집어 들고 안경을 놓아둔 잡동사니로 가득한 책상을 가리키며 "아씨오 안경!"이라고 외쳤다. 겨우 한 걸음쯤 떨어진 곳에 있기는 했지만 안경이 붕 날아오는 것을 보자 굉장히 만족스러웠다. 적어도, 그 안경에 눈을 찔리기 전까지는.

"멋진걸!" 론이 코웃음을 치며 말했다.

해리는 추적 마법이 풀린 상황을 마음껏 즐기며 론의 소지품들을 방 안에 날아다니게 만들었다. 그 바람에 피그위전이 깨어나 새장 안에서 흥분한 듯 파닥거렸다. 해리는 운동화 끈도 마법으로 묶어 보았다(그 결과, 손으로 그 매듭을 푸는 데 몇 분이 걸렸다). 재미 삼아 론의 처들리 캐넌스 포스터 속의 오렌지색 로브들을 밝은 파란색으로 바꿔 보기도 했다.

"그래도 나라면 바지 지퍼는 손으로 올릴 거야." 론이 해리에게 충고했다. 그러고는 해리가 황급히 지퍼를 확인하는 모습을 보고 낄낄거렸다. "자, 네 선물. 여기서 풀어 봐. 엄마가 보면 안 되는 거니까."

"책?" 해리는 직사각형 꾸러미를 받아 들며 말했다. "왜 안 하던 짓을 하고 그래?"

"이건 보통 책이 아니야." 론이 말했다. "보물이라고. 《여자 마법사들을 매혹시키는 열두 가지 확실한 방법》. 여자들에 대해 알아야 하는 모든 것을 설명해 주는 책이지. 지난 학기에 나한테 이 책만 있었어도 라벤더를 떨쳐 버릴 방법을 확실히 알았을 테고,

그…… 잘해 보고 싶은 애랑 잘될 방법도 알았을 거야. 뭐, 프레드랑 조지가 한 권 줬는데 엄청나게 많은 걸 배웠어. 너도 놀랄 거야. 지팡이만 잘 쓴다고 다가 아니야."

부엌에 내려가 보니 식탁에 놓인 선물 더미가 기다리고 있었다. 빌과 들라쿠르 씨는 거의 아침 식사를 마쳤고 위즐리 부인은 프라이팬 너머로 그들과 수다를 떨며 서 있었다.

"아서가 열일곱 번째 생일을 축하한다고 전해 달라더구나, 해리." 위즐리 부인이 활짝 웃으며 말했다. "일찍 출근해야 해서 나갔는데 저녁 식사 때는 돌아올 거야. 맨 위에 있는 게 우리 선물이란다."

해리는 자리에 앉아 그녀가 가리킨 네모난 꾸러미를 가져다가 포장을 풀어 보았다. 안에는 위즐리 부부가 론의 열일곱 번째 생일에 준 것과 아주 비슷한 손목시계가 들어 있었다. 금으로 되어 있고, 바늘 대신 별 여러 개가 숫자판 위를 돌고 있는 시계였다.

"성인이 된 마법사한테는 손목시계를 선물하는 게 전통이란다." 위즐리 부인이 스토브 옆에서 그를 걱정스럽게 지켜보며 말했다. "론한테 준 것처럼 새것이 아니라 마음에 걸리는구나. 사실은 내 남동생 페이비언이 쓰던 시계인데, 그 애는 소지품을 아주 조심스럽게 다루는 편이 아니었거든. 뒤쪽에 약간 찍힌 자국이 있긴 한데……."

그녀는 더 이상 말을 잇지 못했다. 해리가 일어나 그녀를 끌어안았기 때문이었다. 그는 말하지 못한 수많은 것들을 그 포옹에 담으려고 애썼다. 그녀도 그 마음을 이해한 모양이었다. 해리가 포옹을 풀자 위즐리 부인은 그의 뺨을 어색하게 토닥여 주더니 허둥지둥 마법 지팡이를 휘둘렀고, 그 바람에 프라이팬에 담겨 있던 베이컨이 절반이나 바닥에 쏟아지고 말았다.

"생일 축하해, 해리!" 헤르미온느가 황급히 부엌으로 들어와 자기 선물을 선물 더미 맨 위에 올려놓으며 말했다. "별건 아니지만 마음에 들었으면 좋겠다. 넌 뭐 줬어?" 그녀가 물었지만 론은 못 들은 척했다.

"자, 그럼 헤르미온느의 선물을 풀어 볼까!" 론이 말했다.

그녀는 해리에게 새 스니코스코프를 사 주었다. 나머지 꾸러미들 속에는 빌과 플뢰르가 준 마법 면도기("아 그래, 이거라면 평생 가장 매끄러운 면도를 할 수 있을 거다." 들라쿠르 씨가 장담했다. "하지망 원하능 게 뭔지 똑똑히 말해 줘야 해……. 그렇지 않으명 머리카락이 생각보다 적어질 테니…….'), 들라쿠르 가족이 준 초콜릿과 프레드와 조지가 보내온 위즐리 형제의 위대하고 위험한 장난감 최신 상품이 담긴 거대한 상자가 들어 있었다.

들라쿠르 부인, 플뢰르와 가브리엘까지 들어와 부엌이 불편할 만큼 북적거렸기에 해리, 론, 헤르미온느는 식탁에서 꾸물거리지 않았다.

"이건 내가 대신 싸 줄게." 셋이서 같이 위층으로 올라갈 때 헤르미온느가 해리의 품에서 선물들을 가져가며 밝은 목소리로 말했다. "난 짐을 거의 다 쌌거든. 네 나머지 팬티만 세탁기에서 나오면 돼, 론."

론이 뭐라고 더듬거렸지만 그 소리는 첫 번째 층계참에서 문이 열리는 바람에 끊겼다.

"해리, 잠깐 들어와 줄래?"

지니였다. 론은 우뚝 멈춰 섰지만 헤르미온느가 그의 팔을 잡고 위층으로 끌어당겼다. 해리는 잔뜩 긴장한 채 지니를 따라 그녀의 방으로 들어갔다.

이 방에는 처음 들어와 봤다. 작지만 밝은 방이었다. 마법사 밴드인 '운명의 세 여신' 포스터가 한쪽 벽에 붙어 있고, 또 다른 벽에는 전부 여자 마법사로만 구성된 퀴디치 팀인 홀리헤드 하피스의 주장 그웨녹 존스의 사진이 붙어 있었다. 책상 하나가 창문을 마주 보고 놓여 있었고, 열린 창밖으로 해리와 지니가 론, 헤르미온느와 함께 2 대 2로 퀴디치를 했던 과수원이 내다보였다. 지금 그곳에는 진줏빛 커다란 천막이 설치되어 있었는데, 천막 맨 꼭대기에 꽂혀 있는 황금색 깃발이 지니의 방 창문과 같은 높이에 다다를 정도였다.

지니가 해리의 얼굴을 올려다보고 한 번 심호흡을 하더니 말했다. "열일곱 번째 생일 축하해."

"응…… 고마워."

지니는 그를 계속 바라보고 있었지만 해리는 그녀를 마주 보기가 힘들었다. 마치 눈부신 빛을 들여다보는 것만 같았다.

"경치 좋다." 그가 창문을 가리키며 기어들어 가는 목소리로 말했다.

그녀는 그 말을 무시했다. 해리가 생각하기에도 무시당할 만했다.

"너한테 뭘 선물해야 할지 도무지 생각이 안 났어." 그녀가 말했다.

"아무것도 안 줘도 돼."

그녀는 이 말도 무시했다.

"뭐가 쓸모 있을지 모르겠더라고. 너무 크면 안 되겠지? 가져갈 수가 없을 테니까."

해리는 용기를 내서 그녀를 힐끗 바라보았다. 지니는 울고 있지 않았다. 그것이 지니의 여러 장점 중 하나였다. 잘 울지 않는다는 것. 해리는 여섯이나 되는 오빠들의 존재가 그녀를 강하게 만든 게 아닐까 하는 생각을 종종 하곤 했다.

그녀가 그에게 한 걸음 다가왔다.

"그래서 생각했어. 날 기억하게 해 줄 뭔가를 주고 싶다고. 네가 하려는 그 일을 하려고 멀리 갔을 때 빌라 같은 걸 만날 수도 있으니까 말이야."

"그 일을 하는 중엔 데이트할 기회가 별로 없을 것 같은데."

"불행 중 다행이네." 그녀가 속삭였다. 그러더니 그녀는 전에는 한 번도 해 본 적 없는 방식으로 그에게 입을 맞췄고 해리도 그녀에게 입을 맞췄다. 파이어위스키보다도 황홀한, 모든 것을 잊게 만들어 주는 행복 가득한 순간이었다. 지니, 그녀만이 이 세상에서 유일하게 실체를 가진 존재인 것만 같았다. 그녀의 등에 닿은 한 손과 달콤한 향기가 나는 긴 머리카락에 닿은 다른 한 손으로 전해지는 그녀의 느낌만이…….

등 뒤에서 문이 벌컥 열리자 둘은 화들짝 놀라며 서로에게서 떨어졌다.

"이런." 론이 날카로운 목소리로 말했다. "미안."

"론!" 헤르미온느가 그의 바로 뒤에서 숨을 살짝 헐떡이며 서 있었다. 팽팽한 침묵이 흐르고 곧이어 지니가 낮고 담담한 목소리로 말했다. "아무튼 생일 축하해, 해리."

론은 귀가 새빨개져 있었고 헤르미온느는 긴장한 표정이었다. 해리는 그들의 눈앞에서 문을 쾅 닫고 싶었다. 문이 열리고 찬바람이 들어와 그의 반짝이는 한순간이 비누거품처럼 터져 버린 것 같은 느낌이었다. 지니와 헤어지고 그녀와 거리를 두려 했던 온갖 이유가 론과 함께 이 방 안으로 밀어닥친 것 같았다. 행복한 망각의 순간은 사라져 버렸다.

그는 무슨 말을 해야 할지 알 수 없는데도 뭐라도 말하고 싶어서 지니를 바라보았다. 하지만 그녀는 그에게서 등을 돌린 뒤였다. 해리는 그녀가 이번만큼은 눈물에 굴복한 건지도 모른다는 생각이 들었다. 론 앞에서는 그녀를 달래는 그 어떤 행동도 할 수가 없었다.

"나중에 보자." 해리는 그렇게 말하고 두 사람을 따라 방을 나섰다.

론은 아래층으로 성큼성큼 내려가 아직도 북적거리는 부엌을 지나서 마당으로 나갔다. 해리는 걷는 내내 론과 발걸음을 맞췄다. 헤르미온느는 불안한 표정으로 그들 뒤에서 종종걸음 쳤다.

새로 깎아 놓은 잔디밭 한구석에 이르렀을 때 론이 해리를 홱 돌아보았다.

"네가 지니를 찼잖아. 근데 이제 와서 지니를 데리고 장난치다니 뭐 하는 짓이야?"

"장난치는 거 아니야." 해리가 말했다. 그때 헤르미온느가 둘을 따라잡았다.

"론······."

하지만 론은 손을 들어 그녀의 말을 막았다.

"네가 헤어지자고 했을 때 지니는 정말 상처받았······."

"나도 마찬가지야. 내가 왜 그랬는지 알잖아. 정말 그러고 싶어서 헤어진 게 아니었어."

"그래, 하지만 이제 와서 키스하고 그러면 걘 다시 희망을 갖게 될 거라고······."

"지니는 바보가 아니야. 그런 일이 있을 수 없다는 건 지니도 알고 있어. 지니는 우리가 결국 결혼하게 된다거나 뭐 그런 건 기대하지 않을······."

그 말을 한 순간 해리의 머릿속에 지니가 하얀 드레스를 입고서 키가 크고 불쾌한 느낌을 주는 얼굴 모를 낯선 남자와 결혼하는 장면이 생생하게 떠올랐다. 한순간 소용돌이처럼 휘몰아친 생각이 해리를 후려치는 것 같았다. 그녀의 미래는 자유롭고 아무런 장애물이 없는 반면 그의 미래는······. 그의 미래에는 볼드모트 외에 아무것도 보이지 않았다.

"계속 그렇게 걸핏하면 그 앨 더듬었다간······."

"다신 그런 일 없을 거야." 해리가 매몰차게 말했다. 구름 한 점 없는 날이었지만 해가 어디론가 사라져 버린 기분이었다. "됐냐?"

론은 반쯤은 화가 나고 반쯤은 쑥스러운 표정이었다. 그는 잠시 앞뒤로 몸을 흔들더니 말했다. "좋아, 그럼. 뭐, 그건······ 그래."

지니는 남은 하루 동안 해리와 단둘이 만날 기회를 다시 노리지도 않았고, 표정이든 행동이든 그녀의 방에서 정중한 대화 이상의 무언가를 나누었다는 기색도 내비치지 않았다. 그럼에도 해리는 찰리가 도착해서 다행이라고 생각했다. 위즐리 부인이 찰리를 억지로 의자에 앉히더니 위협적으로 지팡이를 들어 올리고 제대로 이발을 해야겠다고 말하는 광경을 지켜보며 다른 데 정신을 팔 수 있었던 것이다.

버로의 부엌은 찰리, 루핀과 통스, 해그리드가 도착하기 전부터 해리의 생일 축하 만찬 덕분에 미어터질 지경이었다. 이제는 정원 한쪽 끝에서 반대쪽 끝까지 식탁 여러 개가 놓였다. 프레드와 조지는 숫자 17로 커다랗게 장식된 수많은 자주색 등불에 마법을 걸어 손님들의 머리 위를 떠다니도록 만들었다. 위즐리 부인이 정성껏 돌본 덕분에 조지의 상처는 말끔하고 깨끗해져 있었지만 해리는 쌍둥이들이 아무리 농담을 해도 조지의 머리 한쪽에 난 검은 구멍에 좀처럼 익숙해지지 않았다.

헤르미온느는 자기 지팡이 끝에서 자주색과 황금색 테이프가 튀어나오게 해서 그것들이 저절로 나무와 덤불에 분위기 있게 걸쳐지도록 만들었다.

"멋있다." 헤르미온느가 마법 지팡이를 마지막으로 한 차례 화려하게 휘둘러 야생 능금나무 잎사귀들을 황금색으로 바꿔 놓자 론이 말했다. "넌 이런 일에 정말 안목이 있는 것 같아."

"고마워, 론!" 헤르미온느는 기쁘면서도 약간 어리둥절한 표정을 지으며 말했다. 해리는 홀로 미소 지으며 고개를 돌렸다. 《여자 마법사들을 매혹시키는 열두 가지 확실한 방법》을 읽을 시간이 생기면 칭찬에 대해 써 놓은 챕터를 발견하게 될 거라는 엉뚱한 생각이 들었던 것이다. 그는 지니와 눈을 마주치고 씩 웃다가 론에게 했던 약속이 생각나 재빨리 들라쿠르 씨에게 말을 걸었다.

"비켜요, 비켜!" 위즐리 부인이 비치볼만 한 커다란 스니치처럼 생긴 뭔가를 앞에 띄워 놓고 대문으로 들어오면서 노래하듯 말했다. 잠시 후 해리는 그것이 그의 생일 케이크라는 것을 깨달았다. 위즐리 부인은 땅이 평평하지도 않은데 괜히 케이크를 들고 오는 위험을 감수하느니 지팡이로 띄워 오기로 한 듯했다. 마침내 케이크가 식탁 한가운데에 내려앉자 해리가 말했다. "굉장한데요, 위즐리 아줌마."

"아, 아무것도 아니란다, 얘야." 그녀가 애정 어린 목소리로 말했다. 그녀의 어깨 너머로 론이 해리에게 양쪽 엄지손가락을 들어 보이며 '잘했어'라고 입 모양으로 말했다.

7시쯤 되자 손님들이 모두 도착했다. 그들은 길 끝에서 기다리고 있던 프레드와 조지의 안내를 받아 집으로 들어왔다. 해그리드는 특별한 행사에 알맞은 예의를 차리기 위해 그가 가진 것 중 가장 좋고 한편으로 끔찍하기도 한 털북숭이 갈색 정장을 입고 있었다. 루핀은 해리와 악수하며 미소를 지었지만 기분이 썩 좋아 보이지는 않았다. 루핀의 모든 것이 아주 이상했다. 루핀 곁에 있는 통스는 그저 반짝반짝 빛이 나는 것 같았다.

"생일 축하해, 해리." 통스가 말하며 그를 꽉 끌어안았다.

"열일곱 살이다, 이거지!" 해그리드가 양동이 크기의 와인 잔을 프레드에게서 받아 들며 말했다. "우리가 만난 지 꼭 6년이다, 해리. 기억나냐?"

"어렴풋하게요." 해리가 씩 웃으며 그를 올려다봤다. "아저씨가 현관문을 부수고 들어와서 더들리한테 돼지 꼬리를 달아 주고 저더러 마법사라고 말해 주지 않으셨어요?"

"자세한 건 기억 안 나." 해그리드가 낄낄 웃었다. "잘 있었냐, 론, 헤르미온느?"

"저흰 잘 지내요." 헤르미온느가 말했다. "아저씨는요?"

"아, 나쁘지 않아. 바쁘긴 했지. 유니콘 몇 마리가 태어났거든. 너희가 돌아오면 보여 줄게……." 해그리드가 주머니를 뒤지는 동안 해리는 론과 헤르미온느의 시선을 피했다. "여기 있다, 해리. 뭘 줘야 할지 도무지 생각이 안 났는데 갑자기 이게 떠올랐어." 그는 털이 약간 북슬북슬한, 끈으로 졸라매는 작은 주머니를 꺼냈다. 긴 끈이 달린 걸 보니 목에 걸고 다니는 것 같았다. "당나귀 가죽이야. 그 안에 뭔가 숨기면 주인만 꺼낼 수 있어. 정말 구하기 힘든 거야."

"해그리드, 고마워요!"

"별것도 아닌데 뭐." 해그리드가 쓰레기통 뚜껑만 한 손을 내저으며 말했다. "찰리도 왔네! 저 녀석은 항상 마음에 들었지. 어이! 찰리!"

찰리가 좀 심하다 싶을 정도로 짧게 깎은 머리카락을 머쓱한 듯 손으로 쓸어 넘기며 다가왔다. 그는 키는 론보다 작았지만 다부진 체격이었으며 근육이 두드러진 두 팔에는 화상 자국과 긁힌 자국이 수없이 나 있었다.

"안녕하세요, 해그리드. 잘 지내셨어요?"

"너한테 편지 쓰려고 오랫동안 벼르고 있었어. 노버트는 어떻게 지내?"

"노버트요?" 찰리가 웃었다. "그 노르웨이 리지백 말이죠? 지금은 노버타라고 불러요."

"무슨…… 노버트가 여자애였어?"

"네." 찰리가 말했다.

"어떻게 알아?" 헤르미온느가 물었다.

"암컷이 훨씬 더 사납거든." 찰리가 말했다. 그는 어깨 너머를 돌아보며 목소리를 낮췄다. "아빠가 빨리 오셨으면 좋겠다. 엄마가 슬슬 신경이 날카로워지는 것 같아."

그들은 일제히 위즐리 부인을 바라보았다. 그녀는 들라쿠르 부인과 이야기를 나누면서도 계속 대문 쪽을 힐끔거리고 있었다.

잠시 후 그녀가 정원에 있는 사람들에게 소리쳤다. "아서 없이 시작하는 게 좋겠네요. 발이 묶였나 봐요. ……아!"

빛 한 줄기가 마당을 가로질러 식탁 위로 날아드는 광경을 모두가 동시에 보았다. 그 빛은 밝은 은색을 띤 족제비로 변하더니 뒷다리로 서서 위즐리 씨의 목소리로 말했다.

"마법 정부 총리님하고 같이 가고 있어."

위즐리 씨의 패트로누스가 공중으로 흩어져 사라지자 플뢰르의 가족은 굉장히 놀라워하면서 족제비가 사라진 곳을 쳐다보았다.

"우린 여기 있으면 안 되겠다." 루핀이 다급히 말했다. "해리, 미안하다. 다음에 설명할게."

그는 통스의 손목을 잡고 끌어당겼다. 두 사람은 울타리를 지나 보이지 않는 곳으로 사라졌다. 위즐리 부인의 얼굴에는 당황한 기색이 가득했다.

"총리가…… 대체 왜……? 이해가 안 되네……."

하지만 따질 겨를도 없이 얼마 지나지 않아 위즐리 씨가 루퍼스 스크림저와 함께 난데없이 대문 앞에 나타났다. 총리는 사자 갈기 같은 희끗희끗한 머리카락 때문에 한눈에 알아볼 수 있었다.

새로 도착한 두 사람은 마당을 가로질러 정원의 등불로 밝혀진 식탁으로 다가왔다. 모두가 조용히 앉아 그들이 다가오는 모습을 지켜보았다. 스크림저가 등불 빛이 비추는 곳까지 다가오자 해리는 그가 지난번 만났을 때보다 훨씬 나이 들고 야위었으며 어두워 보인다는 것을 알 수 있었다.

"방해해서 미안합니다." 스크림저가 절뚝거리며 식탁 앞에 멈춰 서서 말했다. "초대받지 않은 파티에 이렇듯 불쑥 찾아오니 더욱 그렇군요."

그의 눈이 거대한 스니치 모양 케이크에 잠시 머물렀다.

"생일 축하한다."

"고맙습니다." 해리가 말했다.

"따로 이야기를 좀 했으면 좋겠구나." 스크림저가 말을 이었다. "로널드 위즐리 군이랑 헤르미온느 그레인저 양도 함께."

"저희도요?" 론이 놀란 목소리로 물었다. "저희는 왜요?"

"좀 더 조용한 곳에 가서 얘기해 주마." 스크림저가 말했다. "그런 공간이 있나?" 그가 위즐리 씨에게 물었다.

"네, 물론입니다." 위즐리 씨가 긴장한 얼굴로 말했다. "그게, 어, 거실요. 거실에서 이야기하시면 어떨까요?"

"네가 안내하면 되겠구나." 스크림저가 론에게 말했다. "자네가 안내해 주지 않아도 될 것 같군, 아서."

해리는 론, 헤르미온느와 함께 일어서면서 위즐리 씨가 위즐리 부인과 걱정스러운 눈길을 주고받는 모습을 보았다. 아무 말 없이 앞장서서 집 안으로 들어가면서 해리는 나머지 두 사람도 그와 같은 생각을 하고 있다는 것을 깨달았다. 어떻게 된 일인지는 모르겠지만 스크림저는 그들 세 사람이 호그와트를 그만둘 계획이라는 사실을 알아낸 게 틀림없었다.

어질러진 부엌을 지나 버로의 거실로 향하는 내내 스크림저는 아무 말도 하지 않았다. 정원은 부드러운 황금빛 노을로 가득한 반면 이곳은 이미 어두워져 있었다. 해리가 들어서면서 기름등을 향해 마법 지팡이를 탁 튕기자, 등불들에서 뿜어 나온 빛이 허름하지만 아늑한 거실을 밝혔다. 스크림저는 평소 위즐리 씨가 앉는 푹 꺼진 안락의자에 자리를 잡았고 해리, 론, 헤르미온느는 소파에 나란히 끼어 앉았다. 그들이 자리에 앉자 스크림저가 입을 열었다.

"너희 셋에게 몇 가지 물어볼 게 있는데 따로따로 이야기하는 게 가장 좋을 것 같구나. 너희 둘이……." 그는 해리와 헤르미온느를 가리켰다. "위층에서 기다려 준다면 로널드 군부터 시작하고 싶다."

"저흰 아무 데도 안 가요." 해리가 말하자 헤르미온느도 힘차게 고개를 끄덕였다. "모두 함께 있는 자리에서 얘기하지 않으신다면 저희는 듣지 않겠습니다."

스크림저는 재는 듯 냉정한 눈길로 해리를 바라보았다. 해리는

알버스 덤블도어의 유언

총리가 이렇게 일찍 적대감을 드러낼 필요가 있는지 고민하는 것 같은 느낌을 받았다.

"그럼, 좋다. 같이 하자." 그가 어깨를 으쓱하며 말했다. 그러고는 목을 가다듬었다. "너희도 알고 있겠지만 내가 여기에 온 건 알버스 덤블도어의 유언 때문이다."

해리, 론, 헤르미온느는 서로를 마주 보았다.

"놀란 모양이군! 덤블도어가 너희에게 뭔가 남겼다는 걸 모르고 있었단 말이냐?"

"어…… 저희 모두에게요?" 론이 말했다. "저랑 헤르미온느한테도요?"

"그래, 너희 모……."

하지만 스크림저가 말을 끝내기도 전에 해리가 끼어들었다.

"덤블도어 교수님이 돌아가신 지 이미 한 달도 넘었어요. 그분이 남기신 걸 저희한테 전달하는 데 왜 이렇게 오래 걸린 거죠?"

"뻔하잖아?" 스크림저가 대답할 새도 없이 헤르미온느가 말했다. "뭔지는 몰라도 덤블도어 교수님이 우리에게 남기신 걸 마법 정부에서 검사하고 싶었던 거야. 정부는 그럴 권한이 없을 텐데요!" 그렇게 말하는 그녀의 목소리가 살짝 떨렸다.

"권한이라면 충분히 있다." 스크림저가 그녀의 말을 반박했다. "정당한 몰수에 관한 법령에 따라, 정부에는 유언장에 명시된 물건을 압수할 권한이……."

"그 법은 마법사들이 어둠의 마법과 관련된 물건을 후손에게 전달하는 걸 막기 위해 만들어진 거예요." 헤르미온느가 따지듯 말했다. "그리고 정부는 사망자의 소지품을 압류하기 전에 그것들이 불법적인 물건이라는 강력한 증거를 갖고 있어야 하고요! 덤블도어 교수님이 저희한테 저주 마법에 걸린 물건을 전달하려 했다고 생각하신단 말씀이세요?"

"마법 법조계에서 일할 계획인가, 그레인저 양?" 스크림저가 물었다.

"아뇨, 그건 아니에요." 헤르미온느가 반박했다. "저는 세상을 위해 뭔가 좋은 일을 하고 싶을 뿐이에요!"

론이 웃음을 터뜨렸다. 스크림저의 눈이 그에게 휙 돌아갔다가 해리가 입을 열자 다시 그에게로 돌아갔다.

"그럼 왜 이제 와서 저희 물건을 전해 주기로 하신 거죠? 그 물건들을 계속 가지고 있을 핑계가 생각나지 않으신 건가요?"

"아니, 31일이 지났기 때문일 거야." 헤르미온느가 바로 말했다. "위험한 물건이라는 걸 증명하지 못하면 문제의 물건들을 그 이상 보관할 수 없거든. 맞죠?"

"너 자신이 덤블도어와 가까운 사이였다고 생각하나, 로널드?" 스크림저가 헤르미온느의 말을 무시하고 론에게 물었다. 론은 깜짝 놀란 표정을 지었다.

"제가요? 아뇨, 별로 그렇지는 않은데요……. 가까운 사이였던 건 항상 해리……."

론은 해리와 헤르미온느를 돌아보고 나서야 헤르미온느가 '이제 입 다물어'라고 하는 듯한 눈길을 던지는 것을 봤지만 이미 일은 벌어진 뒤였다. 스크림저는 듣게 될 거라 기대했고 또 듣고 싶어 했던 바로 그 말을 들은 눈치였다. 그는 론의 대답을 듣자마자 독수리처럼 달려들었다.

"네가 덤블도어와 별로 가깝지 않았다면, 덤블도어가 유언장을 통해 너에게 유산을 남겼다는 사실에 대해서는 어떻게 설명할 생각이지? 덤블도어는 손에 꼽을 정도의 사람들에게만 유산을 남겼다. 덤블도어의 소지품들, 가령 개인 서고의 책들, 마법 도구, 그 외 개인적인 물품 등은 호그와트에 기증되었는데 말이야. 왜 네가 특별히 선택됐다고 생각하지?"

"저는…… 잘 모르겠는데요." 론이 말했다. "저는…… 아까 가깝지 않다고 말한 건…… 그러니까 제 말은, 덤블도어 교수님이 절 좋아하셨다고는 생각하지만……."

"너 너무 겸손하다, 론." 헤르미온느가 말했다. "덤블도어 교수님은 너를 무척이나 아끼셨어."

하지만 그것은 위태로울 만큼 진실을 왜곡하는 말이었다. 해리가 아는 한 론과 덤블도어는 단둘이 만난 적이 한 번도 없었고, 직접 만난 적이 있다 해도 별 의미 없는 접촉일 뿐이었다. 하지만 스크림저는 그 말을 귀 기울여 듣지 않는 듯했다. 그는 망토 안에 손을 넣어 해그리드가 해리에게 준 것보다 훨씬 큰, 끈으로 졸라매는 주머니를 꺼냈다. 그는 그 속에서 양피지 두루마리를 꺼내더니 펼쳐서 큰 소리로 읽었다.

"'알버스 퍼시벌 울프릭 브라이언 덤블도어의 유언장'…… 그래, 여기 있군……. '로널드 빌리우스 위즐리에게, 이것을 사용하는 동안 나를 기억하길 바라며 딜루미네이터를 남긴다.'"

스크림저는 주머니에서 해리가 예전에 본 적이 있는 물건을 꺼냈다. 은색 라이터처럼 생겼지만 해리의 기억으로는 한 번 누르기만 해도 한 장소에 있는 빛을 모조리 빨아들였다가 되돌려 놓을 수 있는 기능을 가진 물건이었다. 스크림저는 앞으로 몸을 기울여 딜루미네이터를 론에게 건넸다. 론은 그 물건을 받아 들고 어안이 벙벙한 표정을 지으며 손가락으로 뒤집어 살펴보았다.

"그것은 귀한 물건이다." 스크림저가 론을 바라보며 말했다. "유일한 물건일 수도 있지. 덤블도어가 발명한 물건인 건 확실하고. 왜 너에게 그렇게 희귀한 물건을 남겼을까?"

론은 당황한 표정을 지으며 고개를 저었다.

"덤블도어는 분명 수천 명쯤 되는 학생들을 가르쳤을 거다." 스크림저가 끈질기게 말을 이어 나갔다. "한데 유언장으로 물건을 남긴 학생은 너희 셋뿐이다. 왜 그럴까? 덤블도어는 네가 딜루미네이터를 어디에 쓸 거라고 생각한 거지, 위즐리 군?"

"불 끌 때 아닐까요." 론이 웅얼거렸다. "그것 말고 뭘 할 수 있겠어요?"

스크림저도 달리 떠오르는 생각은 없는 게 분명했다. 그는 잠시 눈을 가늘게 뜨고 론을 바라보더니 다시 덤블도어의 유언장으로 시선을 돌렸다.

"'헤르미온느 진 그레인저 양에게, 이 책이 흥미롭고 유익하다는 것을 깨닫길 바라며 《음유시인 비들 이야기》를 남긴다.'"

스크림저는 주머니에서 지금 위층에 있는 《가장 어두운 마법의 비밀》만큼 오래된 것으로 보이는 작은 책 한 권을 꺼냈다. 표지는 군데군데 얼룩이 져 있고 벗겨져 있었다. 헤르미온느는 아무 말 없이 스크림저에게서 그 책을 받아 들었다. 그녀는 무릎에 책을 내려놓고 가만히 바라보았다. 보아하니 룬문자로 제목이 쓰여 있었는데 해리는 룬문자 읽는 법을 배운 적이 없었다. 그가 여전히 눈길을 주고 있는데 돋을새김을 한 글자들 위로 갑자기 눈물 한 방울이 툭 떨어졌다.

"덤블도어가 왜 너에게 그 책을 남겼을 거라고 생각하지, 그레인저 양?" 스크림저가 물었다.

"그분은…… 그분은 제가 책을 좋아한다는 걸 알고 계셨어요."
헤르미온느가 소매로 눈물을 훔치며 잠긴 목소리로 말했다.

"그런데 왜 하필 그 책을 줬을까?"

"모르겠어요. 제가 재미있게 읽을 거라고 생각하셨나 봐요."

"덤블도어와 암호라든가 비밀 메시지를 전달하는 방법에 대해 이야기한 적이 있나?"

"아뇨, 없어요." 헤르미온느가 소매로 계속 눈물을 닦으며 말했다. "그리고 정부에서 31일 동안이나 조사했는데도 찾지 못한 암호를 제가 찾아낼 수 있을 것 같지도 않고요."

그녀는 터져 나오려는 울음을 간신히 참았다. 셋이 너무 딱 붙어 앉은 탓에 론은 팔을 들어 헤르미온느의 어깨를 감싸 안기까지 힘겨운 과정을 거쳐야만 했다. 스크림저는 다시 유언장으로 돌아갔다.

"'해리 제임스 포터에게.'" 그가 유언장을 읽기 시작하자 해리의 심장이 갑작스러운 흥분으로 꽉 죄어들었다. "'투지와 뛰어난 기술에 대한 보상을 기억하라는 의미에서, 그가 호그와트 첫 퀴디치 경기에서 잡은 스니치를 남긴다.'"

스크림저가 호두 크기의 작디작은 황금색 공을 꺼내자 스니치의 은빛 날개들이 미세하게 파닥거렸다. 해리는 실망스러운 결말을 마주한 듯한 느낌을 떨칠 수가 없었다.

"덤블도어가 왜 너에게 이 스니치를 남긴 거지?" 스크림저가 물었다.

"모르겠어요." 해리가 말했다. "방금 총리님이 읽으신 이유 때문이겠죠……. 저한테…… 투지나 뭐 그런 걸 가지고 있으면 뭔가를 얻게 될 거란 사실을 상기시키시려고요."

"그럼 이게 그냥 상징적인 유품이라 생각한다는 건가?"

"그런 것 같네요." 해리가 말했다. "아니면 뭐겠어요?"

"지금 질문을 하고 있는 건 나다." 스크림저가 의자를 좀 더 소파 가까이로 옮기며 말했다. 바깥에는 이제 본격적으로 땅거미가 내리고 있었다. 창밖 산울타리 너머로 하얀색 천막이 유령 같은 모습으로 우뚝 솟아 있었다.

"네 생일 케이크가 스니치 모양이던데." 스크림저가 해리에게 말했다. "왜지?"

헤르미온느가 조롱 섞인 웃음을 터뜨렸다.

"아, 그렇죠. 케이크 모양이 해리가 훌륭한 수색꾼이라는 사실과 관련 있을 리는 없겠네요. 그건 너무 뻔하니까요." 그녀가 비꼬듯 말했다. "틀림없이 설탕 장식 속에 덤블도어 교수님의 비밀 메시지가 숨겨져 있을 거예요!"

"설탕 장식 속에는 아무것도 숨겨져 있지 않을 거다." 스크림저가 말했다. "하지만 스니치는 작은 물건을 숨기기에 아주 좋은 은

닉처가 될 수 있지. 너도 분명 그 이유를 알 텐데?"

해리는 어깨를 으쓱할 뿐이었지만 헤르미온느가 대답했다. 누가 질문을 하면 정답을 말하는 습관이 너무 깊이 들어서 충동을 억누를 수가 없는 모양이었다.

"스니치에는 피부를 기억하는 기능이 있으니까요." 그녀가 말했다.

"뭐?" 해리와 론이 동시에 소리쳤다. 둘 다 퀴디치에 관한 헤르미온느의 지식이 보잘것없을 거라고 생각했던 것이다.

"맞다." 스크림저가 말했다. "스니치는 풀어놓기 전에는 누구의 맨살에도 닿지 않지. 심지어 스니치를 만드는 사람의 맨살에도 닿지 않아. 장갑을 끼고 만드니까. 스니치에는 누가 잡았는지를 놓고 다툼이 벌어질 경우에 대비해 처음으로 그것을 만진 사람을 식별하는 마법이 걸려 있다. 이 스니치는……." 그가 작은 황금색 공을 들어 올렸다. "네 손길을 기억하고 있을 거다, 포터. 다른 결점은 제쳐 두더라도 어쨌든 뛰어난 마법 실력을 갖고 있던 덤블도어가 오직 너만 열 수 있도록 이 스니치에 주문을 걸어 놨을 것 같다는 생각이 드는데."

해리의 심장이 빠르게 뛰었다. 그는 스크림저의 말이 맞다고 확신했다. 어떻게 하면 총리 앞에서 맨손으로 스니치를 잡는 일을 피할 수 있을까?

"아무런 말이 없구나." 스크림저가 말했다. "아마 스니치 안에 뭐가 들어 있는지 이미 아는 모양이지?"

"아뇨." 해리는 여전히 어떻게 하면 진짜로 스니치를 만지지는 않으면서 만지는 것처럼 보일 수 있을까를 궁리하고 있었다. 레질리먼시만 할 줄 알았다면 헤르미온느의 마음을 읽을 수 있었을 것이다. 실제로 옆에서 그녀의 머리가 윙윙 돌아가는 소리가 들리는 듯했다.

"받아라." 스크림저가 조용히 말했다.

해리는 총리의 노란 눈을 마주 보고 그 말에 따르는 것 말고는 별다른 방법이 없다는 것을 알아차렸다. 그가 손을 내밀자 스크림저는 다시 몸을 앞으로 기울여 스니치를 천천히, 조심스럽게 해리의 손바닥 위에 올려놓았다.

아무 일도 일어나지 않았다. 해리의 손가락이 감싸 쥐자 스니치는 지친 날개를 파닥거리다가 이내 고요해졌다. 스크림저와 론과 헤르미온느는 해리의 손가락에 감싸인 그 공을 계속 뚫어지게 바라보았다. 스니치가 어떤 식으로든 변화할 거라고 생각하는 듯했다.

"드라마틱하네요." 해리가 서늘한 목소리로 말했다. 론과 헤르미온느 모두 웃음을 터뜨렸다.

"그럼 이게 전부인가요?" 헤르미온느가 소파에서 일어나려고 애쓰며 말했다.

"그렇지 않다." 스크림저가 기분 상한 얼굴로 말했다. "덤블도어가 너에게 두 번째 유품을 남겼다, 포터."

"뭔데요?" 해리는 다시 흥분이 끓어오르는 것을 느끼며 물었다.

이번에 스크림저는 굳이 유언장을 읽지 않았다.

"고드릭 그리핀도르의 검이다." 그가 말했다.

헤르미온느와 론 둘 다 순간적으로 굳어 버렸다. 해리는 루비가 박힌 검 손잡이라도 보이는지 주위를 두리번거렸지만 스크림저는 그 가죽 주머니에서 검을 꺼내지 않았다. 하긴, 그 주머니는 검을 담기엔 너무 작았다.

"그래서, 어디 있는데요?" 해리가 의심 가득한 말투로 물었다.

"유감스럽게도" 하고, 스크림저가 말했다. "그 검은 덤블도어가 마음대로 처분할 수 있는 물건이 아니다. 고드릭 그리핀도르의 검은 중요한 역사적 물건이므로 그 소유권은……."

"해리한테 있죠!" 헤르미온느가 열을 내며 말했다. "그 검이 해리를 선택했어요. 그 검을 발견한 게 해리라고요. 기숙사 배정 모자가 해리한테 준……."

"믿을 만한 사료에 따르면, 검은 누구든 자격이 있는 그리핀도르 학생에게 스스로 모습을 드러낸다." 스크림저가 말했다. "그러므로 그 검은 포터 군의 독점적인 소유물이 될 수 없다. 덤블도어가 어떻게 판단했든 말이다." 스크림저는 엉망으로 면도한 뺨을

긁으며 해리를 찬찬히 뜯어보았다. "네 생각엔 왜……?"

"덤블도어 교수님이 저한테 그 검을 주고 싶어 했을 것 같냐고요?" 해리가 성질을 누르려고 애쓰며 말했다. "아마 제 방 벽에 걸어 놓으면 멋져 보일 거라고 생각하셨나 보죠."

"이건 장난이 아니다, 포터!" 스크림저가 사납게 외쳤다. "덤블도어가 고드릭 그리핀도르의 검만이 슬리데린의 후계자를 무찌를 수 있을 거라고 생각했기 때문 아니냐? 덤블도어가 너한테 그 검을 주고 싶어 한 까닭은 수많은 사람이 그러는 것처럼 네가 이름을 말해서는 안 되는 그 사람을 물리칠 운명이라고 믿었기 때문이 아니냔 말이다, 포터."

"흥미로운 가설인데요." 해리가 말했다. "혹시 볼드모트한테 검을 꽂아 본 사람이 있나요? 아마 정부는 누군가를 보내서 그 일을 하게 해야 할 것 같네요. 딜루미네이터를 까뒤집어 보거나 아즈카반 탈옥 사건을 덮느라 시간을 낭비하는 대신 말이죠. 그래서, 그동안 겨우 이런 짓을 하고 계셨던 건가요, 총리님? 집무실에 틀어박혀서 스니치를 열어 보려고 하신 거예요? 사람들이 죽어 가고 있어요. 저도 하마터면 그 사람들 중 한 명이 될 뻔했고요. 볼드모트는 세 개 주(州)를 가로질러 절 쫓아왔고, 매드아이 무디를 죽였어요. 하지만 정부에서는 그 얘기를 한 마디도 안 하죠. 안 그래요? 그런데도 총리님은 저희가 협조할 거라고 생각하시는군요!"

"도가 지나치구나!" 스크림저가 자리에서 일어서며 소리쳤다. 해리도 벌떡 일어났다. 스크림저는 절뚝절뚝 해리에게 걸어가 마법 지팡이 끝으로 그의 가슴을 꾹 찔렀다. 해리의 티셔츠에 담뱃불로 지진 것 같은 구멍이 생겼다.

"무슨 짓이야!" 론이 자리를 박차고 일어나 마법 지팡이를 들어 올렸지만 해리가 그를 말렸다. "안 돼! 우릴 체포할 핑계를 주고 싶어?"

"여기가 학교가 아니라는 사실이 떠올랐나 보구나." 스크림저가 해리의 얼굴에 대고 거친 숨을 몰아쉬며 말했다. "내가 네 시건방 지고 반항적인 행태를 눈감아 주던 덤블도어가 아니란 사실을 떠올린 모양이지? 포터, 그 흉터가 마치 왕관처럼 느껴질지도 모르겠지만 내 일에 대해 이래라저래라 하는 건 열일곱 살짜리 소년이 할 일이 아니다! 이젠 너도 사람을 존경하는 법을 배울 때야!"

"총리님이 존경받을 만한 사람이 될 때겠죠." 해리가 말했다.

바닥이 흔들리고 후다닥하는 발소리가 들리더니 거실 문이 벌컥 열리면서 위즐리 부부가 달려 들어왔다.

"저흰…… 무슨 소리가 들린 것 같아서……." 해리와 총리가 코를 맞대다시피 하고 있는 광경에 아연실색한 위즐리 씨가 입을 열었다.

"……언성을 높이는 소리가요." 위즐리 부인이 헐떡거리며 말했다.

 스크림저는 자기가 만들어 낸 해리의 티셔츠 구멍을 쓱 보며 몇 걸음 물러섰다. 분노를 참지 못한 것을 후회하는 눈치였다.

 "아무…… 아무것도 아니네." 그가 식식 숨을 쉬며 말했다. "나는…… 네 태도가 유감스럽구나." 그가 다시 한 번 해리를 똑바로 바라보며 말했다. "너는 네가, 그리고 덤블도어가 바랐던 것을 정부는 바라지 않는다고 생각하는 모양이지. 우리는 힘을 합쳐야 한다."

 "전 총리님의 방식이 마음에 들지 않습니다." 해리가 말했다. "기억나시죠?"

 그는 오른쪽 주먹을 들어 올려 여전히 손등에 하얗게 드러난, '거짓말을 하지 않겠습니다'라고 쓴 흉터를 다시 한 번 스크림저에게 보여 주었다. 스크림저의 얼굴이 딱딱하게 굳었다. 그는 아무 말 없이 돌아서더니 절뚝절뚝 거실을 나갔다. 위즐리 부인이 황급히 그를 따라갔다. 그녀가 뒷문에서 멈춰 서는 소리가 들렸다. 1분쯤 흘렀을까, 그녀가 소리쳤다. "가셨어!"

 "왜 오신 거니?" 위즐리 부인이 서둘러 돌아왔을 때, 위즐리 씨가 해리, 론, 헤르미온느를 돌아보며 물었다.

 "덤블도어 교수님이 저희한테 남기신 물건을 전해 주려고요." 해리가 말했다. "조금 전에야 덤블도어 교수님의 유언장 내용을 들었어요."

바깥 정원의 저녁 식탁 위에서 스크림저가 전해 준 세 가지 물건이 이 손에서 저 손으로 옮겨졌다. 모두 딜루미네이터와 《음유시인 비들 이야기》를 보고 감탄하면서 스크림저가 검을 넘겨주길 거부한 사실을 안타까워했다. 하지만 덤블도어가 해리에게 그 스니치를 남긴 이유를 짐작이라도 하는 사람은 아무도 없었다. 위즐리 씨가 딜루미네이터를 세 번째인가 네 번째로 살펴보고 있을 때 위즐리 부인이 조심스럽게 입을 열었다. "해리, 애야, 다들 끔찍하게 배가 고프단다. 너 없이 시작하고 싶지는 않았거든……. 지금 저녁을 내와도 되겠니?"

모두 허겁지겁 식사를 하고 "생일 축하합니다"를 **빠르게** 합창한 다음 케이크를 와구와구 먹어 치우자 파티는 끝났다. 이튿날 결혼식에도 초대받은 해그리드는, 안 그래도 감당할 수 없을 만큼 사람이 들어찬 버로에 머무르기엔 몸집이 너무 컸기에 근처 들판에다 텐트를 치러 갔다.

"위층에서 만나자." 위즐리 부인이 정원을 원래 상태로 되돌려 놓는 것을 도와주면서 해리가 헤르미온느에게 속삭였다. "다들 자러 간 다음에."

다락방에 올라갔을 때 론은 자기가 받은 딜루미네이터를 살펴보았고 해리는 해그리드가 준 당나귀 가죽 주머니를 금화가 아닌 그가 가장 소중하게 여기는 물건들로 채웠다. 도둑 지도, 시리우스가 준 마법 거울 파편, R.A.B.의 로켓……. 그중 몇 가지는 겉보기에 아무런 가치가 없어 보이는 물건들이었다. 그는 끈을 꽉 조인 뒤 주머니를 목에 걸고 앉아서, 손에 쥔 스니치가 힘없이 날개를 파닥거리는 모습을 지켜보았다. 마침내 헤르미온느가 문을 두드리고 까치발로 살금살금 들어왔다.

"머플리아토." 그녀가 계단을 향해 지팡이를 휘두르며 속삭였다.

"그 주문 싫어하는 줄 알았는데?" 론이 말했다.

"시대가 변했잖아." 헤르미온느가 말했다. "자, 딜루미네이터 좀 보여 줘."

론은 바로 그렇게 했다. 그는 딜루미네이터를 눈앞에 들어 올리고 찰칵 눌렀다. 그들이 단 하나 켜 놓은 등이 즉시 꺼졌다.

"중요한 건" 하고, 헤르미온느가 어둠 저편에서 속삭였다. "이런 일은 페루산 즉석 암흑 가루로도 할 수 있다는 거야."

희미한 '찰칵' 소리와 함께 등에서 빠져나왔던 둥근 빛이 천장으로 되돌아가 다시 한 번 그들 모두를 비췄다.

"그래도 멋진걸." 론이 조금 소극적인 투로 말했다. "게다가 덤블도어가 직접 발명했다잖아!"

"나도 알아. 하지만 그냥 우리가 불 끄는 걸 도와주려고 너를 콕 집어 유품을 남기신 건 당연히 아닐 거 아니야!"

"정부에서 유언장을 압수해 우리한테 남긴 물건을 모두 살펴볼 거라는 걸 알고 계셨을까?" 해리가 물었다.

"분명 그렇겠지." 헤르미온느가 말했다. "유언장을 통해서는 왜 우리한테 이런 물건을 남기는지 말씀하실 수 없었던 거야. 하지만 그렇다고 해도 여전히 이해할 수 없는 건……."

"……왜 살아 계실 때 우리한테 힌트를 주지 않았냐는 거지?" 론이 물었다.

"음, 바로 그거야." 헤르미온느가 《음유시인 비들 이야기》를 획획 넘기며 말을 이었다. "이것들이 정부 코앞에서라도 전달되어야 할 만큼 중요한 물건들이라면 우리한테 그 이유를 알려 주실 법한데…… 당연히 알 거라고 생각하신 걸까?"

"그럼 덤블도어가 잘못 생각한 거 아니야?" 론이 말했다. "내가 옛날부터 덤블도어는 정신이 좀 나갔다고 말했잖아. 머리도 좋고 뭐 다 좋은데, 어딘가 좀 고장 났다고 말이야. 해리한테 예전에 잡았던 스니치를 남기다니, 대체 그게 무슨 뜻이야?"

"전혀 모르겠어." 헤르미온느가 말했다. "스크림저가 너한테 스니치를 받으라고 했을 때 말이야, 해리, 나는 분명 무슨 일이 일어날 거라고 생각했어!"

"그래. 뭐……." 손가락으로 스니치를 집어 들자 해리는 맥박이 빨라지는 것을 느꼈다. "스크림저 앞에서 굳이 애쓸 필요는 없잖아?"

"무슨 뜻이야?" 헤르미온느가 물었다.

"내가 첫 경기에서 잡았던 스니치라며?" 해리가 말했다. "기억 안 나?"

헤르미온느는 그저 어안이 벙벙한 표정이었다. 하지만 론은 헉 하고 숨을 들이켜더니 해리와 스니치를 미친 듯이 번갈아 가리키다가 끝내 목소리를 되찾았다.

"그거 네가 삼킬 뻔했던 거잖아!"

"바로 그거야." 해리는 그렇게 말한 뒤 심장이 빠르게 뛰는 것을 느끼며 스니치에 입을 갖다 댔다.

하지만 스니치는 열리지 않았다. 좌절감과 씁쓸한 실망감이 해리의 가슴을 가득 채웠다. 그는 그 황금색 공을 입에서 내렸다. 그때 헤르미온느가 소리쳤다.

"글자야! 글자가 있어. 얼른, 봐!"

해리는 놀라고 흥분한 탓에 하마터면 스니치를 떨어뜨릴 뻔했다. 헤르미온느의 말이 맞았다. 방금 전까지만 해도 아무것도 없던 매끄러운 황금색 표면에 기우뚱한 손 글씨로 여덟 글자가 적혀 있었다. 해리는 그것이 덤블도어의 손 글씨임을 알아보았다.

*나는 닫힐 때 열린다.*

글자들은 읽기가 무섭게 사라졌다.

"'나는 닫힐 때 열린다'…… 대체 무슨 뜻이지?"

헤르미온느와 론은 멍한 표정으로 고개를 저었다.

하지만 아무리 여러 가지 억양으로 그 글자들을 수없이 되풀이해서 말해 봐도 더 이상 어떠한 의미도 생각해 낼 수 없었다.

"그리고 그 검도." 세 사람 모두 스니치에 적힌 글자의 의미를 알아내려는 시도를 결국 단념했을 때 론이 말했다. "왜 해리가 그 검을 갖길 바란 거지?"

"그냥 나한테 말해 주실 수는 없었던 이유는 또 뭐고?" 해리가 조용히 말했다. "그 검은 지난 학기에 교수님과 내가 대화를 나누던 내내 연구실 벽 쪽 바로 *거기*에 있었는데! 내가 그 검을 갖길 바라셨다면 왜 그때 나한테 직접 주시지 않은 걸까?"

그는 머리가 굼뜨고 아무런 생각도 떠오르지 않는 상태에서 대답해야만 하는 질문을 앞에 두고 시험장에 앉아 있는 듯한 기분이었다. 지난 학기에 덤블도어와 나눴던 기나긴 대화에서 뭔가 놓친 부분이 있는 걸까? 그 모든 게 무슨 뜻인지 알아야만 하는 걸까? 덤블도어는 그가 이해할 거라고 기대한 걸까?

"그리고 이 책 말인데" 하고, 헤르미온느가 입을 열었다. "《음유시인 비들 이야기》 말이야…… 난 한 번도 들어 본 적이 없어!"

"《음유시인 비들 이야기》를 한 번도 못 들어 봤다고?" 론이 믿을 수 없다는 듯 물었다. "농담이지?"

"아니, 농담 아니야!" 헤르미온느가 놀라서 말했다. "그럼 넌 알아?"

"뭐, 당연히 알지!"

해리는 흥미를 느끼며 눈을 들었다. 헤르미온느가 읽어 본 적이 없는 책을 론이 읽어 봤다니 처음 있는 일이었다. 하지만 론은 그들의 놀란 표정에 도리어 어안이 벙벙한 얼굴이었다.

"아, 왜 이래! 오래된 동화들은 전부 비들이 지은 거라고 하잖아? 〈엄청난 행운의 샘〉…… 〈마법사와 깡충깡충 냄비〉…… 〈배비티 래비티와 깔깔 웃는 그루터기〉……."

"응?" 헤르미온느가 킥킥 웃으며 말했다. "마지막 게 뭐라고?"

"너무하네!" 론은 믿을 수 없다는 듯 해리에게서 헤르미온느에게로 눈길을 돌리며 말했다. "배비티 래비티는 너도 분명 들어 봤을 텐데……."

"론, 해리랑 내가 머글들 사이에서 자랐다는 사실은 너도 아주 잘 알잖아!" 헤르미온느가 말했다. "우린 어렸을 때 그런 얘기 안 들었어. 〈백설공주와 일곱 난쟁이〉라든지 〈신데렐라〉 같은 얘길 들었……."

"신데렐라가 뭔데? 무슨 병 이름이야?" 론이 물었다.

"그러니까 이것들이 다 동화구나?" 헤르미온느가 다시 룬문자 위로 고개를 기울이며 물었다.

"그래." 론이 자신 없는 목소리로 말했다. "내 말은, 그냥 그렇다고들 말한다는 거야. 이런 옛날이야기들은 다 비들이 지은 거래. 그 얘기들의 원본이 어떤지는 모르겠지만."

"그런데 덤블도어 교수님은 왜 내가 이것들을 읽어야 한다고 생각하신 거지?"

아래층에서 삐거덕거리는 소리가 들렸다.

"아마 찰리일 거야. 이제 엄마가 잠들었으니, 몰래 나와서 머리카락을 다시 자라게 하려는 거지." 론이 불안한 듯 말했다.

"어쨌든 우리도 가서 자야 해." 헤르미온느가 속삭였다. "내일 늦게 일어나면 안 될 테니까."

"그렇고말고." 론이 동의했다. "신랑 어머니가 사람 셋을 연달아 잔혹하게 살해하는 일이 벌어지면 결혼식의 흥이 깨질지도 모르니. 내가 불 끌게."

헤르미온느가 방을 나가자 그는 딜루미네이터를 다시 한 번 찰칵 눌렀다.

## 8장
## 결혼식

 다음 날 오후 3시에 해리와 론, 프레드와 조지는 과수원에 있는 커다란 하얀색 천막 앞에 서서 결혼식 하객들이 도착하기를 기다리고 있었다. 해리는 프레드가 소환 마법으로 훔쳐 갖고 온 빨간 머리카락을 넣은 폴리주스를 한가득 마시고, 근처 마을 오터리 세인트 캐치폴에 사는 머글 소년과 똑같은 모습이 되어 있었다. 해리를 '사촌 바니'라 소개하고 엄청난 수의 위즐리 집안 사람들 사이에 그를 숨기려는 작전이었다.
 네 사람은 손님들을 정해진 자리로 안내하기 위해 좌석 배치도를 들고 있었다. 하얀색 로브를 입은 웨이터들이 황금색 재킷을 입은 악단과 함께 한 시간 전에 도착해 근처 나무 아래 앉아 있었다. 해리는 그곳에서 파이프 담배의 푸른 연기가 어른어른 피어오르는 광경을 보았다.

해리는 뒤에 있는 천막 입구를 통해 가냘픈 황금색 의자들이 긴 자주색 카펫 양옆에 줄지어 놓여 있는 것을 보았다. 흰색과 황금색 꽃들이 천막을 받치는 지지대를 휘감고 있었다. 프레드와 조지는 조금 있으면 빌과 플뢰르가 남편과 아내가 될 자리 위에 엄청난 수의 황금색 풍선 다발을 매달아 놓았다. 바깥에서는 나비와 벌 들이 풀밭과 울타리 위를 한가롭게 날아다니고 있었다. 해리는 조금 불편했다. 그가 모습을 빌린 머글 소년이 그보다 조금 뚱뚱했기 때문에, 쨍쨍한 여름 햇살을 받고 서 있으려니 정장 로브가 너무 덥고 꽉 끼었던 것이다.

프레드가 자신의 로브 목깃을 잡아당기며 말했다. "난 결혼할 때 이런 헛짓거리는 하지 않을 거야. 다들 입고 싶은 옷을 입으면 돼. 엄마한테는 결혼식이 다 끝날 때까지 전신 묶기 저주를 제대로 걸어 놔야지."

"오늘 아침에는 엄마도 그렇게 나쁘지 않았어." 조지가 말했다. "퍼시가 여기 오지 않았다고 조금 울기는 했지만. 그 자식을 누가 보고 싶어 한다고. 아 젠장, 각오해. 저기 온다. 봐."

저 멀리 마당 끝 울타리 근처에서 밝은 색깔로 차려입은 사람들이 별안간 하나둘 나타나더니 불과 몇 분 만에 행렬을 이루어 천막을 향해 정원을 구불구불 가로질러 오기 시작했다. 여자 마법사들의 모자 위에서는 이국적인 꽃들과 마법에 걸린 새들이 팔락거렸고, 수많은 남자 마법사들이 착용한 크라바트에서는 값비싼 보석들이 반짝였다. 사람들이 천막으로 다가오자 신이 나서 떠드는 소리가 점점 커지면서 벌들이 윙윙거리는 소리를 묻어 버렸다.

"끝내준다. 빌라 친척들도 몇 명 보이는 것 같은데." 조지가 더 잘 보려고 목을 빼며 말했다. "영국의 관습을 이해하려면 도움이 필요할 테니까 내가 보살펴 줘야지……."

"진정해, 귀공자!" 프레드가 시끌벅적한 중년 여자 마법사들을 쏜살같이 지나쳐 가더니 예쁜 프랑스 소녀 두 명에게 말을 건넸다. "저기요, 페르메테무아, 아시스테 부('제가 당신을 도울 수 있도록 허락해 주세요'—옮긴이) 하게 해 주세요." 소녀들은 깔깔대며 프레드의 안내를 받아 안으로 들어갔다. 조지는 남아서 중년 여자 마법사들을 응대했고, 론은 위즐리 씨의 오랜 직장 동료인 퍼킨스를 맡았으며, 해리에게는 귀가 잘 안 들리는 나이 든 부부가 맡겨졌다.

"어이." 해리가 다시 천막 밖으로 나오는데 익숙한 목소리가 들렸다. 통스와 루핀이 사람들의 행렬 맨 앞에 서 있었다. 그녀는 결혼식 참석을 위해 머리를 금발로 바꾸었다. "아서가 곱슬머리 녀석이 너라고 말해 줬어. 어제는 미안." 해리가 그들을 통로 한 곳으로 안내하자 그녀가 속삭이며 덧붙였다. "지금 정부는 늑대인간에 적대적인 입장을 취하고 있거든. 우리가 있으면 너한테 좋을 게 없다고 생각했어."

"괜찮아요, 이해해요." 해리는 통스보다는 루핀을 보면서 말했다. 루핀은 잠깐 웃어 보였지만, 해리는 그들이 돌아서는 순간 그의 얼굴이 다시 고통스럽게 무너져 내리며 깊은 주름이 새겨지는 것을 보았다. 해리는 그가 왜 그러는지 도무지 이해할 수 없었지만 이 문제에 대해 길게 생각할 시간은 없었다. 해그리드가 소란을 일으키고 있었다. 그가 프레드의 안내를 잘못 알아듣고, 뒷자리에 그를 위해 마법으로 튼튼하게 만들어 둔 의자가 아니라 다섯 개의 보통 의자 위에 앉았던 것이다. 그 의자들은 지금 산산이 부서져서 황금색 성냥개비처럼 보였다.

위즐리 씨가 부서진 의자들을 고치고 해그리드가 주위 모든 사람에게 미안하다고 소리치는 사이 해리는 황급히 다시 천막 입구로 갔다. 그곳에서는 론이 아주 희한한 차림의 남자 마법사를 마주하고 있었다. 약간 사팔눈에 솜사탕 같은 질감의 하얀 머리카락을 어깨까지 늘어뜨린 그 마법사는 술이 코앞에 늘어져 달랑거리는 모자를 쓰고 눈이 아플 정도로 샛노란 로브를 입고 있었다. 그의 목에서 삼각형 눈처럼 생긴 기묘한 상징이 달린 황금색 목걸이가 번쩍거렸다.

"제노필리우스 러브굿이다." 그가 해리에게 손을 내밀며 말했다. "딸이랑 같이 저쪽 언덕 너머에서 살고 있어. 우릴 초대하다니 위즐리 가족은 정말 친절하구나. 내 딸 루나는 알지?" 그가 론에게 물었다.

"네." 론이 말했다. "루나는 같이 안 왔나요?"

"땅요정들에게 인사하겠다고 저 근사한 정원에 남았어. 그 녀석들이 떼로 몰려오는 모습이 아주 장관이더구나! 그 작지만 현명한 땅요정들에게 얼마나 많은 것을 배울 수 있는지 깨달은 마법사가 어찌나 드문지 몰라. 땅요정의 정확한 명칭이 '게르눔블리 가르덴시'라는 것도……."

"우리 집 땅요정들은 근사한 욕들을 아주 많이 알아요." 론이 말했다. "제 생각엔 프레드랑 조지가 가르쳐 준 것 같지만요."

해리가 마법사 한 무리를 천막 안으로 안내하는데 루나가 재빨리 달려왔다.

"안녕, 해리!" 그녀가 말했다.

"어…… 내 이름은 바니야." 해리가 당황해서 말했다.

"아, 이름도 바꾼 거야?" 그녀가 밝은 목소리로 물었다.

"어떻게 알았……?"

"아, 그냥 표정이 그랬어." 그녀가 말했다.

루나도 그녀의 아버지처럼 샛노란 로브를 입고 있었는데, 머리에는 액세서리처럼 커다란 해바라기를 꽂은 채였다. 그 현란함에 눈이 아프지만 않다면 전반적으로 꽤 보기 좋은 느낌이었다. 최소한 귀에서 순무가 달랑거리고 있지는 않았으니.

아는 사람과 대화에 몰두해 있던 제노필리우스는 루나와 해리가 나누는 이야기를 듣지 못했다. 그가 이야기를 나누던 마법사에게 작별 인사를 하고 딸을 향해 돌아서자 루나가 손가락을 들면서 말했다. "아빠, 이것 봐. 땅요정이 진짜로 물었어!"

"정말 잘됐구나! 땅요정 침은 엄청나게 유익하거든!" 러브굿 씨는 루나가 내민 손가락을 잡고 피가 흐르는 물린 자국을 살펴보았다. "사랑하는 우리 루나, 오늘 뭐든 갑자기 재능이 싹트는 기분이 든다면 절대 억누르지 마라! 혹시 오페라를 부르고 싶거나 인어어로 열변을 토하고 싶은 예기치 못한 충동을 느끼더라도 말이야. 게르눔블리 가르덴시들에게 재능을 선물받았을지도 모르니까!"

반대 방향으로 그들을 지나쳐 가던 론이 큰 소리로 코웃음을 쳤다.

"론은 맘껏 웃으라고 해." 해리가 그녀와 제노필리우스를 자리로 안내해 줄 때 루나가 차분하게 말했다. "하지만 우리 아빠는 게르눔블리 가르덴시의 마법에 대해 아주 많은 연구를 하셨어."

"정말?" 이미 오래전에 루나나 그녀 아버지의 독특한 관점에 문제를 제기하지 않겠다고 결심한 해리가 말했다. "근데 상처에 정말 아무것도 안 발라도 되겠어?"

"아, 괜찮아." 루나가 몽롱하게 손가락을 빨면서 해리를 위아래로 훑어보았다. "너 멋져 보인다. 나는 아빠한테 사람들이 대부분 정장 로브를 입을 거라고 했는데, 아빠는 결혼식에 갈 땐 태양 색깔 옷을 입어야 한다고 생각해서. 그래야 운이 좋아지니까."

그녀가 아버지를 따라 멀어져 갔을 때 론이 어느 나이 든 여자 마법사에게 팔을 잡힌 채로 다시 나타났다. 매부리코에 불그스름하게 충혈된 눈가, 깃털이 잔뜩 달린 분홍색 모자 때문에 그녀는 성질 더러운 플라밍고처럼 보였다.

"……그리고 머리카락이 너무 길구나, 로널드. 순간 널 지네브라('지니'를 말한다—옮긴이)로 착각했지 뭐냐. 멀린의 턱수염 같으니, 제노필리우스 러브굿은 뭘 입고 있는 게야? 꼭 오믈렛 같네. 넌 또 누구야?" 그녀가 해리에게 호통쳤다.

"아, 맞다. 뮤리엘 할머니, 얘는 우리 사촌 바니예요."

"위즐리가 또 있어? 너희는 땅요정처럼 번식을 해 대는구나. 해리 포터는 여기 없고? 그 앨 만나고 싶었는데. 난 네가 그 애랑 친구인 줄 알았다, 로널드. 아니면 그냥 자랑만 한 거냐?"

"아뇨, 걘 못 왔어요……."

"흠. 핑계를 댔다 이거지? 신문에 실린 사진에서 본 것처럼 아둔하진 않나 보구나. 난 방금 전까지 신부에게 내 왕관 머리 장식을 어떻게 써야 가장 아름답게 보이는지 알려 주고 있었다." 그녀가 해리에게 소리치듯 말했다. "고블린이 만든 거야. 우리 집안에 수백 년이나 이어져 내려온 거지. 예쁘게 생긴 여자애긴 하다만 그래도 그렇지, 프랑스 사람이라니. 그래그래, 좋은 자리로 찾아 다오, 로널드. 난 백일곱 살이라 너무 오래 서 있으면 안 돼."

론은 지나가면서 해리에게 의미심장한 눈길을 보내더니 한동안 모습을 보이지 않았다. 론과 천막 입구에서 다시 마주쳤을 때 해리는 열두 명을 더 자리로 안내한 뒤였다. 천막 안은 이제 거의 가득 차 있었다. 바깥에 서 있던 줄이 처음으로 사라졌다.

"뮤리엘 고모할머니는 정말 악몽이야." 론이 소매로 이마를 훔치며 말했다. "전에는 매년 크리스마스마다 오곤 하셨는데, 고맙게도 프레드랑 조지가 저녁 식사 자리에서 고모할머니 의자 밑에다 똥폭탄을 터뜨리는 바람에 기분이 상하셨어. 아빠는 항상 할머니가 유언장에서 형들 이름을 빼 버릴 거라고 하시지. 그런다고 그 인간들이 신경이나 쓰나? 결국 우리 집안사람들 중에 제일 부자가 될 텐데. 지금 같은 속도로 계속 돈을 번다면 말이야. …… 우아." 헤르미온느가 다급히 다가오자 론이 빠르게 눈을 깜빡이며 덧붙였다. "너 정말 예쁘다!"

"맨날 이렇게 의외라는 말투라니까." 헤르미온느는 그렇게 말하면서 싱긋 웃었다. 그녀는 하늘하늘한 연보라색 드레스를 입고 같은 색깔 하이힐을 신고 있었다. 머리카락은 매끈하니 반짝반짝 빛났다. "너희 뮤리엘 고모할머니 생각은 다르던걸. 조금 전 위층에서 할머니가 플뢰르한테 왕관 머리 장식을 주실 때 만났거든. 그분이 '아 이런, 애가 그 머글 태생이냐?' 하시더니 '자세도 엉망이고 발목도 앙상하구나'라고 하시더라."

"기분 나쁘게 생각하지 마. 고모할머니는 모든 사람한테 무례하니까." 론이 말했다.

"뮤리엘 고모할머니?" 조지가 프레드와 함께 천막에서 나오며 물었다. "그래, 방금 나한테도 귀가 짝짝이라고 하더라. 늙은 박쥐 같으니라고. 빌리우스 삼촌이 살아 계셨으면 좋았을 텐데. 결혼식에 딱 맞는 재밌는 분이었거든."

"빌리우스 삼촌이라면, 죽음의 개를 보고 스물네 시간 후에 돌아가셨다는 그분?" 헤르미온느가 물었다.

"뭐, 맞아. 돌아가실 때쯤엔 좀 이상해졌어." 조지가 인정했다.

"하지만 정신이 나가기 전에는 파티의 영혼이자 생명과도 같은 존재였지." 프레드가 말했다. "파이어위스키 한 병을 단숨에 마시곤 했다니까. 그런 다음에는 댄스플로어로 달려가서 로브를 들추고 꽃다발을 계속 꺼내는 거야. 어디서 꺼내냐면……."

"그래, 정말 매력적인 분 같다." 헤르미온느가 말을 끊었고 해리는 웃음을 터뜨렸다.

"이유는 모르겠지만 결혼을 못 하셨어." 론이 말했다.

"너어어무 놀라운걸." 헤르미온느가 놀라는 척하며 장난스럽게 말했다.

모두들 하도 정신없이 웃느라 뒤늦게 도착한 크고 구부러진 코에 까맣고 짙은 눈썹을 가진 검은 머리 청년을 발견하지 못했다. 그는 시선은 헤르미온느에게 고정한 채 론에게 초대장을 내밀었다. "너 정말 예쁘다."

"빅토르!" 그녀가 꺅 소리 지르며 구슬 장식이 달린 작은 가방을 떨어뜨렸다. 가방이 바닥에 떨어지면서 크기에 걸맞지 않은 묵직한 쿵 소리를 냈다. 그녀가 얼굴을 붉히며 허둥지둥 가방을 집어 들고 말했다. "네가 오는 줄 몰랐…… 세상에…… 정말 반가워. 잘 지냈어?"

론의 귀가 다시 새빨개졌다. 그는 전혀 못 믿겠다는 듯 크룸이 내민 초대장을 훑어보고는 지나치게 큰 소리로 물었다. "여기엔 어쩐 일이야?"

"플뢰르가 초대했다." 크룸이 눈썹을 치켜올리며 대답했다.

크룸에게 아무 원한이 없었던 해리는 그와 악수를 나누고, 크룸을 론의 주위에서 떼어 놓는 편이 현명하리란 생각에 자리 안내를 자처했다.

"네 친쿠는 날 보는 게 키쁘지 않나 보다." 크룸이 해리와 함께 사람들로 꽉 차 있는 천막으로 들어가며 말했다. "아니, 친척인가?" 그가 해리의 빨간 곱슬머리를 힐끗 보며 덧붙였다.

"사촌이야." 해리가 웅얼거렸지만 크룸은 제대로 듣고 있지 않았다. 크룸이 등장하면서 특히 빌라 친척들 사이에 소란이 일었다. 어쨌든 그는 유명한 퀴디치 선수였던 것이다. 사람들이 그를 잘 보겠다고 계속 고개를 빼고 있는 가운데 론과 헤르미온느, 프레드와 조지가 서둘러 통로를 따라 다가왔다.

"앉아야 해." 프레드가 해리에게 말했다. "안 비키면 신부가 입장하다가 들이받을지도 몰라."

해리, 론, 헤르미온느는 프레드와 조지 뒤 두 번째 줄에 자리를 잡았다. 헤르미온느는 얼굴이 조금 붉게 물들어 있었고 론의 귀는 양쪽 다 아직도 새빨갰다. 잠시 후 그가 해리에게 속삭였다. "저 자식, 멍청하게 턱수염 기른 거 봤어?"

해리는 뭐라 알아들을 수 없는 소리로 웅얼거렸다.

짜릿한 기대감이 훈훈한 천막 안을 가득 채웠고, 웅성거리는 소리 중간중간 즐거운 웃음이 터져 나왔다. 위즐리 부부가 통로를 따라 걸어가면서 친척들에게 미소를 짓고 손을 흔들었다. 위즐리 부인은 새로 장만한 자수정 빛깔 로브에 같은 색깔의 모자를 쓰고 있었다.

잠시 후 천막 앞쪽에 앉아 있던 빌과 찰리가 자리에서 일어났다. 둘 다 단춧구멍에다 큼직한 흰 장미를 꽂은 정장 로브 차림이었다. 프레드가 길게 휘파람을 불자 빌라 친척들 사이에서 키득거리는 웃음이 터져 나왔다. 뒤이어 황금색 풍선처럼 생긴 것에서 음악이 울려 퍼지자 모두 조용해졌다.

"와아!" 헤르미온느가 앉은 채로 고개를 홱 돌려 천막 입구 쪽을 바라보며 말했다.

들라쿠르 씨와 플뢰르가 통로를 걸어오자 이 자리에 모인 마법사들 사이에서 일제히 감탄이 쏟아졌다. 플뢰르는 미끄러지듯 들어왔고 들라쿠르 씨는 통통 튀는 발걸음으로 걸으며 활짝 웃고 있었다. 플뢰르는 아주 소박한 흰 드레스를 입고 있었는데 마치 강렬한 은빛을 뿜어내는 것처럼 보였다. 평소 그녀에게서 뿜어 나오는 빛은 주위 사람들을 모두 빛바래게 만들었지만 오늘만큼은 그 빛이 비추는 모든 사람을 더 아름답게 만들어 주었다. 황금빛 드레스 차림의 지니와 가브리엘은 평소보다도 더 예뻐 보였다. 플뢰르가 가까이 다가서자 빌은 결코 펜리르 그레이백에게 공격당한 적이 없는 사람처럼 보였다.

"신사 숙녀 여러분." 마치 노래하는 듯한 목소리가 말했다. 해리는 덤블도어의 장례식에서 추도문을 읽었던 머리숱 많은 조그만 남자 마법사가 빌과 플뢰르 앞에 서 있는 모습을 보고 놀랐다. "오늘 우리가 여기 모인 것은 신실한 두 영혼의 결합을 축하하기 위해서입니다……."

"그래, 내 왕관 머리 장식 덕분에 모든 것이 더 멋지게 돋보이는구나." 뮤리엘 고모할머니가 다 들리는 목소리로 속삭였다. "하지만 이 얘긴 해야겠다. 지네브라의 드레스는 너무 파였어."

지니가 홱 돌아보더니 씩 웃으며 해리에게 눈을 찡긋하고 재빨리 다시 앞을 바라보았다. 그 순간 해리의 마음은 천막에서 저 멀리 날아가, 한적한 교정 한구석에서 지니와 단둘이 보냈던 오후의 시간들로 되돌아갔다. 그 모든 게 너무나 오래전 일처럼 느껴졌다. 이마에 번개 모양 흉터가 없는 평범한 사람의 인생에서 빛나는 몇 시간을 훔쳐 오기라도 한 것처럼, 현실이라고 하기엔 너무나 행복한 순간들이었다…….

"신랑 윌리엄 아서는 신부 플뢰르 이자벨을 아내로 맞아……."

앞줄에서는 위즐리 부인과 들라쿠르 부인이 레이스 손수건에 대고 조용히 흐느끼고 있었다. 천막 뒤쪽에서 트럼펫을 불 때 나는 소리가 울리는 바람에 다들 해그리드가 식탁보만 한 손수건을 꺼냈다는 사실을 알 수 있었다. 헤르미온느는 고개를 돌려 해리에게 환하게 웃어 주었다. 그녀의 눈에도 눈물이 그득했다.

"……이로써 두 사람이 평생 가약을 맺었음을 선언합니다."

머리숱 많은 마법사가 빌과 플뢰르의 머리 위로 마법 지팡이를 높이 들어 올리자 은색 별들이 그들 위로 쏟아지면서, 이제는 서로를 꽉 껴안은 두 사람 주위를 소용돌이처럼 빙글빙글 돌았다. 프레드와 조지가 한 차례 박수를 이끌자 머리 위의 황금색 풍선들이 펑펑 터지더니 극락조와 작디작은 황금빛 종들이 날아와 두 사람 주위를 떠다니면서 노랫소리와 종소리를 더해 주었다.

"신사 숙녀 여러분!" 머리숱 많은 마법사가 소리쳤다. "일어나 주십시오!"

그의 말에 다들 일어섰다. 뮤리엘 고모할머니는 모두가 들을 수 있는 큰 목소리로 투덜거렸다. 마법사가 지팡이를 휘둘렀다. 캔버스로 된 천막의 벽들이 사라지면서 하객들이 앉아 있던 의자가 가만히 공중으로 떠올랐고, 어느새 사람들은 황금색 지지대가 떠받치고 있는 천막 덮개 아래 서서 햇살 가득한 과수원과 그 주위에 펼쳐진 눈부시게 아름다운 풍경을 바라보고 있었다. 곧이어 천막 한가운데서부터 녹아내린 황금이 바닥으로 퍼져 나가더니 번쩍이는 댄스플로어를 만들었다. 공중에 떠 있던 의자들이 하얀 천이 덮인 작은 식탁들 주위로 모여들었고, 그 식탁과 의자 들은 다시 바닥에 우아하게 내려앉았다. 황금 재킷을 입은 밴드가 단상으로 줄지어 올라섰다.

"아주 순조롭게 흘러가는걸." 론이 만족스럽다는 듯 말했다. 그 순간 사방에서 웨이터들이 튀어나왔다. 몇몇은 호박 주스와 버터맥주, 파이어위스키가 담긴 은쟁반을 들고 있었고, 또 어떤 사람들은 타르트와 샌드위치를 휘청거릴 정도로 높이 쌓아 들고 있었다.

"가서 축하해 줘야지!" 헤르미온느가 축복해 주는 사람들에게 둘러싸인 빌과 플뢰르의 모습을 보려고 까치발을 들며 말했다.

"나중에 시간이 있을 거야." 론이 지나가는 쟁반에서 버터맥주 세 병을 집어 해리에게 한 병을 건네며 어깨를 으쓱했다. "헤르미온느, 하나 받아. 자리를 잡자……. 거긴 안 돼! 뮤리엘 할머니 근처는 절대로……."

론은 앞장서서 텅 빈 댄스플로어를 가로지르며 좌우를 빠르게 살폈다. 해리는 그가 크룸을 경계하고 있는 것이란 확신이 들었다. 천막 반대편에 도착했을 때쯤에는 거의 모든 식탁이 자리를 잡은 사람들로 들어차 있었다. 그나마 사람이 없는 식탁은 루나가 혼자 앉아 있는 곳뿐이었다.

"같이 앉아도 돼?" 론이 물었다.

"응, 그럼." 그녀가 기분 좋게 말했다. "아빠는 빌이랑 플뢰르한테 우리 선물을 전해 주러 가셨어."

"뭔데? 평생 먹을 거디루트?" 론이 물었다.

헤르미온느는 식탁 아래로 그를 걷어차려다가 해리를 차고 말았다. 해리는 눈물이 찔끔할 정도로 아파서 잠시 대화의 맥락을 놓쳤다.

밴드가 연주를 시작했다. 가장 먼저 빌과 플뢰르가 엄청난 박수를 받으며 댄스플로어에 올랐고, 잠시 뒤에는 위즐리 씨가 들라쿠르 부인을 플로어로 이끌었으며, 위즐리 부인과 플뢰르의 아버지가 그 뒤를 따랐다.

"노래가 마음에 들어." 루나가 왈츠 비슷한 곡에 박자를 맞춰 몸을 흔들며 말했다. 잠시 후 그녀는 자리에서 일어나 댄스플로어로 미끄러지듯 나가더니 눈을 감고 양팔을 흔들며 제자리에서 혼자 빙글빙글 돌았다.

"쟤 끝내준다. 그치?" 론이 감탄하며 말했다. "보는 재미가 있다니까."

하지만 론의 얼굴에 떠올랐던 미소는 순식간에 사라졌다. 루나가 앉았던 자리에 빅토르 크룸이 털썩 주저앉은 것이다. 헤르미온느는 허둥거리면서도 기쁜 눈치였지만 이번에 크룸은 그녀를 칭찬하러 온 것이 아니었다. 그가 얼굴을 찡그리며 말했다. "처 노란 옷 입은 사람은 누쿠냐?"

"제노필리우스 러브굿이야. 우리 친구의 아버진데." 론이 말했다. 제노필리우스가 대놓고 우스운 짓을 하더라도 절대 그를 비웃지 않겠다는 결심이 느껴지는 공격적인 말투였다. "가서 춤추자." 그가 헤르미온느에게 불쑥 내뱉었다.

그녀는 놀라는 한편 기쁜 듯 자리에서 일어났다. 그들은 함께 댄스플로어의 점점 더 붐비는 사람들 사이로 사라졌다.

"아, 이첸 툴이 사퀴는 건가?" 크룸이 순간적으로 정신이 팔려서 물었다.

"어…… 비슷해." 해리가 대답했다.

"넌 누쿠냐?" 크룸이 물었다.

"바니 위즐리."

그들은 악수했다.

"바니, 너…… 너는 처 러브굿이라는 사람 찰 아나?"

"아니, 오늘 처음 만났는데. 왜?"

크룸은 음료수 잔 너머로 눈을 부라리며 댄스플로어 저쪽에서 마법사 몇 명과 수다를 떨고 있는 제노필리우스를 바라보았다.

"왜냐하면" 하고, 크룸이 말했다. "플뢰르의 손님만 아니었어도 치금 탕장 처차와 결투를 벌였을 테니까. 처 더러운 상징을 가슴에 달고 있다니."

"상징?" 해리도 제노필리우스 쪽을 보며 말했다. 그 삼각형 눈이 그의 가슴에서 번뜩이고 있었다. "왜? 저게 무슨 문제라도 돼?"

"그린델발드. 저건 그린델발드의 상징이다."

"그린델왈드라면…… 덤블도어 교수님이 물리친 어둠의 마법사?"

"맞다."

크룸은 뭔가를 씹기라도 하는 것처럼 턱 근육을 씰룩이더니 다시 말했다. "그린델발드는 많은 사람을 죽였다. 우리 할아버지도. 물론 이 나라에서는 그렇게 강력하지 않았다. 사람들 말로는 그자가 덤블도어를 두려워했다니까. 그럴 만도 하다. 그자가 어떤 최후를 맞았는지 보면. 하지만 저건……." 그는 제노필리우스를 손가락으로 가리켰다. "저건 그자의 상징이다. 난 바로 알아봤다. 그린델발드가 덤스트랭 학생일 때 학교 벽에다 새겨 놨으니까. 어떤 멍청이들은 그 상징을 자기 책이나 옷에 베껴 놓기도 했지. 다른 사람들한테 겁을 주거나 대단해 보이려고. 그린델발드에게 가족을 잃은 우리 같은 사람들이 본때를 보여 주기 전에는."

크룸은 위협적으로 손마디를 꺾으며 제노필리우스를 노려보았다. 해리는 어리둥절해졌다. 루나의 아버지가 어둠의 마법을 지지하는 사람일 가능성은 거의 없었고, 천막 안에 있는 사람들 중 누구도 그 삼각형 룬문자 같은 상징을 알아보지 못한 듯했다.

"저게…… 어…… 그린델왈드의 상징이 확실해?"

"잘못 본 게 아니다." 크룸이 싸늘한 목소리로 말했다. "나는 몇 년 동안이나 저 상징을 지나다녔다. 아주 잘 알고 있다."

"음, 혹시 모르잖아." 해리가 말했다. "저분은 그 상징이 뭘 의미하는지 잘 모를 수도 있어. 러브굿 가족은 상당히…… 특이하거든. 그냥 어딘가에서 우연히 보고, 그게 굽은뿔 스노캑이나 뭐 그런 것의 머리 단면도라고 생각했을지도 몰라."

"뭐의 단면도?"

"뭐, 나도 뭔지는 잘 모르겠는데, 저분은 쉬는 날마다 딸이랑 같이 그걸 찾으러 다니는 것 같더라고……."

해리는 루나와 그녀의 아버지에 대해서 제대로 설명하지 못하고 있다는 느낌이 들었다.

"쟤가 저분 딸이야." 해리는 여전히 날벌레를 쫓듯 양팔을 머리 위에서 흔들며 혼자 춤을 추고 있는 루나를 가리켰다.

"왜 저런 행동을 하는 거지?" 크룸이 물었다.

"아마도 랙스퍼트를 쫓으려는 것 같은데." 그녀의 상태를 알아본 해리가 말했다.

크룸은 해리가 그를 놀리는 게 아닌지 고민하는 눈치였다. 그가 로브 안에서 마법 지팡이를 꺼내 위협적으로 허벅지를 톡톡 치자 지팡이 끝에서 불꽃이 튀어나왔다.

"그레고로비치!" 해리가 큰 소리로 말하자 크룸은 화들짝 놀랐다. 하지만 해리는 너무 흥분한 나머지 그런 것엔 신경도 쓰지 않았다. 크룸의 마법 지팡이를 보자 기억이 떠오른 것이다. 트라이위저드 대회가 시작되기 전 올리밴더가 크룸의 지팡이를 가져다가 유심히 살펴본 적이 있었다.

"그레고로비치가 왜?" 크룸이 의심스러운 듯 물었다.

"지팡이 제작자였어!"

"나도 안다." 크룸이 말했다.

"그 사람이 네 지팡이를 만들었지! 그래서 내가 퀴디치를 떠올린 거였어……."

크룸은 점점 더 의심스러운 얼굴이었다.

"그레고로비치가 내 지팡이를 만들었다는 건 어떻게 알지?"

"난…… 어디서 읽은 것 같아." 해리가 말했다. "어…… 팬들이 보는 잡지에서." 해리가 아무렇게나 지어냈지만 크룸은 의심을 내려놓는 것 같았다.

"팬들에게 지팡이 얘기를 한 척이 있는 줄은 몰랐다." 그가 말했다.

"그럼…… 어…… 요즘 그레고로비치는 어디 있어?"

크룸은 어리둥절한 표정이었다.

"몇 년 전에 은퇴했다. 내가 그레고로비치의 지팡이를 마지막으로 산 사람 중 한 명이야. 그 사람이 만든 지팡이들이 최고거든. 물론 너희 영국 사람들은 올리밴더의 지팡이를 더 높이 친다는 걸 알지만."

해리는 대꾸하지 않았다. 그는 크룸처럼 춤추는 사람들을 지켜보는 척했지만 사실 열심히 머리를 굴리고 있었다. 그러니까 볼드모트는 명망 있는 지팡이 제작자를 찾고 있는 듯 보였고, 해리는 길게 생각하지 않고도 그 이유를 알 수 있었다. 분명 볼드모트가 하늘을 날아와 그를 쫓던 날 밤에 해리의 마법 지팡이가 벌인 일 때문일 것이다. 볼드모트가 빌려 온 지팡이가 불사조 깃털이 들어간 호랑가시나무 지팡이에 꺾였는데, 그것은 올리밴더가 미처 예상하지도 못했고 이해하지도 못한 일이었다. 그레고로비치라면 더 잘 알고 있을까? 그의 솜씨가 정말로 올리밴더보다 뛰어날까? 그는 올리밴더가 모르는 지팡이들의 비밀을 알고 있을까?

"처 여자애 아주 예쁘다." 크룸의 말이 해리의 주의를 다시 현실로 돌려놓았다. 크룸은 방금 루나와 합세한 지니를 가리키고 있었다. "처 애도 네 친척이냐?"

"응." 해리는 갑자기 짜증이 치밀었다. "근데 만나는 사람이 있어. 그 남자 질투심이 많은 스타일이라더라. 덩치도 크고. 그 녀석 심기는 거스르지 않는 편이 좋을 거야."

크룸이 끙 소리를 냈다.

"예쁜 여자애들한테 모두 짝이 있다면……." 그는 잔을 비우고 다시 일어서며 말했다. "도대체 세계적인 퀴디치 선수가 되는 게 다 무슨 소용이치?"

그는 성큼성큼 걸어가 버렸다. 해리는 그대로 앉아 있다가 지나가는 웨이터에게서 샌드위치를 받아 들고 북적거리는 댄스플로어 가장자리를 돌아갔다. 론을 찾아 그레고로비치 이야기를 해 주고 싶었지만 그는 댄스플로어 한가운데서 헤르미온느와 춤을 추고 있었다. 해리는 황금 지지대에 몸을 기대고 프레드와 조지의 친구인 리 조던과 춤을 추는 지니를 바라보면서 론에게 했던 약속을 분하게 여기지 않으려고 애썼다.

그는 결혼식에 가 본 적이 한 번도 없었기 때문에 머글 결혼식과 마법사 결혼식이 어떻게 다른지 판단할 수 없었지만, 머글 결혼식에서는 결혼 케이크 꼭대기에 얹어 놓은 불사조 모형 두 개가 케이크를 자르는 순간 날아오른다든가 샴페인 병이 저 혼자 둥둥 떠서 사람들 사이를 돌아다니는 일이 벌어지지 않으리라는 건 확신할 수 있었다. 저녁이 다가오면서 둥둥 떠다니는 황금 등불로 밝혀진 덮개 아래로 나방들이 날아들 때쯤 되자, 파티 분위기가 점점 달아올랐다. 프레드와 조지는 플뢰르의 친척 둘과 함께 이미 어둠 속으로 모습을 감춘 지 오래였다. 찰리와 해그리드, 납작한 자주색 중절모를 쓴 땅딸막한 남자 마법사는 한쪽 구석에서 〈영웅 오도〉 노래를 부르고 있었다.

해리는 그가 자기 아들인지 아닌지 헷갈려 하는 론의 술 취한 삼촌에게서 벗어나 사람들을 헤치고 나아가다가 식탁 앞에 혼자 앉아 있는 나이 든 남자 마법사를 발견했다. 그는 구름 같은 흰머리 때문에 민들레 솜털처럼 보였고, 머리에는 좀먹은 페즈 모자를 쓰고 있었다. 어딘지 눈에 익은 사람이었다. 잠시 머릿속을 뒤지던 해리는 그가 불사조 기사단의 단원이자 덤블도어의 추도문을 쓴 엘파이어스 도지라는 사실을 깨달았다.

해리가 그에게 다가갔다.

"앉아도 될까요?"

"그럼, 그럼." 도지가 고음의 색색대는 목소리로 말했다.

해리는 그에게로 몸을 기울였다.

"도지 씨, 저는 해리 포터예요."

도지가 헉하고 숨을 들이켰다.

"세상에, 애야! 네가 변장하고 와 있다는 얘기는 아서한테 들었다만…… 정말 반갑구나. 영광이야!"

도지는 긴장하면서도 기뻐하며 떨리는 손으로 해리에게 샴페인 한 잔을 따라 주었다.

"너에게 편지를 쓰려고 했단다." 그가 속삭였다. "덤블도어한테 그런 일이 일어나고 나서…… 그런 충격적인 일이…… 너한텐 틀림없이 그랬겠지……."

도지의 조그만 두 눈에 갑자기 눈물이 괴었다.

"《예언자일보》에 쓰신 추도문을 봤어요." 해리가 말했다. "덤블도어 교수님을 그렇게 잘 아시는지 몰랐어요."

"누구보다 잘 알았단다." 도지가 냅킨으로 눈을 꾹꾹 누르며 말했다. "확실히 내가 가장 오래 알았을 거다, 애버포스를 빼면 말이야. 어째서인지 사람들은 늘 애버포스를 빼놓는 것 같더구나."

"《예언자일보》 얘기가 나와서 말인데요…… 혹시 보셨는지 모르겠어요, 도지 씨."

"아, 엘파이어스라고 불러 다오, 애야."

"엘파이어스, 리타 스키터가 덤블도어 교수님에 대해 얘기한 인터뷰 기사를 혹시 보셨나요?"

분노가 치미는지 도지의 얼굴이 벌게졌다.

"아, 그래, 해리. 봤다. 그 여자는, 아니 하이에나라고 해야 더 정확한 표현일 테지. 그 하이에나가 얘기 좀 하자고 나를 아주 귀찮게 굴었다. 내가 체통을 잃고 그 여자한테 남의 일에나 간섭하는 성질 못된 할망구라고 한 건 부끄러운 일이야. 그 결과, 아마 너도 봤겠지만, 나는 제정신이 아니라는 비난을 받았지."

"음, 그 인터뷰에서요……." 해리가 말을 이었다. "리타 스키터는 덤블도어 교수님이 젊었을 때 어둠의 마법에 연루되었다는 식으로 말하던데요."

"그 인터뷰는 한 마디도 믿지 말거라!" 도지가 곧바로 대꾸했다. "한 마디도 말이야, 해리! 그 어떤 것으로도 알버스 덤블도어에 대한 네 기억을 더럽혀선 안 돼!"

그러나 해리는 진심으로 고통스러워하는 도지의 얼굴을 보자 오히려 답답해졌다. 도지는 그것이 정말 해리가 그냥 믿지 않기를 선택할 수 있는 간단한 일이라고 생각하는 걸까? 해리가 모든 것을 알고 확신을 가져야만 한다는 사실을 이해하지 못하는 걸까?

그런 해리의 기분을 짐작한 모양인지 도지가 걱정스러운 얼굴로 서둘러 말을 이었다. "해리, 리타 스키터는 끔찍한……."

하지만 그의 말은 날카롭게 낄낄거리는 웃음소리에 끊기고 말았다.

"리타 스키터? 아, 난 참 좋아해. 그 여자 기사는 꼭 읽는다니까!"

해리와 도지가 눈을 들어 보니 뮤리엘 고모할머니가 그곳에 서 있었다. 샴페인 한 잔을 들고 서 있는 그녀의 모자에서 깃털이 하늘하늘 춤을 추고 있었다. "덤블도어에 대한 책도 썼던데!"

"안녕하시오, 뮤리엘." 도지가 말했다. "맞소, 방금 그 얘기를 하고 있……."

"거기 너! 의자 내놔라. 나는 백일곱 살이란 말이야!"

위즐리 가족의 또 다른 빨간 머리 친척이 깜짝 놀란 얼굴로 얼른 의자에서 일어서자 뮤리엘 고모할머니는 놀랄 만한 힘으로 그 의자를 홱 돌려 도지와 해리 사이에 놓고 털썩 주저앉았다.

"또 만나는구나. 배리였던가? 아무튼." 그녀가 해리에게 말했다. "자, 리타 스키터에 대해 무슨 얘기를 하고 있었수, 엘파이어스? 그 여자가 덤블도어의 전기를 쓴 건 알지? 읽고 싶어서 좀이 쑤신다니까. 잊지 말고 플러리시 앤 블러츠에 주문해 놔야지!"

이 말에 도지는 침통하고 딱딱하게 굳은 표정을 지었지만 뮤리엘 고모할머니는 잔을 홀랑 비우더니, 지나가는 웨이터에게 뼈마디 두드러진 손가락을 튕기며 한 잔 더 달라고 했다. 그녀는 샴페인을 크게 한 모금 들이켜고 트림을 하더니 말했다. "둘 다 그렇게 박제된 개구리 같은 표정 지을 것 없어! 그토록 훌륭하다느니 존경받을 만하다느니 하는 그 모든 헛소리를 듣는 사람이 되기 전에는 알버스를 둘러싸고 아주 웃기는 소문들이 따라다녔던 것도 사실이라고!"

"근거 없는 비난이오." 도지는 얼굴이 다시 순무 같은 색깔로 변해서 말했다.

"당신이야 그렇게 말하고 싶겠지, 엘파이어스." 뮤리엘 고모할머니가 깔깔 웃었다. "당신이 쓴 그 추도문을 보니까 곤란한 대목들을 아주 미꾸라지처럼 잘 피해 갔던데!"

"그렇게 생각한다니 유감이오." 도지가 더욱 싸늘하게 말했다. "확실히 말하는데, 그 글은 진심으로 쓴 거요."

"아, 당신이 덤블도어를 숭배한다는 건 온 세상이 알지. 내 생각에 당신은 덤블도어가 스큅 여동생을 죽인 게 사실로 밝혀진다 하더라도 여전히 덤블도어를 성자라고 여길걸?"

"뮤리엘!" 도지가 소리쳤다.

차가운 샴페인과는 아무 관계 없는 냉기가 해리의 가슴을 엄습

했다.

"무슨 말씀이세요?" 그가 뮤리엘 고모할머니에게 물었다. "덤블도어 교수님의 여동생이 스큅이었다고요? 전 그분이 아픈 줄 알았는데요?"

"그렇다면 네가 잘못 안 거겠지, 배리!" 뮤리엘 고모할머니는 자기가 불러일으킨 반응에 흡족해하며 말했다. "하긴, 네가 그 일에 대해 어떻게 알겠니? 그건 네가 태어나기도 훨씬 전에 있었던 일인데. 그리고 사실은 그 당시에 살았던 우리 같은 사람들도 실제로 무슨 일이 있었는지는 전혀 몰랐어. 그래서 내가 스키터가 뭘 파헤쳤는지 알고 싶어서 안달하는 거야! 덤블도어는 자기 여동생과 관련된 일에 대해서는 오랫동안 입도 뻥긋 안 했거든!"

"그건 사실이 아니오!" 도지가 씩씩거렸다. "새빨간 거짓말이야!"

"저한테 여동생이 스큅이라는 말씀을 하신 적은 없는데요." 해리는 여전히 가슴속에서 서늘함을 느끼며 아무 생각 없이 그렇게 말했다.

"대체 너한테 왜 그런 얘기를 하겠니?" 뮤리엘 고모할머니가 해리에게 초점을 맞추기 위해 의자에서 몸을 약간씩 흔들며 꽥 소리쳤다.

"알버스가 아리아나에 대해 결코 입을 열지 않은 까닭은……." 엘파이어스가 감정이 북받쳐 딱딱해진 목소리로 입을 열었다.

"내 생각엔 꽤 뻔하단다. 아리아나의 죽음으로 너무 절망한 나머지……."

"그런데 왜 그 애를 본 사람이 아무도 없을까, 엘파이어스?" 뮤리엘 고모할머니가 목소리를 높였다. "왜 우리 중 절반은 그 사람들이 집에서 관을 들고 나와 장례식을 치를 때까지 아리아나의 존재조차 몰랐을까? 아리아나가 지하실에 갇혀 있는 동안 성자 알버스는 어디에 있었지? 호그와트에 가서 천재성을 뽐내면서도 자기 집에서 벌어지는 일에는 눈곱만큼도 신경을 안 썼다 이거야!"

"'지하실에 갇혀 있었다'뇨? 그게 무슨 말씀이세요?" 해리가 물었다. "무슨 얘기냐고요."

도지는 비참한 표정을 지었다. 뮤리엘 고모할머니가 또다시 낄낄 웃더니 해리에게 대답했다.

"알버스의 어머니는 아주 무서운 여자였어. 그야말로 무서운 사람이었지. 아닌 척했다고는 들었지만 머글 태생이었고."

"아닌 척했던 적은 결코 없소! 켄드라는 훌륭한 분이었단 말이오." 도지가 참담한 목소리로 속삭였지만 뮤리엘 고모할머니는 그 말을 들은 척도 하지 않았다.

"오만하고 안하무인이었어. 스큅을 낳았다는 사실에 굴욕감을 느끼고도 남을 사람이었지……."

"글쎄 아리아나는 스큅이 아니었다니까!" 도지가 씩씩거리며 소리쳤다.

"당신은 그렇게 말하는데, 엘파이어스, 그렇다면 아리아나가 어째서 호그와트에 다니지 않았는지 한번 설명해 보슈!" 뮤리엘 고모할머니가 말했다. 그녀는 해리 쪽으로 고개를 돌렸다. "우리 시절에는 스큅들에 대해 쉬쉬하는 경우가 많았단다. 아무리 그래도 어린 여자애를 집 안에 가둬 놓고 아예 있지도 않은 것처럼 구는 잔인한 짓은……."

"분명히 말하는데, 그런 일은 없었소!" 도지가 소리를 높였지만 뮤리엘 고모할머니는 해리를 보면서 계속 밀어붙였다.

"스큅들은 보통 머글 학교로 보내져서 머글 사회에 적응하도록 권장됐지……. 스큅이 항상 뒷전이 되는 마법사 세계에서 자리를 찾아 주려는 것보다는 그편이 훨씬 사려 깊은 일이었단다. 하지만 켄드라 덤블도어라면 당연히 자기 딸을 머글 학교에 보내는 건 꿈도 꾸지 않았을 테고……."

"아리아나는 허약했소!" 도지가 처절하게 외쳤다. "항상 몸이 너무 안 좋았기 때문에 허락할 수가……."

"집 밖으로 나가는 일을 허락해 줄 수가 없었다는 건가?" 뮤리엘이 낄낄댔다. "그런데 애를 세인트 멍고로 데려간 적도 없고, 치유사를 불러다가 그 애를 보게 한 적도 없다 이 말이지!"

"정말이지, 뮤리엘. 당신이 대체 무슨 수로 그런 걸 다 안다는……."

"엘파이어스, 모를까 봐 하는 얘긴데, 내 사촌 랜슬롯이 당시 세인트 멍고의 치유사였어. 랜슬롯이 우리 가족한테 극비라면서, 아리아나가 병원에 나타난 적은 한 번도 없다고 말해 줬다우. 랜슬롯은 그걸 아주 의심스럽게 생각했지!"

도지는 울음을 터뜨리기 일보 직전처럼 보였다. 뮤리엘 고모할머니는 몹시 즐거운 얼굴로 샴페인을 더 달라며 손가락을 튕겼다. 해리는 망연자실한 채, 마법사로 태어난 죄로 더즐리 가족이 한때 그를 다른 사람들 눈에 띄지 않게 가둬 놓았던 일을 떠올렸다. 덤블도어의 동생도 그와 반대인 이유로 똑같은 운명을 겪었던 것일까? 마법 능력이 없다는 이유로 갇혀 있었던 걸까? 또 덤블도어는 정말로 자신의 총명함과 재능을 증명하느라 바빠, 호그와트에 가 있는 동안 동생을 나 몰라라 내버려 둔 걸까?

뮤리엘 고모할머니가 다시 입을 열었다. "만약 켄드라가 먼저 죽지 않았다면, 나는 아리아나를 끝장낸 건 바로 켄드라라고 말했을 거야."

"어떻게 그런 말을 할 수가 있소, 뮤리엘?" 도지가 신음했다. "어머니가 자기 딸을 죽이다니? 생각 좀 하고 말하시오!"

"그 어머니가 자기 딸을 오랫동안 가둬 놓을 수 있는 사람이라면 못 할 것도 없지 않나?" 뮤리엘 고모할머니가 어깨를 으쓱했다. "하지만 아까도 말했듯이 그런 일은 있을 수 없어. 켄드라가 아리아나보다 먼저 죽었으니까. 그 이유를 확실히 아는 사람은 아무도 없지만……."

"아하, 틀림없이 아리아나가 켄드라를 살해한 거겠군." 도지가 대담하게도 비웃어 줄 작정을 하고 그렇게 말했다. "못 할 것도 없겠지?"

"그래, 아리아나가 필사적으로 도망치려다가 몸싸움이 벌어졌고, 그 와중에 켄드라를 죽였을 수도 있어." 뮤리엘 고모할머니가 생각에 잠긴 채 말했다. "고개 저으려거든 얼마든지 저으슈, 엘파이어스! 당신은 아리아나의 장례식에 갔었지?"

"그렇소, 갔었소." 도지가 입술을 부르르 떨면서 말했다. "그렇게 비극적이고 슬픈 일은 없었을 거요. 알버스는 마음이 완전히 산산조각 나서……."

"산산조각 난 건 마음뿐만이 아니지. 애버포스가 장례식 도중에 알버스 코를 부러뜨리지 않았수?"

이 말이 나오기 전에도 도지는 겁에 질린 표정을 짓고 있었지만 지금의 얼굴에 비하면 아무것도 아니었다. 마치 뮤리엘 고모할머니가 그를 칼로 찌르기라도 한 것 같았다. 그녀는 큰 소리로 낄낄 웃더니 샴페인을 한 모금 더 마셨다. 술이 그녀의 턱을 따라 줄줄 흘러내렸다.

"당신이 그걸 어떻게……?" 도지가 쉰 목소리로 말했다.

"우리 어머니가 바틸다 백숏이랑 친했거든." 뮤리엘 고모할머니가 흥에 겨운 목소리로 말했다. "바틸다가 우리 어머니한테 전부 얘기해 줬지. 나는 문가에 서서 엿들었고 말이야. 관을 앞에 두고 쌈박질을 하다니! 바틸다의 말을 들으니, 애버포스는 아리아나가 죽은 건 전부 알버스 탓이라고 소리친 다음 주먹으로 얼굴을 쳤다던데. 알버스는 딱히 막으려고도 안 했다면서? 그것만 봐도 이상한 일이잖아. 알버스라면 두 손을 등 뒤로 묶고 결투를 벌여도 애버포스를 묵사발로 만들 수 있을 텐데."

뮤리엘은 또 한 번 샴페인을 들이켰다. 이런 옛 사건들을 늘어놓는 일이 도지의 기분을 끔찍하게 만드는 것만큼이나 그녀의 기운을 북돋워 주는 듯했다. 해리는 어떻게 생각해야 할지, 뭘 믿어야 할지 알 수가 없었다. 그는 진실을 알고 싶었지만 도지가 하는 일이라고는 그저 자리에 앉아서 아리아나가 아팠다고 힘없이 푸념하는 것뿐이었다. 해리는 덤블도어가 자기 집에서 그런 잔혹한 일이 벌어지는데도 손 놓고 있었다는 사실을 도저히 믿을 수가 없었다. 하지만 이 이야기에는 확실히 이상한 구석이 있었다.

"그리고 다른 얘기도 해 주마." 뮤리엘 고모할머니가 잔을 내려놓으며 살짝 딸꾹질을 하고 말했다. "내가 보기엔 바틸다가 리타 스키터한테 일부러 말을 흘린 것 같아. 스키터의 인터뷰에 실린,

덤블도어의 가족과 가까운 중요한 정보원에 대한 그 모든 암시들 말이야. 아리아나 사건이 일어났을 당시 백숏이 내내 그곳에 있었을지 누가 알아? 그럼 딱딱 맞아떨어져!"

"바틸다는 리타 스키터한테 그런 말을 전할 사람이 아니오!" 도지가 씩씩거렸다.

"바틸다 백숏요?" 해리가 물었다. "《마법의 역사》 저자 말이에요?"

바틸다 백숏이라면 해리의 교과서 표지에 인쇄되어 있는 이름이었다. 아주 관심 있게 읽은 책이라고는 못 하겠지만.

"그래." 도지는 물에 빠진 사람이 구명 튜브를 잡듯 해리의 질문에 매달렸다. "아주 재능 있는 마법 역사가이자 알버스의 오랜 친구란다."

"내가 듣기론 요즘 아주 노망이 났다던데." 뮤리엘 고모할머니가 들뜬 목소리로 말했다.

"만약 그렇다면 스키터가 바틸다를 이용한 건 더욱 비열한 짓이 되는 거요." 도지가 말했다. "게다가 바틸다가 뭐라고 말했든 전혀 믿을 수도 없고!"

"아, 기억을 되살리는 방법에는 여러 가지가 있지. 난 리타 스키터가 그런 방법을 모두 알고 있을 거라 확신한다우." 뮤리엘 고모할머니가 말했다. "하지만 바틸다가 완전히 맛이 갔더라도 옛날 사진 같은 건 아직 갖고 있을 게 분명해. 어쩌면 편지를 갖고 있을지도 모르고. 바틸다는 덤블도어 가족과 오랫동안 알고 지낸 사이니까……. 스키터가 고드릭 골짜기에 가 볼 만한 가치가 충분히 있었을 거라는 생각이 들던데."

버터맥주를 한 모금 마시던 해리는 그만 사레가 들리고 말았다. 해리가 눈물이 줄줄 흐르는 눈으로 뮤리엘 고모할머니를 보며 콜록콜록 기침을 하자 도지가 그의 등을 두드려 주었다. 그는 목소리를 가다듬자마자 물었다. "바틸다 백숏이 고드릭 골짜기에 산다고요?"

"아, 그래. 아주 오랫동안 거기 살았단다! 덤블도어 가족은 퍼시벌이 감옥에 간 뒤에 그곳으로 이사했어. 바틸다는 그 옆집에 살았지."

"덤블도어 교수님의 가족이 고드릭 골짜기에 살았다고요?"

"그래, 배리. 방금 그렇게 말했잖니." 뮤리엘 고모할머니가 짜증스럽게 말했다.

해리는 기운이 쭉 빠지고 허무한 기분이 들었다. 덤블도어는 지난 6년 동안 단 한 번도 그가 해리와 마찬가지로 고드릭 골짜기에 살았고, 그곳에서 사랑하는 사람을 잃은 적이 있다는 얘기를 해준 적이 없었다. 왜일까? 릴리와 제임스는 덤블도어의 어머니와 여동생 근처에 묻혀 있을까? 덤블도어는 그들의 무덤을 찾아가면서 릴리와 제임스의 무덤도 지나쳤을까? 그런데도 덤블도어는 결코 해리에게 그런 얘기를 해 주지 않았다……. 굳이 말하려 하지 않은 것이다…….

해리는 그게 왜 중요한지 자기 자신에게조차 설명할 수 없었지만, 둘이 같은 장소에 살았고 같은 경험을 했다는 얘기를 해 주지 않은 건 거짓말을 한 것이나 마찬가지라고 느꼈다. 그는 주위에서 무슨 일이 일어나고 있는지 거의 알아차리지 못한 채 멍하니 앞만 바라보았고, 헤르미온느가 그의 옆으로 의자를 끌어와 앉을 때까지 그녀가 사람들 사이에서 빠져나온 것도 몰랐다.

"더는 못 추겠어." 그녀가 구두 한 짝을 벗어 들고 발바닥을 주무르면서 숨 가쁘게 말했다. "론은 버터맥주를 더 가지러 갔어. 근데 뭔가 이상해. 방금 빅토르가 루나의 아버지랑 같이 있다가 씩씩거리며 걸어가는 걸 봤거든. 둘이 싸우는 것 같았어." 그녀는 해리를 빤히 바라보며 목소리를 낮췄다. "해리, 괜찮아?"

해리는 어디서부터 말을 꺼내야 할지 알 수 없었지만 그런 건 중요하지 않았다. 그 순간 은빛을 띤 커다란 무언가가 천막 덮개를 뚫고 댄스플로어 위로 떨어졌던 것이다. 우아하게 빛나는 스라소니가 깜짝 놀란 춤꾼들 한가운데 가볍게 내려앉았다. 사람들이 고개를 돌렸고, 가장 가까운 곳에서 춤을 추고 있던 사람들은 어색한 자세로 굳어 버렸다. 그때 그 패트로누스가 입을 활짝 벌리더니 굵직하고 느릿느릿한 킹슬리 샤클볼트의 목소리로 우렁차게 말했다.

"정부가 함락됐습니다. 스크림저가 죽었습니다. 놈들이 오고 있습니다."

## 9장
# 은신처

 모든 것이 뿌옇고 느리게 움직이는 것 같았다. 해리와 헤르미온느는 자리에서 벌떡 일어나 마법 지팡이를 꺼내 들었다. 많은 사람들이 그제야 뭔가 이상한 일이 일어났다는 것을 깨달았다. 다들 사라지는 은빛 스라소니 쪽으로 여전히 고개를 돌린 채였다. 패트로누스가 내려앉았던 곳에서부터 침묵이 싸늘한 파문처럼 사방으로 번져 나갔다. 그때 누군가가 비명을 질렀다.
 해리와 헤르미온느는 공포에 휩싸인 사람들 속으로 뛰어들어 갔다. 하객들이 사방으로 내달렸고, 많은 수가 순간이동으로 사라지고 있었다. 버로를 둘러싸고 있던 보호 마법이 깨진 것이다.
 "론!" 헤르미온느가 소리쳤다. "론, 너 어디 있어?"

해리는 인파를 헤치고 댄스플로어를 가로질러 가면서 사람들 사이로 망토를 입고 가면을 쓴 형체들이 나타나는 것을 보았다. 루핀과 통스가 마법 지팡이를 치켜들더니 둘이 함께 "프로테고!"라고 외치는 소리가 들렸다. 그 외침이 사방에 울려 퍼졌다.

"론! 론!" 해리와 함께 겁에 질린 하객들에게 이리저리 떠밀리던 헤르미온느가 반쯤 흐느끼면서 소리쳤다. 해리는 서로 떨어지지 않으려고 그녀의 손을 잡았다. 머리 위로 빛줄기 하나가 쌩 날아갔다. 보호 마법인지 아니면 그보다 불길한 무엇인지는 알 수 없었다.

그때 론이 나타났다. 그가 헤르미온느의 다른 쪽 팔을 잡자 해리는 그녀가 제자리에서 빙그르르 도는 것을 느꼈다. 주변에 어둠이 밀려들면서 그 어떤 것도 보이지 않았고 그 어떤 소리도 들리지 않았다. 습격해 오는 죽음을 먹는 자들을 피해, 어쩌면 볼드모트까지도 피해 버로에서 멀리 떨어진 곳으로 시간과 공간을 뛰어넘어 가며 그가 느낄 수 있었던 건 오직 헤르미온느의 손뿐이었다…….

"여기가 어디야?" 론의 목소리가 들렸다.

해리는 눈을 떴다. 결국 결혼식장에서 빠져나가지 못했다는 생각이 그의 머릿속을 잠깐 스쳤다. 여전히 사람들에게 둘러싸여 있는 것 같았기 때문이다.

"토트넘 코트로드야." 헤르미온느가 헐떡거리며 말했다. "걸어, 그냥 걸어. 너희가 옷 갈아입을 만한 곳을 찾아야 해."

해리는 그녀의 말대로 했다. 그들은 반쯤 걷고 반쯤 달렸다. 어두운 거리는 밤늦게까지 파티를 벌이는 사람들로 가득했고, 양옆에는 문 닫은 가게들이 늘어서 있었다. 머리 위에서는 별들이 반짝였다. 2층 버스가 우르릉거리며 지나갔고, 흥에 겨워 술집으로 향하던 한 무리가 지나가는 그들을 유심히 바라보았다. 해리와 론은 아직 정장 로브 차림이었다.

"헤르미온느, 갈아입을 만한 옷이 한 벌도 없어." 웬 젊은 여자가 그를 보고 귀에 거슬리는 웃음을 터뜨리자 론이 말했다.

"왜 투명 망토를 챙기지 않았을까?" 해리가 마음속으로 자신의 멍청함을 욕하며 말했다. "작년에는 내내 가지고 다녔는데……."

"괜찮아, 투명 망토는 내가 가지고 있어. 너희 둘이 갈아입을 옷도 있고." 헤르미온느가 말했다. "잠깐만 그냥 자연스럽게 행동해. 여기가 좋겠다."

그녀는 그들을 이끌고 옆길로 빠진 다음 어두운 골목 안 몸을 숨길 만한 곳으로 들어갔다.

"투명 망토랑 옷이 있다니, 무슨……." 해리는 구슬 장식이 달린 작은 핸드백 말고는 아무것도 들고 있지 않은 헤르미온느를 향해 얼굴을 찡그렸다. 그녀는 지금 열심히 그 가방을 뒤지고 있었다.

"그래, 여기 있네." 헤르미온느가 가방에서 청바지와 운동복 상의, 고동색 양말 몇 짝과 마지막으로 은빛이 감도는 투명 망토를 꺼내자 해리와 론은 깜짝 놀랐다.

"도대체 어떻게……?"

"탐지되지 않는 확장 마법을 썼어." 헤르미온느가 말했다. "좀 까다로운 마법이긴 한데 그럭저럭 해낸 것 같아. 아무튼, 우리한테 필요한 건 이 안에 어찌어찌 전부 넣어 놨어." 그녀는 조금만 무거운 것을 넣으면 금방이라도 찢어질 것처럼 약해 보이는 가방을 살짝 흔들었다. 가방 안에서 묵직한 물건이 여럿 굴러다니면서 화물칸에서 나는 것 같은 큰 소리가 들렸다. "아, 젠장. 책인가 봐." 그녀가 가방을 들여다보며 말했다. "전부 주제별로 나눠 놨는데…… 아, 뭐…… 투명 망토는 해리 네가 가져가는 게 좋겠다. 론, 얼른 갈아입어……."

"언제 이런 걸 다 준비했어?" 론이 로브를 벗는 사이 해리가 물었다.

"버로에 있을 때 말했잖아. 며칠 동안 필수품을 챙기고 있었다고. 재빨리 도망쳐야 할 때를 대비해서. 해리, 네 배낭은 오늘 아침 네가 옷을 갈아입고 나서 챙겼어……. 어쩐지 좀 불안해서……."

"너 굉장하다. 진짜야." 론이 그녀에게 둘둘 만 로브를 건네며 말했다.

"고마워." 헤르미온느는 로브를 받아 가방 안에 밀어 넣으며 간신히 보일 듯 말 듯한 미소를 지어 보였다. "자, 해리. 투명 망토 걸쳐!"

해리는 투명 망토를 어깨에 두르고 머리 위로 끌어당겨 모습을 감췄다. 조금 전에 일어난 일이 이제야 제대로 실감 나기 시작했다.

"다른 사람들은…… 결혼식에 있던 사람들은 다……."

"지금은 그걸 걱정할 때가 아니야." 헤르미온느가 속삭였다. "그자들이 쫓는 건 너야, 해리. 네가 돌아가면 사람들을 더 큰 위험에 빠뜨리게 될 거야."

"헤르미온느 말이 맞아." 론이 말했다. 해리의 얼굴을 볼 수 없는데도 그는 해리가 뭐라고 반박하기 일보 직전이라는 것을 알고 있는 듯했다. "기사단 사람들 대부분이 거기 있었으니까, 그 사람들이 모두를 지켜 줄 거야."

해리는 고개를 끄덕였다가 자기가 눈에 보이지 않는다는 사실을 떠올리고 말했다. "그래." 하지만 지니를 떠올리자 두려움이 배 속에서 위산처럼 부글부글 끓었다.

"가자, 계속 움직여야 할 것 같아." 헤르미온느가 말했다.

그들은 골목을 되짚어 다시 큰길로 나왔다. 길 건너편에서 남자들 한 무리가 노래를 부르며 인도를 비틀비틀 걸어가고 있었다.

"그냥 궁금해서 그러는 건데, 왜 토트넘 코트로드로 온 거야?" 론이 헤르미온느에게 물었다.

"몰라, 그냥 생각나서. 하지만 머글 세계에 나와 있는 게 틀림없이 더 안전할 거야. 우리가 있을 거라고는 아무도 예상 못 할 테니까."

"그렇긴 하네." 론이 주위를 둘러보며 말했다. "하지만 좀…… 노출된 기분 안 들어?"

"아님 어디로 가?" 길 건너편 남자들이 그녀를 보고 길게 휘파람을 불자 헤르미온느가 몸을 움츠리며 물었다. "리키 콜드런에 방을 잡을 수도 없잖아? 스네이프가 들어올 수 있으니까 그리몰드가도 제외해야 하고……. 우리 부모님 집에 가 볼 수는 있겠지만, 그자들이 거기도 확인할 거라는 생각이 들어. ……아, 저 사람들 좀 닥치면 좋겠다!"

"괜찮아, 아가씨?" 건너편 인도에 있던 남자들 중에서 가장 심하게 취한 사람이 소리쳤다. "한잔할래? 빨간 머리는 버리고 이리 와서 한잔해!"

"어디 좀 앉자." 론이 길 건너편에 대고 마주 소리치려고 하자 헤르미온느가 서둘러 말했다. "봐, 저기면 되겠다. 저 안에 들어가자!"

그곳은 밤샘 영업을 하는 작고 허름한 카페였다. 포마이카 칠을 한 탁자 표면에 하나같이 얇은 기름때가 껴 있기는 했지만 적어도 안은 텅 비어 있었다. 해리가 먼저 칸막이 자리에 슬쩍 들어갔고,

론이 헤르미온느를 마주 보고 해리 옆에 앉았다. 헤르미온느는 입구를 등지고 앉게 됐는데, 그녀는 그 점이 마음에 들지 않는 듯했다. 어찌나 자주 뒤를 힐끔거리는지 근육 경련이라도 일어날 것처럼 보였다. 해리는 가만히 앉아 있고 싶지 않았다. 걷고 있을 때는 목적지가 있는 것 같은 착각이라도 들었다. 투명 망토 아래에서 마지막으로 남아 있던 폴리주스 마법약의 효력이 다하고 손이 평소의 길이와 모양으로 돌아오는 것이 느껴졌다. 그는 주머니에서 안경을 꺼내 썼다.

잠시 후 론이 말했다. "있잖아, 여기서 리키 콜드런이 멀지 않아. 채링크로스에 있으니까……."

"론, 그건 안 돼!" 헤르미온느가 곧바로 말을 잘랐다.

"거기 묵자는 게 아니라 무슨 일이 벌어지고 있는지 알아보자는 거야!"

"무슨 일이 벌어졌는지 알잖아! 볼드모트가 정부를 함락시켰어. 뭘 더 알아야 하는데?"

"알았어, 알았다고. 그냥 생각만 한 거야!"

그들은 다시 불편한 침묵에 빠져들었다. 여자 종업원이 껌을 씹으며 발을 질질 끌면서 다가오자 헤르미온느는 카푸치노 두 잔을 주문했다. 해리는 눈에 보이지 않았기 때문에 그의 몫까지 시킨다면 이상해 보일 게 뻔했다. 건장한 인부 두 사람이 카페에 들어와 옆 칸으로 들어갔다. 헤르미온느는 목소리를 낮추고 속삭였다.

"내 생각엔 순간이동을 할 만한 조용한 장소를 찾아서 시골로 가는 게 좋겠어. 거기 가면 기사단에 메시지를 보낼 수 있을 거야."

"그럼, 넌 패트로누스로 말하는 그걸 할 수 있는 거야?" 론이 물었다.

"연습을 좀 해 봤는데 할 수 있을 것 같아." 헤르미온느가 말했다.

"뭐, 그걸로 기사단 사람들이 더 심각한 문제에 휘말리지 않는다면야. 이미 다 체포됐을지도 모르지만. 세상에, 이거 토 나온다." 론이 거품이 나는 잿빛 커피를 한 모금 마신 뒤 덧붙였다. 종업원이 그 말을 듣고 말았다. 그녀는 발을 질질 끌고 새로 들어온 손님들의 주문을 받으러 가면서 사나운 눈길로 론을 쏘아보았다. 두 인부 중 덩치가 더 큰 남자가 종업원에게 저리 가라며 손을 내젓자 그녀는 어이가 없다는 듯 남자를 빤히 바라보았다. 금발에 커다란 몸집을 가진 남자의 모습이 그제야 해리의 눈에 들어왔다.

"그만 가자. 이 기름물을 더 마시고 싶진 않아." 론이 말했다. "헤르미온느, 너 이거 살 머글 돈은 있어?"

"응, 버로에 오기 전에 청약 통장에 있던 돈을 다 가지고 왔거든. 잔돈은 전부 맨 밑에 있을 거야." 헤르미온느가 구슬 장식이 달린 가방 쪽으로 손을 뻗으며 한숨을 쉬었다.

그때 인부 두 명이 똑같은 움직임을 보였다. 해리는 반사적으로 그들을 따라 했다. 즉 세 사람 모두 마법 지팡이를 꺼냈다. 잠시 뒤 무슨 일이 벌어지고 있는지 뒤늦게 깨달은 론이 탁자 맞은편으로 몸을 날려 기다란 의자에 앉아 있던 헤르미온느를 옆으로 밀쳤다. 죽음을 먹는 자들이 날린 주문에 맞아, 조금 전까지 론이 머리를 기대고 있던 타일 벽이 산산조각 났다. 해리가 여전히 모습을 감춘 채 소리쳤다. "스튜페파이!"

금발에 몸집 큰 죽음을 먹는 자의 얼굴에 붉은 빛줄기가 명중하자 그는 정신을 잃고 옆으로 쓰러졌다. 그자의 동료는 누가 주문을 날렸는지 보지 못한 채 다시 한 번 론에게 마법을 발사했다. 그의 마법 지팡이 끝에서 번쩍거리는 검은 밧줄이 날아가 론을 머리부터 발끝까지 꽁꽁 묶었다. 종업원은 비명을 지르며 가게 출입구를 향해 달려갔다. 해리는 론을 묶은, 일그러진 얼굴의 죽음을 먹는 자에게 또 한 번 기절 마법을 날렸다. 그러나 주문은 빗나가 창문에 튕기더니 종업원을 맞히고 말았다. 그녀는 문 앞에 쓰러졌다.

"엑스펄소!" 죽음을 먹는 자가 소리치자 해리의 앞에 있던 탁자가 폭발했다. 폭발의 위력에 해리는 벽으로 날아가 세게 부딪혔다. 그는 투명 망토가 벗겨지면서 마법 지팡이가 손에서 **빠져나가**는 것을 느꼈다.

"페트리피쿠스 토탈루스!" 헤르미온느가 보이지 않는 곳에서 소리치자, 그 죽음을 먹는 자는 우지직 쿵 하는 소리를 내며, 깨진 찻잔과 탁자, 커피로 난장판이 된 바닥에 조각상처럼 쓰러졌다. 헤르미온느가 긴 의자 밑에서 기어 나와 온몸을 부들부들 떨면서 머리카락에 붙어 있던 유리 재떨이 조각을 떨어냈다.

"디…… 디핀도." 그녀가 론을 지팡이로 가리키며 말했다. 론의 청바지 무릎 부분이 찢어지면서 깊은 상처가 생기자 론은 고통스러워하며 비명을 질렀다. "아, 정말 미안해, 론. 손이 떨려서 그래! 디핀도!"

밧줄이 잘려 나갔다. 론은 자리에서 일어나 팔을 흔들며 감각을 되찾았다. 해리는 지팡이를 집어 들고 금발에 몸집 큰 죽음을 먹는 자가 긴 의자 위에 널브러져 있는 곳까지 잔해를 헤치며 다가갔다.

"진작 알아봤어야 하는데. 덤블도어 교수님이 돌아가신 날 밤 거기에 있었던 놈이야." 해리가 말했다. 그는 검은 머리카락의 죽음을 먹는 자를 발로 뒤집었다. 남자의 두 눈이 해리, 론, 헤르미온느 사이를 빠르게 왔다 갔다 했다.

"돌로호프야." 론이 말했다. "그 현상 수배 포스터에서 봤어. 저 덩치 큰 놈은 소르핀 롤일 거야."

"이름 같은 건 아무래도 상관없어!" 헤르미온느가 약간 신경질적으로 말했다. "이자들이 우릴 어떻게 찾아낸 거지? 어떻게 해야 돼?"

그녀가 어찌할 바를 모르자 해리는 오히려 머리가 맑아지는 기분이었다.

"문을 잠가." 그가 그녀에게 말했다. "그리고 론, 불 꺼."

자물쇠가 찰칵 소리를 내며 잠기고 론이 딜루미네이터로 카페를 어둠 속으로 몰아넣는 동안, 그는 마비 상태가 된 돌로호프를 내려다보며 빠르게 머리를 굴렸다. 앞서 헤르미온느에게 추파를 던지던 남자들이 또 다른 여자에게 외치는 소리가 멀찍이서 들려왔다.

"이놈들을 어떻게 할까?" 론이 어둠 속에서 속삭였다. 그런 다음 목소리를 더욱 낮추고 말했다. "죽일까? 이놈들은 우릴 죽였을 거야. 방금도 아주 제대로 시도했고."

헤르미온느가 부르르 떨면서 뒤로 한 걸음 물러났다. 해리는 고개를 저었다.

"그냥 기억을 지우기만 하면 돼." 해리가 말했다. "그러는 편이 나아. 그래야 우리를 못 찾을 테니까. 이자들을 죽이면 우리가 여기 있었던 흔적이 확실히 남게 돼."

"네 말대로 할게." 론이 마음이 놓인다는 듯 말했다. "하지만 난 망각 마법을 걸어 본 적이 없는데."

"나도." 헤르미온느가 말했다. "하지만 원리는 알아."

그녀는 심호흡을 하면서 마음을 가라앉힌 다음 돌로호프의 이

마에 지팡이를 대고 말했다. "오블리비아테."

다음 순간 돌로호프의 눈이 초점을 잃고 몽롱해졌다.

"대단해!" 해리가 그녀의 등을 탁 치며 말했다. "다른 놈이랑 종업원도 처리해 줘. 론이랑 나는 청소를 할게."

"청소?" 론이 난장판이 된 카페를 둘러보며 말했다. "왜?"

"저놈들이 방금 폭탄이라도 터진 것처럼 보이는 곳에서 정신을 차리면 무슨 일이 있었던 건지 궁금해하지 않겠어?"

"그래, 알았어……."

론은 잠시 낑낑거린 다음에야 마법 지팡이를 주머니에서 꺼낼 수 있었다.

"지팡이를 이렇게 힘들게 꺼낼 수밖에 없는 이유가 있어, 헤르미온느. 네가 챙긴 건 옛날에 입던 청바지거든. 너무 끼어."

"아, 정말 미안하게 됐다." 헤르미온느가 창밖에서 보이지 않는 곳으로 종업원을 끌고 가면서 식식거렸다. 해리는 그녀가 론이 그놈의 지팡이를 어디에 꽂으면 좋을지 구시렁대는 소리를 들었다.

카페가 원래 상태로 돌아오자 그들은 죽음을 먹는 자들을 그자들이 앉았던 자리에 밀어 넣고 서로를 바라보도록 기대 놓았다.

"그런데 우릴 어떻게 찾았을까?" 헤르미온느는 움직이지 못하는 자들을 번갈아 바라보며 물었다. "우리가 있는 곳을 어떻게 알아낸 거지?"

그녀가 해리에게 눈을 돌렸다.

"설마…… 설마 너한테 아직 추적 마법이 걸려 있는 건 아니겠지?"

"그럴 리 없어." 론이 말했다. "추적 마법은 열일곱 살에 깨져. 그게 마법사 법이야. 성인 마법사한테는 그 주문을 걸 수가 없어."

"그건 네 생각이고." 헤르미온느가 말했다. "죽음을 먹는 자들이 열일곱 살이 된 사람한테도 그 주문을 거는 방법을 찾아냈다면?"

"하지만 해리는 지난 24시간 동안 죽음을 먹는 자 근처에는 얼씬도 하지 않았어. 누가 애한테 다시 추적 마법을 걸었겠냐?"

헤르미온느는 대답하지 않았다. 해리는 자신이 오염되고 더러워진 것만 같은 기분이 들었다. 죽음을 먹는 자들이 정말 그런 방법으로 그를 찾아낸 것일까?

"내가 마법을 사용할 수 없다면 너희도 내 곁에서 마법을 쓸 수 없어. 우리 위치를 노출시키지 않으려면 말이야……." 그가 입을 열었다.

"각자 따로따로 움직여선 안 돼!" 헤르미온느가 단호하게 말했다.

"안전하게 숨을 만한 곳이 필요해." 론이 말했다. "시간 좀 갖고 제대로 생각해 보자."

"그리몰드가." 해리가 말했다.

다른 두 사람이 입을 쩍 벌렸다.

"바보 같은 소리 하지 마, 해리. 거긴 스네이프도 들어갈 수 있잖아!"

"론네 아빠가 거기에 스네이프를 막는 저주 마법이 걸려 있다고 하셨어." 헤르미온느가 반박하려고 하자 해리가 밀어붙였다.

"……그 마법이 작동하지 않는다고 해도 뭐 어때? 확실히 말하지만, 난 스네이프를 만날 수 있다면 더 바랄 게 없어!"

"하지만……."

"헤르미온느, 거기 아니면 또 어디가 있다는 거야? 그리몰드가로 가는 게 최선이야. 스네이프는 죽음을 먹는 자들 중 한 명일뿐이잖아. 아직도 나한테 추적 마법이 걸려 있다면 어딜 가든 그놈들 모두가 우리한테 달려들 텐데."

헤르미온느는 반박하고 싶은 표정이었지만 아무 말도 하지 못했다. 그녀가 카페 문에 걸린 자물쇠를 여는 동안 론은 딜루미네이터를 찰칵찰칵 누르며 카페 안의 빛을 돌려놓았다. 그런 다음 그들은 해리가 셋을 세는 소리에 맞춰 세 명의 희생자에게 걸었던 주문을 해제했다. 종업원이나 죽음을 먹는 자들 모두 아직 잠에 겨워 움찔거리기만 하고 있을 때 해리, 론, 헤르미온느는 그 자리에서 몸을 돌려 다시 한 번 사방에서 꽉 조여드는 어둠 속으로 사라졌다.

잠시 후 해리는 다행히 다시 편하게 숨 쉴 수 있게 됐다. 눈을 떠 보니 그들은 이제 눈에 익은 작고 초라한 광장 한가운데 서 있었다. 다 허물어져 가는 높은 주택들이 사방에서 그들을 내려다보았다. 비밀 수호자인 덤블도어가 그들에게 직접 알려 준 적이 있었기에 세 사람은 12번지를 볼 수 있었다. 그들은 미행을 하거나 지켜보는 사람이 있는지 몇 미터마다 한 번씩 확인하면서 그곳으로 달려가 빠르게 돌계단을 올랐다. 해리가 지팡이로 현관문을 한 번 두드리자 금속성의 찰칵 소리와 쇠사슬이 철컹거리는 소리가 연달아 들리더니 문이 삐걱거리며 열렸다. 그들은 서둘러 문턱을 넘었다.

해리가 문을 닫자 구식 가스등이 훅 살아나며 복도 전체에 깜빡깜빡 빛을 내던졌다. 해리가 기억하던 모습 그대로였다. 으스스한 데다 거미줄투성이에, 계단을 따라 벽 선반에 쭉 놓여 있는 집요정 머리들이 기이한 그림자를 드리우고 있었다. 시리우스 어머니의 초상화는 어두운 색의 긴 커튼에 가려져 있었다. 제자리에서 벗어난 물건은 통스가 방금 또 한 번 쳐서 넘어뜨린 것처럼 쓰러져 있는 트롤 다리 우산꽂이뿐이었다.

"누가 왔었던 것 같아." 헤르미온느가 우산꽂이를 가리키며 속삭였다.

"기사단이 떠날 때 넘어진 것일 수도 있어." 론이 중얼거리며 대꾸했다.

"그래서, 스네이프를 막으려고 걸어 둔 저주 마법은 어디에 걸려 있는 거야?" 해리가 물었다.

"스네이프가 나타날 때만 작동되는 건지도 모르지." 론이 의견을 내놨다.

그럼에도 그들은 여전히 문을 등진 채 현관 매트 위에 가까이 붙어 서 있었다. 집 안으로 더 들어가기가 겁이 났던 것이다.

"뭐, 여기 영원히 서 있을 수는 없지." 해리는 그렇게 말하고 앞으로 한 걸음 내디뎠다.

"세베루스 스네이프?"

매드아이 무디의 목소리가 어둠 속에서 속삭이는 바람에 셋은 깜짝 놀라 뒤로 펄쩍 물러섰다. "스네이프 아니에요!" 해리가 쉰 목소리로 소리치자마자 뭔가가 차가운 공기처럼 휙 날아들었다. 해리는 혀가 저절로 뒤로 말려들어 가는 바람에 말을 할 수 없게 되었다. 하지만 입 안쪽을 살펴볼 겨를도 없이 혀가 다시 풀렸다.

다른 두 사람도 똑같이 불쾌한 감각을 경험한 듯했다. 론은 헛구역질하는 소리를 내고 있었다. 헤르미온느가 더듬더듬 말했다. "매, 매드아이가 스, 스네이프가 올 것에 대비해서 혀 묶기 저주를 걸어 둔 게 틀림없어!"

해리는 조심조심 한 걸음 더 안으로 들어갔다. 복도 저 끝의 어둠 속에서 뭔가 움직이는가 싶더니 셋 중 누가 말 한 마디 할 겨를도 없이 카펫에서 웬 형상이 몸을 일으켰다. 먼지 같은 뿌연 회색을 띤, 키가 크고 끔찍한 형상이었다. 헤르미온느가 비명을 질렀고, 커튼이 홱 열리더니 블랙 부인 또한 마찬가지로 소리를 질렀다. 그 회색 형상은 허리까지 내려오는 머리카락과 턱수염을 등 뒤로 휘날리며, 푹 꺼진 살점 없는 얼굴과 텅 빈 눈구멍을 한 채 점점 더 빠른 속도로 미끄러지듯 다가왔다. 무서울 정도로 익숙하고 끔찍하게 변형된 그 형상이 가느다란 팔을 들어 해리를 가리켰다.

"아냐!" 해리가 소리쳤다. 마법 지팡이를 들어 올렸지만 아무런 주문도 생각나지 않았다. "아니에요! 우리가 아니라고요! 교수님을 죽인 건 우리가 아니에요."

'죽였다'는 말에 그 형상은 거대한 먼지구름을 일으키며 폭발해 버렸다. 해리는 눈물이 괸 채 콜록거리면서 주위를 둘러보았다. 헤르미온느가 양팔로 머리를 감싼 채 문 앞 바닥에 웅크리고 있었고, 론은 머리끝부터 발끝까지 떨면서 서툴게 그녀의 어깨를 토닥거리며 이렇게 말했다. "괘, 괜찮아…… 사, 사라졌어……."

푸른 가스등 불빛 속에서 먼지가 해리 주위를 안개처럼 휘돌았다. 블랙 부인은 계속해서 소리를 질렀다.

"머드블러드, 쓰레기, 가문의 수치, 감히 우리 조상님의 집에 이런 치욕을……."

"**닥쳐**!" 해리가 시리우스의 어머니에게 마법 지팡이를 겨누며 소리쳤다. 그러자 큰 소리와 함께 빨간 불꽃들이 터져 나오더니 커튼이 닫히고 그녀의 소리도 들리지 않게 되었다.

"그…… 그건……." 헤르미온느가 훌쩍거렸다. 론이 그녀를 일으켜 주었다.

"그래." 해리가 말했다. "하지만 진짜 덤블도어 교수님은 아니었어. 안 그래? 그냥 스네이프를 겁주려고 한 거야."

해리는 그 마법이 과연 스네이프에게도 통했을지 궁금했다. 아니면 스네이프는 실제 덤블도어를 죽였을 때처럼 태연히 그 무시무시한 형상을 해치웠을까? 해리는 여전히 신경이 곤두선 채로 두 사람을 이끌고 복도를 따라 걸어갔다. 새로운 공포가 모습을 드러낼 거라 반쯤 예상하고 있었지만, 벽의 널빤지 장식을 따라 잽싸게 달려간 쥐 한 마리를 빼면 움직이는 것은 아무것도 없었다.

"더 들어가기 전에 확인해 보는 게 좋겠어." 헤르미온느가 속삭이더니 지팡이를 치켜들고 말했다. "호메눔 리벨리오."

아무 일도 일어나지 않았다.

"뭐, 방금 큰 충격을 받아서 그래." 론이 다정하게 말했다. "원래 뭘 하려던 거였어?"

"내가 의도한 대로 된 거야!" 헤르미온느가 뾰로통하게 말했다. "사람이 있으면 모습을 드러내게 하는 주문이었어. 여기엔 우리밖에 없어!"

"우리 먼지 친구들하고." 론이 시신 형상이 몸을 일으켰던 카펫을 힐끗 보며 말했다.

"올라가자." 헤르미온느도 겁에 질린 눈길로 그곳을 바라보며 말했다. 그러고는 앞장서서 삐걱거리는 계단을 올라 2층 거실로 향했다.

헤르미온느는 마법 지팡이를 휘둘러 낡은 가스등에 불을 붙인 뒤 몸을 파르르 떨면서 찬바람이 들어오는 거실 안 소파에 걸터앉아 양팔로 자기 몸을 꼭 감쌌다. 론이 방을 가로질러 창문으로 다가가더니 두꺼운 벨벳 커튼을 살짝 걷었다.

"밖에 아무도 안 보여." 그가 말했다. "네 생각대로 아직까지 해리한테 추적 마법이 걸려 있다면 놈들이 우릴 쫓아왔을 거야. 집에 들어올 수 없다는 건 알지만…… 왜 그래, 해리?"

해리가 고통에 겨운 비명을 질렀던 것이다. 물 위에 번뜩이는 빛처럼 뭔가가 그의 머릿속을 번쩍 스쳐 가자 흉터가 다시 고통스럽게 불타올랐다. 그는 커다란 그림자를 보았고, 자신의 것이 아닌 엄청난 분노가 전기 충격처럼 짧고 격렬하게 온몸을 덮치는 것을 느꼈다.

"뭐가 보였어?" 론이 해리에게 다가가며 물었다. "그자가 우리 집에 있는 걸 본 거야?"

"아냐, 그냥 분노만 느껴졌어. 그자가 정말 화를 내고 있어."

"하지만 버로에서 화를 낸 것일 수도 있잖아." 론이 큰 소리로 말했다. "다른 건? 다른 건 안 보였어? 그자가 누구한테 저주를 걸고 있진 않았어?"

"아냐, 그냥 분노만 느껴졌어. 나도 모르겠어……."

해리는 론이 그를 못살게 구는 것처럼 느꼈고 혼란스러웠다. 겁에 질린 목소리로 입을 연 헤르미온느도 별 도움이 되지 않았다. "흉터가 또 그래? 그런데 어떻게 된 거야? 그 연결은 끊어진 줄 알았는데!"

"그랬어, 한동안은." 해리가 웅얼거렸다. 흉터가 여전히 고통스럽게 욱신거려서 집중하기가 어려웠다. "난…… 내 생각엔 그자가 통제력을 잃을 때마다 다시 연결되기 시작하는 것 같아. 예전에도 그랬던……."

"하지만 넌 정신을 차단해야 하잖아!" 헤르미온느가 날카롭게 말했다. "해리, 덤블도어 교수님은 네가 그렇게 연결되는 상황을 이용하지 않기를 바라셨어. 그걸 닫아걸길 바라셨다고. 그래서 네가 오클루먼시를 사용해야 하는 거야! 안 그랬다간 볼드모트가 네 머릿속에 가짜 이미지를 심을 수 있으니까. 기억나지?"

"그래, 기억나. 고맙다." 해리는 이를 악물고 말했다. 볼드모트가 바로 이처럼 둘 사이가 연결된 상황을 이용해 그를 함정에 빠뜨린 적이 있고, 그 일이 시리우스의 죽음을 초래했다는 사실을 굳이 헤르미온느가 일깨워 줄 필요는 없었다. 그는 보고 느낀 걸 말하지 말았어야 했다는 생각이 들었다. 괜히 말을 꺼내는 바람에 볼드모트는 당장에라도 이 방 창문으로 밀어닥칠 것처럼 더욱 위협적인 존재가 되었다. 흉터의 통증은 갈수록 심해졌고 해리는 그 고통과 맞서 싸웠다. 마치 토하고 싶은 것을 억지로 참는 듯한 기분이었다.

그는 론과 헤르미온느를 등지고 벽에 걸린 블랙 가문의 가계도가 그려진 낡은 태피스트리를 살펴보는 척했다. 그때 헤르미온느가 날카로운 소리를 내질렀다. 해리는 또다시 지팡이를 꺼내 들고 휙 돌아보았다. 은빛 패트로누스가 거실 창문으로 날아들어 와 눈앞 바닥에 내려앉았다. 패트로누스는 족제비의 모습으로 변하더니 론의 아버지 목소리로 말했다.

"가족들은 안전하다. 답장 마라. 감시당하고 있어."

패트로누스는 산산이 흩어지더니 사라졌다. 론은 훌쩍거리는 것 같기도 하고 신음을 흘리는 것 같기도 한 소리를 내뱉으며 소파에 주저앉았다. 헤르미온느가 옆에 앉아 그의 팔을 꽉 움켜쥐었다.

"모두 무사하대. 무사하다고!" 그녀가 속삭이자 론은 희미하게 웃으며 그녀를 끌어안았다.

"해리." 그가 헤르미온느의 어깨 너머로 입을 열었다. "난……."

"신경 쓰지 마." 해리는 이마의 통증 때문에 구역질을 느끼며 말했다. "가족이잖아. 당연히 걱정되지. 나도 같은 기분이었을 거야." 그는 지니를 떠올렸다. "정말로 똑같은 기분이야."

버로의 정원에 있을 때 그랬던 것처럼 타오르는 듯한 흉터의 통증이 극에 달했다. 헤르미온느의 말소리가 어렴풋하게 들려왔다. "혼자 있기 싫어. 오늘 밤에는 내가 가져온 침낭을 갖고 우리 모두 여기에서 자는 게 어때?"

론이 그러자고 하는 소리가 들렸다. 해리는 더는 고통에 맞설 수 없었다. 결국 굴복해야만 했다.

"화장실 좀." 그는 중얼거린 다음 뛰지는 않으면서도 최대한 빠른 걸음으로 거실을 나갔다.

그는 간신히 해냈다. 떨리는 손으로 문을 잠근 뒤 욱신거리는 머리를 부여잡고 바닥에 쓰러졌다. 폭발하는 고통 속에서 해리는 그의 것이 아닌 분노가 그의 영혼을 지배하는 것을 느꼈다. 장작불 빛으로만 밝혀진 긴 방이 보였다. 커다란 몸집의 금발 머리 죽음을 먹는 자가 바닥 위에서 비명을 지르며 몸부림치고, 그보다 호리호리한 사람의 형상이 마법 지팡이를 뻗은 채 그자를 내려다보고 서 있는 모습도 보였다. 해리가 높고 차갑고 무자비한 목소리로 말했다.

"더 할까, 롤? 아니면 여기서 멈추고 널 내기니에게 먹이로 주는 게 나을까? 볼드모트 경이 이번 일을 용서해 줘야 할지 잘 모르겠다……. 고작 해리 포터가 또다시 도망쳤다는 얘기를 전하려고 나를 부른 것이냐? 드레이코, 롤에게 우리의 불쾌함을 한 번 더 맛보여 주거라……. 어서, 그러지 않으면 네가 내 분노를 느끼게 될 것이다!"

불 속에서 장작 하나가 넘어졌다. 불길이 치솟으면서 잔뜩 겁에 질린 갸름하고 허여멀건 얼굴을 비췄다……. 해리는 깊은 물속에서 몸을 일으키는 듯한 느낌을 받으며 깊게 숨을 들이쉬고 눈을 떴다.

그는 차가운 검은색 대리석 바닥에 팔다리를 뻗고 드러누워 있었다. 코가 커다란 욕조를 떠받치고 있는 은색 뱀 한 마리의 꼬리와 겨우 몇 센티미터 떨어져 있었다. 그는 몸을 일으켜 앉았다. 말포이의 하얗게 질린 홀쭉한 얼굴이 눈 안쪽에 낙인처럼 새겨진 것 같았다. 방금의 광경을 보고 볼드모트가 드레이코를 어떤 식으로 이용하는지를 알자 해리는 분노가 치밀었다.

그때 세차게 문 두드리는 소리에 이어 헤르미온느의 목소리가 들렸다. 해리는 화들짝 놀랐다.

"해리, 칫솔 줄까? 내가 가지고 있어."

"응, 좋아. 고마워." 그는 바닥에서 일어나 그녀에게 문을 열어 주면서 목소리를 태연하게 유지하려고 애썼다.

## 10장
## 크리처의 이야기

 해리는 다음 날 아침 일찍 거실 바닥에 놓인 침낭 속에서 눈을 떴다. 두꺼운 커튼 사이로 하늘이 슬쩍 내다보였다. 하늘은 밤과 새벽 사이의, 물먹은 잉크처럼 서늘하고 티 없이 깨끗한 푸른빛을 머금고 있었다. 론과 헤르미온느의 깊은 숨소리만 느릿느릿 들려올 뿐 사방이 고요했다. 해리는 옆 바닥에 누워 있는 그들의 어슴푸레한 형상을 힐끗 바라보았다. 론이 한바탕 신사도를 발휘해 헤르미온느에게 소파에서 내려놓은 쿠션 위에서 자라고 고집을 부렸기에 그녀의 실루엣이 론보다 높이 솟아 있었다. 헤르미온느의 팔은 바닥 쪽으로 구부러져 있었고, 손가락은 론의 손가락에 거의 닿을 듯 떨어져 있을 뿐이었다. 해리는 그들이 손을 잡고 있다가 잠든 것인지 궁금했다. 그 생각을 하자 이상하게 외로운 기분이 들었다.

그는 어둑어둑한 천장의 거미줄이 잔뜩 쳐 있는 샹들리에를 올려다보았다. 불과 스물네 시간 전만 해도 그는 결혼식 하객들을 안내하려고 천막 입구에서 햇빛을 받으며 기다리고 있었다. 그 일이 마치 전생의 경험처럼 아득하게 느껴졌다. 앞으로 무슨 일이 일어날까? 그는 바닥에 누워 호크룩스에 대해, 덤블도어가 남겨 준 부담스럽고도 복잡한 임무에 대해 생각했다……. 덤블도어…….

덤블도어의 죽음 이후로 그를 쭉 사로잡았던 슬픔이 이제는 다르게 다가왔다. 결혼식에서 뮤리엘에게 들었던 말들이 머릿속에 병균인 양 자리를 잡고 그가 우상처럼 숭배했던 마법사에 대한 기억을 더럽히는 것만 같았다. 덤블도어가 그런 일이 일어나도록 방치했다니, 그런 일이 있을 수 있을까? 그가 자기한테만 아무런 피해가 없다면 방치나 학대를 방관하는 더들리 같은 인간이었을까? 그가 감금당하고 꼭꼭 숨겨진 여동생을 외면할 수 있는 사람이었단 말인가?

해리는 고드릭 골짜기에 대해, 덤블도어가 한 번도 말해 준 적 없는 그곳의 무덤들에 대해 생각했다. 덤블도어의 유언장에 아무런 설명도 없이 남겨진 수수께끼의 물건들에 대해서도 생각했다.

어둠에 잠긴 채 해리는 마음속에서 점점 치밀어 오르는 분노를 느꼈다. 덤블도어는 왜 그에게 말해 주지 않은 걸까? 왜 설명해 주지 않았을까? 덤블도어가 정말로 해리를 조금이라도 신경 쓰긴 한 걸까? 아니면 그에게 해리는 결코 신뢰하거나 진심을 털어놓을 수는 없는, 그저 잘 갈고닦아야 하는 도구일 뿐이었을까?

씁쓸한 생각만 드는 상태로 계속 누워 있자니 견딜 수가 없었다. 뭔가 정신을 딴 데로 돌릴 만한 일이 간절했다. 그는 침낭에서 빠져나와 마법 지팡이를 집어 들고 살금살금 방을 나갔다. 그러고는 층계참에서 "루모스"라고 속삭인 뒤 지팡이 불빛에 의지해 계단을 올라가기 시작했다.

두 번째 층계참에는 그와 론이 지난번 이곳에 머물렀을 때 잠을 잤던 침실이 있었다. 그는 침실 안을 힐끔 들여다보았다. 옷장 문이 열려 있고 침대보는 벗겨져 있었다. 해리는 아래층에 쓰러져 있던 트롤 다리 우산꽂이를 떠올렸다. 기사단이 떠난 뒤 누군가가 집을 뒤진 게 틀림없었다. 스네이프일까? 아니면 시리우스가 죽기 전에도 그랬고 죽은 뒤에도 이 집에서 수많은 물건을 자질구레하게 훔쳐 갔던 먼덩거스일까? 해리의 눈길은 시리우스의 고조부인 피니어스 나이젤러스 블랙이 들어가 있곤 했던 초상화로 향했지만 그림은 텅 빈 채 칙칙한 배경만 펼쳐져 있었다. 피니어스 나이젤러스는 오늘 밤을 호그와트 교장실에서 보내고 있는 것이 분명했다.

 해리는 계단을 계속 오른 끝에 맨 꼭대기 층계참에 이르렀다. 그곳에는 문이 두 개밖에 없었다. 마주 보이는 문에는 '시리우스'라고 적힌 명패가 붙어 있었다. 해리는 대부의 침실에 한 번도 들어가 본 적이 없었다. 그는 불빛을 가능한 한 넓게 비추려고 지팡이를 높이 든 채 문을 열었다.

 방은 널찍했으며 한때는 틀림없이 근사했을 것 같았다. 세공된 나무 머리 판이 달린 커다란 침대와 긴 벨벳 커튼으로 가려진 높다란 창문이 있었고, 먼지가 두껍게 덮인 샹들리에에는 굳은 촛농이 고드름처럼 매달린 양초 토막들이 여전히 꽂혀 있었다. 벽에 걸린 그림들과 침대 머리 판에는 먼지가 뽀얗게 내려앉아 있었다. 샹들리에와 커다란 나무 옷장 꼭대기에는 거미줄이 쳐 있었다. 방 안으로 더 들어가자 예상 못 한 침입자의 등장에 깜짝 놀란 쥐들이 허둥지둥 달아나는 소리가 들렸다.

 10대 시절의 시리우스가 포스터와 사진 들을 벽에 덕지덕지 붙여 놓은 탓에 은회색 실크 벽지는 거의 보이지도 않을 지경이었다. 해리는 시리우스가 저것들을 벽에 붙일 때 걸어 놓은 영구 부착 마법을 그의 부모가 풀지 못한 거라고 추측했다. 그들이 맏아들의 장식 취향을 이해해 줬을 리 없으니까. 시리우스는 일부러 부모님을 화나게 하려고 했던 것 같았다. 빛바랜 진홍색과 황금색 커다란 그리핀도르 현수막도 여러 개 있었는데, 모두 자신은 슬리데린 출신인 나머지 가족들과 다르다는 사실을 강조하려는 의도로 보였다. 머글 오토바이 사진이 많았고, (해리는 시리우스의 배짱에 감탄할 수밖에 없었는데) 비키니를 걸친 머글 여자들의 사진도 있었다. 해리는 그들이 머글이라는 사실을 대번에 알 수 있었다. 사진 속 그들은 빛바랜 미소와 흐릿한 눈빛으로 종이 위에서 조금도 움직이지 않았기 때문이다. 벽에 걸린 유일한 마법사 사진이 이 사진들과 대조를 이루고 있었다. 서로 팔짱을 낀 채 카메라를 보며 웃고 있는 호그와트 학생 네 명의 사진이었다.

해리는 아버지를 알아보고 샘솟는 기쁨을 느꼈다. 그의 단정치 못한 검은 머리카락이 해리와 마찬가지로 뒤통수에서 삐죽 튀어나와 있고, 그 역시 안경을 끼고 있었다. 그의 바로 옆에 무심한 듯 잘생긴 얼굴에 약간 거만해 보이는 시리우스가 있었다. 해리가 그의 생전에 본 어느 때보다도 젊고 행복한 모습이었다. 시리우스의 오른쪽에는 페티그루가 서 있었다. 그는 시리우스보다 머리 하나는 더 작았고 통통했으며 물기 어린 눈을 가지고 있었다. 페티그루는 이 멋진 패거리, 그러니까 제임스와 시리우스라는 굉장히 인기 있는 반항아들 무리에 끼게 되었다는 기쁨에 얼굴이 잔뜩 상기되어 있었다. 제임스의 왼쪽에는 루핀이 있었다. 그때도 조금 초라한 모습이었지만 그 역시 자기를 좋아해 주는 사람들이 있고 어딘가에 소속됐다는 사실에 놀라운 한편 기쁜 표정을 짓고 있었다……. 아니, 사진에서 이런 것들이 보이는 건 단지 해리가 일의 전말을 알고 있기 때문일까? 해리는 벽에 걸린 사진을 떼어 내려고 했다. 시리우스가 그에게 모든 것을 남겼으니 어쨌든 그 사진도 이제 그의 것이었다. 하지만 사진은 꿈쩍도 하지 않았다. 부모님이 자기 방을 다시 꾸미는 사태를 방지하기 위해 시리우스가 만반의 조치를 취해 놓은 모양이었다.

해리는 바닥을 둘러보았다. 바깥의 하늘이 밝아 오고 있었다. 빛 한 줄기가 카펫에 흐트러져 있는 종이와 책과 자질구레한 물건들을 비쳤다. 비록 전부는 아니더라도 대부분의 물건이 아무 쓸모가 없다고 판명된 듯했지만, 시리우스의 침실도 수색을 당한 것이 틀림없었다. 책 몇 권은 거칠게 쥐고 흔들었는지 표지가 떨어져 나가 있었고 페이지들은 바닥에 마구 뒤섞여 있었다.

해리는 허리를 숙이고 종이 몇 장을 집어 들어 살펴보았다. 자세히 보니 한 장은 바틸다 백숏의 《마법의 역사》 옛 판본 일부였고, 다른 한 장은 오토바이 관리 설명서에서 찢겨 나온 것이었다. 또 다른 한 장은 손으로 쓴 것으로 꼬깃꼬깃 구겨져 있었다. 해리는 구겨진 종이를 문질러 폈다.

패드풋에게.

해리의 생일 선물을 보내 줘서 정말 고마워. 여태껏 받은 선물 중에서 네가 준 것을 가장 좋아해. 한 살인데 벌써 장난감 빗자루를 타고 쌩쌩 날아다니네. 아주 뿌듯해하는 표정으로. 너 보라고 사진도 같이 보내. 너도 알겠지만 빗자루는 땅에서 겨우 60센티미터 정도밖에 안 떠오르는데도 해리는 하마터면 고양이를 치어 죽일 뻔했고 피튜니아가 크리스마스 선물로 보내 준 끔찍한 꽃병을 박살 내 버렸어(딱히 불평할 일은 아니지). 당연히 제임스는 재미있어해. 해리가 훌륭한 퀴디치 선수가 될 거래. 하지만 우린 해리가 빗자루에 타기만 하면 장식품을 전부 치우고 아이한테서 절대 눈을 떼지 않아.

해리 생일에는 바틸다랑 셋이서만 조용히 차를 마셨어. 항상 우리한테 친절하게 대해 주시고 해리를 아주 예뻐해 주시는 분이야. 네가 못 와서 정말 아쉽지만 기사단 일이 먼저이기도 하고 어찌 됐든 해리는 너무 어려서 자기 생일도 모르니까! 제임스는 여기 틀어박혀 있는 것에 조금씩 답답해하고 있어. 티는 안 내려고 하지만 갑갑해하는 게 보여. 덤블도어 교수님이 아직 제임스의 투명 망토를 가지고 있어서 잠깐 외출할 기회도 없는 셈이야. 네가 와 준다면 제임스가 훨씬 기운을 낼 거야. 지난 주말에는 웜테일이 여기 왔었어. 좀 시무룩해 보였는데 아마 매키넌 가족 소식을 들어서 그런 것 같아. 나도 그 얘기를 듣고 저녁 내내 울었어.

바틸다가 거의 매일 들르고 있어. 덤블도어 교수님에 대한 아주 놀라운 이야기들을 많이 알고 있는 정말 멋진 할머니야. 이걸 알면 덤블도어 교수님이 좋아할지 모르겠네! 실은, 어디까지 믿어야 할지 잘 모르겠어. 잘 안 믿기거든, 덤블도어 교수님이……

해리는 손발에 감각이 없어진 것 같았다. 가만히 서서 감각 없는 손가락으로 그 기적 같은 편지를 들고 있는데 마음속에서 조용한 폭발이 일어났다. 그의 혈관을 따라 기쁨과 그만큼의 슬픔이 뒤섞여 고동쳤다. 그는 침대로 달려가 앉았다.

편지를 다시 읽어 봤지만 처음 읽은 것 이상의 의미를 찾아낼 수는 없었고, 결국 손 글씨만 뚫어져라 바라보게 되었다. 그녀는 해리와 똑같은 방식으로 '이'를 썼다. 그는 편지에 써 있는 '이'를 모두 찾아봤는데, 그 글자 하나하나가 베일 뒤로 힐끗 보이는 친근한 작은 손짓처럼 느껴졌다. 이 편지는 믿기지 않는 보물이었다. 릴리 포터가 정말로 살아 있었고, 한때 그 따뜻한 손으로 이 양피지에 해리, 바로 그녀의 아들에 관한 내용을 잉크로 써 내려갔다는 증거였다.

그는 재빨리 눈가의 물기를 닦아 낸 뒤 이번에는 의미에 집중하면서 편지를 다시 읽었다. 마치 어렴풋이 기억나는 목소리를 듣는 것 같았다.

그들은 고양이를 키웠었다……. 어쩌면 그 고양이도 해리의 부모님처럼 고드릭 골짜기에서 죽었을지 모른다……. 아니면 먹이를 챙겨 줄 사람이 아무도 남지 않자 도망쳤을까……. 시리우스가 그에게 첫 빗자루를 사 주었다……. 부모님은 바틸다 백숏과 아는 사이였다. 덤블도어가 그들을 서로 소개해 주었을까? '덤블도어 교수님이 아직 제임스의 투명 망토를 가지고 있어서'……여기에는 뭔가 이상한 점이 있었다…….

해리는 어머니가 편지에 쓴 말을 곰곰이 생각해 보며 편지에서 잠깐 눈을 뗐다. 덤블도어는 왜 제임스의 투명 망토를 가져갔을까? 해리는 교장 선생이 몇 년 전 그에게 '나는 망토를 쓰지 않아도 사람들 눈에 띄지 않을 수 있단다'라고 말했던 것이 기억났다. 기사단 단원 중 실력이 떨어지는 사람에게 투명 망토의 도움이 필요해서 덤블도어가 배달부 역할을 해 준 걸까? 해리는 계속 읽어 나갔다…….

'웜테일이 여기 왔었어'……. 그 배신자 페티그루가 '시무룩해' 보였다고? 그는 제임스와 릴리의 살아 있는 모습을 마지막으로 보고 있다는 사실을 알았을까?

그리고 마지막은 다시 바틸다 백숏 얘기였다. 그녀가 덤블도어에 대해 믿을 수 없는 이야기들을 들려주었다고 했다. '잘 안 믿기거든, 덤블도어 교수님이…….'

덤블도어가 뭘 어쨌기에? 하지만 덤블도어에 대해 믿기지 않는 이야기들은 얼마든지 있을 수 있었다. 예컨대 그가 변환 마법 시험에서 가장 낮은 점수를 받은 적이 있다거나, 애버포스처럼 염소에게 푹 빠져 있었다거나…….

해리는 자리에서 일어나 바닥을 훑어봤다. 어쩌면 편지의 나머지 부분이 여기 어딘가에 있을지도 몰랐다. 그는 기대감에 차서, 이 방을 처음 수색했던 사람처럼 마구잡이로 종이들을 집어 들고, 서랍을 열고, 책들을 흔들고, 의자에 올라가서 옷장 위를 더듬어 보고, 침대와 안락의자 아래로 기어들어 가 보기도 했다.

마침내 바닥에 얼굴을 대고 엎드려 있던 그는 서랍장 밑에서 찢어진 종잇조각처럼 보이는 것을 발견했다. 꺼내 보니 릴리가 편지에서 말했던 사진의 큰 조각이었다. 검은 머리카락의 아기가 작은 빗자루를 타고 웃음을 터뜨리며 사진 안팎으로 쌩쌩 날아다녔고, 틀림없이 제임스로 보이는 다리가 그 뒤를 쫓아다니고 있었다. 해리는 그 사진을 릴리의 편지와 함께 주머니에 쑤셔 넣고 계속해서 편지의 두 번째 장을 찾았다.

하지만 다시 15분이 흐른 뒤에는 어머니가 보낸 편지의 나머지 부분이 사라졌다는 결론을 내릴 수밖에 없었다. 편지가 쓰인 이후로 16년이 흐르는 사이에 그냥 없어진 걸까, 아니면 이 방을 수색한 누군가가 가져간 걸까? 해리는 첫 번째 장을 다시 읽었다. 이번에는 두 번째 장을 가치 있는 것으로 만들어 줄지도 모르는 단서를 찾아보았다. 그의 장난감 빗자루가 죽음을 먹는 자들에게 흥미로운 사실로 여겨졌을 가능성은 거의 없었다……. 그가 이 편지에서 찾을 수 있는 유일하게 쓸모 있을 법한 정보는 덤블도어에 관한 것뿐이었다. '잘 안 믿기거든, 덤블도어 교수님이…….' 대체 그가 어쨌다는 걸까?

"해리? 해리! *해리!*"

"나 여기 있어!" 그가 소리쳤다. "무슨 일이야?"

문밖에서 발소리가 쿵쿵 울리더니 헤르미온느가 뛰어들어 왔다.

"일어나 보니까 네가 없잖아!" 그녀가 가쁜 숨을 몰아쉬며 말했다. 그러더니 돌아서서 어깨 너머로 소리쳤다. "론! 찾았어!"

론의 짜증 깃든 목소리가 몇 층 아래에서 아득히 울렸다.

"잘됐네! 나 대신 바보 자식이라고 좀 전해 줘!"

"해리, 말도 안 하고 사라지지 좀 마. 부탁이야. 우린 무서워서 죽는 줄 알았어! 아무튼 여기엔 왜 올라온 거야?" 그녀는 잔뜩 어질러진 방을 둘러보았다. "뭐 하고 있었어?"

"내가 찾은 것 좀 봐."

그는 어머니의 편지를 내밀었다. 헤르미온느가 편지를 받아 읽는 동안 해리는 그녀를 지켜보았다. 그녀는 편지 끝부분에 이르더니 눈을 들어 그를 바라보았다.

"아, 해리……."

"이것도 있어."

그가 찢어진 사진을 건네자 헤르미온느는 장난감 빗자루를 타고 시야 안팎으로 들락날락 날아다니는 아기를 보며 미소 지었다.

"난 편지의 나머지 부분을 찾고 있었어." 해리가 말했다. "근데 없네."

헤르미온느가 주위를 힐끗 둘러보았다.

"네가 이렇게 엉망진창으로 만들어 놓은 거야, 아니면 여기 들어왔을 때 이미 이렇게 되어 있었어?"

"누가 나보다 먼저 여길 뒤졌더라." 해리가 말했다.

"나도 그럴 것 같았어. 올라오면서 내가 들여다본 방도 전부 누가 손을 댔더라고. 뭘 찾고 있었던 걸까?"

"기사단에 대한 정보겠지, 그 사람이 스네이프였다면."

"하지만 스네이프라면 필요한 정보는 이미 다 알고 있을 거 아냐. 그러니까 내 말은, 스네이프는 기사단에 속해 있었잖아?"

"뭐 그럼……." 해리는 자기 생각에 대해 의논하고 싶어서 입을 열었다. "덤블도어 교수님에 관한 정보라면 어떨까? 예를 들면, 이 편지의 두 번째 장이라든가. 우리 엄마가 얘기한 이 바틸다가 누군지는 너도 알지?"

"누구?"

"바틸다 백숏. 이 사람이 쓴 책이……."

"《마법의 역사》." 헤르미온느가 흥미롭다는 표정을 지으며 말했다. "그럼 너희 부모님이 그분을 알고 지냈던 거네? 그분은 엄청난 마법 역사가였어."

"아직 살아 있어." 해리가 말했다. "그것도 고드릭 골짜기에. 론네 뮤리엘 고모할머니가 결혼식에서 바틸다 얘기를 하더라고. 바틸다는 덤블도어 교수님의 가족이랑도 알고 지냈대. 얘기해 보면 흥미로울 것 같지 않아?"

헤르미온느가 해리의 심정을 다 이해한다는 듯 지어 보인 미소는 조금 과장된 감이 있었다. 해리는 헤르미온느를 쳐다보고 속내를 드러내지 않기 위해 그녀에게서 편지와 사진을 돌려받아 목에 걸고 있는 주머니에 넣었다.

"네가 그분과 엄마 아빠 얘기를 하고 싶어 하는 이유는 이해해. 덤블도어 교수님에 대해서 얘기하고 싶어 하는 것도." 헤르미온느가 말했다. "하지만 호크룩스를 찾는 데는 별 도움이 안 될 거야. 그렇지 않아?" 해리는 대꾸하지 않았고 그녀는 빠르게 말을 이었다. "해리, 네가 정말로 고드릭 골짜기에 가고 싶어 하는 건 알지만 난 겁이 나……. 어제 죽음을 먹는 자들이 어떻게 우리를 그렇게 쉽게 찾아냈는지 정말 무서워. 그래서 그런지 그 어느 때보다도 너희 부모님이 묻혀 계시는 곳은 피해야 한다는 느낌이 들어.

그자들은 분명 네가 거길 찾아갈 거라고 생각할 테니까."

"그것 때문만은 아니야." 해리는 여전히 그녀에게 시선을 주지 않은 채 말했다. "뮤리엘 고모할머니가 결혼식에서 덤블도어 교수님에 대해 한 얘기가 있어서 그래. 난 진실을 알고 싶어……."

그는 뮤리엘이 했던 말을 헤르미온느에게 전부 들려주었다. 그가 말을 마치자 헤르미온느가 말했다. "물론 그 얘기가 왜 신경 쓰이는지는 알겠어, 해리……."

"신경 쓰이는 게 아니야." 그는 거짓말을 했다. "그냥 그게 사실인지 아닌지만 알고 싶은……."

"해리, 정말로 뮤리엘 할머니처럼 심술궂은 노인이나 리타 스키터 같은 사람한테서 진실을 들을 수 있다고 생각해? 어떻게 그 사람들을 믿을 수가 있어? 넌 덤블도어 교수님을 잘 알잖아!"

"나도 그런 줄 알았어." 그가 웅얼거렸다.

"아니, 넌 리타 스키터가 너에 대해 썼던 그 모든 얘기에 얼마만큼의 진실이 담겨 있었는지도 알잖아! 도지 씨 말이 맞아. 어떻게 그런 사람들이 덤블도어 교수님에 대한 네 기억을 더럽히게 놔둘 수 있어?"

그는 자신이 느끼는 분노를 드러내지 않으려고 고개를 돌렸다. 또 그 얘기였다. 무엇을 믿을지 결정하라는 것. 그는 진실을 원했다. 왜 다들 작정이나 한 것처럼 해리가 진실을 알아내지 못하게 하려는 걸까?

"부엌으로 내려갈래?" 헤르미온느가 잠시 입을 다물고 있다가 말을 이었다. "아침거리라도 찾아볼까?"

해리는 알았다고 대답하면서도 내키지는 않았다. 그는 그녀를 따라 층계참으로 나갔다. 층계참에서 이어지는 두 번째 문을 지날 때였다. 문에 붙어 있는 작은 팻말이 눈에 들어왔다. 자세히 살펴보니 문패 아래 페인트칠이 된 곳에 깊숙이 긁힌 자국이 있었다. 조금 전에는 어두워서 보지 못한 모양이었다. 그는 계단 꼭대기에 멈춰 서서 그것을 살펴보았다. 손으로 깔끔하게 글씨를 새긴 그 허세 가득한 작은 팻말은 퍼시 위즐리가 자기 침실 문에 붙여 둘 만한 것이었다.

### 레굴러스 아르크투루스 블랙(Regulus Arcturus Black)의
### 허락 없이는 출입 금지

순간 전율이 해리의 온몸을 스치고 지나갔지만 그 이유를 당장에 확신할 수는 없었다. 그는 팻말에 써 있는 글을 다시 한 번 읽어 보았다. 헤르미온느는 이미 아래 층계참에 내려가 있었다.

"헤르미온느." 해리가 말했다. 자기 목소리가 그토록 침착하다는 사실이 놀라울 따름이었다. "여기 다시 올라와 봐."

"왜 그래?"

"R.A.B. 그 사람을 찾은 것 같아."

헉하는 소리가 들리더니 헤르미온느가 계단을 되짚어 달려 올라왔다.

"너희 엄마 편지에서? 하지만 난 못 봤……."

해리는 고개를 저으며 레귤러스의 방 팻말을 가리켰다. 헤르미온느는 팻말을 읽더니 해리가 움찔거릴 만큼 그의 팔을 꽉 움켜잡았다.

"시리우스의 동생?" 그녀가 속삭였다.

"그 사람도 죽음을 먹는 자였어." 해리가 말했다. "시리우스가 동생 얘기를 해 준 적이 있어. 아주 어렸을 때 가담했다가 겁을 먹고 빠져나오려 했다고. 그래서 놈들이 죽였대."

"그럼 딱 들어맞아!" 헤르미온느가 숨을 들이켰다. "죽음을 먹는 자였다면 볼드모트한테 접근할 수도 있었을 거야. 환상이 깨진 다음에는 볼드모트를 몰락시키고 싶었을 거고!"

그녀는 해리의 팔을 놓더니 난간 너머로 고개를 숙이고 소리쳤다. "론! 론! 이리 올라와, 빨리!"

잠시 후 론이 마법 지팡이를 손에 들고 헐떡거리며 나타났다.

"무슨 일이야? 또 왕거미라면, 나는 일단 아침 식사부터……."

그는 헤르미온느가 말없이 가리키는 레귤러스의 방문에 붙은 팻말을 보며 얼굴을 찌푸렸다.

"저게 뭐? 저 사람은 시리우스의 남동생이잖아. 아냐? 레귤러스 아르크투루스…… 레귤러스…… *R.A.B.!* 설마 그 로켓에……?"

"찾아보자." 해리가 말했다. 그는 문을 열려고 했지만 잠겨 있었다. 헤르미온느가 마법 지팡이로 문손잡이를 겨누고 말했다. "알로호모라." 찰칵 소리가 나더니 문이 홱 열렸다.

그들은 주위를 살피며 함께 안으로 들어섰다. 레귤러스의 방은 시리우스의 방보다 조금 작았지만, 마찬가지로 예전의 웅장한 분위기가 남아 있었다. 시리우스가 다른 가족들과 그 자신의 차이점을 보여 주려고 노력했다면 레귤러스는 그 반대되는 사실을 강조하려고 애썼다. 슬리데린을 상징하는 에메랄드색과 은색이 침대고 벽이고 창문이고 온통 드리워져 있었다. 블랙 가문의 문장이 '언제까지나 순수하게'라는 가훈과 함께 침대 위에 공들여 그려져 있었다. 그 밑에는 신문에서 오려 낸 기사들이 누렇게 바랜 채 다닥다닥 붙어서 누더기 같은 콜라주를 이루고 있었다. 헤르미온느가 방을 가로질러 가서 그 기사들을 살펴보았다.

"전부 볼드모트에 대한 기사야." 그녀가 말했다. "레귤러스는 죽음을 먹는 자가 되기 몇 년 전부터 볼드모트의 팬이었던 것 같아……."

그녀가 기사들을 읽으려고 침대 위에 앉자 침대보에서 살짝 먼지가 일었다. 한편 해리는 다른 사진을 발견했다. 호그와트 퀴디치 팀이 미소를 머금고 액자 바깥을 향해 손을 흔들고 있었다. 해리가 가까이 다다가 보니 그들의 가슴에는 뱀이 새겨져 있었다. 슬리데린 퀴디치 팀이었다. 앞줄 한가운데에 앉아 있는 소년이 레귤러스라는 건 어렵지 않게 알아볼 수 있었다. 시리우스에 비해 몸집이 작고 말랐으며 인물도 조금 떨어졌지만, 검은 머리카락과 약간 거만해 보이는 표정은 형과 똑같았다.

"수색꾼이었네." 해리가 말했다.

"응?" 헤르미온느가 건성으로 대답했다. 그녀는 아직도 볼드모트에 관한 신문 기사에 몰두해 있었다.

"앞줄 한가운데 앉아 있거든. 저긴 수색꾼 자리…… 아니, 됐어." 해리는 아무도 듣고 있지 않다는 것을 깨닫고 그렇게 말했다. 론은 두 손과 무릎을 바닥에 대고 엎드린 채 옷장 밑을 살펴보고 있었다. 해리는 물건을 숨길 만한 곳을 찾아 주위를 둘러보다가 책상으로 다가갔다. 역시나 누군가가 그들보다 앞서 방을 뒤졌다. 서랍들은 얼마 전에 뒤집어엎어 내용물을 비운 흔적이 있고 먼지가 흩어져 있었지만 눈여겨볼 만한 것은 아무것도 없었다. 낡은 깃펜과 험하게 다룬 흔적이 남아 있는 옛날 교과서, 최근에 잉크병이 깨지면서 끈적끈적한 잉크로 뒤덮인 서랍 내용물뿐이었다.

"더 쉬운 방법이 있어." 해리가 잉크 범벅이 된 손가락을 청바지에 문지르자 헤르미온느가 말했다. 그녀가 마법 지팡이를 들고 외쳤다. "아씨오 로켓!"

아무 일도 벌어지지 않았다. 빛바랜 커튼 주름 사이를 뒤지고 있던 론이 실망한 표정을 지었다.

"그럼 이게 다야? 여기엔 없는 거야?"

"아니, 여기 있을 수 있어. 하지만 무효화 마법이 걸려 있는 거지." 헤르미온느가 말했다. "마법으로 소환되는 것을 막으려고 말이야."

"볼드모트가 그 동굴에 있었던 돌 대야에 걸어 놓은 것처럼 말이지." 해리는 가짜 로켓을 소환할 수 없었던 기억을 떠올리며 말했다.

"그럼 어떻게 찾으라는 거야?" 론이 물었다.

"직접 뒤져야지." 헤르미온느가 말했다.

"그것 참 좋은 생각이네." 론이 눈알을 굴리며 말하더니 다시 커튼을 살펴보기 시작했다.

그들은 한 시간이 넘도록 방을 샅샅이 뒤졌지만 결국 그곳에 로켓이 없다고 결론 내릴 수밖에 없었다.

이제는 해가 떠 있었다. 햇빛이 때 묻은 층계참 창문을 통해 걸러져 들어오는데도 눈이 부셨다.

"그래도 이 집 어딘가에 있을 수 있어." 헤르미온느가 아래층으로 내려가면서 기운을 차리라는 듯 말했다. 해리와 론이 낙담할수록 그녀는 더욱 결연해지는 듯했다. "레귤러스가 로켓을 파괴했든 못 했든, 볼드모트한테서 그것을 감추고 싶었을 거 아냐. 지난번에 이 집에 왔을 때 우리가 없애야 했던 그 끔찍한 물건들 기억나? 사람들에게 나사못을 쏘아 대던 시계랑 론의 목을 조르려 했던 낡은 로브 같은 것들. 레귤러스가 로켓을 숨겨 놓은 곳을 지키기 위해 그것들을 준비했을지도 몰라. 물론 우리는 알아채지 못했지만. 그 당시에……."

해리와 론이 그녀를 바라보았다. 그녀는 한 발을 공중에 든 채, 방금 망각 마법에 걸리기라도 한 것처럼 멍한 얼굴로 서 있었다. 두 눈에는 초점이 없었다.

"……당시에는 말이야." 그녀가 작은 목소리로 말을 맺었다.

"왜 그래?" 론이 물었다.

"로켓이 있었어."

"뭐?" 해리와 론이 동시에 소리쳤다.

"거실 진열장에. 아무도 그 로켓을 열 수가 없었잖아. 그래서 우리가…… 우리가……."

해리는 벽돌 하나가 가슴을 뚫고 쿵 내리꽂히는 기분이었다. 기억났다. 돌아가면서 그것을 열려고 시도해 보는 와중에, 해리는 심지어 그것을 만져 보기까지 했다. 그것은 무사마귀 딱지 가루가 들어 있는 코담뱃갑, 모두를 졸리게 만드는 오르골과 함께 쓰레기 봉투에 던져졌다…….

"크리처가 꽤 많은 물건을 빼돌렸지." 해리가 말했다. 그것만이 유일한 기회, 그들에게 남은 한 줄기 희망이었다. 어쩔 수 없이 놓아 버려야 할 때가 오기까지 해리는 그 희망을 단단히 붙들고 있을 생각이었다. "크리처가 부엌에 있는 벽장에다 엄청나게 많은 물건을 쌓아 놨었어. 가자."

해리는 계단을 한 번에 두 칸씩 내려갔고 나머지 두 사람도 쿵쾅거리며 그를 따라왔다. 너무 시끄러운 소리를 내는 바람에 복도를 지날 때 시리우스 어머니의 초상화를 깨우고 말았다.

"더러운 것! 머드블러드! 쓰레기!" 그녀가 지하의 부엌으로 달려 내려가 문을 쾅 닫는 그들의 뒷모습에 대고 소리쳤다.

해리는 부엌을 쭉 내달려 크리처의 벽장문 앞에 미끄러지듯 멈춰 서서 문손잡이를 비틀어 열었다. 그곳에는 집요정이 한때 잠자리로 삼았던 더럽고 낡은 이불로 만들어진 보금자리가 있었다. 하지만 그곳은 더 이상 크리처가 구해 온 자질구레한 장신구들로 반짝거리지 않았다. 거기에 놓여 있는 유일한 물건은 《타고난 고귀함: 마법사 계보학》이라는 낡은 책 한 권뿐이었다. 해리는 눈으로 보고도 믿을 수 없어 이불을 확 집어 들고 흔들었다. 죽은 쥐 한 마리가 툭 떨어지더니 참담하게 바닥 저편으로 굴러갔다. 론이 부엄 의자에 몸을 던지듯 주저앉으며 신음했다. 헤르미온느는 눈을 감았다.

"아직 안 끝났어." 해리는 그렇게 말하고 목소리를 높여 불렀다. "크리처!"

난데없이 '펑' 하는 큰 소리와 함께, 해리가 시리우스에게 마지못해 상속받은 집요정이 싸늘하고 텅 빈 벽난로 앞에 나타났다. 녀석은 사람의 반 정도밖에 안 될 만큼 몸집이 작았고, 창백한 피부는 쪼글쪼글하게 주름진 채 늘어져 있었으며, 박쥐처럼 생긴 귀에서는 하얀 털이 잔뜩 삐져나와 있었다. 여전히 처음 만났을 때 입고 있던 더러운 걸레 조각을 걸치고 있었는데, 해리를 쳐다보는 경멸 어린 시선을 보니 새로운 주인에 대한 태도 역시 입고 있는 옷처럼 바뀌지 않은 듯했다.

"주인님." 크리처가 황소개구리 같은 목소리로 꺽꺽대며 허리 숙여 인사를 하더니 자기 무릎에 대고 중얼거렸다. "혈통 배신자 위즐리, 머드블러드와 함께 우리 마님의 옛집에 돌아오셨군요……."

"네가 누군가를 '혈통 배신자'나 '머드블러드'라고 부르는 걸 금지하겠어." 해리가 화를 내며 말했다. 이 집요정이 시리우스에 관한 것을 볼드모트에게 넘기지 않았다고 하더라도, 저 주둥이 같은 코와 충혈된 눈에서는 도무지 사랑스러운 구석을 찾을 수가 없었다.

"너한테 물어볼 게 있어." 그가 말했다. 집요정을 내려다보는 그의 심장이 빠르게 뛰었다. "진실하게 대답할 것을 명령한다. 알겠어?"

"네, 주인님." 크리처가 다시 허리를 깊숙이 숙이며 대답했다. 해리는 크리처가 소리를 내지 않고 입술을 움직이는 것을 보았다. 이제는 내뱉지 못하게 된 금지된 욕설을 입 모양으로 하고 있는 게 틀림없었다.

"2년 전에" 하고, 해리는 심장이 두방망이질하는 가운데 입을 열었다. "2층 거실에 큼직한 황금 로켓이 있었어. 우리가 그걸 내다 버렸는데 혹시 몰래 다시 가져다 놨어?"

잠시 침묵이 흘렀다. 크리처가 허리를 펴고 해리의 얼굴을 똑바로 마주 보며 말했다. "네."

"지금은 어디 있어?" 해리가 반색하며 물었다. 론과 헤르미온느도 들뜬 표정이었다.

크리처는 자기가 곧 내뱉을 말이 일으킬 반응을 차마 보지 못하겠다는 듯 눈을 감았다.

"없어졌습니다요."

"없어져?" 기쁨이 순식간에 몸 밖으로 빠져나갔다. 해리가 다시 물었다. "무슨 말이야, 없어지다니?"

집요정은 덜덜 떨면서 몸을 흔들었다.

"크리처." 해리가 사납게 말했다. "명령하는데……."

"먼덩거스 플레처." 집요정이 잔뜩 쉰 목소리로 말했다. 두 눈은 여전히 질끈 감겨 있었다. "먼덩거스 플레처가 전부 훔쳐 갔습니다요. 벨라 아가씨와 씨시 아가씨의 사진도, 마님의 장갑도, 1급 멀린 훈장도, 가문의 문장이 들어간 잔들도, 그리고, 그리고……."

크리처는 숨을 깊이 들이마셨다. 녀석의 푹 꺼진 가슴이 빠르게 오르내리더니 두 눈이 번쩍 뜨였다. 크리처가 등골이 오싹해지는 소리를 내질렀다.

"……로켓, 레귤러스 주인님의 로켓도요. 크리처가 잘못했어요, 크리처는 그분의 명령을 따르지 못했습니다요!"

크리처가 난로 안에 세워져 있는 부지깽이를 향해 달려들자 해리도 본능적으로 집요정에게 몸을 날려 녀석을 덮쳤다. 헤르미온느의 비명과 크리처의 비명이 뒤섞였지만 해리가 둘보다 더 큰 목소리로 외쳤다. "크리처, 가만히 있을 것을 명령한다!"

해리는 집요정이 꼼짝하지 않는 것을 확인하고 놓아주었다. 크리처는 차가운 돌바닥에 벌렁 드러누워 있었다. 크리처의 축 처진 눈에서 눈물이 쏟아져 나왔다.

"해리, 일어나게 해 줘." 헤르미온느가 속삭였다.

"그래서 저 녀석이 부지깽이로 자해할 수 있게 하라고?" 해리가 코웃음을 치며 집요정 앞에 무릎을 꿇고 앉았다. "그렇게는 안 되겠는데. 좋아, 크리처. 나는 진실을 원해. 먼덩거스 플레처가 그 로켓을 훔쳐 간 건 어떻게 알아?"

"크리처가 봤습니다요!" 주둥이를 타고 흘러내린 눈물이 새까매진 이빨로 가득한 입속으로 들어가자 집요정이 헐떡거렸다. "크리처는 그놈이 크리처의 보물을 양손 가득 들고 크리처의 벽장에서 나오는 걸 봤습니다요. 크리처가 그 좀도둑한테 거기 서라고 했지만 먼덩거스 플레처는 웃으면서 도, 도망······."

"넌 그 로켓이 '레귤러스 주인님 거'라고 했는데." 해리가 말했다. "왜 그렇게 말한 거야? 어디서 난 거였어? 레귤러스가 그 로켓하고 무슨 관련이 있는데? 크리처, 일어나서 앉아. 그리고 그 로켓에 대해 알고 있는 걸 전부 말해. 레귤러스와 무슨 관련이 있는지도 모두!"

집요정은 일어나 앉아 공처럼 둥글게 몸을 웅크리더니 축축하게 젖은 얼굴을 무릎 사이에 파묻고 앞뒤로 몸을 흔들기 시작했다. 이윽고 크리처가 입을 열었다. 목소리는 메어 있었지만, 소리가 울리는 조용한 부엌에서는 꽤 분명하게 들렸다.

"시리우스 주인님은 가출하셨어요. 속이 다 시원했습니다요. 그분은 나쁜 아이였고, 제멋대로 행동해서 마님의 마음을 아프게 했으니까요. 하지만 레귤러스 주인님은 바람직한 자긍심을 갖고 계셨습니다요. 그분은 블랙이라는 이름에, 순수 혈통의 위엄에 걸맞은 게 뭔지 알고 계셨죠. 레귤러스 주인님은 어둠의 왕이 마법사들이 더는 숨지 않고 머글과 머글 태생 들을 다스리게 만들어 줄 거라는 얘기를 오랫동안 하셨어요……. 그러다가 레귤러스 주인님은 열여섯 살이 되자 어둠의 왕에게 가담하셨죠. 그분을 모시게 되어 아주 자랑스럽다고, 너무 자랑스럽고 기쁘다고 하셨습니다요……. 그러던 어느 날, 어둠의 왕과 함께하신 지 1년이 지나서, 레귤러스 주인님이 크리처를 보러 부엌에 내려오셨습니다요. 레귤러스 주인님은 항상 크리처를 좋아하셨죠. 그리고 레귤러스 주인님이 말씀하셨어요……. 그분은……."

늙은 집요정은 더욱 빠르게 몸을 흔들었다.

"……어둠의 왕에게 집요정이 하나 필요하다고 하셨습니다요."

"볼드모트한테 *집요정이* 필요했다고?" 해리가 론과 헤르미온느 쪽을 돌아보며 그렇게 물었다. 그들도 해리만큼이나 어리둥절한 표정이었다.

"네, 그랬습니다요." 크리처가 신음했다. "그리고 레귤러스 주인님이 자원해서 크리처를 내놓으셨어요. 이건 영광이라고, 레귤러스 주인님에게나 크리처에게나 영광이라고 하셨죠. 크리처는 어둠의 왕이 명령하는 일은 무엇이든 반드시 해야 하고…… 그러고 나서 지, 집으로 돌아오라고 하셨어요."

크리처는 흐느끼면서 거칠게 숨을 쉬며 더욱 빠르게 몸을 흔들어 댔다.

"그래서 크리처는 어둠의 왕에게로 갔습니다요. 어둠의 왕은 크리처에게 무슨 일을 해야 하는지 말해 주지 않고 크리처를 바닷가의 동굴로 데려갔어요. 그 동굴은 더 큰 동굴로 이어졌고, 큰 동굴 안에는 거대한 검은색 호수가 있었습니다요……."

 해리의 목덜미 털이 쭈뼛 섰다. 크리처의 꺽꺽대는 목소리가 그 검은 호수 건너편에서 들려오는 것만 같았다. 그때 무슨 일이 벌어졌을지가 마치 그 자리에 있었던 것처럼 선명하게 그려졌다.

 "……배가 있었습니다요……."

 물론 배가 있었을 것이다. 해리는 그 배를 알았다. 마법사 한 명과 희생자 한 명만을 태우고 호수 한가운데 있는 바위섬까지 데려다주도록 마법이 걸린, 흐릿한 초록빛을 띤 조그만 배. 그렇다면 볼드모트는 바로 이런 식으로 호크룩스를 둘러싼 보호 장치들을 시험해 봤던 것이다. 없어도 그만인 생명체, 집요정을 데려다가…….

 "그 섬에는 마법약으로 가득 찬 대, 대야가 있었어요. 어, 어둠의 왕은 크리처에게 그걸 마시게 했습니다요……."

 집요정은 머리끝부터 발끝까지 부들부들 떨었다.

 "크리처는 그걸 마셨고, 마시고 나니까 끔찍한 것들이 보였어요……. 크리처의 배 속이 타올랐어요……. 크리처는 레귤러스 주인님에게 구해 달라고 소리쳤어요. 블랙 마님한테도 소리쳤어요. 하지만 어둠의 왕은 그냥 웃기만 했어요……. 어둠의 왕은 크리처가 마법약을 전부 마시게 했어요……. 어둠의 왕은 텅 빈 대야 속에 로켓을 떨어뜨리고…… 더 많은 마법약으로 대야를 채웠어요. 그런 다음 어둠의 왕은 크리처를 섬에 내버려 두고 배를 타고 떠나 버렸어요…….”

무슨 일이 벌어졌을지 눈앞에 훤히 그려졌다. 해리는 어둠 속으로 사라지는 볼드모트의 뱀 같은 허연 얼굴이, 몸부림치는 집요정을 무자비하게 빤히 지켜보는 빨간 두 눈이 보이는 듯했다. 불타는 듯한 마법약이 희생자에게 불러일으키는 극심한 갈증에 굴복하는 순간 곧 죽음을 맞게 될 집요정을……. 하지만 해리의 상상력은 그 이상 나아가지 못했다. 크리처가 어떻게 탈출했는지 알 수 없었기 때문이다.

“크리처는 물을 마시고 싶었습니다요. 크리처는 섬 가장자리로 기어가서 검은 호수의 물을 마셨어요……. 그러자 손들이, 죽은 손들이 물에서 나와 크리처를 수면 아래로 끌고 갔습니다요…….”

“어떻게 빠져나왔어?” 해리가 물었다. 그는 속삭이는 자신의 목소리를 듣고도 놀라지 않았다.

크리처는 못생긴 머리를 들어 잔뜩 충혈된 큼직한 눈으로 해리를 바라보았다.

“레귤러스 주인님이 크리처에게 돌아오라고 하셨어요.” 크리처가 말했다.

"그랬겠지. 근데 인페리우스들한테서 어떻게 탈출했냐고."

크리처는 질문의 뜻을 이해하지 못하는 듯했다.

"레귤러스 주인님께서 크리처에게 돌아오라고 말씀하셨어요." 그가 되풀이했다.

"알아, 그런데······."

"뻔하잖아, 해리." 론이 말했다. "순간이동을 한 거지!"

"하지만······ 그 동굴은 순간이동으로 드나들 수가 없단 말이야." 해리가 말했다. "그렇지 않았다면 덤블도어 교수님이······."

"집요정 마법은 마법사들 마법하고 다른 거 아닐까?" 론이 말했다. "내 말은, 우리는 못하지만 집요정들은 호그와트 안팎으로 순간이동을 할 수 있잖아."

해리가 이 말을 이해하는 동안 잠시 침묵이 이어졌다. 볼드모트가 어떻게 그런 실수를 저지를 수 있지? 그때 헤르미온느가 입을 열었다. 그녀의 목소리는 얼음장처럼 싸늘했다.

"당연히 볼드모트라면 집요정들의 능력이 자기가 신경 쓰기에는 너무 하잘것없다고 생각했겠지. 집요정을 짐승 대하듯 하는 그 모든 순수 혈통 마법사들이 그러는 것처럼······. 자기가 못 쓰는 마법을 집요정들이 쓸 수 있을 거라는 생각을 한 번도 못 해 봤을 거라고."

"집요정에게 가장 높은 법은 주인님의 명령입니다요." 크리처가 읊조렸다. "크리처는 집으로 오라는 명령을 받았기에 집으로 돌아온 겁니다요……."

"음, 그럼 명령받은 대로 한 거네요?" 헤르미온느가 친절한 말투로 말했다. "명령에 불복종한 건 전혀 아니잖아요!"

크리처는 더더욱 빠르게 몸을 흔들며 고개를 저었다.

"그럼 네가 돌아왔을 때 무슨 일이 벌어졌는데?" 해리가 물었다. "무슨 일이 있었는지 얘기하니까 레귤러스가 뭐라고 했어?"

"레귤러스 주인님은 무척 걱정하셨습니다요. 무척 걱정하셨어요." 크리처가 꺽꺽대는 목소리로 말했다. "레귤러스 주인님께서는 크리처에게 숨어 있으라고, 집을 떠나지 말라고 하셨습니다요. 그리고 나서…… 얼마 뒤에…… 어느 날 밤 레귤러스 주인님이 벽장 안에 숨어 있는 크리처를 찾아오셨습니다요. 레귤러스 주인님은 이상하셨어요. 평소 같지 않으셨어요. 심란해하셨어요. 크리처는 알 수 있었어요……. 레귤러스 주인님은 크리처더러 당신을 동굴로, 크리처가 어둠의 왕과 함께 갔던 그 동굴로 데려가 달라고 하셨어요……."

그리고 그들은 길을 떠났다. 해리는 그들의 모습을 선명하게 그려 볼 수 있었다. 겁에 질린 늙은 집요정과 시리우스와 꼭 닮은, 검은 머리카락의 마른 수색꾼……. 크리처는 지하의 커다란 동굴로 들어가는 숨겨진 입구를 여는 방법을 알고 있었고, 어떻게 해야 작은 배를 떠오르게 할 수 있는지도 알았다. 이번에 그와 함께 독약이 든 대야가 있는 섬으로 배를 타고 가는 사람은 사랑하는 레굴러스였다…….

"그래서 레굴러스가 너한테 마법약을 마시게 했어?" 해리가 진저리를 치며 말했다.

하지만 크리처는 고개를 저으며 흐느꼈다. 헤르미온느가 재빨리 두 손을 들어 입을 가렸다. 그녀는 뭔가를 알아차린 듯했다.

"레, 레굴러스 주인님께서는 어둠의 왕이 가지고 있었던 것과 같은 로켓을 주머니에서 꺼내셨습니다요." 그렇게 말하는 크리처의 주둥이 같은 코 양옆으로 눈물이 흘러내렸다. "그러더니 크리처한테 그것을 받으라고 하시면서 대야가 비면 로켓을 바꿔치기 하라고 말씀하셨습니다요……."

이제 크리처는 흐느껴 울면서 말을 쏟아 냈다. 해리는 그의 말을 이해하느라 온 신경을 쏟아야 했다.

"그리고 레굴러스 주인님께서는 크리처에게 가라고 명령하셨어요……. 주인님을 두고요……. 그리고 크리처한테 집으로 가서 주인님이 하신 일을 마님께 절대 말하지 말고 처음의 로켓을 파괴하라고 하셨어요. 그러더니 주인님께서는 마법약을 전부 드셨고 크리처는 로켓을 바꿔치기한 다음…… 레굴러스 주인님께서…… 물속으로 끌려가시는 것을 지켜보고…… 그리고……."

"아, 크리처!" 울고 있던 헤르미온느가 소리쳤다. 그녀는 집요정 앞에 털썩 무릎을 꿇고 그를 끌어안으려 했다. 크리처는 재빨리 일어서더니 혐오스럽다는 기색이 역력한 얼굴로 그녀에게서 떨어져서 몸을 움츠렸다.

"머드블러드가 크리처를 만졌어. 크리처는 이런 일을 용납하지 않아. 마님이 뭐라고 하실까?"

"내가 헤르미온느를 '머드블러드'라고 부르지 말라고 했지!" 해리가 호통을 쳤지만 집요정은 이미 자신에게 벌을 주고 있었다. 크리처는 땅에 주저앉아 이마를 바닥에 찧어 댔다.

"그만…… 못 하게 해!" 헤르미온느가 외쳤다. "집요정들이 복종을 해야만 한다는 사실이 얼마나 역겨운 일인지 아직도 모르겠어?"

"크리처…… 그만, 그만해!" 해리가 소리쳤다.

집요정은 바닥에 누워 몸을 떨면서 헐떡거렸다. 초록색 콧물이 코언저리에서 번들거렸고, 스스로 찧어 대던 창백한 이마에서는 벌써 멍이 피어올랐으며, 퉁퉁 붓고 충혈된 눈에는 눈물이 어른거렸다. 해리는 저렇게 가여운 것은 한 번도 본 적이 없었다.

"그래서 네가 로켓을 집으로 가져온 거구나." 해리는 모든 것을 알아낼 작정으로 거침없이 말을 이었다. "그리고 그걸 파괴하려 했고?"

"크리처가 무슨 짓을 해도 로켓에는 흔적조차 남지 않았습니다요." 집요정이 신음했다. "크리처는 모든 것을, 크리처가 아는 모든 것을 시도했지만 아무것도, 아무것도 통하지 않았어요……. 그걸 파괴하려면 먼저 열어야 한다고 확신했지만, 로켓의 표면에 강력한 주문이 너무나 많이 걸려 있어서 열리지가 않았습니다요……. 크리처는 크리처에게 벌을 주고 다시 시도하고, 크리처에게 벌을 주고 다시 시도했어요. 크리처는 명령에 복종하는 데 실패했어요, 크리처는 로켓을 파괴할 수 없었어요! 그리고 마님은 슬퍼서 미쳐 버리셨습니다. 레귤러스 주인님이 사라졌으니까요. 그리고 크리처는 마님에게 무슨 일이 있었는지 말씀드릴 수 없었습니다요. 안 되지요, 왜냐하면 레귤러스 주인님께서 크리처에게 가, 가, 가족 중 누구에게도 도, 동굴에서 일어난 일을 말하지 말라고 마, 마, 말씀하셨으니까요……."

크리처가 더는 아무 말도 알아들을 수 없을 만큼 심하게 흐느끼기 시작했다. 다시 손을 댈 엄두를 내지 못하고 그저 크리처를 바라보는 헤르미온느의 두 뺨 위로 눈물이 흘러내렸다. 크리처를 그다지 좋아하지 않는 론조차도 마음 아파하는 표정이었다. 해리는 다시 무릎을 꿇고 앉아 정신을 차리고자 고개를 흔들었다.

"이해가 안 되는데, 크리처." 그가 결국 입을 열었다. "볼드모트는 너를 죽이려 했고 레귤러스는 볼드모트를 쓰러뜨리려다가 죽었어. 그런데도 너는 시리우스를 볼드모트에게 기꺼이 팔아넘겼다는 거야? 너는 기꺼이 나르시사와 벨라트릭스를 통해 볼드모트에게 정보를 전달했어…….."

"해리, 크리처는 그런 식으로 생각하지 않아." 헤르미온느가 손등으로 눈가를 훔치며 말했다. "크리처는 노예야. 집요정들은 나쁜, 심지어 잔인한 대우에도 익숙해져 있어. 볼드모트가 크리처에게 한 짓은 사람들이 흔히 집요정을 대하는 방식과 별로 다르지 않았어. 크리처 같은 집요정에게 마법사 전쟁이 무슨 의미가 있겠어? 크리처는 자기한테 잘 대해 주는 사람들에게 충성을 다하는 거야. 그리고 레귤러스는 물론 블랙 부인도 분명 크리처를 잘 대해 줬을 거야. 그래서 크리처는 기꺼이 두 사람을 섬기고 그들의 신념을 앵무새처럼 흉내 내는 거야. 네가 무슨 말을 하려는지 알아." 해리가 항의하려 하자 그녀가 그의 말을 막으며 이야기를 이어 갔다. "레귤러스는 생각을 바꾸지 않았냐는 거겠지……. 하지만 레귤러스는 크리처한테 그 사실을 설명해 주지 않았을 거야. 안 그래? 그리고 난 그 이유를 알 것 같아. 크리처와 레귤러스의 가족은 순수 혈통에 대한 신념을 지켜야 훨씬 안전할 테니까. 레귤러스는 모두를 보호하려고 한 거였어."

"시리우스는……."

"시리우스는 크리처를 끔찍하게 대했어, 해리. 그런 식으로 쳐다봐도 소용없어. 너도 사실이라는 거 알잖아. 시리우스가 여기서 살기 위해 돌아왔을 때 크리처는 이미 오랜 시간을 홀로 지낸 상태였어. 아마 아주 작은 애정에도 굶주려 있었을 거야. 크리처가 나타났을 때 '씨시 아가씨'와 '벨라 아가씨'는 굉장히 다정스럽게 대해 줬을 테고. 그래서 크리처는 두 사람의 부탁을 들어주고, 둘이 알고 싶어 하는 건 뭐든 말해 준 거야. 집요정들을 그런 식으로 취급하다간 마법사들도 대가를 치르게 될 거라고 내가 누누이 말했지. 볼드모트는 그 대가를 치른 거야…… 시리우스도 마찬가지고."

해리는 뭐라고 반박할 수가 없었다. 크리처가 바닥에서 흐느끼는 걸 보고 있으려니 시리우스가 죽은 뒤 겨우 몇 시간도 지나지 않았을 때 덤블도어가 했던 말이 떠올랐다. *시리우스는 한 번도 크리처를 인간만큼 예민한 감정을 가진 존재로 보지 않았다……*.

"크리처." 잠시 후 해리가 입을 열었다. "네가 괜찮다면, 어…… 일어나 앉아 줄래?"

크리처는 몇 분이 지나서야 딸꾹질을 하며 조용해졌다. 녀석은 바닥을 짚고 일어나 앉더니 어린아이처럼 손마디로 두 눈을 비벼 댔다.

"크리처, 내가 너한테 뭔가를 부탁할 거야." 해리가 말했다. 그는 헤르미온느에게 도와 달라고 눈짓했다. 그는 친절하게 명령하되 명령이라는 점만은 확실히 하고 싶었다. 헤르미온느도 해리의 말투에 나타난 변화를 알아차린 듯했다. 그녀는 격려하듯 싱긋 웃었다.

"크리처, 부탁인데, 가서 먼덩거스 플레처를 찾아봐 주면 좋겠어. 우린 그 로켓이 어디 있는지 찾아야 하거든. 레귤러스 주인님의 로켓이 어디 있는지 말이야. 정말 중요한 일이야. 우리는 너의 레귤러스 주인님이 시작한 일을 끝내고 싶어. 우리는…… 그러니까…… 레귤러스 주인님의 죽음이 헛되지 않도록 하려는 거야."

크리처는 두 주먹을 떨어뜨리고 해리를 올려다보았다.

"먼덩거스 플레처를 찾으라고요?" 그가 잔뜩 쉰 목소리로 물었다.

"찾아서 여기로, 그리몰드가로 데려와 줘." 해리가 말했다. "그렇게 해 줄 수 있겠어?"

크리처가 고개를 끄덕이며 일어서자 해리의 머릿속에 갑자기 묘안이 떠올랐다. 그는 해그리드에게서 받은 주머니를 풀어, 레귤러스가 볼드모트에게 보내는 편지가 들어 있는 가짜 호크룩스를 꺼냈다.

"크리처, 나는, 어, 네가 이걸 가졌으면 좋겠어." 그가 그 로켓을 집요정의 손에 쥐여 주며 말했다. "이건 레귤러스의 물건인데, 난 분명 레귤러스가 네가 해 준 일에 대한 고마움의 표시로 이걸 주고 싶어 했을 거라고……."

"과했다, 친구." 론이 말했다. 집요정이 로켓을 보더니 충격과 비참함이 어린 목소리로 길게 울부짖으며 다시 바닥에 몸을 던진 것이다.

  크리처를 진정시키는 데 30분 가까이 걸렸다. 그는 블랙 가문의 유품을 다름 아닌 자신의 소유물로 선물 받았다는 사실에 너무 감동한 나머지 무릎에 힘이 풀려 제대로 서 있지도 못했다. 마침내 크리처가 몇 걸음을 비틀비틀 걸어갈 수 있게 되자 그들은 모두 크리처를 벽장까지 데려다주고 그가 로켓을 더러운 이불 안에 안전하게 넣어 두는 모습을 지켜본 다음, 크리처가 떠나 있는 동안 그 로켓을 지키는 일을 가장 중요한 임무로 삼겠다고 안심시켰다. 잠시 후 크리처는 해리와 론에게 두 번이나 깍듯이 허리를 숙이고 심지어 헤르미온느가 있는 곳을 향해서도 존경 어린 인사를 시도하려는 것으로 보이는 우스꽝스러운 작은 경련을 일으키더니 여느 때처럼 요란한 '펑' 소리를 내면서 순간이동으로 사라졌다.

## 11장
## 뇌물

크리처가 인페리우스로 가득한 호수에서 탈출할 수 있었다면 먼덩거스를 잡아 오는 일은 오래 걸려 봐야 몇 시간일 거라고 해리는 확신했다. 해리는 아침 내내 기대감에 차서 집 안을 돌아다녔다. 하지만 크리처는 그날 아침에도, 오후에도 돌아오지 않았다. 해가 질 때쯤 해리는 실망감을 느끼고 불안해졌다. 헤르미온느가 다양한 변환 마법을 시도했지만 성공하지 못했기에 곰팡이가 잔뜩 핀 빵으로 저녁을 때워야 했는데, 그것도 별 도움이 되지는 않았다.

크리처는 다음 날에도, 그다음 날에도 돌아오지 않았다. 대신 망토를 두른 남자 두 명이 12번지 앞 광장에 나타나, 보이지 않는 집 쪽을 밤이 될 때까지 계속 응시했다.

"죽음을 먹는 자들이야. 분명해." 론이 말했다. 세 사람이 함께 거실 창가에서 지켜보고 있을 때였다. "우리가 여기 있는 걸 아는 걸까?"

"그렇지는 않을 거야." 헤르미온느는 겁에 질린 얼굴을 하면서도 그렇게 말했다. "알았다면 스네이프를 들여보내서 우릴 붙잡았겠지. 안 그래?"

"스네이프가 여기에 들어왔다가 무디의 저주에 걸려서 혀가 묶였을까?" 론이 물었다.

"응." 헤르미온느가 말했다. "그게 아니라면 스네이프가 저자들한테 이 집에 들어오는 방법을 알려 줄 수 있었겠지. 안 그래? 하지만 저자들은 아마 우리가 나타나는지 지켜보려는 걸 거야. 어쨌든 해리가 이 집 주인이라는 걸 알고 있으니까."

"놈들이 어떻게……?" 해리가 입을 열었다.

"정부에서 마법사들의 유언을 조사하잖아. 기억 안 나? 정부는 시리우스가 너한테 이 집을 남겼다는 사실을 알고 있을 거야."

바깥에 있는 죽음을 먹는 자들 때문에 12번지 안의 분위기는 더욱 불길해졌다. 세 사람은 위즐리 씨의 패트로누스가 찾아온 뒤로 그리몰드가 밖에 있는 사람들 소식은 한 마디도 듣지 못했다. 긴장감이 겉으로 드러나기 시작했다. 론은 초조하고 예민해진 탓에 주머니 속에서 딜루미네이터를 가지고 노는 짜증 나는 버릇이 생겼다. 이는 특히 헤르미온느의 화를 돋웠다. 《음유시인 비들 이야기》를 열심히 읽으며 크리처를 기다리던 그녀에게는 불이 계속 깜빡거리며 켜졌다 꺼졌다 하는 것이 신경에 거슬렸던 것이다.

"그만 좀 할래?" 크리처가 떠나고 사흘째 되는 날 저녁, 또 한 번 거실의 빛이 모두 사라지자 그녀가 소리쳤다.

"미안, 미안!" 론이 딜루미네이터를 찰칵 눌러 불빛을 되돌려 놓으며 말했다. "나도 모르게 그랬어!"

"뭔가 좀 도움이 될 만한 일을 찾아서 할 수는 없어?"

"뭐, 동화 읽기 같은 것 말이야?"

"이 책은 덤블도어 교수님이 나한테 남겨 주신 거야, 론."

"그리고 나한테는 딜루미네이터를 남겨 주셨고. 어쩌면 내가 이걸 써야 하는 걸지도 모르잖아!"

해리는 둘의 말다툼을 견딜 수가 없어서 두 사람 몰래 거실을 슬며시 빠져나왔다. 그는 부엌으로 내려갔다. 크리처가 다시 나타날 가능성이 가장 큰 곳이라는 확신이 들어서 계속 들락날락하고 있었던 것이다. 그러나 복도로 향하는 계단을 반쯤 내려가던 중 그는 현관문 두드리는 소리와 금속성의 찰각거리는 소리, 뒤이어 쇠사슬이 끌리는 소리를 들었다.

온몸의 신경이 곤두서는 듯했다. 해리는 마법 지팡이를 꺼내고 참수된 집요정들의 머리 옆 어둠 속으로 들어가서 기다렸다. 문이 열렸다. 가로등이 밝혀진 바깥 광장이 잠깐 보이는가 싶더니 망토를 걸친 사람이 살금살금 복도로 들어와 문을 닫았다. 침입자가 앞으로 한 걸음 내딛자 무디의 목소리가 물었다. "세베루스 스네이프?" 이윽고 먼지 형상이 복도 끝에서 일어나 죽은 손을 들어 올리며 침입자에게 달려들었다.

"당신을 죽인 건 제가 아닙니다, 알버스." 조용한 목소리가 말했다.

저주 마법이 깨졌다. 먼지 형상이 폭발하면서 짙은 잿빛 구름이 자욱하게 남은 탓에 방문자를 알아보기가 어려웠다.

해리는 연기구름 한가운데를 마법 지팡이로 겨눴다.

"움직이지 마!"

블랙 부인의 초상화를 깜빡 잊었다. 그의 외침에 블랙 부인을 가리고 있던 커튼이 홱 젖혀지고 그녀가 비명을 지르기 시작했다. "내 집의 명예에 먹칠을 하는 머드블러드와 쓰레기들……."

론과 헤르미온느도 쿵쿵거리며 계단을 내려와 해리 뒤에 서서, 이제는 저 아래 복도에서 두 팔을 들고 서 있는 누군지 모를 남자에게 지팡이를 겨눴다.

"안심해라. 나야, 리머스!"

"아, 세상에." 헤르미온느는 힘없이 내뱉고 마법 지팡이를 대신 블랙 부인 쪽으로 돌렸다. 큰 소리와 함께 커튼이 다시 휙 닫히고 침묵이 내려앉았다. 론도 지팡이를 내렸지만 해리는 아니었다.

"모습을 보여요!" 그가 마주 고함쳤다.

루핀은 불빛 속으로 나왔다. 두 손은 아직도 항복하는 의미로 높이 든 채였다.

"나는 늑대인간 리머스 존 루핀이다. 무니로 알려져 있기도 하고, 도둑 지도를 만든 네 사람 중 한 명이며, 보통 통스라고 불리는 님파도라와 결혼했고, 너에게 패트로누스 불러내는 방법을 알려 줬다, 해리. 네 패트로누스는 수사슴 형상이지."

"아, 그만하면 됐어요." 해리가 마법 지팡이를 내리며 말했다. "어쨌든 확인은 해 봐야 하잖아요?"

"너를 가르친 어둠의 마법 방어법 선생으로서 확인해 봐야 한다는 말에 동의한다. 론, 헤르미온느. 그렇게 빨리 방어를 풀면 안 돼."

그들은 루핀을 향해 계단을 달려 내려갔다. 두꺼운 검은색 여행용 망토를 두른 그는 기진맥진한 얼굴이었지만 그들을 만나 기쁜 듯했다.

"세베루스의 흔적은 없는 거니?" 그가 물었다.

"네." 해리가 대답했다. "어떻게 되어 가고 있나요? 다들 무사해요?"

"그래." 루핀이 말했다. "하지만 우리 모두 감시당하고 있어. 바깥의 광장에도 죽음을 먹는 자들이 두 명 있어서……."

"저희도 알아요."

"……저자들이 나를 보지 못하도록 현관 앞 계단 꼭대기로 정확하게 순간이동을 해야 했다. 놈들은 너희가 여기 있는 걸 모르는 게 분명해. 그렇지 않았다면 저 바깥에 더 많은 사람을 뒀겠지. 놈들은 너랑 관련 있는 곳이라면 어디든 감시하고 있어, 해리. 아래층으로 내려가자. 너희들한테 해 줄 얘기도 아주 많고 너희들이 버로를 떠난 다음에 무슨 일을 겪었는지도 알고 싶구나."

그들은 부엌으로 내려갔다. 헤르미온느가 벽난로에 마법 지팡이를 겨누자 곧바로 불길이 일었다. 불빛이 삭막한 돌벽에 아늑한 환상을 불러일으키고 긴 나무 탁자에 드리워져 아른아른 빛났다. 루핀이 여행 망토 안에서 버터맥주 몇 병을 꺼내자 그들은 자리에 앉았다.

"사흘 전에도 여기 왔었는데, 그때는 나를 미행하던 죽음을 먹는 자를 따돌려야 했다." 루핀이 말했다. "그럼, 결혼식이 끝나고 곧장 이리로 온 거니?"

"아뇨." 해리가 말했다. "여기 오기 전에 토트넘 코트로드의 한 카페에서 죽음을 먹는 자를 두 명 마주쳤어요."

루핀은 버터맥주 대부분을 앞에다 쏟고 말았다.

"뭐라고?"

그들은 무슨 일이 있었는지 설명했다. 이야기를 다 들은 루핀은 경악한 표정을 지었다.

"그런데 놈들이 너흴 어떻게 그렇게 빨리 찾아낸 거지? 순간이동 하는 사람을 추적하는 건 불가능해. 사라지는 그 순간에 꽉 붙잡고 있었던 게 아니라면 말이야!"

"그리고 마침 그때 놈들이 토트넘 코트로드를 어슬렁거리고 있었을 가능성도 크지는 않을 거고요. 맞죠?" 해리가 말했다.

헤르미온느가 자신 없는 목소리로 말했다. "우리는 혹시 해리한테 아직 추적 마법이 걸려 있는 게 아닐까 했어요."

"그건 불가능해." 루핀이 말했다. 론은 우쭐하는 표정이었고 해리는 마음이 놓였다. "다른 건 몰라도, 아직 추적 마법이 걸려 있었다면 놈들도 해리가 여기 있다는 사실을 확실히 알았을 거다. 안 그러니? 하지만 놈들이 토트넘 코트로드까지 어떻게 너를 추적할 수 있었는지는 모르겠다. 그건 아주 걱정스러운 일이야."

그는 심란한 표정이었지만 해리 생각에 그건 그렇게 급한 문제가 아니었다.

"우리가 떠난 다음에 무슨 일이 있었는지 얘기해 주세요. 론네 아빠가 가족들이 무사하다고 말씀해 주신 다음에는 아무 소식도 못 들었어요."

"그래, 킹슬리가 우릴 구했다." 루핀이 말했다. "킹슬리의 경고

덕분에 결혼식 손님들 대부분은 놈들이 도착하기 전에 순간이동을 할 수 있었어."

"죽음을 먹는 자들이었어요, 정부 쪽 사람들이었어요?" 헤르미온느가 끼어들었다.

"섞여 있었어. 하지만 이제 그 둘은 의도에서나 목표에서나 같은 입장이야." 루핀이 말했다. "열 명이 넘는 자들이 왔지만 네가 그곳에 있었다는 사실은 모르고 있었어. 아서가 들은 소문에 따르면, 놈들은 네가 있는 곳을 알아내기 위해 스크림저를 고문한 다음 죽였다는구나. 그게 사실이라면 스크림저는 너를 팔지 않은 셈이다."

해리는 론과 헤르미온느를 바라보았다. 해리가 느낀 충격과 고마운 마음이 그들의 표정에도 드러나 있었다. 그는 스크림저를 별로 마음에 들어 하지 않았다. 하지만 루핀의 말이 사실이라면, 스크림저가 죽기 전에 마지막으로 한 행동은 해리를 지키기 위해 노력한 것이었다.

"죽음을 먹는 자들은 버로를 샅샅이 뒤졌다." 루핀이 말을 이었다. "굴을 발견하기도 했지만 별로 가까이 가고 싶어 하지 않았지……. 그런 다음에는 남아 있는 사람들을 몇 시간 동안 심문했다. 놈들은 해리 너에 대한 정보를 빼내려고 했지만, 당연히 기사단을 제외하고는 누구도 네가 거기에 있었다는 건 몰랐지. 놈들이 결혼식을 난장판으로 만들던 바로 그때, 또 다른 죽음을 먹는 자들은 전국의 기사단과 관련 있는 집이라면 어디든 침입하려고 했다. 다행히 죽은 사람은 없어." 이어질 질문을 예상한 그가 재빨리 덧붙였다. "하지만 놈들은 난폭했다. 디덜러스 디글의 집을 불태워 버렸지. 하지만 너도 알다시피 디글은 집에 없었어. 통스의 가족에게는 크루시아투스 저주를 사용했다. 네가 그 집에 들른 뒤에 어디로 갔는지 알아내려고 말이야. 그분들은 괜찮다……. 물론 놀라시긴 했지만 다른 건 괜찮아."

"죽음을 먹는 자들이 그 보호 마법을 전부 깼다는 거예요?" 해리는 통스의 부모님 집 정원에 추락했던 날 밤 그 주문들이 얼마나 효과적이었는지를 떠올리고 물었다.

"해리, 넌 죽음을 먹는 자들이 이제 정부의 권력을 장악한 상태라는 걸 알아야 해." 루핀이 말했다. "놈들은 신분이 발각되거나 체포당할지도 모른다는 두려움 없이 잔인한 주문들을 사용할 권한을 갖게 된 거야. 놈들은 우리가 걸어 놓은 방어 주문을 모두 뚫고 들어왔고, 일단 안으로 들어오자 자기들이 온 이유를 확실히 밝혔다."

"해리의 행방을 알아내려고 사람들을 고문한 것에 대해 무슨 핑계라도 댔다는 거예요?" 헤르미온느가 목소리에 날을 세우고 물었다.

"글쎄." 루핀이 말했다. 그는 머뭇거리더니 접어 둔 《예언자일보》 한 부를 꺼냈다.

"이걸 봐라." 그가 신문을 식탁 건너편의 해리에게 밀어 놓으며 말했다. "어쨌든 곧 알게 될 테니까. 놈들이 너를 쫓는 구실이 그거야."

해리는 신문의 접힌 부분을 폈다. 그의 얼굴이 실린 커다란 사진이 1면을 꽉 채우고 있었다. 해리는 사진 위의 헤드라인을 읽었다.

## 알버스 덤블도어 살해 혐의로 지명 수배

론과 헤르미온느가 분노 어린 고함을 내질렀지만 해리는 아무 말도 하지 않았다. 그는 신문을 멀리 밀어냈다. 더는 읽고 싶지 않았다. 뭐라고 적혀 있을지 알 것 같았다. 덤블도어가 죽었을 당시 탑 꼭대기에 있던 사람들을 제외하면 누가 정말 그를 죽였는지 아는 사람이 없는데, 리타 스키터가 이미 마법사 세계에 알렸듯이, 덤블도어가 추락하고 나서 얼마 뒤 탑에서 달려 나가는 해리의 모습이 목격되었던 것이다.

"유감이다, 해리." 루핀이 말했다.

"그럼 죽음을 먹는 자들이 《예언자일보》도 장악한 거예요?" 헤르미온느가 잔뜩 화가 나서 물었다.

루핀이 고개를 끄덕였다.

"하지만 사람들도 당연히 무슨 일이 벌어지고 있는지는 알죠?"

"쿠데타는 순조롭게, 거의 침묵 속에서 진행됐어." 루핀이 말했다. "스크림저의 죽음에 대한 공식 입장은 그가 사임했다는 거다. 스크림저의 자리는 임페리우스 저주에 걸린 파이어스 시크니스가 대신하고 있지."

"볼드모트는 왜 직접 마법 정부 총리가 되지 않는 거죠?" 론이 물었다.

루핀이 웃음을 터뜨렸다.

"그럴 필요가 없지, 론. 실질적으로 총리가 맞지만, 굳이 정부의 책상 앞에 앉아 있을 이유가 뭐가 있겠니? 꼭두각시 시크니스가 일상적인 업무를 처리해 주면 권력을 정부 너머로까지 마음껏 넓혀 나갈 수 있는데 말이다. 물론 실제로 무슨 일이 있었는지 추론해 낸 사람도 많아. 지난 며칠 동안 정부 정책에 너무 급격한 변화가 일어나서, 많은 사람들이 그 배후에 볼드모트가 있는 게 틀림없다고 수군대고 있다. 하지만 바로 그게 문제야. 수군대기만 한다는 거지. 사람들은 감히 서로에게 속내를 털어놓지 못해. 누구를 믿어야 할지 모르니까. 자기가 의심하는 내용이 사실일까 봐, 자기 가족들이 표적이 될까 봐 두려워서 목소리를 내지 못하는 거다. 그래, 볼드모트는 아주 영리하게 게임을 하고 있는 거야. 공공연하게 모습을 드러내면 노골적인 반란이 일어났겠지. 하지만 계속 얼굴을 감추고 있었기에 혼란과 불확실함과 공포가 생겨난 거다."

"정부 정책의 급격한 변화란······." 해리가 말했다. "마법사 세계에 볼드모트가 아니라 저를 경계하라고 경고한다는 건가요?"

"확실히 그것도 변화의 일부이긴 하지." 루핀이 말했다. "절묘한 한 수이기도 하고. 덤블도어 교수님이 돌아가신 지금은 너, 살아남은 아이가 볼드모트에 대한 저항의 상징이자 집결지가 되는 게 당연하거든. 하지만 볼드모트는 네가 옛 영웅을 죽이는 데 관여했다는 식의 정보를 흘리면서 네 목에 현상금을 걸었을 뿐만 아니라, 너를 지지할 수도 있었을 수많은 사람들에게 의심과 두려움을 심어 주었어. 동시에, 정부는 머글 태생들에게 적대적인 행동을 시작했다."

루핀이 《예언자일보》를 가리켰다.

"2면을 보거라."

헤르미온느는 《가장 어두운 마법의 비밀》을 만졌을 때 그랬던 것처럼 역겹다는 표정을 지으며 신문을 넘겼다.

"'머글 태생 등록.'" 그녀가 소리 내어 읽었다. "'마법 정부는 이른바 '머글 태생'들이 마법의 은밀한 비밀들을 알게 된 경위를 이해하기 위해 이들에 대한 조사를 실시하고 있다. 최근 미스터리부에서 조사한 바에 따르면 마법 능력은 마법사들이 자녀를 낳을 경우에만 직접 전달될 수 있다. 그러므로 마법 혈통이 입증되지 않은 경우, 이른바 머글 태생들은 절도나 위력으로써 마법 능력을 얻었을 가능성이 크다. 정부는 마법 능력을 강탈한 자들을 뿌리 뽑기로 결단하고, 이를 위해 이른바 머글 태생 전원에게 새로 창설된 머글 태생 등록 위원회의 심문에 응하라는 내용의 소환장을 발부했다.'"

"사람들이 가만있지 않을걸요." 론이 말했다.

"지금 일어나고 있는 일이야, 론." 루핀이 말했다. "우리가 이야기를 나누는 이 순간에도 머글 태생들이 검거되고 있다."

"하지만 어떻게 마법을 '훔쳤다'는 거죠?" 론이 말했다. "미친 소리잖아요. 마법을 훔칠 수 있다면 스큅은 존재하지도 않아야죠. 안 그래요?"

"그러게 말이다." 루핀이 말했다. "하지만 가까운 친척 중에 마법사가 적어도 한 명이라도 있다는 걸 증명하지 못하면, 이제는 마법 능력을 불법적으로 얻은 것으로 간주되어 처벌받아."

론은 헤르미온느를 슬쩍 바라보더니 말했다. "순수 혈통들과 혼혈들이 머글 태생도 자기 가족이라고 증언하면요? 전 사람들한테 헤르미온느가 제 사촌이라고 말할 거예요."

헤르미온느는 론의 손을 감싸 쥐었다.

"고마워, 론. 하지만 네가 그렇게 하도록 둘 수는……."

"안 그러면 어쩔 건데?" 론이 사납게 말하며 그녀의 손을 마주 꽉 잡았다. "네가 질문에 대답할 수 있도록 우리 집 가계도를 가르쳐 줄게."

헤르미온느는 떨리는 목소리로 웃었다.

"론, 수배 대상 1순위인 해리 포터랑 같이 도주 중인데 그런 건 문제가 아닐 것 같아. 학교로 돌아갈 거라면 또 모를까. 볼드모트는 호그와트를 어떻게 할 계획이래요?" 그녀가 루핀에게 물었다.

"이제 미성년 마법사는 모두 의무적으로 학교 출석을 해야 해." 루핀이 대답했다. "어제 그런 발표가 있었어. 이것도 달라진 점이지. 예전에는 결코 의무가 아니었으니까. 물론, 영국에 사는 마법사들 대부분은 호그와트에서 교육을 받았지만, 부모들이 원한다면 집에서 아이들을 가르치거나 유학을 보낼 권리가 있었다. 볼드모트는 이런 식으로 마법사 전체를 어린 나이부터 감시하려는 거야. 머글 태생을 뿌리 뽑는 또 한 가지 방법이기도 하고. 학생들은 혈통 증명서를 제출해야 하거든. 입학 허가를 받기 전에 정부에 마법사 후손이라는 걸 증명해야 한다는 뜻이야."

해리는 역겨움과 분노를 느꼈다. 지금 이 순간에도 잔뜩 신이 난 열한 살짜리들은 호그와트를 다시 볼 일이 없다는 사실을, 어쩌면 가족들을 다시 볼 수 없으리라는 사실을 모른 채 새로 산 마법 책들을 들여다보고 있을 것이다.

"그건…… 그건……." 해리는 자신이 떠올린 생각의 끔찍함을 제대로 표현할 만한 단어를 찾으려 애쓰며 웅얼거렸지만 루핀이 조용히 말했다. "나도 안다."

루핀은 잠깐 머뭇거렸다.

"해리, 네가 확실히 밝힐 수 없다고 해도 이해한다만, 기사단 사람들은 덤블도어 교수님이 너에게 어떤 임무를 맡겼다고 생각하고 있어."

"맞아요." 해리가 대답했다. "론이랑 헤르미온느도 함께하고 있어요. 저랑 같이 갈 거예요."

"그 임무가 뭔지 나한테 말해 줄 수 있니?"

해리는 숱은 많지만 희어 가는 머리카락에 때 이른 주름이 진 그의 얼굴을 바라보며 다른 대답을 할 수 있었으면 좋겠다고 생각했다.

"그럴 수는 없어요, 리머스. 죄송해요. 덤블도어 교수님이 말해 주지 않으셨다면 저도 말해 드릴 수 없을 것 같아요."

"그렇게 말할 줄 알았다." 루핀이 실망한 표정을 지으며 말했다. "하지만 내가 어느 정도 쓸모 있을지도 몰라. 너는 내 정체를 알고, 내가 뭘 할 수 있는지도 알잖아. 내가 너희와 함께 다니며 보호해 줄 수도 있다. 너희가 무슨 일을 하려고 하는지 정확히 말해 줄 필요는 없어."

해리는 망설였다. 아주 매력적인 제안이었다. 하지만 루핀과 항상 함께 다니면서 그에게 임무를 비밀로 할 방법이 전혀 떠오르지 않았다.

반면 헤르미온느는 어리둥절한 얼굴이었다.

"그럼 통스는요?" 그녀가 물었다.

"통스가 왜?" 루핀이 말했다.

"뭐……." 헤르미온느가 얼굴을 찌푸리며 말했다. "두 분은 결혼했잖아요! 교수님이 우리랑 같이 떠나면 통스 기분이 어떻겠어요?"

"통스는 완벽하게 안전할 거야." 루핀이 말했다. "부모님 댁에 있을 거니까."

루핀의 말투에는 어딘지 이상한 구석이 있었다. 거의 차갑게 느껴지는 말투였다. 통스가 부모님 집에 숨어 있을 거라는 대답도 뭔가 이상했다. 어쨌든 그녀는 불사조 기사단의 일원이었고, 해리가 알기로는 전투의 한복판에 있고 싶어 할 가능성이 컸다.

"리머스." 헤르미온느가 머뭇거리며 입을 열었다. "다 괜찮은 거예요? 그러니까…… 교수님이랑……."

"고맙지만, 아무 일 없다." 루핀이 날카롭게 말했다.

헤르미온느의 얼굴이 붉어졌다. 또 한 번 어색하고 당혹스러운 침묵이 흐른 뒤 루핀이 뭔가 불쾌한 일을 어쩔 수 없이 인정하듯 말했다. "통스는 아기를 낳을 예정이야."

"아, 정말 잘됐네요!" 헤르미온느가 소리를 질렀다.

"멋진데요!" 론이 열성적으로 말했다.

"축하드려요." 해리가 말했다.

루핀은 찡그린 표정에 더 가까운 억지스러운 미소를 지으며 말했다. "그래서…… 내 제안을 받아 주겠니? 셋이 아니라 넷이 될 수 있을까? 덤블도어 교수님이 허락하지 않으셨을 거라는 생각은 안 든다. 어쨌든 그분은 나를 너희 어둠의 마법 방어법 교수로 임명하셨으니까. 그리고 이 말도 해야겠는데, 내 생각에 너희는 많은 사람들이 겪어 보거나 상상조차 해 본 적 없는 마법을 마주하게 될 거야."

론과 헤르미온느 둘 다 해리를 바라보았다.

"그냥…… 그냥 확인하려고 여쭤보는 건데요." 해리가 말했다. "통스를 부모님 댁에 두고 우리랑 같이 가고 싶으신 거예요?"

"거기 있으면 틀림없이 안전할 거야. 두 분이 돌봐 주실 테니까." 루핀이 말했다. 그는 냉담하게 느껴질 만큼 단호한 태도로 말하고 있었다. "해리, 제임스라면 분명 내가 너와 꼭 붙어 있기를 바랐을 거다."

"글쎄요." 해리가 천천히 말했다. "제 생각은 달라요. 솔직히 아버지라면 왜 교수님이 자기 아이랑 꼭 붙어 있지 않으려고 하는지 그 이유를 알고 싶어 했을 것 같은데요."

루핀의 얼굴에서 핏기가 빠져나갔다. 부엌 안의 온도가 10도는 떨어진 듯했다. 론은 부엌의 광경을 머릿속에 담아 두라는 지시라도 받은 듯 주위를 두리번거렸고 헤르미온느의 눈은 해리와 루핀 사이를 왔다 갔다 했다.

"이해를 못 하는구나." 마침내 루핀이 입을 열었다.

"그럼 설명해 주세요." 해리가 말했다.

루핀이 침을 삼켰다.

"내가…… 통스와 결혼한 건 엄청난 실수였다. 그러면 안 되는 걸 알면서 했고, 결혼한 이후로 아주 많이 후회했어."

"알겠어요." 해리가 말했다. "그러니까 그냥 통스랑 아이를 버리고 우리와 도망가겠다는 거네요?"

루핀이 벌떡 일어서는 바람에 의자가 뒤로 넘어졌다. 그들을 바라보는 루핀의 눈길이 어찌나 사나운지, 해리는 처음으로 인간 루핀의 얼굴에 깃든 늑대의 그림자를 보았다.

"내가 내 아내와 태어나지도 않은 자식에게 무슨 짓을 했는지 모르겠니? 나는 통스와 결코 결혼하지 말았어야 했어. 내가 통스를 버림받은 존재로 만들었단 말이다!"

루핀은 자신이 넘어뜨린 의자를 걷어찼다.

"너는 기사단에 속해 있거나, 호그와트에서 덤블도어 교수님의 보호 아래 있는 내 모습만 봐 왔어! 그래서 마법사 세계의 대부분이 나 같은 존재를 어떻게 보는지 몰라! 내가 가진 고통의 원인에 대해 알면 다들 나와 말도 섞지 않으려 든다고! 내가 무슨 짓을 했는지 모르겠니? 통스의 가족조차 우리의 결혼을 싫어했어. 어느 부모가 하나뿐인 딸이 늑대인간과 결혼하기를 바라겠니? 게다가 아이는…… 아이는…….."

루핀은 실제로 머리카락을 한 움큼 쥐어뜯었다. 정신이 나간 듯한 모습이었다.

"내 종족은 보통 번식을 하지 않아! 아이는 나처럼 될 거야. 확실해……. 그런데 내가 어떻게 나 자신을 용서할 수 있겠니? 뻔히 알면서 아무 죄 없는 아이에게 내 처지를 물려줄 위험을 무릅썼는데. 그리고 설령 기적이 일어나 아이가 나처럼 되지 않더라도, 언제나 부끄러워해야만 하는 아버지는 없는 편이 백배는 더 나을 거다!"

"리머스!" 헤르미온느가 눈에 눈물이 괸 채 속삭였다. "그런 말 하지 마세요. 어떤 아이가 교수님을 부끄러워할 수 있겠어요?"

"아, 난 잘 모르겠는데, 헤르미온느." 해리가 말했다. "나라면 되게 부끄러울 것 같아."

해리는 스스로도 알 수 없는 분노에 떠밀려 자리에서 일어났다. 루핀은 해리한테 한 대 얻어맞기라도 한 듯한 표정이었다.

해리가 말했다. "새 정부는 머글 태생도 벌레 취급 한다는데, 아버지가 불사조 기사단에 속해 있는 반 늑대인간은 어떻겠어? 우리 아빠는 엄마랑 저를 지키려다가 돌아가셨어요. 아빠가 교수님한테 자식을 버리고 우리랑 같이 모험을 떠나라고 했을 것 같으세요?"

"어떻게…… 어떻게 그런……?" 루핀이 말했다. "이건 위험이나 개인의 영광을 좇는 욕망과는 상관없는 일이야. 어떻게 그런 식으로……."

"제가 보기엔 교수님이 무모하게 굴고 싶어 하는 것 같거든요." 해리가 말했다. "시리우스의 역할을 대신하고 싶은 거죠……."

"해리, 그만해!" 헤르미온느가 애원하듯 말했지만 해리는 계속 루핀의 화난 얼굴을 노려보았다.

"이럴 줄은 전혀 몰랐어." 해리가 말했다. "나한테 디멘터와 싸우는 방법을 가르쳐 준 사람이…… 겁쟁이라니."

루핀이 워낙 빠르게 지팡이를 뽑아 드는 바람에 해리는 지팡이로 손을 뻗을 시간조차 없었다. 시끄러운 굉음이 울리고 해리는 한 대 얻어맞은 것처럼 몸이 뒤로 날아가는 느낌을 받았다. 부엌 벽에 부딪쳐 바닥으로 미끄러지는데 문밖으로 사라지는 루핀의 망토 자락이 보였다.

"리머스, 리머스, 돌아와요!" 헤르미온느가 소리쳤지만 루핀은 대답하지 않았다. 잠시 후 현관문이 쾅 닫히는 소리가 들렸다.

"해리!" 헤르미온느가 울부짖었다. "어떻게 그럴 수 있어?"

"별로 어렵지 않던데." 해리가 말했다. 그는 바닥에서 일어섰다. 벽에 부딪친 머리에 혹이 부풀어 오르는 것이 느껴졌다. 그는 여전히 분노에 가득 차서 부들부들 떨었다.

"그런 식으로 쳐다보지 마!" 그가 헤르미온느에게 쏘아붙였다.

"헤르미온느한테 뭐라고 하지 마!" 론이 버럭 화를 냈다.

"아냐, 아냐, 우리끼리 싸우면 안 돼!" 헤르미온느가 둘 사이에 뛰어들며 말했다.

"루핀한테 그런 얘기를 하면 안 되는 거였어." 론이 해리에게 말했다.

"그럴 만하니까 한 거야." 해리가 말했다. 조각 난 이미지들이 그의 머릿속에서 정신없이 지나가고 있었다. 베일 너머로 쓰러지던 시리우스, 공중에 내던져져 부서진 덤블도어, 번뜩이던 녹색 빛과 해리를 살려 달라고 애원하는 어머니의 목소리…….

"부모는" 하고, 해리가 입을 열었다. "자식을 버리면 안 돼. 만에 하나…… 만에 하나 어쩔 수 없는 경우가 아니라면."

"해리……." 헤르미온느가 위로하듯 손을 내밀었지만 그는 어깨를 움츠려 그 손길을 피하고, 그녀가 불을 지펴 놓은 벽난로에 눈길을 고정한 채 저쪽으로 걸음을 옮겼다. 한때는 그 벽난로 속에서 제임스에 대한 확신을 얻고자 루핀과 이야기 나눈 적이 있었다. 그때 루핀은 그를 위로해 주었다. 지금은 하얗게 질린 채 고통스러워하는 루핀의 얼굴이 눈앞에 어른거리는 듯했다. 구역질이 날 정도로 후회가 솟구쳤다. 론도, 헤르미온느도 입을 열지 않았지만 해리는 그들이 등 뒤에서 서로를 바라보며 조용히 대화하고 있다는 확신이 들었다.

돌아보니, 서로 시선을 주고받다가 서둘러 고개를 돌리는 두 사람의 모습이 보였다.

"겁쟁이라고 하지 말았어야 한다는 건 알아."

"그래, 그건 잘못했어." 론이 즉시 말했다.

"하지만 겁쟁이처럼 굴잖아."

"그렇더라도……." 헤르미온느가 말했다.

"나도 알아." 해리가 말했다. "하지만 그 덕에 루핀이 통스한테 돌아간다면 그럴 만한 가치가 있지 않아?"

해리는 목소리에서 변명하는 기색을 감출 수 없었다. 헤르미온느는 연민을 느끼는 듯했고 론은 잘 모르겠다는 표정이었다. 해리는 발밑을 내려다보며 아버지를 떠올렸다. 제임스라면 해리가 루핀에게 한 말을 두고 그의 편을 들어 주었을까? 아니면 아버지의 오랜 친구를 대하는 그의 태도에 화를 냈을까?

조용한 부엌이 조금 전의 장면이 남긴 충격, 그리고 론과 헤르미온느의 말 못 한 책망으로 웅웅거리는 듯했다. 루핀이 가져온

《예언자일보》가 여전히 식탁에 놓여 있고, 1면에 실린 해리 자신의 얼굴이 천장을 올려다보고 있었다. 해리는 식탁에 다가가 앉은 뒤 신문을 아무 데나 펼치고 읽는 척했다. 루핀과 충돌한 일이 아직도 머릿속에 가득해 단어들이 눈에 들어오지 않았다. 그는 론과 헤르미온느가 《예언자일보》 너머에서 다시 침묵 속 대화를 시작했을 거라고 확신했다. 그는 시끄러운 소리를 내며 신문을 넘겼다. 순간 덤블도어의 이름이 눈에 들어왔다. 일가족을 보여 주는 사진이 무엇을 뜻하는지를 이해한 건 잠시 후의 일이었다. 사진 밑에는 이렇게 적혀 있었다. '덤블도어 가족: 왼쪽부터, 알버스, 갓 태어난 아리아나를 안고 있는 퍼시벌, 켄드라, 애버포스.'

거기에 관심이 끌린 해리는 그 사진을 더 유심히 살펴보았다. 덤블도어의 아버지 퍼시벌은 빛바랜 낡은 사진 속에서도 반짝거리는 듯한 두 눈을 가진 잘생긴 남자였다. 아기 아리아나는 빵 덩이보다 조금 클 뿐 그 이상 독특한 모습은 없었다. 어머니 켄드라는 새까만 머리카락을 높이 말아 올렸으며 얼굴은 조각 같은 구석이 있었다. 그녀는 깃이 목 위로 높게 올라오는 실크 가운을 입고 있었는데 그 검은 눈과 높은 광대뼈, 곧은 코를 보자 해리가 예전에 교과서에서 봤던 아메리카 원주민이 떠올랐다. 알버스와 애버포스는 목깃에 레이스가 달린 재킷을 맞춰 입고 똑같이 어깨까지 내려오는 머리카락을 하고 있었다. 알버스가 몇 살 더 많아 보이긴 했지만 그 외에는 두 소년이 너무나 닮아 보였다. 알버스의 코가 아직 부러지기 전이고 안경을 쓰지도 않았던 때라 더욱 그랬다.

가족은 무척 행복하고 평범한 모습으로 평온하게 신문 밖을 향해 미소를 머금고 있었다. 아기 아리아나의 팔이 숄 밖으로 빠져나와 살포시 흔들렸다. 사진 위쪽의 헤드라인이 눈에 들어왔다.

### 출간을 앞둔 알버스 덤블도어 전기 독점 발췌

**리타 스키터**

해리는 지금보다 기분이 더 나빠질 수는 없을 거라 생각하며 기사를 읽기 시작했다.

남편 퍼시벌이 체포되어 아즈카반에 수감된 일이 세간에 널리 알려진 뒤로 콧대 높고 거만한 켄드라 덤블도어는 더 이상 몰드온더월드에서 살 수 없었다. 그래서 그녀는 가족의 보금자리를 통째로 옮겨 고드릭 골짜기라는 마을에 정착하기로 결심했다. 고드릭 골짜기는 이후 해리 포터가 '그 사람'에게서 살아남은 불가사의한 사건의 현장으로 유명해진 마을이다.

고드릭 골짜기도 몰드온더월드처럼 수많은 마법사 가족이 사는 곳이었지만 그곳에는 켄드라를 아는 사람이 아무도 없었다. 그래서 켄드라는 예전에 살던 마을에서와 달리 남편의 범죄에 대한 호기심에 시달리지 않을 수 있었다. 그녀는 새로운 마법사 이웃들의 친절한 접근을 계속 무시함으로써 곧 가족과 함께 철저히 고립되었다.

"집에서 만든 솥단지 케이크를 들고 인사하러 갔더니 눈앞에서 문을 닫아 버리더라고요." 바틸다 백숏은 말한다. "그 사람들이 온 첫해에는 두 아들만 겨우 봤어요. 그다음 겨울에 달빛 아래서 플랜전 타인을 따다가 켄드라가 아리아나를 데리고 집 뒤뜰로 나오는 걸 보지 못했다면 딸이 있는 줄도 몰랐을 거예요. 아이를 단단히 붙잡고 잔디밭을 한 바퀴 돌게 하더니 다시 안으로 데려가더군요. 도대체 뭐 하는 건지 알 수 없었죠."

켄드라는 아리아나를 숨길 완벽한 기회로 보고 고드릭 골짜기로의 이사를 오랫동안 계획해 온 듯하다. 이사 시기도 의미심장했다. 아리아나가 사람들의 시야에서 사라진 건 겨우 일곱 살 때였는데, 일곱 살은 마법 능력이 존재할 경우 그 힘이 드러나는 나이라고 전문가들은 입을 모은다. 아리아나가 마법 능력의 기미를 희미하게나마 보여 준 일을 기억하는 사람은 현재 아무도 없다. 그러므로 켄드라가 스큅을 낳은 사실을 인정하는 수치를 감내하느니 딸의 존재를 감추기로 결정한 것은 분명해 보인다. 당연히, 아리아나를 알 만한 친구와 이웃 들에게서 멀리 떨어진 곳으로 이사하면서 그녀를 감금하기도 훨씬 쉬워졌을 것이다. 아리아나의 존재를 알고 있는 소수는 그 이후로도 비밀을 지킬 거라고 기꺼이 믿을 수 있는 사람들이었는데, 그들 중에는 아리아나의 두 오빠도 포함된다. 이들은 어머니가 가르쳐 준 대로 '여동생은 몸이 너무 약해서 학교에 못 다녀요'라는 대답으로 당혹스러운 질문들을 회피해 왔다.

다음 주: 호그와트의 알버스 덤블도어—영광과 위선.

해리의 생각이 틀렸다. 기사를 읽으니 기분이 더 나빠졌다. 그는 행복해 보이는 가족의 사진을 다시 바라보았다. 그게 사실일까? 어떻게 하면 진실을 알 수 있지? 그는 바틸다가 이야기할 수 있는 상태가 아니라 하더라도 고드릭 골짜기에 가 보고 싶었다. 그곳은 그와 덤블도어 둘 다 사랑하는 이들을 잃어버린 곳이었다. 그는 론과 헤르미온느의 의견을 물으려고 신문을 내렸다. 그때 귀가 먹을 듯한 '펑' 소리가 부엌 안에 울려 퍼졌다.

해리는 사흘 만에 처음으로 크리처의 존재를 까맣게 잊고 있었다. 처음에는 루핀이 다시 불쑥 들어온 줄 알고, 난데없이 의자 바로 옆에 나타나 싸우느라 뒤엉켜 있는 팔다리를 알아보지 못했다. 그가 벌떡 일어나자 크리처가 뒤엉킨 몸을 풀고 해리에게 깊숙이 허리 숙이며 쉰 목소리로 말했다. "크리처가 도둑놈 먼덩거스 플레처와 함께 돌아왔습니다요, 주인님."

먼덩거스가 허둥지둥 일어나 마법 지팡이를 꺼냈다. 하지만 그가 상대하기에는 헤르미온느가 너무 빨랐다.

"엑스펠리아르무스!"

공중으로 날아오른 먼덩거스의 지팡이를 헤르미온느가 낚아챘다. 먼덩거스는 눈을 휘둥그렇게 뜨고 계단을 향해 몸을 날렸다. 론이 럭비 선수처럼 그에게 달려들자 먼덩거스는 우적 하는 먹먹한 소리와 함께 돌바닥에 넘어졌다.

"뭐야?" 그가 론의 손아귀에서 풀려나려고 몸부림을 치면서 소리쳤다. "내가 뭘 어쨌다고? 나한테 망할 놈의 집요정을 붙이다니, 무슨 장난질이야? 내가 뭘 어쨌다고? 놔, 놔, 안 놓으면……."

"협박할 처지가 아닐 텐데." 해리가 말했다. 그는 신문을 옆으로 던지고 몇 걸음 만에 부엌을 가로질러 먼덩거스 앞에 털썩 무릎을 꿇었다. 먼덩거스는 몸부림을 멈추고 겁에 질린 표정을 지었다. 론은 헐떡이며 자리에서 일어나, 해리가 마법 지팡이로 신중하게 먼덩거스의 코를 가리키는 모습을 지켜보았다. 먼덩거스에게서 퀴퀴한 땀내와 담배 연기에 찌든 악취가 풍겼다. 머리카락은 잔뜩 헝클어지고 로브는 때로 얼룩덜룩했다.

"크리처가 도둑놈을 데려오는 일이 늦어진 걸 사죄드립니다요, 주인님." 집요정이 꺽꺽대는 목소리로 말했다. "플레처는 붙잡히는 것을 피하는 방법은 물론, 숨을 구멍과 공범도 많이 알고 있지요. 그럼에도 크리처는 도둑놈을 구석에 몰아넣었습니다요."

"정말 잘했어, 크리처." 해리가 말하자 집요정은 깊숙이 허리를 숙였다.

"좋아, 몇 가지 질문할게" 하고 해리가 말을 걸자 먼덩거스는 곧바로 소리쳤다. "너무 무서워서 그랬어. 알겠냐? 난 결코 같이 가고 싶지 않았어. 기분 나쁘라고 하는 말은 아니지만, 난 절대 널 위해 목숨을 바치겠다고 자원한 적이 없다고. 게다가 나한테 달려들던 건 염병할 '그 사람'이었단 말이야. 그런 상황에서는 누구라도 도망쳤을걸? 난 처음부터 하기 싫다고 말했…….."

"모를까 봐서 하는 말인데, 다른 사람들은 누구도 순간이동으로 사라지지 않았어요." 헤르미온느가 말했다.

"뭐, 너희는 빌어먹을 영웅들이라 그렇겠지. 안 그래? 하지만 나는 단 한 번도 자살하는 척이라도 하려고 나선 적 없……."

"당신이 왜 매드아이를 버리고 도망갔는지에는 관심 없어." 해리가 잔뜩 충혈된 먼덩거스의 축 처진 눈에 마법 지팡이를 좀 더 가까이 들이대며 말했다. "당신이 못 믿을 쓰레기라는 건 진작 알고 있었으니까."

"그럼, 대체 왜 집요정이 나를 쫓는 건데? 아니면 또 그 잔 때문에 그래? 남은 건 하나도 없어. 남았다면 너한테 줬겠……."

"잔 때문도 아니야. 조금 전보다는 감을 잡은 것 같지만." 해리가 말했다. "입 다물고 들어."

뭔가 할 일이 있다니, 조금이나마 진실을 캐물을 수 있는 사람이 있다니 참으로 기분이 좋았다. 먼덩거스는 이제 콧등에 너무 가까워진 해리의 지팡이를 계속 쳐다보느라 눈이 가운데로 몰려 있었다.

"당신이 이 집 귀중품을 다 털어 갔을 때……." 해리가 입을 열었지만, 먼덩거스가 그의 말을 다시 끊었다.

"시리우스는 그 쓰레기들에 단 한 번도 관심을 가진 적……."

타다닥 하는 발소리가 들리면서 구릿빛 무엇인가가 번뜩이는가 싶더니 쨍그랑하는 소리가 울려 퍼지고 뒤이어 고통스러운 비명이 터져 나왔다. 크리처가 먼덩거스에게 달려들어서 냄비로 그의 머리를 내리친 것이다.

"이놈 말려, 이놈 좀 말리라고. 이런 놈은 가둬 놔야 해!" 크리처가 바닥이 두꺼운 냄비를 다시 들어 올리자 먼덩거스가 몸을 움츠리며 비명을 질렀다.

"크리처, 하지 마!" 해리가 소리쳤다.

무거운 냄비를 계속 높이 치켜들고 있느라 크리처의 앙상한 팔이 부들부들 떨렸다.

"딱 한 대만 더 때리면 안 될까요, 해리 주인님? 딱 한 대만요."

론이 웃음을 터뜨렸다.

"먼덩거스가 의식을 잃어선 안 돼, 크리처. 하지만 달리 설득이 필요하다면 너한테 맡길게." 해리가 말했다.

"정말 고맙습니다, 주인님." 크리처가 허리를 숙이며 말하더니, 혐오감을 담은 큼직하고 흐릿한 눈으로 먼덩거스를 빤히 쳐다보면서 뒤로 물러났다.

"당신이 이 집에서 찾을 수 있는 귀중품이란 귀중품은 다 털어 갔을 때" 하고 해리가 다시 입을 열었다. "부엌 찬장에서도 물건들을 꺼내 갔지. 그중에 로켓이 있었어." 해리는 문득 입이 바싹 마르는 것 같았다. 론과 헤르미온느가 긴장하고 흥분하는 기색도 느껴졌다. "그건 어떻게 했어?"

"왜?" 먼덩거스가 물었다. "비싼 거야?"

"아직 가지고 있군요!" 헤르미온느가 소리쳤다.

"아니, 그럴 리가." 론이 눈치 빠르게 말했다. "돈을 더 받았어야 하는지 궁금해서 저러는 거야."

"더?" 먼덩거스가 말했다. "제기랄, 그럴 수는 없었을걸……. 젠장, 그냥 줘 버렸단 말이야. 어쩔 수 없었어."

"무슨 소리야?"

"다이애건 앨리에서 장사를 하고 있었는데 어떤 여자가 다가와서 마법 물품 거래 자격증이 있냐고 물어보잖아. 망할 염탐꾼 같으니라고. 벌금을 물리겠다더니, 그 로켓이 눈에 들어왔는지 그걸 주면 이번만 눈감아 주겠다는 거야. 운 좋은 줄 알라면서."

"그 여자가 누군데?" 해리가 물었다.

"몰라, 웬 정부 할망구였는데."

먼덩거스는 이마에 주름을 잡으며 잠시 생각에 잠겼다.

"키가 작았어. 머리 꼭대기에 리본을 달고 있었고."

그는 얼굴을 찌푸리더니 덧붙였다. "두꺼비처럼 생겼어."

해리는 마법 지팡이를 떨어뜨렸다. 지팡이가 먼덩거스의 코에 부딪치면서 빨간 불꽃이 발사되었다. 먼덩거스의 눈썹에 불이 붙었다.

"*아구아멘티!*" 헤르미온느가 소리치자 그녀의 마법 지팡이 끝에서 물줄기가 튀어나와 먼덩거스에게 퍼부어졌다. 그는 숨이 막혀서 어푸어푸 물을 뱉었다.

해리는 눈을 들었다. 그가 받은 충격이 론과 헤르미온느의 얼굴에도 똑같이 어려 있었다. 오른쪽 손등의 흉터가 다시 욱신거리는 듯했다.

## 12장
## 마법은 힘이다

 8월이 지나면서 그리몰드가 한복판 광장의 무성한 잔디도 햇볕을 받아 버석버석해지고 갈색을 띠었다. 12번지에 사는 사람들은 이웃의 눈에 전혀 띄지 않았다. 12번지 자체도 마찬가지였다. 그리몰드가에 사는 머글들은 11번지 옆에 13번지가 배치된 까닭이 번지수를 매길 때 생긴 우스운 실수 탓이라고 생각하게 된 지 이미 오래였다.
 하지만 이제 그곳에는 이런 이상한 번지수를 굉장히 흥미롭게 여기는 방문자들이, 많지는 않지만 끊임없이 꾀어들고 있었다. 별 볼 일이 없거나 겉으로는 그런 것처럼 보이는 사람 한두 명이 거의 하루도 빠짐없이 나타나 11번지와 13번지가 마주 보이는 난간에 기대 두 집이 맞닿은 곳을 지켜보았다. 이렇게 배회하는 사람들은 이틀 연속으로 같은 사람이 다시 오는 경우는 없었지만, 모두 평범한 옷차림을 싫어한다는 공통점을 가지고 있었다. 그들을 지나쳐 가는 대부분의 런던 사람들은 이상한 옷을 입는 사람들에게 익숙해져 있어서 별다른 눈치를 채지는 못했지만, 힐끔 뒤돌아보며 이렇게 더운 날에 왜 저런 긴 망토를 입고 있는지 의아해하는 사람들도 가끔 있기는 했다.

그 감시자들은 밤낮으로 지켜보면서도 그다지 만족스러운 결과는 얻지 못하는 듯했다. 간혹 그들 중 한 명이 마침내 뭔가 흥미로운 것을 발견한 듯 흥분해서 앞으로 불쑥 튀어나가기도 했지만 곧 실망한 표정을 지으며 다시 주저앉을 뿐이었다.

9월 첫째 날에는 광장을 어슬렁거리는 사람이 그 어느 때보다도 많았다. 긴 망토를 입은 남자 대여섯 명이 조용히 지키고 서서 11번지와 13번지 건물을 뚫어지게 바라봤지만, 그들이 기다리고 있는 것은 여전히 찾기 힘든 것 같았다. 저녁이 다가오면서 몇 주 만에 처음으로 예기치 않게 차가운 비가 쏟아졌고, 그들이 뭔가 흥미로운 것을 본 듯한 불가사의한 순간이 또 발생했다. 얼굴이 일그러진 남자가 손가락으로 가리키자 가장 가까운 곳에 있던 뚱뚱하고 창백한 남자가 앞으로 달려 나갔다. 하지만 잠시 후 그들은 답답하고 실망한 표정을 지으며, 무기력하게 가만히 있는 상태로 되돌아갔다.

  한편 12번지 안에서는 해리가 막 복도에 들어선 참이었다. 그는 현관문 바로 앞에 있는 바깥 계단 맨 꼭대기로 순간이동을 하다가 하마터면 균형을 잃을 뻔했다. 죽음을 먹는 자들이 순간적으로 노출된 그의 팔꿈치를 봤을지도 모른다는 생각이 들었다. 그는 조심스럽게 문을 닫은 뒤 투명 망토를 벗어서 팔에 걸치고 재빨리 어둑어둑한 복도를 따라 지하실로 이어지는 문으로 향했다. 손에는 훔쳐 온 《예언자일보》가 들려 있었다.

  평소와 같이 "세베루스 스네이프?"라고 묻는 나직한 속삭임이 그를 맞이했고, 차가운 바람이 그의 몸을 휩쓸더니 잠깐 혀가 말려들어 갔다.

  "제가 죽인 게 아니에요." 혀가 풀리자마자 그가 말했다. 이어 저주 마법이 만들어 낸 형상이 먼지를 일으키며 폭발하자 해리는 숨을 참았다. 그는 블랙 부인의 비명 소리와 먼지구름이 미치지 않는 곳까지 부엌으로 내려가는 계단을 반쯤 내려간 뒤에야 소리쳤다. "새로운 소식이 있는데, 별로 마음에 들진 않을 거야."

  부엌은 몰라보게 달라져 있었다. 모든 것이 번쩍거렸다. 구리 솥과 냄비 들은 장밋빛으로 반짝거릴 만큼 광이 났고, 나무로 된 식탁 상판에는 은은한 빛이 감돌았다. 저녁 식사를 위해 벌써부터 내놓은 잔과 접시 들은 쾌활하게 타오르는 불빛을 받아 빛났고,

불 위에서는 솥단지가 부글부글 끓고 있었다. 하지만 이 공간에서 무엇보다도 극적으로 달라진 것은 해리에게 황급히 다가온 집요정이었다. 그는 눈처럼 하얀 수건을 몸에 걸쳤고, 귀에 난 털은 솜털처럼 깨끗하고 보송보송해졌으며, 깡마른 가슴팍에서는 레귤러스의 로켓이 통통 튀고 있었다.

"신발을 벗어 주시겠습니까요, 해리 주인님. 그리고 저녁 식사 전에 손을 씻어 주세요." 크리처가 구부정하게 서서 투명 망토를 받아 들고 벽에 걸린 고리에 걸면서 쉰 목소리로 말했다. 그 옆으로 새로 세탁한 구식 로브들이 잔뜩 걸려 있었다.

"무슨 일인데?" 론이 불안한 듯 물었다. 그와 헤르미온느는 긴 부엌 식탁 끝에서 어지럽게 흐트러진 휘갈겨 쓴 쪽지들과 손으로 그린 지도들을 살펴보고 있다가, 해리가 성큼성큼 다가와 흩어진 양피지 위에 신문을 내려놓는 모습을 지켜보았다.

눈에 익은 갈고리 모양 코와 검은 머리카락을 가진 남자의 큼직한 사진이 헤드라인 아래에서 그들 모두를 올려다보고 있었다.

## 세베루스 스네이프,
## 호그와트 교장으로 임명

"안 돼!" 론과 헤르미온느가 큰 소리로 외쳤다.

헤르미온느가 가장 먼저 신문을 낚아채더니 딸려 있는 기사를 소리 내어 읽기 시작했다.

"오늘, 호그와트 마법학교에서 진행되고 있는 인사이동의 일환으로, 이 유서 깊은 학교에서 오랫동안 마법약 교수로 재직해 온 세베루스 스네이프가 가장 중요한 직책인 교장에 임명되었다. 그 밖에도 전직 머글학 교수가 사임함에 따라 알렉토 캐로가 해당 보직을 맡게 되었으며, 캐로와 남매지간인 아미쿠스가 어둠의 마법 방어법 교수직을 담당하게 되었다. '저는 가장 훌륭한 마법 전통과 가치를 지켜 나갈 이 기회를 기꺼이 받아들입니다.' 살인을 저지르고 사람 귀를 자르는 전통을 말하는 건가? 스네이프가 교장이라니! 스네이프가 덤블도어 교수님의 연구실에…… 멀린의 팬티 같으니!" 그녀가 소리를 지르는 바람에 해리와 론은 화들짝 놀랐다. 그녀는 식탁에서 벌떡 일어나 부엌 밖으로 달려 나가며 소리쳤다. "금방 돌아올게!"

"'멀린의 팬티'라고?" 론이 즐거워하는 표정으로 되풀이했다. "정말 열 받았나 보네." 그는 신문을 가져다 스네이프에 대한 기사를 읽었다.

"다른 교수님들이 참지 않을 거야. 맥고나걸이랑 플리트윅이랑 스프라우트 모두 진실을 알고 있어. 덤블도어가 어떻게 죽었는지 안다고. 스네이프를 교장으로 받아들이지 않을 거야. 그리고 이

캐로라는 사람들은 누구야?"

"죽음을 먹는 자들이야." 해리가 말했다. "사진도 실려 있어. 둘 다 스네이프가 덤블도어 교수님을 죽였을 때 탑 꼭대기에 있었어. 다들 친구 사이인 거지. 그리고……." 해리는 의자를 끌어당기며 쓸쓸하게 말을 이었다. "다른 교수님들한테는 그냥 남는 것 말고는 다른 선택이 없을 거야. 정부와 볼드모트가 스네이프 뒤에 있다면, 학교에 남아서 학생들을 가르칠지, 아니면 아즈카반에서 몇 년을 썩을지 선택해야 할 테니까. 그것도 운이 좋은 경우겠지만. 내 생각에는 학교에 남아서 학생들을 보호하려고 하실 것 같아."

크리처가 커다란 그릇을 양손으로 들고 부산스럽게 식탁으로 다가오더니, 이 사이로 휘파람을 불면서 깨끗한 접시마다 수프를 덜어 주었다.

"고마워, 크리처." 해리가 스네이프의 얼굴이 보이지 않도록 《예언자일보》를 넘기며 말했다. "뭐, 적어도 이젠 스네이프가 어디 있는지 정확히 알게 됐네."

그는 수프를 입에 넣기 시작했다. 크리처의 요리 실력은 레귤러스의 로켓을 받은 이후 극적으로 향상됐다. 오늘의 프랑스식 양파 수프는 해리가 맛본 어떤 수프보다도 맛있었다.

"아직도 죽음을 먹는 자들 여럿이 이 집을 지켜보고 있어." 그는 수프를 먹으면서 론에게 말했다. "평소보다 더 많아. 우리가 짐

가방을 들고 호그와트 급행열차를 타러 갈 줄 아나 봐."

론이 손목시계를 힐끗 들여다보았다.

"안 그래도 하루 종일 그 생각 했는데. 급행열차는 여섯 시간쯤 전에 떠났어. 그거 안 타니까 이상하지 않아?"

한때 론과 함께 날아가면서 내려다봤던 진홍색 증기기관차가 해리의 눈앞에 보이는 듯했다. 새빨간 애벌레처럼 꿈틀거리며 들판들과 언덕들 사이로 아른거리는. 지금쯤 지니, 네빌, 루나는 함께 앉아 해리와 론과 헤르미온느가 어디에 있을지 궁금해하거나, 어떻게 해야 스네이프의 새로운 체제를 가장 효과적으로 약화시킬 수 있을지 토론하고 있을 게 분명했다.

"방금 돌아오다가 하마터면 놈들한테 들킬 뻔했어." 해리가 말했다. "계단 꼭대기에 잘못 내려서는 바람에 투명 망토가 미끄러졌거든."

"난 맨날 그러는데 뭘. 아, 왔네." 론이 의자에 앉은 채 목을 길게 빼고 헤르미온느가 부엌에 다시 들어오는 모습을 지켜보며 덧붙였다. "멀린의 잔뜩 늘어진 삼각팬티를 걸고, 대체 왜 그런 거야?"

"이게 생각났어." 헤르미온느가 헐떡였다.

그녀는 그림이 끼워진 커다란 액자를 들고 와 바닥에 내려놓더니 부엌 서랍에서 작은 구슬가방을 꺼냈다. 그녀는 가방을 열고 액자를 안에 억지로 밀어 넣었다. 액자는 딱 봐도 작은 가방에 넣기에는 너무 컸지만, 잠시 후 다른 수많은 물건들처럼 가방 속 넓고 깊숙한 공간으로 사라졌다.

"피니어스 나이젤러스 말이야." 헤르미온느가 설명하며 가방을 부엌 식탁에 던지자 평소처럼 낭랑하고 철컹거리는 소리가 울려 퍼졌다.

"뭐라고?" 론이 다시 물었지만 해리는 알아들었다. 그림 속 피니어스 나이젤러스 블랙은 그리몰드가의 초상화와 호그와트 교장실에 걸려 있는 초상화 사이를 빠르게 오갈 수 있었다. 지금 이 순간 탑 꼭대기의 그 둥근 방에는 스네이프가 앉아 있을 게 뻔했다. 덤블도어가 모아 둔 섬세한 은제 마법 기구들과 돌로 만든 펜시브, 기숙사 배정 모자, 다른 데로 옮겨지지 않았다면 그리핀도르의 검까지 의기양양하게 차지하고서.

"스네이프가 피니어스 나이젤러스를 보내서 이 집 안을 살펴보게 할지도 몰라." 헤르미온느가 자리에 앉으며 론에게 설명했다. "하지만 이제 얼마든지 해 보라지. 피니어스 나이젤러스가 볼 수 있는 건 내 핸드백 속뿐이니까."

"멋진 생각이야!" 론이 감명받은 표정으로 말했다.

"고마워." 헤르미온느가 수프를 끌어당기며 미소 지었다. "해리, 오늘 다른 일은 없었어?"

"없었어." 해리가 말했다. "일곱 시간 동안 정부 출입구를 지켜

봤는데 그 여자는 코빼기도 안 보이더라. 그래도 너희 아버지는 봤어, 론. 괜찮아 보이셨어."

론은 소식을 전해 줘서 고맙다는 뜻으로 고개를 끄덕였다. 위즐리 씨는 항상 다른 정부 직원들에게 둘러싸여 있었기에 그가 정부를 드나드는 동안 대화를 시도하는 건 너무 위험하다는 데 세 사람 모두 의견을 모았다. 그래도 이런 식으로나마 그를 잠깐이라도 보는 것은 안심이 되는 일이었다. 물론 위즐리 씨가 아주 긴장하고 불안해 보이긴 했지만.

"아빠는 항상 우리한테 정부 사람들은 출근할 때 대부분 플루 네트워크를 이용한다고 하셨어." 론이 말했다. "그래서 엄브리지를 못 본 거야. 그 여자는 절대 걸어 다니지 않으니까. 그러기엔 자기가 너무 높은 사람이라고 생각하는 거지."

"그럼 그 우스꽝스러운 나이 든 여자 마법사랑 남색 로브를 입고 다니는 키 작은 남자 마법사는 어때?" 헤르미온느가 물었다.

"아, 그래. 남자는 마법 건물 관리팀 사람이야." 론이 말했다.

"그 사람이 마법 건물 관리팀에서 일하는 걸 네가 어떻게 알아?" 헤르미온느는 수프를 떠서 입으로 가져가던 손을 멈추고 물었다.

"아빠가 마법 건물 관리팀 직원들은 모두 남색 로브를 입는다고 하셨거든."

"하지만 그런 얘긴 한 번도 안 해 줬잖아!"

헤르미온느가 숟가락을 떨어뜨리더니 해리가 부엌에 들어왔을 때 론과 함께 살펴보던 쪽지와 지도 들을 끌어당겼다.

"여기에 남색 로브 얘기는 한 마디도 없어. 한 마디도!" 그녀가 종이들을 거칠게 넘겨 대며 말했다.

"근데, 그게 그렇게 중요해?"

"론, 모든 게 중요해! 그자들이 침입자를 경계하고 있을 게 뻔한 상황에서 들키지 않고 정부에 들어가려면 아주 작은 세부 사항 하나하나가 다 중요하단 말이야! 계속해서 얘기해 왔잖아. 내 말은, 네가 이런 얘기를 굳이 해 줄 생각조차 안 한다면 이 모든 정찰 활동이 대체 무슨 소용……."

"젠장, 헤르미온느. 그냥 사소한 것 하나 잊어버린 것 갖고……."

"알긴 아는 거지? 지금 전 세계를 통틀어 우리한테 정부만큼 위험한 곳은 없을……."

"내일 해야겠어." 해리가 말했다.

헤르미온느가 입을 쩍 벌린 채 말을 멈췄다. 론은 수프를 먹다가 사레에 들리고 말았다.

"내일 하자고?" 헤르미온느가 다시 물었다. "진심은 아니지, 해리?"

"진심이야." 해리가 말했다. "한 달 더 정부 출입구 근처에 숨어 있어 봐야 지금보다 더 준비될 것 같지는 않아. 미루면 미룰수록 로켓은 손 안 닿는 곳으로 더 멀어질 수 있어. 열리지 않으니까 엄브리지가 벌써 내다 버렸을 가능성도 높고."

"아니면" 하고, 론이 말했다. "그걸 여는 방법을 찾아내서 지금쯤 볼드모트에게 지배당했을지도 모르지."

"그래 봤자 그 여잔 별로 달라질 게 없을걸. 원래부터 사악한 인간이니까." 해리가 어깨를 으쓱했다.

헤르미온느는 깊은 생각에 잠긴 채 입술을 깨물고 있었다.

"우린 중요한 걸 모두 알고 있어." 해리는 헤르미온느에게 계속 설명했다. "순간이동으로 정부를 드나들 길이 막혔다는 것도 알아. 론이 입에 담지 말아야 할 자 둘이 불평하는 소리를 들어서 지금은 최고위급 정부 공무원들의 집에만 플루 네트워크를 연결할 수 있다는 것도 알고. 엄브리지의 사무실 위치도 대강 알고 있어. 그 턱수염 난 남자가 자기 동료한테 하는 얘기를 네가 들었으니까."

"*1층으로 올라갈게. 덜로리스가 좀 보재.*" 헤르미온느가 곧바로 읊었다.

"바로 그거야." 해리가 말했다. "그리고 그 이상한 동전인지 토큰인지, 아무튼 그걸 사용해서 들어간다는 것도 알아. 그때 그 여자 마법사가 동료한테 하나 빌리는 걸 내가 봤으니까……."

"하지만 우리한텐 그게 없잖아!"

"작전대로만 된다면 생기겠지." 해리가 침착하게 대꾸했다.

"모르겠어, 해리. 난 잘 모르겠어……. 너무나 많은 것들이 잘못될 수 있어. 운에 기대는 것도 너무 많고……."

"석 달을 더 준비해도 그럴 거야." 해리가 말했다. "이젠 행동에 나설 시간이야."

그는 론과 헤르미온느의 얼굴을 보고 그들이 겁에 질려 있다는 사실을 알 수 있었다. 해리도 특별히 자신이 있는 건 아니었지만 작전을 실행에 옮겨야 할 때가 왔다는 확신은 들었다.

그들은 지난 4주 동안 번갈아 가며 투명 망토를 쓰고 정부 공식 출입구를 염탐해 왔다. 위즐리 씨 덕분에 론은 어린 시절부터 그곳을 잘 알고 있었다. 그들은 정부에 들어가는 공무원들을 미행하고 대화를 엿듣고 조심스럽게 관찰한 끝에 누가 매일 같은 시각 혼자 그곳에 나타나는지도 알아냈다. 가끔씩은 누군가의 서류 가방에서 《예언자일보》를 몰래 빼낼 기회가 생기기도 했다. 그들이 모아 온 정보들이 담긴 지도와 종이가 서서히 쌓여서 지금 헤르미온느 앞에 놓여 있었다.

"좋아." 론이 천천히 입을 열었다. "내일 한다고 쳐……. 내 생각에는 그냥 나랑 해리만 가야 할 것 같아."

"아, 또 시작이네!" 헤르미온느가 한숨을 쉬었다. "그 얘기는 끝난 줄 알았는데."

"투명 망토를 뒤집어쓰고 출입구 근처에 머물러 있는 거면 몰라도 이건 다른 문제야, 헤르미온느." 론이 열흘 전 날짜가 찍혀 있는 《예언자일보》를 손가락으로 쿡 찔렀다. "너는 심문에 응하지 않은 머글 태생 명단에 올라 있단 말이야!"

"그리고 너는 버로에서 알알이 곰팡이로 죽어 가는 것으로 되어 있고! 누구보다도 그곳에 가선 안 되는 사람이 있다면 그건 해리야. 해리는 머리에 1만 갈레온의 현상금이 걸려 있으니까……."

"좋아, 난 여기 있을게." 해리가 말했다. "너희가 볼드모트를 무찌르고 나면 꼭 알려 줘. 알았지?"

론과 헤르미온느가 웃음을 터뜨린 그때, 해리는 이마의 흉터에서 격한 통증을 느꼈다. 그의 손이 흉터 쪽으로 홱 올라갔다. 그는 헤르미온느의 눈이 가늘어지는 것을 보고 눈을 가린 머리카락을 쓸어내는 척했다.

"뭐, 우리 셋 다 간다면 각자 순간이동을 해야 할 거야." 론이 말하고 있었다. "이제는 셋이 한꺼번에 투명 망토를 쓸 수 없으니까."

이마의 흉터가 점점 아파 왔다. 해리는 자리에서 일어났다. 크리처가 황급히 다가왔다.

"주인님이 수프를 다 드시지 않았군요. 짭짜름한 스튜가 더 좋으실까요? 아니면 주인님이 그토록 좋아하시는 당밀 타르트를 드릴까요?"

"고마워, 크리처. 근데 조금만 있다가 돌아올게. 어…… 화장실에 가려고."

해리는 헤르미온느의 의심스러운 눈길을 의식하고 서둘러 계단을 올라가서 복도를 지나 첫 번째 층계참으로 향했다. 그런 다음 화장실로 달려가 들어가자마자 문을 잠갔다. 그는 고통에 신음하면서, 입을 벌린 뱀 모양의 수도꼭지들이 달린 검은색 세면대에 몸을 푹 숙이고 눈을 감았다…….

그는 석양에 물든 거리를 미끄러지듯 걸어가고 있었다. 길 양옆의 높은 박공지붕을 얹은 건물들은 마치 생강 과자로 만든 집처럼 보였다.

그는 그중 한 집으로 다가갔다. 문 위에 놓인, 허옇고 긴 자신의 손가락이 보였다. 그는 문을 두드렸다. 흥분이 솟구치는 것이 느껴졌다…….

문이 열렸다. 어떤 여자가 웃으며 서 있었다. 해리의 얼굴을 본 여자의 표정이 어두워졌다. 그녀의 얼굴에서 기쁨이 사라지고 공포가 그 자리를 대신했다…….

"그레고로비치?" 높고 차가운 목소리가 말했다.

그녀는 고개를 저으며 문을 닫으려 했다. 하얀 손이 문을 붙잡고 그녀가 닫지 못하게 막았다.

"그레고로비치를 만나고 싶다."

"에어 본트 히어 니히트 메어('그 남자는 더 이상 여기 안 살아요'라는 뜻의 독일어—옮긴이)!" 그녀가 고개를 저으며 소리쳤다. "그 남자 여기 안 살아요! 여기 안 살아요! 나는 그 남자 몰라요!"

그녀는 문을 닫으려는 시도를 포기하고 어두운 복도를 따라 뒷걸음질 치기 시작했다. 해리는 미끄러지듯 그녀를 뒤쫓았다. 그의 긴 손가락에는 마법 지팡이가 쥐어져 있었다.

"어디 있지?"

"다스 바이스 이히 니히트('난 몰라요'—옮긴이)! 이사 갔어! 나는 몰라, 나는 몰라요!"

그는 마법 지팡이를 들어 올렸다. 여자가 비명을 질렀다. 어린아이 둘이 복도로 달려 나왔다. 그녀는 두 팔을 벌려 아이들을 보호하려고 했다. 녹색 광선이 번뜩이고……

"해리! **해리!**"

해리는 눈을 떴다. 그는 어느새 바닥에 쓰러져 있었다. 헤르미온느가 다시 문을 두드렸다.

"해리, 문 열어!"

그가 소리를 지른 게 틀림없었다. 그는 자리에서 일어나 잠긴 문을 열었다. 헤르미온느가 곧바로 넘어질 듯 안으로 들어오더니 균형을 되찾고 의심스러운 눈으로 주위를 둘러보았다. 론은 그녀의 바로 뒤에서 불안한 얼굴을 한 채 마법 지팡이로 서늘한 화장실 구석구석을 겨눴다.

"뭐 하고 있었어?" 헤르미온느가 엄격한 말투로 추궁하듯 물었다.

"내가 뭘 하고 있었을 것 같은데?" 해리가 허세를 부리며 되물었지만 별 효과는 없었다.

"목이 찢어져라 소리를 지르던데!" 론이 말했다.

"아, 그래…… 잠깐 졸았나 봐. 아니면…….'

"해리, 제발 부탁인데 우릴 바보 취급 하지 마." 헤르미온느가 심호흡을 하며 말했다. "우린 아래층에 있을 때부터 네 흉터가 아프기 시작했다는 걸 알아. 얼굴이 백지장처럼 하얗게 질려서는."

해리는 욕조 가장자리에 앉았다.

"그래, 알았어. 방금 볼드모트가 어떤 여자를 죽이는 걸 봤어. 아마 지금쯤 그 여자의 가족들을 전부 죽였을 거야. 그럴 필요도 없는데. 이번에도 세드릭 때하고 똑같아. 그 사람들은 그냥 거기 있었다는 이유만으로…….'

"해리, 더 이상 이런 일이 일어나게 놔둬선 안 돼!" 헤르미온느의 목소리가 화장실 안을 쩌렁쩌렁 울렸다. "덤블도어 교수님은 네가 오클루먼시를 쓰길 바라셨어! 그런 연결이 위험하다고 생각하셨단 말이야. 볼드모트는 그걸 이용할 수 있어, 해리! 그자가 사람을 죽이고 고문하는 광경을 보는 게 대체 무슨 소용이야? 그게 어떻게 도움이 된다는 거야?"

"왜냐하면 그건 그자가 무슨 짓을 하는지 내가 안다는 뜻이니까." 해리가 말했다.

"그럼 그자가 네 정신에 침투하는 걸 막아 볼 *시도조차* 안 하겠다는 거야?"

"헤르미온느, 난 못해. 내가 오클루먼시에 형편없다는 건 너도 알잖아. 전혀 감도 못 잡겠어."

"진정으로 노력해 본 적도 없잖아!" 그녀가 열을 내며 말했다. "이해가 안 가, 해리. 이런 게 좋아? 이런 특별한 연결인지 관계인지, 뭐 아무튼……."

그녀는 해리가 일어서면서 던진 눈길에 주춤거렸다.

"좋으냐고?" 그가 조용히 말했다. "너라면 좋겠어?"

"난…… 아니…… 미안해, 해리. 나는 그런 뜻이 아니라……."

"진짜 싫어. 그자가 내 안에 들어올 수 있다는 사실도, 그자가 가장 위협적인 순간에 그자를 지켜봐야만 한다는 사실도 싫다고. 하지만 난 이걸 이용할 거야."

"덤블도어 교수님은……."

"덤블도어 교수님은 잊어버려. 이건 내 선택이지 다른 누구의 선택도 아니야. 나는 그자가 왜 그레고로비치를 쫓는지 알고 싶어."

"누구?"

"외국의 지팡이 제작자." 해리가 말했다. "그레고로비치가 크룸의 지팡이를 만들었어. 크룸은 그 사람이 아주 뛰어난 실력자라고 생각해."

"하지만 네 말대로라면" 하고, 론이 입을 열었다. "볼드모트는 올리밴더를 어딘가에 가둬 놨잖아. 이미 지팡이 제작자가 있는데 왜 또 다른 사람을 찾으려고 하지?"

"어쩌면 크룸하고 같은 생각인지도 모르지. 그레고로비치가 낫다고 생각하는지도 몰라……. 아니면 그자가 날 추격했을 때 내 마법 지팡이가 한 일을 그레고로비치가 설명할 수 있을 거라고 생각하는 것일 수도 있고. 올리밴더는 몰랐으니까."

해리는 먼지로 뒤덮이고 금이 간 거울을 들여다보았다. 론과 헤르미온느가 등 뒤에서 의심 가득한 눈길을 주고받는 모습이 보였다.

헤르미온느가 말했다. "해리, 넌 계속 네 지팡이가 뭔가를 했다고 말하는데, 그런 일이 일어나게 만든 건 바로 너야! 왜 그렇게 너 자신의 힘을 인정하지 않으려고 해?"

"내가 한 일이 아니라는 걸 아니까! 그리고 그 사실을 아는 건 볼드모트도 마찬가지야, 헤르미온느! 볼드모트랑 나 둘 다 실제로 무슨 일이 벌어졌는지 알고 있다고!"

그들은 서로를 노려보았다. 해리는 자신이 헤르미온느를 설득하지 못했고, 그녀가 마법 지팡이에 대한 해리의 주장이건 그가 볼드모트의 머릿속이 들여다보이도록 놔두었다는 사실에 대해서 건 반론할 말들을 끌어모으고 있다는 사실을 알았다. 그때 다행스럽게도 론이 끼어들었다.

"그만해." 그가 헤르미온느에게 충고했다. "이건 해리가 결정할 문제야. 그리고 내일 정부에 갈 거면 계획을 한번 점검해 봐야 하지 않을까?"

헤르미온느는 두 사람의 눈에 빤히 보일 정도로 못마땅해했지만 일단 그 문제를 내려놓았다. 그러나 해리는 그녀가 기회만 잡으면 다시 공격해 오리라는 사실을 너무도 잘 알고 있었다. 어느새 그들은 지하의 부엌으로 돌아갔다. 크리처가 모두에게 스튜와 당밀 타르트를 대접했다.

그들은 그날 밤늦게까지 몇 시간에 걸쳐 작전을 토씨 하나 틀리지 않고 서로에게 읊어 줄 수 있을 만큼 반복적으로 검토한 뒤에야 잠자리에 들었다. 이제 시리우스의 침실을 쓰고 있던 해리는 지팡이 불빛을 아버지, 시리우스, 루핀, 페티그루가 찍힌 오래된 사진 쪽으로 돌려놓고 혼자서 10분 더 작전을 되뇌어 보았다. 하지만 지팡이 불빛을 끄고 나자 그는 폴리주스 마법약이나 속 뒤집어지는 사탕도, 마법 건물 관리팀의 남색 로브도 아닌, 지팡이 제작자 그레고로비치에 대해 생각하고 있었다. 볼드모트가 단단히 작정하고 찾아 나선 마당에 그가 얼마나 더 오래 숨어 있을 수 있을지 궁금했다.

자정이 됐나 싶었는데, 새벽이 지나칠 정도로 빠르게 밝아 왔다.

"너 꼴이 말이 아닌데." 론이 해리를 깨우러 들어와 인사를 건넸다.

"금방 괜찮아질 거야." 해리가 하품하며 말했다.

그들은 아래로 내려가 부엌에서 헤르미온느를 만났다. 그녀는 크리처에게서 커피와 따뜻한 롤빵을 대접받으며, 시험공부를 할 때처럼 살짝 정신 나간 표정을 짓고 있었다.

"로브." 두 사람이 들어온 것을 알아챈 그녀가 긴장한 듯 고개를 끄덕여 인사하고 끊임없이 구슬가방 안을 뒤지며 나직하게 중얼거렸다. "폴리주스 마법약…… 투명 망토…… 미끼 나팔…… 혹시 모르니까 너희 각자 하나씩 가져가야 해……. 속 뒤집어지는 사탕, 코피 캔디, 길어지는 귀……."

그들은 아침을 단숨에 먹어 치우고 위층으로 올라갔다. 크리처가 허리를 숙여 배웅하면서 그들이 돌아오는 시간에 맞춰 스테이크앤키드니 파이를 준비해 놓겠다고 약속했다.

"쟤 복 받을 거야." 론이 애정 어린 목소리로 말했다. "그런데 저 녀석 머리를 잘라서 벽에 장식해 놓는 상상을 하곤 했다니."

그들은 매우 조심스럽게 현관 계단으로 걸어갔다. 안개 자욱한 광장 저편에서 죽음을 먹는 자들이 퉁퉁 부은 눈으로 그 집을 지커보는 모습이 보였다. 헤르미온느가 먼저 론과 함께 순간이동을 한 다음 해리를 데리러 돌아왔다.

늘 그랬듯이 어둠 속에서 거의 질식할 것 같은 기분이 잠깐 드는가 싶더니, 어느새 해리는 작전의 첫 단계를 실행하기로 예정된 비좁은 골목에 와 있었다. 커다란 쓰레기통 두 개가 있을 뿐 골목은 아직 텅 비어 있었다. 가장 먼저 출근하는 정부 직원들도 8시가 되기 전에는 거의 나타나지 않았다.

"좋아, 그럼." 헤르미온느가 손목시계를 확인하고 말했다. "5분쯤 있으면 그 여자가 여기로 올 거야. 내가 기절 마법을 걸면······."

"헤르미온느, 우리도 알아." 론이 정색하고 말했다. "근데 그 여자가 도착하기 전에 문을 열기로 하지 않았어?"

헤르미온느가 소리를 질렀다.

"깜빡할 뻔했어! 뒤로 물러서."

그녀가 그들 옆, 맹꽁이자물쇠가 달리고 낙서가 잔뜩 되어 있는 비상구 문을 마법 지팡이로 겨누자 큰 소리와 함께 문이 벌컥 열렸다. 조심스러운 정찰을 통해 알아낸 바에 따르면 안쪽의 어두운 통로는 텅 빈 극장으로 이어져 있었다. 헤르미온느는 문을 다시 끌어당겨 닫혀 있는 것처럼 보이게 만들었다.

"그리고 이제······." 그녀는 돌아서서 골목에 있는 두 사람을 마주 보며 말했다. "다시 투명 망토를 쓰고······."

"……기다린다." 론이 앵무새에게 천을 덮어씌우듯 헤르미온느의 머리에 투명 망토를 뒤집어씌우더니 해리를 향해 눈알을 굴리며 말을 맺었다.

1분이나 지났을까, 작게 '펑' 소리가 나면서 작은 몸집의 정부 마법사가 잿빛 머리카락을 나풀거리며 그들에게서 조금 떨어진 곳에 순간이동으로 나타났다. 방금 구름 뒤에서 나온 갑작스러운 햇빛에 그녀는 눈을 몇 번 깜빡였다. 하지만 그녀에게는 이 예상치 못한 온기를 즐길 시간이 별로 없었다. 헤르미온느의 무언 기절 마법을 가슴에 맞고 고꾸라졌기 때문이다.

"잘했어, 헤르미온느." 론이 극장 문 옆 쓰레기통 뒤에서 걸어 나오며 말했다. 동시에 해리는 헤르미온느에게서 투명 망토를 벗겨 냈다. 그들은 다 함께 그 조그만 여자 마법사를 무대 뒤쪽으로 이어지는 어두운 통로로 옮겼다. 헤르미온느는 마법사의 머리에서 머리카락 몇 가닥을 뽑은 다음 구슬가방에서 꺼낸 진흙 같은 폴리주스 마법약 플라스크 안에 넣었다. 론은 그 조그만 마법사의 핸드백을 뒤지고 있었다.

"이 사람은 마팔다 홉커크야." 론은 그녀가 마법 부당 사용 관리과 직원임을 알려 주는 조그만 신분증을 보며 말했다. "네가 이걸 가져가는 게 좋겠어, 헤르미온느. 여기 토큰도 있다."

그는 마법사의 핸드백에서 꺼낸 작은 금화 몇 개를 헤르미온느에게 건네주었다. 금화에는 모두 M.O.M.(Ministry of Magic, 마법 정부—옮긴이)이라는 글자가 돋을새김되어 있었다.

 헤르미온느는 이제 느낌 좋은 연보라색으로 변한 폴리주스 마법약을 마셨다. 그녀는 순식간에 마팔다 홉커크와 똑같은 모습으로 변해 그들 앞에 섰다. 그녀가 마팔다 홉커크의 안경을 벗겨 쓰는 동안 해리는 자신의 손목시계를 확인했다.

 "계획보다 늦어지고 있어. 마법 건물 관리팀 아저씨가 언제 나타날지 모르겠네."

 그들은 진짜 마팔다를 안에 둔 채 서둘러 문을 닫았다. 해리와 론은 투명 망토를 뒤집어썼지만 헤르미온느는 눈에 띄는 곳에 서서 기다렸다. 잠시 후 또 한 번 '펑' 소리가 들리더니, 족제비처럼 생긴 키 작은 남자 마법사가 눈앞에 나타났다.

 "오, 안녕하세요, 마팔다."

 "안녕하세요!" 헤르미온느가 떨리는 목소리로 말했다. "오늘은 좀 어때요?"

 "사실 썩 좋지는 않아요." 키 작은 남자 마법사가 대답했다. 그는 완전히 의기소침한 표정이었다.

 해리와 론은 큰길로 향하는 헤르미온느와 남자 마법사의 뒤를 살금살금 따라갔다.

 "별로 안 좋다니 유감이에요." 남자 마법사가 자신의 문제를 장황하게 늘어놓으려 하자 헤르미온느는 단호하게 말을 잘랐다. 어떻게든 그가 큰길로 나가지 못하도록 막아야만 했다. "자, 사탕 하나 드세요."

"네? 아, 고맙지만 괜찮아요."

"꼭 드셔야 해요!" 헤르미온느가 그의 얼굴에 사탕 봉지를 흔들어 대며 공격적으로 말했다. 키 작은 남자 마법사는 조금 놀란 표정으로 사탕 하나를 받아 들었다.

효과는 곧바로 나타났다. 사탕이 혀에 닿는 순간 남자는 헤르미온느가 그의 정수리에서 머리카락을 한 줌 뽑아낸 것조차 눈치채지 못할 만큼 정신없이 토하기 시작했다.

"아, 이런!" 그가 골목에다 토사물을 내뿜자 그녀가 말했다. "오늘 하루 쉬는 게 좋겠네요!"

"아니…… 안 돼요!" 그는 숨 막힌 듯 헛구역질을 하며, 똑바로 걷지도 못하면서 계속 앞으로 나아가려 했다. "가야 돼요…… 오늘은…… 가야만 해요…….'

"하지만 그건 바보 같은 짓이에요!" 헤르미온느가 깜짝 놀라 소리쳤다. "이런 상태로 어떻게 출근한다고 그래요. 세인트 멍고에 가서 진찰을 받아 봐야 할 것 같은데요!"

남자는 털썩 쓰러지는가 싶더니 팔과 다리를 짚고 몸을 일으켜 계속 큰길로 기어가려 했다.

"이 상태로는 출근 못 한다니까요!" 헤르미온느가 소리쳤다.

마침내 그는 헤르미온느의 말이 맞다고 인정한 듯했다. 그는 메스꺼워하는 헤르미온느를 붙잡고 일어나더니 제자리에서 빙글 돌아 사라졌다. 남은 거라고는 사라지는 그의 손에서 론이 낚아챈 가방과 바람에 날리는 토사물 찌꺼기뿐이었다.

"우웩." 헤르미온느가 토사물 웅덩이에 닿지 않도록 로브 자락을 들어 올리며 말했다. "저 사람도 기절시켰으면 훨씬 덜 지저분했을 텐데."

"그러게." 론이 남자 마법사의 가방을 들고 투명 망토 밑에서 나오며 말했다. "하지만 정신을 잃은 사람들이 잔뜩 있으면 관심을 더 끌었을 거야. 아무튼 직업 정신이 투철한 사람이네. 이제 머리카락이랑 마법약을 우리한테 줘."

2분 뒤, 론은 구토하는 마법사와 똑같이 족제비 같은 생김새에 키 작은 모습으로, 그의 가방 안에 접힌 채 들어 있던 남색 로브를 입고 서 있었다.

"근데 오늘은 왜 이 옷을 입고 오지 않았을까? 이상하지 않아? 그 지경이 됐는데도 기를 쓰고 출근하려 한 것도 그렇고. 아무튼, 뒤에 붙은 이름표에 따르면 나는 레지 캐터몰이야."

"이제 여기서 기다려." 헤르미온느가 여전히 투명 망토를 쓰고 있던 해리에게 말했다. "너한테 줄 머리카락을 몇 가닥 가지고 돌아올게."

해리가 실제로 기다린 시간은 10분 정도였지만, 마법으로 기절시킨 마팔다 홉커크를 감춰 놓은 문 앞, 토사물이 여기저기 흩어져 있는 골목에 혼자 숨어 있으려니 훨씬 오랜 시간이 흐른 것처럼 느껴졌다. 마침내 론과 헤르미온느가 다시 나타났다.

"누구 머리카락인지 모르겠어." 헤르미온느가 해리에게 곱슬곱슬한 검은 머리카락 몇 가닥을 건네주며 말했다. "어쨌든 이 사람은 코피를 끔찍할 정도로 쏟으면서 집에 갔어! 자, 키가 꽤 큰 사람이라 더 큰 로브가 필요할 거야……."

그녀는 크리처가 세탁해 준 낡은 로브 몇 벌을 꺼냈다. 해리는 뒤로 물러나 마법약을 마시고 모습을 바꾸었다.

고통스러운 변신 과정이 끝나자 그의 키는 180센티미터를 넘어서 있었다. 해리는 근육질 팔을 보고 자신이 엄청난 거구가 되었다는 사실을 알았다. 턱수염도 있었다. 그는 투명 망토와 안경을 새 로브 안에 집어넣고 다른 두 사람과 합류했다.

"제기랄, 무섭네." 론이 해리를 올려다보며 말했다. 지금은 해리가 그보다 훨씬 컸다.

"마팔다의 토큰을 하나 받아." 헤르미온느가 해리에게 말했다. "가자, 9시 다 됐어."

그들은 함께 골목을 벗어났다. 사람들로 붐비는 인도를 따라

50미터쯤 걸어가자 창살이 있는 검은 난간이 양쪽에 달린 계단 두 개가 보였다. 계단에는 각각 신사용, 숙녀용이라는 표지판이 붙어 있었다.

"그럼 이따가 보자." 헤르미온느가 초조하게 말하더니 종종걸음으로 여자 화장실 쪽 계단을 내려갔다. 해리와 론은 이상한 옷을 입고 평범한 지하 공중화장실 같은 곳으로 내려가는 수많은 남자들 사이에 끼었다. 화장실은 때 묻은 검은색과 흰색 타일로 덮여 있었다.

"좋은 아침, 레지!" 남색 로브를 입은 또 다른 남자 마법사가 문에 난 동전 구멍에 황금색 토큰을 집어넣고 화장실 칸막이 안으로 들어가며 소리쳤다. "이거 슬슬 짜증 나지 않아? 전 직원한테 이런 식으로 출근하라고 강요하다니! 대체 누가 나타날 거라고 생각하는 거야? 해리 포터?"

마법사는 자기가 내뱉은 농담에 웃음을 터뜨렸다. 론은 억지로 낄낄 웃었다.

"그러게." 론이 말했다. "정말 멍청하지 않아?"

그렇게 그와 해리는 나란히 있는 두 개의 칸으로 들어갔다.

해리의 왼쪽과 오른쪽에서 물 내리는 소리가 들렸다. 그는 몸을 웅크리고 칸막이 밑의 틈새를 들여다봤다. 때마침 옆 칸에서 부츠를 신은 두 발이 변기 속으로 들어가는 광경이 보였다. 왼쪽을 돌아보니 칸막이 너머로 론이 눈을 깜박이며 그를 바라보고 있었다.

"물을 내려서 들어가야 하는 거야?" 그가 속삭였다.

"그런 것 같아." 해리가 마주 속삭였다. 그의 입에서 낮고 걸걸한 목소리가 흘러나왔다.

그들은 둘 다 일어섰다. 해리는 유별난 바보가 된 기분을 느끼며 변기 속으로 들어갔다.

그는 제대로 해냈다는 걸 곧바로 알 수 있었다. 물속에 서 있는 것처럼 보였지만 신발이며 발, 로브는 조금도 젖지 않았다. 그는 손을 위로 뻗어 물 내리는 줄을 잡아당겼고, 다음 순간 짧은 통로를 빠르게 내려가 마법 정부의 벽난로 밖으로 나왔다.

그는 서툴게 몸을 일으켰다. 익숙한 몸에 비해 훨씬 큰 덩치가 되어 있었기 때문이다. 널따란 중앙 홀은 해리의 기억보다 어두워 보였다. 예전에는 중앙 홀 한가운데를 차지한 황금색 분수가 반들반들한 나무 바닥과 벽에 아른거리는 불빛을 드리우고 있었다. 하지만 지금은 거대한 검은색 석상만이 두드러졌다. 화려하게 장식된 왕좌에 앉아 아래쪽 벽난로에서 비틀거리며 튀어나오는 공무원들을 내려다보는 남녀 마법사의 모습을 하고 있는 그 거대 조각상은 상당히 위압적인 분위기를 풍기고 있었다. 조각상 밑에는 30센티미터 크기의 글자들로 다음과 같이 새겨져 있었다.

## 마법은 힘이다

누군가가 해리의 다리 뒤쪽을 세게 쳤다. 방금 또 다른 마법사가 등 뒤의 벽난로에서 튀어나온 것이다.

"길 좀 비킬 수 없…… 아, 미안합니다, 런콘!"

머리가 벗어진 그 마법사는 딱 봐도 겁에 질린 채 허둥지둥 멀어져 갔다. 해리가 모습을 훔친 이 런콘이라는 남자는 사람들에게 위협적인 존재임이 분명했다.

"여기!" 웬 목소리가 들려왔다. 해리는 주위를 둘러보고, 조각상 옆에서 손짓하는 머리숱 적은 조그만 여자 마법사와 마법 건물 관리팀 소속의 족제비처럼 생긴 남자 마법사를 발견했다. 해리는 서둘러 그들에게 다가갔다.

"너희 둘 다 잘 들어온 거지?" 헤르미온느가 해리에게 속삭였다.

"아니, 아직 그 통통에 처박혀 있어." 론이 장난스럽게 말했다.

"아, 되게 웃긴다. ……끔찍하지 않아?" 그녀가 조각상을 올려다보는 해리에게 말했다. "이 마법사들이 뭘 깔고 앉아 있는지 봤어?"

조각상을 더 자세히 살펴본 해리는 화려한 장식이 새겨진 왕좌라고 생각했던 것이 사실은 산처럼 쌓인 사람들을 조각해 놓은 것이라는 사실을 깨달았다. 셀 수 없을 만큼 많은 몸들, 남자와 여자, 아이 들이 벌거벗은 채 하나같이 멍청하고 추한 얼굴을 하고,

근사한 로브를 차려입은 마법사들의 무게를 지탱하느라 뒤틀린 자세로 서로에게 짓눌려 있었다.

"머글들이야." 헤르미온느가 속삭였다. "저기가 머글의 자리라는 거야. 얼른, 가자."

그들은 중앙 홀 저쪽 끝 황금색 문들로 향하는 마법사들 틈에 끼면서 최대한 은밀하게 주위를 둘러보았다. 하지만 눈에 잘 띄는 덜로리스 엄브리지의 모습은 그림자조차 보이지 않았다. 그들은 문들을 지나 더 작은 홀로 들어섰다. 사람들이 스무 대의 엘리베이터를 가로막고 있는 황금 철창 앞에 줄을 서 있었다. 세 사람이 가장 가까운 줄에 끼어들기 무섭게 어떤 목소리가 들렸다. "캐터몰!"

그들은 뒤를 돌아보았다. 해리는 가슴이 철렁 내려앉는 것을 느꼈다. 덤블도어의 죽음을 목격했던 죽음을 먹는 자 중 한 명이 성큼성큼 다가오고 있었다. 주위에 있던 공무원들은 일제히 입을 다물고 눈을 내리깔았다. 해리는 사람들 사이로 공포가 퍼져 나가는 것을 느꼈다. 남자가 야수 같은 얼굴로 눈을 부라렸다. 황금색 실로 수놓은, 바닥에 끌리는 화려한 로브와는 어쩐지 어울리지 않는 생김새였다. 엘리베이터 근처에 몰려 있던 사람 중 누군가가 아첨하듯 소리쳤다. "좋은 아침입니다, 약슬리!" 하지만 약슬리는 그 말을 무시했다.

"캐터몰, 마법 건물 관리팀 사람에게 내 사무실 문제를 해결하라고 요구했는데, 아직도 사무실에 비가 내리고 있다."

론은 누군가 다른 사람이 끼어들기를 기대하며 주위를 둘러봤지만 아무도 입을 열지 않았다.

"비가…… 사무실에 비가 온다고요? 그거…… 그거 별로 좋지 않네요. 그죠?"

론은 초조하게 웃었다. 약슬리가 두 눈을 부릅떴다.

"그게 우스운가 보지, 캐터몰? 응?"

여자 마법사 두 명이 엘리베이터 줄에서 재빠르게 빠져나갔다.

"아뇨." 론이 말했다. "아뇨, 물론 아닙니다……."

"내가 네 부인을 취조하러 내려가는 길이라는 건 아나, 캐터몰? 네놈이 기다리는 부인 손이라도 잡아 주러 아래층으로 내려가지 않다니 놀랍군. 벌써 가망이 없다고 포기한 건가? 그게 현명한 짓이긴 하지. 다음에는 꼭 순수 혈통이랑 결혼하라고."

헤르미온느가 경악한 나머지 작은 비명을 내질렀다. 약슬리가 그녀를 바라보았다. 별 효과는 없었지만 그녀는 약하게 기침하며 시선을 돌렸다.

"전…… 저는……." 론이 말을 더듬었다.

"하지만 *내* 아내가 머드블러드로 고발당했다면……." 약슬리가 말했다. "내가 결혼할 여자가 그런 쓰레기로 오해받을 일은 물론 없겠지만, 그런 상황에서 마법 정부 사법부 장관에게 해결해야 할 문제가 생겼다면 나는 그 일을 우선순위로 두었을 거다, 캐터몰. 내 말 이해하나?"

"네." 론이 웅얼거렸다.

"그럼 처리해, 캐터몰. 한 시간 안에 내 사무실 날씨가 완전히 개지 않는다면, 네놈 부인의 혈통 증명서는 지금보다 더 심각한 의심을 받게 될 테니."

눈앞의 황금색 철창이 철컹거리며 열렸다. 약슬리는 해리를 향해 고개를 끄덕이며 불쾌한 미소를 지어 보였다. 해리가 캐터몰을 다루는 그의 방식에 감탄하는 거라고 생각하는 게 분명했다. 그러더니 약슬리는 다른 엘리베이터로 휙 들어가 버렸다. 해리, 론, 헤르미온느가 엘리베이터에 탔지만, 마치 그들이 전염병 환자라도 되는 듯 아무도 그들을 따라 타지 않았다. 철창이 덜컹거리며 닫히고 엘리베이터가 위로 올라가기 시작했다.

"어떻게 해야 하지?" 론이 다른 두 사람에게 물었다. 그는 충격 받은 표정이었다. "내가 가지 않으면, 내 아내는…… 그러니까, 캐터몰의 아내는……."

"우리도 같이 갈게. 우린 함께 붙어 있어야 해." 해리가 말했지만 론은 세차게 고개를 저었다.

"그건 미친 짓이야. 우린 시간이 별로 없어. 너희 둘은 엄브리지를 찾아. 내가 가서 약슬리의 사무실을 고쳐 볼게. ……근데 비를 어떻게 멈추지?"

"'피니테 인칸타템'을 써 봐." 헤르미온느가 대번에 말해 주었다. "공격 마법이나 저주가 걸려 있는 거라면 그걸로 비가 멈출 거야. 그래도 멈추지 않으면 기후 마법에 뭔가 문제가 생긴 거야. 그 경우에는 고치기가 더 어려우니까, 임시방편으로 '임페르비우스'를 걸어서 약슬리의 물건들을 지키……."

"천천히 다시 말해 봐……." 론이 깃펜을 찾아 필사적으로 주머니들을 뒤지며 말했다. 하지만 그 순간 엘리베이터가 요동치며 멈췄다. 어디에서 나오는 건지 알 수 없는 여자 목소리가 말했다. "4층, 마법 생명체 통제 관리부입니다. 동물·인간·영혼과, 고블린 교섭과, 유해 생물 대책 관리과에 가실 분은 이번 층에서 내리십시오." 철창이 다시 스르르 열리면서 마법사 두 명과 연보라색 종이비행기 몇 장이 안으로 들어왔다. 종이비행기들은 엘리베이터 천장 등불 주위를 팔락거리며 날아다녔.

"좋은 아침, 앨버트." 구레나룻이 덥수룩한 남자가 해리에게 미소 지으며 말했다. 엘리베이터가 삐걱거리며 다시 올라가기 시작하자 해리는 론과 헤르미온느 쪽을 힐끗 바라보았다. 헤르미온느는 지금 론이 해야 할 일들을 알려 주느라 정신이 없었다. 남자 마법사가 음흉하게 웃으며 해리에게 몸을 숙이고 중얼거렸다. "더크 크레스웰 맞지? 그 고블린 교섭과 녀석? 잘했어, 앨버트. 이젠 내가 확실히 그 인간 자리를 차지하게 될 거야!"

 남자가 눈을 찡긋했다. 해리는 이걸로 충분하기를 바라며 마주 미소 지어 보였다. 엘리베이터가 멈추고 철창이 다시 한 번 열렸다.

 "2층, 마법 사법부입니다. 마법 부당 사용 관리과, 오러 본부, 위즌가모트 행정 사무실에 가실 분은 이번 층에서 내리십시오." 여자 목소리가 말했다.

 해리는 헤르미온느가 론을 살짝 떠미는 모습을 보았다. 론은 허둥지둥 엘리베이터에서 내렸다. 다른 마법사들이 그 뒤를 따라 내리면서 엘리베이터에는 해리와 헤르미온느 단둘만 남았다. 황금 문이 닫히는 순간 헤르미온느가 매우 빠르게 말했다. "해리, 솔직히 내가 론을 따라가는 게 좋을 것 같아. 뭘 해야 할지 잘 모르는 것 같은데, 만약에 쟤가 잡히면 전부……."

 "1층, 마법 정부 총리 집무실과 비서실입니다."

 황금 철창이 다시 미끄러지듯 열리자 헤르미온느가 헉하고 숨을 들이켰다. 네 사람이 눈앞에 서 있었는데 그중 둘은 깊은 대화를 나누고 있었다. 검은색과 금색으로 이루어진 화려한 로브를 입은 머리 긴 남자 마법사와, 짧은 머리에 벨벳 리본을 달고 가슴팍에 필기판을 안고 있는, 두꺼비를 닮은 땅딸막한 여자 마법사였다.

## 13장
## 머글 태생 등록 위원회

"아, 마팔다!" 엄브리지가 헤르미온느를 보며 말했다. "트래버스가 보냈나 보군요?"

"네…… 네." 헤르미온느가 새된 목소리로 대답했다.

"좋아요. 당신이라면 아주 잘할 거예요." 엄브리지가 검은색과 황금색 로브를 입은 남자 마법사에게 말했다. "이걸로 문제는 해결됐네요, 총리님. 마팔다가 기록을 맡아 준다면 바로 시작할 수 있겠어요." 그녀가 필기판을 들여다보았다. "오늘은 열 명인데, 그중 한 명은 정부 직원의 부인이에요! 쯧쯧……. 마법 정부의 심장부인 이곳에까지!" 그녀가 엘리베이터 안으로 들어와 헤르미온느 옆에 섰다. 엄브리지가 총리와 나누는 대화에 귀를 기울이던 마법사 두 명도 엘리베이터에 탔다. "우린 바로 내려갈 거예요, 마팔다. 필요한 건 모두 법정에서 구할 수 있을 거고. 안녕하세요, 앨버트. 안 내리세요?"

"아, 내려야죠." 해리가 런콘의 굵직한 목소리로 말했다.

해리는 엘리베이터에서 내렸다. 황금색 철창이 등 뒤에서 철컹거리며 닫혔다. 어깨 너머로 돌아보니 헤르미온느의 불안한 얼굴이 보이지 않는 곳으로 가라앉는 모습이 보였다. 그녀의 양옆에 키 큰 남자 마법사 둘이 서 있었고, 그녀의 어깨높이에 엄브리지의 벨벳 머리 리본이 보였다.

"무슨 일로 여기까지 올라왔나, 런콘?" 새로운 마법 정부 총리가 물었다. 그의 길고 검은 머리카락과 턱수염에는 군데군데 은빛이 섞여 있었고, 돌출된 이마는 번뜩이는 두 눈에 그림자를 드리웠다. 그 모습을 보자 해리는 바위 밑에서 밖을 내다보는 게가 연상됐다.

"잠깐 할 얘기가 있어서요." 해리는 잠시 망설였다. "아서 위즐리하고 말입니다. 1층에 올라와 있다고 하던데요."

"아." 파이어스 시크니스가 말했다. "그자가 위험인물과 접촉해 온 정황을 포착한 모양이지?"

"아뇨." 해리는 목이 바싹 마르는 것을 느끼며 그렇게 말했다. "아뇨, 그런 건 아닙니다."

"아, 뭐. 시간문제지." 시크니스가 말했다. "내가 보기에 혈통 배신자들은 머드블러드만큼이나 나쁜 자들이야. 좋은 하루 보내게, 런콘."

"좋은 하루 보내십시오, 총리님."

해리는 시크니스가 두꺼운 카펫이 깔린 복도를 멀어져 가는 모습을 지켜보았다. 총리가 시야에서 사라지자 해리는 묵직한 검은 망토 밑으로 투명 망토를 꺼내 뒤집어쓰고 반대 방향으로 걸어갔다. 런콘의 키가 워낙 컸기 때문에 해리는 그의 큼직한 발을 확실히 감추기 위해 허리를 구부정하게 숙여야 했다.

가슴속 깊은 곳에서 두려움이 꿈틀거렸다. 저마다 방 주인의 이름과 직책이 적힌 작은 명판이 붙은 어슴푸레 빛나는 나무 문들을 연달아 지나자, 정부가 가진 권위도, 정부를 뚫는 것이 얼마나 복잡하고 어려운 일인지도 새삼 실감이 나서 부담이 느껴졌다. 론, 헤르미온느와 함께 지난 4주 동안 신중하게 계획한 작전이 우스울 만큼 유치하게 여겨졌다. 그들은 들키지 않고 정부에 들어가는 데만 모든 노력을 집중했을 뿐, 뜻하지 않게 각자 흩어지게 될 경우 어떻게 해야 할지에 대해서는 한 번도 생각해 보지 않았다. 지금 헤르미온느는 몇 시간은 걸릴 게 틀림없는 재판에 붙들려 있었다. 한 사람의 자유를 책임지게 된 론은 자기 능력을 넘어서는 마법을 쓰겠다고 낑낑거리고 있을 게 틀림없었다. 그리고 해리 자신은 자기가 쫓는 사람이 방금 엘리베이터를 타고 내려갔다는 것을 확실히 알고 있는 상황에서 꼭대기 층을 헤매는 처지였다.

그는 걸음을 멈추고 벽에 기대서서 뭘 해야 할지 판단하기 위해 애를 썼다. 침묵이 그를 짓눌렀다. 이곳에는 부산스러움도, 떠드는 소리도, 빠르게 오가는 발걸음도 없었다. 자주색 카펫이 깔린 복도마다 '머플리아토' 주문이 걸려 있기라도 한 듯 고요했다.

'여기에 엄브리지의 사무실이 있는 게 틀림없어.' 해리는 생각했다.

엄브리지가 액세서리들을 사무실에 보관할 가능성은 굉장히 낮아 보였지만, 한편으로 사무실을 뒤져서 확인해 보지 않는 것은 명청한 짓이었다. 그래서 그는 다시 복도를 걷기 시작했고, 얼굴을 찌푸린 남자 마법사를 제외하면 누구하고도 마주치지 않았다. 그 남자는 눈앞에 둥둥 뜬 채 양피지에 뭔가를 휘갈겨 쓰고 있는 깃펜을 향해 지시 사항을 중얼거리고 있었다.

해리는 이제 문에 적힌 이름들에 관심을 기울이면서 모퉁이를 돌았다. 다음 복도를 걸어가다 보니 널찍하게 탁 트인 공간이 나왔다. 그곳에는 열두 명의 마법사가 반짝반짝 윤이 나고 낙서가 없다는 점만 빼면 학교 책상과 별반 다르지 않은 작은 책상들에 줄지어 앉아 있었다. 그 광경에 주의가 끌린 해리는 잠시 걸음을 멈추고 그들을 지켜보았다. 그들은 하나같이 지팡이를 휘젓거나 빙빙 돌리고 있었고, 네모난 색종이들이 조그만 분홍색 연처럼 사방을 날아다니고 있었다. 잠시 후 해리는 이 과정이 규칙적으로 반복되고 종이들이 전부 같은 형식으로 만들어지고 있다는 사실을 깨달았다. 시간이 조금 더 지나자 그는 자기가 지켜보고 있는 것이 팸플릿 제작 과정이며, 네모난 종이가 팸플릿의 페이지들이라는 것을 깨달았다. 종이들은 한곳에 모이더니 접히고 마법으로 제본되어 마법사들 각자의 옆에 차곡차곡 쌓였다.

 직원들이 작업에 깊이 몰두해 있어서 카펫 위를 걷는 소리 죽인 발소리를 알아챌 것 같지도 않았지만, 해리는 살금살금 다가가 한 젊은 여자 마법사 옆에 쌓인 팸플릿 더미에서 한 부를 슬쩍 빼냈다. 그는 투명 망토 아래서 그 팸플릿을 살펴보았다. 분홍색 표지에 황금색으로 글씨가 새겨져 있었다.

### 머드블러드
#### 평화로운 순수 혈통 사회에
#### 위험을 가하다

 제목 밑에는 빨간 장미 그림이 있었다. 꽃잎 한가운데 그려진 웬 바보같이 웃는 얼굴이 송곳니 달린 매서운 눈초리의 녹색 잡초들에게 목이 졸리는 그림이었다. 팸플릿 작성자의 이름은 적혀 있지 않았지만 해리는 그걸 보고 있자니 오른쪽 손등에 있는 흉터가 욱신거리는 기분이 들었다. 그때 옆에 있던 젊은 여자 마법사가 해리의 의구심을 확인해 주었다. 그녀는 계속 지팡이를 휘두르고 빙빙 돌리면서 말했다. "그 할망구, 오늘 하루 종일 머드블러드들을 취조할까? 아시는 분?"

"조심해요." 그녀 옆의 남자 마법사가 초조하게 주위를 힐끔거리며 말했다. 그의 팸플릿 페이지 한 장이 미끄러져서 바닥에 떨어졌다.

"왜요, 이젠 마법의 눈도 모자라 귀까지 갖게 됐대요?"

여자 마법사는 팸플릿 제작자들로 가득한 공간을 마주하고 있는, 번쩍거리는 마호가니 문을 힐끗 바라보았다. 해리도 그곳으로 시선을 돌렸다. 그의 속에서 분노가 뱀처럼 꼿꼿이 고개를 쳐들었다. 머글 집 현관문이라면 바깥을 내다보는 작은 구멍이 있을 만한 곳에 밝은 파란색 눈동자를 가진 크고 동그란 눈알이 박혀 있었던 것이다. 앨러스터 무디를 알았던 사람이라면 누구라도 충격을 받을 만큼 익숙한 눈이.

찰나의 순간 해리는 여기가 어디인지, 자기가 무엇을 하고 있었는지 잊어버렸다. 그 자신이 보이지 않는다는 것조차 잊었다. 그는 문으로 곧장 성큼성큼 다가가 그 눈을 살펴보았다. 눈은 움직이지 않았다. 멀어 버린 것처럼 꼼짝 않고 위쪽을 응시할 뿐이었다. 그 아래 붙은 명패에는 이렇게 적혀 있었다.

### 덜로리스 엄브리지
#### 마법 정부 총리 비서실장

그 밑에는 조금 더 반짝거리는 새 명패가 있었다.

### 머글 태생 등록 위원회 위원장

  해리는 열두 명의 팸플릿 제작자들을 돌아보았다. 아무리 작업에 골몰해 있다 한들 눈앞에서 텅 빈 사무실 문이 열리는데 그 사실을 눈치 못 챌 것 같지는 않았다. 해리는 안주머니에서 고무로 된 전구 모양 몸통에 흐느적거리는 작은 다리들이 달린 이상한 물건을 꺼냈다. 그는 투명 망토 아래서 몸을 웅크리고 미끼 나팔을 바닥에 내려놓았다.

  미끼 나팔은 곧바로 해리 앞에 있는 마법사들의 다리 사이로 종종걸음 쳐 갔다. 해리는 문손잡이에 손을 올려놓고 기다렸다. 잠시 후 큰 폭발음이 나더니 한구석에서 매캐한 검은 연기가 피어올랐다. 앞줄에 있는 젊은 여자 마법사가 소리를 질렀다. 그녀와 동료들이 벌떡 일어나 소란의 근원지를 찾아 주위를 둘러보는 가운데 분홍색 종이들이 사방으로 날렸다. 해리는 문손잡이를 돌리고 재빨리 엄브리지의 사무실로 들어가 문을 닫았다.

마치 시간을 거슬러 온 것 같은 기분이었다. 그 방은 호그와트에 있었던 엄브리지의 연구실과 너무나 똑같은 모습을 하고 있었다. 레이스 휘장과 덮개, 말린 꽃 들이 방 안 곳곳을 뒤덮고 있었다. 벽에는 그때와 똑같은 장식용 접시들이 걸려 있었는데, 접시들마다 선명한 색깔의 새끼 고양이들이 머리에 리본을 달고 구역질 날 만큼 귀여운 척 까불거리며 뛰어다니고 있었다. 책상은 주름 장식이 달린 꽃무늬 천으로 덮여 있었다. 매드아이의 눈 뒤에는 망원경이 장착되어, 엄브리지가 문 너머의 직원들을 염탐할 수 있게 되어 있었다. 그 장치를 들여다보니 직원들 모두가 여전히 미끼 나팔 주위에 모여 있는 모습이 보였다. 해리는 문에서 망원경을 비틀어 빼내고 드러난 구멍에서 마법 눈알을 꺼내 주머니에 넣었다. 그런 다음 다시 방 쪽으로 돌아서서 마법 지팡이를 들어 올리고 중얼거렸다. "*아씨오 로켓.*"

아무 일도 일어나지 않았다. 해리도 무슨 일이 일어날 거라 기대한 건 아니었다. 엄브리지는 틀림없이 보호 마법이나 주문에 대해 아주 잘 알고 있을 것이다. 해리는 다급히 그녀의 책상 뒤로 가서 서랍들을 열어 보기 시작했다. 깃펜들과 노트들과 마법 테이프가 보였다. 마법에 걸린 클립들이 서랍 안에 뱀처럼 똬리를 틀고 있어 때려서 도로 서랍 안으로 들어가게 해야 하기도 했다. 레이스로 요란하게 장식된 조그만 상자에는 머리 리본과 핀이 가득 들어 있었다. 하지만 로켓은 흔적도 보이지 않았다.

해리는 책상 뒤에 있는 서류함을 뒤지기 시작했다. 호그와트에 있는 필치의 서류함처럼 그것은 저마다 이름이 붙은 파일들로 가득했다. 맨 밑의 서랍에 이르러서야 그의 관심을 끌 만한 것이 나왔다. 위즐리 씨의 파일이었다.

그는 파일을 꺼내 펼쳐 보았다.

### 아서 위즐리

**혈통 등급**: 순수 혈통이지만 구제 불능의 친머글 성향임. 불사조 기사단 소속으로 알려져 있음.
**가족 관계**: 부인(순수 혈통), 일곱 자녀. 가장 어린 두 자녀는 호그와트 재학 중.
**주의**: 막내아들은 현재 심각한 질병으로 자택 거주 중. 정부 조사관들이 확인함.
**보안 상태**: 추적 중. 모든 움직임 감시 중.

**위험인물 1호가 접촉해 올 가능성이 매우 높음(위험인물 1호는 예전에 위즐리 가족과 함께 지낸 적이 있음).**

"위험인물 1호라." 해리는 위즐리 씨의 파일을 제자리에 넣고 서랍을 닫으면서 나직이 중얼거렸다. 그게 누구인지 알 것 같았다. 아니나 다를까, 허리를 펴고 물건을 숨겼을 만한 또 다른 장소를 찾아 사무실을 둘러보는데 벽에 붙은 자신의 포스터가 보였다. 가슴팍에는 **위험인물 1호**라는 문구가 박혀 있었다. 포스터 귀퉁이에는 새끼 고양이 그림이 들어간 작은 분홍색 쪽지 한 장이 붙어 있었다. 사무실을 가로질러 다가가서 그 쪽지를 읽던 해리는 엄브리지가 '처벌 필요'라고 적어 놓은 글씨를 보았다.

해리는 조금 전보다 더 분노가 솟구치는 것을 느끼며 계속해서 꽃병과 말린 꽃 바구니 바닥을 손으로 더듬어 보았다. 로켓은 없었지만 놀라운 일은 전혀 아니었다. 그는 사무실을 마지막으로 한 번 훑어보다가 심장이 멎는 듯한 기분을 느꼈다. 책상 옆 책꽂이에 기대 놓은 작은 직사각형 거울 안에서 덤블도어가 그를 뚫어지게 바라보고 있었던 것이다.

해리는 얼른 달려가서 그 거울을 집어 들었지만, 손이 닿는 순간 그것이 거울이 아니라는 사실을 알아차렸다. 덤블도어는 반질반질 윤이 나는 책 표지에서 아련한 미소를 짓고 있었다. 해리는 덤블도어의 모자 위에 구불구불한 녹색 글자로 인쇄된 '알버스 덤블도어의 삶과 사기들'이라는 제목도, 그보다 작은 글자로 그의 가슴팍을 가로지르며 박혀 있는 '베스트셀러 《아만도 디핏: 천재인가 천치인가?》의 저자, 리타 스키터 지음'이라는 문구도 바로 알아보지 못했다.

 책을 아무 데나 펼치자 10대 소년 둘이 서로의 어깨에 팔을 두르고 숨넘어갈 듯 웃어 대는 사진이 페이지를 꽉 채우고 있었다. 이때의 덤블도어는 팔꿈치까지 내려오는 긴 머리에 듬성듬성한 작은 턱수염을 기른 모습이었다. 그 수염을 보자 론의 비위를 건드렸던 크룸의 턱수염이 떠올랐다. 덤블도어 옆에서 소리 없는 웃음을 터뜨리고 있는 소년은 잔뜩 신이 나서 흥분한 표정이었다. 그의 곱슬곱슬한 금발이 어깨까지 내려와 있었다. 해리는 그 사람이 젊은 시절의 도지일지 궁금했다. 하지만 사진에 딸린 설명을 확인해 보기도 전에 사무실 문이 열렸다.

 시크니스가 들어오면서 뒤를 돌아보지 않았더라면 해리에게는 투명 망토를 뒤집어쓸 시간조차 없었을 것이다. 시크니스는 해리가 방금 사라진 자리를 이상하다는 듯 바라보며 잠시 가만히 서 있었다. 그 모습에 해리는 그가 순간적으로 어떤 움직임을 본 것일지도 모른다고 생각했다. 해리가 재빨리 책을 책꽂이에 다시 올려놓았기에, 시크니스는 아마도 자기가 책 표지에서 코를 긁적이는 덤블도어를 봤을 뿐이라고 생각한 듯했다. 그는 결국 책상으로 걸어와 잉크병에 꽂혀 있던 깃펜을 마법 지팡이로 가리켰다. 깃펜이 튀어나와 엄브리지에게 보내는 쪽지를 휘갈겨 쓰기 시작했다. 해리는 감히 숨도 쉬지 못한 채 아주 천천히 뒷걸음질 쳐서 사무실 바깥의 탁 트인 공간으로 나왔다.

팸플릿 제작자들은 여전히 미끼 나팔 잔해를 둘러싸고 있었다. 미끼 나팔은 계속해서 희미한 경적 소리를 내며 연기를 뿜고 있었다. 해리가 복도를 따라 서둘러 걸어가는데 젊은 여자 마법사가 말했다. "실험 마법 위원회에서 여기까지 몰래 올라온 게 틀림없어요. 그 사람들 정말 부주의하다니까. 그때 그 독 있는 오리 기억나죠?"

해리는 빠르게 엘리베이터로 돌아가면서 몇 가지 선택을 검토해 보았다. 로켓이 정부에 있을 가능성은 결코 크지 않았고, 더구나 엄브리지가 사람들로 가득한 법정에 앉아 있는 마당에 그녀에게 마법을 걸어 로켓의 위치를 알아낼 수 있을 리도 없었다. 이제 그들이 가장 먼저 해야 할 일은 정체가 탄로 나기 전에 정부를 빠져나가 다른 날 다시 시도해 보는 것이었다. 무엇보다 론부터 찾아야 했다. 그런 다음 헤르미온느를 법정에서 빼내 올 방법을 함께 궁리할 수 있을 터였다.

해리가 있는 곳에 도착한 엘리베이터는 비어 있었다. 그곳으로 뛰어들어 간 해리는 엘리베이터가 내려가기 시작하자 투명 망토를 벗었다. 천만다행으로, 엘리베이터가 2층에서 덜컹 멈추자 쫄딱 젖은 채 눈을 휘둥그렇게 뜬 론이 탔다.

"아, 안녕하세요." 엘리베이터가 다시 출발하자 그가 해리에게 중얼거렸다.

"론, 나야, 해리!"

"해리! 젠장, 네가 어떻게 생겼었는지 까먹었어. 헤르미온느는 왜 같이 있지 않은 거야?"

"헤르미온느는 엄브리지랑 같이 법정으로 내려갈 수밖에 없었어. 거절할 수가 없는 상황이었거든. 그리고……."

하지만 해리가 말을 마치기도 전에 엘리베이터가 다시 멈췄다. 문이 열리더니 위즐리 씨가 한 나이 든 여자 마법사와 이야기를 나누며 엘리베이터에 올라탔다. 그 여자 마법사는 금발 머리를 어찌나 높이 올려 묶었는지 마치 개미탑처럼 보일 정도였다.

"……무슨 말씀이신지는 잘 알겠습니다, 와칸다. 하지만 유감스럽게도 저는 참여하기가……."

위즐리 씨는 해리를 보고 말을 멈췄다. 위즐리 씨가 그토록 혐오감을 담은 눈길로 그를 노려보다니 기분이 아주 이상했다. 엘리베이터 문이 닫히고 네 사람은 다시 한 번 아래층으로 덜컹거리며 내려갔다.

"이런, 안녕하세요, 레지." 위즐리 씨가 론의 로브에서 끊임없이 뭔가가 뚝뚝 떨어지는 소리를 듣고 돌아보며 말했다. "오늘 아내분이 심문을 받으시지 않나요? 어…… 무슨 일 있었어요? 왜 그렇게 젖었어요?"

"약슬리의 사무실에 비가 와서요." 론이 말했다. 그는 위즐리 씨의 어깨에 시선을 두고 있었다. 해리는 분명 론이 정면으로 눈을 마주치면 아버지가 자기를 알아보지 않을까 두려워하는 거라고 생각했다. "제가 멈추게 할 수 없었어요. 그래서 사람들이 저더러 버니를 데려오라고 했어요. 버니…… 필즈워스라고 했던가……."

"네, 요즘 사무실 여기저기에서 비가 오고 있죠." 위즐리 씨가 말했다. "'메테올로징크스 레칸토'도 써 봤어요? 블레츨리 사무실에는 그게 통했는데요."

"메테올로징크스 레칸토?" 론이 중얼거렸다. "아뇨, 안 해 봤어요. 고마워요, 아버…… 아니, 고맙습니다, 아서."

엘리베이터 문이 열렸다. 개미탑 머리를 한 나이 든 여자 마법사가 내리자 론은 재빨리 그녀를 지나쳐 사라졌다. 해리는 그를 따라가려 했지만, 퍼시 위즐리가 서류에 코를 박은 채 성큼성큼 엘리베이터로 들어오는 바람에 가로막히고 말았다.

문이 철컹 소리를 내며 다시 닫히기 전까지 퍼시는 자기가 아버지와 함께 엘리베이터에 타고 있다는 사실을 깨닫지 못했다. 그는 힐끗 눈을 들어 위즐리 씨를 발견하고는 얼굴이 순무처럼 빨갛게 달아오르더니 문이 다시 열리는 순간 엘리베이터에서 내렸다. 해리는 다시 한 번 밖으로 나가려고 했지만, 이번에는 위즐리 씨의 팔에 가로막혔다.

"잠깐만, 런콘."

엘리베이터 문이 닫히고 아래층으로 덜커덩거리며 내려가기 시작하자 위즐리 씨가 말했다. "더크 크레스웰을 고발했다고 들었네."

해리는 위즐리 씨가 퍼시와 잠깐 마주치는 바람에 분노가 더 치솟았다는 느낌을 받았다. 해리는 아무것도 모르는 듯 구는 게 제일 낫겠다고 판단했다.

"뭐?" 그가 말했다.

"모르는 척하지 마, 런콘." 위즐리 씨가 사나운 말투로 내뱉었다. "가계도를 조작한 마법사를 추적하지 않았나?"

"난…… 근데 뭐 어쩌라고?" 해리가 말했다.

"더크 크레스웰은 자네보다 열 배는 더 마법사다운 마법사야." 엘리베이터가 계속 아래로 내려가는 동안 위즐리 씨가 조용히 말했다. "크레스웰이 아즈카반에서 살아남는다면, 자넨 그에게 해명해야 할 거야. 그의 아내와 아들들, 친구들은 말할 것도 없고……."

"아서." 해리가 그의 말을 끊었다. "자네한테 추적 마법이 걸려 있다는 거 아나?"

"위협하는 건가, 런콘?" 위즐리 씨가 큰 소리로 말했다.

"아니." 해리가 말했다. "이건 사실이야! 저들이 자네의 일거수일투족을 감시하고 있……."

엘리베이터 문이 열렸다. 그들은 중앙 홀에 도착해 있었다. 위즐리 씨는 해리에게 매서운 시선을 던지더니 엘리베이터에서 내렸다. 해리는 충격을 받은 채 그 자리에 멍하니 서 있었다. 런콘이 아닌 다른 사람으로 위장했다면 좋았을걸……. 엘리베이터 문이 철컹거리며 닫혔다.

해리는 투명 망토를 꺼내서 다시 뒤집어썼다. 론이 비 내리는 사무실 건을 처리하는 동안 헤르미온느를 빼내 올 생각이었다. 문이 열리자 그는 횃불로 밝혀진 돌로 된 통로로 걸음을 내디뎠다. 그곳은 나무 패널로 장식되고 카펫이 깔린 위층과는 분위기가 사뭇 달랐다. 엘리베이터가 다시 덜컹거리며 가 버리자 해리는 저 멀리 미스터리부 입구를 알려 주는 검은 문을 보며 몸이 살짝 떨리는 것을 느꼈다.

그는 걷기 시작했다. 목적지는 검은 문이 아닌, 그가 기억하기에 왼쪽에 있었던 문이었다. 그 문을 열고 계단을 내려가면 법정으로 갈 수 있었다. 해리는 살금살금 계단을 내려가면서 머릿속으로 여러 가능성을 두고 씨름했다. 미끼 나팔 두어 개가 아직 남아 있었지만 런콘인 척 그냥 법정 문을 두드리고 들어가 마팔다와 잠깐 이야기 좀 나누겠다고 말하는 게 나을 수도 있었다. 물론 그는 런콘이 그런 행동을 해도 될 만큼 중요한 인물인지 알지 못했고, 설령 그 일을 해낸다고 하더라도 헤르미온느가 법정에 다시 나타나지 않으면 정부를 빠져나가기 전에 수색이 시작될 수도 있었다…….

그는 생각에 빠진 나머지, 마치 안개 속으로 걸어 들어가는 것처럼 몸을 휘감는 부자연스러운 냉기를 즉시 알아차리지 못했다. 한 걸음 내디딜 때마다 더욱 차가워진 냉기가 목구멍 깊은 곳까지 들어가 폐를 찢는 듯했다. 다음 순간 그는 은근히 스며드는 절망감과 좌절감이 그의 안을 가득 채우며 부풀어 오르는 것을 느꼈다…….

'디멘터다.' 그는 생각했다.

계단을 다 내려와서 오른쪽을 돌아보니 끔찍한 광경이 눈에 들어왔다. 법정 바깥의 어두운 통로는 검은 후드를 뒤집어쓴 키가 큰 형체들로 가득했다. 그들의 얼굴은 완전히 감춰져 있었고, 이곳에서 들리는 소리라고는 놈들의 거친 숨소리뿐이었다. 심문에 소환되어 잔뜩 겁에 질린 머글 태생들이 딱딱한 나무 의자 위에 바짝 움츠린 채 모여 앉아 떨고 있었다. 대부분은 두 손에 얼굴을 묻고 있었는데, 아마도 디멘터의 탐욕스러운 입에서 자신을 보호하려는 본능적인 시도였을 것이다. 가족과 함께인 사람들도 있었고, 혼자 앉아 있는 사람들도 있었다. 디멘터들이 그런 그들 앞을 미끄러지듯 왔다 갔다 하고 있었다. 그곳의 냉기와 좌절감, 절망감이 저주처럼 해리를 내리눌렀다…….

'맞서 싸워.' 해리는 스스로를 독려했지만 정체를 드러내지 않고 이곳에 패트로누스를 불러낼 방법은 없다는 것을 알았다. 그래서 그는 되도록 조용히 앞으로 나아갔다. 한 발을 내디딜 때마다 마비되는 듯한 느낌이 머릿속을 잠식하는 것 같았지만 그의 도움이 필요한 두 사람, 헤르미온느와 론을 애써 떠올렸다.

우뚝 솟은 검은 형상들 사이를 지나가는 건 너무나 끔찍한 일이었다. 그가 지나가자 후드로 가려진 눈 없는 얼굴들이 고개를 돌렸다. 해리는 그들이 그의 존재를 느꼈다고 확신했다. 어쩌면 그들은 아직 약간의 희망과 저항력을 지니고 있는 사람의 존재를 느낀 게 틀림없었다…….

그때, 얼어붙은 침묵 속에서 복도 왼쪽의 지하 감옥 문 하나가 깜짝 놀랄 정도로 벌컥 열리더니 비명이 울려 퍼졌다.

"아니에요, 아니에요, 저는 혼혈이에요. 혼혈이라고요. 확실해요! 우리 아버지가 마법사였어요. *정말이에요, 찾아보세요. 아키 올더턴요. 유명한 빗자루 디자이너였어요. 그분을 찾아보세요. 정말이에요……* 이거 놔, 손 치우라고……."

"이게 마지막 경고입니다." 엄브리지의 나긋나긋한 목소리가 마법으로 확대되어 남자의 처절한 비명을 누르고 또렷하게 들렸다. "저항하면 디멘터의 입맞춤을 받게 될 겁니다."

남자의 비명 소리가 잦아들었지만, 목메어 흐느끼는 소리는 복도에 메아리쳤다.

"데려가세요." 엄브리지가 말했다.

디멘터 둘이 법정 문 앞에 나타났다. 그들은 썩어 가는 딱지투성이 손으로 의식을 잃어 가는 것처럼 보이는 남자 마법사의 팔을 양옆에서 붙잡고 있었다. 그들은 마법사를 끌고 복도를 따라 미끄러지듯 멀어져 갔다. 뒤에 남은 어둠이 그의 모습을 보이지 않게 집어삼켜 버렸다.

"다음, 메리 캐터몰." 엄브리지가 소리쳤다.

자그마한 여자가 일어섰다. 그녀는 머리끝부터 발끝까지 부들부들 떨고 있었다. 검은 머리카락을 매끄럽게 뒤로 넘겨 말아 올린 그녀는 무늬 없는 긴 로브 차림에 핏기가 전혀 없는 얼굴을 하고 있었다. 해리는 그녀가 덜덜 떨면서 디멘터를 지나쳐 가는 모습을 보았다.

그는 충동적으로, 아무런 계획도 없이 행동을 옮겼다. 그녀가 홀로 지하 감옥에 들어가는 모습을 두고 볼 수가 없었던 것이다. 문이 닫히려는 순간, 그는 그녀를 따라 법정 안으로 쓱 들어갔다.

그곳은 그가 한때 마법 부당 사용으로 심문을 받았던 곳과는 다른 법정이었다. 천장은 마찬가지로 높았지만 크기는 훨씬 작았다. 그 때문인지 깊은 우물 밑바닥에 처박혀 있는 듯 밀실 공포증이 밀려왔다.

안에는 더 많은 수의 디멘터가 얼어붙을 듯한 기운을 사방에 내뿜고 있었다. 놈들은 높이 솟은 연단에서 가장 멀리 떨어진 구석에 얼굴 없는 보초병처럼 서 있었다. 난간 뒤에는 엄브리지가 한쪽에는 약슬리를, 다른 한쪽에는 캐터몰 부인처럼 얼굴이 하얗게 질린 헤르미온느를 거느리고 앉아 있었다. 연단 아래쪽에서 밝은 은빛의 긴 털을 가진 고양이 한 마리가 이쪽저쪽으로 계속 어슬렁거렸다. 해리는 그 고양이가 디멘터들이 내뿜는 절망으로부터 심판관들을 보호하기 위해 이곳에 있다는 것을 알아차렸다. 절망이란 심판을 당하는 사람들이 느껴야 하는 것이지, 심판하는 사람들이 느낄 것이 아니었으니까.

"앉으세요." 엄브리지가 간드러진 목소리로 조용히 말했다.

캐터몰 부인은 비틀거리며 높은 연단 아래 바닥 한가운데에 놓여 있는 단 하나의 의자로 향했다. 그녀가 자리에 앉자마자 의자 팔걸이에서 쇠사슬들이 철컹거리며 튀어나와 그녀를 붙들어 맸다.

"당신이 메리 엘리자베스 캐터몰입니까?" 엄브리지가 물었다.

캐터몰 부인은 떨면서 고개를 한 번 끄덕였다.

"마법 관리부의 레지널드 캐터몰과 결혼한 사이지요?"

캐터몰 부인이 울음을 터뜨렸다.

"어디 갔는지 모르겠어요. 여기에서 저와 만나기로 했는데!"

엄브리지는 그녀의 말을 못 들은 척했다.

"메이지, 엘리, 앨프리드 캐터몰의 어머니고요?"

캐터몰 부인은 조금 전보다도 더욱 심하게 흐느꼈다.

"아이들은 겁에 질려 있어요. 제가 집에 못 돌아올 수도 있다고 생각……."

"그만 좀 하지." 약슬리가 내뱉었다. "머드블러드의 애새끼들한테는 동정심도 들지 않으니까."

캐터몰 부인의 흐느낌이, 높은 연단으로 이어지는 계단을 향해 살금살금 걸어가는 해리의 발소리를 감춰 주었다. 해리는 패트로누스 고양이가 돌아다니는 곳을 지나는 순간 기온이 달라지는 것을 느꼈다. 그곳은 따뜻하고 편안했다. 패트로누스는 엄브리지의 것이 분명했다. 엄브리지에게는 자신의 본성에 들어맞는 이곳에서 본인이 직접 초안에 참여한 뒤틀린 법들을 집행하는 것이 매우 행복한 일이었기에 패트로누스는 밝게 빛나고 있었다. 해리는 천천히, 아주 조심스럽게 엄브리지와 약슬리와 헤르미온느의 등 뒤로 연단을 돌아가 헤르미온느 뒤에 있는 의자에 앉았다. 헤르미온느가 깜짝 놀라지는 않을까 걱정됐다. 엄브리지와 약슬리에게 '머플리아토' 마법을 거는 방법도 생각해 봤지만, 그 주문을 중얼거리는 소리만으로도 헤르미온느를 놀라게 할 수 있었다. 잠시 후 엄브리지가 목소리를 높여 캐터몰 부인에게 말을 거는 틈을 타 해리는 기회를 잡았다.

"나 네 뒤에 있어." 그가 헤르미온느의 귀에 속삭였다.

예상했던 그대로 헤르미온느는 깜짝 놀라는 바람에 심문을 기록할 때 쓰는 잉크병을 엎을 뻔했지만, 엄브리지와 약슬리 둘 다 캐터몰 부인에게 집중하고 있었기에 그것을 눈치채지 못했다.

"오늘 당신은 정부에 도착하자마자 마법 지팡이를 압수당했습니다, 캐터몰 부인." 엄브리지가 말했다. "22센티미터, 체리나무, 유니콘 털 심지죠. 이 설명이 맞나요?"

캐터몰 부인은 소매로 눈물을 훔치며 고개를 끄덕였다.

"어떤 마법사에게서 이 마법 지팡이를 빼앗았는지 우리에게 말해 주겠어요?"

"빼, 빼앗았다고요?" 캐터몰 부인이 훌쩍거렸다. "아무…… 아무한테서도 빼앗지 않았어요. 제가 여, 열한 살 때 산 거예요. 그, 그, 그 지팡이가 저를 선택했어요."

그녀는 더욱 심하게 흐느꼈다.

엄브리지가 부드럽고 소녀 같은 웃음을 터뜨리자 해리는 그녀를 공격하고 싶은 충동을 느꼈다. 그녀가 자신의 희생양을 더 잘 살펴보려고 난간 너머로 몸을 기울였을 때, 웬 금색 물체가 획 튀어나오더니 그녀의 목에 매달린 채 공중에서 대롱거렸다. 그 로켓이었다.

헤르미온느도 그것을 보았다. 그녀가 작은 비명을 내뱉었지만, 여전히 먹잇감에 몰두해 있는 엄브리지와 약슬리에게는 다른 소리가 들리지 않는 것 같았다.

"아니죠." 엄브리지가 말했다. "아녜요, 제 생각은 다릅니다, 캐터몰 부인. 마법 지팡이는 오직 마법사만을 선택하거든요. 당신은 마법사가 아니에요. 발송된 질문지에 대한 당신의 답안이 여기 있어요. 마팔다, 그걸 이리 주세요."

엄브리지가 작은 손을 뻗었다. 그 모습이 얼마나 두꺼비 같았는지, 순간 해리는 그 뭉툭한 손가락 사이에 물갈퀴가 달려 있지 않은 것을 보고 조금 놀랐다. 헤르미온느의 두 손은 충격으로 덜덜 떨리고 있었다. 그녀는 옆에 있는 의자에 아슬아슬하게 쌓아 놓은 서류 더미를 뒤적거리다가 마침내 캐터몰 부인의 이름이 적혀 있는 양피지 뭉치를 꺼냈다.

"그, 그거 예쁘네요, 덜로리스." 헤르미온느는 엄브리지의 블라우스 주름 장식 부분에서 반짝거리는 로켓을 가리키며 말했다.

"뭐라고요?" 엄브리지가 아래를 힐끔 내려다보며 쏘아붙였다. "아, 이거요…… 오래된 가보죠." 그녀가 커다란 가슴에 놓여 있는 로켓을 쓰다듬으며 말했다. "'S'는 셀윈을 의미해요……. 저는 셀윈 가문이랑 친척이거든요……. 사실, 저와 친척 관계가 아닌 순수 혈통 가문은 몇 없답니다……. 안타까운 것은……." 그녀가 목소리를 높이더니 캐터몰 부인의 질문지를 훌훌 넘기며 말을 이었다. "당신에 대해서는 그렇게 말할 수 없다는 거지만요. 부모의 직업, 채소 장수."

약슬리가 조롱 섞인 웃음을 터뜨렸다. 밑에서는 털이 북슬북슬한 은색 고양이가 이리저리 돌아다녔고, 디멘터들은 구석에 서서 대기하고 있었다.

해리는 엄브리지의 거짓말을 듣자 피가 거꾸로 솟는 것만 같았다. 조심해야 한다는 것도 새까맣게 잊고 말았다. 좀도둑에게서 뇌물로 받은 로켓을 그녀 자신의 순수 혈통을 강조하기 위해 이용하고 있다니! 그는 굳이 투명 망토 아래에 감추려고도 하지 않고 마법 지팡이를 들어 올리며 외쳤다. "스튜페파이!"

붉은빛이 번뜩였다. 엄브리지가 고꾸라지면서 난간 모서리에 이마를 박았다. 캐터몰 부인의 서류들이 그녀의 무릎에서 바닥으로 떨어졌고, 밑에서 어슬렁거리던 은빛 고양이도 사라졌다. 얼음장처럼 차가운 공기가 바람처럼 그들을 후려쳤다. 영문을 알 리 없는 약슬리는 이 사태의 원인을 찾아 주위를 두리번거리다가, 몸체 없는 해리의 손과 그 자신을 겨누고 있는 마법 지팡이를 발견했다. 그가 마법 지팡이를 꺼내려 했지만 너무 늦었다.

"스튜페파이!"

약슬리는 바닥으로 미끄러져서 몸을 말고 쓰러졌다.

"해리!"

"헤르미온느, 내가 여기 가만히 앉아서 저 여자가 거짓말을 하게 놔둘 줄 알았다면……."

"해리, 캐터몰 부인이!"

해리는 투명 망토를 벗으며 홱 돌아섰다. 저 아래에서, 구석에 있던 디멘터들이 의자에 쇠사슬로 묶여 있는 여자를 향해 스르르 다가가고 있었다. 패트로누스가 사라졌기 때문인지, 자신들의 주인이 통제력을 잃은 걸 느꼈기 때문인지 자제력을 잃어버린 듯했다. 끈적끈적한 딱지투성이 손이 턱을 잡고 얼굴을 억지로 뒤로 젖히자 캐터몰 부인은 겁에 질려 끔찍한 비명을 내뱉었다.

"엑스펙토 패트로눔!"

해리의 지팡이 끝에서 은색 수사슴이 튀어나와 디멘터들에게 달려들었다. 디멘터들은 뒤로 물러나 다시 어두운 그림자 속에 녹아들었다. 수사슴이 법정 안을 계속해서 빙빙 돌자 고양이의 보호막보다 훨씬 강력하고 따뜻한 빛이 방을 가득 채웠다.

"호크룩스 챙겨." 해리가 헤르미온느에게 말했다.

그는 계단을 달려 내려가 투명 망토를 가방에 쑤셔 넣고 캐터몰 부인에게 다가갔다.

"당신이?" 그녀는 해리의 얼굴을 바라보며 속삭였다. "하지만…… 하지만 레지는 내 이름을 심문 대상으로 제출한 사람이 바로 당신이라고 했는데!"

"제가요?" 해리는 그녀의 팔을 묶고 있는 쇠사슬을 잡아당기며 웅얼거렸다. "뭐, 마음이 바뀌어서요. *디핀도!*" 아무 일도 일어나지 않았다. "헤르미온느, 이 쇠사슬 어떻게 없애?"

"잠깐만, 나도 이쪽에서 뭘 좀 하고 있어……."

"헤르미온느, 우리 디멘터들에게 둘러싸여 있단 말이야!"

"나도 알아, 해리. 하지만 저 여자가 깨서 로켓이 없어진 걸 알면……. 복제품을 만들어야 해……. *제미니오!* 자…… 이거면 속을 거야……."

헤르미온느가 연단에서 달려 내려왔다.

"어디 봐…… *릴라시오!*"

쇠사슬이 철컹거리며 의자 팔걸이 안으로 도로 들어갔다. 캐터몰 부인은 조금 전보다 더욱 겁에 질린 표정이었다.

"도대체 무슨 영문인지 모르겠네요." 그녀가 속삭였다.

"우리랑 같이 여기서 나가게 되실 거예요." 해리가 그녀를 일으켜 세우며 말했다. "집으로 가서 아이들을 데리고 도망치세요. 이 나라를 떠나세요. 변장하고 도망치시라고요. 무슨 일이 일어나는지 보셨잖아요. 여기서는 공정한 재판 같은 건 받을 수 없어요."

"해리." 헤르미온느가 말했다. "문밖에 디멘터들이 저렇게 많은데 어떻게 나가지?"

"패트로누스." 해리가 자신의 패트로누스를 지팡이로 가리키며 말했다. 여전히 밝게 빛나는 수사슴이 걸음을 멈추더니 문이 있는 쪽으로 향했다. "되도록 많이 불러내야지. 네 것도 불러, 헤르미오느."

"엑스펙…… 엑스펙토 패트로눔." 헤르미온느가 말했다. 아무 일도 일어나지 않았다.

"저 애가 어려워하는 유일한 주문이에요." 해리가 어안이 벙벙해진 캐터몰 부인에게 말했다. "솔직히 지금 상황에서는 좀 안타까운 일이죠……. 얼른, 헤르미온느……."

"엑스펙토 패트로눔!"

헤르미온느의 마법 지팡이 끝에서 은빛 수달이 튀어나와 우아하게 공중을 유영하더니 수사슴에게 가세했다.

"가자." 해리가 말했다. 그는 헤르미온느와 캐터몰 부인을 문으로 이끌었다.

패트로누스들이 지하 감옥 법정에서 미끄러져 나오자, 밖에서 기다리던 사람들이 놀라서 비명을 내뱉었다. 해리는 주위를 둘러보았다. 디멘터들이 양옆으로 물러나더니, 은색 동물들 앞에서 뿔뿔이 흩어져 어둠 속으로 사라져 갔다.

"여러분 모두 집으로 돌아가서 가족들과 함께 숨어 지내야 한다는 결정이 내려졌습니다." 해리는 밖에서 기다리고 있던 머글 태생들에게 말했다. 그들은 패트로누스의 빛에 눈부셔 하면서 여전히 몸을 움츠리고 있었다. "가능하면 외국으로 떠나세요. 그냥 정부에서 아주 멀리 도망치세요. 그게…… 어…… 새로운 공식 입장입니다. 자, 저 패트로누스만 따라가면 중앙 홀을 통해 밖으로 나갈 수 있을 거예요."

그들은 돌계단을 다 오를 때까지 아무런 방해도 받지 않았지만, 엘리베이터가 가까워지자 해리는 슬슬 걱정되기 시작했다. 만약 그들이 옆을 떠다니는 은색 수사슴, 수달과 함께, 절반은 머글 태생으로 고발당한 스무 명가량의 사람들과 함께 중앙 홀에 나타난다면 원치 않는 관심을 끌게 될 것이 너무나 뻔했다. 이런 달갑지 않은 결론에 막 이르렀을 때 눈앞에서 엘리베이터가 철컹거리며 멈춰 섰다.

"레지!" 캐터몰 부인이 소리치며 론의 품으로 뛰어들었다. "런콘이 나를 빼내 줬어. 엄브리지와 약슬리를 공격하고 우리 모두에게 이 나라를 떠나라고 했어. 그렇게 하는 게 좋을 것 같아, 레지. 정말이야. 빨리 집으로 돌아가서 아이들을 데리고…… 당신 왜 이렇게 젖었어?"

"물 때문에요." 론이 포옹을 풀면서 웅얼거렸다. "해리, 놈들이 정부에 누가 침입했다는 걸 알고 있어. 엄브리지 사무실 문에 난 구멍이 어쩌고 하던데. 내 생각엔 5분 정도가……."

헤르미온느가 겁에 질린 얼굴로 해리를 돌아보자 그녀의 패트로누스가 '펑' 하고 사라졌다.

"해리, 우리 갇혔어!"

"빨리 움직이면 빠져나갈 수 있어." 해리가 말했다. 그는 등 뒤에서 얼빠진 듯 아무 말 없이 그를 바라보는 사람들을 향해 물었다.

"마법 지팡이 갖고 계신 분?"

절반 정도가 손을 들었다.

"알겠어요, 지팡이가 없는 분들은 모두 지팡이를 가진 사람 옆에 딱 붙어 계세요. 신속하게 움직여야 할 거예요. 놈들이 우릴 막기 전에요. 가요."

그들은 엘리베이터 두 대에 끼어 탔다. 해리의 패트로누스가 철창이 닫힐 때까지 그 앞에 보초병처럼 서 있었다. 엘리베이터가 올라가기 시작했다.

"8층." 여자 마법사의 냉랭한 목소리가 말했다. "중앙 홀입니다."

해리는 곤경에 처했다는 사실을 즉시 알아차렸다. 중앙 홀은 이쪽저쪽으로 움직이며 벽난로를 봉쇄하는 사람들로 가득했다.

"해리!" 헤르미온느가 새된 소리로 비명을 질렀다. "우리 어떻게 해……?"

"*그만!*" 해리가 버럭 소리치자 런콘의 박력 있는 목소리가 중앙 홀에 울려 퍼졌다. 벽난로를 봉쇄하던 마법사들이 그 자리에 우뚝 멈춰 섰다. "따라오세요." 해리는 겁에 질린 머글 태생들에게 속삭였다. 사람들은 론과 헤르미온느가 이끄는 대로 무리를 지어 앞으로 나왔다.

"무슨 일이에요, 앨버트?" 출근할 때 해리의 뒤를 이어 벽난로에서 나왔던 머리가 벗어진 마법사가 말했다. 그는 초조한 표정이었다.

"출구를 봉쇄하기 전에 이 사람들을 내보내야 한다." 해리가 할 수 있는 한 권위적인 말투로 내뱉었다.

눈앞에 있는 마법사들이 서로 시선을 주고받았다.

"우리가 받은 명령은 모든 출입구를 봉쇄하고 단 한 명도…….."

"*내 말을 반박하는 건가?*" 해리가 엄포를 놓았다. "네놈의 가계도도 한번 조사해 볼까? 내가 더크 크레스웰한테 한 것처럼 말이야."

"죄송합니다!" 머리 벗어진 마법사가 헉하며 뒤로 물러났다. "그런 뜻은 아니었어요, 앨버트. 하지만 제 생각에…… 제 생각에 저 사람들은 심문을 받으러 온 거니까…….."

"이 사람들은 순수 혈통이다." 해리가 말했다. 그의 굵직한 목소리가 중앙 홀에 위엄 있게 울려 퍼졌다. "감히 말하건대, 너희 대부분보다 더 순수해. 가시오." 그는 머글 태생들을 향해 쩌렁쩌렁한 목소리로 말했다. 그들은 허둥지둥 벽난로로 들어가 짝을 지어 사라지기 시작했다. 정부 마법사들은 어리둥절하거나 두려워하거나 화난 표정을 지으며 머뭇거릴 뿐이었다. 그때……

"메리!"

캐터몰 부인이 어깨 너머를 돌아보았다. 진짜 레지 캐터몰이,

더 이상 구토를 하지는 않지만 하얗게 질리고 힘없는 기색으로 막 엘리베이터에서 뛰어나오고 있었다.

"레, 레지?"

그녀는 남편에게서 론에게로 시선을 돌렸다. 론이 큰 소리로 욕설을 내뱉었다.

대머리 마법사가 입을 쩍 벌렸다. 그의 고개가 이쪽에 있는 레지 캐터몰에게서 저쪽에 있는 레지 캐터몰에게로 멍청하게 돌아갔다.

"잠깐…… 무슨 일이야? 이게 무슨 일이냐고?"

"출구를 봉쇄해! **봉쇄하라고!**"

약슬리가 또 다른 엘리베이터에서 뛰어나와 벽난로 앞에 서 있는 사람들 쪽으로 달려왔다. 캐터몰 부인을 제외한 머글 태생들은 모두 벽난로 속으로 사라진 뒤였다. 대머리 마법사가 지팡이를 들어 올리는 순간 해리는 거대한 주먹을 들어 그를 후려쳤다. 그는 공중으로 붕 날아갔다.

"저자가 머글 태생들의 탈출을 돕고 있었습니다, 약슬리!" 해리가 소리쳤다.

대머리 마법사의 동료들이 소동을 일으켰다. 론은 그 틈을 타서 캐터몰 부인을 붙잡고 아직 열려 있는 벽난로 속으로 끌고 들어가 사라졌다. 혼란스러워진 약슬리는 해리의 주먹에 얻어맞은 마법사에게로 시선을 돌렸다. 그사이 진짜 레지 캐터몰이 소리를 질렀다. "내 아내! 내 아내를 데려간 저자는 누구야? 대체 무슨 일이 벌어진 거야?"

해리는 이쪽으로 고개를 돌리는 약슬리를 보고 그 짐승 같은 얼굴에 진실을 눈치챈 기색이 떠오르는 것을 알아차렸다.

"빨리!" 해리가 헤르미온느에게 소리쳤다. 그가 그녀의 손을 잡고 벽난로 안으로 뛰어드는 순간, 약슬리의 저주가 해리의 머리 위를 지나갔다. 그들은 몇 초 동안 빙글빙글 돈 끝에 변기에서 나와 칸막이 바닥을 디뎠다. 해리는 문을 벌컥 열었다. 론이 세면대 앞에 서서 여전히 캐터몰 부인과 씨름하고 있었다.

"레지, 대체 무슨 일······."

"놔줘요, 전 아줌마 남편이 아니라니까요. 아줌만 빨리 집에 가셔야 해요!"

그들 뒤에 있는 칸막이에서 소음이 들렸다. 해리는 뒤를 돌아보았다. 약슬리가 막 모습을 드러냈다.

"**가자!**" 해리가 소리쳤다. 그는 헤르미온느의 손과 론의 팔을 잡고 제자리에서 빙글 돌았다.

압박붕대로 몸이 짓눌리는 느낌과 함께 어둠이 그들을 집어삼켰지만 뭔가 이상했다······. 헤르미온느의 손이 그의 손아귀에서 스르르 **빠져나간** 듯했다······.

해리는 질식할 것 같은 느낌을 받았다. 숨을 쉴 수도, 앞을 볼 수도 없었다. 이 세상에서 실체를 가진 건 오직 론의 팔과 헤르미온느의 손가락뿐이었지만 그것들 역시 그의 손에서 천천히 빠져나가고 있었다…….

다음 순간, 뱀 모양 문손잡이가 달린 그리몰드가 12번지의 문이 보였다. 하지만 숨을 들이쉬기도 전에 비명 소리가 들리더니 자주색 빛이 번쩍였다. 헤르미온느의 손이 갑자기 그의 손을 꽉 움켜쥐었고 또다시 모든 것이 어두워졌다.

## 14장
## 도둑

해리는 눈을 떴다. 황금색과 초록색 빛에 눈이 부셨다. 무슨 일이 일어났는지 도무지 알 수가 없었다. 그가 아는 것이라고는 나뭇잎과 잔가지처럼 보이는 것들 위에 누워 있다는 사실뿐이었다. 납작 찌부러진 듯한 폐로 숨을 들이마시려고 애쓰며 눈을 깜빡이던 그는 그 요란하게 환한 빛이 머리 위 높은 곳에 드리워진 나뭇잎 사이로 쏟아져 들어온 햇빛이라는 것을 깨달았다. 그때 얼굴 가까이에서 뭔가가 움찔거렸다. 해리는 작고 사나운 동물을 보게 될 거라 짐작하며 두 손과 무릎으로 땅을 짚고 일어났다. 하지만 알고 보니 그것은 론의 발이었다. 주위를 둘러본 해리는 그들과 헤르미온느가 숲 바닥에 누워 있다는 사실을 알아차렸다. 이곳에는 그들 세 사람뿐인 듯했다.

 처음에 해리는 자신들이 금지된 숲에 온 거라고 생각했다. 호그와트 교정에 모습을 드러내는 것이 얼마나 멍청하고 위험한 짓인지 알면서도, 몰래 나무 사이를 지나 해그리드의 오두막에 갈 생각을 하니 잠깐 동안 심장이 두근거렸다. 하지만 잠시 후 론의 나직한 신음을 듣고 그에게 기어가면서 해리는 이곳이 금지된 숲이 아니라는 사실을 깨달았다. 나무들이 훨씬 어려 보였고 나무들의 간격도 더 넓었으며 땅바닥도 더 깨끗했다.

 그는 론의 머리맡에서 마찬가지로 땅바닥을 짚고 엎드려 있던 헤르미온느를 마주쳤다. 론을 본 순간, 해리의 머릿속에 있던 다른 걱정거리들은 어디론가 싹 사라져 버렸다. 론의 몸 왼쪽 전체가 피로 흠뻑 젖어 있었던 것이다. 허옇게 질려서 잿빛이 된 얼굴이 낙엽 깔린 땅바닥에서 더욱 두드러져 보였다. 폴리주스 마법약의 효과가 이제 다해 가고 있었다. 론은 캐터몰과 그 자신의 모습이 뒤섞인 상태였다. 얼굴에서 남아 있던 혈색이 빠져나가는 동시에 머리카락이 점점 빨개져 갔다.

 "무슨 일이 있었던 거야?"

 "분할된 거야." 헤르미온느가 말했다. 이미 그녀의 손가락은 피가 가장 축축하고 짙게 배어 있는 론의 소매 위를 바쁘게 움직이고 있었다.

해리는 겁에 질린 얼굴로, 그녀가 론의 셔츠를 찢는 모습을 지켜보았다. 그는 분할이 조금 우스운 일이라고 항상 생각해 왔다. 하지만 이건……. 헤르미온느가 론의 팔꿈치 윗부분을 드러내자 해리는 속이 불쾌하게 울렁거리는 것을 느꼈다. 론의 위팔은 마치 칼로 깔끔하게 도려낸 것처럼 살점이 뭉텅이로 떨어져 나가 있었다.

"해리, 빨리. 내 가방을 보면 '꽃박하 진액'이라는 이름표가 붙은 작은 병이 있어."

"가방…… 알았어."

해리는 헤르미온느가 내려섰던 곳으로 황급히 달려가 작은 구슬가방을 집어 들고 그 안에 손을 밀어 넣었다. 곧바로, 해리의 손에 닿는 물건들이 연달아 정체를 드러내기 시작했다. 가죽 장정이 된 책등, 털이 북슬북슬한 스웨터 소매, 신발 굽이 만져졌고……

"빨리!"

그는 땅바닥에서 지팡이를 집어 들고 마법 가방 깊은 곳을 가리켰다.

"아씨오 꽃박하!"

가방 안에서 작은 갈색 병이 쌩 날아왔다. 그는 병을 잡아채서 다급히 헤르미온느와 론에게로 돌아갔다. 론의 눈은 이제 반쯤 감겨 있었고, 눈꺼풀 사이로 보이는 것이라고는 흰자위뿐이었다.

"기절했어." 헤르미온느가 말했다. 그녀의 얼굴도 하얗게 질려 있었다. 머리카락은 아직 군데군데 잿빛이었지만 더는 마팔다의 모습이 아니었다. "마개 좀 열어 줘, 해리. 난 손이 떨려서."

해리가 작은 병의 마개를 비틀어 열자, 헤르미온느는 병을 받아 피가 흐르는 상처에 마법약을 세 방울 떨어뜨렸다. 초록색 연기가 피어오르더니 연기가 가시자마자 출혈이 멈췄다. 이제 상처는 며칠은 지난 것처럼 보였다. 방금까지 살이 찢어져 벌어졌던 곳에 새살이 돋았다.

"와." 해리가 감탄을 내뱉었다.

"내가 마음 놓고 할 수 있는 일은 이것뿐이야." 헤르미온느가 떨리는 목소리로 말했다. "론을 완전히 낫게 해 줄 주문들도 있지만, 감히 써 볼 엄두가 안 나. 내가 잘못해서 더 다칠까 봐……. 이미 피를 너무 많이 흘렸어……."

"어쩌다가 다친 거야? 그러니까……." 해리는 생각을 정리하고, 방금 무슨 일이 일어났는지 제대로 이해해 보기 위해 고개를 흔들었다. "우리 왜 여기 있는 거야? 그리몰드가로 돌아가는 줄 알았는데!"

헤르미온느는 숨을 크게 들이마셨다. 그녀는 당장에라도 울음을 터뜨릴 것처럼 보였다.

"해리, 그곳으로는 돌아갈 수 없을 것 같아."

"그게 무슨……?"

"순간이동을 할 때 약슬리가 나를 붙잡았어. 너무 힘이 세서 도저히 떨쳐 낼 수가 없었어. 우리가 그리몰드가에 도착할 때까지도 그자가 나를 잡고 있었는데, 그때…… 내 생각엔 약슬리가 문을 본 것 같아. 그리고 우리가 그곳에 멈춘다고 생각하고 손에 힘을 푼 거야. 그때서야 그자를 떨쳐 낼 수 있었어. 그런 다음 내가 너희를 여기로 데려온 거야!"

"하지만 그럼, 약슬리는 어디 있는데? 잠깐만…… 그자가 그리몰드가에 있다는 말은 아니지? 거기에 들어갈 수는 없잖아?"

그녀가 고개를 젓자 두 눈에 고인 눈물이 반짝 빛났다.

"해리, 아마 들어갈 수 있을 거야. 내가, 내가 뿌리치기 마법을 써서 억지로 손을 놓게 만들긴 했지만 이미 그자를 피델리우스 마법의 보호막 안으로 끌어들인 다음이었으니까. 덤블도어 교수님이 돌아가신 뒤로는 우리가 비밀 수호자니까 내가 그자한테 비밀을 알려 준 셈이 된 거야. 안 그래?"

아니라고 해 봐야 소용없었다. 해리는 그녀의 말이 맞다고 확신했다. 그것은 심각한 타격이었다. 약슬리가 집 안으로 들어갈 수 있게 된 이상 그들에게는 돌아갈 방법이 없었다. 지금 이 순간에도 그자가 다른 죽음을 먹는 자들을 순간이동으로 그곳에 끌어들이고 있을지 몰랐다. 그곳은 우울하고 숨 막힐 듯한 공간이기는 해도 단 하나뿐인 안전한 피난처였다. 크리처의 기분이 훨씬 좋아지고 친절해진 지금은 유일하게 집다운 곳이기도 했다. 해리, 론, 헤르미온느가 결코 먹지 못할 스테이크앤키드니 파이를 바쁘게 만들고 있을 집요정을 떠올리자 음식과는 관계없는 어떤 안타까움이 해리의 가슴을 찔렀다.

"해리, 미안해. 정말 미안해!"

"바보 같은 소리 하지 마. 네 잘못이 아니잖아! 굳이 따지자면 내 잘못이야……."

해리는 주머니에 손을 넣어 매드아이의 눈을 꺼냈다. 헤르미온느가 기겁한 표정을 지으며 흠칫 놀랐다.

"엄브리지가 직원들을 감시하려고 이걸 자기 사무실 문에 박아 놨어. 거기 그냥 둘 수는 없었어……. 그래서 그자들이 침입자가 있다는 걸 알게 된 거야."

헤르미온느가 뭐라고 대꾸하기도 전에 론이 신음하며 눈을 떴다. 얼굴은 여전히 잿빛이었고 땀으로 번들거렸다.

"좀 어때?" 헤르미온느가 속삭였다.

"기분 더러워." 론이 다친 팔을 더듬어 보다가 움찔하며 쉰 목소리로 물었다. "여기가 어디야?"

"퀴디치 월드컵이 열렸던 숲속이야." 헤르미온느가 말했다. "세상과 동떨어지고 은밀한 곳으로 가길 바랐는데 여기가……."

"……처음으로 생각났겠지." 해리가 그녀 대신 말을 마치며 언뜻 보기에는 아무도 없는 공터를 쓱 둘러보았다. 지난번 헤르미온느가 처음으로 떠올린 장소로 순간이동 했을 때 벌어진 일이 어쩔 수 없이 떠올랐다. 그때는 죽음을 먹는 자들이 얼마 지나지 않아 그들을 찾아냈다. 레질리먼시를 쓴 것이었을까? 볼드모트나 그자의 추종자들은 이번에도 헤르미온느가 그들을 어디로 데려왔는지 알고 있을까?

"이동해야 하지 않을까?" 론이 해리에게 물었다. 해리는 론의 표정을 보고 그 역시 같은 생각을 하고 있다는 것을 알았다.

"글쎄."

론은 여전히 창백한 얼굴로 식은땀을 흘리는 듯했다. 일어나 앉으려고도 하지 않는 걸 보니 그런 시도도 할 수 없을 만큼 약해진 것처럼 보였다. 론을 데리고 이동할 생각만으로도 벅찼다.

"지금 당장은 여기 있자." 해리가 말했다.

헤르미온느가 안심한 표정을 지으며 벌떡 일어났다.

"어디 가?" 론이 물었다.

"여기 머물 거라면 주위에 보호 마법을 걸어야지." 그녀는 대답하더니 마법 지팡이를 들고 주문을 중얼거리면서 해리와 론 주위로 커다란 원을 그리며 걷기 시작했다. 해리는 주변 공기가 파르르 떨리는 것을 보았다. 마치 헤르미온느가 이 공터에 뜨거운 아지랑이를 피워 올리고 있는 것만 같았다.

"살비오 헥시아…… 프로테고 토탈룸…… 레펠로 머글툼…… 머플리아토……. 텐트 좀 꺼내 줄래, 해리……."

"텐트?"

"가방에서!"

"무슨…… 아, 그래." 해리가 말했다.

이번에는 굳이 가방 안을 뒤적거리지 않고 다시 한 번 소환 마법을 썼다. 거친 캔버스 천과 밧줄과 폴대가 나타났다. 고양이 냄새 때문이었을까? 해리는 그 텐트가 퀴디치 월드컵 때 사용했던 것과 같은 텐트라는 것을 알아보았다.

"이건 정부에서 일하는 퍼킨스라는 사람 거 아니야?" 그가 텐트 말뚝을 풀기 시작하며 물었다.

"돌려받을 생각이 없었던 것 같아. 허리가 너무 아파서." 헤르미온느가 이제는 마법 지팡이로 복잡한 8자를 그리며 말했다. "그래서 론네 아빠가 빌려 가도 된다고 하셨어. *에렉토!*" 그녀는 이상한 모양의 캔버스 천을 마법 지팡이로 가리키며 덧붙였다. 캔버스 천은 단번에 매끄럽게 공중으로 솟아오르더니 완벽하게 조립된 모습으로 해리 앞에 놓였다. 놀란 그의 손에서 마지막으로 텐트 말뚝이 날아올라 밧줄 끝에 쾅 내리박혔다.

"*카베 이니미쿰.*" 헤르미온느는 하늘을 향해 화려한 동작을 해 보이며 작업을 마무리했다. "내가 할 수 있는 건 이 정도야. 최소한 적들이 오면 알 수 있을 거야. 하지만 다 막을 거라고 장담할 수는 없어. 볼드……."

"그 이름 말하지 마!" 론이 거친 목소리로 그녀의 말을 잘랐다.

해리와 헤르미온느는 서로 시선을 주고받았다.

"미안." 론이 그들을 보려고 몸을 일으키다가 작게 신음했다. "하지만 그게 꼭…… 꼭 저주나 뭐 그런 것처럼 느껴진단 말이야. 그냥 '그 사람'이라고 부르면 안 돼? 부탁이야."

"덤블도어 교수님은 이름을 두려워하면……." 해리가 입을 열었다.

"혹시 눈치 못 챘을까 봐 하는 말인데, 친구. '그 사람'을 이름으로 부른 게 결국 덤블도어한테 별 도움이 되진 않았잖아." 론이 마주 쏘아붙였다. "그냥…… 그냥 '그 사람'을 어느 정도 존중해 주자고. 응?"

"존중?" 해리가 되물었지만 헤르미온느는 그에게 경고하는 듯한 눈길을 던졌다. 론이 저렇게 허약해진 상황에서 말다툼을 벌이면 안 된다는 뜻이 분명했다.

해리와 헤르미온느는 론을 반쯤은 들고 반쯤은 끌다시피 하면서 텐트 안으로 들어갔다. 내부는 해리가 기억하는 모습 그대로였다. 욕실과 아주 작은 부엌까지 완벽하게 갖춰져 있는 작은 집. 그는 낡은 안락의자를 한쪽으로 밀어놓고 론을 2층 침대 아래층에 조심스럽게 내려놓았다. 이동한 거리가 얼마 되지 않았는데도 론의 얼굴은 더욱 창백해졌다. 두 사람이 그를 침대 위에 눕히자 그는 다시 눈을 감더니 한동안 아무 말도 하지 않았다.

"차를 좀 타 올게." 헤르미온느가 숨죽여 말하고 가방 깊숙한 곳에서 주전자와 머그잔 몇 개를 꺼내 부엌으로 향했다.

해리는 매드아이가 죽은 날 밤에 마신 파이어위스키가 그랬듯 따뜻한 차 한 잔이 반갑게 느껴졌다. 가슴속에서 파닥거리던 두려움이 조금이나마 뜨겁게 녹아내리는 듯했다. 잠시 후 론이 침묵을 깨고 입을 열었다.

"캐터몰 부부는 어떻게 됐을까?"

"운이 따라 줬다면 빠져나갔겠지." 헤르미온느가 위안 삼듯 따뜻한 머그잔을 감싸 쥐며 말했다. "캐터몰 씨가 침착하고 눈치 빠른 사람이라면 동반 순간이동으로 부인을 데리고 나왔을 테고, 지금쯤 아이들을 데리고 이 나라에서 도망치고 있을 거야. 해리가 그렇게 하라고 했으니까."

"제기랄, 꼭 도망쳤어야 하는데." 론이 다시 베개에 드러누우며 말했다. 차를 마신 덕분인지 혈색이 조금 돌아와 있었다. "하지만 레지 캐터몰이 그렇게 눈치 빠른 사람 같지는 않았어. 내가 캐터몰이 됐을 때 사람들이 나한테 말을 걸었던 태도를 보면 말이야. 제발, 그 사람들이 무사히 도망친 거면 좋겠다……. 두 사람이 우리 때문에 아즈카반에 가게 된다면······."

 해리는 헤르미온느의 얼굴을 보고, 막 던지려던 질문을 목구멍으로 삼켰다. 원래 그는 캐터몰 부인에게 마법 지팡이가 없다는 사실이 남편과 함께 순간이동을 하는 데 장애물이 되지는 않았을까 물어보려 했다. 하지만 헤르미온느는 캐터몰 가족의 운명을 걱정하며 조바심하는 론을 지켜보고 있었고, 그런 그녀의 표정에 어찌나 깊은 애정이 배어 있던지 해리는 론에게 입을 맞추려던 그녀를 방해한 듯한 기분마저 들었다.

 "그래서, 그건 챙겼어?" 해리가 그녀에게 물었다. 그 역시 그 자리에 있다는 사실을 깨닫게 해 주고 싶기도 했다.

 "뭐, 뭘 챙겨?" 그녀가 살짝 놀라며 되물었다.

 "우리가 뭐 때문에 그 온갖 고생을 했는데? 로켓 말이야! 로켓은 어디 있어?"

 "로켓을 찾았어?" 론이 베개에서 몸을 살짝 일으키며 소리쳤다. "아무도 얘기 안 해 주다니! 젠장, 말해 줄 수도 있었잖아!"

 "뭐, 죽음을 먹는 자들을 피해서 목숨 걸고 도망치는 중이었잖아?" 헤르미온느가 말했다. "여기."

 그녀는 로브 주머니에서 로켓을 꺼내 론에게 건넸다.

 그것은 달걀만 했다. 조그만 녹색 돌들로 화려하게 새겨져 있는 S자가 텐트의 캔버스 천 지붕을 뚫고 들어오는 빛을 받아 희미하게 반짝거렸다.

"크리처가 가져간 이후로 누가 이걸 파괴했을 가능성은 없는 거지?" 론이 기대에 차서 물었다. "내 말은, 이게 아직도 호크룩스인 게 확실하냐고."

"그런 것 같아." 헤르미온느가 다시 로켓을 받아서 자세히 살펴보며 말했다. "마법에 의해 파괴됐다면 손상된 흔적이 있을 거야."

그녀는 해리에게 로켓을 건넸고, 해리는 그것을 손에 들고 이리저리 돌려 보았다. 로켓은 완벽히 새것처럼 보였다. 그는 심하게 훼손된 일기장 잔해와, 덤블도어가 파괴하자 돌에 금이 갔던 호크룩스 반지를 떠올렸다.

"크리처 말이 맞는 것 같아." 해리가 말했다. "이걸 파괴하려면 어떻게 여는지부터 알아야 해."

해리는 그렇게 말을 하다가 자기가 들고 있는 게 무엇인지, 그 작은 황금색 뚜껑 뒤에 무엇이 있는지 갑작스레 깨달았다. 이것을 찾느라 그 온갖 고생을 했는데도 로켓을 멀리 내던지고 싶은 격한 충동을 느꼈다. 다시 마음을 다잡은 그는 손가락으로 로켓을 비틀어 열어 보려 했다. 그런 다음에는 헤르미온느가 레귤러스의 침실 문을 열 때 썼던 마법을 시도해 보았다. 둘 다 통하지 않았다. 그는 로켓을 다시 론과 헤르미온느에게 건네주었다. 두 사람 모두 있는 힘껏 애썼지만 해리와 마찬가지로 로켓을 열지 못했다.

"그래도 느껴지지?" 론이 로켓을 꽉 움켜쥔 채 숨죽여 물었다.

"무슨 소리야?"

론이 해리에게 호크룩스를 건넸다. 잠시 후 해리도 론의 말이 무슨 뜻인지 알 것 같았다. 이것은 해리 자신의 피가 혈관을 타고 흐르면서 맥동하는 느낌일까? 아니면 작디작은 금속 심장인 양, 로켓 안에서 뭔가가 고동치고 있는 걸까?

"이걸 어떻게 하지?" 헤르미온느가 물었다.

"파괴할 방법을 알아낼 때까지 안전하게 보관해야지." 해리가 대답했다. 그는 꺼림칙했지만 로켓이 달린 줄을 자기 목에 걸고 로브 속 보이지 않는 곳으로 집어넣었다. 로켓은 해그리드가 준 주머니와 나란히 그의 가슴 위에 놓였다.

"번갈아 가면서 텐트 바깥을 경계해야 할 것 같아." 그가 자리에서 일어나 기지개를 켜면서 헤르미온느에게 덧붙였다. "그리고 먹을 것 문제도 좀 생각해 봐야 할 거고. 넌 여기 있어." 몸을 일으켜 앉으려던 론의 얼굴색이 시퍼렇게 변하자 해리가 날카롭게 덧붙였다.

헤르미온느가 해리에게 생일 선물로 주었던 새 스니코스코프를 텐트 안 탁자에 조심스럽게 놓아둔 채 해리와 헤르미온느는 번갈아 망을 보면서 그날 남은 시간을 보냈다. 하지만 스니코스코프는 하루 종일 미동도 없이 조용하게 꼭지를 딛고 서 있었다. 헤르미온느가 주위에 걸어 놓은 보호 마법과 머글 쫓기 마법 때문인지, 아니면 원체 사람들이 이 길을 잘 지나다니지 않기 때문인지, 그들이 있는 숲에는 가끔 새와 다람쥐 들만 나타날 뿐 사람의 모습은 그림자도 보이지 않았다. 저녁이 되어도 상황은 달라지지 않았다. 10시가 되어 헤르미온느와 교대한 해리는 마법 지팡이에 불을 켜고 사람 하나 없는 풍경을 내다보았다. 보호 마법을 걸어 놓은 공터에서 일부만 보이는 하늘에는 별이 총총했고, 박쥐들이 머리 위 높은 곳을 퍼덕거리면서 그 하늘을 가로지르고 있었다.

이제는 배가 고팠고 약간 어지럽기도 했다. 헤르미온느는 그날 밤 그리몰드가로 돌아갈 거라고 생각했기에 마법 가방에 음식은 전혀 챙겨 오지 않았다. 그래서 헤르미온느가 근처에 있는 나무들에서 따다가 야영용 주전자에 넣고 끓인 야생 버섯을 제외하면 먹을 게 아무것도 없었다. 몇 입을 먹고 나자 론은 메스껍다는 얼굴로 자기 몫을 멀리 밀어 놓았다. 해리는 헤르미온느의 기분을 상하지 않게 하려고 겨우 참았다.

부스럭거리는 소리와 잔가지가 부러지는 것 같은 소리가 주변의 침묵을 깨뜨렸다. 해리는 사람이 아니라 동물이 내는 소리라고 생각하면서도 지팡이를 움켜쥐고 만약의 사태에 대비했다. 고무 같은 버섯조차 충분히 먹지 못해서 이미 불편했던 배 속이 불안으로 쿡쿡 쑤셨다.

호크룩스를 훔쳐 오기만 하면 그저 기쁠 줄 알았는데 왠지 그렇지 않았다. 바닥에 앉아 마법 지팡이로 간신히 앞만 밝힌 채 어둠을 바라보고 있으려니 앞으로 무슨 일이 벌어질지 걱정될 뿐이었다. 마치 이 순간을 향해 몇 주, 몇 달, 심지어 몇 년을 내달려 왔지만 더는 길이 없어 갑작스럽게 멈춘 듯한 기분이었다.

저 바깥 어딘가에 분명 또 다른 호크룩스들이 존재하고 있었지만 대체 어디에 있을지는 감도 잡히지 않았다. 해리는 그 영혼 파편들이 어떤 물건에 깃들어 있는지도 몰랐다. 동시에 그들이 찾아낸 단 하나의 호크룩스, 지금 해리의 가슴에 닿아 있는 호크룩스를 파괴할 방법도 알지 못했다. 그 호크룩스는 희한하게도 해리의 온기를 전혀 전달받지 않은 채 그의 피부에 싸늘하게 닿아 있었다. 꼭 얼음물에서 방금 꺼내 온 것만 같았다. 이따금 해리는 자신의 심장 옆에서 불규칙하게 뛰는 작은 심장박동이 느껴지는 것 같았다. 아니면 그의 상상일까?

어둠 속에 앉아 있는데 뭔지 모를 불길한 예감이 슬금슬금 기어들었다. 그는 저항하고 떨쳐 내려 했지만 예감은 가차 없이 그에게 다가왔다. '한쪽이 살아 있는 한 다른 쪽은 온전히 살 수 없나니.' 지금 그의 등 뒤 텐트 안에서 조용히 이야기하고 있는 론과 헤르미온느는 원한다면 떠날 수 있었다. 그는 그럴 수 없었다. 가만히 앉아 공포와 피로에 맞서 싸우고 있으려니, 맨 가슴에 닿은 호크룩스가 그에게 남은 시간을 째깍째깍 재고 있는 것만 같았다……. '멍청한 생각이야.' 해리는 스스로를 타일렀다. '그런 생각 하지 마…….'

흉터가 다시 욱신거리기 시작했다. 해리는 괜한 생각에 흉터가 아픈 걸까 싶어 생각을 다른 쪽으로 돌리려 애썼다. 그는 가엾은 크리처를 떠올렸다. 크리처는 그들이 집에 돌아올 거라 생각했겠지만 대신 약슬리를 맞이하게 됐을 것이다. 그 집요정은 비밀을 지킬까, 아니면 죽음을 먹는 자들에게 자기가 아는 모든 것을 털어놓을까? 해리는 지난 한 달 동안 자신을 대하는 크리처의 태도가 달라졌다고, 이제는 그가 충성스러워졌다고 믿고 싶었다. 하지만 무슨 일이 벌어질지 과연 누가 알겠는가? 죽음을 먹는 자들이 집요정을 고문했다면? 해리의 머릿속에 메스꺼운 장면들이 잔뜩 떠올랐다. 그는 그 장면들도 떨쳐 버리려고 애썼다. 그가 크리처에게 해 줄 수 있는 일은 아무것도 없었다. 그와 헤르미온느는 크리처를 부르지 않기로 이미 결정을 내렸다. 만약 정부 측 누군가가 함께 나타나면 어떡하겠는가? 집요정이 순간이동을 할 때, 약슬리가 헤르미온느의 옷자락에 매달려 그리몰드가에 오게 된 것과 같은 실수가 벌어지지 않을 거라고는 장담할 수 없었다.

흉터는 이제 불타오르는 듯했다. 해리는 그들이 모르는 게 너무 많다고 생각했다. 루핀의 말이 맞았다. 그들은 한 번 겪어 본 적 없고 상상해 본 적도 없는 마법을 마주하고 있었다. 덤블도어는 왜 더 설명해 주지 않은 걸까? 시간이 있을 거라고, 앞으로 몇 년은, 아니 어쩌면 그의 친구 니콜라 플라멜처럼 수백 년은 더 살게 될 거라고 생각한 걸까? 그렇다면 그가 틀린 것이다……. 스네이프가 그렇게 만들었다……. 스네이프가, 그 잠자던 뱀이 탑 꼭대기에서 덤블도어를 공격했고……

그렇게 덤블도어는 떨어졌다……. 추락해 버리고 말았다…….

"내놔라, 그레고로비치."

해리의 목소리는 높고 또렷하고 차가웠다. 그는 하얗고 긴 손가락으로 지팡이를 치켜들고 있었다. 그가 가리키고 있는 남자는 밧줄에 묶이지 않았는데도 눈에 보이지 않는 기괴한 뭔가에 묶인 채 공중에 거꾸로 매달려 흔들거렸다. 팔다리는 오그라든 채였고, 해리의 얼굴과 같은 높이에 떠 있는 겁에 질린 얼굴은 머리로 쏠린 피 때문에 검붉은 색을 띠고 있었다. 순백색의 머리카락과 숱이 많고 덥수룩한 턱수염을 기르고 있는 그는 꼭 결박당한 산타클로스처럼 보였다.

"없소, 이제 없소! 몇 년 전에 도둑맞았단 말이오!"

"볼드모트 경에게 거짓말을 하지 마라, 그레고로비치. 그는 알고 있다……. 그는 항상 알고 있지."

거꾸로 매달린 남자의 동공이 공포로 크게 확장되는가 싶더니 이윽고 그 동공 속의 암흑이 해리를 통째로 집어삼켰다.

이제 해리는 등불을 높이 들고 있는 땅딸막한 몸집의 그레고로비치를 뒤따라 어두운 복도를 빠르게 걸어가고 있었다. 그레고로비치가 통로 맨 끝에 있는 방으로 불쑥 들어가자 그의 등불이 작업장처럼 보이는 곳을 비췄다. 흔들리는 불빛에 대팻밥과 황금이 어렴풋이 빛났다. 창턱에는 금발의 젊은 남자가 커다란 새처럼 걸터앉아 있었다. 등불 빛이 그를 비춘 짧은 순간, 해리는 그의 잘생긴 얼굴에 즐거워하는 빛이 떠오르는 것을 보았다. 그런 다음 그 침입자는 마법 지팡이로 기절 마법을 날리더니 웃음을 터뜨리며 창밖으로 훌쩍 뛰어내렸다.

해리는 그 터널 같은 넓은 동공에서 순식간에 빠져나왔다. 그레고로비치의 얼굴은 공포에 질려 있었다.

"그 도둑은 누구였나, 그레고로비치?" 높고 차가운 목소리가 물었다.

"나는 모르오. 전혀 모르겠소. 웬 젊은 남자가…… 안 돼…… 제발…… **제발!**"

비명 소리가 끊이지 않고 길게 이어지더니 녹색 섬광이 폭발했다.

"*해리!*"

그는 헐떡이며 눈을 떴다. 이마가 욱신거렸다. 그는 텐트 한쪽에 기대고 있다가 정신을 잃고 캔버스 천을 따라 쭉 미끄러진 끝에 팔다리를 뻗은 채 바닥에 널브러져 있었다. 그는 헤르미온느를 올려다보았다. 그녀의 북슬북슬한 머리카락이 어두운 잔가지들 사이로 조금이나마 보이던 하늘을 가렸다.

"꿈을 꿨어." 그는 재빨리 일어나 앉은 뒤, 아무것도 모른다는 표정으로 헤르미온느의 사나운 눈길을 마주하려 애쓰며 말했다. "깜빡 졸았나 봐, 미안."

"흉터 때문인 거 알아! 네 표정만 봐도 알 수 있어! 들여다본 거잖아, 볼……."

"그 이름 말하지 마!" 텐트 안쪽에서 론의 화난 목소리가 튀어나왔다.

"알았어." 헤르미온느가 마주 쏘아붙였다. "'그 사람'의 정신이라고 할게. 됐어?"

"내가 그러고 싶어서 그런 게 아니야!" 해리가 말했다. "꿈이었다고! 너는 네가 무슨 꿈을 꿀지 선택할 수 있어, 헤르미온느?"

"네가 오클루먼시 쓰는 방법만 익혔어도……."

하지만 해리는 야단맞는 것에는 관심이 없었다. 그는 그저 방금 본 것에 대해 이야기하고 싶었다.

"그자가 그레고로비치를 찾아냈어, 헤르미온느. 내 생각엔 죽인 것 같지만, 죽이기 전에 그자가 그레고로비치의 마음을 읽었고 내가 본 건……."

"그렇게 너무 피곤해서 곯아떨어질 정도라면 내가 망을 보는 게 낫겠어." 헤르미온느가 차갑게 말했다.

"망보는 건 마저 할 수 있어!"

"아냐, 넌 딱 봐도 너무 지쳤어. 가서 누워."

그녀는 고집스러운 표정을 지으며 텐트 입구에 털썩 주저앉았다. 해리는 화가 났지만 싸우고 싶지 않았기에 허리를 숙이고 텐트로 들어갔다.

2층 침대 아래층에서 론이 여전히 하얗게 질린 얼굴을 삐죽 내밀고 있었다. 해리는 론 위에 있는 침대로 기어올라 가 자리에 누워서 캔버스 천으로 된 어두운 천장을 올려다보았다. 잠시 뒤 론이 텐트 입구에 있는 헤르미온느에게는 들리지 않는 작은 목소리로 물었다.

"'그 사람'이 뭘 하고 있었는데?"

해리는 얼굴을 찌푸리며 세세한 장면 하나하나를 모두 떠올리려고 애쓰다가 어둠에 대고 속삭였다.

"그자가 그레고로비치를 찾아내서 묶어 놓고 고문하고 있었어."

"새 지팡이를 만들라면서 묶어 놓으면 어쩌겠다는 거야?"

"몰라······. 이상하지?"

해리는 눈을 감고, 자신이 보고 들은 모든 것을 되새겨 보았다. 떠올릴수록 말이 되지 않았다······. 볼드모트는 해리의 지팡이에 대해서도, 쌍을 이루는 심지에 대해서도 언급하지 않았고, 그레고로비치에게 해리의 지팡이를 물리칠 더 강력한 새로운 지팡이를 만들라고 강요하지도 하지 않았다…….

"그레고로비치한테 뭔가를 내놓으라고 했어." 해리는 여전히 눈을 질끈 감은 채 말을 이었다. "그걸 넘겨 달라고 했는데 그레고로비치가 자기도 도둑맞았다고 했어……. 그리고…… 그다음에……."

해리는 볼드모트가 되어 그레고로비치의 눈을 통해 그의 기억 속으로 뛰어들어 갔던 일을 떠올렸다…….

"그자는 그레고로비치의 머릿속을 들여다보고 웬 젊은 남자가 창턱에 걸터앉아 있는 걸 봤어. 그 남자는 그레고로비치한테 저주를 날리고 창밖으로 뛰어내려 사라졌어. 그 남자가 훔쳐 갔어. 뭔지는 몰라도 '그 사람'이 찾고 있는 물건을 훔친 거야. 그런데 나…… 그 남자를 어디서 꼭 본 것 같아……."

해리는 웃음을 터뜨리던 그 젊은이의 얼굴을 잠깐이라도 한 번 더 볼 수 있었으면 좋겠다고 생각했다. 그레고로비치의 말대로라면 그 절도 사건은 오래전에 일어난 일이었다. 어째서 그 젊은 도둑이 낯익은 걸까?

텐트 안에 있으니 주변 숲의 소음이 잘 들리지 않았다. 해리의 귀에 들리는 소리라고는 론의 숨소리뿐이었다. 잠시 후 론이 속삭였다. "도둑이 뭘 들고 있었는지는 안 보였어?"

"응…… 분명 뭔가 작은 걸 들고 있었어."

"해리?"

론이 침대에서 뒤척이자 그의 침대 나무 판이 삐걱거렸다.

"해리, '그 사람'이 호크룩스로 만들 또 다른 뭔가를 쫓고 있다는 생각은 안 들어?"

"모르겠어." 해리가 천천히 말했다. "그럴 수도 있겠지. 하지만 호크룩스를 하나 더 만들면 그자에게도 위험하지 않을까? 헤르미온느 말에 따르면 그자는 이미 자기 영혼을 한계까지 밀어붙였잖아?"

"그래, 하지만 어쩌면 '그 사람'은 그 사실을 모르고 있을 수도 있잖아."

"그래…… 그럴지도 모르지." 해리가 말했다.

그는 볼드모트가 똑같은 지팡이 심지로 인해 발생하는 문제를 피할 방법을 찾고 있다고 확신했었다. 볼드모트가 노련한 지팡이 제작자에게서 해결책을 구하려는 거라고……. 하지만 그자는 그레고로비치를 죽여 버렸다. 지팡이 관련 지식에 대해서는 단 한 마디 질문도 던지지 않은 채.

볼드모트는 뭘 찾고 있었던 걸까? 마법 정부와 마법사 세계를 발아래 둔 그가 왜 그레고로비치가 한때 소유했고 정체 모를 도둑에게 도둑맞은 물건을 찾는 데 골몰해 그 먼 곳까지 가 있는 것일까?

해리의 머릿속에 금발 청년의 얼굴이 계속 떠올랐다. 즐거워하는, 잔뜩 신이 난 얼굴이었다. 그런 그의 모습에서는 장난을 성공적으로 마무리하고 의기양양해하는 프레드와 조지 같은 분위기가 풍겼다. 그는 창턱에서 마치 새처럼 날아올랐다. 해리는 예전에도 그를 본 적 있었지만 어디서 봤는지 생각나지 않았다…….

그레고로비치가 죽었으니 이제 위험에 처한 사람은 그 즐거워하는 얼굴의 도둑이었고, 해리의 생각도 그에게 머물러 있었다. 이제 아래층 침대에서 론이 드르렁드르렁 코 고는 소리가 들리기 시작했다. 해리 자신도 다시 한 번 천천히 잠결에 빠져들었다.

## 15장
## 고블린의복수

 다음 날 아침 일찍, 다른 두 사람이 깨기 전에 텐트를 나선 해리는 가장 오래되고 옹이가 많고 튼튼해 보이는 나무를 찾아 주변 숲을 뒤지기 시작했다. 해리는 그 나무 그늘 아래 매드아이 무디의 눈을 묻고 마법 지팡이로 나무껍질에 작은 십자가를 새겨 자리를 표시했다. 대단한 일은 아니었지만 덜로리스 엄브리지의 사무실 문에 처박혀 있느니 매드아이가 이편을 훨씬 좋아할 거라는 느낌이 들었다. 그러고 나서 해리는 두 사람이 깰 때까지 기다렸다가 앞으로 무엇을 할지 의논하기 위해 텐트로 돌아갔다.

 해리와 헤르미온느는 어디에든 너무 오래 머무르지 않는 게 가장 좋다고 생각했고 론도 거기에 찬성했다. 단 한 가지, 다음번에는 베이컨 샌드위치를 구할 수 있는 곳으로 가야 한다는 조건을 달았을 뿐이었다. 헤르미온느는 공터에 걸어 놓았던 마법을 해제하고, 해리와 론은 그들이 머물렀던 흔적과 자취를 모두 없앴다. 그런 다음 그들은 시장이 있는 작은 도시 외곽으로 순간이동 했다.

일단 작은 잡목림 속 은밀한 곳에 텐트를 친 다음 주위에 또다시 방어 마법을 걸어 놓고 나자, 해리는 투명 망토를 걸친 뒤 위험을 무릅쓰고 먹을 것을 찾아 나섰다. 하지만 생각처럼 일이 잘 풀리지 않았다. 마을에 들어서자마자 부자연스러운 냉기가 느껴지더니 안개가 깔리고 하늘이 갑작스럽게 어두워지는 바람에 그는 제자리에 우뚝 멈춰 서야 했다.

"하지만 넌 끝내주는 패트로누스를 불러낼 수 있잖아!" 해리가 숨을 헐떡이며 빈손으로 텐트에 돌아와 입 모양으로 "디멘터"라고 말하자 론이 항의했다.

"하나도…… 못 불러냈어." 그가 결리는 옆구리를 부여잡고 헐떡였다. "나오질…… 않더라."

해리는 론과 헤르미온느의 놀라고 실망하는 표정을 마주하자 부끄러움을 느꼈다. 디멘터들이 저 멀리 안개 속에서 스르르 다가오는 것을 보고, 몸을 마비시키는 냉기가 폐를 짓누르면서 아득한 비명 소리가 귀를 가득 채우는 가운데 자기 자신을 지킬 수 없다는 사실을 깨닫는 것은 악몽과도 같은 경험이었다. 해리는 눈 있는 자리가 뻥 뚫린 디멘터들이 머글들 사이를 미끄러져 다니도록 놔둔 채 그 자리에서 발을 떼고 도망치는 것만으로도 모든 정신력을 끌어 올려야 했다. 보지는 못하더라도 머글들은 디멘터들이 가는 곳마다 드리우는 절망을 확실히 느꼈을 것이다.

"그럼 여전히 먹을 게 없는 거네."

"입 다물어, 론." 헤르미온느가 쏘아붙였다. "해리, 어떻게 된 거야? 왜 패트로누스를 불러내지 못한 걸까? 어제만 해도 완벽하게 해냈잖아!"

"모르겠어."

그는 퍼킨스의 낡은 안락의자 하나에 주저앉았다. 시간이 갈수록 더 비참해졌다. 그의 안에서 뭔가가 잘못된 건 아닌지 걱정됐다. 어제가 오래전처럼 느껴졌다. 오늘 그는 호그와트 급행열차에서 유일하게 기절했던 열세 살짜리 어린애로 다시 돌아간 것 같았다.

론이 의자 다리를 걷어찼다.

"그래서 뭐 어쨌다고!" 그가 헤르미온느에게 화를 냈다. "배고파 죽겠단 말이야! 피를 철철 흘리고 죽다 살아난 뒤로 먹은 건 독버섯 쪼가리 두어 개밖에 없어!"

"그럼 네가 가서 디멘터들을 뚫어 보든가." 마음이 상한 해리가 그렇게 말했다.

"나도 그러고 싶은데 팔걸이 붕대를 하고 있어서 말이야. 혹시 눈치 못 챘을까 봐 하는 말이지만!"

"거참 편리하네."

"무슨 뜻이야?"

"그럼 그렇지!" 헤르미온느가 소리치며 손으로 이마를 탁 치자 해리와 론은 화들짝 놀라서 입을 다물었다. "해리, 그 로켓 나 줘! 얼른." 해리가 별 반응을 보이지 않자 그녀는 손가락을 딱딱 튕기면서 성화를 부렸다. "호크룩스 말이야, 해리. 네가 아직도 걸고 있잖아!"

그녀가 두 손을 내밀자 해리는 황금 줄을 머리 위로 들어 올려 벗겨 냈다. 피부에 맞닿아 있던 로켓이 떨어지자 이상하게 자유롭고 가벼워진 기분이 들었다. 식은땀으로 축축한 느낌도, 뭔가가 배를 묵직하게 짓누르는 감각도, 그것이 사라지고 난 뒤에야 깨달을 수 있었다.

"좀 낫지?" 헤르미온느가 물었다.

"응, 훨씬 나아졌어!"

"해리." 그녀가 해리 앞에 몸을 웅크리더니 중환자에게 문병 온 사람이 건넬 법한 친절한 목소리로 말했다. "'그 사람'에게 지배당했던 것 같지는 않아?"

"뭐? 아냐!" 그가 변명하듯 말했다. "그걸 목에 걸고 있었을 때 뭘 했는지 다 기억나. '그 사람'에게 지배당했다면 내가 뭘 했는지 기억 안 났을 거 아냐. 지니 말로는 아무것도 기억나지 않는 때가 있었대."

"흠." 헤르미온느가 묵직한 로켓을 내려다보며 말했다. "목에 걸고 다니면 안 될 것 같아. 그냥 텐트 안에 두자."

"호크룩스를 아무 데나 굴러다니게 둘 수는 없어." 해리가 단호하게 말했다. "잃어버리거나 도둑맞기라도 하면……."

"아아, 알았어, 알았어." 헤르미온느가 말하더니 자기 목에 로켓을 걸고 보이지 않도록 셔츠 안으로 밀어 넣었다. "하지만 번갈아 가면서 걸기로 하자. 아무도 너무 오래 걸고 있는 일이 없도록 말이야."

"대단한데." 론이 짜증을 내며 말했다. "이제 그 문제는 해결했으니까, 제발 가서 음식 좀 구해 올 수 없을까?"

"좋아, 하지만 음식을 찾으려면 다른 데로 가야 할 거야." 헤르미온느가 해리를 반쯤 힐끔거리며 말했다. "디멘터가 사방에 날아다니고 있는 걸 뻔히 알면서 여기 있어 봐야 아무 의미가 없어."

결국 그들은 외진 농장에 딸린 넓은 들판에서 밤을 보내기로 했다. 그곳 농장에서 달걀과 빵을 구할 수 있었다.

"이거 도둑질 아니지?" 셋이서 토스트에 스크램블드에그를 올려 게걸스럽게 먹어 치우는데 헤르미온느가 난처하다는 목소리로 입을 열었다. "닭장 밑에 돈을 좀 놔뒀으니까, 그렇지?"

론은 양 뺨이 불룩해진 채 눈알을 굴리며 말했다. "헤르……미……느, 넌…… 거쩡이…… 넘 마나. 맘 편히 가져!"

정말이지, 배불리 먹고 나자 마음을 편하게 먹기도 훨씬 쉬웠다. 디멘터에 관한 말다툼은 그날 밤 웃음 속에 잊혀 버렸고, 해리는 즐겁고 심지어 희망찬 기분마저 느끼며, 셋이서 돌아가며 망을 보기로 한 가운데 첫 번째 차례로 나섰다.

그들은 배가 부르면 기분이 좋아지고, 배가 고프면 말다툼과 우울함만 늘어난다는 사실을 처음으로 실감했다. 적어도 더즐리네 집에서 거의 굶어 죽을 뻔한 순간들을 겪어 온 해리에게는 별로 놀라운 일이 아니었다. 헤르미온느는 평소보다 살짝 신경질이 늘고 침묵할 때면 우울해 보이긴 했지만, 며칠 동안 나무 열매나 상한 비스킷밖에 구할 수 없었는데도 제법 잘 버텼다. 하지만 론은 어머니나 호그와트의 집요정들 덕분에 하루 세 번 맛있는 식사를 하는 데 익숙해져 있었기 때문에 배가 고프면 이성을 잃고 자꾸 화를 냈다. 마침 음식이 부족할 때 호크룩스를 목에 걸 차례가 되면 론은 아주 불쾌한 인간이 됐다.

그는 끊임없이 "그래서 이젠 또 어디야?"라고 불평했다. 론은 스스로는 어떤 아이디어도 떠올리지 못하는 듯하면서, 음식이 부족하다는 사실을 곱씹는 동안 해리와 헤르미온느가 계획을 떠올리기를 기대했다. 그래서 결국 해리와 헤르미온느는 또 다른 호크룩스들을 어디에서 찾아야 할지, 또 이미 찾은 호크룩스 하나를 어떻게 파괴해야 할지 생각하느라 오랜 시간을 보냈지만 별 소득은 없었다. 새로운 정보는 전혀 없었기에 대화는 점점 반복적으로 변해 갔다.

덤블도어가 해리에게 볼드모트는 그에게 가장 중요한 장소에 호크룩스들을 숨겨 놓았을 거라고 말해 주었기 때문에 그들은 교회 예배에서 성경 구절을 읊조리기라도 하듯이, 볼드모트가 살았거나 방문했다고 알려진 장소들을 계속 읊었다. 그가 태어나고 자란 고아원, 교육을 받은 호그와트, 졸업 후에 일했던 보긴 앤 버크, 그다음에는 추방당한 시절에 지냈던 알바니아. 이 장소들이 추측의 토대가 되었다.

"그래, 알바니아로 가자. 반나절이면 전국을 뒤질 수 있을 거야." 론이 빈정거렸다.

"거기에 뭐가 있을 리는 없어. 그자는 도망가기 전에 이미 다섯 개의 호크룩스를 만들었고, 덤블도어 교수님은 그 뱀이 여섯 번째 호크룩스라고 확신하셨어." 헤르미온느가 말했다. "그 뱀이 알바니아에 없다는 건 분명하고. 뱀은 보통 볼드······."

"그 이름 좀 제발 안 부를 수 없냐?"

"알았어! 그 뱀은 보통 '그 사람'하고 같이 있으니까. 이제 기분 좋아?"

"별로."

"보긴 앤 버크에 뭘 숨겨 놨을 것 같지도 않아." 해리가 말했다. 그는 예전에도 여러 번 이 얘기를 했지만, 거북한 침묵을 깨기 위해 한 번 더 말했다. "보긴이랑 버크는 어둠의 마법 관련 물건을 다루는 전문가들이었어. 그 사람들이라면 호크룩스를 바로 알아봤을 거야."

론이 대놓고 하품을 했다. 해리는 그에게 뭔가 집어 던지고 싶은 강한 충동을 억누르며 힘겹게 말을 이었다. "난 여전히 '그 사람'이 호그와트에 뭔가를 숨겨 놨을지 모른다고 생각해."

헤르미온느가 한숨을 쉬었다.

"그럼 덤블도어 교수님이 찾으셨겠지, 해리!"

해리는 자신의 의견을 옹호하기 위해 그 주장을 계속 되풀이했다.

"덤블도어 교수님은 자기가 호그와트의 비밀을 다 안다고 생각한 적은 한 번도 없다고 하셨어. 분명히 말하는데, 만약 볼드……."

"야!"

"그래, '**그 사람**'!" 해리는 더는 참을 수 없어서 고함을 질렀다. "만약 '그 사람'에게 정말로 중요한 장소가 딱 한 군데 있다면 그건 바로 호그와트일 거야!"

"아, 왜 이래." 론이 코웃음 쳤다. "학교가?"

"그래, 학교! 호그와트는 그자가 처음으로 가져 본 집, 그자가 특별하다는 걸 의미하는 장소였어. 그자에게는 호그와트가 전부였다고. 심지어 졸업한 뒤에도……."

"우리 지금 '그 사람'에 대해서 얘기하는 거 맞지? 너 아니고?" 론이 물었다. 그는 목에 걸린 호크룩스 줄을 잡아당기고 있었다. 해리는 그 줄을 잡고 론의 목을 조르고 싶었다.

"너, '그 사람'이 졸업한 후에 덤블도어 교수님을 찾아와서 일자리를 달라고 부탁했댔지." 헤르미온느가 말했다.

"맞아." 해리가 말했다.

"그리고 덤블도어 교수님은 그자가 그저 뭔가를 찾기 위해 돌아오고 싶어 한 거라고, 아마 또 다른 창립자의 물건을 찾아서 호크룩스를 하나 더 만들고 싶어 한 거라고 생각하셨고?"

"응." 해리가 말했다.

"하지만 그자는 일자리를 얻지 못했잖아?" 헤르미온느가 말했다. "그러니까 학교에서 창립자의 물건을 찾아내 그곳에 숨길 기회는 없었을 거야!"

"좋아, 그럼." 해리는 패배를 인정했다. "호그와트는 잊어버려."

다른 단서가 없었기에, 그들은 런던으로 가서 투명 망토로 몸을 숨기고 볼드모트가 어린 시절을 보낸 고아원을 찾아다녔다. 헤르미온느는 도서관에 몰래 들어가서 그 고아원이 이미 오래전에 철거되었다는 기록을 찾아냈다. 고아원이 있던 자리를 찾아가 보니 그곳에는 사무실로 가득한 고층 빌딩이 들어서 있었다.

"건물 밑을 파 볼까?" 헤르미온느가 반신반의하며 제안했다.

"여기에 호크룩스를 숨겨 놓지는 않았을 거야." 해리가 말했다. 그는 처음부터 알고 있었다. 고아원은 볼드모트가 벗어나기로 마음먹은 곳이었다. 그런 그가 자신의 영혼 일부를 그곳에 숨겨 둘 리는 절대 없었다. 덤블도어는 해리에게 볼드모트가 위엄 있거나 신비스러운 장소에 호크룩스를 숨겨 놓고 싶어 했다는 것을 보여 주었다. 런던 한구석의 이 참담하고 칙칙한 장소는 호그와트나 정부, 황금 문과 대리석 바닥이 있는 마법사 은행 그린고츠 건물과는 상상 이상으로 거리가 멀었다.

새로운 생각은 전혀 떠오르지 않았지만, 그들은 계속 외곽 지역을 옮겨 다니며 안전을 위해 매일 밤 다른 장소에 텐트를 쳤고, 아침이 되면 그들이 그곳에서 밤을 보냈다는 흔적을 모두 지운 뒤 외롭고 고립된 장소를 찾아 떠났다. 때로는 또다시 숲속이나 어둠이 드리워진 절벽 틈으로, 자줏빛 황야로, 가시덤불로 뒤덮인 산등성이로 순간이동 했다. 한 번은 자갈투성이 동굴에서 머물기도 했다. 그들은 아주 느리게 진행되는 폭탄 돌리기 게임을 하듯 약 열두 시간마다 서로에게 호크룩스를 건네주었다. 교대를 알리는 노랫소리를 듣고 나면 공포와 불안으로 가득한 열두 시간을 버텨

야만 했기에 그들은 노래가 멈추는 순간을 몹시 두려워했다.

흉터는 계속 욱신거리고 있었다. 해리는 특히 호크룩스를 목에 걸고 있을 때 자주 그렇다는 사실을 알아차렸다. 가끔은 어쩔 수 없이 그 고통에 반응하기도 했다.

"뭔데? 뭘 봤어?" 해리가 움찔거리는 것을 눈치챌 때마다 론이 물었다.

"얼굴." 해리는 매번 그렇게 웅얼거렸다. "같은 얼굴이야. 그레고로비치한테서 물건을 훔쳐 간 그 도둑."

론은 굳이 실망감을 감추려는 노력도 하지 않고 고개를 돌리곤 했다. 해리는 론이 가족이나 다른 불사조 기사단 단원들의 소식을 듣고 싶어 한다는 것을 알고 있었다. 하지만 해리는 텔레비전 안테나가 아니었다. 볼드모트가 그 순간 생각하는 것만을 볼 수 있을 뿐, 원하는 대로 채널을 돌릴 수 없었다. 볼드모트는 장난기 가득한 얼굴의 그 정체 모를 젊은이에게 끝없이 집착하는 듯했다. 해리는 볼드모트가 젊은이의 이름이나 행방에 대해 해리 자신만큼이나 모르고 있다고 확신했다. 해리의 흉터는 계속 타오르는 듯했고, 금발 청년은 즐거워하면서 그의 기억 속에서 감질나게 아른거렸다. 다른 두 사람은 해리가 그 도둑 얘기를 꺼낼 때마다 짜증스러워했다. 결국 해리는 흉터가 아프거나 불편하더라도 티를 전혀 내지 않는 법을 터득해야 했다. 다들 호크룩스에 관한 단서를 절박하게 찾고 있었던 만큼 해리도 그들을 탓할 수만은 없었다.

며칠이 늘어나 몇 주가 되면서 해리는 론과 헤르미온느가 그가 없는 곳에서 그에 대해 이야기한다는 의심이 들기 시작했다. 해리가 텐트에 들어갔을 때 둘이서 하던 이야기를 갑자기 멈추는 일이 몇 번 있었던 것이다. 둘이 조금 떨어진 곳에서 웅크리고 머리를 맞댄 채 빠르게 이야기를 주고받는 모습도 우연찮게 두 번이나 봤다. 그때마다 두 사람은 해리가 다가오는 것을 알아차리고는 입을 다문 뒤 허둥지둥 장작을 모으거나 물을 긷느라 바쁜 척했다.

해리는 두 사람이 무의미하고 종잡을 수 없는 이 여행에 함께하겠다고 한 이유는 그저 그에게 어떤 은밀한 계획이 있고, 때가 되면 자신들도 자연스럽게 그 계획에 대해 알게 될 거라고 생각했기 때문이 아닐까 하는 의문이 들었다. 론은 엉망인 기분을 전혀 숨기려 들지 않았다. 해리는 헤르미온느도 그의 형편없는 통솔력에 실망했을까 봐 두려웠다. 그는 필사적으로 또 다른 호크룩스의 위치를 생각해 내려 애썼지만, 계속 떠오르는 장소는 호그와트뿐이었다. 다른 두 사람은 그럴 가능성이 전혀 없다고 생각했기에 해리도 더는 그 얘기를 꺼내지 않았다.

시골 지역을 여기저기 옮겨 다니는 동안 가을이 무르익었다. 이제 그들이 텐트를 치는 곳에는 바스러진 낙엽들이 깔려 있었다. 자연스럽게 피어난 안개가 디멘터가 드리운 안개에 섞여 들었고 비바람까지 더해져서 그들을 더욱 힘들게 했다. 헤르미온느가 먹을 수 있는 버섯을 구분하는 데 더 능숙해지기는 했지만, 그래 봐야 다른 사람들과 함께하지 못하는 데서 오는 고립감이나 볼드모트에게 맞서는 싸움이 어떻게 되어 가고 있는지 전혀 알 수 없는 답답함이 줄어들지는 않았다.

"우리 엄마는……." 어느 날 밤, 셋이서 웨일스의 강둑에 쳐 둔 텐트 안에 앉아 있을 때 론이 입을 열었다. "허공에서 맛있는 음식이 나타나게 만들 수 있어."

그는 자기 접시에 놓인 새까맣게 그을린 잿빛 생선 덩어리를 언짢은 듯 쿡 찔렀다. 해리는 자기도 모르게 론의 목을 쳐다보았다. 예상대로 호크룩스의 황금 줄이 론의 목에서 반짝거리고 있었다. 그는 론에게 욕설을 내뱉고 싶은 충동을 간신히 참았다. 로켓을 걸지 않을 차례가 되면 그의 태도가 조금 나아지리라는 사실을 알고 있었기 때문이다.

"너희 어머니라도 허공에서 음식을 만들어 낼 수는 없어." 헤르미온느가 말했다. "그렇게 할 수 있는 사람은 아무도 없어. 음식은 갬프의 원소 변환 마법 법칙이 적용되지 않는 다섯 가지 주요 예외 중 첫 번째……."

"아, 우리말로 좀 할 수 없냐?" 론이 이 사이에서 생선 가시를 빼내면서 말했다.

"아무것도 없는데 맛있는 음식을 만들어 내는 건 불가능하다고! 어디 있는지 알면 소환하거나 변형시킬 수 있고 이미 눈앞에 음식이 있다면 양을 늘릴 수는 있지만……."

"……뭐, 이건 굳이 늘리지 말아 줘. 토할 것 같으니까." 론이 말했다.

"해리는 물고기를 잡았고 난 그걸 최선을 다해 요리했어! 결국 식사를 마련하는 건 항상 내가 되더라. 내가 여자니까 그런 거겠지!"

"아니, 네가 마법을 제일 잘한다니까 그런 거야!" 론이 마주 쏘아붙였다.

헤르미온느가 벌떡 일어나는 바람에 구운 생선 토막이 그녀의 양철 접시에서 바닥으로 떨어졌다.

"내일은 *네가* 요리를 하면 되겠다, 론. *네가* 재료를 찾아서 마법을 걸고 뭔가 먹을 만한 음식으로 바꿔 놓으면 되겠네. 내가 여기 앉아서 울상을 짓고 징징거릴 테니까 그때 한번 봐 봐, 네가 얼마나……."

"입 다물어!" 해리가 벌떡 일어나더니 두 손을 들어 올리며 말했다. "*당장!*"

헤르미온느는 화가 머리끝까지 난 표정이었다.

"어떻게 쟤 편을 들 수가 있어? 쟤는 요리를 한 번도 하지 않……."

"헤르미온느, 조용히 해. 사람 소리가 들린단 말이야!"

해리는 두 손을 든 채 귀를 기울이면서 그들에게 말하지 말라고 경고했다. 그때, 그들 옆 어둠에 휩싸인 강물이 세차게 흐르는 소리 너머로 또다시 목소리들이 들려왔다. 그는 스니코스코프를 돌아보았다. 그것은 전혀 움직이지 않았다.

"여기에 머플리아토 마법 걸어 둔 거 맞지?" 그가 헤르미온느에게 속삭였다.

"다 해놨어." 그녀가 마주 속삭였다. "머플리아토, 머글 쫓기, 보호색 마법, 전부 다. 저게 누구든 우리를 보거나 우리 소리를 들을 수는 없어."

질질 끄는 묵직한 발소리와 긁히는 소리, 돌멩이와 잔가지 움직이는 소리 덕분에 그들은 몇 사람이 나무가 우거진 가파른 비탈을 따라 텐트를 쳐 놓은 좁은 강둑까지 내려오고 있다는 것을 알 수 있었다. 세 사람은 지팡이를 들고 기다렸다. 사방이 캄캄했기에, 주위에 걸어 둔 마법만으로도 머글이나 평범한 마법사들의 눈은 피할 수 있어야 했다. 저들이 죽음을 먹는 자들이라면, 그들의 방어책이 처음으로 어둠의 마법을 상대로 시험받게 되는 셈이었다.

목소리들이 점점 더 크게 들려왔지만 남자 여러 명이 강둑에 다다랐다는 것 외에 더 이상 짐작할 수 있는 것은 없었다. 해리는 그 목소리의 주인들이 6미터도 채 떨어지지 않은 곳에 있다고 추측했지만, 강물이 흐르는 소리 탓에 정확히 알 수는 없었다. 헤르미온느가 구슬가방을 집어 들더니 안을 뒤지기 시작했다. 잠시 후 그녀는 길어지는 귀 세 개를 꺼내 해리와 론에게 하나씩 던져 주었다. 그들은 다급히 살구색 줄 끝을 귀에 집어넣고 다른 끝을 텐트 출입구 바깥으로 내보냈다.

잠시 후 지친 남자 목소리가 들렸다.

"여기라면 연어가 몇 마리 있을 거요. 아니, 아직 철이 아닌가? *아씨오 연어!*"

물이 튀는 게 분명한 소리가 몇 차례 들리더니 물고기가 사람의 피부를 철썩철썩 때리는 소리가 이어졌다. 누군가가 감탄하듯 끙 하는 소리를 냈다. 해리는 길어지는 귀를 귓속에 더 깊숙이 밀어 넣었다. 강물이 흐르는 소리를 뚫고 더 많은 목소리가 들려왔지만, 그들이 쓰는 말은 영어가 아니었고 해리가 들어 본 그 어떤 인간의 언어도 아니었다. 거칠고 귀에 거슬리는 말소리, 목구멍에서 그르렁대며 나오는 듯한 소리의 연속이었다. 두 명이 말하고 있는 듯했다. 한 명의 목소리가 다른 한 명보다 좀 더 낮고 느렸다.

캔버스 천 저편에서 불길이 일렁이며 피어올랐다. 커다란 그림자들이 텐트와 불꽃 사이를 지나다녔다. 연어를 굽는 맛있는 냄새가 감질나게 풍겨 왔다. 이윽고 접시에 포크나 나이프가 달그락달그락 부딪치는 소리가 나더니 처음 들렸던 남자 목소리가 다시 말했다.

"여깄소, 그립훅, 고르눅."

'고블린이야!' 헤르미온느가 해리에게 입 모양으로만 말했고 해리는 고개를 끄덕였다.

"고맙소." 고블린들이 영어로 동시에 말했다.

"그래, 자네들 셋은 도망친 지 얼마나 됐나?" 부드럽고 듣기 좋은 새로운 목소리가 물었다. 해리에게는 어딘지 익숙한 목소리였다. 그는 배가 볼록 나오고 쾌활한 얼굴을 한 남자를 떠올렸다.

"6주였나…… 7주였나…… 잊어버렸어요." 지친 목소리의 남자가 대답했다. "처음 며칠 지나서 그립훅을 만났고 그러고 얼마 안 돼서 고르눅이 합세했죠. 일행이 생기니 좋더라고요." 잠시 침묵이 흐르는 동안 나이프로 접시를 긁는 소리와 양철 머그잔들을 들어 올렸다가 땅에 내려놓는 소리가 들렸다. "어쩌다 떠나게 된 거예요, 테드?" 그 남자가 말을 이었다.

"날 잡으러 온다는 걸 알았지." 부드러운 목소리의 테드가 대답했다. 해리는 그가 누구인지 퍼뜩 깨달았다. 통스의 아버지였다. "죽음을 먹는 자들이 지난주에 근처에 왔다는 얘기를 들었거든. 빨리 도망쳐야겠다고 생각했지. 신념에 따라 머글 태생 등록을 거부했으니까 그렇게 되는 건 시간문제였어. 결국은 떠날 수밖에 없다는 걸 알았지. 내 아내는 괜찮을 거야, 순수 혈통이니까. 그러다가 여기 있는 딘을 만났네. 며칠은 됐지, 애야?"

"네." 또 다른 목소리가 대답했다. 해리, 론, 헤르미온느는 서로를 빤히 바라보았다. 입은 다물고 있었지만 정신이 나갈 것처럼 몹시 흥분됐다. 그들은 당연히 같은 그리핀도르 학생인 딘 토머스의 목소리를 알아들었다.

"머글 태생이니?" 처음의 남자 목소리가 물었다.

"확실하진 않아요." 딘이 말했다. "제가 어렸을 때 아빠가 엄마를 떠났거든요. 하지만 그분이 마법사였다는 증거가 없어요."

잠시 침묵이 흐르고 음식을 씹는 소리만 들려왔다. 그때 테드가 다시 입을 열었다.

"더크, 이 말은 해야겠군. 자네와 마주쳐서 깜짝 놀랐네. 기쁘기도 했지만 그래도 놀랐어. 자네가 체포당했다는 소문을 들었거든."

"그랬죠." 더크가 말했다. "아즈카반으로 가는 길에 도망쳤어요. 돌리시한테 기절 마법을 걸고 그자의 빗자루를 슬쩍했죠. 생각보다 어렵지 않았어요. 그때 돌리시 상태가 별로 안 좋았던 것 같아요. 혼돈 마법에 걸려 있었는지도 모르죠. 만약 그렇다면 그런 짓을 한 마법사와 악수라도 하고 싶네요. 그 사람이 내 목숨을 구해 준 셈이니까."

모닥불이 타닥거리고 강물은 계속 격하게 흐르는 가운데 또 한 번 침묵이 이어졌다. 잠시 후 테드가 말했다. "그럼 두 양반은 어느 편인가? 나는, 음, 고블린들이 대체로 '그 사람'을 지지한다는 느낌을 받았는데."

"잘못된 느낌이군." 두 고블린 중 목소리가 높은 쪽이 말했다. "우리는 편 같은 건 들지 않소. 이건 마법사들의 전쟁이니까."

"그럼 어째서 숨어 있는 거요?"

"그편이 신중한 행동이라고 생각했으니까." 좀 더 굵직한 목소리의 고블린이 말했다. "주제넘은 요구를 하길래 거부했거든. 그러고 나니까 내가 위험에 처했다는 사실을 알게 됐지."

"그자들이 뭘 요구했기에?" 테드가 물었다.

"우리 종족의 품위에 어울리지 않는 일들." 고블린이 대답했다. 목소리가 더 거칠어지는 동시에 덜 인간다워졌다. "나는 집요정이 아니오."

"당신은 어떻게 된 거요, 그립훅?"

"비슷한 이유였소." 높은 목소리의 고블린이 말했다. "그린고츠는 더 이상 고블린들의 통제하에만 있지 않소. 나는 마법사 주인 따위 몰라."

그가 소리 죽여 고블린어로 몇 마디 덧붙이자 고르눅이 웃음을 터뜨렸다.

"뭐가 웃긴 거예요?" 딘이 물었다.

"그립훅이 말하길" 하고, 더크가 대답했다. "마법사들이 모르는 것들도 있다는데."

고블린의 복수

짧은 침묵이 이어졌다.

"무슨 말인지 모르겠는데요." 딘이 말했다.

"내가 떠나기 전에 작은 복수를 했거든." 그립훅이 영어로 말했다.

"훌륭한 사람…… 아니, 훌륭한 고블린이라고 해야겠군." 테드가 서둘러 말을 정정했다. "혹시 당신들의 그 최고로 보안이 철저한 금고 중 하나에 죽음을 먹는 자를 가둬 버린 건 아니겠지?"

"만약 그랬다면 그 검도 그자가 탈출하는 데 도움이 되진 않겠지." 그립훅이 대답했다. 고르눅이 다시 웃음을 터뜨렸고 더크까지도 메마른 소리로 낄낄거렸다.

"딘이랑 나는 아직도 뭔가 놓치고 있는 것 같은데." 테드가 말했다.

"세베루스 스네이프도 마찬가지요. 그자는 아직 그 사실을 모르지만." 그립훅이 말했고, 두 고블린은 또다시 심술궂게 웃었다.

텐트 안에 있던 해리의 호흡이 흥분으로 가빠졌다. 그와 헤르미온느는 최대한 열심히 귀 기울이면서 서로를 뚫어지게 바라보았다.

"그 소식 못 들었어요, 테드?" 더크가 물었다. "호그와트에 있는 스네이프의 연구실에서 그리핀도르의 검을 훔치려던 아이들 이야기 말이에요."

한순간 전류가 해리의 몸을 훑고 지나갔다. 그는 자리에서 벌떡 일어섰다. 온몸의 신경이 곤두서는 듯했다.

"전혀 못 들었네." 테드가 말했다. "《예언자일보》에 실렸었나?"

"실릴 리가 없죠." 더크가 껄껄 웃었다. "여기 그립훅이 나한테 말해 줬어요. 그립훅은 은행에서 일하는 빌 위즐리에게 들었고요. 검을 훔치려던 아이들 중 한 명이 빌의 여동생이었다더군요."

해리는 헤르미온느와 론을 쳐다보았다. 둘 다 생명줄이라도 되는 것처럼 길어지는 귀를 움켜쥐고 있었다.

"그 아이와 친구 두어 명이 스네이프의 연구실에 들어가서 그자가 검을 보관하고 있던 유리 상자를 부숴서 열었대요. 그리고 몰래 검을 가지고 계단을 내려가다가 스네이프한테 붙잡힌 거죠."

"아, 세상에." 테드가 말했다. "대체 무슨 생각으로 그런 짓을 한 거지? '그 사람'한테 그 검을 사용할 수 있을 거라고 생각한 건가? 아니면 스네이프한테 쓰려고 했나?"

"글쎄요, 그 애들이 검을 가지고 뭘 할 생각이었는지는 몰라요. 아무튼 스네이프는 검을 그대로 두었다간 안전하지 않겠다고 판단했죠." 더크가 말했다. "아마 '그 사람'에게 지시를 받고 나서 그런 거겠지만, 며칠 뒤에 스네이프가 그 검을 런던으로 보내 그린고츠에 보관하도록 했거든요."

고블린들이 다시 낄낄거리며 웃기 시작했다.

"난 아직도 뭐가 웃긴지 모르겠군." 테드가 말했다.

"그 검은 가짜요." 그립훅이 거친 목소리로 말했다.

"그리핀도르의 검 말이오?"

"아, 그렇소. 복제품이오. 잘 만든 복제품인 건 사실이지. 하지만 그건 마법사가 만든 검이오. 진품은 수 세기 전에 고블린들이 만든 것이고, 고블린이 만든 무기에만 있는 몇 가지 속성을 지니고 있소. 그리핀도르의 진짜 검이 어디에 있는지는 모르겠지만 그린고츠 은행 금고는 아니오."

"그렇군." 테드가 말했다. "그리고 당신들은 죽음을 먹는 자들한테 이 얘기를 굳이 해 주지 않은 거고?"

"그런 얘기를 해서 그자들을 골치 아프게 만들 이유가 뭔지 모르겠군." 그립훅이 거드름을 피우며 말했다. 이제는 테드와 딘도 고르눅, 더크와 함께 웃었다.

한편 텐트 안에서는 해리가 눈을 감은 채 누가 대신 그 질문을 던져 주기만 바라고 있었다. 반드시 대답을 들어야만 하는 질문이 있었다. 10분처럼 느껴지는 1분이 흐른 뒤 딘이 그 바람을 들어주었다. 그 역시(해리는 문득 이 사실을 떠올리고 놀랐다) 한때 지니의 남자 친구였던 것이다.

"지니랑 다른 애들은 어떻게 됐어요? 검을 훔치려던 애들 말이에요."

"아, 그 애들은 벌을 받았지. 잔인하게." 그립훅이 무심하게 말했다.

"그래도 괜찮긴 한 거지?" 테드가 재빨리 물었다. "내 말은, 위즐리 부부의 아이들이 더 이상 다쳐선 안 된다는 거요. 안 그런가?"

"내가 알기론 심각한 부상을 입지는 않았소." 그립훅이 말했다.

"다행이군." 테드가 말했다. "스네이프가 한 짓을 보면 그 애들이 아직 살아 있다는 것만으로도 기뻐해야겠지."

"그럼 당신도 그 말을 믿는 건가요, 테드?" 더크가 물었다. "스네이프가 덤블도어를 죽였다는 얘기 말이에요."

"당연하지." 테드가 말했다. "자네 지금 포터가 그 일에 연루돼 있다는 얘기를 하려는 건 아니겠지?"

"요즘에는 뭘 믿어야 할지 잘 모르겠어요." 더크가 중얼거렸다.

"저는 해리 포터를 알아요." 딘이 말했다. "그리고 저는 그 애가 진짜…… 선택받은 자든, 아니면 뭐라고 부르든 간에 진짜라고 생각해요."

"그래, 그 아이가 바로 그거라고 믿고 싶어 하는 사람들이 상당히 많지, 애야." 더크가 말했다. "나도 그중 하나야. 하지만 어디로 간 걸까? 돌아가는 꼴을 보면 도망친 것 같은데. 그 애가 우리가 모르는 걸 뭐라도 알고 있거나 정말로 뭔가 특별한 면을 가지고 있다면, 그렇게 숨어 있는 대신 밖으로 나와 맞서 싸우고 저항 세력을 결집시키지 않았겠니? 그리고 《예언자일보》는 해리 포터에게 불리한 주장을 꽤 그럴싸하게 내세우……."

"《예언자일보》?" 테드가 코웃음 쳤다. "아직도 그 쓰레기를 읽는다니 속아도 싸군, 더크. 사실이 알고 싶다면 《이러쿵저러쿵》을 읽어 봐."

갑자기 숨 막히는 소리와 헛구역질하는 소리가 들리더니 곧바로 뭔가를 두드리는 소리가 이어졌다. 더크가 생선 가시를 삼킨 모양이었다. 그가 한참 만에 더듬더듬 말을 꺼냈다. "《이러쿵저러쿵》? 제노 러브굿의 그 정신 나간 걸레 쪼가리요?"

"요즘엔 그렇게 정신 나간 소리만 하지 않아." 테드가 말했다. "한번 읽어 볼 필요가 있네. 제노는 《예언자일보》에서 무시하고 있는 모든 이야기를 싣고 있어. 지난 호에는 굽은뿔 스노캑 얘기가 한 줄도 실려 있지 않더군. 그자들이 제노의 그런 행동을 얼마나 보아 넘길지는 모르겠네. 하지만 제노는 매 호 표지에 '그 사람'에 맞서는 마법사라면 누구든 해리 포터를 돕는 일을 가장 우선해야 한다고 쓰고 있네."

"감쪽같이 사라진 아이를 어떻게 도우라는 건지." 더크가 말했다.

"이보게, 놈들이 아직까지 그 애를 잡지 못했다는 사실 하나만으로도 엄청난 업적이네." 테드가 말했다. "나라면 그 아이한테 기꺼이 한 수 배우겠어. 그게 우리가 하려는 일 아닌가? 계속 자유롭게 사는 것 말이야."

"그래요, 뭐, 그건 맞는 말이죠." 더크가 무거운 어조로 말했다.

"정부와 그들의 정보원이 모조리 나서서 해리 포터를 찾고 있으니 나도 지금쯤은 그 애가 잡힐 거라고 생각했어요. 하지만 누가 알겠어요? 놈들이 이미 그 아이를 죽이고 말 안 하고 있는지."

"아, 그런 말 말게, 더크." 테드가 웅얼거렸다.

나이프와 포크가 달그락거리는 소리로 채워진 긴 침묵이 이어졌다. 그들이 다시 입을 연 건 강기슭에서 자야 할지, 아니면 나무가 우거진 비탈길로 물러나야 할지 의논하기 위해서였다. 나무 사이가 몸을 숨기기에 더 좋을 거라고 판단한 그들은 모닥불을 끈 뒤 비탈길을 다시 올라갔다. 그들의 목소리가 점점 멀어져 갔다.

해리, 론, 헤르미온느는 길어지는 귀를 도로 감았다. 엿듣는 동안 침묵을 지키고 있기가 점점 더 어려웠던 해리는 막상 입을 열자 이렇게밖에 내뱉지 못했다. "지니가…… 검이……."

"그렇지!" 헤르미온느가 말했다.

그녀는 작은 구슬가방으로 달려가서, 이번에는 팔을 겨드랑이까지 가방 안에 쑥 집어넣었다.

"여기…… 어디…… 있는데……." 그녀는 이를 악물고 중얼거리더니 가방 깊숙한 곳에 있었던 게 분명한 무언가를 꺼냈다. 세공된 액자 모서리가 천천히 눈에 들어왔다. 해리는 재빨리 그녀를 도왔다. 그녀는 피니어스 나이젤러스의 빈 초상화를 가방에서 꺼내는 내내 지팡이로 그것을 겨누고 있었다. 당장에라도 주문을 날릴 태세였다.

그녀가 그림을 텐트 옆면에 기대 세워 놓으며 헐떡였다. "만약 진짜 검이 덤블도어 교수님의 연구실에 있을 때 누가 그걸 가짜와 바꿔치기했다면 피니어스 나이젤러스가 봤을 거야. 유리 상자 바로 옆에 걸려 있으니까!"

"자고 있었던 게 아니라면 말이지." 해리가 말했다. 헤르미온느가 텅 빈 캔버스 앞에 무릎을 꿇고 앉자 해리도 숨죽이고 기다렸다. 그녀는 마법 지팡이를 캔버스 한가운데에 겨누고 목소리를 가다듬은 뒤 말했다. "어…… 피니어스? 피니어스 나이젤러스?"

아무 일도 벌어지지 않았다.

"피니어스 나이젤러스?" 헤르미온느가 다시 불렀다. "블랙 교수님? 말씀 좀 나눌 수 있을까요? 부탁드려요."

"예의 바른 말투는 항상 도움이 되지." 싸늘하고 교활한 어떤 목소리가 말했다. 피니어스 나이젤러스가 초상화 안으로 미끄러져 들어왔다. 그 즉시 헤르미온느가 소리쳤다. "옵스큐로!"

피니어스 나이젤러스의 날카로운 검은 눈에 검은색 안대가 씌워졌다. 그 바람에 액자에 부딪친 그는 고통스러워하며 비명을 질렀다.

"무슨…… 감히 이런 짓을…… 이게 뭐 하는……?"

"정말 죄송해요, 블랙 교수님." 헤르미온느가 말했다. "하지만 혹시 몰라서요. 이렇게 할 수밖에 없어요!"

"이 더러운 덧그림 당장 지워라! 없애라고 했다! 너는 위대한 예술 작품을 망치고 있는 거야! 여기가 어디지? 무슨 일이 벌어지는 거냐?"

"여기가 어딘지는 신경 쓰지 마세요." 해리가 말하자 피니어스 나이젤러스는 그림에 그려진 안대를 벗겨 내려다 말고 얼어붙기라도 한 듯 움직이지 않았다.

"설마, 미꾸라지 같은 포터 군의 목소리인가?"

"아마도요." 해리는 이런 식으로 피니어스 나이젤러스의 관심을 붙들어 둘 수 있다는 걸 알고 그렇게 말했다. "몇 가지 물어볼 게 있는데요, 그리핀도르의 검에 대해서요."

"아." 피니어스 나이젤러스가 이제는 해리의 모습을 보려고 고개를 이쪽저쪽으로 돌리며 말했다. "그래. 그 멍청한 여자애가 한 행동은 굉장히 현명하지 못한……."

"내 동생에 대해 그따위로 말하지 마요." 론이 사납게 내뱉었다. 피니어스 나이젤러스가 눈썹을 거만하게 치켜올렸다.

"거기 또 누가 있지?" 그가 머리를 이리저리 돌리며 물었다. "그게 무슨 말버릇이냐! 그 여자애와 그 애의 친구들은 너무 무모했다. 교장의 물건을 훔치려 들다니!"

"훔치려고 한 게 아니죠." 해리가 말했다. "그 검은 스네이프 것이 아니니까."

"그 검은 스네이프 교수의 학교에 속해 있다." 피니어스 나이젤러스가 말했다. "위즐리네 딸이 그 검에 대해 대체 무슨 권리를 갖고 있다는 거냐? 그 애는 받아 마땅한 벌을 받은 거야. 멍청이 롱보텀과 러브굿이라는 그 이상한 애도 그렇고!"

"네빌은 멍청이가 아니고 루나도 이상한 애가 아니에요!" 헤르미온느가 말했다.

"여기가 어디지?" 피니어스 나이젤러스가 다시 안대와 씨름하기 시작하며 물었다. "날 어디로 데려온 거냐? 왜 나를 조상님들의 집에서 떼어 온 거지?"

"그건 신경 쓰지 말라니까요! 스네이프가 지니랑 네빌이랑 루나한테 어떤 벌을 줬어요?" 해리가 다급하게 물었다.

"스네이프 교수는 그 애들을 금지된 숲으로 보내서 천치 해그리드의 일을 몇 가지 돕게 했다."

"해그리드는 천치가 아니에요!" 헤르미온느가 날카롭게 소리쳤다.

"스네이프는 그게 처벌이라고 생각했겠지만……." 해리가 말했다. "지니랑 네빌이랑 루나는 아마 해그리드랑 같이 실컷 웃기만 했을걸요. 금지된 숲이라니…… 걔들은 금지된 숲보다 훨씬 끔찍한 것을 수없이 맞닥뜨렸는데 그게 뭐 별일이라고!"

해리는 그제야 마음이 놓였다. 그는 최소한 크루시아투스 저주

같은 더욱 끔찍한 처벌을 상상했었다.

"저희가 정말 알고 싶은 건요, 블랙 교수님, 음, 혹시 누가 그 검을 가지고 나간 적이 한 번이라도 있느냐는 거예요. 어쩌면 세척하거나 뭐 다른 걸 하려고 가지고 나간 적이 있을까요?"

피니어스 나이젤러스는 안대를 풀어 보려는 몸부림을 잠시 멈추고 킬킬거렸다.

"머글 태생들이란." 그가 말했다. "고블린이 만든 무기는 닦을 필요가 없다, 멍청한 꼬마야. 고블린의 은은 일상의 더러움은 모두 밀어내고 오직 힘을 강하게 만들어 주는 것들만 받아들이지."

"헤르미온느한테 멍청하다고 하지 마세요." 해리가 말했다.

"말대꾸 듣는 것도 슬슬 지겹구나." 피니어스 나이젤러스가 말했다. "이젠 교장실로 돌아갈 때가 된 것 같은데?"

그는 안대를 쓴 채 액자 옆면을 더듬기 시작했다. 이 그림에서 나가 호그와트에 있는 그림으로 돌아갈 길을 더듬어 찾으려는 것이었다. 문득 해리의 머릿속에 좋은 생각이 떠올랐다.

"덤블도어 교수님요! 저희한테 덤블도어 교수님을 데려와 주실 수 있어요?"

"뭐라고?" 피니어스 나이젤러스가 되물었다.

"덤블도어 교수님의 초상화가 있잖아요. 그분을 여기로, 교수님의 초상화 안으로 데리고 와 주실 수는 없나요?"

피니어스 나이젤러스는 해리의 목소리가 들리는 쪽으로 고개를 돌렸다.

"멍청한 건 확실히 머글 태생만이 아닌가 보구나, 포터. 호그와트의 초상화들은 서로 교류할 수는 있지만, 다른 곳에 걸려 있는 자신의 그림을 방문할 때가 아니면 성 밖으로 나갈 수 없다. 덤블도어는 나와 함께 여기로 올 수 없어. 게다가 네놈들한테 이런 대접을 받았는데 내가 여기 다시 올 것 같으냐!"

살짝 풀이 죽은 채 해리는 피니어스가 액자 밖으로 나가려고 더욱 몸부림치는 모습을 지켜보았다.

"블랙 교수님." 헤르미온느가 말했다. "그냥 말씀해 주실 수 없을까요? 부탁드려요. 그 검이 마지막으로 상자 밖으로 나온 게 언제예요? 그러니까, 지니가 꺼내기 전에 말이에요."

피니어스는 못 참겠다는 듯 코웃음을 쳤다.

"내가 그리핀도르의 검이 상자 밖으로 나오는 걸 마지막으로 본 건 덤블도어 교수가 그 검으로 반지를 파괴하려고 할 때였다."

헤르미온느는 해리를 휙 돌아보았다. 둘 다 피니어스 나이젤러스 앞에서 더 이상 이야기하지는 못했다. 피니어스 나이젤러스는 마침내 출구를 찾아냈다.

"그럼, 잘 있어라." 그는 약간 신경질적으로 그렇게 말하더니 시야 밖으로 나가려고 했다. 그의 모자챙만 시야에 겨우 남았을 때,

해리가 갑자기 큰 소리로 외쳤다.

"잠깐만요! 스네이프한테 그때 그 일을 봤다고 얘기하셨어요?"

피니어스 나이젤러스는 안대가 씌워진 머리를 다시 그림 속으로 삐죽 내밀었다.

"스네이프 교수는 알버스 덤블도어의 수많은 기행보다 더 중요한 문제들을 신경 쓰고 있다. 잘 있어라, 포터!"

그 말과 함께 그는 칙칙한 배경만 남긴 채 완전히 모습을 감췄다.

"해리!" 헤르미온느가 외쳤다.

"나도 알아!" 해리도 소리쳤다. 그는 도저히 참을 수가 없어서 허공에 대고 주먹을 마구 휘둘렀다. 그가 꿈에도 생각지 못했던 수확이었다. 그는 1킬로미터쯤 달려온 듯 세차게 뛰는 가슴을 안고 텐트 안을 서성거렸다. 더 이상 배도 고프지 않았다. 헤르미온느는 피니어스 나이젤러스의 초상화를 다시 구슬가방 안에 쑤셔 넣었다. 그녀는 걸쇠를 채우고 가방을 옆으로 던져 놓은 뒤 밝은 얼굴로 해리를 돌아보았다.

"그 검으로 호크룩스를 파괴할 수 있어! 고블린이 만든 검은 스스로를 강하게 만들어 주는 것들만 흡수한다……. 해리, 그 검에 바실리스크의 독이 스며들어 있는 거야!"

"그리고 덤블도어 교수님이 그 검을 내게 주지 않으신 건 아직 필요했기 때문이었어. 그것을 로켓 없애는 데 쓰고 싶으셨던 거야……."

"그리고 유언장에 적어 놓더라도 그자들이 네가 그 검을 갖도록 내버려 두지 않으리라는 것도 아셨던 게 틀림없어……."

"그래서 복제품을 만들고……."

"가짜 검을 유리 상자에 넣은 다음……."

"진짜는…… 어디에 두셨을까?"

그들은 서로를 뚫어지게 바라보았다. 해리는 그 답이 감질나도록 가까운 거리에서 그들 위 공중에 보이지 않게 매달려 있는 듯한 기분을 느꼈다. 덤블도어는 왜 그에게 말해 주지 않은 걸까? 아니, 실은 말해 줬는데 해리가 그 당시에 깨닫지 못한 걸까?

"생각해." 헤르미온느가 속삭였다. "생각해 봐! 어디에 두셨을까?"

"호그와트는 아닐 거야." 해리가 다시 왔다 갔다 하며 말했다.

"호그스미드 어딘가에 두셨을까?" 헤르미온느가 추측했다.

"악쓰는 오두막?" 해리가 말했다. "거긴 아무도 안 들어가니까."

"하지만 스네이프가 거기 들어가는 방법을 알잖아. 좀 위험한 일 아니었을까?"

"덤블도어 교수님은 스네이프를 믿었어." 해리가 그녀에게 일깨워 주었다.

"검을 바꿔치기했다고 알려 줄 만큼은 아니었지." 헤르미온느가 말했다.

"그래, 네 말이 맞아!" 해리가 말했다. 덤블도어가 스네이프에게 아주 희미하게나마 의심을 품고 있었다고 생각하자 그는 기분이 더 좋아졌다. "그럼, 호그스미드에서 멀리 떨어진 곳에 숨겨 놓으셨을 수도 있을까? 네 생각은 어때, 론? 론?"

해리는 주위를 둘러보았다. 그는 론이 텐트 밖으로 나간 줄 알고 한순간 당황했다가, 아래쪽 침대의 어둠 속에 돌처럼 굳은 얼굴로 누워 있는 론을 발견했다.

"아, 이제야 내 생각이 났냐?" 그가 말했다.

"뭐?"

론은 위층 침대 밑을 뚫어지게 올려다보며 코웃음 쳤다.

"너희 둘은 계속해. 나 때문에 기분 망치지 말고."

혼란스러워진 해리는 도와 달라는 뜻으로 헤르미온느를 바라봤지만 그녀 역시 해리만큼 당황한 얼굴로 고개를 설레설레 저었다.

"뭐가 문제야?" 해리가 물었다.

"문제? 아무 문제 없어." 론이 여전히 해리 쪽으로는 눈길조차 주지 않으며 말했다. "어쨌든 네 말에 따르면 말이야."

머리 위 캔버스 천에 뭔가가 '툭툭' 튀기는 소리가 몇 차례 들렸다. 비가 내리기 시작했다.

"아니, 넌 확실히 문제가 있는 것 같은데." 해리가 말했다. "얘기 좀 해 볼래?"

론은 긴 다리를 침대에서 획 내리더니 일어나 앉았다. 그는 평소의 그답지 않게 심술궂어 보였다.

"좋아, 솔직히 말할게. 우리가 찾아야 할 빌어먹을 물건이 하나 더 생겼다고 해서 내가 좋다고 텐트 안을 폴짝폴짝 뛰어다닐 거라고 생각하지는 마. 그냥 네가 모르는 게 하나 더 생겼을 뿐이니까."

"내가 모르는 것?" 해리가 되풀이했다. "내가 모르는 것?"

툭, 툭, 툭. 빗줄기가 더욱 거세지고 굵어졌다. 낙엽이 흐트러진 강둑과 어둠 저편에서 졸졸 흐르는 강물 위로 빗방울이 후두두 떨어졌다. 기쁨으로 들떴던 해리의 마음에 두려움이 찬물을 끼얹었다. 론은 해리가 의심하고 두려워해 온 바로 그 사실을 짚고 있었다.

"보면 알겠지만 난 지금 인생 최고의 시간을 보내고 있어." 론이 비딱하게 말했다. "팔은 난도질당했지, 먹을 건 아무것도 없지, 매일 밤 등짝이 얼어붙을 것 같으니까. 난 그냥, 뭐랄까, 몇 주 동안 죽어라 뛰어다녔으니 뭐라도 얻는 게 있을 줄 알았어."

"론." 그를 부르는 헤르미온느의 목소리가 너무 작아서, 론은 텐트에 빗방울이 떨어지는 시끄러운 소리 때문에 그 말을 못 들은 척할 수 있었다.

"난 네가 무슨 일을 하게 될 줄 알고 따라나선 거라고 생각했는데." 해리가 말했다.

"응, 나도 그런 줄 알았어."

"그럼 어떤 점이 네 기대에 못 미치는 거야?" 해리가 물었다. 화가 치밀자 할 말이 많아졌다. "5성급 호텔에라도 묵을 줄 알았어? 매일매일 호크룩스를 발견하게 될 줄 알았냐? 크리스마스쯤이면 엄마한테 돌아갈 줄 안 거야?"

"우린 네가 뭘 알고 이 일을 하는 줄 알았어!" 론이 벌떡 일어서며 소리쳤다. 그 말이 달궈진 칼처럼 해리를 꿰뚫었다. "우린 덤블도어가 너한테 무슨 일을 해야 하는지 말해 준 줄 알았다고. 너한테 제대로 된 계획이 있는 줄 알았단 말이야!"

"론!" 헤르미온느가 외쳤다. 이번에는 그녀의 목소리가 텐트 천막에 우레처럼 울리는 빗소리를 누르고 또렷이 들렸지만 론은 그 외침을 다시 한 번 무시했다.

"뭐, 실망시켜서 미안하다." 해리가 말했다. 허탈하고 무력한 기분에 비해 목소리는 침착했다. "난 처음부터 너희한테 솔직하게 말했어. 덤블도어 교수님이 나한테 해 준 얘기를 전부 들려 줬다고. 그리고 아직 모를까 봐 하는 말인데, 우린 호크룩스도 하나 찾았……."

"그래, 그 호크룩스를 없애는 일도 나머지 호크룩스를 찾는 일만큼이나 진척을 봤지. 다른 말로 하면, 젠장, 근처도 못 갔네!"

"로켓 벗어, 론." 헤르미온느가 평소보다 높아진 목소리로 말했다. "제발 벗어. 그걸 온종일 목에 걸고 있지 않았으면 이런 식으로 얘기하지 않았을 거야."

"아니, 했을걸." 해리가 말했다. 론에게 변명 거리를 쥐여 주고 싶지 않았다. "너희 둘이 내 등 뒤에서 속닥거리는 거 모를 것 같아? 너희가 이런 생각 하는 거, 내가 모를 줄 알았어?"

"해리, 우린 그런 게 아니……."

"거짓말하지 마!" 론이 이번엔 헤르미온느에게 퍼부어 댔다. "너도 그렇게 말했잖아. 너도 실망했다고 했잖아. 해리가 앞으로 할 일을 이보다는 더 알고 있을 줄 알았다고 했……."

"그런 식으로 말하진 않았어. 해리, 아니야!" 그녀가 울음을 터뜨렸다.

빗줄기가 텐트를 두들겨 댔다. 헤르미온느의 얼굴에 눈물이 흘러내렸다. 불과 몇 분 전에 느꼈던 흥분이 아예 처음부터 존재하지도 않았던 것처럼, 잠깐 번쩍이다 모든 것을 싸늘하고 축축한 어둠 속에 남겨 놓고 꺼지는 불꽃처럼 사라져 버렸다. 그리핀도르의 검은 어딘지 알 수 없는 곳에 숨겨져 있었고, 그들은 지금까지 살아남은 것 말고는 아무것도 해낸 것 없이 텐트 안에 머무르고 있는 10대 세 명일 뿐이었다.

"그럼 넌 왜 아직 여기 있는 건데?" 해리가 론에게 물었다.

"나도 모르겠다." 론이 말했다.

"그럴 거면 집에 가." 해리가 말했다.

"그래, 그래야겠네!" 론이 소리치더니 해리에게 몇 걸음 다가갔다. 해리는 물러서지 않았다. "저 사람들이 내 동생 얘기 하는 거 못 들었어? 넌 쥐똥만큼도 신경 안 쓰지? 그래 봐야 그냥 금지된 숲이니까. 더 심한 일도 겪어 보신 해리 포터 님이 내 동생한테 무슨 일이 일어나든 신경이나 쓰겠어? 근데 난 신경 써, 알았냐? 대왕 거미며 그 온갖 미친 것들……."

"난 그냥…… 지니는 다른 애들하고 같이 있었고, 해그리드도 같이……."

"그래, 네가 신경 안 쓰는 거 안다니까! 그리고 나머지 우리 가족은? '위즐리 부부의 아이들이 더 이상 다쳐선 안 된다'고 했잖아. 그 말은 들었냐?"

"그래, 난……."

"듣긴 했는데 그게 뭘 뜻하는지는 별로 신경 안 쓰였어?"

"론!" 헤르미온느가 둘 사이에 억지로 끼어들며 말했다. "난 그 말이 우리가 모르는 새로운 일이 일어났다는 뜻이 아니라고 봐. 생각해 봐, 론. 빌은 이미 흉터투성이고, 조지가 귀를 잃은 것도 지금쯤 아주 많은 사람이 봤을 게 틀림없어. 너도 알알이 곰팡이로 죽어 가고 있는 것으로 돼 있잖아. 아까 그분이 한 말은 전부 그런 뜻일 게 분명……."

"아, 분명하다고? 좋아, 그럼. 나도 굳이 우리 가족 신경 안 쓸게. 너희 둘은 괜찮잖아. 너희 부모님은 안전한 곳에 계시……."

"우리 부모님은 돌아가셨어!" 해리가 소리쳤다.

"우리 부모님도 그렇게 될지 모르고!" 론이 고함을 질렀다.

"그럼 *가*!" 해리가 외쳤다. "부모님한테 돌아가서, 알알이 곰팡이가 다 나은 척하고 엄마가 해 주는 음식도 실컷 먹을 수 있겠……."

론의 갑작스러운 움직임에 해리도 반응했지만, 두 사람이 주머니에서 마법 지팡이를 꺼내기 전에 헤르미온느가 가장 먼저 자신의 지팡이를 들어 올렸다.

"*프로테고!*" 그녀가 외치자 보이지 않는 방패가 그녀와 해리 사이, 또 그녀와 론 사이에서 펼쳐졌다. 모두가 주문의 힘에 뒤로 몇 발짝 떠밀렸다. 해리와 론은 생전 처음 보는 사이인 양 투명한 장벽을 사이에 두고 서로를 노려보았다. 해리는 론을 향한 맹렬한 증오를 느꼈다. 둘 사이에서 뭔가가 깨져 버렸다.

"호크룩스 내려놔." 해리가 말했다.

론은 머리 위로 줄을 잡아당기더니 가까이 있는 의자에 로켓을 내던졌다. 그는 고개를 돌려 헤르미온느를 바라보았다.

"어쩔 거야?"

"무슨 말이야?"

"남을 거야, 어쩔 거야?"

"나는……." 헤르미온느는 괴로워하는 표정이었다. "그래…… 그래, 난 남을 거야. 론, 우린 해리랑 같이 가기로 했잖아. 도와주겠다고 말했……."

"알았어. 쟬 선택한 거네."

"론, 아냐…… 제발…… 가지 마, 돌아와!"

헤르미온느는 자신이 걸어 놓은 방패 마법에 가로막혀 움직이지 못했다. 그녀가 마법을 거두었을 때쯤 론은 이미 어두운 밤 속으로 뛰쳐나간 뒤였다. 해리는 말없이 가만히 서서, 그녀가 흐느끼며 나무 사이로 론을 부르는 소리를 들었다.

몇 분 뒤 헤르미온느가 돌아왔다. 그녀의 흠뻑 젖은 머리카락이 얼굴에 달라붙어 있었다.

"론이 가, 가, 가 버렸어! 순간이동을 했어!"

그녀는 의자에 털썩 주저앉아 몸을 웅크리고 울기 시작했다.

해리는 머리가 어질어질했다. 그는 허리를 숙여 호크룩스를 집어 들고 목에 건 다음, 론의 침대에서 담요를 가져다 헤르미온느에게 덮어 주었다. 그러고 나서 침대로 기어올라 텐트를 두드리는 빗소리에 귀를 기울이며 어두운 캔버스 천장을 올려다보았다.

## 16장
## 고드릭 골짜기

 다음 날 잠에서 깬 해리는 몇 초가 지나서야 무슨 일이 있었는지를 떠올렸다. 다음 순간 그는 유치하게도 그 일이 꿈이었기를, 론이 아직 이곳에 있고 결코 떠나지 않은 것이기를 바랐다. 하지만 베개에서 고개를 돌리자 론이 남겨 두고 간 빈 침대가 보였다. 그 광경이 마치 길을 막은 시체처럼 그의 눈길을 잡아끌었다. 해리는 론의 침대에서 애써 눈을 돌리며 침대에서 훌쩍 뛰어내렸다. 헤르미온느는 이미 부엌에서 바쁘게 움직이고 있었다. 그녀는 해리가 지나가는데도 아침 인사를 하지 않고 재빨리 얼굴을 돌렸다.
 '가 버렸어.' 해리는 속으로 중얼거렸다. '갔어.' 그는 씻은 다음 옷을 입으면서도 줄곧 그 생각만 했다. 계속 생각하다 보면 그 충격이 무너지기라도 할 것처럼. '론은 가 버렸어. 돌아오지 않을 거야.' 해리는 그것이 온전히 진실이라는 것을 알고 있었다. 그들이 걸어 놓은 보호 마법 때문에, 두 사람이 이곳을 떠나는 순간 론은 그들을 다시 찾을 수 없을 것이었다.

그와 헤르미온느는 말없이 아침을 먹었다. 헤르미온느는 눈이 빨갛게 부어 있었다. 한숨도 못 잔 것 같았다. 두 사람은 소지품을 챙겼고, 헤르미온느는 그러면서도 시간을 끌었다. 해리는 그녀가 이 강둑에서 시간을 끄는 이유를 알고 있었다. 그는 그녀가 기대에 차서 고개를 드는 모습을 몇 번씩이나 보았다. 세차게 쏟아지는 비 사이로 발소리를 들었다고 착각한 게 틀림없었다. 하지만 나무들 사이에서 빨간 머리는 나타나지 않았다. 해리는 그녀를 따라 주위를 둘러보았다(그 또한 약간의 기대는 저버릴 수가 없었다). 하지만 비에 젖은 숲 말고는 아무것도 보이지 않았고, 그럴 때면 마음속에서 작은 분노 꾸러미가 하나씩 폭발했다. 론이 "우린 네가 뭘 알고 이 일을 하는 줄 알았어!"라고 외치던 소리가 들려오는 듯했다. 해리는 가슴속 깊은 곳이 쑤시는 듯한 통증을 느끼며 다시 짐을 싸기 시작했다.

텐트 옆을 흐르는 진흙탕 같은 강물이 빠르게 불어나고 있었다. 조금만 있으면 그들이 있는 강둑으로 흘러넘칠 기세였다. 그들은 평소 같으면 야영지를 떠났을 시간을 넘기고도 한 시간은 더 족히 그곳에 머물렀다. 헤르미온느는 구슬가방을 완전히 비우고 다시 싸는 일을 세 번이나 한 뒤에야 시간을 끌 이유를 더 찾을 수 없게 되었다. 그녀와 해리는 손을 잡고 세찬 바람이 부는, 야생화로 뒤덮인 언덕배기로 순간이동 했다.

헤르미온느는 도착하자마자 해리의 손을 놓고 멀리 걸어가더니, 커다란 바위 위에 앉아 얼굴을 무릎에 묻고 몸을 떨었다. 해리는 그녀가 흐느끼고 있다는 것을 알았다. 그는 다가가서 위로해 줘야 한다고 생각하며 그녀를 바라봤지만 왠지 그 자리에서 움직일 수 없었다. 가슴속이 싸늘하고 답답하게만 느껴졌다. 론의 얼굴에 떠오르던 경멸 가득한 표정이 다시금 생각났다. 해리는 야생화를 헤치고 성큼성큼 나아가, 슬픔을 추스르지 못하고 있는 헤르미온느를 가운데 두고 크게 원을 그리며 평소 그녀가 걸었던 보호 마법들을 걸었다.

그들은 이후 며칠 동안 론에 관한 얘기는 한 마디도 하지 않았다. 해리는 그의 이름을 다시는 꺼내지 않을 작정이었고 헤르미온느도 억지로 론 얘기를 해 봤자 아무 소용 없다는 것을 아는 눈치였다. 물론 밤이 되면 해리가 잠들었다고 생각한 그녀가 우는 소리가 가끔씩 들리곤 했지만. 한편 해리는 지팡이 불빛에 비춰 도둑 지도를 살펴보기 시작했다. 그는 론의 이름이 붙은 점이 호그와트 복도에 다시 나타나는 순간, 즉 그가 안락한 성으로 돌아가 순수 혈통이라는 지위의 보호를 받고 있다는 사실을 확인하는 순간을 기다리고 있었다. 하지만 론은 지도에 나타나지 않았다. 얼마 후 해리는 자기도 모르게 여학생 기숙사에 있는 지니의 이름을 들여다보고 있었다. 그의 강렬한 눈길이 그녀의 꿈속으로 들어갈 수 있을지, 그가 그녀를 생각하고 있으며 그녀가 무사하기만 바란다는 것을 그녀가 어떻게든 알 수 있을지 궁금해하면서.

낮이 되면 그들은 그리핀도르의 검이 있을 만한 장소를 알아내기 위해 애를 썼지만, 덤블도어가 검을 숨겨 놨을 만한 장소에 대해 이야기할수록 그들의 추측은 더욱 절망적이고 근거 없는 방향으로 흘러갔다. 머리를 곤봉으로 두드려 맞아도 덤블도어가 뭔가를 숨겨 둔 장소를 언급한 적이 있었는지는 전혀 떠오르지 않을 것 같았다. 가끔은 론과 덤블도어 중 누구에게 더 화가 나는지 알 수 없었다. 우린 네가 뭘 알고 이 일을 하는 줄 알았어…… 우린 덤블도어가 너한테 무슨 일을 해야 하는지 말해 준 줄 알았다고…… 너한테 제대로 된 계획이 있는 줄 알았단 말이야!

해리는 자기 자신을 속일 수 없었다. 론의 말이 맞았다. 덤블도어는 사실상 그에게 아무것도 남겨 주지 않았다. 그들은 호크룩스 하나를 찾아냈지만 그걸 파괴할 방법은 없었고, 나머지 호크룩스들은 여전히 손 닿지 않는 곳에 있었다. 절망감이 그를 집어삼킬 듯했다. 이제 와서 생각해 보니 이 정처 없고 의미도 없는 여행에 함께하겠다는 친구들의 제안을 받아들인 자신의 뻔뻔스러움이 놀라웠다. 그는 아무것도 모르고 있었다. 아무 생각도 없었다. 그런 주제에 헤르미온느마저 당장에라도 이제 됐다고, 나도 떠나겠다고 말하지 않을까 계속 지나칠 만큼 눈치를 살폈다.

그들은 거의 침묵 속에서 수많은 밤을 보내고 있었다. 헤르미온느는 론이 떠나고 남은 빈자리를 피니어스 나이젤러스가 조금이나마 채워 줄 수 있다는 듯이 그의 초상화를 꺼내 의자에 기대 놓는 버릇이 생겼다. 다시는 그들을 찾아오지 않겠다던 피니어스 나이젤러스는 해리가 뭘 하는지 알아볼 기회를 차마 거부할 수 없었는지 며칠에 한 번씩 안대를 낀 상태로 다시 나타나는 데 동의했다. 믿을 수 없고 비웃음이나 일삼기는 했지만 어쨌든 일행이었기에 해리는 그가 반가울 지경이었다. 물론 피니어스 나이젤러스를 딱히 이상적인 정보원이라고 할 수는 없었지만 그들은 호그와트에 관한 소식이라면 무엇이든 반겼다. 피니어스 나이젤러스는 그가 학교를 이끌던 시절 이후 슬리데린 출신으로는 처음 교장이 된 스네이프를 매우 아꼈기 때문에, 그들은 스네이프를 비난하거나 그에 대해 무례한 질문을 던지지 않도록 조심해야 했다. 그들이 그런 식으로 굴면 피니어스 나이젤러스는 곧바로 그림을 떠나 버렸다.

하지만 그는 어떤 정보들을 슬쩍슬쩍 흘리기도 했다. 타협하지 않는 일부 학생들이 스네이프를 상대로 꾸준히 작은 반란을 일으키는 듯했다. 지니는 호그스미드 방문이 금지됐다. 스네이프는 셋 이상의 모임과 비공식적인 학생 단체의 결성을 모두 금지하는 엄브리지의 옛 법령을 부활시켰다.

해리는 이 모든 소식을 통해 지니가 아마 네빌이나 루나와 함께 최선을 다해 덤블도어의 군대를 지키고 있을 거라고 추측했다. 이런 소식을 드문드문 들을 때마다 해리는 지니가 너무 보고 싶어서 복통이 일어날 지경이었다. 동시에 론과 덤블도어, 호그와트도 생각났다. 해리에게는 이 모든 것이 전 여자 친구만큼이나 그리웠다. 피니어스 나이젤러스가 스네이프의 엄격한 단속에 대해 얘기할 때면 해리는 학교로 돌아가 스네이프 체제를 뒤흔드는 데 가담하는 상상을 하다가 순간 광기에 사로잡히기도 했다. 그 순간에는, 먹을 것이 있고 부드러운 침대가 있고 다른 사람들에게 책임을 떠맡긴다는 것이 세상에서 가장 멋진 일처럼 느껴졌다. 하지만 해리는 자신이 1만 갈레온의 현상금이 걸린 위험인물 1호이며, 지금 호그와트로 걸어 들어가는 건 마법 정부로 걸어 들어가는 것만큼이나 위험한 일이라는 사실을 떠올렸다. 피니어스 나이젤러스에게는 그럴 의도가 없었겠지만, 그가 해리와 헤르미온느의 행방을 넌지시 물으면 유난히 그런 생각이 들곤 했다. 헤르미온느는 피니어스 나이젤러스가 유도신문을 할 때마다 그의 액자를 구슬가방 안에 도로 집어넣었는데, 그는 이런 버릇없는 작별 인사를 당하면 이후 며칠 동안 다시 나타나지 않으려 했다.

날씨는 점점 추워졌다. 영국 남부에 머물렀다면 고작 땅이 서리로 딱딱하게 굳는 것 정도가 큰 걱정거리였을 테지만, 그들은 한곳에 오래 머무르지 않고 겁 없이 온 나라를 떠돌아다녔다. 텐트 위로 진눈깨비가 쏟아지는 산등성이, 텐트가 차가운 물에 잠기곤 하는 드넓고 평평한 늪지대, 밤사이 눈이 내려 텐트를 반쯤 묻어 버리는 스코틀랜드 호수 한가운데의 작은 섬 등 어디든 마다하지 않았다.

몇몇 집 거실 창문에서는 벌써 반짝이는 크리스마스트리가 보였다. 어느 날 저녁, 해리는 그들이 탐사해 보지 않은 유일한 곳을 다시 한 번 제안해 보기로 했다. 그와 헤르미온느는 방금 평소답지 않은 푸짐한 식사를 마친 뒤였다. 헤르미온느가 투명 망토를 뒤집어쓰고 슈퍼마켓에 갔다 온 것이다(그녀는 양심적이게도 가게를 나서면서 열려 있는 계산대에 돈을 집어넣었다). 해리는 헤르미온느가 볼로네제 스파게티와 절인 배 통조림을 먹고 배가 부른 상태라면 좀 더 쉽게 납득할지 모른다고 생각했다. 몇 시간만이라도 호크룩스를 목에 걸지 말자고 미리 말해 두기도 했다. 호크룩스는 지금 그의 옆에 있는 침대 끝에 걸려 있었다.

"헤르미온느?"

"응?" 그녀는《음유시인 비들 이야기》를 들고 푹 꺼진 안락의자 하나에 웅크리고 앉아 있었다. 해리는 그녀가 그 책에서 얼마나 많은 정보를 더 얻어 낼지 감을 잡을 수 없었다. 어쨌든 내용이 그렇게 길진 않았던 것이다. 하지만《스펠먼의 룬문자 읽기》가 의자 팔걸이 위에 펼쳐져 있는걸 보면, 그녀는 분명 책 속에 있는 무언가를 여전히 해독하고 있었다.

해리는 목을 가다듬었다. 몇 년 전, 더즐리 부부를 설득해 허가서에 서명을 받지 못했으면서도 맥고나걸 교수에게 호그스미드에 가도 되느냐고 물었을 때와 똑같은 기분이었다.

"헤르미온느, 내가 생각을 좀 해 봤는데……."

"해리, 이것 좀 볼래?"

그녀는 해리의 말을 듣지 않고 있는 게 분명했다. 그녀는 몸을 기울여《음유시인 비들 이야기》를 내밀었다.

"이 기호를 봐." 그녀가 어느 페이지의 맨 윗부분을 가리키며 말했다. 해리가 보기에는 이야기 제목 같은 것 위에(룬문자를 읽을 줄 몰랐으므로 확실하지는 않았다) 삼각형 눈처럼 보이는 그림이 그려져 있었다. 눈동자 위에 세로줄이 그어져 있는 모양의 눈이었다.

"난 고대 룬문자 수업 들은 적 없어, 헤르미온느."

"나도 알아. 하지만 이건 룬문자가 아니야. 문자표에도 없어. 그동안 줄곧 이걸 눈 그림이라고 생각했는데 아닌 것 같아! 잉크로 그려져 있어. 봐, 누가 여기에 그려 놓은 거야. 원래 이 책에 있던 게 아니야. 생각해 봐, 이거 예전에 본 적 있어?"

"아니…… 어, 잠깐만." 해리는 그것을 자세히 살펴보았다. "이거 루나네 아빠가 목에 걸고 있던 거랑 같은 기호 아니야?"

"음, 나도 그렇게 생각했어!"

"그럼 이건 그린델왈드의 상징이야."

그녀는 입을 딱 벌리고 그를 바라보았다.

"뭐?"

"크룸이 말해 줬어……."

그는 빅토르 크룸이 결혼식에서 해 준 이야기를 들려주었다. 헤르미온느는 깜짝 놀란 얼굴이었다.

"그린델왈드의 상징이라고?"

그녀는 해리와 그 괴상한 기호를 번갈아 바라보았다. "그린델왈드의 상징이 있다는 얘기는 못 들어 봤어. 내가 읽은 그린델왈드 관련 책에는 그런 얘기가 하나도 없던데."

"뭐, 말했다시피 크룸은 그 상징이 덤스트랭 벽에 새겨져 있고, 그린델왈드가 거기에 그걸 새겨 놓았다고 했어."

그녀는 얼굴을 찌푸리며 낡은 안락의자에 주저앉았다.

"정말 이상하다. 이게 어둠의 마법의 징표라면 왜 동화책에 있는 거지?"

"그러게, 이상하네." 해리가 말했다. "게다가 스크림저라면 그걸 알아봤을 거 아냐. 마법 정부 총리에다, 어둠의 마법에 관련된 일에는 분명 전문가였을 텐데."

"그러게……. 어쩌면 나처럼 그냥 눈이라고 생각했을지도 모르지. 다른 이야기들도 전부 제목 위에 작은 그림들이 그려져 있거든."

그녀는 아무 말 없이 그 이상한 기호만 들여다보고 있었다. 해리는 다시 시도해 보았다.

"헤르미온느?"

"응?"

"줄곧 생각해 봤는데, 나…… 나 고드릭 골짜기에 가고 싶어."

헤르미온느가 고개를 들어 그를 바라봤지만 눈에 초점이 맞지 않았다. 아직도 책에 그려진 그 수수께끼 같은 기호를 생각하고 있는 게 분명했다.

"그래." 그녀가 말했다. "그래, 나도 그럴까 생각했어. 정말 그래야 할 것 같아."

"내 얘기 제대로 들은 거야?" 해리가 물었다.

"당연하지. 고드릭 골짜기에 가고 싶다며. 나도 같은 생각이야. 그래야 할 것 같아. 나도 그게 달리 어디에 있을지 딱히 생각 안 나거든. 위험하긴 하겠지만 생각할수록 거기에 있을 가능성이 높은 것 같아."

"어…… 뭐가 거기 있다는 거야?" 해리가 물었다.

그 물음에 헤르미온느는 해리만큼이나 당황한 표정이었다.

"검 말이야, 해리! 덤블도어 교수님은 틀림없이 네가 그곳으로 돌아가고 싶어 하리라는 걸 아셨을 거야. 게다가 고드릭 골짜기는 고드릭 그리핀도르가 태어난 곳이기도 하고……."

"진짜야? 그리핀도르가 고드릭 골짜기에서 태어났다고?"

"해리, 너 《마법의 역사》를 펼쳐 본 적이 있긴 하니?"

"음." 그가 몇 달 만에 처음 웃어 보는 것처럼 미소를 지었다. 얼굴 근육이 이상하게 뻣뻣했다. "펼쳐 봤겠지. 그러니까, 그 책을 샀을 때…… 그때 한 번……."

"마을 이름도 그리핀도르한테서 따온 거니까 난 네가 연상했을 수도 있을 거라 생각했지." 헤르미온느가 말했다. 최근 그 어느 때보다도 훨씬 예전의 그녀다운 목소리였다. 해리는 그녀의 입에서 도서관에 가 봐야겠다는 말이 나올 것 같은 기분마저 느꼈다. "《마법의 역사》에 그 마을에 관한 얘기가 좀 나와 있어. 잠깐만……."

그녀는 구슬가방을 열고 잠시 뒤진 끝에 바틸다 백숏이 쓴 옛 교과서, 《마법의 역사》를 꺼냈다. 책을 훑어보던 그녀는 마침내 원하던 페이지를 찾았다.

1689년 국제 비밀 유지 법령이 타결되자마자 마법사들은 영원히 모습을 감췄다. 그들이 지역사회 안에서 자신들만의 작은 공동체를 형성한 것은 자연스러운 일이었는지도 모른다. 수많은 마을과 촌락이 마법사 가족들의 마음을 끌었고, 그들은 단결하여 서로를 돕고 보호했다. 이처럼 마법사들이 고향으로 삼은 마을 중에는 콘월의 틴워스, 요크셔의 어퍼 플래글리, 잉글랜드 남부 해안의 오터리 세인트 캐치폴 같은 곳이 눈에 띄는데, 마법사들은 이런 마을에서 인내심 많고 가끔 혼돈 마법에 걸리기도 한 머글들과 함께 살아갔다. 머글 반, 마법사 반인 이런 주거지 중에서 가장 유명한 곳은 아마도 위대한 마법사 고드릭 그리핀도르가 태어난 곳이자 마법사 대장장이 보먼 라이트가 최초의 골든 스니치를 만들어 낸 장소인, 웨스트 컨트리의 고드릭 골짜기일 것이다. 이 마을의 묘지는 유서 깊은 마법사 가문의 이름으로 가득한데, 수 세기 동안 마을의 작은 교회에 전해 내려온 귀신 이야기는 틀림없이 거기에서 비롯됐을 것이다.

"너랑 너희 부모님 얘기는 안 나와." 헤르미온느가 책을 덮으며 말했다. "백숏 교수는 19세기 말 이후의 이야기는 하나도 안 다루고 있거든. 하지만 알겠지? 고드릭 골짜기, 고드릭 그리핀도르, 그리핀도르의 검. 덤블도어 교수님은 네가 이것들 사이의 연관성을 발견할 거라고 기대하지 않으셨을까?"

"아, 그래……."

해리는 고드릭 골짜기에 가자는 제안을 하면서 검에 대한 생각은 전혀 하지 않았다는 사실을 인정하고 싶지 않았다. 해리가 그 마을에 가고 싶어 한 이유는 부모님의 무덤과 그가 죽음에서 간신히 탈출했던 집, 그리고 바틸다 백숏이 거기 있었기 때문이었다.

"뮤리엘 할머니가 했던 말 기억나?" 그가 머뭇거리다 결국 물었다.

"누구?"

"있잖아." 그는 망설였다. 론의 이름을 말하고 싶지 않았기 때문이다. "지니의 고모할머니. 결혼식에서 봤잖아. 너한테 발목이 너무 가늘다고 했던 사람."

"아." 헤르미온느가 말했다.

난처한 순간이었다. 헤르미온느는 론의 이름이 곧 튀어나올지도 모른다고 느끼는 게 분명했다. 해리는 황급히 말을 이었다. "뮤리엘 할머니는 바틸다 백숏이 지금까지도 고드릭 골짜기에 살고 있다고 했어."

"바틸다 백숏." 헤르미온느가 《마법의 역사》 표지에 볼록 튀어나와 있는 바틸다의 이름을 검지로 쓸어 보며 중얼거렸다. "음, 내 생각엔……."

그녀가 어찌나 놀란 기색으로 숨을 헉 들이켰는지 해리는 가슴이 철렁해서는 마법 지팡이를 꺼내 들고 텐트의 출입구 쪽을 돌아보았다. 출입구를 막고 있는 덮개를 억지로 비집고 들어오는 손을 보게 될 거란 생각마저 들었지만 아무 일도 벌어지지 않았다.

"왜 그래?" 그는 화가 나면서도 반쯤 안심하면서 그렇게 물었다. "왜 그런 거야? 죽음을 먹는 자가 텐트를 열고 들어오는 거라도 본 줄 알았잖아."

"해리, 바틸다가 그 검을 갖고 있다면? 덤블도어 교수님이 검을 바틸다한테 맡겼다면?"

해리는 그 가능성을 따져 보았다. 바틸다는 지금쯤 나이를 꽤 많이 먹었을 테고, 뮤리엘의 말에 따르면 '노망'이 나 있었다. 덤블도어가 그리핀도르의 검을 그녀에게 맡겼을 가능성이 있을까? 만약 그렇다면, 덤블도어는 엄청나게 많은 것을 운에 맡겨 놓은 셈이었다. 그는 그 검을 가짜와 바꿔치기해 놓았다는 사실을 단 한 번도 드러내지 않았고, 바틸다와의 우정을 언급한 적도 없었다. 하지만 지금은 헤르미온느의 의견에 의문을 제기할 때가 아니었다. 지금 그녀는 해리가 그토록 바라던 것에 아주 놀랄 만큼 기꺼이 동의하고 있었다.

"그래, 그랬을 수도 있어! 그럼 고드릭 골짜기로 가는 거야?"

"응, 하지만 신중하게 생각해 봐야 해, 해리." 이제 그녀는 몸을 꼿꼿이 펴고 앉아 있었다. 해리는 그녀 역시 다시 계획이 생겼다는 생각에 자기만큼 기분이 나아졌다는 사실을 알 수 있었다. "일단은 투명 망토를 쓰고 같이 순간이동 하는 연습을 해야 할 거야. 보호색 마법도 괜찮은 방법일 테고. 아니면 아예 철저하게 폴리주스 마법약을 사용해야 할까? 그러려면 누군가의 머리카락을 모아야 해. 사실, 난 그러는 편이 좋을 것 같아. 위장은 철저할수록 좋으니까……."

해리는 그녀가 잠깐 말을 멈출 때마다 고개를 끄덕이고 맞장구를 치면서 그녀가 이야기를 이어 가도록 내버려 두었지만 마음은 다른 데 가 있었다. 그는 그린고츠에 보관된 검이 가짜라는 사실을 알아낸 이후 처음으로 흥분을 느꼈다.

조금만 있으면 집으로 돌아간다. 그가 가족과 함께 살았던 그곳으로. 볼드모트만 아니었다면 그는 고드릭 골짜기의 집에서 어린 시절을 보내고 방학 때마다 그곳에서 지냈을 것이다. 친구들을 집에 초대할 수도 있었을 것이다……. 심지어 남동생이나 여동생이 있었을지도 모른다……. 그의 어머니가 그의 열일곱 번째 생일 케이크를 만들어 주었을 것이다. 그가 삶을 빼앗긴 현장을 곧 보게 될 거라는 사실을 알게 된 이 순간만큼 그 빼앗긴 삶이 실감 나게 느껴진 적은 없었다. 그날 밤 헤르미온느가 잠자리에 들고 나자 해리는 조용히 그녀의 구슬가방에서 자신의 배낭을 끄집어내 그 안에서 해그리드가 아주 오래전에 준 앨범을 꺼냈다. 그는 몇 달 만에 처음으로 부모님의 옛 사진들을 들여다보았다. 그의 부모님은 사진 속에서 미소 지으며 그에게 손을 흔들고 있었다. 지금 그에게 남은 부모님의 흔적은 이 사진이 전부였다.

 해리는 내일이라도 당장 고드릭 골짜기로 떠나고 싶었지만 헤르미온느의 생각은 달랐다. 볼드모트라면 해리가 부모님이 돌아가신 장소로 돌아올 것을 예상하고 있을 게 틀림없다고 확신한 헤르미온느는 최대한 완벽하게 위장한 뒤에야 출발할 작정이었다. 그러므로 헤르미온느가 출발하는 데 찬성한 것은 1주일이 꼬박 지나고 나서, 그러니까 아무것도 모른 채 크리스마스 쇼핑을 하던 머글들에게서 몰래 머리카락을 얻고 해리와 함께 투명 망토를 쓴 채 순간이동 하는 연습을 마친 뒤였다.

 그들은 어둠을 틈타 마을로 순간이동을 할 생각이었기 때문에 늦은 오후가 되어서야 폴리주스 마법약을 마셨다. 해리는 머리가 벗어져 가는 중년 머글 남자로 변신했고, 헤르미온느는 키가 작고 소심해 보이는 그의 아내로 변했다. (해리가 목에 건 호크룩스를 제외한) 모든 소지품이 담긴 구슬가방은 단추를 잠근 헤르미온느의 코트 안주머니에 들어 있었다. 해리가 두 사람의 머리 위로 투명 망토를 뒤집어씌우자 그들은 다시 한 번 숨 막히는 어둠 속으로 빨려 들어갔다.

 해리는 쿵쿵거리는 심장이 목구멍까지 올라온 것 같은 기분을 느끼며 눈을 떴다. 두 사람은 그 밤의 첫 별들이 희미하게 깜빡거리는 검푸른 하늘 아래 눈 쌓인 길에서 손을 잡고 서 있었다. 좁은 길 양옆에 늘어선 집 창문마다 크리스마스 장식이 반짝였다. 그들 앞으로 조금 떨어진 곳에서 황금색 가로등 불빛이 마을 중심부를 비춰 주고 있었다.

"온통 눈이야!" 헤르미온느가 투명 망토를 뒤집어쓴 채 속삭였다. "왜 눈 생각을 못 했지? 온갖 것에 그렇게 주의를 기울였는데, 발자국이 남을 거 아냐! 지워야 해. 네가 앞장서. 내가 지울게."

아무리 마법으로 자취를 지우고 몸을 숨겨야 한다지만 헤르미온느와 등을 맞대고 연극에서 말 가죽 의상을 뒤집어쓴 사람들처럼 어기적어기적 마을에 들어가고 싶지는 않았다.

"투명 망토를 벗자." 해리가 말하자 헤르미온느는 겁에 질린 표정을 지었다. "어서. 우린 지금 우리 모습도 아니고 주위엔 아무도 없잖아."

그는 재킷 속에 투명 망토를 집어넣고 헤르미온느와 함께 거침없이 앞으로 나아갔다. 더 많은 집을 지나는 동안 얼음장 같은 공기가 얼굴을 찌르는 듯했다. 그 집들 중 한 곳이 한때 제임스와 릴리가 살았던 곳일 수도, 혹은 지금 바틸다 백숏이 살고 있는 곳일 수도 있었다. 해리는 현관문들과 눈이 두껍게 쌓여 있는 지붕들, 그리고 발코니들을 바라보며 뭔가 기억나는 게 있는지 생각해 보았다. 겨우 한 살이었을 때 이곳을 영영 떠났기에 뭔가를 기억하는 일이 불가능하다는 것을 마음속 깊은 곳에서는 알고 있었는데도 그랬다. 피델리우스 마법으로 집을 지켜 주던 사람들이 죽고 나면 그 집에 어떤 일이 일어나는지 몰랐기 때문에 그 집이 눈에 보일지조차 확신할 수 없었다. 그때, 그들이 걷고 있던 좁은 길이 왼쪽으로 꺾이면서 마을 중심부인 작은 광장이 모습을 드러냈다.

색색의 조명이 사방에 걸려 있는 광장 한가운데에는 전쟁 기념비처럼 보이는 무언가가, 세찬 바람을 맞고 있는 크리스마스트리에 약간 가려진 채 서 있었다. 가게 몇 곳과 우체국, 술집이 있었고, 광장 건너편에서는 작은 교회의 스테인드글라스 창문이 보석처럼 밝게 빛나고 있었다.

이곳의 눈은 단단하게 다져져 있었다. 사람들이 온종일 밟고 다닌 자리는 딱딱하고 미끄러웠다. 해리와 헤르미온느의 눈앞에서 오고 가는 마을 사람들의 모습이 가로등 불빛에 잠깐잠깐 비쳤다. 술집 문이 열릴 때마다 웃음소리와 노랫소리가 순간적으로 흘러나왔다. 잠시 후 작은 교회 안에서 캐럴이 시작되었다.

"해리, 크리스마스이브인가 봐!" 헤르미온느가 말했다.

"그래?"

그는 날짜 감각을 잃은 뒤였다. 그들은 몇 주째 신문을 보지 못했다.

"확실해." 헤르미온느가 교회에 시선을 고정한 채 말했다. "저기…… 저 안에 계시지 않을까? 너희 엄마 아빠 말이야. 뒤쪽에 묘지가 보여."

해리는 흥분을 넘어 두려움에 가까운 어떤 전율을 느꼈다. 이렇게 가까이 오자 부모님의 무덤을 정말 보고 싶은 건지도 의심스러워졌다. 헤르미온느도 그의 기분을 알아차린 듯 손을 내밀어 그의 손을 잡고 처음으로 앞장서서 그를 이끌었다. 하지만 광장을 반쯤 가로질렀을 때 그녀는 우뚝 멈춰 섰다.

"해리, 봐 봐!"

그녀는 전쟁 기념비를 가리키고 있었다. 그들이 그 앞을 지나가는 순간 기념비의 모양이 바뀌었던 것이다. 그곳에는 이름들로 뒤덮인 돌기둥 대신 세 사람의 조각상이 있었다. 헝클어진 머리카락을 하고 안경을 쓴 남자와 긴 머리에 상냥한 얼굴을 한 예쁜 여자, 그리고 어머니의 품에 안겨 있는 아기였다. 보송보송한 하얀 모자처럼 그들의 머리 위로 눈이 소복이 내려앉았다.

해리는 더 가까이 다가가 부모님의 얼굴을 올려다보았다. 조각상이 있을 거라고는 상상도 못 했다……. 이마에 흉터가 없는 행복한 아기의 모습으로 돌 위에 형상화된 그 자신을 본다는 게 얼마나 이상한 일인지…….

"가자." 원 없이 보고 난 뒤 해리가 말했다. 그들은 다시 교회 쪽으로 발걸음을 돌렸다. 해리는 길을 건너면서 어깨 너머를 힐끔 돌아보았다. 조각상은 다시 전쟁 기념비로 바뀌어 있었다.

교회에 다가갈수록 노랫소리가 커졌다. 해리는 목이 메었다. 호그와트, 갑옷 안에서 큰 소리로 막돼먹은 캐럴을 부르던 피브스, 대연회장을 장식한 열두 그루의 크리스마스트리, 크리스마스 크래커에서 나온 보닛을 쓴 덤블도어, 손으로 뜬 스웨터를 입고 있는 론이 떠올랐다…….

묘지로 들어가는 입구에는 좁은 문이 있었다. 헤르미온느가 되도록 소리가 나지 않게 조심조심 문을 열자 그들은 슬며시 안으로 들어갔다. 교회 문으로 향하는 미끄러운 길 양쪽에는 발길이 닿지 않은 눈이 수북이 쌓여 있었다. 그들은 밝은 창문 아래 드리워진 그림자에서 벗어나지 않고 건물을 빙 돌아갔다. 그들이 눈을 헤치고 지나간 자리에 깊은 도랑이 생겼다.

교회 뒤쪽에 줄을 지어 삐죽삐죽 솟아 있는 눈 덮인 묘비들이 마치 푸르스름한 담요를 덮고 있는 듯했다. 그 푸른 담요는 스테인드글라스를 통과한 빛이 닿는 자리마다 빨간색과 황금색과 녹색으로 현란하게 물들었다. 해리는 재킷 주머니에 손을 넣어 마법 지팡이를 꽉 움켜쥐고 가장 가까운 무덤으로 향했다.

"이것 봐, 애벗이야. 해녀의 친척 중 오래전에 돌아가신 분일지도 몰라!"

"목소리 낮춰." 헤르미온느가 애원하듯 말했다.

두 사람은 등 뒤의 눈밭에 어두운 발자국을 남기면서 묘지 더 깊숙한 곳으로 걸어 들어갔다. 허리를 구부려 오래된 묘비에 적힌 글자들을 읽거나, 이따금 눈을 가늘게 뜨고 주위의 어둠을 들여다보며 따라오는 사람이 없는지 철저하게 확인하기도 했다.

"해리, 여기야!"

헤르미온느는 두 줄 떨어진 곳에 있었다. 해리는 심장이 가슴속에서 거세게 요동치는 것을 느끼며 그녀를 향해 길을 헤치고 갔다.

"그게……?"

"아니. 그건 아닌데, 봐!"

그녀는 어두운 빛깔의 돌을 가리켰다. 해리는 허리를 숙이고 이끼 얼룩이 진 얼어붙은 화강암에 새겨진 글자들을 보았다. '켄드라 덤블도어.' 그녀의 출생일과 사망일 밑에 '그리고 그녀의 딸 아리아나'라는 문구와 더불어 비문도 새겨져 있었다.

**그대의 보물이 있는 곳에
그대의 마음도 머물리라.**

그러니까 리타 스키터와 뮤리엘도 몇 가지 사실은 정확히 알고 있었던 셈이다. 덤블도어 가족은 정말 이곳에 살았고, 그중 몇 명은 이곳에서 죽었다.

그 무덤을 직접 보고 있으려니 이야기로만 들었을 때보다 더 기분이 안 좋았다. 해리는 그와 덤블도어 모두 이 묘지에 깊은 뿌리를 두고 있으며, 덤블도어가 그 사실을 이야기해 주었어야 한다는 생각을 떨칠 수가 없었다. 하지만 덤블도어는 결코 해리와 그런 연관성을 공유해야겠다는 생각을 하지 않았다. 그와 함께 이곳을 방문할 수 있었는데도 그랬다. 해리는 덤블도어와 함께 이곳에 왔다면 어떤 연대감이 생겼을지, 그런 일이 자신에게 얼마나 큰 의미가 되었을지 잠시 상상해 보았다. 하지만 덤블도어에게는 해리와 그의 가족이 같은 묘지에 나란히 누워 있다는 사실이 그리 대수롭지 않은 우연이자, 아마도 해리가 해 주길 바랐던 임무와는 아무 상관 없는 일이었던 듯했다.

헤르미온느가 해리를 바라보고 있었다. 해리는 얼굴이 어둠 속에 감추어져 있어서 다행이라고 생각했다. 그는 묘비의 글을 다시 읽어 보았다. '그대의 보물이 있는 곳에 그대의 마음도 머물리라.' 그는 그 말이 뜻하는 바가 무엇인지 도무지 알 수 없었다. 물론, 이 문구는 어머니가 돌아가신 뒤 가장이 된 덤블도어가 직접 선택했을 것이다.

헤르미온느가 운을 뗐다. "이 얘기 하신 적 없는 거 확실……?"

"응." 해리는 그녀의 말을 자른 뒤 "계속 찾아보자"라고 말하며 고개를 돌렸다. 묘비를 보지 않는 편이 더 나았을 것이다. 잔뜩 들

떠 있었던 마음이 분노로 얼룩지는 건 바라지 않았다.

"여기야!" 잠시 후 헤르미온느가 다시 어둠 속에서 소리쳤다. "아, 아니네. 미안! 포터라고 적힌 줄 알았어."

그녀는 찌푸린 얼굴로 이끼가 낀 채 무너져 가는 묘비를 내려다보며 손으로 문지르고 있었다.

"해리, 잠깐 다시 와 봐."

또다시 다른 일에 관심을 쏟고 싶지 않았던 그는 탐탁지 않은 마음으로 눈을 헤치며 그녀에게 다가갔다.

"왜?"

"이것 봐!"

그 무덤은 아주 오래된 데다 손상이 심해서 이름을 거의 알아볼 수 없었다. 헤르미온느가 이름 아래쪽에 새겨진 기호를 가리켜 보였다.

"해리, 책에 있던 그 상징이야!"

그는 그녀가 가리킨 곳을 유심히 바라보았다. 묘비가 심하게 닳아서 무엇이 새겨져 있는지 알아보기는 힘들었지만, 읽을 수 없는 이름 아래 어떤 삼각형 기호가 그려져 있는 것 같았다.

"그러게…… 그럴 수도 있겠는데……."

헤르미온느가 지팡이에 불을 켜고 묘비의 이름을 비췄다.

"이그…… 이그노투스라고 적힌 것 같아……."

"나는 우리 부모님을 계속 찾아볼게. 알았지?" 해리는 약간 날이 선 목소리로 말한 뒤, 오래된 무덤 옆에 웅크리고 있는 헤르미온느를 놔둔 채 다시 무덤을 찾아 나섰다.

'애벗'처럼 호그와트에서 만난 사람들의 성씨가 이따금 보였다. 때때로 같은 마법사 집안 사람들 이름이 몇 대에 걸쳐 보이기도 했다. 해리는 묘비에 적힌 날짜를 통해 그 집안 사람들이 모두 죽어서 대가 끊겼는지, 아니면 지금까지 살아남은 후손들이 고드릭 골짜기에서 이주해 나간 것인지를 알 수 있었다. 그는 무덤들 사이로 점점 더 깊이 들어갔고, 새로운 묘비에 다다를 때마다 불안과 기대감으로 가슴이 울렁거리는 것을 느꼈다.

갑자기 어둠과 침묵이 훨씬 깊어지는 듯했다. 해리는 혹시 디멘터들이 있는 건 아닌지 걱정스럽게 주위를 둘러보다가 곧 캐럴이 끝나고 교회에서 나온 사람들이 광장으로 돌아가면서 내던 말소리와 시끌벅적한 소음 또한 잦아들었다는 사실을 깨달았다. 교회 안에서 누군가가 방금 불을 껐다.

그때, 어둠 속 몇 미터 떨어진 곳에서 헤르미온느의 날카롭고 또렷한 목소리가 세 번째로 들려왔다.

"해리, 여기 계셔…… 바로 여기."

그 목소리를 듣자 해리는 헤르미온느가 이번엔 그의 어머니와 아버지를 발견했다는 사실을 알 수 있었다. 그는 어떤 묵직한 것이 가슴을 짓누르는 기분을 느끼며 그녀에게 다가갔다. 그것은 덤블도어가 죽은 직후에 느꼈던 것과 같은, 실제로 그의 심장과 폐를 짓누르는 슬픔이었다.

그 묘비는 켄드라와 아리아나의 묘비에서 겨우 두 줄 뒤에 있었다. 덤블도어의 무덤처럼 하얀 대리석으로 만들어져 어둠 속에서 빛나는 듯했기에 글자를 읽기가 쉬웠다. 묘비에 새겨진 글자들을 읽기 위해 무릎을 꿇거나 아주 가까이 다가갈 필요도 없었다.

### 제임스 포터
#### *1960년 3월 27일~1981년 10월 31일*

### 릴리 포터
#### *1960년 1월 30일~1981년 10월 31일*

**무너뜨려야 할 마지막 적은 죽음일지니.**

해리는 거기에 담긴 뜻을 이해할 기회가 한 번뿐인 것처럼 천천히 그 글자들을 읽었다. 특히 마지막 문구는 소리 내어 읽었다.

"'무너뜨려야 할 마지막 적은 죽음일지니'……." 끔찍한 생각이 떠오르고 두려움이 밀려왔다. "이건 죽음을 먹는 자들 생각 아니야? 왜 여기에 써 있지?"

"죽음을 먹는 자들이 말하는 방식대로 죽음을 물리쳐야 한다는 뜻이 아니야, 해리." 헤르미온느가 부드러운 목소리로 말했다. "이건…… 죽음 너머의 삶을 의미하는 거야. 죽은 다음에도 살아간다는 거지."

하지만 우리 부모님은 살아 있지 않아, 하고 해리는 생각했다. 그분들은 영영 떠나갔다. 부모님의 썩어 가는 유해가 이 눈 덮인 돌 밑에 아무것도 모른 채 놓여 있다는 사실을 이런 공허한 말로 감출 수는 없었다. 미처 참을 새도 없이 뜨거운 눈물이 끓어오르듯 솟구치더니 그의 얼굴 위에서 곧바로 얼어붙었다. 눈물을 얼른 닦아 내거나 울지 않는 척해 봐야 무슨 의미가 있을까? 그는 눈물이 떨어지도록 내버려 두고 입술을 꽉 다문 채 두껍게 쌓인 눈을 내려다보았다. 이제 뼈나 먼지로 변해 버렸을 릴리와 제임스의 유해는 눈에 덮여 보이지 않았다. 그들은 자신들의 희생 덕분에 아들이 지금껏 살아서 두근거리는 심장을 안고 이토록 가까이 와 있으며, 지금 이 순간 두 사람과 함께 눈 밑에 잠들고 싶은 마음으로 서 있다는 사실도 모른 채, 그 사실은 전혀 아랑곳없이 그곳에 누워 있었다.

헤르미온느가 다시 그의 손을 잡더니 꼭 쥐었다. 해리는 그녀를 쳐다볼 수 없었지만 맞잡은 손에 힘을 주면서, 마음을 가라앉히고 자제력을 되찾기 위해 밤공기를 여러 번 깊숙이 들이마셨다. 부모님에게 드릴 뭔가를 가져왔어야 했는데 생각을 못 했다. 묘지의 식물들은 모두 잎사귀가 떨어진 채 꽁꽁 얼어붙어 있었다. 그때 헤르미온느가 마법 지팡이로 허공에 원을 그리자 크리스마스 장미 화환이 그들 앞에 피어났다. 해리는 화환을 잡아서 부모님의 무덤 위에 올려놓았다.

 해리는 몸을 일으키자마자 떠나고 싶어졌다. 이곳에서는 한순간도 더 버틸 수 없을 것 같았다. 그는 헤르미온느의 어깨에 팔을 둘렀고 그녀도 한 팔로 해리의 허리를 감쌌다. 그들은 조용히 몸을 돌려, 덤블도어의 어머니와 여동생을 지나 어두워진 교회와 눈에 보이지 않는 좁은 문을 향해 눈밭을 헤치며 걸어갔다.

# 17장
# 바틸다의 비밀

"해리, 잠깐만."

"왜 그래?"

이름 모를 애벗의 무덤 앞에 막 도착했을 때였다.

"저기 누가 있어. 우리를 보고 있어. 확실해. 저기, 덤불 너머에서."

그들은 서로를 붙든 채 가만히 서서 묘지 끄트머리의 짙은 어둠 속을 바라보았다. 해리의 눈에는 아무것도 보이지 않았다.

"확실해?"

"뭔가가 움직이는 걸 봤어. 맹세할 수 있어……."

그녀는 마법 지팡이를 쥔 손을 움직일 수 있도록 해리에게서 떨어졌다.

"우리는 머글 모습이야." 해리가 지적했다.

"방금 너희 부모님 무덤에 꽃을 놓아둔 머글이지! 해리, 저기 분명 누가 있어!"

해리는 《마법의 역사》를 떠올렸다. 이 묘지에서는 유령이 나온다고 했다. 혹시……? 그때 그의 귀에 부스럭거리는 소리가 들렸다. 헤르미온느가 가리킨 덤불 속에서 눈이 살짝 휘날리는 것이 보였다. 유령들은 눈이 휘날리게 할 수 없다.

"고양이야." 잠시 후 해리가 말했다. "아니면 새거나. 죽음을 먹는 자였다면 우린 지금쯤 벌써 죽었을걸? 나가자. 투명 망토도 다시 쓰고."

그들은 묘지를 나가면서 끊임없이 뒤를 힐끔거렸다. 헤르미온느를 안심시키느라 자신감 넘치는 척했지만 실제로는 그렇지 못했던 해리는 문을 지나 미끄러운 인도에 이르러서야 겨우 마음을 놓았다. 그들은 다시 투명 망토를 뒤집어썼다. 술집에는 조금 전보다 더 많은 사람이 들어차 있었다. 술집 안에서 수많은 목소리들이 해리와 헤르미온느가 교회로 향할 때 들었던 캐럴을 불렀다. 해리는 잠깐 저 안에 들어가서 쉬자고 해 볼까 생각했지만, 무슨 말을 건넬 겨를도 없이 헤르미온느가 속삭였다. "이쪽으로 가자." 그러더니 그녀는 들어온 길과 반대 방향에 있는, 마을 밖으로 나가는 어두운 거리로 해리를 끌어당겼다. 해리의 눈에 늘어선 집들이 끝나고 길이 꺾이며 탁 트이는 지점이 보였다. 그들은 최대한 빠르게 걸으며, 알록달록한 조명으로 반짝거리는 창문들과 커튼 너머로 어두운 윤곽만 보이는 크리스마스트리들을 더 지났다.

"바틸다의 집은 어떻게 찾지?" 헤르미온느가 물었다. 그녀는 약간 떨면서 계속 어깨 너머를 힐끔거렸다. "해리? 어떻게 생각해? 해리?"

그녀가 그의 팔을 잡아당겼지만 해리는 관심을 기울이지 않았다. 그는 줄지어 선 집들 맨 끝에 있는 어두운 형체를 바라보고 있었다. 다음 순간 그는 헤르미온느를 잡아끌며 속도를 올렸다. 그녀가 얼음 위에서 살짝 미끄러졌다.

"해리……."

"봐…… 저걸 봐, 헤르미온느……."

"난 잘…… 아!"

그는 그것을 볼 수 있었다. 피델리우스 마법은 제임스와 릴리가 죽으면서 함께 소멸된 게 틀림없었다. 16년 전, 지금은 허리 높이까지 자란 수풀 사이의 저 폐허에서 해그리드가 해리를 구한 이후 산울타리가 무성하게 자라 있었다. 어두운 담쟁이덩굴과 눈으로 완전히 덮여 있긴 했지만 집은 여전히 대부분 온전했다. 다만 맨 위층 오른쪽 부분은 부서져서 떨어져 나가 있었다. 해리는 바로 그곳이 저주가 튕겨 나간 부분이라고 확신했다. 그와 헤르미온느는 대문 앞에 서서 한때는 틀림없이 양옆에 있는 것과 똑같은 모습의 집이었을 폐허를 올려다보았다.

"왜 아무도 다시 짓지 않았을까?" 헤르미온느가 속삭였다.

"다시 지을 수 없는 게 아닐까?" 해리가 대답했다. "어둠의 마법 때문에 생긴 부상처럼 복구할 수 없는 걸지도 몰라."

그는 투명 망토 아래로 한 손을 내밀어 눈으로 뒤덮인 잔뜩 녹이 슨 대문을 움켜쥐었다. 열려고 그랬다기보다 그저 집의 일부를 만져 보고 싶었다.

"들어가진 않을 거지? 안전하지 않을 것 같아. 어쩌면…… 아, 해리, 저것 봐!"

그가 대문을 만져서 일어난 일인 듯했다. 얽힌 쐐기풀과 잡초를 뚫고 빠르게 자라는 괴상한 꽃처럼, 눈앞의 땅에서 팻말이 솟아올랐다. 나무로 된 팻말에는 황금색 글자로 다음과 같이 적혀 있었다.

> 1981년 10월 31일 밤, 릴리와 제임스 포터가 이 자리에서 목숨을 잃었다. 그들의 아들 해리는 지금껏 살해 저주에서 살아남은 유일한 마법사다. 머글들에게는 보이지 않는 이 집은 포터 가족을 기념하고, 그들을 파괴한 폭력을 되새기고자 부서진 모습 그대로 보존되었다.

단정하게 적힌 이 글 주위에는 살아남은 아이가 탈출한 장소를 보러 온 마법사들이 덧붙인 낙서가 가득했다. 영구 보존 잉크로 서명만 해 놓은 사람들도 있었고, 나무에 이름 머리글자를 새겨 놓은 사람도 있었으며, 메시지를 남긴 사람들도 있었다. 16년 치의 마법 낙서 위에서 밝게 빛나는 최근의 메시지들은 모두 비슷한 이야기를 하고 있었다.

*어디에 있든 행운을 빌어, 해리.*

*해리, 이 글을 읽는다면 우리 모두 네 편이라는 걸 알아줬으면 해!*

*해리 포터 만세.*

"팻말에 낙서를 하면 안 되지!" 헤르미온느가 화를 내며 말했다. 하지만 해리는 그녀를 보며 활짝 웃었다.

"끝내주는데. 이런 글을 써 주다니 기쁜걸. 난……."

그는 말을 멈췄다. 옷을 두껍게 입은 어떤 사람이 다리를 절뚝이며 길을 따라 다가오고 있었다. 저 멀리 광장의 밝은 빛에 그 사람의 윤곽이 드러났다. 확신하기는 어려웠지만 해리가 보기에 여자인 것 같았다. 그녀는 눈이 쌓인 땅에서 미끄러질까 봐 겁이 나는지 천천히 걸어오고 있었다. 굽은 허리와 통통한 몸집, 발을 질질 끄는 걸음걸이를 보아하니 나이가 꽤 많은 사람인 것 같았다.

그들은 그녀가 다가오는 모습을 조용히 지켜보았다. 해리는 그녀가 어느 집 앞에서 방향을 트는지 보려고 기다리면서도, 본능적으로 그녀가 그러지 않으리라는 것을 알았다. 마침내 그녀는 그들에게서 몇 미터 떨어진 얼어붙은 길 한가운데 그들을 마주 보고 섰다.

헤르미온느가 굳이 팔을 꼬집을 필요도 없었다. 저 사람이 머글일 가능성은 거의 없었다. 그녀는 마법사가 아니라면 결코 보지 못할 집을 뚫어지게 바라보며 서 있었다. 하지만 그녀가 정말 마법사라 하더라도, 그저 오래된 폐허를 보기 위해 이렇게 추운 밤중에 밖으로 나오는 건 정말 이상한 행동이라 하지 않을 수 없었다. 게다가 일반적인 마법 원리에 따르면 그녀는 헤르미온느와 그를 전혀 볼 수 없어야 했다. 하지만 해리는 그녀가 두 사람이 이곳에 있다는 사실뿐만 아니라 그들의 정체까지도 알고 있는 것 같은 아주 이상한 기분이 들었다. 그가 이런 불편한 결론에 이른 순간, 여자가 장갑 낀 손을 들어 손짓했다.

투명 망토 밑에서 헤르미온느가 서로의 팔이 착 달라붙을 정도로 그에게 바짝 다가왔다.

"어떻게 아는 거지?"

해리는 고개를 저었다. 여자는 더욱 격하게 다시 손짓했다. 해리는 저 부름에 따르지 말아야 할 수많은 이유가 떠올랐지만, 인적 없는 거리에서 서로를 마주 보고 서 있는 지금 그녀의 정체에 대한 의구심은 점점 커져만 갔다.

 그녀가 이 기나긴 몇 달 동안 그들을 기다리고 있었던 건 아닐까? 덤블도어가 그녀에게 해리가 결국 찾아올 테니 기다리라고 말한 건 아니었을까? 묘지의 어둠 속에서 서성거리다가 여기까지 그들을 따라온 사람도 바로 그녀일 것 같지 않은가? 그들을 알아보는 그녀의 능력도 해리가 전에는 한 번도 경험해 보지 못한, 덤블도어나 쓸 수 있는 힘인 것 같았다.

 마침내 해리가 입을 열자 헤르미온느는 헉하고 숨을 들이켜며 화들짝 놀랐다.

 "당신이 바틸다인가요?"

 옷을 겹겹이 입은 그 사람이 고개를 끄덕이더니 다시 손짓했다.

 해리와 헤르미온느는 투명 망토 아래에서 서로를 바라보았다. 해리가 눈썹을 치켜올리자 헤르미온느는 긴장한 듯 고개를 살며시 끄덕였다.

 그들이 여자를 향해 발걸음을 옮기자, 그녀는 즉시 돌아서서 다리를 절뚝이며 왔던 길을 되짚어 갔다. 그녀는 앞장서서 집 몇 채를 지나치더니 어느 집 대문 안으로 들어갔다. 두 사람은 그녀의 뒤를 따라, 방금 그들이 떠나온 곳만큼이나 풀이 무성하게 우거진 정원을 가로질렀다. 그녀는 현관문 앞에서 잠시 더듬더듬 열쇠를 찾더니 문을 열고 뒤로 물러나 그들을 들여보내 주었다.

그녀에게서 고약한 냄새가 났다. 아니, 어쩌면 그녀의 집에서 나는 냄새인지도 몰랐다. 해리는 옆걸음으로 그녀를 지나쳐 투명 망토를 벗으면서 코를 찡그렸다. 옆에 서 보니 그녀가 얼마나 작은지 알 수 있었다. 나이를 먹고 몸이 구부정해진 탓에 그녀의 키는 겨우 해리의 가슴 높이에 닿을 정도였다. 그녀가 문을 닫고 들어왔다. 벗겨져 가는 페인트칠에 대비되어 그녀의 손마디가 푸르스름하고 얼룩덜룩하게 보였다. 그녀는 돌아서서 해리의 얼굴을 들여다보았다. 백내장으로 탁해진 눈은 얇은 피부 주름 속으로 푹 꺼져 있었고, 얼굴은 온통 불거진 실핏줄과 검버섯으로 뒤덮여 있었다. 해리는 그녀가 자신을 알아볼 수 있기는 한지 궁금했다. 알아본다 한들 그녀에게 보이는 건 그가 신분을 훔친, 머리 벗어진 머글뿐이었다.

그녀가 좀먹은 검은색 숄을 풀어 두피가 훤히 보이는 듬성듬성한 백발을 드러내자 노쇠한 몸, 먼지, 빨지 않은 옷, 상한 음식물에서 비롯된 악취가 더 강해졌다.

"바틸다?" 해리가 또 한 번 반복했다.

그녀가 다시 고개를 끄덕였다. 해리는 피부에 닿은 로켓의 존재를 깨달았다. 그 안에서 가끔씩 달각거리거나 두근거리던 존재가 깨어났다. 차가운 황금 로켓 속에서 그것이 팔딱이는 게 느껴졌다. 자신을 파괴할 존재가 근처에 있는 걸 아는 걸까? 그것을 느낄 수 있는 걸까?

바틸다는 헤르미온느를 아예 못 본 것처럼 한쪽으로 밀치며 발을 질질 끌고 그들을 지나쳐 가더니 거실처럼 보이는 곳으로 사라졌다.

"해리, 난 잘 모르겠어." 헤르미온느가 숨죽여 말했다.

"저렇게 몸집이 작은데 뭘. 혹시 무슨 일이 생기더라도 우리가 힘으로 제압할 수 있을 거야." 해리가 말했다. "잘 들어. 너한테 미리 말했어야 하는데, 난 저 사람이 제정신이 아니라는 걸 알고 있었어. 뮤리엘 할머니가 저 사람더러 '노망'났다고 했거든."

"이리 오너라!" 바틸다가 옆방에서 소리쳤다.

헤르미온느가 소스라치게 놀라며 해리의 팔을 잡았다.

"괜찮아." 해리는 안심시키듯 말하고 앞장서서 거실로 들어갔다.

바틸다는 비틀비틀 돌아다니며 양초에 불을 붙이고 있었다. 그런데도 거실은 굉장히 어두웠다. 엄청나게 더러운 것은 말할 필요도 없었다. 두껍게 쌓인 먼지가 발밑에서 버석거렸고, 눅눅한 곰팡이 냄새가 나는가 싶더니 그보다 더 고약한 고기 썩는 냄새가 해리의 코를 찔렀다. 누군가가 바틸다의 집에 들러 그녀의 안부를 확인해 본 게 언제일지 문득 궁금해졌다. 그녀는 자신이 마법을 쓸 줄 안다는 사실조차 잊은 듯 손으로 서툴게 양초를 켰다. 축 늘어진 레이스 소매에 금방이라도 불이 붙을 것만 같았다.

"제가 할게요." 해리가 말했다. 그는 그녀에게서 성냥을 받아 들었다. 그녀가 지켜보는 가운데 해리는 방 이곳저곳에 놓여 있는 촛대 받침 위 양초 토막들에 불을 붙였다. 촛대 받침들은 곰팡이가 슬고 금이 간 컵들과 책이 잔뜩 쌓인 보조 탁자들 위에 아슬아슬하게 놓여 있었다.

마지막으로 불을 붙인 초가 놓여 있는 곳은 앞부분이 활처럼 둥글게 튀어나온 서랍장으로, 그 위에는 수많은 사진이 세워져 있었다. 불꽃이 일렁이며 피어오르자 먼지로 뒤덮인 은제 액자와 유리에 불꽃이 반사되어 너울거렸다. 해리는 그 사진들에서 작디작은 움직임을 포착했다. 바틸다가 서툰 손놀림으로 장작을 뒤적이는 사이 해리는 "테르지오"라고 중얼거렸다. 사진들에서 먼지가 싹 사라지면서, 가장 크고 화려하게 세공된 액자 중 대여섯 개가 비어 있는 것이 보였다. 바틸다 다른 누군가가 그 사진들을 치워 버린 걸까 궁금증이 든 순간, 뒤쪽에 있는 사진 하나가 그의 눈길을 사로잡았다. 해리는 그 사진을 집어 들었다.

은제 액자 속에서 한가로이 미소 지으며 해리를 올려다보는 사람은 즐거운 표정을 짓고 있는 금발의 도둑, 즉 그레고로비치의 집 창턱에 걸터앉아 있던 바로 그 청년이었다. 해리는 이 청년을 어디에서 봤는지 즉시 떠올렸다. 《알버스 덤블도어의 삶과 사기들》에서 그는 10대 시절의 덤블도어와 어깨동무를 하고 있었다.

사라진 사진들은 모두 리타 스키터의 책에 실린 게 틀림없었다.

"백숏 할머…… 아니, 선생님?" 그의 목소리가 조금씩 떨렸다. "이 사람은 누구예요?"

바틸다는 방 한가운데에 서서 헤르미온느가 자기 대신 불을 켜는 모습을 지켜보고 있었다.

"백숏 선생님?" 해리가 되풀이했다. 그는 두 손으로 사진을 들고 앞으로 나섰다. 그때 벽난로에서 불길이 확 치솟았다. 바틸다는 그의 목소리를 듣고 고개를 들었다. 해리의 가슴에 닿은 호크룩스가 더욱 빠르게 고동쳤다.

"이 사람은 누구죠?" 해리가 사진을 내밀며 물었다.

그녀는 진지하게 사진을 들여다보더니 눈을 들어 해리를 바라보았다.

"이게 누군지 아세요?" 그는 평소보다 훨씬 크고 느린 목소리로 되풀이했다. "이 남자요. 누군지 아세요? 이름이 뭐예요?"

바틸다는 멍한 표정만 지을 뿐이었다. 해리는 끔찍할 만큼 답답해졌다. 리타 스키터는 대체 어떻게 바틸다의 기억을 연 걸까?

"이 남자 누구예요?" 그가 큰 소리로 되풀이했다.

"해리, 뭐 하는 거야?" 헤르미온느가 물었다.

"이 사진 말이야, 헤르미온느. 이 사람이 그 도둑이야. 그리고 로비치한테서 뭔가를 훔쳐 간 도둑! 부탁이에요!" 그가 바틸다에게 말했다. "이게 누구예요?"

하지만 그녀는 그저 그를 바라보기만 했다.

"우리한테 왜 따라오라고 하셨어요, 백숏 할…… 아니, 선생님?" 헤르미온느도 목소리를 높여 물었다. "저희한테 말해 주고 싶으신 게 있나요?"

바틸다는 헤르미온느의 말을 전혀 못 들은 것처럼 발을 질질 끌며 해리에게 몇 발짝 더 다가왔다. 그녀가 머리를 살짝 젖혀 복도를 돌아보았다.

"저희가 가길 바라세요?" 그가 물었다.

그녀는 같은 동작을 반복했다. 이번에는 가장 먼저 해리를 가리키더니 그다음에는 자기 자신, 그다음에는 천장을 가리켰다.

"아, 알겠어요……. 헤르미온느, 같이 위층으로 올라가자는 것 같아."

"알았어." 헤르미온느가 말했다. "가자."

하지만 헤르미온느가 발걸음을 떼자 바틸다는 놀라울 정도로 힘차게 고개를 저으며 또 한 번 해리를 가리키고 그다음 자기 자신을 가리켰다.

"나만 같이 갔으면 좋겠다고 하시는데."

"왜?" 헤르미온느가 물었다. 촛불이 밝혀진 방에서 그녀의 목소리가 날카롭고 또렷하게 울려 퍼졌다. 그 시끄러운 소리에 나이

든 여자는 고개를 살짝 흔들었다.

"혹시 덤블도어 교수님이 그 검을 오직 나한테만 주라고 하신 게 아닐까?"

"정말 이분이 네가 누구인지 알아보는 거라고 생각해?"

"응." 해리가 그의 눈동자를 빤히 바라보는 부연 두 눈을 내려다보며 말했다. "그런 것 같아."

"뭐, 그럼 알겠어. 하지만 빨리 갔다 와, 해리."

"먼저 가세요." 해리가 바틸다에게 말했다.

그녀는 이해한 듯 발을 질질 끌며 그를 빙 돌아 문으로 향했다. 해리는 헤르미온느를 안심시키기 위해 미소를 머금고 그녀를 힐끗 돌아봤지만, 촛불이 밝혀진 누추한 방 한가운데서 팔로 자기 몸을 감싼 채 책꽂이 쪽을 보고 있는 그녀가 그의 미소를 보았는지는 확신할 수 없었다. 해리는 방에서 나가면서 헤르미온느와 바틸다의 눈을 피해 정체 모를 도둑의 사진이 끼워져 있는 은제 액자를 재킷 속에 집어넣었다.

계단은 가파르고 좁았다. 해리는 바틸다가 뒤로 넘어져 그를 덮칠까 봐, 반쯤은 그녀의 통통한 등을 손으로 받치고 싶은 마음이었다. 당장에라도 그런 일이 일어날 것 같았다. 조금씩 쌕쌕거리며 천천히 위층 층계참으로 올라간 그녀는 바로 오른쪽으로 돌아서 천장이 낮은 침실로 그를 이끌었다.

그곳은 칠흑처럼 어두웠고, 끔찍한 냄새를 풍겼다. 바틸다가 문을 닫기 전, 해리는 침대 밑으로 삐죽 튀어나온 요강을 발견했지만 그조차 곧 어둠에 삼켜졌다.

"루모스." 해리가 주문을 외우자 그의 마법 지팡이에 불이 붙었다. 그는 깜짝 놀랐다. 어둠 속에 잠겨 있던 그 몇 초 사이에 바틸다가 그에게 바짝 다가와 있었던 것이다. 해리는 그녀가 다가오는 소리도 듣지 못했다.

"네가 포터냐?" 그녀가 속삭이듯 물었다.

"네, 맞아요."

그녀가 엄숙하게 천천히 고개를 끄덕였다. 해리는 호크룩스가 그의 심장보다도 빠르게 고동치는 것을 느꼈다. 불쾌하고 불안한 느낌이었다.

"저한테 주실 게 있나요?" 해리가 물었지만, 그녀는 불이 켜진 지팡이 끝에 정신이 팔린 듯했다.

"저한테 주실 게 있나요?" 그가 다시 물었다.

그러자 그녀가 눈을 감았다. 몇 가지 일들이 동시에 일어났다. 해리의 흉터가 고통스럽게 욱신거렸다. 호크룩스가 꿈틀거리면서 그의 스웨터 앞자락이 실제로 움직였다. 어둡고 악취 나는 방이 갑자기 사라졌다. 그는 솟구치는 희열을 느끼며 높고 차가운 목소리로 말했다. 그 녀석을 잡아!

해리는 서 있던 자리에서 비틀거렸다. 고약한 냄새가 나는 어두운 방이 다시 주위를 에워싸는 듯했다. 그는 방금 무슨 일이 일어난 건지 알 수가 없었다.

"저한테 주실 게 있나요?" 그가 목소리를 높여 세 번째로 물었다.

"이쪽." 그녀가 구석을 가리키며 속삭였다. 마법 지팡이를 치켜든 해리는 커튼이 쳐진 창문 아래 잔뜩 어질러진 화장대의 윤곽을 보았다.

이번에는 그녀가 앞장서지 않았다. 해리는 마법 지팡이를 든 채 그녀와 정돈되지 않은 침대 사이를 살금살금 나아갔다. 그러면서도 그는 그녀에게서 눈을 떼고 싶지 않았다.

"뭔데요?" 화장대에 다다라서 해리가 물었다. 화장대에는 한눈에 보기에도 더럽고 냄새도 고약한 빨랫감 같은 것들이 높이 쌓여 있었다.

"거기." 그녀가 아무렇게나 쌓여 있는 무더기를 가리키며 말했다.

해리가 눈길을 돌려 루비가 박힌 칼자루를 찾아 뒤얽힌 난장판을 훑는 순간, 그녀가 이상한 몸짓을 보였다. 해리는 곁눈으로 그 모습을 포착했다. 당황한 그가 돌아섰을 때 나이 든 육체가 무너지더니 그녀의 목이 있던 자리에서 커다란 뱀이 튀어나왔다. 해리는 공포에 사로잡혔다.

해리가 지팡이를 치켜들자 뱀이 공격해 왔다. 팔뚝을 덥석 무는 뱀의 위력에 마법 지팡이가 빙글빙글 돌면서 천장 쪽으로 날아갔다. 지팡이 끝에 켜진 불빛이 어지럽게 방을 빙빙 돌더니 이내 꺼져 버렸다. 다음 순간 뱀 꼬리에 강하게 명치를 얻어맞은 탓에 해리는 잠시 숨을 쉴 수 없었다. 그는 뒤쪽 화장대에 쌓인 더러운 옷 더미 위로 날아갔다.

그는 옆으로 몸을 굴려 아슬아슬하게 뱀의 꼬리를 피했다. 뱀 꼬리는 방금 전까지만 해도 해리가 있던 화장대를 후려쳤다. 바닥에 쓰러진 해리 위로 화장대의 유리 파편이 비처럼 쏟아졌다. 아래층에서 헤르미온느가 부르는 소리가 들렸다. "해리?"

해리는 마주 소리칠 수 있을 만큼 숨을 충분히 들이쉴 수가 없었다. 다음 순간 해리는 묵직하고 매끄러운 덩어리가 그를 바닥에 내동댕이치고 몸 위로 미끄러져 올라오는 것을 느꼈다. 강력하고 억센…….

"안 돼!" 그는 바닥에 꼼짝없이 짓눌린 채 헐떡였다.

"좋아." 그 목소리가 속삭였다. "좋아아…… 잡았다…… 잡았어…….."

"*아씨오…… 아씨오 지팡이…….*"

하지만 아무 일도 일어나지 않았다. 뱀을 억지로 떼어 놓기 위해서라도 해리에게는 두 손이 필요했다. 뱀이 그의 상체를 휘감으며 숨통을 조여 왔다. 생명을 가진 것처럼 고동치는 호크룩스가 미쳐 날뛰는 심장과 겨우 몇 센티미터 떨어진 곳에서 동그란 얼음 조각처럼 그의 가슴을 파고들었다. 머릿속에서 차갑고 흰 빛이 흘러넘치면서 모든 생각이 사라졌다. 숨이 꺼져 갔다. 아득한 발소리, 모든 것이 사라지고…….

그의 가슴 밖에서 금속 심장이 쿵쾅댔다. 이제 그는 날아가고 있었다. 승리감으로 가득 찬 가슴을 안고, 빗자루나 세스트럴도 없이…….

해리는 악취가 진동하는 어둠 속에서 퍼뜩 눈을 떴다. 내기니가 그를 풀어 준 것이다. 그는 비틀거리며 일어났다. 층계참 불빛에 뱀의 모습이 드러났다. 놈이 공격하자 헤르미온느가 비명을 지르며 옆으로 몸을 날렸다. 커튼이 쳐진 창문이 그녀의 빗나간 저주에 맞아서 산산조각 났다. 얼어붙은 공기가 방을 가득 채웠다. 해리는 또 한 번 쏟아지는 유리 파편을 피해 허리를 숙였다. 그의 발이 무슨 연필 같은 것을 밟고 미끄러졌다. 그의 마법 지팡이였다.

그는 허리를 구부려 지팡이를 집어 들었다. 하지만 이제 뱀은 방 한가운데를 차지한 채 꼬리를 세차게 휘두르고 있었다. 헤르미온느의 모습은 어디에도 보이지 않았다. 한순간 해리는 최악의 상황을 떠올렸다. 하지만 그때 요란한 쾅 소리와 함께 붉은빛이 번쩍이더니 뱀이 공중에서 붕 날아와 해리의 얼굴을 강하게 후려쳤다. 묵직하게 똬리를 튼 뱀이 연달아 천장으로 솟구쳤다. 해리가 지팡이를 들어 올린 순간 흉터가 지난 몇 년 사이 그 어느 때보다도 더 고통스럽게 불타올랐다.

"오고 있어! 헤르미온느, 그자가 오고 있어!"

해리가 소리쳤다. 뱀이 사납게 식식대며 바닥에 떨어졌다. 주위는 온통 아수라장이었다. 뱀이 벽에 걸린 선반들을 박살 냈다. 해리가 침대 위로 뛰어올라 헤르미온느로 보이는 검은 형체를 붙잡는 순간, 깨진 도자기가 사방으로 날아갔다.

해리가 헤르미온느를 침대 너머로 잡아당기자 그녀는 아파서 비명을 질렀다. 뱀이 다시 몸을 일으켰다. 하지만 해리는 뱀보다 더 안 좋은 것이 다가오고 있다는 사실을, 어쩌면 이미 대문 앞에 와 있을 거라는 사실을 알고 있었다. 흉터의 고통으로 머리가 쪼개질 것만 같았다.

해리가 헤르미온느를 끌어당기면서 펄쩍 뛰어오르자 뱀이 달려들어 공격했다. 동시에 헤르미온느가 "컨프링고!"라고 소리쳤다. 그녀의 주문이 방 안을 날아다니며 옷장 거울을 날려 버리고 바닥에서 천장으로 튀더니 다시 그들을 향해 튕겨 나왔다. 해리는 그 열기에 손등이 화끈거리는 것을 느꼈다. 유리 파편이 뺨을 긋고 지나가는 순간 그는 헤르미온느를 붙들고 침대에서 부서진 화장대로 뛰어오른 뒤 깨진 창문 너머 아무것도 없는 곳으로 곧장 뛰어내렸다. 둘이 함께 공중에서 빙글빙글 돌아가는 동안 헤르미온느의 비명이 어둠 속에서 메아리쳤다…….

그때, 그의 흉터가 터졌다. 이제 그는 볼드모트가 되어 고약한 냄새가 나는 침실을 가로지르고 있었다. 그는 머리가 벗어진 남자와 조그만 여자가 빙글 돌아 사라지는 모습을 보면서 길고 새하얀 두 손으로 창턱을 움켜쥐고 있었다. 그가 분노의 고함을 내질렀다. 그 소리가 여자의 비명 소리와 뒤섞이더니 교회의 크리스마스 종소리를 누르고 어두운 정원 가득 울려 퍼졌다…….

그의 비명이 곧 해리의 비명이었고, 그의 고통이 곧 해리의 고통이었다……. 과거에 벌어졌던 그 일이 여기, 이곳에서 또 한 번 벌어질 수 있다니…… 하마터면 죽음이 무엇인지 알게 될 뻔했던 그 집이 뻔히 보이는 이곳에서…… 죽는다니……. 그 고통은 너무도 끔찍했다……. 몸에서 찢겨 나간다는 것……. 하지만 몸이 없다면 머리는 왜 이토록 지독하게 아픈 걸까? 이미 죽은 거라면, 어째서 이토록 견딜 수 없는 고통이 느껴지는 걸까? 고통은 죽음과 함께 멈추고 사라지는 것 아닌가…….

비가 내리고 바람이 불던 그날 밤, 호박 의상을 입은 두 아이가 광장을 아장아장 가로지르고, 가게 창문들은 종이 거미로 뒤덮여 있다. 자신들이 믿지도 않는 세상을 겉만 번지르르하게 표현하는 머글들의 장식물……. *그는 미끄러져 가고 있다.* 이러한 상황에서는 언제나 알고 있던 몸속 깊은 곳의 목표 의식과 힘과 확신을 느끼며……. 분노가 아니다……. 분노는 그보다 약한 영혼들을 위한 것이다……. 이건 승리다. 그래…… 그는 이 일을 기다려 왔다, 그것을 원했다…….

"의상 멋진데요, 아저씨!"

그는 망토 후드 아래로 드러난 얼굴이 보일 만큼 가까이 다가온 소년의 미소가 흔들리는 것을 보았다. 분장한 아이의 얼굴이 두려움으로 흐려졌다. 아이는 몸을 돌려 달아났다……. 그는 로브 아래로 마법 지팡이 손잡이를 만지작거렸다……. 단 한 번의 간단한 동작이면 저 아이는 다시는 엄마를 만나지 못할 것이다……. 하지만 그건 쓸모없는, 아주 불필요한 일이었다…….

그는 더 어두운 또 다른 거리를 따라 움직였다. 마침내 목적지가 눈에 들어왔다, 피델리우스 마법이 깨진 것을 저들은 아직 모르고 있다……. 그는 인도를 따라 굴러다니는 낙엽들보다 더 조용히 어두운 산울타리까지 다가가 그 너머를 바라보았다.

그들은 커튼을 쳐 놓지 않았다. 작은 거실에 있는 그들의 모습이 무척 또렷하게 보였다. 키가 크고 머리카락이 검은 안경 쓴 남자가 파란색 잠옷 차림의 조그만 검은 머리 아이를 즐겁게 해 주려고 마법 지팡이에서 알록달록한 연기를 펑펑 만들어 내고 있었다. 아이는 까르르 웃으면서 그 작은 손으로 연기를 움켜잡으려고 애썼다…….

문이 열리고 아이의 어머니가 들어와 뭐라고 말을 했지만 그에게는 들리지 않았다. 그녀의 길고 짙은 빨간색 머리카락이 얼굴 위로 흘러내렸다. 이제 아버지가 아들을 안아 올려 어머니에게 건넸다. 아이 아버지는 마법 지팡이를 소파에 던져 놓고 하품을 하며 기지개를 켰다……

그가 대문을 열자 살짝 삐걱거리는 소리가 났지만 제임스 포터는 듣지 못했다. 그의 하얀 손이 망토 밑에서 지팡이를 꺼내 문을 겨누자 문이 활짝 열렸다.

제임스가 복도로 달려 나왔을 때 그는 문턱을 넘어섰다. 쉬웠다, 너무 쉬웠다, 제임스 포터는 심지어 지팡이도 들고 있지 않았다…….

"릴리, 해리를 데리고 가! 그자야! 가! 도망쳐! 내가 막을 테니까……."

그를 막겠다니, 지팡이도 들고 있지 않으면서……! 그는 웃음을 터뜨리다가 저주를 걸었다…….

"아바다 케다브라!"

녹색 빛이 비좁은 복도를 가득 채웠다. 벽에 기대 있던 유모차에 불이 붙었다. 계단 난간이 피뢰침처럼 번뜩였다. 제임스 포터는 끈이 떨어진 마리오네트처럼 쓰러졌다…….

그녀가 위층에 갇혀서 비명을 지르는 소리가 들렸다. 하지만 그녀에게 이성이 있다면, 적어도 그녀가 두려워할 일은 아무것도 없었다……. 그는 그녀가 바리케이드를 치고 숨으려고 시도하는 소리에 어렴풋한 즐거움을 느끼면서 계단을 올라갔다……. 그녀 또한 지팡이를 갖고 있지 않았다……. 저렇게 어리석다니, 저렇게 사람을 쉽게 믿다니. 친구들에게 안위를 맡겨 놓았다고 잠시나마 무기를 내려놓을 수 있을 거라 생각하다니…….

그는 억지로 문을 열었다. 마법 지팡이를 한 차례 느긋하게 휘두르자, 문을 막으려고 다급히 쌓아 놓은 의자와 상자 들이 옆으로 날아갔다……. 아이를 품에 안고 서 있던 그녀는 그를 보더니 아들을 뒤쪽 요람에 내려놓고 두 팔을 활짝 벌렸다. 그게 무슨 소용이라도 있을 것처럼, 아이를 보이지 않게 가리고 자신이 대신 선택받기를 바라는 것처럼…….

"해리는 안 돼, 해리는 절대 안 돼, 제발, 해리는 안 돼요!"

"비켜라, 멍청한 여자 같으니……. 비켜라, 당장…….""

"해리는 안 돼요, 제발, 안 돼, 나를 죽여요, 대신 날 죽여…….""

"마지막 경고다."

"해리는 안 돼요! 제발…… 살려 줘요…… 해리만은 살려 주세요…… 해리는 안 돼! 해리는 안 돼! 제발…… 뭐든지 할게요…….""

"비켜라…… 비켜라, 여자여…….""

그는 그녀를 요람에서 강제로 떼어 놓을 수도 있었다. 하지만 둘 모두를 끝장내는 것이 더 현명한 행동일 것 같았다…….

녹색 빛이 방 안 가득 번뜩이고 여자는 남편과 마찬가지로 쓰러졌다. 아이는 지금껏 울음을 터뜨리지 않았다. 요람의 난간을 붙들고 설 수 있었던 그 아이는 밝은 얼굴로 관심을 보이며 침입자의 얼굴을 올려다보았다. 아마 망토 아래에 숨어 있는 사람은 더 많은 예쁜 빛들을 만들어 내는 아버지이고, 어머니는 언제라도 웃으면서 갑자기 벌떡 일어날 거라고 생각하는 듯했다…….

그는 지팡이를 아이의 얼굴에 아주 조심스럽게 겨눴다. 그는 이 설명할 수 없는 위험한 존재가 파괴되는 것을 보고 싶었다. 아이가 울기 시작했다. 그가 제임스가 아니라는 사실을 알아차린 것이다. 그는 아이가 우는 것이 마음에 들지 않았다. 고아원에 있을 때도 어린애들의 칭얼거림을 도저히 참을 수가 없었다…….

"아바다 케다브라!"

그리고 그는 부서졌다. 그는 아무것도 아니었고, 오직 고통과 공포뿐이었다. 몸을 숨겨야 했다. 이곳, 폐허가 된 집의 잔해가 아니라, 아이가 갇힌 채 울부짖는 곳이 아니라 저 먼 곳…… 어딘가 머나먼 곳에…….

"안 돼." 그가 신음했다.

난장판이 된 지저분한 바닥 위로 뱀이 버스럭거리며 지나갔다.

그는 그 아이를 죽였지만, 자신이 바로 그 아이였다…….

"안 돼……."

지금 그는 바틸다 집의 깨진 창문 앞에 서서 가장 커다란 상실에 관한 기억에 몰두해 있었다. 발밑에서는 거대한 뱀이 깨진 도자기와 유리 위로 스르르 기어가고 있었고…… 아래를 내려다보니 뭔가가 보였다……. 도저히 믿을 수 없는 것이…….

"안 돼……."

"해리, 괜찮아. 넌 괜찮아!"

그는 허리를 숙여 박살 난 액자를 집어 들었다. 거기에 그 정체 모를 도둑, 그가 찾던 도둑이 있었다…….

"안 돼…… 떨어뜨렸어…… 내가 떨어뜨렸어……."

"해리, 괜찮아. 일어나, 일어나라고!"

그는 해리였다……. 볼드모트가 아니라 해리……. 그리고 부스럭거리는 것은 뱀이 아니었다…….

그는 눈을 떴다.

"해리." 헤르미온느가 속삭였다. "너 괜…… 괜찮아?"

"응." 그는 거짓말을 했다.

그는 텐트 안에 있는 2층 침대 아래 칸에 담요를 덮고 누워 있었다. 캔버스 천 천장 너머로 차갑고 가지런한 빛이 느껴지고 주변이 고요한 것으로 미루어 거의 새벽이 되었다는 사실을 알 수 있었다. 그는 땀으로 흠뻑 젖어 있었다. 침대보와 담요가 축축했다.

"빠져나왔네."

"응." 헤르미온느가 말했다. "너를 침대에 눕히려고 부유 마법을 사용해야 했어. 내 힘으로는 널 들어 올릴 수가 없어서. 너는…… 그러니까, 넌……."

그녀의 갈색 눈 밑에 보랏빛 그림자가 드리워져 있었다. 그녀의 손에 작은 스펀지가 들려 있는 것이 보였다. 그녀가 그의 얼굴을 닦아 주고 있었던 것이다.

"너 아팠어." 그녀가 말을 마쳤다. "아주 많이."

"떠난 지는 얼마나 됐어?"

"몇 시간쯤. 거의 아침이야."

"그럼 나는…… 정신을 잃었던 거야?"

"딱히 그렇진 않았어." 헤르미온느가 불편한 듯 말했다. "넌 소리를 지르고 신음했고…… 뭐 그랬어." 그녀가 덧붙인 말에 해리는 불안해졌다. 그가 무슨 짓을 한 걸까? 볼드모트처럼 저주를 퍼부은 걸까? 아니면 요람 속 아기처럼 울음을 터뜨린 걸까?

"너한테서 호크룩스를 떼어 낼 수가 없었어." 헤르미온느가 말했다. 해리는 그녀가 화제를 돌리고 싶어 한다는 사실을 알아차렸다. "네 가슴에 딱 박혀 있더라. 너, 흉터 생겼어. 미안해. 그걸 떼어 내느라 절단 마법을 써야 했거든. 뱀에 물리기도 했는데, 그건 내가 상처를 닦아 내고 꽃박하를 좀 발랐어…….."

그는 땀에 젖은 티셔츠를 몸에서 떼어 내고 가슴을 내려다보았다. 심장 위쪽에 로켓이 남긴 타원형의 짙은 붉은색 화상이 보였다. 팔뚝에서는 반쯤 치료된 물린 자국도 보였다.

"호크룩스는 어디에 뒀어?"

"내 가방에. 당분간은 떼어 놔야 할 것 같아."

그는 다시 베개 위에 드러누워 그녀의 수척하고 창백한 얼굴을 바라보았다.

"고드릭 골짜기에 가지 말았어야 했어. 내 잘못이야. 전부 내 잘못이야, 헤르미온느. 미안해."

"네 잘못 아니야. 나도 가고 싶었어. 난 정말로 덤블도어 교수님이 거기에 칼을 남겨 뒀을지 모른다고 생각했어."

"그래, 뭐…… 우리가 틀렸네. 그치?"

"무슨 일이 있었던 거야, 해리? 바틸다가 널 위층으로 데려갔을 때 무슨 일이 일어난 거야? 뱀이 숨어 있었어? 갑자기 튀어나와서 바틸다를 죽이고 널 공격한 거야?"

"아냐." 그가 말했다. "바틸다가 뱀이었어……. 아니, 뱀이 바틸다였던 건가……. 어쨌든."

"뭐, 뭐라고?"

그는 눈을 감았다. 아직도 몸에서 바틸다의 집 냄새가 났다. 그

냄새 때문에 모든 일이 끔찍할 만큼 생생하게 떠올랐다.

"바틸다는 분명 죽은 지 좀 됐을 거야. 그 뱀이…… 바틸다 안에 있었어. '그 사람'이 고드릭 골짜기에 뱀을 두고 기다리게 한 거야. 네 말이 맞았어. 그자는 내가 그곳으로 돌아갈 줄 알고 있었어."

"뱀이 바틸다 안에 있었다고?"

해리는 다시 눈을 떴다. 헤르미온느는 역겨워서 구역질이 난다는 표정이었다.

"루핀이 우리는 절대 상상도 못 할 마법이 있을 거라고 했지." 해리가 말했다. "바틸다가 네 앞에서 말을 하지 않으려 들었던 건 뱀의 말밖에 할 줄 몰랐기 때문이야. 전부 뱀의 말이었어. 난 알아차리지 못했지만, 내용은 당연히 알아들을 수 있었어. 일단 그 방에 올라가자 뱀이 '그 사람'한테 메시지를 보내더라. 머릿속에 그 소리가 들리면서 그자가 흥분하는 것이 느껴졌어. 그자가 나를 거기 잡아 두라고 말했고…… 그리고……."

그는 바틸다의 목에서 뱀이 튀어나오던 장면을 떠올렸다. 헤르미온느한테 그런 자세한 내용까지 알려 줄 필요는 없었다.

"……그 여자가 변했어. 뱀으로 변해서 공격했어."

그는 뱀에 물린 자국을 내려다보았다.

"뱀은 나를 죽이려던 게 아니었어. 그냥 '그 사람'이 올 때까지 잡아 두려고 한 거지."

뱀을 죽이기만 했더라도 보람이 있었을 것이다. 그 모든 일이……. 그는 안타까운 마음에 일어나 앉아서 담요를 젖혔다.
"해리, 안 돼. 넌 좀 쉬어야 해!"
"쉬어야 하는 사람은 너야. 기분 나쁘라고 하는 말은 아닌데, 너 끔찍해 보여. 난 괜찮아. 내가 잠깐 망을 볼게. 내 마법 지팡이 어디 있어?"
그녀는 대답 없이 그를 바라보기만 했다.
"내 지팡이 어디 있어, 헤르미온느?"
그녀가 입술을 깨물었다. 두 눈에는 눈물이 괴어 있었다.
"해리……."
"내 지팡이 어디 있느냐니까?"
그녀는 침대 옆으로 손을 뻗더니 그에게 지팡이를 내밀었다.
호랑가시나무 불사조 지팡이는 거의 두 동강 나 있었다. 연약한 불사조 깃털 한 가닥만이 두 조각을 서로 이어 놓고 있을 뿐 나무는 완전히 쪼개졌다. 해리는 끔찍한 상처를 입은 생명체라도 되는 것처럼 두 손으로 그것을 받아 들었다. 제대로 생각할 수가 없었다. 두려움과 공포로 모든 것이 흐릿해졌다. 그는 헤르미온느에게 지팡이를 건넸다.
"고쳐 줘. 부탁이야."
"해리, 내 생각에 이런 식으로 부러졌을 때는……."

"제발, 헤르미온느. 해 보기라도 해!"

"레, 레파로."

달랑거리던 지팡이 반쪽이 다시 붙었다. 해리는 지팡이를 들어 올렸다.

"루모스!"

지팡이 끝에서 불빛이 희미하게 반짝이더니 곧 꺼졌다. 해리는 헤르미온느에게 지팡이를 겨눴다.

"엑스펠리아르무스!"

헤르미온느의 지팡이는 살짝 움직일 뿐 그녀의 손에서 벗어나지 않았다. 이런 별 볼 일 없는 마법을 시도하는 것만으로도 무리가 됐는지 지팡이는 다시 두 동강 나고 말았다. 해리는 충격을 받은 채 지팡이를 바라보았다. 눈앞의 현실을 받아들일 수가 없었다……. 그렇게 많은 일을 겪고도 살아남은 지팡이였는데…….

"해리." 헤르미온느가 속삭였다. 목소리가 너무 작아서 거의 들리지도 않았다. "정말, 정말 미안해. 나 때문인 것 같아. 있잖아, 그 집을 떠날 때 뱀이 우리를 쫓아왔어. 그래서 내가 폭발 저주를 걸었는데, 그 주문이 사방으로 튀었어. 틀림없이 그 주문에 맞았을……."

"사고였는데 뭐." 해리가 기계적으로 대꾸했다. 너무나 공허했고 충격적이었다. "고칠…… 고칠 방법을 찾을 수 있을 거야."

"해리, 그럴 수는 없을 것 같아." 헤르미온느가 말했다. 그녀의 얼굴에 눈물이 흘러내렸다. "론 일 기억나지? 차 사고가 나면서 지팡이가 부러졌을 때 말이야. 그 지팡이를 원래대로 돌려놓을 수가 없어서 론은 결국 새걸 사야 했잖아."

해리는 볼드모트에게 납치당해 인질로 잡혀 있는 올리밴더와 이미 죽은 그레고로비치를 떠올렸다. 대체 어떻게 새 지팡이를 구한단 말인가?

"뭐……." 그가 짐짓 아무렇지도 않은 목소리로 말했다. "그럼 지금은 그냥 네 걸 빌리지 뭐. 망보는 동안 말이야."

헤르미온느는 눈물로 번들거리는 얼굴로 해리에게 자기 지팡이를 건네주었다. 해리는 오직 그녀에게서 멀어지고 싶은 마음에, 침대 옆에 앉아 있는 그녀를 뒤로하고 자리를 떠났다.

## 18장
## 알버스 덤블도어의
## 삶과 사기들

 해가 떠오르고 있었다. 아직 제 빛을 띠지 않은 맑고 드넓은 하늘이 머리 위에 펼쳐졌다. 하늘은 해리에게도, 해리의 고통에도 무관심한 듯했다. 해리는 텐트 입구에 앉아서 신선한 공기를 깊이 들이마셨다. 이렇듯 살아남아서 반짝반짝 빛나는 눈 내린 언덕 위로 태양이 떠오르는 광경을 보는 것 자체를 세상에서 가장 소중한 보물로 여겨야겠지만, 해리는 그렇게 감상에 빠져 있을 수 없었다. 지팡이를 잃은 충격에 그의 신경이 날카로워졌다. 그는 눈을 이불처럼 덮고 있는 계곡 너머를 바라보았다. 반짝이는 침묵을 뚫고 멀리서 교회 종소리가 들려왔다.
 그는 통증을 이기려고 할 때 그러는 것처럼 자기도 모르게 손가락으로 팔을 꽉 짓누르고 있었다. 그는 셀 수 없을 만큼 피를 흘렸고, 오른팔 뼈가 완전히 사라진 적도 한 번 있었다. 이번 여행을 하면서는 가슴과 팔뚝에도 벌써 손등, 이마의 흉터에 필적할 만한 흉터가 생겼다. 하지만 지금까지는 단 한 번도 이토록 치명적인 타격을 입고, 나약해지고 벌거벗은 느낌을 받은 적이 없었다. 마치 그가 가진 마법 능력 중 가장 뛰어난 능력을 잃어버린 것 같았다. 그는 만약 이런 마음을 조금이라도 내비치면 헤르미온느가 뭐라고 말할지 정확히 알고 있었다. 지팡이는 단지 마법사의 실력을 반영할 뿐이라고 얘기하겠지. 하지만 틀렸다. 그의 경우는 달랐다. 그녀는 지팡이가 나침반 바늘처럼 빙빙 돌며 적에게 황금 불꽃을 날리는 일을 겪어 보지 못했다. 그는 더 이상 한 쌍을 이루는 심지의 보호도 받지 못할 것이다. 지팡이가 사라진 지금에야 해리는 자신이 그것에 얼마나 의지해 왔는지를 깨달았다.

그는 부러진 지팡이 조각들을 주머니에서 꺼내 그것들을 쳐다보지도 않고, 목에 걸고 있던 해그리드가 준 주머니에 쑤셔 넣었다. 이제 주머니는 망가지고 쓸모없는 물건으로 가득 차서 더 이상 뭘 넣을 수가 없었다. 해리의 손이 당나귀 가죽 안에 있는 낡은 스니치에 살짝 닿았다. 잠시 그는 스니치를 꺼내 던져 버리고 싶은 유혹과 싸워야 했다. 이해도 안 되고 도움도 안 되는 물건, 덤블도어가 남긴 다른 모든 것처럼 아무짝에도 쓸모없는……

덤블도어를 향한 분노가 용암처럼 흘러넘쳐 마음속을 새까맣게 태우면서 다른 감정들을 싹 쓸어 냈다. 해리와 헤르미온느는 순전히 필사적인 마음에서 이야기를 나누다가 고드릭 골짜기에 해답이 있을 거라고 믿게 되었을 뿐이었다. 그곳으로 가야 한다고, 이 모든 것이 덤블도어가 마련해 놓은 어떤 비밀스러운 계획의 일부일 거라고 자신들을 설득했다. 하지만 결국 그들을 안내해 줄 지도도, 그 어떤 계획도 없었던 셈이다. 덤블도어는 그들이 어둠 속을 더듬거리도록, 누구의 도움도 받지 못한 채 알 수도 없고 꿈조차 꿀 수 없는 공포와 씨름하도록 내버려 두었다. 아무런 설명도 없었고, 무엇도 공짜로 주어지지 않았다. 그들에게는 검도 없었으며, 이제 해리에겐 지팡이도 없었다. 게다가 그는 도둑의 사진마저 떨어뜨리고 말았다. 이제 볼드모트가 그자의 정체를 알아내는 건 시간문제였다……. 이제 그자는 모든 정보를 갖게 되었다…….

"해리?"

헤르미온느는 해리가 그녀의 지팡이로 저주를 걸기라도 할 것처럼 겁에 질린 표정이었다. 그녀는 눈물범벅이 된 얼굴로 해리의 옆에 웅크리고 앉았다. 그녀의 양손에 각각 들린 찻잔이 떨리고 있었고, 팔 밑에는 부피가 큰 뭔가가 끼워져 있었다.

"고마워." 그가 잔 하나를 받아 들며 말했다.

"얘기 좀 해도 될까?"

"응." 그는 헤르미온느의 감정을 상하게 하고 싶지 않았기에 순순히 대답했다.

"해리, 너 그 사진 속 남자가 누군지 알고 싶어 했잖아……. 나한테 그 책이 있어."

그녀는 머뭇머뭇 문제의 책을 해리의 무릎 위에 올려놓았다. 한 번도 펼쳐 보지 않은 《알버스 덤블도어의 삶과 사기들》이었다.

"어디서…… 어떻게……?"

"바틸다의 거실에 놓여 있었어……. 이 쪽지가 끼워져 있었고."

헤르미온느는 형광 초록색의 삐죽빼죽한 글씨를 소리 내어 읽기 시작했다.

"'배티에게, 도와줘서 고마워요. 책을 한 권 드릴게요. 마음에 들었으면 좋겠네요. 당신은 모든 걸 말해 줬어요, 기억은 못 하겠지만. 리타.' 진짜 바틸다가 살아 있을 때 도착한 게 틀림없어. 하지만 아마 바틸다는 책을 읽을 상황이 아니었을 거야."

"그래, 그랬겠지."

해리는 덤블도어의 얼굴을 내려다보며 잔혹한 기쁨이 솟구치는 것을 느꼈다. 이제 덤블도어가 그에게 말해 줄 가치가 없다고 생각했던 모든 것을 알게 되었으니까. 덤블도어가 원하든, 원하지 않든 간에.

"너 아직 나한테 화 많이 나 있지?" 헤르미온느가 물었다. 고개를 든 해리는 그녀가 다시 울고 있다는 사실을 알아차렸다. 그의 얼굴에 분노가 떠올랐던 게 틀림없었다.

"아니야." 그가 나지막이 말했다. "아냐, 헤르미온느. 그게 사고였던 건 나도 알고 있어. 너는 우리 둘 다 살아서 거기를 빠져나오게 하려던 거였고. 정말 굉장했어. 네가 도와주지 않았더라면 난 죽었을 거야."

그는 그녀의 눈물 어린 미소에 마주 웃어 보이려고 애쓰다가 책으로 관심을 돌렸다. 책등이 뻣뻣했다. 한 번도 펼쳐 보지 않은 게 분명했다. 사진을 찾아 페이지를 넘겨 보던 그는 곧 그 사진을 찾아냈다. 젊은 덤블도어와 그의 잘생긴 친구가 오래전에 잊힌 농담에 웃음을 터뜨리고 있었다. 해리는 사진 밑에 있는 설명으로 시선을 내렸다.

'어머니가 죽고 얼마 지나지 않았을 때의 알버스 덤블도어. 친구 겔러트 그린델왈드와 함께.'

해리는 마지막 문구를 보고 한동안 입을 다물지 못했다. 그린델왈드. 친구, 그린델왈드. 그는 헤르미온느를 쳐다보았다. 그녀도 자기 눈을 믿을 수 없다는 듯 그 이름을 바라보고 있었다. 그녀가 천천히 눈을 들어 해리를 바라보았다.

"그린델왈드?"

해리는 나머지 사진들을 무시하고 그 결정적인 이름이 다시 나오는지 사진 앞뒤 페이지를 찾아보았다. 그는 머잖아 그 이름을 발견하고, 관련된 내용을 미친 듯이 읽었지만 뭐가 뭔지 알 수 없었다. 이 모든 내용을 이해하려면 앞으로 한참 돌아가야 했다. 그는 결국 '대의'라는 제목이 붙은 그 장의 첫 부분으로 갔다. 그와 헤르미온느는 함께 그 내용을 읽기 시작했다.

열여덟 번째 생일을 앞둔 덤블도어는 찬란한 영광에 휩싸여 호그와트를 떠났다. 그는 남학생 회장이자 반장이었고, 탁월한 마법에 대한 바너버스 핑클리 상 수상자이자 위즌가모트 영국 청년 대표이기도 했으며, 카이로에 있는 국제 연금술 학회에서 주는 획기적인 기여 부문 금메달을 수상하기도 했다. 이후 덤블도어는 그가 학교에서 고른, 머리는 나쁘지만 헌신적인 조수인 '입 냄새' 엘파이어스 도지와 함께 대장정을 떠날 계획이었다.
두 젊은이는 런던의 리키 콜드런에 머무르며 다음 날 아침 그리스로 떠날 준비를 하고 있었다. 그때 부엉이 한 마리가 덤블도어의 어머니가 사망했다는 소식을 들고 도착했다. 이 책에 쓰일 인터뷰에 응하지 않겠다던 '입 냄새' 도지는 그 이후에 벌어진 일을 자기만의 감상적인 방식으로 해석해 대중에게 전한 바 있다. 그는 켄드라의 죽음은 비극적인 충격이었고, 탐험을 단념한 덤블도어의 결정은 고귀한 자기희생이었던 것처럼 포장했다.

실제로 덤블도어는 고드릭 골짜기로 즉시 돌아왔다. 남동생과 여동생을 '돌보기' 위해서였다. 하지만 그는 실제로 두 동생들에게 얼마나 신경을 썼을까?

"머리가 좀 이상했어요, 그 애버포스라는 녀석." 당시 가족이 고드릭 골짜기 외곽에 살고 있던 이니드 스믹은 말한다. "제멋대로 날뛰었죠. 물론 엄마 아빠를 잃었으니 불쌍하게 여길 만했죠. 그 녀석이 계속 염소 똥을 내 머리에 던져 대지만 않았다면 말이에요. 내가 보기에 알버스는 그 녀석에게 별로 신경 쓰지 않은 것 같아요. 어쨌든 둘이 같이 있는 건 한 번도 못 봤거든요."

제정신이 아닌 남동생을 위로해 준 게 아니라면 알버스는 대체 뭘 하고 있었던 걸까? 그 답은 여동생을 계속 가둬 두는 일이었던 듯하다. 첫 번째 간수였던 어머니가 죽은 뒤에도 아리아나 덤블도어의 딱한 상황은 전혀 달라지지 않았다. 그녀의 존재를 아는 외부인 자체가 극히 적었다. 그녀의 '건강이 안 좋다'는 말을 곧이곧대로 믿는 '입 냄새' 도지 같은 사람들 외에는.

도지처럼 그렇게 쉽게 믿는 덤블도어 가족의 또 다른 친구로, 고드릭 골짜기에서 오랜 세월을 살아온 저명한 마법 역사가 바틸다 백숏이 있다. 당연한 얘기지만 켄드라는 마을에 새로 도착한 가족을 환영해 주려는 바틸다에게 처음에는 퇴짜를 놓았다. 그러나 몇 년 뒤, 이 저술가는 호그와트에 다니고 있던 알버스에게 부엉이를 보냈다. 《오늘날의 변환 마법》에 실린, 종족 간 변환 마법에 관한 그의 논문을 읽고 긍정적인 인상을 받았던 것이다. 이 첫 번째 교류를 계기로 그녀는 덤블도어의 가족 모두와 친분을 맺게 되었다. 켄드라가 사망할 무렵 그녀가 고드릭 골짜기에서 이야기를 나누며 지내던 사람은 오직 바틸다뿐이었다.

불행하게도, 바틸다가 인생 전반에 보여 주었던 총명함은 이제 무뎌졌다. 아이버 딜런스비가 전한 바에 따르면 "불은 켜져 있지만 솥은 비어 있는 셈"이었다. 혹은, 이니드 스믹의 약간 저속한 표현을 빌리자면 "다람쥐 똥처럼 맛이 갔다". 그러나 실험과 검증을 거친 여러 가지 취재 기술을 결합함으로써, 나는 이 충격적인 이야기의 전말을 밝혀내기에 충분한 확실한 사실들을 추출해 낼 수 있었다.

바틸다는 마법사 세계의 다른 사람들과 마찬가지로 켄드라의 때 이른 죽음을 '마법의 오발' 탓으로 돌린다. 알버스와 애버포스가 사건 이후 오랫동안 반복해 온 이야기이기도 하다. 바틸다는 덤블도어의 가족이 아리아나에 대해서 하는 말도 앵무새처럼 따라 했다. 그녀가 "허약하다"거나 "민감하다"고 말이다. 하지만 한 가지 주제에 관해서만은 그녀에게 사용할 베리타세룸을 확보하기 위해 들인 나의 노력이 헛되지 않았다. 왜냐하면 오직 그녀만이 알버스 덤블도어의 인생 가장 깊숙이 은폐된 비밀을 전부 알고 있었기 때문이다. 이 책에서 최초로 밝히는 이 이야기는 덤블도어의 팬들이 믿고 있던 그에 관한 모든 사실을 의심하게 만든다. 그가 어둠의 마법을 혐오했다는 사실, 머글 탄압에 반대한 일, 심지어 가족에게 기울인 헌신까지도.

이제는 고아인 동시에 가장이 된 덤블도어가 고드릭 골짜기의 집으로 돌아간 바로 그 여름, 바틸다 백숏은 그녀의 조카손자인 겔러트 그린델왈드를 집에 받아들였다.

그린델왈드라는 이름은 물론 유명하다. 한 세대 뒤에 '그 사람'이 나타나 왕좌를 빼앗지 않았더라면 그는 '역대 가장 위험한 어둠의 마법사들'의 명단 맨 윗자리를 놓치지 않았을 것이다. 하지만 그린델왈드는 그 테러 활동을 영국에까지 넓히지 않았기에, 그가 권력을 얻게 된 자세한 경위는 그리 널리 알려져 있지 않다.

당시에도 덤스트랭은 어둠의 마법에 유감스러울 만큼 관용적인 학교로 유명했는데, 그곳에서 교육을 받은 그린델왈드는 덤블도어만큼이나 일찍 스스로의 총명함을 드러냈다. 그러나 겔러트 그린델왈드는 각종 상을 휩쓰는 것이 아닌 다른 목표에 자신의 재능을 집중했다. 그가 열여섯 살이 되자 덤스트랭조차 겔러트 그린델왈드의 비뚤어진 실험을 더 이상 눈감아 주지 못했고, 그는 결국 퇴학당했다.

지금까지 그린델왈드가 학교를 떠난 이후의 행적에 관해서는

'몇 달 동안 해외를 떠돌았다'는 것 외에 알려진 바가 없었다. 그러나 이제는 그린델왈드가 고드릭 골짜기의 이모할머니 댁에 찾아가기로 했다는 사실을 밝힐 수 있다. 이 이야기를 읽는 많은 사람에게는 충격적인 일이겠지만, 그는 그곳에서 다름 아닌 알버스 덤블도어와 친밀한 우정을 쌓기 시작했다.

"나한테는 사랑스러운 아이였어." 바틸다는 횡설수설했다. "나중에 어떤 사람이 되었든 간에 말이야. 난 자연스럽게 그 아이를 가엾은 알버스에게 소개해 줬지. 알버스한테는 또래 친구들이 없었으니까. 그 애들은 금방 서로를 좋아하게 됐어."

확실히 그랬다. 바틸다는 나에게 그간 보관해 왔던 편지를 보여 주었다. 알버스 덤블도어가 한밤중에 겔러트 그린델왈드에게 보낸 편지였다.

"그래, 두 사람은 온종일 토론을 하곤 했어. 둘 다 아주 총명한 청년들이었으니, 불에 올려놓은 펄펄 끓는 솥단지 같았지. 토론을 하고 난 뒤에도 가끔 알버스가 보내는 편지를 가져온 부엉이가 겔러트의 침실 창문을 두드리는 소리가 들렸어. 알버스는 어떤 아이디어가 떠오를 때마다 곧바로 겔러트한테 알려 주지 않고는 못 배겼거든!"

그리고 그것은 참으로 굉장한 아이디어들이었다. 알버스 덤블도어의 팬들에게는 엄청난 충격이겠지만, 그들의 영웅이 열일곱 살 때 새로 사귄 단짝 친구에게 전했던 생각들은 바로 이런 것들이었다(편지의 원본 이미지는 463페이지에 실려 있다).

겔러트.

마법사들의 지배가 **머글들에게도 이익이 된다**는 네 주장은 중요한 지적이라는 생각이 든다. 그래, 우리에게는 힘이 있어. 그 힘이 우리에게 지배할 자격을 주는 것도 사실이야. 하지만 그 힘은 또한 우리에게 지배받는 자들에 대한 책임을 안겨 주기도 해. 이 점을 강조해야 할 것 같아. 이것이 바로 우리가 세우려는 체제의 토대가 될 테니까. 우리 의견이 엇갈리는 지점에서는(당연히 그렇게 되겠지) 이 점이 모든 주장의 기준이 되어야 해. 우리가 지배하는 건 **대의를 위해서**라는 거지. 그러면 저항에 부닥칠 때마다 필요 이상의 힘을 써서는 안 된다는 결론이 나와(덤스트랭에서 네가 저지른 실수가 이거야! 하지만 불만은 없어. 네가 퇴학당하지 않았더라면 우리는 결코 만나지 못했을 테니까).

알버스

덤블도어의 수많은 팬들에게는 놀랍고도 경악스러운 일이겠지만, 이 편지는 한때 알버스 덤블도어가 비밀 유지 법령을 뒤엎고 머글들에 대한 마법사들의 지배를 확립하려는 꿈을 꾼 적이 있었다는 증거다. 덤블도어를 언제나 머글 태생들의 위대한 옹호자로 여겨 온 사람들에게는 엄청난 타격이 아닌가! 이러한 빼도 박도 못할 새로운 증거에 비춰 볼 때, 머글들의 권리를 증진시키겠다는 그의 연설들은 얼마나 공허한가! 어머니를 애도하며 여동생을 돌보았어야 할 때 권력을 얻을 음모를 꾸미느라 바빴던 알버스 덤블도어의 모습은 또 얼마나 비열한가!

덤블도어를 무너져 가는 반석 위에 어떻게든 올려놓을 작정인 사람들은 어쨌든 그가 그 계획을 실행에 옮기진 않았으며 아마 심경의 변화를 겪었을 거라고, 정신을 차린 거라고 투덜거릴 게 뻔하다. 하지만 진실은 그보다 더욱 충격적인 것 같다.

그들의 위대한 우정이 시작된 지 겨우 두 달이 지났을 때 덤블도어와 그린델왈드는 갈라섰고, 다시 만나 그 전설적인 결투를 벌이기까지 한 번도 서로를 만나지 않았다(자세한 내용은 22장 참조). 이처럼 갑작스럽게 관계가 끊어진 이유는 무엇이었을까? 덤블도어가 정신을 차린 걸까? 그린델왈드에게 더는 그의 작전에 참여하고 싶지 않다고 말한 것일까? 아아, 그건 아니었다.

"내 생각에는 아마 가엾은 아리아나의 죽음 때문이었을 거야." 바틸다가 말한다. "끔찍한 충격이었지. 그 일이 일어났을 때 겔러트는 그 집에 있었는데, 아주 초조해하면서 집으로 돌아와 다음 날

고향에 돌아가고 싶다고 말했어. 뭐랄까, 보기에 끔찍할 만큼 괴로워하고 있었지. 그래서 내가 포트키를 마련해 줬어. 내가 녀석을 마지막으로 본 게 그때야. 알버스는 아리아나의 죽음에 정신이 나갔지. 두 형제에게는 너무 끔찍한 일이었어. 이 세상에 단 둘만 남게 됐으니까. 감정이 약간 격해진 것도 놀랄 일은 아니지. 애버포스는 알버스를 비난했어. 뭐랄까, 그토록 끔찍한 상황에서는 다들 종종 그러잖아. 게다가 애버포스는 항상 약간 정신 나간 사람처럼 말했으니까. 가엾은 녀석. 그렇더라도 장례식장에서 알버스의 코를 부러뜨린 건 품위 있는 행동이 아니었어. 딸의 시신을 놓고 아들들이 그런 식으로 싸우는 걸 켄드라가 봤다면 억장이 무너졌겠지. 겔러트가 장례식 때까지 머물지 않아서 안타까워⋯⋯. 적어도 알버스한테는 위로가 됐을 텐데⋯⋯."

눈앞에 관을 두고 벌인 이 끔찍한 몸싸움은 아리아나 덤블도어의 장례식에 참석한 몇 안 되는 사람들에게만 알려져 있는데, 여기서 몇 가지 의문이 생긴다. 애버포스 덤블도어가 여동생의 죽음을 알버스 탓으로 돌린 이유는 정확히 무엇일까? '배티'('바틸다'의 애칭이자, '약간 제정신이 아닌'이라는 뜻도 갖고 있다—옮긴이)가 우기는 것처럼, 단순히 슬픔을 토로한 것이었을까? 아니면 좀 더 구체적인 어떤 이유가 있어서 분노한 것일까? 덤스트랭에서 동료 학생들을 공격해 죽일 뻔한 탓에 퇴학을 당한 그린델왈드는 아리아나가 죽고 몇 시간 후 영국을 떠났고, 알버스는 마법사 세계의 간청에 의해 어쩔 수 없이 마주하게 될 때까지(부끄러워서였을까, 두려워서였을까?) 다시는 그와 만나지 않았다.

그 후, 덤블도어와 그린델왈드 둘 다 어린 시절의 이 짧은 우정에 대해 언급하지 않은 것으로 보인다. 하지만 5년이라는 세월이 혼란과 죽음, 실종으로 점철되어 흘러가는데도 덤블도어가 겔러트 그린델왈드에 대한 공격을 미뤄 왔다는 데는 의심의 여지가 없다. 덤블도어가 망설인 까닭은 그린델왈드에게 남아 있는 애정 때문이었을까, 아니면 한때 두 사람이 가장 친한 친구였다는 사실이 드러날까 봐 두려웠기 때문일까? 한때 그토록 즐겁게 만났던 사람을 쫓게 되었을 때, 덤블도어는 울며 겨자 먹는 심정이었을까?

또, 수수께끼의 아리아나는 어떻게 죽은 것일까? 어떤 어둠의 마법 의식의 의도치 않은 피해자는 아니었을까? 두 젊은이가 영광과 권력을 노리고 있을 때, 그녀가 맞닥뜨려서는 안 될 무언가와 우연히 마주하게 된 것일까? 아리아나 덤블도어가 '대의를 위하여' 죽은 첫 번째 사람일 수도 있을까?

그 장은 여기에서 끝났다. 해리는 눈을 들었다. 헤르미온느는 그보다 먼저 그 페이지를 다 읽었다. 그녀는 해리의 손에서 책을 끌어갔다. 그러고는 그의 표정을 보더니 약간 놀란 얼굴로, 뭔가 불결한 것을 감추듯 책을 보지도 않고 탁 덮어 버렸다.

"해리……."

해리는 고개를 저었다. 마음속 확신 같은 것이 무너져 내렸다. 론이 떠난 뒤에 느꼈던 바로 그 감정이었다. 그는 덤블도어를 믿었고, 그가 선과 지혜의 화신이라고 믿었다. 이제는 모든 게 잿더미로 변했다. 대체 얼마나 더 많은 걸 잃어야 하는 걸까? 론, 덤블도어, 불사조 지팡이…….

"해리." 그녀는 해리의 그런 생각을 읽은 듯했다. "내 말 들어. 이건…… 이건 별로 좋은 글이 아니야."

"그래, 넌 그렇게 말할 수 있겠지."

"잊지 마, 해리. 이건 리타 스키터의 글이야."

"그린델왈드한테 보낸 그 편지, 읽지 않았어?"

"그래, 읽…… 읽었어." 그녀는 심란한 표정을 짓고 차가운 손으로 찻잔을 부드럽게 감싸며 머뭇거렸다. "그 부분이 최악이라고 생각해. 분명 바틸다는 이 모든 게 그냥 말뿐이라고 생각했을 거야. 하지만 '대의를 위하여'는 그린델왈드의 선전 문구가 됐어. 그자가 이후에 저지른 모든 잔혹한 행위를 정당화하는 말이 됐단 얘기야. 그리고…… 저 편지를 보면…… 덤블도어 교수님이 그린델왈드한테 아이디어를 준 것처럼 보여. 사람들은 '대의를 위하여'

가 심지어 누멘가드 입구에도 새겨져 있다고 해."

"누멘가드가 뭔데?"

"그린델왈드가 적들을 가두려고 지은 감옥이야. 덤블도어 교수님한테 붙잡힌 뒤에 결국 그린델왈드 본인도 거기 갇히게 됐어. 아무튼, 그린델왈드가 세력을 일으키는 데 덤블도어 교수님의 아이디어가 도움이 됐다는 건…… 그건 정말 끔찍한 생각이야. 하지만 달리 생각하면, 아무리 리타 스키터라도 두 사람이 아주 어릴 때 어느 해 여름 몇 달 동안만 알고 지냈다고만 할 뿐 그 이상 친했다는 얘기는 지어낼 수 없었다는……."

"네가 그렇게 말할 줄 알았어." 해리가 말했다. 그는 분노가 헤르미온느 쪽으로 향하는 것을 바라지 않았지만 목소리를 침착하게 유지하기가 어려웠다. "너라면 '둘 다 어렸다'고 말할 줄 알았다고. 이 사람들은 지금 우리랑 같은 나이였어. 우린 지금 어둠의 마법과 싸우느라 목숨을 걸고 있고. 그런데 덤블도어는 새로 사귄 단짝 친구랑 머리를 맞대고 머글들을 지배할 권력을 손에 넣을 음모를 짜고 있었던 거야."

더 이상 분노를 참을 수가 없을 것 같았다. 그는 자리에서 일어나, 분노를 조금이라도 떨쳐 버리려고 주위를 서성거렸다.

"덤블도어 교수님이 편지에 쓴 내용을 변호하려는 건 아니야." 헤르미온느가 말했다. "'지배할 자격'이니 뭐니 하는 이 모든 헛소리는 '마법은 힘이다'랑 똑같은 얘기야. 하지만 해리, 덤블도어 교수님은 막 어머니를 여의었고 홀로 집 안에 틀어박혀 있었어."

"홀로? 덤블도어는 혼자가 아니었어! 함께할 남동생과 여동생이 있었잖아. 덤블도어가 계속 가둬 뒀던 스큅 여동생이……."

"난 그 말 안 믿어." 헤르미온느가 말했다. 그녀도 자리에서 일어섰다. "그분 여동생에게 무슨 문제가 있었는지는 모르겠지만 스큅이었을 것 같지는 않아. 우리가 아는 덤블도어 교수님은 절대, 절대로 그런 일이 일어나도록 놔두지……."

"우리가 안다고 생각한 덤블도어는 머글들을 힘으로 지배하려 들지도 않았겠지!" 해리가 소리쳤다. 그의 목소리가 텅 빈 언덕 위에 메아리치자, 검은 새 몇 마리가 하늘로 날아올라 꽥꽥 울면서 부연 하늘을 배경으로 나선을 그렸다.

"덤블도어 교수님은 변했어, 해리. 변한 거야! 단지 그뿐이야! 어쩌면 열일곱 살 때는 그런 신념을 가졌을 수도 있지. 하지만 그분은 여생을 어둠의 마법과 싸우는 데 바쳤어! 그린델왈드를 막은 사람도 덤블도어 교수님이었고, 항상 머글 보호와 머글 태생의 권리를 지지해 온 사람도 교수님이었어. 그분은 처음부터 '그 사람'과 싸워 왔고 그자를 무찌르려다가 돌아가신 분이라고!"

그들 사이에 놓인 리타 스키터의 책 표지에서 알버스 덤블도어의 얼굴이 둘 모두에게 서글프게 미소 지어 보였다.

"해리, 미안하지만 난 네가 이렇게 화를 내는 진짜 이유는 덤블도어 교수님이 너한테 이런 얘기들을 직접 해 주지 않았기 때문이라고 생각해."

"그럴지도 모르지!" 해리가 소리쳤다. 그는 머리 위로 두 팔을 휙 들어 올렸다. 분노를 억누르려는 것인지, 환멸감의 무게에서 스스로를 보호하기 위해서인지는 알기 어려웠다. "덤블도어가 나한테 뭘 요구했는지 봐, 헤르미온느! 목숨을 걸어라, 해리! 이번에도! 이번에도! 그렇지만 내가 모든 걸 설명할 거라고는 기대하지 마라, 그냥 맹목적으로 나를 믿어라, 내가 하려는 일이 뭔지 나 스스로도 잘 알고 있다고 믿어라, 나는 너를 믿지 않더라도 너는 나를 믿어라! 덤블도어는 진실을 다 알려 준 적이 한 번도 없어! 단 한 번도!"

너무 힘주어 소리치는 바람에 목소리가 갈라졌다. 그들은 사방이 하얗고 아무것도 없는 곳에서 서로를 바라보며 서 있었다. 해리는 자신들이 이 드넓은 하늘 아래 곤충들만큼이나 보잘것없다고 느꼈다.

"덤블도어 교수님은 너를 사랑하셨어." 헤르미온느가 말했다.

"나는 알아."

해리는 들어 올렸던 팔을 내렸다.

"헤르미온느, 덤블도어가 누굴 사랑했는지는 모르겠지만 그게 나였던 적은 한 번도 없어. 이건 사랑이 아니야. 나를 이 구렁텅이 속에 남겨 놓고 떠난 것 말이야. 덤블도어는 나보다 겔러트 그린델왈드와 속마음을 훨씬 많이 나눴어."

해리는 눈밭에 떨어뜨린 헤르미온느의 지팡이를 집어 들고 텐트 입구에 다시 앉았다.

"차 잘 마셨어. 망은 끝까지 볼게. 넌 따뜻한 데로 다시 들어가."

헤르미온느는 망설였지만, 이것으로 대화가 끝났다는 사실을 알아차렸다. 그녀는 책을 집어 들고 그를 지나쳐 다시 텐트 안으로 들어갔다. 그녀의 손이 해리의 머리를 가볍게 스쳤다. 헤르미온느의 손길을 느낀 해리는 눈을 감았다. 그녀가 한 그 말, 덤블도어가 정말로 그를 사랑했다는 말이 사실이기를 바라는 자신이 증오스러웠다.

## 19장
## 은빛 암사슴

 헤르미온느가 망보는 일을 넘겨받은 자정쯤에는 눈이 내리고 있었다. 해리는 혼란스럽고 심란한 꿈을 꾸었다. 내기니가 처음에는 금이 간 커다란 반지를, 그다음에는 크리스마스 장미 화환을 비집고 들락거렸던 것이다. 그는 겁에 질린 채 계속 잠에서 깼다. 텐트를 채찍처럼 내리치는 바람이 발소리나 목소리라고 상상하며, 멀리서 누군가가 그를 소리쳐 부르는 것이라고 확신하면서.
 그는 결국 어둠 속에서 일어나, 텐트 입구에 앉아 지팡이 불빛에 비춰 《마법의 역사》를 읽고 있던 헤르미온느에게 다가갔다. 여전히 눈이 펑펑 내리고 있었다. 해리가 아침 일찍 짐을 싸서 떠나자고 제안하자 그녀는 안심한 기색으로 반겼다.

"좀 더 눈보라를 피할 수 있는 곳으로 가자." 그녀가 잠옷 위로 운동복 상의를 걸쳐 입으며 몸을 덜덜 떨었다. "바깥에서 사람들 오가는 소리가 계속 들린 것 같아. 한두 번은 누군가를 본 것 같기도 하고."

해리는 스웨터를 입다 말고 잠깐 멈춰서 탁자 위에 조용하게 가만히 놓여 있는 스니코스코프를 힐끗 바라봤다.

"분명 상상한 걸 거야." 헤르미온느가 초조한 표정을 지으며 말했다. "어두운데 눈까지 오니까 착시가 일어나는 거지……. 하지만 혹시 모르니까 투명 망토를 쓰고 순간이동 하는 게 좋겠지?"

30분 뒤 해리는 텐트를 접고 호크룩스를 목에 걸었다. 헤르미온느는 구슬가방을 꽉 움켜쥐었다. 그리고 그들은 순간이동 했다. 늘 그렇듯 온몸을 조이는 느낌이 그들을 덮쳤다. 해리의 두 발이 눈 덮인 땅바닥을 떠나, 낙엽이 깔린 얼어붙은 흙바닥을 세차게 디뎠다.

"여기가 어디야?" 헤르미온느가 구슬가방을 열고 텐트 폴대를 꺼내기 시작하자 그가 새로 도착한 숲을 둘러보며 물었다.

"딘 숲이야." 그녀가 말했다. "언젠가 엄마 아빠랑 여기로 캠핑을 온 적이 있어."

이곳 역시 매섭게 추웠고 주위 사방의 나무에는 눈이 쌓여 있었지만 적어도 바람은 피할 수 있었다. 그들은 텐트 안에 틀어박힌 채 밝은 파란색 불꽃 앞에 웅크리고 몸을 녹이며 그날 대부분을 보냈다. 헤르미온느가 아주 능숙하게 만들어 내는 그 유용한 불꽃은 유리병에 담아 들고 다닐 수 있었다. 해리는 잠깐이지만 심각한 병을 앓았다가 회복하는 것 같은 기분이었다. 헤르미온느의 세심한 배려 덕분에 더욱 그런 기분이 들었다. 그날 오후가 되자 다시 눈발이 흩날렸다. 그들이 있는 바람이 들지 않는 공터에조차 가루 같은 눈이 흩뿌려졌다.

이틀 밤이나 거의 잠을 자지 못한 탓에 해리는 평소보다 신경이 날카로워진 것을 느꼈다. 고드릭 골짜기에서 너무나 아슬아슬하게 탈출했기 때문인지 볼드모트가 전보다 더 가까운 곳에 더 위협적으로 다가와 있는 기분이었다. 다시 어둠이 내리자 해리는 망을 보겠다는 헤르미온느의 제안을 물리치고 그녀에게 가서 자라고 말했다.

해리는 낡은 쿠션을 텐트 입구로 가져가 그 위에 앉았다. 가지고 있는 스웨터를 모조리 껴입었는데도 몸이 부들부들 떨렸다. 시간이 갈수록 어둠이 점점 깊어지더니 결국은 바로 앞도 보이지 않게 되었다. 그는 잠깐이나마 지니의 이름이 붙은 점을 살펴보기 위해 도둑 지도를 꺼내려다가, 지금이 크리스마스 연휴 기간이라는 것을 깨달았다. 그녀는 버로로 돌아갔을 것이다.

드넓은 숲속에서는 작은 움직임 하나하나도 크게 느껴지는 것 같았다. 해리는 숲이 분명 살아 있는 생명체로 가득한 줄 알면서도 그 모든 것이 꼼짝 않고 조용히 있어 줬으면 좋겠다고 생각했다. 그래야 애꿎은 생명체들의 종종걸음과 어슬렁거리는 소리를 또 다른 불길한 움직임을 암시하는 소리와 구분할 수 있을 테니 말이다. 그는 몇 년 전 낙엽 위로 망토가 스르르 미끄러지던 소리를 떠올렸다. 그때 그 소리가 다시 들린 것 같았지만 곧 머릿속에서 그 생각을 떨쳐 냈다. 그들이 건 보호 마법은 몇 주 동안이나 잘 작동해 왔다. 왜 이제 와서 깨지겠는가? 하지만 그는 오늘 밤은 뭔가 다르다는 느낌을 떨칠 수가 없었다.

해리는 몇 번인가 흠칫하며 몸을 꼿꼿이 세웠다. 텐트 벽에 어색한 각도로 기대어 잠들었기에 목이 뻐근했다. 밤이 벨벳처럼 짙은 어둠에 접어들자, 그는 순간이동 중인 상태에서 멈춰 있는 것 같은 기분이 들었다. 눈앞으로 손을 들어 손가락이 보이는지 살피려는 순간, 뭔가가 보였다.

밝은 은빛이 그의 눈앞에 나타나 나무 사이로 움직였다. 어디서 나오는 빛인지는 알 수 없었지만, 그것은 아무 소리도 내지 않고 움직이고 있었다. 그 빛은 그저 그를 향해 흘러오는 것처럼 보였다.

해리는 벌떡 일어섰다. 목소리가 목구멍에서 얼어붙었다. 그는 헤르미온느의 지팡이를 높이 들어 올렸다. 눈이 멀 정도로 빛이 환해지자 해리는 눈을 가늘게 떴다. 앞에 있는 나무들이 칠흑 같은 윤곽을 드러냈다. 그것은 점점 더 가까이 다가오고 있었다…….

잠시 후, 그 빛의 근원이 오크나무 뒤에서 나타났다. 달빛처럼 밝고 눈부신 은백색 암사슴이 여전히 소리 없이, 고운 가루처럼 쌓인 눈에 아무런 발자국도 남기지 않고 땅 위를 조심조심 내딛고 있었다. 긴 속눈썹이 달린 커다란 눈을 가진 암사슴은 그 아름다운 머리를 높이 들고 그를 향해 다가왔다.

해리는 경이로운 마음으로 그 동물을 바라보았다. 암사슴은 이상하게 여겨지기는커녕 왠지 모르게 친근했다. 마치 암사슴이 나타나기만 기다리고 있었는데, 이 순간이 오기 전까지는 만나기로 한 것을 까맣게 잊고 있었던 듯한 느낌이었다. 방금까지만 해도 헤르미온느를 소리쳐 부르고 싶었던 강렬한 충동이 지금은 싹 사라져 있었다. 그는 알았다. 암사슴은 그를, 오직 그만을 찾아온 것이다. 목숨을 걸고 장담할 수 있었다.

그들은 잠시 서로를 뚫어지게 바라보았다. 잠시 후 암사슴은 몸을 돌려 걸어가기 시작했다.

"안 돼." 그가 말했다. 한참 동안 말을 하지 않은 탓에 목소리가 갈라졌다. "돌아와!"

암사슴은 계속해서 나무 사이를 찬찬히 걸어갔고, 머잖아 굵직하고 검은 나무줄기가 그 빛을 가리며 줄무늬를 만들어 냈다. 그는 한순간 망설였다. 경고의 목소리가 속삭였다. 이건 속임수나 미끼, 아니면 함정일 수도 있어. 하지만 본능이, 저항할 수 없는 본능이 그에게 이것은 어둠의 마법이 아니라고 말해 주었다. 그는 사슴을 따라갔다.

해리의 발밑에서 눈이 뽀드득거렸지만, 암사슴은 나무 사이를 지나면서 아무런 소리도 내지 않았다. 오직 빛으로만 이루어져 있었기 때문이다. 암사슴은 점점 더 깊은 숲속으로 그를 이끌었고, 해리는 암사슴이 언젠가 멈춰서 그가 가까이 다가가는 것을 허락해 주리라는 확신에 걸음을 재촉했다. 그때가 되면 암사슴은 입을 열 것이고, 그 목소리는 해리가 알아야만 하는 것들을 말해 줄 것이다.

마침내 사슴이 멈춰 섰다. 사슴이 아름다운 머리를 다시 한 번 그에게 돌리자 해리는 달리기 시작했다. 마음속에서는 의문이 불타올랐다. 하지만 입술을 떼고 질문을 던지려는 순간 암사슴은 사라졌다.

어둠이 사슴을 통째로 삼켜 버렸지만, 빛나던 그 모습은 여전히 해리의 망막에 새겨져 있었다. 사슴의 잔상이 그의 시야를 흐렸고, 그가 눈을 감자 환하게 빛나면서 방향감각을 흐트러뜨렸다. 암사슴의 존재는 안전함을 의미했기에 이제는 두려움이 몰려왔다.

"루모스." 그가 속삭이자 마법 지팡이 끝에 불이 켜졌다.

숲속에서 아득히 들려오는 잔가지 부러지는 소리와 눈이 부드럽게 사락사락 내리는 소리에 귀를 기울이고 서 있자니, 그가 눈을 한 번 깜빡일 때마다 암사슴의 잔상이 희미해져 갔다. 공격을 당하게 될까? 암사슴이 그를 습격 장소로 꾀어낸 걸까? 누군가가 마법 지팡이 빛이 닿지 않는 곳에 서서 그를 지켜보고 있다는 생각은 그저 상상일까?

해리는 마법 지팡이를 더 높이 들어 올렸다. 아무도 그에게 달려들지 않았고, 나무 뒤에서 번뜩이는 녹색 빛이 폭발하지도 않았다. 그렇다면 암사슴은 왜 그를 이곳으로 이끌었을까?

지팡이 불빛에 비쳐 뭔가가 희미하게 빛났다. 해리는 빙글 돌아봤지만, 그곳에 있는 것이라고는 얼어붙은 작은 연못뿐이었다. 해리가 지팡이를 더 높이 들고 자세히 살펴보자 갈라진 검은 수면이 반짝였다.

그는 조심스레 앞으로 나아가 연못을 내려다보았다. 얼어붙은 수면에 일그러진 그의 모습과 지팡이 불빛이 비쳤다. 하지만 두껍고 뿌연 잿빛 빙판 아래 저 깊은 곳에서 또 다른 뭔가가 반짝이고 있었다. 커다란 은색 십자가 같은 것이…….

해리는 심장이 목구멍으로 튀어나올 지경이었다. 그는 연못 가장자리에 털썩 무릎을 꿇고 가능한 한 연못 밑바닥까지 비추도록 지팡이를 기울였다. 짙은 붉은빛이 번쩍했다……. 그것은 손잡이에 빛나는 루비들이 박혀 있는 검이었다……. 그리핀도르의 검이 숲속 연못 밑바닥에 놓여 있었다.

해리는 간신히 숨을 쉬며 그 검을 내려다보았다. 어떻게 이런 일이 가능할까? 어쩌다가 저 검이 숲속 연못 속에, 그들의 야영지와 이토록 가까운 곳에 놓여 있게 된 걸까? 알 수 없는 어떤 마법이 헤르미온느를 이곳으로 인도한 걸까? 혹은 해리가 패트로누스라고 생각했던 암사슴이 이 연못의 수호자 같은 존재인 걸까? 아니면 그들이 이곳에 도착한 이후에, 정확히 그들이 이곳에 왔기 때문에 저 검이 연못 안에 놓이게 된 걸까? 그렇다면 이 검을 해리에게 전해 주고 싶어 한 사람은 어디에 있을까? 해리는 다시 한 번 주위 나무들과 덤불에 지팡이를 겨누며 인간의 형체나 번뜩이는 눈동자가 있는지 찾아봤지만 그 무엇도 보이지 않았다. 그래도 얼어붙은 연못 밑바닥에 놓여 있는 검 쪽으로 다시 관심을 돌리자 해리는 두려운 만큼 기쁨도 더 커지는 것을 느꼈다.

그는 은빛 형체에 마법 지팡이를 겨누고 중얼거렸다. "아씨오 검."

검은 꿈쩍도 하지 않았다. 물론 움직일 거라고 기대한 건 아니었다. 그렇게 쉬운 일이었다면 검은 얼어붙은 연못 깊은 곳이 아니라 그가 집어 들 수 있도록 땅 위에 놓여 있었을 것이다. 해리는 꽁꽁 언 연못 주위를 돌며, 지난번 검이 스스로 그에게 왔던 때를 떠올렸다. 당시 그는 끔찍한 위험에 처해 도움을 요청했었다.

"도와줘." 그가 웅얼거렸지만, 검은 냉담하게 꿈쩍도 하지 않고 연못 밑바닥에 그대로 있었다.

지난번 이 검을 돌려주었을 때 덤블도어가 뭐라고 했더라? 해리는 다시 걷기 시작하며 스스로에게 물었다. '진정한 그리핀도르만이 모자에서 그 검을 꺼낼 수 있단다.' 그리핀도르라는 것을 확실히 보여 주는 자질들은 뭐였지? 해리의 머릿속에서 작은 목소리가 대답했다. '용기, 대담함, 기사도 정신이 그리핀도르의 특징이지.'

해리는 걷다 말고 길게 한숨을 내쉬었다. 연기 같은 숨결이 얼어붙은 공기 속에서 빠르게 흩어졌다. 그는 무엇을 해야 하는지 알았다. 솔직히, 얼음 아래에 놓인 검을 발견한 그 순간부터 결국 이렇게 될 거라고 생각했다.

그는 주위의 나무들을 다시 힐끗 둘러보았다. 하지만 이제는 아무도 그를 공격하지 않으리라는 확신이 들었다. 공격할 거라면, 그가 혼자서 숲을 걸어오는 동안 얼마든지 기회가 있었다. 해리가 연못을 살펴볼 때도 마찬가지였다. 지금 해리가 머뭇거리는 유일한 이유는 곧 겪게 될 일이 전혀 내키지 않았기 때문이었다.

해리는 손가락으로 더듬어 가며 겹겹이 껴입은 옷을 벗기 시작했다. 서글프게도, 이 일 어디에 '기사도 정신'이 요구되는 건지 모르겠다는 생각이 들었다. 자기 대신 이 일을 해 달라고 헤르미온느를 소리쳐 부르지 않는 것을 기사도 정신으로 친다면 모를까.

그가 옷을 벗고 있을 때 어딘가에서 부엉이 울음소리가 들렸고,

그는 찌르는 듯한 고통을 느끼며 헤드위그를 떠올렸다. 이제 추위에 온몸이 떨리고 이가 딱딱 부딪쳤다. 그래도 해리는 계속 옷을 벗었고 마침내 속옷만 입은 채 맨발로 눈밭에 섰다. 그는 마법 지팡이와 어머니의 편지, 시리우스의 거울 파편, 예전에 잡은 스니치가 들어 있는 주머니를 옷 위에 두고 헤르미온느의 마법 지팡이로 얼음을 가리켰다.

"디핀도."

고요한 가운데 얼음이 총소리 같은 소음을 내며 쩍 갈라졌다. 연못 표면이 부서지더니 검은 얼음 덩어리가 출렁이는 수면 위에서 흔들거렸다. 해리가 보기에 연못은 깊지 않았지만 검을 가져오려면 물속으로 완전히 들어가야 했다.

눈앞에 닥친 임무를 깊이 생각한다고 해서 일이 더 쉬워지거나 물이 따뜻해지지는 않을 터였다. 그는 연못 가장자리로 다가가 여전히 불이 켜져 있는 헤르미온느의 지팡이를 땅바닥에 내려놓았다. 그런 다음 얼마나 추울지, 잠시 후 몸을 얼마나 떨게 될지 생각하지 않으려고 애쓰며 물속으로 뛰어들었다.

몸에 있는 모든 구멍이 항의하듯 비명을 질렀다. 얼어붙은 물에 어깨까지 담그자 폐 속에 있는 공기마저 딱딱하게 어는 것 같았다. 거의 숨을 쉴 수가 없을 지경이었다. 몸이 어찌나 격렬하게 떨리는지, 연못 가장자리에서 물살이 찰랑거렸다. 그는 얼얼한 발로 검날 쪽을 더듬어 보았다. 잠수는 딱 한 번만 하고 싶었다.

해리는 숨을 헐떡이고 부들부들 떨면서, 몸을 물속에 완전히 담그는 순간을 조금씩 미뤘다. 그러다가 어쨌든 해야만 하는 일이라고 스스로를 타이른 뒤 용기를 모조리 끌어모아 물속으로 들어갔다.

그 차가움은 고통의 극치였다. 그것은 마치 불처럼 해리를 공격해 왔다. 그는 검은 물살을 가르며 연못 바닥으로 내려갔다. 손을 뻗어 검을 더듬는데 머리가 얼어붙는 것 같았다. 그의 손가락이 검 손잡이를 쥐었다. 그는 검을 위로 끌어 올렸다.

그때 뭔가가 해리의 목을 세게 조여 왔다. 잠수할 때는 몸에 걸리는 것이 아무것도 없었는데, 아마도 수초인 것 같았다. 그는 검을 들지 않은 손으로 그것을 풀어내려고 했다. 목을 조이는 것은 수초가 아니었다. 호크룩스 줄이 팽팽하게 당겨지면서 천천히 그의 숨통을 죄고 있었다.

해리는 거칠게 발버둥 치며 수면 위로 몸을 밀어 올리려고 했지만, 연못 속 바위 면에만 자꾸 부딪칠 뿐이었다. 그는 발길질을 해 대면서 숨이 막혀 오는 것을 느끼며, 목을 조르는 줄을 움켜쥐려고 애썼다. 손가락이 얼어붙어 줄을 풀어낼 수가 없었다. 이제 머릿속에서 작은 불빛들이 팡팡 터지고 있었다. 익사하고 말 것이다. 아무것도 남지 않았다. 그가 할 수 있는 일은 아무것도 없었다. 그의 가슴에 다가드는 저 팔은 틀림없이 죽음의······.

숨이 막혀 헛구역질을 하고 온몸이 푹 젖은 채, 그는 살면서 겪었던 것 중 가장 끔찍한 추위를 느끼며 눈밭에 엎드려 있었다. 근처에서 누군가가 헐떡이고 기침을 하면서 비틀거렸다. 그 뱀이 공격했을 때 나타났던 것처럼 헤르미온느가 다시 와 준 것이다……. 하지만 그녀가 내는 소리 같지 않았다. 굵직한 기침 소리, 그 묵직한 발소리는 꼭…….

해리는 머리를 들어 자기를 구해 준 사람의 정체를 확인할 기력이 없었다. 그가 할 수 있는 일은 부들부들 떨리는 손을 목으로 가져가 로켓이 살갗으로 파고든 자리를 만져 보는 것뿐이었다. 로켓은 거기에 없었다. 누군가가 그것을 그의 목에서 끊어 낸 것이다. 그때 그의 머리 위에서 숨 가쁜 목소리가 들렸다.

"너…… *미쳤냐?*"

그 목소리를 들었을 때 해리가 받은 충격 외에 그를 자리에서 벌떡 일으켜 세울 수 있는 건 아무것도 없었을 것이다. 그는 격렬하게 몸을 떨며 비틀비틀 일어섰다. 거기, 눈앞에 론이 서 있었다. 론은 옷을 다 입고 있었지만 쫄딱 젖고 머리카락은 얼굴에 착 달라붙은 채, 한 손에 그리핀도르의 검을 들고 다른 손으로는 끊어진 줄을 쥐고 있었다. 줄에는 호크룩스가 대롱대롱 매달려 있었다.

"도대체 왜……." 론이 호크룩스를 들어 올리며 헐떡였다. 호크룩스는 최면이라도 걸려는 것처럼 짧아진 줄에 매달려 앞뒤로 흔들렸다. "물에 뛰어들기 전에 이걸 떼어 놓지 않은 거야?"

해리는 대답할 수 없었다. 론이 다시 온 것에 비하면 은빛 암사슴은 아무것도, 정말 아무것도 아니었다. 믿을 수가 없었다. 그는 추위에 몸을 떨면서, 아직 물가에 놓여 있는 옷가지를 주워 들고 입기 시작했다. 해리는 머리 위로 스웨터 여러 벌을 연달아 껴입으면서 론을 뚫어지게 바라보았다. 옷 때문에 잠깐씩 보이지 않을 때마다 그가 사라질지도 모른다는 생각이 들긴 했지만, 론은 진짜가 틀림없었다. 그가 방금 연못에 뛰어들어 해리의 목숨을 구해 준 것이다.

"너, 너였어?" 해리가 마침내 입을 열었다. 이가 딱딱 부딪쳤다. 하마터면 목이 졸려 죽을 뻔한 탓에 목소리는 평소보다 힘이 없었다.

"뭐, 그래." 론이 약간 어리둥절한 표정을 지으며 말했다.

"네, 네가 그 암사슴을 만들어 냈어?"

"뭐? 아니, 당연히 아니지! 난 네가 한 건 줄 알았는데!"

"내 패트로누스는 수사슴이야."

"아, 맞다. 어쩐지 달라 보인다 싶더라. 뿔이 없었지."

해그리드가 준 주머니를 목에 건 해리는 마지막 남은 스웨터를 입고 허리를 숙여 헤르미온느의 지팡이를 집어 든 뒤 다시 론을 마주 보았다.

"넌 어떻게 여기 있는 거야?"

론은 어차피 이 얘기가 나올 거라면 나중에 나오기를 바랐던 게 틀림없었다.

"뭐, 난…… 그게…… 돌아왔어. 만약에……." 그는 목을 가다듬었다. "그러니까, 아직도 내가 필요하다면 말이야."

잠시 침묵이 흐르는 사이, 론이 떠났다는 사실이 둘 사이에 벽을 만드는 듯했다. 하지만 그는 여기에 있었다. 돌아왔다. 그리고 방금 해리의 목숨을 구해 주었다.

론은 두 손을 내려다보았다. 그러고는 자기 손에 들려 있는 물건을 보고 잠시 놀란 듯했다.

"아 그래, 내가 이걸 꺼냈어." 그는 해리가 살펴볼 수 있도록 검을 필요 이상으로 높이 들어 올리며 말했다. "이것 때문에 뛰어든 거 맞지?"

"응." 해리가 말했다. "근데 도무지 이해가 안 가. 어떻게 여기까지 온 거야? 우릴 어떻게 찾아냈어?"

"사연이 길어." 론이 말했다. "나는 몇 시간 동안이나 너희를 찾아다녔어. 여긴 정말 큰 숲이잖아? 그러다가 아침이 올 때까지 나무 밑에서 잠이나 좀 자야겠다고 생각하던 참에 그 사슴이 오는 걸 봤어. 네가 그 뒤를 따라오는 게 보이더라."

"다른 사람은 못 봤고?"

"응." 론이 말했다. "난……."

하지만 그는 몇 미터 떨어진 곳에서 나란히 자라는 나무 두 그루를 힐끗 바라보더니 머뭇거렸다.

"저쪽에서 뭔가 움직이는 걸 본 것 같긴 해. 근데 난 연못으로 달려가고 있었어. 네가 뛰어들어서 아직 나오지 않았으니까. 그래서 저기에 가 볼 생각은 못 했…… 야!"

해리는 이미 론이 가리킨 곳으로 서둘러 달려가고 있었다. 오크나무 두 그루가 가까이 붙어 자라고 있는 곳이었다. 두 나무줄기 사이는 눈높이에서 겨우 한 뼘 정도만 벌어져 있을 뿐이었다. 모습을 숨기고 바깥을 내다보기에는 이상적인 장소였다. 하지만 뿌리 주위의 땅바닥에는 눈이 쌓여 있지 않았기에 발자국은 흔적도 보이지 않았다. 그는 론이 검과 호크룩스를 들고 서서 기다리는 곳으로 돌아갔다.

"뭐 있어?" 론이 물었다.

"아니." 해리가 대답했다.

"그런데 검은 어쩌다가 저 연못에 들어가게 된 거야?"

"분명 패트로누스를 불러낸 사람이 거기 넣어 놓았을 거야."

그들은 정교하게 세공된 은색 검을 바라보았다. 헤르미온느의 마법 지팡이 불빛에 비쳐, 루비 박힌 손잡이가 희미하게 빛났다.

"이 검이 진짜일까?" 론이 물었다.

"알아볼 방법은 하나밖에 없지. 안 그래?" 해리가 말했다.

호크룩스는 아직도 론의 손에서 달랑거리고 있었다. 로켓이 조금씩 움찔거렸다. 해리는 그 안에 있는 것이 또다시 불안해하고 있다는 것을 알았다. 그것은 검의 존재를 느끼고, 해리가 검을 손에 넣지 못하도록 그를 죽이려고 했다. 지금은 기나긴 토론을 하고 있을 때가 아니었다. 지금이야말로 로켓을 영원히 파괴할 순간이었다. 해리는 헤르미온느의 마법 지팡이를 높이 들고 주위를 둘러보다가 적당한 장소를 발견했다. 플라타너스 그림자 속에 평평한 바위가 놓여 있었다.

"이리 와." 해리가 말하며 앞장서 갔다. 그는 바위 위에 쌓인 눈을 쓸어 내고 호크룩스를 달라는 뜻으로 손을 내밀었다. 그러나 론은 그에게 검을 건넸고 해리는 고개를 저었다.

"아니, 네가 해야지."

"내가?" 론이 충격받은 표정으로 물었다. "왜?"

"연못에서 검을 꺼낸 게 너니까. 네가 해야 할 것 같아."

그는 친절하게 굴려는 것도 아니고 아량을 베풀려는 것도 아니었다. 암사슴이 선하다는 사실을 확실히 알았던 것처럼 검을 휘둘러야 할 사람이 론이라는 사실을 알고 있었을 뿐이다. 덤블도어 역시 최소한 몇 가지 마법과 몇몇 행위들의 헤아릴 수 없는 힘에 대해서는 해리에게 가르쳐 준 적이 있었다.

"내가 로켓을 열게." 해리가 말했다. "그럼 네가 검을 꽂아. 바로 해야 돼. 알았지? 안에 무엇이 들어 있든 저항하려 들 거야. 일기장에 깃든 리들의 일부도 나를 죽이려고 했어."

"어떻게 열 건데?" 론이 물었다. 그는 겁에 질린 표정이었다.

"뱀의 말을 써서 열리라고 명령할게." 해리가 말했다. 대답이 너무 쉽게 나와서 항상 마음 깊숙한 곳에서는 그 답을 알고 있었다는 생각마저 들었다. 아마 최근에 내기니와 맞닥뜨린 일이 그 사실을 깨닫게 해 준 것 같았다. 그는 반짝반짝 빛나는 초록색 돌들로 장식된 뱀 모양 'S'자를 바라보았다. 그것을 차가운 바위 위에서 똬리를 틀고 있는 작디작은 뱀으로 상상하기는 어렵지 않았다.

"안 돼!" 론이 말했다. "안 돼, 열지 마! 진심이야!"

"왜?" 해리가 물었다. "이 망할 것 빨리 없애 버리자. 벌써 몇 달이나……."

"난 못해, 해리. 진짜야…… 네가 해……."

"아니 왜?"

"저건 나한테 나쁜 영향을 주니까!" 론이 바위에 놓인 로켓에서 물러나며 말했다. "난 저걸 다룰 수 없어! 내 행동에 대해서 변명하려는 건 아닌데, 해리, 저 로켓은 너랑 헤르미온느한테보다 나한테 훨씬 안 좋은 영향을 끼쳤어. 저것 때문에 별생각이 다 들더라. 계속 생각해 오던 거긴 한데 저게 모든 걸 더 나쁘게 만들었어. 뭐라고 설명은 못 하겠어. 저걸 내려놓으면 정신이 똑바로 돌아왔지만 곧 다시 저 빌어먹을 걸 목에 걸어야 했고……. 난 못해, 해리!"

그는 고개를 저으며 칼을 옆으로 늘어뜨린 채 뒤로 물러났다.

"할 수 있어." 해리가 말했다. "넌 할 수 있어! 방금 그 검도 네가 찾았잖아. 난 그걸 써야 할 사람이 너라는 걸 알아. 부탁이야. 그냥 해치워, 론."

해리가 자신의 이름을 부르는 소리가 론에게는 격려가 된 듯했다. 론은 침을 꿀꺽 삼키더니, 긴 코로 여전히 숨을 몰아쉬며 다시 바위 쪽으로 다가갔다.

"언제 할지 말해 줘." 그가 숨 막히는 듯한 소리로 말했다.

"셋을 셀게." 해리가 말했다. 그는 로켓을 다시 내려다보았다. 그리고 눈을 가늘게 뜨고 S자에 집중하면서 뱀을 떠올렸다. 로켓 안에 들어 있는 것이 덫에 걸린 바퀴벌레처럼 꿈틀거렸다. 목에 생긴 상처가 여전히 쓰라리지만 않았더라도 그 존재가 불쌍하게 여겨졌을 수도 있었다.

"하나…… 둘…… 셋…… 열어."

마지막 단어는 뱀처럼 식식대는 소리가 되어 흘러나왔다. 로켓의 황금색 뚜껑이 찰칵하는 작은 소리를 내며 활짝 열렸다.

각각 뚜껑과 본체에 붙은 두 개의 작은 유리 뒤에는 살아서 깜빡거리는 눈이 하나씩 들어 있었다. 동공이 뱀처럼 쭉 째진 새빨간 눈동자로 변하기 전에 톰 리들의 눈이 그랬듯 까맣고 잘생긴 눈이었다.

"찔러." 해리가 로켓을 바위 위에 단단히 잡고 말했다.

론은 떨리는 손으로 검을 들었다. 검 끝이 미친 듯이 돌고 있는 눈알 위로 향했다. 해리는 로켓을 꽉 쥔 채, 텅 빈 유리에서 피가 쏟아져 나오는 장면을 미리 상상하며 마음을 다잡았다.

그때 호크룩스에서 식식거리는 목소리가 흘러나왔다.

"나는 네 마음속을 보았다. 그러므로 네 마음은 내 것이다."

"듣지 마!" 해리가 거칠게 외쳤다. "찔러!"

"나는 네 꿈들을 보았다, 로널드 위즐리. 너의 두려움도 보았다. 네가 욕망하는 모든 것이 이루어질 수 있지만, 네가 두려워하는 일 또한 모두 이루어질 수 있다……."

"찌르라고!" 해리가 소리쳤다. 그의 목소리가 주위를 에워싼 나무 사이로 메아리쳤다. 검 끝이 떨렸다. 론은 리들의 눈을 내려다보았다.

"너는 늘 사랑을 가장 못 받는 아이였다. 너희 어머니는 딸을 무척 갖고 싶어 했으니까……. 지금도 넌 가장 사랑받는 존재가 아니다. 그 소녀는 네 친구를 더 좋아하니까……. 넌 언제나 두 번째야. 영원히 남들의 그림자에 가려져서……."

"론, 지금 찔러!" 해리가 소리쳤다. 그는 로켓이 그의 손아귀에서 떨리는 것을 느꼈다. 무슨 일이 벌어질지 두려웠다. 론이 검을 더 높이 들어 올렸고, 바로 그 순간 리들의 두 눈이 진홍색으로 번뜩였다.

로켓의 양쪽 유리 속에 있는 그 눈에서 기괴한 거품이 피어올랐다. 그것은 이상하게 일그러진 해리와 헤르미온느의 머리였다.

두 사람의 형상이 로켓 밖으로 부풀어 오르자 론은 깜짝 놀라 비명을 지르며 물러섰다. 두 형상에서 가슴, 허리, 다리가 차례차례 생겨나더니 마침내 같은 뿌리에서 자란 나무들처럼 로켓 안에 나란히 서서 론과 진짜 해리 위로 흔들거렸다. 로켓이 갑자기 엄청나게 뜨거워져서 해리는 얼른 손가락을 뗐다.

"론!" 그가 외쳤지만 리들-해리는 이제 볼드모트의 목소리로 말하고 있었다. 론은 최면에 걸린 듯 그 얼굴을 응시했다.

"왜 돌아온 거야? 네가 없을 때가 더 좋았는데. 더 행복했는데. 네가 없어서 기뻤는데……. 우리는 네가 얼마나 멍청하고 비겁하고 주제넘었는지 이야기하면서 비웃었단 말이야……."

"주제넘어!" 리들-헤르미온느가 되풀이했다. 그녀는 진짜 헤르미온느보다 더 아름다웠지만 더 무시무시했다. 그녀는 론의 눈앞에서 흔들거리면서 깔깔 웃어 댔다. 론은 겁에 질려서 꼼짝할 수 없는 듯했고, 검은 그의 옆에 부질없이 축 늘어져 있었다. "딴 사람 눈에 네가 보이기나 하겠니? 누가 널 보려고나 하겠느냐고, 옆에 해리 포터가 있는데. 대체 네가 한 게 뭐야? 선택받은 자와 비교해 봐! 네가 대체 뭔데? 살아남은 소년과 비교해 보란 말이야!"

"론, 찔러, **찌르라고!**" 해리가 소리쳤지만 론은 움직이지 않았다. 휘둥그레진 그의 눈에 리들-해리와 리들-헤르미온느가 비쳤다. 그들의 머리카락은 불길처럼 나부꼈고, 눈은 빨갛게 번뜩였으며, 목소리는 사악한 이중창을 부르듯 점점 높아졌다.

"네 어머니가 고백했어." 리들-헤르미온느가 야유하는 가운데 리들-해리가 비웃었다. "내가 자기 아들인 게 더 좋았을 거라고, 기꺼이 바꾸겠다고……."

"누군들 해리를 더 좋아하지 않겠어? 어떤 여자가 널 받아 주겠니? 넌 아무것도 아니야. 아무것도. 해리에 비하면 아무것도 아니라고." 리들-헤르미온느가 읊조리듯 말하더니 뱀처럼 몸을 길게 늘여 리들-해리를 휘감고 바짝 끌어안았다. 그들의 입술이 맞닿았다.

그 앞에 서 있는 론의 얼굴은 고통으로 가득했다. 그는 두 팔을 덜덜 떨며 검을 높이 들어 올렸다.

"해치워, 론!" 해리가 소리쳤다.

론이 그를 바라보았다. 론의 눈동자에서 진홍색 빛의 흔적이 감도는 것 같았다.

"론……?"

검이 번뜩이며 휘둘러졌다. 해리는 몸을 던져 피했다. 쨍그랑하고 금속이 부딪치는 소리와 함께 비명 소리가 길게 이어졌다. 해리는 스스로를 방어할 태세로 마법 지팡이를 들고 눈 위에서 미끄러지며 휙 돌아섰다. 하지만 싸울 일은 없었다.

그와 헤르미온느의 괴물 같은 모습은 사라졌다. 그곳에는 오직 손에 검을 느슨하게 쥐고 서서, 평평한 바위 위에서 산산조각 난 로켓의 잔해를 내려다보는 론만 있을 뿐이었다.

해리는 론에게 천천히 다가갔다. 뭐라고 말해야 할지, 뭘 해야 할지 알 수가 없었다. 론은 힘겹게 숨을 쉬고 있었다. 그의 눈동자는 더 이상 빨갛지 않았다. 평소처럼 파랬고 눈물마저 괴어 있었다.

해리는 못 본 척 허리를 구부려 부서진 호크룩스를 집어 들었다. 론은 두 개의 유리를 모두 꿰뚫었다. 리들의 눈은 사라졌고, 얼룩진 실크 안감에서는 조금씩 연기가 피어오르고 있었다. 호크룩스 안에 살던 존재는 사라졌다. 론을 괴롭힌 것이 그것의 마지막 발악이었던 것이다.

론이 검을 떨어뜨리자 쨍그랑하는 소리가 울렸다. 그는 털썩 쪼그려 앉으며 양팔에 얼굴을 묻었다. 그는 떨고 있었지만 해리는 론이 추워서 그러는 게 아니라는 것을 알았다. 해리는 부서진 로켓을 주머니에 쑤셔 넣고 론 옆에 무릎을 꿇고 앉아 조심스럽게 그의 어깨에 한 손을 올렸다. 론은 그 손을 떨쳐 내지 않았다. 좋은 징조였다.

"네가 떠난 뒤에……." 해리가 나직한 목소리로 입을 열었다. 론의 얼굴이 가려져 있어서 다행이었다. "헤르미온느는 1주일을 울었어. 아마 1주일도 더 울었을 거야. 나한테 우는 모습을 보여 주지 않았을 뿐이지. 서로 한 마디도 하지 않은 밤도 많았어. 네가 없었으니까……."

그는 말을 끝맺지 못했다. 론이 그들 곁으로 돌아온 지금에서야 그의 빈자리가 얼마나 컸는지 온전히 깨달을 수 있었다.

"헤르미온느는 나한테 누나나 여동생이나 마찬가지야." 그가 말을 이었다. "난 그런 식으로 헤르미온느를 사랑하고, 걔도 나한테 똑같은 감정을 느낄 거라고 생각해. 항상 그랬어. 너도 아는 줄 알았는데."

론은 대꾸하지 않고 해리에게서 얼굴을 돌리더니 소매에 대고 요란하게 코를 풀었다. 해리는 다시 일어나 론의 커다란 배낭이 놓여 있는 곳으로 향했다. 배낭은 몇 미터 떨어진 곳에, 론이 익사하기 직전의 해리를 구하려고 연못으로 달려갈 때 내던진 자리에 그대로 놓여 있었다. 그가 배낭을 등에 메고 돌아오자 론은 자리에서 일어났다. 눈은 충혈되어 있었지만 평상심을 되찾은 듯했다.

"미안해." 론이 잔뜩 잠긴 목소리로 말했다. "그렇게 가 버려서 미안해. 나도 알아, 내가…… 나는……."

그는 매우 심한 욕설이 휙 날아들어 그를 비난하길 바라는 것처럼 어둠 속을 둘러보았다.

"오늘 밤 일로 만회한 셈이지." 해리가 말했다. "검도 찾고. 호크룩스도 끝장내고. 내 목숨도 구하고."

"그렇게 말하니까 실제보다 멋지게 들린다." 론이 웅얼거렸다.

"그런 일은 항상 실제보다 멋지게 들려." 해리가 말했다. "내가 오래전부터 너한테 하려고 애쓰던 얘기가 바로 그거야."

그들은 동시에 앞으로 걸어 나와 서로를 끌어안았다. 해리는 여전히 흠뻑 젖어 있는 론의 재킷 뒷자락을 움켜쥐었다.

둘이 서로에게서 떨어질 때 해리가 말했다. "이제 텐트만 다시 찾으면 되겠다."

그러나 텐트를 찾는 일은 어렵지 않았다. 암사슴을 따라 어두운 숲길을 걸을 때는 길게 느껴졌지만, 론이 곁에 있으니 돌아가는 길은 놀랄 만큼 짧았다. 해리는 헤르미온느를 깨우고 싶어 조바심이 났다. 텐트 안으로 들어갈 때는 점점 더 기분이 들떴다. 론은 뒤에 조금 처진 채 따라오고 있었다.

연못가와 숲에 있다가 돌아왔기 때문인지 텐트는 천국처럼 따뜻하게 느껴졌다. 유일한 불빛인 파란색 불꽃들이 바닥에 놓인 그릇 안에서 여전히 일렁이고 있었다. 헤르미온느는 담요 아래 웅크린 채 깊이 잠들어 있었고, 해리가 몇 번 이름을 불렀는데도 꼼짝

하지 않았다.

"헤르미온느!"

그녀는 움찔하더니 재빨리 일어나 앉으며 얼굴에서 머리카락을 쓸어 냈다.

"왜 그래? 해리? 괜찮아?"

"괜찮아, 다 괜찮아. 괜찮은 것 이상이야. 엄청 좋아. 여기 누가 왔는지 봐."

"무슨 말이야? 누가……?"

그녀는 검을 들고 서서 올이 다 드러난 카펫에 물을 뚝뚝 흘리고 있는 론을 발견했다. 해리는 어두운 구석으로 물러나 론의 배낭을 벗었다. 텐트 벽과 구분이 안 될 정도로 딱 달라붙어 있을 작정이었다.

헤르미온느는 미끄러지듯 침대를 빠져나와 몽유병 환자처럼 론을 향해 다가갔다. 그녀의 눈길은 하얗게 질린 론의 얼굴에 닿아 있었다. 그녀는 론 바로 앞에서 걸음을 멈췄다. 그녀의 입술이 살짝 벌어지고 두 눈은 휘둥그레졌다. 론이 희미하게 기대감에 찬 미소를 지으며 두 팔을 반쯤 들어 올렸다.

헤르미온느가 앞으로 달려들더니 손이 닿는 대로 론을 때리기 시작했다.

"아야…… 아…… 그만해! 이게 무슨……? 헤르미온느……

아얏!"

 "이…… 천하의…… 멍청이…… 로널드…… 위즐리!"

 그녀는 한 마디 한 마디 할 때마다 주먹질을 했다. 론은 돌진해 오는 헤르미온느에게서 뒤로 물러나며 머리를 가렸다.

 "몇 주나…… 몇 주나…… 지났는데…… 네가…… 여길…… 기어들어…… 와? ……아, 내 지팡이 어디 있어?"

 그녀는 해리의 손에서 지팡이를 억지로 빼낼 태세였다. 해리는 본능적으로 반응했다.

 "프로테고!"

 론과 헤르미온느 사이에 눈에 보이지 않는 방패가 나타났다. 헤르미온느는 그 힘에 밀려 뒤로 넘어지고 말았다. 그녀는 입에 들어간 머리카락을 뱉어 내며 다시 벌떡 일어났다.

 "헤르미온느!" 해리가 말했다. "진정……."

 "진정 못 해!" 그녀가 소리쳤다. 해리는 그녀가 이런 식으로 이성을 잃는 모습은 한 번도 본 적이 없었다. 그녀는 제정신이 아닌 것 같았다.

 "내 지팡이 돌려줘! *내놔!*"

 "헤르미온느, 제발……."

 "나한테 이래라저래라 하지 마, 해리 포터!" 그녀가 꽥 소리 질렀다. "그러기만 해 봐! 당장 돌려달란 말이야! 그리고 **너!**"

그녀는 맹렬히 비난하는 기세로 론을 가리켰다. 그 모습이 마치 저주를 퍼붓는 것처럼 보여서 해리는 론이 몇 발짝 물러서는 것도 어쩔 수 없다고 생각했다.

"난 널 쫓아서 뛰어갔었어! 널 소리쳐 불렀어! 돌아오라고 빌었어!"

"알아." 론이 말했다. "헤르미온느, 미안해. 난 정말……."

"아, 미안하셔!"

그녀가 이성을 잃은 높은 목소리로 웃었다. 론이 도와 달라는 듯 쳐다봤지만 해리는 아무런 도움도 줄 수 없어 그저 얼굴을 찌푸릴 뿐이었다.

"몇 주나…… 몇 주나…… 지나서 돌아와 놓고, 미안하다고 말하면 다 괜찮을 줄 알아?"

"야, 내가 그것 말고 또 무슨 말을 할 수 있겠어?" 론이 소리쳤다. 해리는 맞서 싸우는 론이 기특했다.

"아, 그건 모르겠네!" 헤르미온느가 한껏 비꼬며 크게 소리쳤다. "네 머릿속을 뒤져 봐, 론. 다 뒤져 봐야 2초 정도밖에 안 걸릴 텐데……."

"헤르미온느." 그 말은 좀 너무했다는 생각에 해리가 끼어들었다. "론이 방금 내 목숨을 구했……."

"알 게 뭐야!" 그녀가 소리쳤다. "쟤가 뭘 했는지 관심 없어! 몇 주씩이나 지나는 동안 우린 죽었을 수도 있었어. 쟤한텐 알 바 아니었겠……."

"너희가 죽지 않았다는 건 알고 있었어!" 론이 처음으로 헤르미온느의 목소리를 누르고 소리쳤다. 방패 마법이 둘 사이를 가로막고 있는 상황에서 론은 최대한 그녀에게 가까이 다가갔다. "해리 얘기가 《예언자일보》를 도배하다시피 하고, 라디오에도 엄청 많이 나오고 있어. 다들 사방으로 너를 찾아다니고 있단 말이야. 떠도는 소문도, 정신 나간 이야기도 굉장히 많아. 너희가 죽었다면 나도 그 소식을 곧바로 듣게 됐을걸? 그간 어땠는지 넌 모를……."

"넌 어떻게 지냈는데?"

그녀의 목소리는 이제 너무 높아져서, 조금만 더 높아지면 박쥐들한테나 들릴 지경이었다. 하지만 그녀는 너무 화가 나서 잠시 말을 잃었고 론은 그 기회를 잡았다.

"순간이동을 한 그 순간 돌아오고 싶어졌지만 곧바로 인간 사냥꾼 무리를 맞닥뜨렸어, 헤르미온느. 그래서 아무 데도 갈 수 없었단 말이야!"

"무슨 무리를 만났다고?" 해리가 물었다. 헤르미온느는 의자에 털썩 주저앉아 몇 년 동안은 풀지 않을 태세로 팔다리를 단단히 꼬았다.

"인간 사냥꾼." 론이 말했다. "그놈들이 사방에 깔려 있어. 머글 태생이랑 혈통 배신자들을 잡아다가 돈을 벌려는 패거리야. 한 명 잡을 때마다 정부에서 포상금을 주거든. 나는 혼자 있었던 데다 학교에 다닐 만한 나이로 보였으니 놈들은 정말 신이 났어. 내가 숨어 있던 머글 태생이라고 생각했나 봐. 정부로 끌려가지 않으려고 재빨리 말을 지어내야 했어."

"뭐라고 했는데?"

"스탠 션파이크라고 했지. 처음 생각난 사람이 그 친구라서."

"근데 그 말을 믿어?"

"그렇게 머리 좋은 놈들은 아니더라고. 그중 한 명은 확실히 트롤 혼혈이었을 거야. 아주 그냥 냄새가……."

론은 헤르미온느를 힐끔 바라보았다. 이 가벼운 농담에 그녀의 태도가 좀 부드러워질지 모른다고 기대하는 게 틀림없었다. 하지만 단단히 끼고 있는 팔짱 위로 보이는 그녀의 얼굴은 여전히 딱딱하게 굳어 있었다.

"아무튼, 그자들은 내가 스탠인지 아닌지를 놓고 자기들끼리 말다툼을 벌였어. 솔직히 좀 한심하더라만, 그래도 상대는 다섯이고 나는 한 명인 데다가 놈들은 내 마법 지팡이도 가져갔단 말이야. 그때 놈들 중 둘이 싸우기 시작했고 다른 놈들은 거기에 정신이 팔렸어. 그 틈에 나는 날 잡고 있던 놈의 배에 한 방 먹이고 그자의 지팡이를 빼앗았어. 그러고는 내 지팡이를 들고 있는 놈을 무장해제시킨 다음 순간이동 했지. 제대로 하지는 못했어. 또 분할이 돼 버려서……." 론은 오른손을 들어 손톱 두 개가 사라진 자리를 보여 주었다. 헤르미온느는 매정하게 눈썹만 치켜올렸다.

"그런 다음 너희가 있는 곳에서 몇 킬로미터 떨어진 곳에 도착했어. 우리가 있었던 그 강둑으로 돌아갔을 때쯤에는…… 너희가 떠나고 없더라."

"세상에, 정말 손에 땀을 쥐게 하는 얘기네." 헤르미온느가 누군가를 상처 주고 싶을 때 쓸 법한 거만한 말투로 말했다. "너무너무 무서웠겠다. 그사이 우리는 고드릭 골짜기에 갔는데…… 한번 생각해 보자, 거기서 무슨 일이 있었더라, 해리? 아 그래, '그 사람'의 뱀이 나타났어. 그 뱀이 우리 둘 다 죽일 뻔했고, 그다음에는 '그 사람'이 직접 나타나서 간발의 차이로 우리를 놓쳐 버렸지 뭐야?"

"뭐?" 론이 입을 쩍 벌리고 그녀와 해리를 번갈아 봤지만, 헤르미온느는 그런 그를 무시했다.

"손톱이 없어졌다니. 상상해 봐, 해리! 그 얘기를 들으니 우리가 겪은 고통도 정말 객관적으로 보인다. 그치?"

"헤르미온느." 해리가 조용히 말했다. "론이 방금 내 목숨을 구해 줬어."

그녀는 해리의 말을 듣지 못한 듯했다.

"아무튼 내가 알고 싶은 것 한 가지는……." 그녀가 론의 머리 위 30센티미터 지점에 시선을 둔 채 말했다. "오늘 밤 네가 우리를 정확히 어떻게 찾아냈냐는 거야. 그건 중요한 문제야. 일단 어떻게 찾았는지 알면, 만나고 싶지 않은 사람이 절대 찾아오지 못하도록 확실히 막을 수 있을 테니까."

론이 그녀를 노려보더니 청바지 주머니에서 작은 은색 물건을 꺼냈다.

"이거."

그녀는 론이 보여 주는 물건을 보기 위해 어쩔 수 없이 그를 바라보았다.

"딜루미네이터?" 그녀가 물었다. 너무 놀란 나머지 싸늘하고 사나운 표정을 짓는 것도 잊어버렸다.

"이건 그냥 불만 껐다 켰다 하는 물건이 아니야." 론이 말했다. "어떤 식으로 작동하고, 왜 하필 그때만 그런 일이 일어났는지는 잘 모르겠어. 떠나자마자 줄곧 돌아오고 싶었는데 말이야. 아무튼, 난 라디오를 듣고 있었어. 크리스마스 날 아주 이른 아침이었는데 그때…… 그때 네 목소리가 들렸어."

그는 헤르미온느를 보고 있었다.

"라디오에서 내 목소리가 들렸다고?" 그녀가 믿을 수 없다는 듯 물었다.

"아니, 내 주머니에서 네 목소리가 나오는 걸 들었어. 네 목소리는…….." 그는 딜루미네이터를 다시 들어 올렸다. "여기서 나오고 있었어."

"내가 정확히 뭐라고 말했는데?" 헤르미온느가 물었다. 그녀의 목소리에는 의심과 호기심이 뒤섞여 있었다.

"내 이름을 불렀어. '론.' 그러더니 네가…… 마법 지팡이에 대해서 뭐라고 말했어……."

헤르미온느의 얼굴이 불타오르듯 붉어졌다. 해리도 기억났다. 론이 떠나고 처음으로 둘 중 한 사람이 그의 이름을 소리 내서 말한 순간이었다. 헤르미온느가 해리의 지팡이를 고치는 일에 대해 얘기하다가 론의 이름을 언급했던 것이다.

"그래서 이걸 꺼내 봤어." 론은 딜루미네이터를 보면서 말을 이었다. "특별히 달라 보이는 점은 없었지만 네 목소리가 들린 건 확실했어. 그래서 눌러 봤지. 그랬더니 내 방 불이 꺼지고 창문 바로 바깥에 또 다른 빛이 나타나는 거야."

론이 딜루미네이터를 쥐지 않은 손을 들어 앞쪽을 가리켰다. 그의 두 눈은 해리에게도, 헤르미온느에게도 보이지 않는 무언가에 집중되어 있었다.

"둥근 빛이었어. 뭐랄까, 팔딱팔딱 맥박이 뛰는 것 같았고 푸르스름했어. 포트키 주위에서 나는 그 빛처럼 말이야. 알지?"

"응." 해리와 헤르미온느가 자동적으로 입을 모아 대답했다.

"난 그게 바로 포트키라는 걸 알아차렸어." 론이 말했다. "그래서 물건을 챙겨 짐을 싼 다음 배낭을 메고 정원으로 나갔지. 거기에 그 둥근 빛이 둥둥 떠서 나를 기다리고 있었어. 내가 나오니까 위아래로 살짝 움직이더라. 그래서 그걸 따라서 헛간 뒤로 갔는데 그때 그게…… 뭐랄까, 내 안으로 들어왔어."

"뭐라고?" 해리는 잘못 들었다고 확신하며 그렇게 물었다.

"그게 그러니까, 나한테로 날아왔어." 론이 검지를 들어 그 움직임을 설명했다. "내 가슴으로 곧장 말이야. 그런 다음에…… 그냥 통과했어. 바로 여기를." 그는 심장 근처를 짚었다. "느낄 수 있었어. 뜨겁더라. 근데 그게 내 안에 들어오고 나니까 뭘 해야 하는지 알겠더라고. 이게 내가 가야 할 곳으로 날 데려다줄 거라는 걸 알았어. 그래서 순간이동을 해서 어느 언덕에 도착했는데 사방에 눈이 쌓여 있었어……."

"우리가 거기 있었어." 해리가 말했다. "거기에서 이틀 밤을 잤고. 두 번째 밤에는 줄곧 누군가가 어둠 속을 돌아다니면서 외치는 소리가 들리는 것 같았는데!"

"그래, 뭐, 아마 나였을 거야." 론이 말했다. "아무튼, 너희 보호 마법은 잘 작동하고 있어. 난 너희를 볼 수도 없었고 너희 소리를 듣지도 못했거든. 하지만 너희가 근처에 있다는 건 확실히 알 수 있었어. 그래서 결국 침낭에 들어가서 너희 둘 중 한 명이 나타나기를 기다렸지. 텐트를 챙길 때는 어쩔 수 없이 모습이 보일 거라고 생각했거든."

"아니, 그렇지 않았어." 헤르미온느가 말했다. "더 조심해야겠다 싶어서 투명 망토를 쓰고 순간이동을 했으니까. 게다가 정말 이른 시간에 출발했어. 해리가 말했다시피 누가 어슬렁거리고 돌아다니는 소리를 들었거든."

"뭐, 나는 그 언덕에 하루 종일 머물렀어." 론이 말했다. "너희가 나타날 거라고 계속 기대했으니까. 하지만 날이 어두워지기 시작하자 너희들을 놓친 게 틀림없다는 사실을 알았지. 그래서 딜루미네이터를 또 한 번 눌렀더니 파란 불이 나와서 내 안으로 들어왔고, 난 순간이동을 해서 여기 이 숲에 도착했어. 난 너희가 여전히 안 보이길래, 결국 둘 중 한 명이 모습을 드러내기만 바라며 기다려야 했어. 근데 해리가 나타났지. 물론 그 암사슴을 먼저 봤지만."

"뭘 봤다고?" 헤르미온느가 날카롭게 물었다.

그들은 무슨 일이 있었는지를 설명했다. 은빛 암사슴과 연못 속에 있던 검 이야기가 나오자 헤르미온느는 심각한 표정을 지으며 둘을 번갈아 보았다. 그 이야기에 너무 정신이 팔린 나머지 팔다리를 꼬는 것도 잊어버린 듯했다.

"그건 틀림없이 패트로누스였을 거야!" 그녀가 말했다. "누가 만들어 냈는지 못 봤어? 아무도 못 봤단 말이야? 그리고 그게 너희를 그 검이 있는 곳으로 데려다주다니! 믿을 수가 없어! 그다음엔 어떻게 됐어?"

론은 해리가 연못에 뛰어드는 것을 지켜보고 그가 다시 떠오르기를 기다렸다는 얘기, 뭔가 잘못됐다는 것을 깨닫고 물에 뛰어들어 해리를 구한 뒤 검을 가지러 다시 물속에 들어갔던 이야기를 풀어놓았다. 그는 로켓을 여는 데까지 말을 잇다가 그만 머뭇거렸다. 그때 해리가 끼어들었다.

"……그러고 나서 론이 검으로 그걸 찔렀어."

"그래서…… 그래서 파괴됐어? 그냥 그렇게?" 그녀가 속삭였다.

"어, 그게…… 그러니까 비명을 질렀어." 해리가 론을 힐끗 바라보며 말했다. "자."

그는 로켓을 그녀의 무릎 위로 던졌다. 그녀는 조심조심 로켓을 집어 들고 꿰뚫린 유리를 살펴보았다.

이제야 안전해졌다고 판단한 해리는 헤르미온느의 지팡이를 한 번 휘둘러 방패 마법을 해제하고 론에게 돌아섰다.

"너, 지팡이를 하나 더 가지고 인간 사냥꾼들한테서 도망쳤다고 했지?"

"응?" 로켓을 살펴보는 헤르미온느를 지켜보던 론이 말했다. "아…… 응, 그래."

그는 배낭을 열고 검은 색깔의 짤막한 마법 지팡이를 주머니에서 꺼냈다. "여기. 예비로 하나 있으면 쓸모 있을 것 같더라고."

"네 생각이 맞았어." 해리가 손을 내밀며 말했다. "내 지팡이가 부러졌거든."

"진짜?" 론이 말하는 순간 헤르미온느가 자리에서 일어났다. 론은 다시 불안한 얼굴이 되었다.

헤르미온느는 파괴된 호크룩스를 구슬가방에 집어넣고 다시 침대로 기어들어 가더니 아무 말 없이 누웠다.

론은 해리에게 새로운 지팡이를 건네주었다.

"이만하길 다행이다." 해리가 중얼거렸다.

"그러게." 론이 말했다. "더 끔찍할 수도 있었어. 쟤가 나한테 새 떼 풀어놨던 거 기억하지?"

"아직 그 방법을 고려 중이야." 담요 속에서 헤르미온느의 목소리가 작게 들려왔지만, 해리는 론이 배낭에서 고동색 잠옷을 꺼내면서 슬며시 미소 짓는 것을 보았다.

(제7권 《해리 포터와 죽음의 성물 2》에서 계속됩니다.)

**강동혁**은 서울대학교 영문학과와 사회학과를 졸업하고 같은 학교 대학원에서 영문학 석사학위를 받았다. 옮긴 책으로는 《신비한 동물사전 원작 시나리오》, 《일곱 건의 살인에 대한 간략한 역사》, 《레스》, 《이 소년의 삶》 등이 있다.

## 해리 포터와 죽음의 성물 1

초판 1쇄 인쇄 2025년 4월 3일
초판 1쇄 발행 2025년 4월 10일

지은이 | J.K. 롤링
옮긴이 | 강동혁
발행인 | 강봉자, 김은경

펴낸곳 | (주)문학수첩
주소 | 경기도 파주시 회동길 503-1(문발동 633-4) 출판문화단지
전화 | 031-955-9088(마케팅부), 9532(편집부)
팩스 | 031-955-9066
등록 | 1991년 11월 27일 제16-482호

홈페이지 | www.moonhak.co.kr
블로그 | blog.naver.com/moonhak91
이메일 | moonhak@moonhak.co.kr

ISBN 979-11-93790-74-8  04840
　　　979-11-93790-64-9 (세트)

* 파본은 구매처에서 바꾸어 드립니다.